제3인류

제3인류

BERNARD WERBER

베르나르 베르베르 장편소설

이세욱 옮김

1

뱅자맹을 위해

이 이야기는 절대적인 시간이 아니라 상대적인 시간 속에서 펼쳐진다.

당신이 이 소설책을 펼쳐 읽는 순간으로부터 정확히 10년 뒤에 이야기가 시작된다.

만물은 끊임없이 진화한다.

그런데 어느 때가 되면 변화가 갑자기 빨라지고 급격해지고 두드러진다.

옹골차게 불거진 꽃망울은 활짝 핀 꽃으로 변한다.

애벌레는 두껍고 거뭇한 껍질을 벗고 여러 빛깔의 사뿐한 나비로 탈바꿈한다.

소년, 소녀는 자라서 어른이 된다.

그저 공포와 이기심과 폭력 속에서 살던 미개한 부족은 의식이 고양되어 서로 연대하는 문명사회로 변모해 간다.

그런 변화는 종종 경련이나 수축이나 고통을 통해 이루어진다.

변화가 일어나고 나면, 속이 빈 채로 나무에 걸려 있는 낡은 껍질이나 빛바랜 사진들이 불러일으키는 고통스러운 추억, 역사책에 기록된 비극들, 폐허, 박물관 등 옛 세상의 보잘것없는 흔적들만이 남는다.

그러면 탈바꿈한 존재는 태양을 향해 날아올라 새로 돋은 젖은 날개를 말릴 수 있다.

하지만 변화의 시간이 다가올 때면 그것의 실현을 저지하려는 힘들이 나타난다. 그런 힘들은 어디에서 오는가? 미지의 것을 향해 변화하는 것을 두려워하는 사람들, 변화보다는 정체나 복고를 선택하는 사람들에게서 나온다. 그 방해 세력을 과소평가해서는 안 된다.

우선 그 세력이 종종 다수파로 나타나기 때문이고, 다음으로는 그 세력이 뿌리를 더 깊이 내리고 있어서 진보 세력보다 강력하기 때문이다.

오래전부터 있어 온 세계에 그냥 머물러 있겠다고 생각하면 마음이 놓인다. 앞으로 나아가는 것에 두려움을 느끼는 것은 당연하다. 하지만 만약 유기체가 변화를 거부하면 경화증에 걸리고 낡은 껍질 속에서 숨이 막혀 잠재력을 발휘하지 못한다.

한 개인이 시간과 공간 속에서 시야를 확대하는 데 성공하면, 그는 자연스럽게 자기 자신뿐만 아니라 자기 주위의 모든 존재가 변화하기를 바라게 된다.

에드몽 웰스, 『상대적이며 절대적인 지식의 백과사전』 제7권

제1막　　　　　**맹목의 시대**

1

인간은 진화할 수 있을까?

때로는 그들이 나를 불안하게 한다.

그들을 도와주어야 하나? 아니면 그냥 그들의 운명에 맡겨 두어야 할까?

어쨌거나 그들을 저버릴 수는 없다. 나에게는 그들을 위한 거대한 계획이 있지 않은가.

내가 계획하고 있는 바로 그 일을 위해서 가장 상상력이 풍부하고 가장 겁이 없는 인간들 중에서 몇 사람을 선택해야 하리라.

그저 한두 사람이면 족하다. 대개는 그 정도면 다른 사람들을 이끌기에 충분하다.

그런데 그들을 어떻게 찾아낸다? 인간들은 너무나 많다. 게다가 내가 실수를 하게 되면, 그래서 어설픈 자들을 선택하게 되면……. 나는 인간들이 얼마나 큰 해를 끼칠 수 있는지 익히 알고 있다.

오늘 아침에만 해도 지각없는 자들이 실험용 원자 폭탄 하나를 터뜨렸다. 그것도 내 거죽 아래에서!

그 폭탄은 여느 때보다 강력했다.

그들은 그런 폭탄이 나에게 얼마나 큰 피해를 야기하는지 알지 못한다.

그러니 그 뒤에 내가 반응을 보이면 깜짝 놀랄 수밖에.

2

뉴스 특보

「오늘 오전 9시 23분에 인도양 해저의 대륙판들이 충돌하여 균열이 생겼고, 이때의 마찰로 인하여 리히터 규모 9.1의 지진이 일어났습니다. 이 지진에 이어 파고 30미터의 해일이 해안에서 10킬로미터 떨어진 내륙까지 밀어닥쳤습니다. 현장에 나가 있는 조르주 샤라스 통신원을 곧바로 불러 보겠습니다. 조르주, 현장에서 모든 것을 보셨을 테니 정확히 무슨 일이 벌어졌는지 이야기해 주실 수 있겠지요?」

「네, 말씀하신 대로 저는 헬리콥터를 타고 상공을 날면서 참사를 목격했습니다. 그야말로 거대한 바다 괴물이 파키스탄 해안으로 짓쳐들어오는 것 같았습니다. 암녹색 장벽이 은빛 거품을 뒤집어쓴 채로 성난 급류처럼 파키스탄의 경제 중심지 카라치를 덮쳤고, 빌딩들과 작은 집들이 마치 지점토로 만든 건물들처럼 뽑혀 나갔습니다. 정말 무시무시한 광경이었습니다. 주민들은 거리로 쏟아져 나와 자동차로 달려갔습니다. 자동차가 없는 가난한 사람들은 멀리 달아나지 못했고, 차량과 인파가 한데 뒤섞이면서 길이 꽉 막혀 버리자 승용차에 탔던 사람들은 쓸모없는 강철 조개껍데기가 되어 버린 차들에서 급히 빠져나왔습니다. 그들은 달음박질을 쳤습니다. 가방을 들고 아이들을 업은 피난민들이 도로에 멈춰 선 자동차들 사이로 긴 행렬을 이루며 내달렸습니다. 하지만 해일은 계속 밀어닥쳤고 어느 누구도, 그 무엇도 수마를 저지할 수 없었습니다. 참혹하기 이를 데 없는 광경이었습니다. 수천 명의 사람들이 해일에 따라잡혀 익사하고 압사하고 물살에 휩쓸렸습니다. 물 위로 떠오른 자동차들은 소용돌이에 휘말린 배들이며 비틀린 버스들이며 구멍 난 열차들이며 구부러진 가로등이며 지붕의 파편들에 이리저리 부딪혔습니다. 카라치는 이제 진흙탕에 빠진 도시일 뿐입니다.」

「수고하셨습니다, 조르주. 방금 들어온 소식입니다. 이재민들을 돕기 위한 국제적인 원조가 준비되고 있습니다. 파키스탄 당국의 발표에 따르면 이번 지진에 희생당한 사람들이 벌써 1만 명에서 2만 명에 달할 것이라고 합니다. 저희는 사태가 진행되는 대로 계속해서 속보를 전해 드리도록 하겠습니다.」

3

옳지, 됐어.

내 〈전율〉의 성능을 계속 개선한 보람이 있었어.

하지만 아직 정확성이 부족해.

내가 겨냥한 것은 저 영토에 사는 인간들이 아니야.

북서쪽으로 훨씬 더 멀리, 최근의 지하 핵폭발이 일어났던 곳을 타격해야 했어.

하는 수 없지, 그래도 이번 일이 저들에게 깊이 생각할 계기를 주었을 거야.

내가 저들에게 너무 가혹한가?

한두 사람을 선택해서 그들에게 나의 위대한 계획을 계시해야 해.

저렇게 거대한 무리를 지어 우글거리는 인간들 중에서 어떻게 그들을 찾아내지?

먼저 분노를 가라앉혀야 해. 몇몇 인간에게 임무를 맡긴다는 구상을 잠시 잊고 휴식을 취해야 해.

그런데 이건 또 무슨 일이지? 남극 쪽에서 무언가 나를 찌르고 있어. 인간들이 벌써 복수를 시도하는 것일까? 그게 가능한 일인가?

아냐. 인간들은 내가 살아 있는 존재라는 사실을 알아차리지도 못했어. 그러니 어떻게 나를 벌하고 싶어 할 수 있겠어?

남극 탐사

4

다이아몬드를 박은 탄화 텅스텐 끄트머리가 방금 땅껍질의 단단한 층 하나를 뚫었다.

시추기의 철관 끝에 달린 비트는 이제 아무런 저항도 받지 않고, 마치 드라이버가 무른 목재를 뚫고 들어가듯 땅속을 파고든다.

지표는 남극의 얼음으로 덮인 백색 지옥이다. 샤를 웰스 과학 탐사대의 세 대원이 쌩쌩 부는 바람을 맞으며 10미터 높이의 권양 탑 옆에 모여 있다. 이 권양 탑은 그들이 끈기 있게 작업을 벌인 끝에 조립해 낸 것이다.

권양기의 엔진이 돌아가면서 모든 퇴적 지층을 뚫고 내려간 무거운 강철 시추봉들이 다시 올라온다.

시추기의 모니터에는 중요한 측정치들이 나타난다.

정확히 3,623미터 깊이에서 공기 혈이 탐지되었다.

펭귄 한 무리가 무심한 눈길을 보내는 가운데, 세 사람은 권양 장치들을 하나씩 해체하여 시추기를 치운 뒤에 뻥 뚫린 구멍 위로 몸을 구부린다. 탄화 텅스텐 비트가 직경 1미터의 구멍을 뚫어 냈다. 그 정도의 직경이면 그들이 구멍을 통해 내려가기에는 충분하다.

그들은 강철 케이블로 된 길고 탄력성이 좋은 사다리를 구멍 속으로 던진다.

두꺼운 주황색 아노락을 든든하게 차려입은 세 탐사자들은 어둠 속으로 빠져든다.

커다란 손전등의 하얀 불빛뿐만 아니라 그보다 빛다발이 좁은 헬멧 라이트의 노란 불빛을 받으면서, 대지의 번들거리는 배 속이 그들 주위로 모습을 드러낸다.

땅속 깊은 곳으로 들어가는 세 사람은 동굴 탐험가가 아니다. 그중 둘은 고생물학자이다.

그들이 여기에 온 것은 샤를 웰스 교수의 가설을 확증하기 위함이다. 샤를 웰스 교수는 세 사람 가운데 가장 나이가 많고 이 탐사대에도 그의 이름이 붙어 있다. 그의 주장에 따르면 옛날에는 남극의 기온이 오늘날보다 온화했고 광대한 침엽수림이 있었으며 그 침엽수림에는 아마도 공룡들이 살고 있었으리라고 한다.

이 가설을 뒷받침하는 발견이 이루어지기도 했다. 1990년대에 유럽 원격 감지 위성을 이용한 탐사 작업을 통해 거대한 빙저호(氷底湖)의 존재가 확인된 것이다. 이 호수는 남극에 설치된 러시아 보스토크 기지 근처의 대륙빙 아래 3킬로미터 깊이에 있으며, 길이는 250킬로미터, 너비는 50킬로미터에 달한다고 한다. 2012년 2월에는 러시아 탐사 팀이 엄밀한 의미로 호수의 표면이라 할 수 있는 곳까지 구멍을 내는 데 성공했다. 하지만 이 구멍은 직경이 겨우 몇 센티미터밖에 되지 않아서 이 구멍을 통해서 할 수 있는 일은 그저 광석과 얼음의 시료들을 추출하는 것뿐이었다.

이번에는 구멍이 제법 넓어서 그들 세 사람이 대륙빙 속으로 들어갈 수 있는 것이다.

한때 남극 대륙에 생명이 번창했다면, 그 빙저호는 당연히 생명의 흔적을 화석의 형태로 간직하고 있을 것이다. 웰스 교수는 그 점을 확신하고 있다.

이 유명한 고생물학자는 연구 지원비를 타내기 위해 관계 당국에 청을 넣었다가 실패한 뒤에 마침내 그 대담한 탐사에 자금을 대겠다는 민간 후원자를 찾아냈다. 그 후원자는 냉동 식품 회사를 운영하는 기업인이다. 웰스 교수가 입고 있는 주황색 아노락에는 흑백의 커다란 글자로 이 회사의 상호 〈젤룩스 냉동식품〉이 찍혀 있고, 그 위쪽에는 〈가장 저렴한 가격으로 냉동 보관된 가장 맛있는 고기〉라는 회사의 표어가 적혀 있다. 그런가 하면 한 텔레비전 채널에서는 그에게 다큐멘터리를 주문했고, 그의 헬멧과 장갑에 〈채널 13, 익스트림 여행 방송〉이라는 광고 문구를 새기는 조건으로 카메라맨 한 사람을 지원해 주었다.

이 채널에서 파견된 기자 바네사 비통은 샤를 웰스와 그의 조수인 젊은 연구원 멜라니 테스케를 촬영하기 위해 한 손에 카메라를 든 채로 줄곧 뒤따르고 있다. 세 사람은 어둠 속에 드리워진 사다리를 타고 조심조심 심연을 향해 내려간다. 3,623미터를 수직으로 내려가자니 1천 미터마다 휴식이 필요하다.

이윽고 그들의 장화 바닥이 평평한 표면에 닿는다.

빛다발이 어둠 속을 죽 훑고 지나가자 거대한 동굴이 차츰차츰 모습을 드러낸다.

「보스토크 호수…….」

바네사 비통이 중얼거렸다.

넓은 수면이 손전등 불빛을 받아 반짝인다.

「교수님 생각이 옳았어요. 그 얘기가 한낱 전설이 아니었어요. 남극 대륙빙 아래에 정말 호수가 있네요.」

멜라니 테스케가 인정했다.

그들은 터키석 빛깔과 연보랏빛으로 반짝이는 호수의 둑 위로 나아간다. 기온이 지표보다 별로 높지 않기 때문에 그들의 입김은 하얀 증기 기둥으로 변한다. 완벽한 타원을 이루고 있는 호수를 종유석과 석순 모양의 얼음덩어리들이 에워싸고 있다.

「마치 거대한 동물의 입 안에 들어와 있는 것 같아요.」

젊은 기자가 이빨처럼 길고 뾰족하게 돌출한 얼음을 비추면서 말했다. 그러자 교수의 조수가 맞장구를 친다.

「그리고 보니 천장이 입천장과 비슷하군요. 그렇다면 이 호수는 입에 고인 침이 되겠네요.」

그들은 큰 걸음으로 나아간다.

벽에 이끼와 고사리 같은 식물 화석의 흔적들이 나타난다.

「여기에 분명 생명이 있었어요.」

그들은 탐사를 계속하다가 복족강과 이매패강에 속하는 연체동물들과 다른 동물들의 화석을 발견한다. 멜라니 테스케는 끌을 사용하여 화석 몇 개를 떼어 낸다. 그런 다음 그것들을 사진에 담고 휴대용 전자 현미경에 놓는다.

「삼엽충의 일종이에요. 기후가 온화했던 지역에서만 발견되는 화석이죠. 이 또한 교수님의 가설을 확증하고 있어요. 옛날에는 이곳의 기후가 따뜻했다는 것이죠.」

그들은 다시 나아가면서 벽에 박혀 있는 동물들의 화석을 더 찾아낸다. 수생 달팽이를 비롯한 다른 연체동물과 갑각류, 그리고 지렁이의 화석들이다.

멜라니가 화석들을 살피며 말한다.

「다들 엄청나게 큰데요. 이렇게 큰 암모나이트는 본 적이 없어요.」

그들은 호수의 둑을 따라 걸어가면서 불빛을 비추고 화석들을 사진과 영상에 담고 암석 조각들을 채취하여 즉석에서 분석한다. 수첩에 기록하는 것을 선호하는 웰스 박사는 거기에 무언가를 열심히 적고 있다.

「정말이지 우리의 고생이 헛되지 않았어요, 교수님.」

조수는 그 말끝에 지레 입찬소리를 한다.

「이제 다시 올라가서 이 발견을 세상에 알려도 되겠어요.」

기자가 다가와서 교수의 수첩을 클로즈업으로 촬영하며 말한다.

「예전 과학자들처럼 종이와 만년필을 사용하시네요. 〈시대에 뒤떨어진〉 면도 있으시군요. 교수님 같은 첨단 과학자가 여전히 그런 도구를 사용하시다니, 뜻밖이에요.」

교수는 아무 대답 없이 몇 문장을 더 적고는 수첩을 도로 챙겨 넣고 걸어간다. 조수가 소리친다.

「교수님! 교수님! 너무 멀리 가지 마세요. 호반 전체를 탐사할 수는 없어요. 더 많은 장비를 갖춰서 다시 와야겠어요.」

주황색 아노락 차림의 남자는 걸음을 멈추는가 싶더니 손전등으로 한 방향을 분명히 가리키면서 소리친다.

「이쪽으로 가보세!」

5

남극은 저들이 모여 사는 장소에서 너무나 멀리 떨어진 곳인데, 도대체 무슨 사정이 있기에 저들이 나의 그 부분을 뚫고 들어온단 말인가?

6

교수가 가리킨 것은 호수의 중심선과 직각을 이루고 있는 동굴이다.

그들의 손전등 불빛에 암벽이 나타난다. 암벽 곳곳에 황토색과 붉은색과 분홍색의 암맥이 드러나 있다.

세 탐험가는 완만한 비탈을 따라 1킬로미터쯤 나아가서 두 번째 동굴에 다다른다. 높이는 첫 번째 동굴과 비슷하지만 너비는 더 좁은 동굴이다.

희부연 안개가 바닥을 덮고 있다. 불투명한 증기에 휩싸인 뾰족한 바위들이 손전등의 빛다발 속으로 불쑥불쑥 나타난다.

바네사 비통이 촬영을 계속하면서 다시 빗대어 말한다.

「구강에 이어 이번에는 괴물의 위장 속으로 들어온 건가요?」

「위장이라기보다…… 심장 속으로 들어온 것인지도 모르죠.」

멜라니 테스케는 그렇게 한술 더 뜨며 천장의 한구석을 비춘다. 이리저리 복잡하게 나 있는 검은 암맥들이 불빛을 받아 번쩍인다.

샤를 웰스는 손전등의 빔을 이동시키다 뜻밖의 것을 발견하고 손길을 멈춘다. 희고 늘씬한 돌출물 하나가 바닥에 깔린 안개를 뚫고 불쑥 나타난 것이다. 조금 동그스름하게 생긴 물체인데 그 높이가 몇 미터에 달한다.

기자가 호기심을 보이며 묻는다.

「저게 뭐죠?」

「석순으로 보기에는 너무 구부스름한데요.」

조수 역시 의아해하는 기색이다. 그들은 안개가 후광처럼 휩싸고 있는 그 기이한 형체로 다가가서 불빛을 비춘다.

「이건 어느 모로 보나 광물이 아니에요. 식물은 더더욱 아니고.」

멜라니의 단언에 웰스 교수가 힘을 실어 준다.

「이건 석순이 아니라 동물의 뼈요. 짐작건대…… 갈비뼈가 아닌가 싶소. 길이가 몇 미터나 되는 갈비뼈요.」

그의 숨결이 더욱 빨라진다.

「갈비뼈라고요?」

고생물학자는 흥분을 가누지 못하고 알려 준다.

「내가 보기엔 어떤 공룡의 뼈대에 속해 있는 갈비뼈요.」

그러고는 장갑으로 뼈에 얼어붙은 성에를 문지르며 두 여자에게 자기의 가설을 설명한다.

「여기에 한때 공룡이 살았다는 것을 짐작할 수 있소. 공룡들은 지표가 살기 힘든 환경으로 변하자 스스로를 지키기 위해 지하로 숨어들지 않았을까 싶소. 지표의 환경이 악조건으로 변한 것은 아마도 온도나 중력의 변화가 생겼기 때문일 거요.」

웰스 교수의 조수는 손전등의 동그란 불빛으로 바닥을 이리저리 비춰 보며, 그 거대한 갈비뼈가 엄청난 크기의 다른 갈비뼈들과 함께 복장뼈에 연결되어 있고 뒤쪽으로는 등뼈로 이어져 있음을 확인한다. 그 등뼈는 목뼈로 이어지고 다시 머리뼈와 아주 비슷하게 생긴 둥그런 뼈로 연결되어 있다.

「제가 보기에 이건 공룡이 아니에요.」

그러면서 조수는 어마어마하게 큰 머리뼈 위로 빛다발을

이동시킨다. 그림자들이 만들어 내는 묘한 효과 때문에 마치 해골의 눈구멍에 생기가 도는 것만 같다.

「솔직히 말하자면, 이건 파충류에 속하는 동물도 아니지 싶어요. 제 느낌에는 그보다…… 커다란 원숭이나 유인원에 가까워요.」

멜라니가 중얼거리자 교수가 말끝을 단다.

「이건 인간일세. 하지만 키가 엄청나게 큰 인간이지.」

7

이번에는 저들이 아주 깊숙하게 파고들어 왔다.

내 거죽 아래로 3킬로미터는 족히 들어와 있다.

저들이 이제 무슨 짓을 하려는 거지?

8

기자 바네사 비통은 선사 시대 인류의 두개골 쪽으로 카메라를 돌려 반구 모양의 마루뼈와 이마뼈와 눈구멍을 촬영한다.

두 과학자는 모든 각도에서 그 기이한 해골을 사진에 담더니 동굴 탐사를 계속하기로 결정한다. 그들은 인간과 유사하게 생긴 동물의 해골을 또 발견한다. 이번 것도 첫 번째 해골만큼이나 거대하고, 모든 뼈가 온전하게 붙어 있다. 성에가 조금 달라붙어 있긴 하지만 찬 기운 덕분에 보존 상태가 완벽한 것이다.

샤를 웰스는 이제 입을 자꾸 실룩거린다. 기쁨을 제대로 가누지 못하고 있음을 보여 주는 신경성 틱이다. 그는 손등으로 하얀 콧수염과 턱수염을 문지른다.

「내가 잘못 생각하는 게 아니라면, 우리가 드디어 증거를 확보한 것일세. 아주 먼 옛날 이 행성에 어마어마하게 큰 또 다른 인종이 존재했다는 증거.」

멜라니는 레이저 측정기를 꺼내더니 작은 화면에 나타나는 수치를 읽는다.

「머리에서 발까지의 길이가 17.1미터예요.」

바네사가 말을 받는다.

「한 건물의 높이로군요…… 인간과 유사한 생명체들의 키가 우리의 열 배였다니, 어떻게 그런 일이 가능하죠?」

바네사가 발견물을 촬영하는 동안 멜라니는 자신의 사진기로 그 장면을 여러 각도에서 찍는다. 웰스 교수는 메모와 간단한 스케치, 물음표 따위의 부호로 자기 수첩을 채워 나간다.

멜라니가 그에게 다가와서 묻는다.

「교수님, 무슨 생각을 하고 계세요?」

「어서 이 발견 소식을 내 아들에게 전해 주고 싶네.」

「아드님요? 남극에 와서 아드님 생각을 하시다니!」

「그 애 이름은 다비드일세. 스물일곱 살인데 생물학에 열정을 바치고 있지. 우리는 과학자 가문일세. 내 할아버지는 개미 전문가셨지. 내 아들은 분재처럼 식물을 작게 만드는 일에 관심이 많은 편이지. 하지만 오늘의 이 발견이 너무나 엄청난 것이라서 앞으로는…….」

그는 만년필 끄트머리로 두개골을 가리킨다.

「……이보다 더한 과학적 개가를 올리기는 영 쉽지 않을 거야.」

멜라니는 교수의 뻐기는 말투를 좋아하지 않는다. 남극으로 떠나올 때부터 교수가 자기의 대담성과 행운과 재능을 자랑하려는 듯 툭하면 최상급을 써대는 것을 들어 온 터다.

「앞선 세대의 업적을 넘어서는 것은 모든 세대의 도전이죠. 이 거인은 아마 사라져 버린 어떤 인류의 유해일 거예요. 우리가 현재라면 아드님은 미래예요. 아드님은 틀림없이 우리보다 나을 거예요. 자식 세대는 언제나 부모 세대보다 나아질 수 있어요.」

샤를 웰스는 그 말을 건성으로 들은 듯 아무 대꾸 없이 이마를 훔치고 나서 말끝을 단다.

「나는 이제껏 알려지지 않았던 진실을 곧 내 아들에게 알려 줄 걸세. 앞으로 그 애의 세대와 그 이후의 세대들은 현생 인류 이전에 17미터의 거인들이 존재했다는 사실을 역사책에서 배우게 될 거야.」

그의 어조가 자못 엄숙하다. 그는 두 탐사대원을 보며 설명을 이어 간다.

「우리가 방금 발견한 것은 현생 인류인 〈호모 사피엔스〉 이전에 미지의 인류가 있었다는 사실입니다.」

바네사가 마이크를 내밀면서 묻는다.

「그 인류에게 어떤 이름을 붙일 수 있을까요?」

샤를 웰스는 머뭇거리며 몇 가지 학명을 수첩에 적어 보고 마음에 들지 않는 것을 지운 뒤에 또박또박 말한다.

「〈호모 기간티스〉가 어떻소?」

9

인간들이 이렇게 깊이 파고들어 올 때는 언제나 똑같은 이유가 있어.

내 석유를 퍼 올리려는 것이지.

이 물질은 바로…… 나의 피, 나에게 없으면 안 되는 검은 피이다. 저들이 그 사실을 알아주면 좋으련만.

저들은 매번 똑같은 이유로 그것을 내게서 훔쳐 간다.

목적은 그저 분주하게 움직이는 데 사용하기 위함이다.

나는 저들처럼 많이 움직이는 종을 본 적이 없다.

저들은 비행기, 배, 트럭, 승용차, 오토바이, 승용식 잔디 깎이 따위의 연료 탱크를 나의 검은 피로 가득 채우고 사방 팔방으로 아주 빠르게 돌아다닌다.

그렇게 해서 무엇을 얻겠다는 것일까?

대개의 경우 저들의 목표는 저희의 출발 지점으로 되돌아가는 것이다. 저들은 늘 열에 들떠 있는 종이다. 저들은 내가 가진 가장 소중한 것을 훔쳐 내어 쓸데없이 돌아다니는 데에 써버린다. 내가 이 액체를 속에 품고 있는 것은 우연히 그렇게 된 것이 아니건만, 저들은 그런 사정을 이해하지 못한다.

나의 검은 피는 아주 명백한 기능을 하고 있다.

10

주위의 고드름에서 맑은 물방울이 눈물처럼 줄줄 흘러내린다.

땅거죽 아래로 3킬로미터도 더 들어간 깊은 곳의 동굴에서 발견된 두 개의 거대한 해골. 그것들에 비하면 주황색 아노락을 입은 세 탐사자는 너무나 작아 보인다.

교수의 조수는 연대 측정기를 꺼내 놓고 전기 끌로 갈비뼈를 살살 긁어 작은 시료를 떼어 내더니 그것을 시험관에 넣는다. 그런 다음 스크린을 켜고 몇 가지를 조절한 뒤에 분석 작업을 실행시킨다.

「탄소-14 연대 측정법에 따르면, 이 호모 기간티스의 유골은 놀랍게도…… 8천 년 전의 것입니다.」

웰스 교수는 하얗고 동그란 불빛을 받고 있는 넓적한 뼈들 속으로 몸을 기울인다.

「뼈대의 구성 요소들을 보면 모든 비율을 감안할 때, 어느 모로 보나 우리 인간의 뼈대와 유사하네.」

「골반의 형태로 판단하건대, 오른쪽 것은 여자의 뼈대이고 저기 왼쪽 것은 남자의 뼈대입니다.」

기자가 소리친다.

「교수님, 이리 와보세요. 이쪽이에요!」

기자가 동굴 벽에 달라붙은 성에를 문질러 보다가 무언가를 발견한 것이다. 누가 암벽에 어떤 형상을 새겨 놓았다. 암벽의 어지러운 무늬들과는 분명하게 구분되는 형상이다.

「틀림없어요. 이건 누군가가 어떤 도구를 사용해서 새긴 겁니다.」

기자가 손전등 불빛을 비춰 가며 벽을 계속 문지르자 기다란 벽화가 조금씩 모습을 드러낸다.

「이건 분명 저부조(低浮彫)예요.」

그녀가 장갑 낀 손으로 문지른 자리에 눈 하나가 나타난다.

「거인들이 자신들의 모습을 그림으로 나타내려고 했나 봐요.」

이번에는 멜라니가 중얼거린다.

「그들은 인물들이 실제 상황에서 움직이는 장면을 마치 우리가 만화를 그리듯 암벽에 새겼어요.」

그러고는 자기 배낭에서 황급히 소형 가스 열풍기를 꺼낸다. 그런 다음 세모꼴의 납작한 팁을 부착하고 열풍기를 작동시킨 다음 벽화를 덮고 있는 성에에 끄트머리를 갖다 댄다.

이윽고 성에가 녹아내리면서 동굴 벽에 돋을새김된 장면들이 세 탐사자의 눈앞에 드러난다.

멜라니의 입에서 경탄의 외침이 새어 나온다.

「어쩌면 이렇게 정교할까! 레이저처럼 바위 속으로 파고들 수 있는 아주 가느다란 끌로 새긴 것 같아요.」

벽화를 구성하고 있는 얼굴들과 상반신들이 눈에 들어온다. 일상적인 활동을 수행하는 사람들의 무리가 여러 장면에 걸쳐서 나타난다.

바네사가 의견을 낸다.

「이건 처음과 중간과 끝이 있는 완전한 이야기를 그림으로 보여 주는 것 같아요.」

웰스 교수는 더 다가들어 빛을 비추며 손으로 만져 보기도 하고 돌의 가느다란 홈에 손톱을 박아 보기도 한다.

「이들은 자기네 문명에 관한 이야기를 들려주고 싶어 했어요. 자기들이 누구였는지를 그림으로 나타낸 것이죠. 후세의 인류가 자기들을 잊지 않도록, 그리고 자기들에게 무슨 일이 벌어졌는지를 알려 주기 위해서요.」

멜라니는 벽화의 첫머리로 보이는 부분을 시작으로 오른쪽에서 왼쪽으로 각 부분을 사진에 담아 나간다.

바네사는 손전등의 조사(照射) 거리를 늘리고 카메라의 마이크를 작동시킨 뒤에 녹음 버튼을 누른다. 파인더에 〈REC〉라는 빨간 글자들이 즉시 나타난다.

「익스트림 여행 채널 〈카날 13〉의 시청자들을 위한 단독 보도입니다. 웰스 교수님, 이 동굴의 벽에서 무엇을 식별할 수 있는지 설명해 주시겠습니까?」

「바위에 새겨진 장면들로 미루어 보건대, 이 호모 기간티스들의 문명은 이제껏 알려진 어느 문명보다 오래된 것으로 보입니다. 그 이후의 다른 문명들, 그러니까 〈보통〉 크기의 인류가 건설한 문명들이 훨씬 뒤에 가서야 발견한 것을 이들은 이미 8천여 년 전에 이루어 냈습니다.」

젊은 연구자는 자신이 교수의 그늘에 묻힐까 걱정하며 카메라 앞으로 나서서 설명을 이어 나간다.

「이 벽화들에 비추어 보면, 그 거인들은 물속에서 장시간 헤엄치는 능력을 지니고 있었습니다. 이 장면을 보십시오. 거인들이 고래들과 함께 바닷속으로 잠수하는 모습을 볼 수 있습니다.」

웰스 교수가 다시 말을 받는다.

「흉곽의 부피로 판단하건대, 그들은 폐활량이 엄청나게 컸습니다. 그래서 장시간의 무호흡 잠수가 가능했던 것이죠.」

「그리고 여기를 보십시오! 외과 수술을 하는 장면인 듯합니다.」

바네사는 두 연구자의 음성을 녹음하면서 벽화의 각 장면을 꼼꼼하게 찍어 나간다. 되도록 많은 이미지를 확보함으로써 아무리 의심이 많은 사람이라도 이의를 제기하지 못하게 하려는 듯하다.

웰스 교수의 해설이 이어진다.

「여기 이 장면은 거인들이 자연재해를 묘사한 것으로 보입니다. 이 부분을 보십시오. 의심의 여지가 없습니다. 그들이 겪은 최초의 대재난은 물난리, 그러니까 일종의 쓰나미였습니다. 보시다시피 아주 높은 파도가 덮쳐서 모든 집들이 물에 잠겼습니다.」

기자가 묻는다.

「노아의 대홍수인가요?」

「아마도 〈그들의〉 대홍수일 겁니다. 이 장면, 그리고 이 장면을 보면, 대홍수가 그들이 살고 있던 섬을 물바다로 만들었고, 생존자들은 어쩔 수 없이 여기 보이는 이 배들을 타고 도망친 것 같습니다.」

교수의 조수는 벽면의 또 다른 부분을 가리킨다.

「여기를 보십시오! 하나의 지도가 아닌가 합니다. 다섯 대륙이 나와 있는 아주 간명한 지도입니다. 피난민들이 탔던 배들의 항로가 표시되어 있습니다. 이 항로를 보자면, 그들은 멕시코 해안의 유카탄 근방, 그리고 북아프리카의 모로코 근방에 상륙한 것으로 보입니다.」

샤를 웰스는 바위에 점선으로 새겨진 길을 가리키면서 덧붙인다.

「북아프리카에 상륙한 거인들은 아프리카 대륙을 서쪽에서 동쪽으로 횡단하여 이집트까지 갔을 것입니다.」

「그리고 여기 이 그림을 보면…… 그들이 다른 인간들을 만났으리라는 것을 알 수 있습니다. 자기들의 10분의 1밖에 되지 않는 인간들…….」

「다시 말해서 보통 크기의 인간들…… 우리와 똑같지는 않더라도 우리의 조상쯤 되는 인간들을 만났다는 것입니다.」

세 탐사자는 열풍기로 계속 성에를 녹여 벽화를 더 찾아낸다.

샤를 웰스가 말을 잇는다.

「이 장면들로 미루어 보면, 그들은 대홍수 때문에 자기들이 살던 섬을 떠나 우리 조상들과 함께 살게 되었을 것입니다. 여기 이 장면을 보면, 그들은 현지 주민들을 가르쳤던 것으로 보입니다. 주민들은 그들에게서 글쓰기를 배웠고 그들을 숭배했습니다.」

바네사는 선명한 영상을 얻기 위해 간단한 점검을 하고 나서 묻는다.

「그렇다면 테스케 연구원님, 문자의 기원에는 그 거인들이 있는 걸까요? 바로 그 시기, 그러니까 지금으로부터 8천년 전에 문자가 그 거인들 덕분에 출현한 것으로 볼 수 있을까요?」

「아무튼 이 벽화들은 그렇게 이야기하고 있습니다. 의술의 경우도 마찬가지인 것 같습니다. 여기에 새겨진 장면을 보면, 약국이며 병원들을 분명히 식별할 수 있습니다.」

웰스 교수가 덧붙인다.

「그리고 여기에서는 거인들이 소인들에게 천문학을 가르치고 있습니다.」

세 탐사자는 다시 나아간다. 동굴 벽을 얇은 막처럼 덮고 있는 성에가 녹아내릴 때마다 그들은 눈앞에 드러나는 돋을새김에 매혹되어 손으로는 그것들을 어루만지고 머리로는 그 이미지들을 해석한다.

멜라니가 소리친다.

「여기요! 와서 보세요! 이 장면은 소인들이 거인들을 신처럼 여겼다는 사실을 보여 주고 있어요. 거인들은 기념물, 특히 피라미드를 건설하도록 소인들을 가르쳤어요.」

웰스가 설명을 이어 간다.

「참 신기하군요……. 피라미드는 거인들에게 전파 송신기 구실을 한 듯합니다. 이 장면을 보십시오. 피라미드에서 나온 전파가 거인들의 뇌파를 증폭시키는 모습을 담고 있습니다. 이집트의 거인들은 이렇듯…… 피라미드를 이용해서 멕시코의 거인 형제들과 통신을 했던 모양입니다.」

두 학자는 돋을새김된 장면들이 새로 드러날 때마다 그것들에 담긴 의미를 놓고 경쟁적으로 가설을 제시한다.

「이집트 신화에 나오는 신들이 거구인 것은 아마도 그 때문일 것입니다.」

멜라니의 주장에 웰스 교수가 가세한다.

「멕시코 신화의 신들도 마찬가지입니다.」

「그리스 신화에도 거신족 이야기가 나옵니다. 플라톤은 『티마이오스』라는 책에서 헤라클레스의 기둥 너머 서쪽 바다에 고도의 선진 문명을 이룩한 섬나라가 존재했다고 주장하고 있습니다. 그 섬은 하룻밤의 재난 때문에 대양 속으로 사라졌다고 하는데, 그 재난이 대홍수였을 것입니다. 그 이야기는 우리가 지금 발견한 돋을새김들과 완벽하게 일치합니다. 우리가 몰랐던 것은 아틀란티스의 주민들이 키가 17미터나 되는 거인들이었다는 사실입니다.」

「그들의 지능은 뇌의 부피에 비례했을 겁니다. 그들의 뇌에는 뉴런의 수가 우리보다 많았을 게 분명합니다.」

세 탐사자는 벽화를 바둑판 모양으로 구획해서 각각의 칸을 꼼꼼하게 사진을 찍고 방송 카메라로 촬영한다.

「여기를 보세요.」

다시 멜라니의 설명이 이어진다.

「이 장면은 거인들에 대한 소인들의 존경심이 갈수록 약해지고 있음을 보여 줍니다. 소인들이 자기네 신들에게 반항을 하다가 급기야 그들과 전투를 벌입니다.」

멜라니는 동굴 벽면의 얼음을 녹이고 소인 전사들이 거인들과 맞서 싸우는 전투 장면들을 환하게 비춘다.

「여기에 묘사된 대로라면, 처음에는 거인들이 쉽게 우위를 점합니다.」

샤를 웰스는 신화의 한 장면을 기억해 낸다.

「그리스 신화에 나오는 신들의 전쟁에서 초기에 티탄족이 승리를 거둔 것과 비슷하군요.」

「그런데 이 그림을 보십시오. 해가 구름에 가려져 있고 눈이 내립니다.」

「기후가 변했습니다. 대홍수에 이은 두 번째 대재난, 즉 빙하기가 갑자기 도래한 것이지요. 그런 기온 저하는 거인들 쪽에 불리하게 작용했을 것입니다.」

「체구가 훨씬 더 컸으니 추위에 노출되는 표피의 면적도 훨씬 넓었겠죠.」

바네사가 묻는다.

「그들이 감기에 걸렸을 거라고 생각하세요?」

「어쨌거나 그들은 쇠약해졌습니다. 벽화의 이 부분을 보십시오. 분명합니다. 거인들은 병이 든 것처럼 보입니다. 그들은 소인들에게 패배한 뒤에 점차 모든 대륙에서 쫓겨났습니다.」

멜라니의 설명에 샤를 웰스가 말끝을 단다.

「호메로스의 『오디세이아』에서 오디세우스가 최후의 키

클롭스를 상대로 승리를 거둔 것에 비할 만한 사건이죠.」

「북유럽 신화에 나오는 토르가 거인족 요툰과 싸우는 것과도 비슷하죠.」

「다윗과 골리앗의 싸움도 있어요. 그런 전투는 숱하게 인용할 수 있을 겁니다. 우리 조상들이 거인들과 싸워서 승리를 거두는 상황은 모든 신화에서 찾아볼 수 있습니다.」

세 탐사자는 아득한 옛날의 그 전투를 상기시키는 이미지들을 놀란 눈으로 바라본다.

웰스 교수의 설명이 이어진다.

「내가 보기엔 이것이 거인족의 소멸을 설명하는 세 번째 재난입니다. 그들이 살던 섬을 침수시킨 대홍수, 그리고 그들을 쇠약하게 만든 추위에 이어 소인들을 상대로 한 전쟁이 벌어졌어요. 거인들에게서 해방되기를 원했던 소인들이 마침내 거인들을 없애 버린 것이죠.」

그러면서 고생물학자는 바네사에게 다가오라는 신호를 보낸다.

「보세요, 호모 기간티스들 가운데 일부가 배를 타고 도망쳐서 섬에 상륙하고 있어요. 그들은 이 섬의 소인들에게 자기들을 숭배하도록 강요했을 겁니다.」

「이 거대한 조각상들을 분명 어디선가 보았다는 느낌이 드는데요.」

「맙소사, 지도상의 위치로 보건대, 이건 틀림없이 이스터 섬이에요!」

세 사람은 저마다 손전등을 활발하게 움직이며 벽면의 저부조를 살핀다. 거기에 새겨진 것은 거인들이 자기들 모습을 실물 크기의 석상으로 만들어서 숭배하도록 소인들에게 강요하는 장면이다.

멜라니가 다시 사진을 찍는 사이에 웰스 교수가 설명을 이어 간다.

「최후의 거인들은 자기들 나름대로 살아남으려고 애를 씁니다. 하지만 그때 네 번째 재앙이 닥칩니다.」

손전등의 빛다발이 벽화를 어루만진다. 거인들의 또 다른 모습이 나타난다. 겁에 질린 표정으로 자기들 앞에 있는 무언가를 바라보는 모습이다. 이 장면의 다음 부분은 바윗덩어리에 가려 보이지 않는다.

「이 바위는 분명 그들이 자기네 역사를 벽에 다 새긴 뒤에 떨어졌을 겁니다. 이 장면의 다음 부분은 이 바윗덩어리 뒤에 감춰져 있어요.」

세 탐사자는 얼음에 덮인 바위를 마주하고 서 있다. 마치 거울을 마주한 듯 그들의 모습이 얼음에 비친다. 그들은 피켈을 사용해서 힘껏 내리쳐 보지만, 장애물은 쪼개질 기미를 보이지 않는다.

그러자 웰스 교수는 배낭에서 휴대용 드릴을 꺼내 반질반질한 암면을 공략하기 시작한다.

드릴의 비트가 뒤틀린다.

「이게 금속처럼 단단한걸요. 비상수단을 써야겠어요. 거인족의 역사에 관한 진실을 가리고 있는 마지막 장막을 걷어내기 위해서는 달리 방법이 없어요.」

교수는 무릎을 꿇고 배낭에서 다이너마이트 몇 개를 조심스럽게 꺼내어 바위 아래에 설치한다.

바네사는 촬영을 계속하면서 묻는다.

「웰스 교수님, 폭약이 너무 많다고 생각하지 않으세요?」

「이 바위처럼 완강한 적을 공격하자면 적어도 이 정도는 있어야 해요.」

그들은 뒤로 물러나서 바닥에 엎드린 다음 고막을 보호하기 위해 손바닥으로 귀를 막는다.

교수는 기폭 장치의 버튼을 돌린다.

11

이번에는 저들의 존재를 분명하게 감지했다.

저들은 일을 더 빨리 진척시키기 위해 폭발물을 사용한다. 그다음에는 아마도 유정 탑과 흉측한 펌프를 설치해서 나의 검은 피를 빨아올릴 것이다.

저들 때문에 화가 난다.

저들에게도 모기처럼 피를 빨아 먹는 해충들이 있다. 저들은 그 해충들에게 관대하지 않다. 그런데 나는 왜 저들을 용서한단 말인가?

저들은 진정 어떤 존재인가? 그저 〈한시적인 세입자들〉일 뿐이다. 저들에게 그 사실을 일깨워 줄 때가 되었다.

12

거울이 부서졌다.

폭발음이 동굴 벽에 부딪혀 계속 메아리친다. 암석 천장을 덮고 있는 얼음이 갈라지면서 불길한 소리를 낸다. 바닥에서도 삐걱삐걱하는 음산한 소리가 들린다. 그러다가 모든 소리가 잦아든다. 연기가 흩어지고 공중에 떠 있던 작은 입자들이 내려앉자, 또 하나의 동굴이 모습을 드러낸다.

세 탐사자는 조심스레 나아간다.

바네사가 먼저 말문을 연다.

「거인들의 문명을 덮친 네 번째 재난이 바로 이것이었군요.」

그들은 벽화의 한 장면에 불빛을 비추고 있다. 공처럼 둥근 물체가 구름을 뚫고 나오는 모습을 형상화한 장면이다.

「이건…… 소행성 같은데요.」

바네사가 그렇게 우물거리자 멜라니가 확언한다.

「그 충격으로 중력에 변화가 생겼을 것이고, 그 변화가 소인들에게 훨씬 유리하게 작용해서 최후의 거인들이 멸망했을 거예요.」

웰스 교수가 나선다.

「〈요한의 묵시록〉에 나오는 네 기사처럼 네 차례의 재앙이 그들의 문명을 파괴했습니다. 여기에 돋을새김된 장면을 보세요. 사도 요한이 쓴 묵시록은 〈우리의 미래〉에 관한 예언으로 간주되고 있지만 실제로는 〈그들의 과거〉에 관해서 이야기하는 것으로 볼 수도 있을 것입니다. 저는 그 신비롭고 시적인 글에 줄곧 매료되었습니다. 그 글을 보면 네 명의 기사 이야기가 나옵니다. 흰 말, 붉은 말, 검은 말, 푸른 말을 탄 기사들이 출현하여 인류를 파멸시키는 이야기죠.」

멜라니가 벽화의 한 부분을 가리키며 알려 준다.

「여기에 새겨 놓은 것을 보세요. 소행성이 지구와 충돌한 뒤에 세 거인이 기적적으로 살아남았던 것 같습니다. 세 생존자는 여기 남극으로 피신했고, 자기들을 추격하는 소인들을 따돌리기 위해 얼음 아래 3,623미터 깊이에 있는 이 보스토크 호수까지 숨어들었을 것입니다.」

「고도의 선진 문명을 이룩했지만 네 차례의 대재난을 겪고 소멸한 호모 기간티스의 마지막 생존자들이라…….」

샤를 웰스는 벽면의 돋을새김에서 눈을 떼지 못하고 중얼 거렸다. 멜라니가 말끝을 단다.

「그 거인들은 남극의 표면 아래에서 오랫동안 숨어 사는 동안, 자기네 종족의 사라진 문명에 관한 이야기를 들려주기 로 결심했습니다.」

「그들은 벽화를 완성한 뒤에 굶주림이나 추위나 노화 때 문에 죽었을 겁니다.」

바네사는 촬영을 중단한다.

「잠깐만요, 두 분의 가설에 아귀가 맞지 않는 점이 있어요. 벽화에 나와 있는 대로라면 생존자는 세 명이라는 얘기인데, 우리가 찾아낸 해골은 두 개밖에 없어요. 나머지 하나는 완 전히 가루가 되어 사라진 것일까요?」

멜라니도 그 허점을 인정한다.

「두 거인의 해골이 온전하게 남아 있는데, 나머지 하나만 풍화가 되었을 리는 없죠.」

그러는 동안 샤를 웰스는 손전등을 들고 어두운 동굴 속을 구석구석 뒤지면서 움푹 들어간 곳이며 갈라진 틈새들을 살 핀다.

「질문이 하나 더 있어요.」

바네사는 두 학자의 허를 찌른 것에 만족해하며 말을 잇 는다.

「이토록 깊은 곳에 있는 이런 동굴에 부조를 남기기란 여 간 어려운 일이 아니었을 텐데, 그들은 왜 그런 고생을 했을 까요? 이 벽화가 발견될 확률은 거의…… 제로였을 텐데요.」

웰스 교수는 빙그레 웃는다.

「그들은 우리를 위해서 이것을 새긴 겁니다.」

「어째서 〈우리를 위해서〉라는 거죠?」

「내가 생각하기에 그들은 언젠가 소인들이 여기에 오리라고 예상했습니다. 여느 소인들보다 더 대담하고 끈질기고 호기심이 많은 자들이 오리라고 예견했다는 것이죠. 그들은 그 소인들에게 진실을 알려 주려고 했습니다.」

그들은 마지막 장면에 눈길을 붙박은 채로 잠시 침묵을 지킨다. 이 마지막 장면은 그림 속에 그림이 들어 있는 구조를 취하고 있다. 거인이 그림을 새기고 있는 장면인데, 그 작은 그림에는 자기 자신의 모습을 새기는 거인의 모습이 담겨 있다. 그 액자 구조의 효과가 자못 감동적이다.

샤를 웰스는 수첩과 만년필을 꺼내더니, 눈앞을 비추기 위해 손전등을 입에 문 채로 무언가를 재빨리 적는다. 머릿속을 스치는 몇 가지 생각들을 잊어버릴까 저어하는 것이다.

「호모 기간티스들은 지능이 매우 높았지만 결국 사라졌습니다. 웰스 교수님이 보시기에 그들은 어디에서 실패한 것 같습니까?」

바네사가 카메라 파인더에 다시 눈을 갖다 대며 묻자, 교수 대신 멜라니가 대답한다.

「그들은 올바른 선택을 하지 않았습니다.」

「그저 운이 없었던 것이라고 생각할 수는 없을까요? 소행성이 덮치는 것을 피할 수는 없으니까요.」

「그들은 적응을 했어야 합니다. 진화의 원리 자체가 연속되는 재난에 바탕을 두고 있습니다. 잇단 재앙을 겪으면서 종의 돌연변이가 일어나는 것이죠. 생존자들은 그런 재난에 적응하는 자들입니다. 소인들은 아무리 끔찍한 재난이 닥치더라도 살아남을 수 있는 진화의 길을 찾아냈습니다. 소인들의 후손인 우리는 오늘날에도 존재하고 있지만 거인들은 소멸하고 말았다는 것이 그 증거입니다.」

샤를 웰스가 수첩에 무언가를 계속 적고 있는 동안, 멜라니는 카메라를 마주하고 자기의 가설을 전개한다.

「소행성이 아마도 지구의 중력을 변화시켰을 것이고, 수천만 년 전에 공룡들에게 일어났던 일과 비슷하게, 체구가 크다는 사실 때문에 그 변화가 거인들에게 불리하게 작용했을 것입니다. 그것은 그저 하나의 불운인데, 거인들에게는 불리하게 작용하고 소인들에게는 오히려 득이 되었다는 것이죠.」

웰스 교수는 반박하지 않는다. 수첩에 계속 메모를 하고 있을 뿐이다. 그러더니 후드를 젖혀 긴 머리카락과 흰 수염을 온전히 드러내고는 주머니에서 작은 술병을 꺼낸다. 그 중대한 발견을 담담하게 받아들이고 그것이 가져올 결과에 생각을 집중하기 위해서 술기운을 빌리고 싶어 하는 것이다.

그가 중얼거린다.

「아무튼…… 엄청나……. 정말 굉장한 발견이야! 녀석이 알게 되면 무척 놀라겠는걸.」

기자가 묻는다.

「또 아드님 생각을 하시나 보죠?」

교수 대신 멜라니가 다시 끼어든다.

「아무도 우리를 믿으려 하지 않을 겁니다. 이런 것을 발견했다고 하면 누가 믿겠어요? 다들 너무 황당하다고 생각할 겁니다. 거인들…… 우리보다 앞선 것으로 보이는 거인들의 문명이 존재했다고 해보세요. 역사학계와 고고학계는 물론이고 종교계도 그런 주장을 모욕으로 받아들일 겁니다. 고대의 대다수 종교가 〈신〉이라고 여겼던 존재들이 바로 그 호모 기간티스들이라니…… 그야말로 과거의 숱한 신비를 한순간에 벗겨 버리는 주장이죠.」

샤를 웰스는 술을 다시 한 모금 마시고 나서 멜라니의 말에 이견을 단다.

「사람들은 우리를 믿을 수밖에 없을 걸세. 내 메모가 있고, 바네사의 동영상과 자네의 사진들이 있잖은가. 며칠 있으면 모든 신문에 이 사건에 관한 기사들이 넘쳐 날 거라고 장담할 수 있네. 우리는 톱뉴스에 나오게 될 거야. 그러고 나면 남극 대륙과 이 보스토크 호수로 사람들이 몰려오겠지. 수백 명의 연구자들이 여기로 쇄도할 걸세. 그들은 두 개의 거대한 해골과 이 벽화를 보게 될 것이고, 그러면 역사 시대와 선사 시대에 관한 모든 교재들을 수정하지 않을 수 없게 될 거야. 그들이 원하든 원치 않든, 8천 년 전에 거인들이 존재했던 것은 사실이야. 우리에 앞서 또 다른 인류가 정말 있었네. 도마뱀에 앞서 공룡이 있었던 것처럼.」

멜라니는 회의적인 표정으로 입술을 비죽인다.

「저도 과학계를 겪어 봐서 잘 알아요. 학술 단체나 기관들, 그리고 그들이 옹호하는 케케묵은 신념들을 상대하기에 교수님과 저는 그저 미약한 존재일 뿐입니다. 우리가 사진과 동영상을 제시한다고 해도, 그들은 틀림없이 어떤 방도를 찾아내서 그것들에 의문을 제기할 것입니다.」

「그들은 선택의 여지가 없을 걸세. 여기에 와서 확인을 하겠지. 그러면 관점을 바꾸지 않을 수가 없을 거야. 진실이 여기에 있거든.」

바네사는 카메라를 내려놓고 배낭을 푼다.

「에고, 저는 너무 허기가 져서 못 견디겠어요. 잠깐 쉬면서 점심을 먹는 게 어떨까요?」

샤를 웰스가 대답한다.

「우리는 급하지 않아요. 이 동굴은 자기 비밀을 전해 주기 위해 8천 년을 기다렸으니, 몇십 분쯤은 더 기다릴 수 있을 겁니다. 두 분이 너무 춥다고 느끼지만 않는다면.」

멜라니는 버너를 켜고 그 위에 냄비를 올려놓은 다음 물통의 물을 붓고 냉동 건조 식품이 담긴 봉지들을 뜯어 그 내용물을 물에 넣는다. 봉지들에는 참소리쟁이 소스를 친 연어구이와 바스크식 닭고기의 맛이라고 적혀 있다.

그녀가 말을 잇는다.

「교수님도 아시다시피, 우리 동료들보다 더 경직된 사람들은 없습니다. 교수님에 대한 그들의 시샘은 말할 것도 없고요.」

「그들은 달라질 걸세. 그들에게도 〈변이〉가 일어날 거야.」

「교수님은 환상을 품고 계세요. 우리가 이 주제를 논하기가 무섭게 그들은 우리를 조롱할 겁니다. 벌써부터 그들이 우리를 비웃는 소리가 들리는 듯해요.」

「대중이 우리를 지지해 줄 거야.」

「그들이 보기에 대중은 그저 다수의 무지한 자들일 뿐이에요. 그리고 모든 동료들이 교수님의 견해에 반대한다면, 대중의 지지를 얻은들 무슨 소용이 있겠어요?」

기자가 끼어든다.

「교수님, 멜라니가 말하는 대로 될까 봐 걱정이에요. 아주 신중하게 행동하는 게 우리에게 이로워요. 영상 증거가 있다고 해도, 자칫하면 교수님이 미치광이나 사기꾼으로 간주될 수도 있으니까요.」

「아! 당신도 같은 생각입니까?」

「저는 아틀란티스나 노아의 대홍수 같은 몇몇 주제를 들먹이다가는 비웃음을 사기가 십상이라는 것을 알고 있어요. 그런데 한술 더 떠서 거인들과 사라진 선진 문명을 논했다가는…….」

그 둘의 얼굴에는 회의적인 기색이 역력하다.

그들은 뜨거운 커피에 비스킷을 적셔서 먹는다.

「젠장, 이런 발견을 하고 나서 전의를 상실한다는 건 말이 안 돼요! 사람들의 사고방식은 달라질 수 있어요. 나는 오히려 우리가 위대한 신비를 밝혀낸 공로로 학계의 인정을 받을 거라고 믿습니다.」

「교수님은 낙천주의자이시군요.」

멜라니도 가세한다.

「수 세기 동안 이어져 온 편견 앞에서 사진과 영상이 무슨 힘을 쓰겠어요?」

「우리가 채취한 돌과 얼음도 있지 않은가?」

「그것들에 대해서도 의문이 제기될 거예요. 화석들이 엄연히 존재하는 오늘날에도 다윈의 진화론보다 창조론이 득세하고 있어요. 교수님이 현실을 잊고 계신 것 같아서 한 말씀 더 드리자면, 전 세계에 걸쳐서 초등학교 교사들의 과반수는 신이 우리 인간을 창조했다고 아이들에게 가르치고 있어요.」

「무슨 말을 하고 싶은 거지?」

「학자들뿐만 아니라 신앙인들도 우리의 주장에 반대하리

라는 거예요.」

「그럼 벽화는? 우리 뒤를 이어서 여기에 올 사람들이 분명히 있을 거야.」

멜라니는 어깨를 들먹이고 유리병들을 배낭에 챙겨 넣는다. 샤를 웰스는 두 대원의 지적에 화가 난 채로 수첩과 만년필을 꺼내어 글을 써내려 간다. 나머지 둘이 지켜보는 가운데, 마치 연설을 준비하듯 한 문장 한 문장에 정성을 기울인다.

그는 글쓰기를 멈추고 위스키를 한 모금 쭉 마신 다음 작은 술병에 마개를 끼우려고 한다. 그러나 마개가 바닥으로 굴러떨어진다. 그는 마개를 주우려고 몸을 숙이다가 굳은 자세로 한 지점에 눈길을 붙박는다.

「아무래도…… 내가…… 나머지 한 거인을 찾아낸 것 같아.」

그는 두 손을 바닥에 대고 엉금엉금 기는 자세를 취하더니 아노락의 소매로 얇은 막처럼 바닥을 덮고 있는 성에를 문지른다.

13
백과사전: 아포칼립스

묵시록을 뜻하는 아포칼립스는 그리스어 아포칼립시스에서 나온 것이고, 이 말은 〈감추다〉라는 뜻의 동사 〈칼립테인〉에 부정을 뜻하는 접두사 〈아포〉를 붙인 〈아포칼립테인〉에서 나온 것이다. 이 어원에서 보듯이 아포칼립시스는 원래 〈감춰진 것을 드러내기〉, 〈장막을 걷어 내기〉라는 뜻이었다.

나중에 이 말은 〈계시〉 또는 〈진리를 드러냄〉이라는 뜻으로 번역되었고, 〈세상의 종말〉과 동의어가 되었다. 만약 인간이 진리(인간 자신의 미망과 거짓이라는 장막에 가려진 진리)를 마주할 능력이 없다면, 진리

를 드러내는 것이 인간에게 치명적인 결과를 가져올 수도 있다는 생각
이 반영된 것이리라.

에드몽 웰스, 『상대적이며 절대적인 지식의 백과사전』 제7권

14

얼음 아래로 거대한 연갈색 물체가 보인다.

고생물학자는 덮치듯 달려들어 자기 손전등을 집어 든다.
파르스름한 얼음 속에서 빛다발이 무수히 반짝이는 파편으
로 흩어진다. 그는 장갑을 벗고 이번에는 두 손으로 바닥을
문지른다.

투명한 얼음 아래로 세월의 아득한 심연에서 나온 인간이
보인다. 시신의 보존 상태는 완벽하다. 그의 키는 15미터가
넘는다. 긴 백발에 수염을 길렀고, 낡은 옷을 입은 차림이다.

바네사가 중얼거린다.

「이 사람은 마치……」

「마치 뭐요?」

「산타클로스나 하느님 같아요.」

멜라니는 그녀를 진정시키려는 듯 말한다.

「수염을 아주 길게 기른 늙은이일 뿐이에요.」

웰스 교수는 기쁨을 감추지 않는다.

「바로 이거야. 반박의 여지가 없는 증거를 찾아냈어. 이것
에 대해서는 아무도 의문을 제기할 수 없을 겁니다. 이건 인
위적으로 만들어 낼 수 있는 게 아니거든요.」

「얼음 속에서 온전하게 보존된 이 시신의 세포를 채취해
서 DNA를 분석해야겠어요. 그러면 마침내 이 선행 인류의
생물학적 특성을 알게 될 거예요.」

젊은 과학자는 다시 휴대용 열풍기를 사용해서 얼굴 쪽의 얼음을 녹인다. 이윽고 거인의 입이 드러나자 혀누르개처럼 납작하게 생긴 도구를 사용해서 뺨 안쪽의 상피 세포를 조금 채취한다.

전자 현미경으로 살펴보니 세포 조직은 전혀 손상되지 않았다.

멜라니는 상피 세포를 한 번 더 채취하여 탄소-14 연대 측정기에 넣는다.

「이 호모 기간티스의 세포핵들을 보면, 이 사람은 아주 오래 살다가 죽었어요.」

말이 떨어지기가 무섭게 기자가 묻는다.

「몇 살까지 살았는데요?」

「제 말이 믿기지 않으실 거예요. 방금 나온 데이터에 따르면, 이 사람은 1천 년 가까이 살았어요. 이 기계는 분명 그렇게 말하고 있어요.」

「〈창세기〉에 나오는 므두셀라만큼 오래 살았군.」

웰스 교수가 중얼거렸다.

「어쩌면 성경의 저자들은 거인들의 존재를 알고 있었고 그들에 대해서 우리에게 말하고 싶어 했을지도 모르죠. 보시다시피 성경은 우리의 적이 아니라 오히려 우리의 연구를 뒷받침하고 있어요. 인간이 5백 살 넘게 살 수 있다는 이야기를 놓고 사람들은 누구나 그것이 한낱 전설이라고 생각했어요. 그런데 실제로 그렇게 오랫동안 살았던 사람들이 있었던 거로군요.」

바네사가 그렇게 경탄하자 웰스 교수가 일깨운다.

「1천 년 가까이 살았다고? 놀랍게도 거인들 세계의 모든 것이 10이라는 수와 연결되어 있어. 거인들은 여러 면에서 우리의 열 배일세. 우리보다 열 배나 크고, 우리보다 열 배나 오래 살았어.」

교수는 그 점과 관련하여 떠오른 몇 가지 생각을 수첩에 적는다. 그러고는 만족한 표정으로 수첩과 함께 자기 카메라의 메모리 카드를 방수 봉지에 담아 아노락의 안쪽 주머니에 넣는다.

멜라니는 거인의 DNA 특성을 알아내기 위해 세포를 조금 더 채취하다가, 갑자기 코가 간질거리는 것을 느끼며 재채기를 한다.

기자가 그녀를 걱정해 준다.

「감기 걸리셨나 봐요.」

멜라니는 코를 풀고 나서 하던 일을 계속한다.

「하긴 영하의 기온에서 계속 돌아다니고 얼어붙은 화석들을 만지고 있으니 그렇게 탈이 나는 것도 놀랄 일은 아니죠.」

기자 딴에는 농담이라고 한 말이었다.

15

저들이 저기에서 뭘 하는 거지?

나의 남극에서 무슨 짓을 꾸미는 걸까?

당장 중단시켜야 해. 아주 좁은 지역에 한정해서 동티가 일어나도록 해야 해.

어떻게 내 거죽의 한쪽 구석에서만 진동이 일어나게 할 수 있을까?

기를 한데 모으면 해낼 수 있을 거야.

16

그는 몸을 부르르 떤다. 그러고는 얼음에서 시신을 빼내기 위한 굴착 장비들을 배낭에서 꺼낸다. 세 탐사자는 얼어붙은 거인의 시신 주위를 파기 시작한다.

멜라니가 기침 발작을 일으킨다. 발작이 너무 심해서 잠시 일손을 놓아야만 한다.

「멜라니, 괜찮아? 뭘 잘못 삼켜서 사레가 들린 것 아냐?」

「별것 아니에요. 곧 괜찮아질 거예요.」

그녀는 가까스로 대답한다.

기자는 다시 촬영을 시작한다.

「웰스 교수님, 우리 문명 역시 사라질 수 있으리라고 생각하십니까?」

「그걸 누가 알겠습니까? 이 거인들도 당대에는 자기네 문명이 영원히 이어지리라 생각했을 겁니다.」

그는 얼음 속에 갇힌 사람을 가리킨다.

「하지만 우주에서 날아온 돌덩이 하나 때문에 모든 게 끝나 버렸습니다.」

바로 그 순간, 커다란 고드름 하나가 천장에서 떨어져 얼어붙은 호수에 박힌다.

천둥이 치듯 요란한 소리가 동굴 안에 울려 퍼진다. 바닥이 흔들리기 시작한다.

주위 온도가 갑자기 올라간다. 세 탐사자는 자기들 주위로 쌩쌩 소리를 내며 빗발치는 투명한 창들을 피하기 위해 벽 쪽으로 냅다 뛰어간다. 바네사의 머릿속으로 불길한 생각이 스쳐 간다. 고드름들이 괴물의 이빨처럼 느껴진다. 괴물이 입을 다물면서 자기들이 이빨에 눌려 으스러져 버릴 것만 같다.

그들은 바위에 바싹 기대어 몸을 웅크린다. 동굴의 한쪽 끄트머리에 있는 바위틈에서 증기가 구름처럼 피어오른다. 열기 때문에 숨이 턱턱 막힌다.

웰스 교수는 그 갑작스러운 현상을 이해하려고 애쓰면서 소리친다.

「아주 가까운 곳에서 용암이 분출한 모양이야.」

그 가정을 뒷받침하듯 바위틈에서 김이 모락거리는 당밀 같은 것이 솟구친다. 분출한 마그마가 얼어붙은 호수로 퍼져 나가자 호수가 즉시 부글거린다. 불과 얼음이 뒤섞이고 기온이 계속 올라간다.

바네사가 동굴 안쪽을 가리키면서 소리친다.

「저쪽으로 가요!」

그녀가 가리킨 곳에는 벽감처럼 우묵하게 들어간 자리가 있다. 불행 중 다행으로 일단 몸을 피할 수 있을 법하다.

그들은 달음박질을 친다. 하지만 호수의 얼음판에 자꾸자꾸 금이 간다. 금 하나가 생겼다 싶으면 이내 옷감이 찢어지는 소리를 내면서 세로 방향 전체로 쩍쩍 갈라진다.

세 탐사자는 발밑의 얼음이 꺼지는 것을 느낀다.

샤를 웰스는 둑에 매달릴 새도 없이 미끄러져 물에 빠진다. 발버둥을 치면서 물 밖으로 머리를 내민 채 버텨 보려고 하지만, 강력한 소용돌이에 휘말려 호수의 바닥 쪽으로 이끌린다. 그러다가 물속에 나 있는 좁다란 통로 속으로 빨려 들어간다. 이 통로는 사이펀과 같은 구실을 한다. 그는 이제 세면대의 배수관 속에 들어간 물체나 다름없다.

그의 뒤에 있던 바네사와 멜라니 역시 이 암석 통로 속으로 휩쓸려 들어간다.

그나마 다행인 것은 그들의 두꺼운 보온복이 극한의 기온을 견디도록 만들어졌다는 사실이다. 그들은 물살에 몸을 내맡긴 채 지하의 미끄럼틀을 타고 내려간다. 미끄럼틀은 점점 미로로 변해 간다. 그들의 헬멧에 부착된 작은 전등이 옆으로 스쳐 가는 벽들을 간간이 비춰 준다.

웰스 교수가 맨 앞에서 미끄러져 간다. 물살이 너무나 세서 속도를 늦출 수 있는 방도가 없다. 그는 통로 속을 계속 돌진해 간다. 그의 아노락은 바위 모서리에 쓸려서 넝마로 변해 간다. 갑자기 눈앞에 장벽이 나타난다. 장벽에 구멍이 뚫려 있기는 하나 그 직경이 너무 작아서 그가 온전히 빠져나갈 수는 없을 듯하다. 돌진하는 속도가 너무 빨라서 장벽에 부딪히는 것을 피할 수도 없다.

그는 겁에 질린 채 입을 벌리고 눈을 휘둥그렇게 뜬다. 그러고는 자신을 지키려는 듯 본능적으로 두 손을 앞으로 내민다.

〈진화〉 연구 분과 동기생들

17

몸뚱이가 바스러졌다.

가슴에서 나온 피가 자줏빛 자국을 남긴다. 피에 창자와 다리가 뒤섞여 끈적거리는 액체로 보인다.

다비드 웰스는 손을 닦는다. 그를 성가시게 하던 모기가 마침내 처치된 것이다. 그는 하얀 손수건에 손을 문질러 훼방꾼이 남긴 자취를 없애 버린다. 다비드 웰스는 모기를 싫어한다.

그는 숨을 깊이 들이마시고 소르본 대학의 웅장한 입구를 지나 니스를 칠한 참나무 문 앞에 다다른다. 〈다윈〉 강당. 문에 이런 공고가 붙어 있다. 〈진화에 관한 학술 경연 대회 참가자들은 노크를 하지 말고 들어오십시오.〉

그는 조금 긴장하고 있다.

손목시계를 본다. 10시 58분.

그가 출석할 시간은 11시로 되어 있다. 이런 경연에서는 대개 모두가 같은 시간에 출석해서 성(姓)의 두문자로 발표 순서를 정한다. 그의 성은 W로 시작하기 때문에 일껏 8시에 도착해도 맨 마지막으로 발표를 하기가 십상이다. 그런데 이번에는 그가 발표할 차례에 거의 맞춰서 출석 시간이 정해졌다.

그는 문손잡이를 돌린다. 강당은 아주 넓고 벽이 목재로 장식되어 있다. 천장에는 진화의 역사를 보여 주는 프레스코가 그려져 있다. 아메바에서 시작하여 물고기, 개구리, 도마뱀, 여우원숭이, 원숭이로 이어지는 행렬에 이어 직립 보행을 하는 인간들이 등장하는데, 이 인간들은 곰 가죽을 걸친 차림에서 가죽 바지, 청바지를 거쳐 우주복을 입은 차림으로 변해 간다. 그림에 등장하는 인간들 모두가 앞에 선 자들을 부러워하고 뒤에 선 자들을 경멸하는 듯한 모습이다.

벽에는 대학의 역사에 큰 족적을 남긴 교수들의 초상이 걸려 있다. 초기의 교수들은 르네상스 시대의 복장을 하고 당시의 실험 도구들을 들고 있다. 그다음에는 의사를 겸하던 이발사들처럼 가운을 걸치고 뾰족한 모자를 쓴 모습부터 태블릿 컴퓨터를 들고 있는 하얀 가운 차림의 과학자에 이르기까지, 시대의 변천에 따라서 인물들의 복장이 달라진다. 옛날 교수들의 초상은 커다란 화폭에 유화 물감으로 그려져 있고, 최근에 활약했던 교수들의 모습은 입체 컬러 사진에 담겨 있다.

다비드 웰스가 마주하고 있는 높다란 연단에는 아홉 명의 심사 위원이 줄느런하게 앉아 있다.

가운데 자리를 차지하고 있는 심사 위원은 키가 크고 젊어 보이는 여자다. 머리를 틀어 올려서 묶고 뿔테 안경을 낀 모습이다. 그녀가 심사 위원장인 듯하다. 그녀 앞의 작은 탁자에 명패가 놓여 있다. 크리스틴 메르시에.

그녀의 양편에 앉아 있는 사람들은 나이가 더 들어 보인다. 왼쪽 끄트머리에 앉아 있는 사람은 졸음을 견디다 못해 잠이 들어 버렸다. 작은 소리로 코까지 곯고 있는 듯한데, 다른 심사 위원들은 그러거나 말거나 전혀 아랑곳하지 않는다.

오른쪽 끝에는 또 다른 여자가 앉아 있다. 다비드 웰스는 그 여자의 존재를 곧바로 알아차리지 못했다. 키가 아주 작아서 특별히 높여 놓은 의자에 올라앉아 있음에도 눈에 잘 띄지 않았던 것이다. 여자는 스마트폰을 계속 만지작거리고 있다. 잇달아 들어오는 문자 메시지를 읽고 있는 모양이다.

다비드 웰스는 연단 쪽으로 나아간다.

양옆의 높다란 스테인드글라스 아래에 예순 명쯤 되는 젊은이들이 불안한 표정으로 앉아 있다. 대개는 무릎 위에 놓인 서류를 꼭 쥐고 있고, 오른쪽에 앉은 세 젊은이는 심사 위원들 앞으로 나갈 차례를 기다리며 열에 들뜬 모습으로 자기들의 메모를 다시 읽고 있다.

「다음 참가자 나오세요!」

크리스틴 메르시에가 외치는 소리다.

「참가 번호 67번, 프랜시스 프리드먼 박사. 프로젝트 제목: 안드로이드, 인공 의식을 가진 로봇.」

다비드 웰스는 따로 떨어져 앉은 세 참가자 옆으로 가만가만 다가가서 자리를 잡고 발표에 주의를 기울인다.

프랜시스 프리드먼은 허여멀건 얼굴에 여드름이 많이 난 젊은이다. 두꺼운 안경을 끼고 고무창이 달린 신발을 신었다. 그는 자신의 이력과 포부를 간단히 설명하는 것으로 말문을 연다. 자기는 몽펠리에 대학의 로봇 공학과 출신이며, 자기가 경연의 우승자로 선정된다면 기계들이 〈자아〉의 관념을 지각하게 함으로써 로봇 공학의 신기원을 열 수 있으리라 생각한다는 것이다.

그가 생각하는 신기원이란, 한낱 계산 능력을 의미하는 〈인공 지능〉의 단계에서 개체와 개체 밖의 세계를 구별하는 능력인 〈인공 의식〉의 단계로 넘어가는 것이다.

「안드로이드 로봇이 자기 자신을 의식하게 되면, 스스로 주도해서 일을 할 수 있는 노동자, 완벽한 일꾼이 될 수 있을 것입니다. 그런 로봇들이 값싸고 수가 많은 프롤레타리아 계급을 형성하게 되면, 경제적이고 사회적인 문제들의 상당수를 해결하는 데 도움이 될 것입니다. 그 로봇들을 제대로 프로그래밍한다면 반항이나 파업의 의지가 전혀 생겨나지 않게 할 수 있으리라 생각합니다. 그들에게는 〈자아〉에 관한 의식이 있기 때문에 창의력을 발휘하게 될 것이고, 스스로 아이디어를 내면서도 그것들에 대한 권리를 주장하지는 않을 것입니다. 즉 장점만 있고 단점은 없는 일꾼들이라 할 수 있죠.」

「그런데 만약 그 로봇들이 정신 착란을 일으키면 어떻게 되죠?」

한 심사 위원이 물었다.

「자아의식이 생기면 자신에게 스스로 묻는 일이 일어날 수 있습니다. 그런 현상을 통제하기 위해서는 로봇들에게 적합한 심리학과 정신 분석학을 창안해야 할 것입니다. 저는 이 경연의 상금을 받아 논문을 쓰게 된다면, 대한민국의 서울에 있는 하이 테크놀로지 센터에 가야겠다고 생각했습니다. 1세대 인공 지능 로봇들에 관해서 연구하고 그 로봇들이 인공 의식의 단계로 넘어갈 수 있게 하기 위해서 말입니다.」

「서울에 간다고요?」

「그렇습니다. 거기에는 세계에서 가장 높은 수준에 도달한 로봇들이 있습니다. 한국인들은 반도체 칩, 디스플레이, 로봇 공학 등 여러 분야에서 단연 앞서 있습니다.」

잠시 침묵이 이어진다. 그저 잠들어 있는 심사 위원의 코고는 소리가 들릴 뿐이다. 다른 심사 위원들은 서로 의견을 묻고, 간단한 심사평이 적힌 종이를 바인더에서 떼어 내어 서로 주고받는다. 이윽고 머리를 틀어 올린 여자가 참가자 명단이 적힌 종이를 다시 집어 든다.

　「수고하셨어요, 프리드먼 박사. 다음 참가자 나오세요. 참가 번호 68번, 오로르 카메러 박사. 프로젝트 제목: 아마존, 여성 호르몬에 의한 면역 체계 강화.」

　호명된 젊은 여자는 아주 우아한 자태로 일어나서 아홉 심사 위원들 앞에 자리를 잡는다. 연한 갈색 머리를 짧게 자른 데다, 노란 재킷에 검은 셔츠를 받쳐 입고 그 아래에 다시 검은 바지를 입고 있어서 남자 같은 느낌을 준다. 노랑과 검정으로 된 꿀벌 모양의 브로치를 달고 있기는 해도 그런 인상이 크게 달라지지는 않는다.

　「저는 툴루즈 의과 대학에서 공부했고, 전공은 내분비학입니다. 저는 튀르키예 남동부, 이란 접경 지역에 아마존족의 마지막 후예들이 살고 있다는 사실을 알아냈습니다. 그 여자들은 스스로를 〈꿀벌족〉이라 부르며 꿀벌에 대한 숭배 의식을 거행합니다. 그 여자들은 꿀과 로열 젤리와 밀랍을 이용해서 독창적인 약제를 개발하는 데 성공했습니다. 그들의 발병률이 평균을 훨씬 밑도는 것으로 보아, 그 약들은 효능이 매우 뛰어난 것으로 보입니다. 그뿐 아니라 그 여자들의 호르몬은 우리의 것과 다릅니다. 마치 돌연변이가 일어나기라도 한 것처럼 차이를 보입니다. 제가 생각하기엔 꿀벌의 여성 호르몬을 많이 섭취하는 것과 깊은 관련이 있는 듯합니다. 그 여인족은 현재 튀르키예와 이란에서 박해를 받고 있습니다. 만약 그들이 사라진다면, 그들의 지식도 잊히고 말 것입니다. 저는 현지에 가서 그들을 연구할 생각입니다. 그들의 혈액을 분석해 보고 유기 화학 분야에 관한 그들의 지식을 전해 받을까 합니다.」

머리를 틀어 올린 심사 위원은 무언가를 적으려 하다가 펜이 잘 나오지 않자 그것을 아래위로 흔든다. 그러더니 결국엔 옆 사람의 펜을 빌린다.

「수고하셨어요, 카메러 박사. 이제 마지막 참가자 나오세요. 참가 번호 69번, 다비드 웰스 박사. 프로젝트 제목: 피그미, 소형화를 통한 진화.」

호명받은 젊은이는 앞으로 나가서 심사 위원들을 마주하고 자리를 잡는다.

「저는 파리 생명 과학 대학에서 박사 학위를 받았고, 환경이 인간과 동물의 생리에 미치는 영향에 관한 연구를 전문으로 하고 있습니다. 제 프로젝트는 종들의 크기가 작아지는 현상과 관련되어 있습니다. 제가 보기에는 동물과 식물을 막론하고 숱한 종들이 소형화하는 쪽으로 진화하고 있습니다. 공룡은 도마뱀으로 변했고 매머드는 코끼리로 변했습니다. 옛날에 잠자리들은 날개폭이 1.5미터에 달했지만 이제는 가장 큰 것도 15센티미터가 넘지 않습니다. 우리와 더 가까운 동물들을 보자면, 늑대는 요크셔테리어처럼 작은 개로 변했고, 호랑이는 고양이로 변했습니다.」

키가 아주 작은 심사 위원은 심드렁한 표정을 짓고 있다. 그녀야말로 그 주제에 가장 큰 관심을 보일 법한데 사실은 그렇지 않은 모양이다.

「식물 세계에서도 소형화의 예를 얼마든지 찾아볼 수 있습니다.」

다비드의 발표가 이어진다.

「옛날에 어떤 세쿼이아는 그 높이가 1백 미터에 달했습니다. 오늘날의 세쿼이아는 평균 높이 10미터의 교목입니다. 곤충의 사례도 있습니다. 최근에 밝혀진 바에 따르면, 바퀴벌레들은 현대 건물의 배관에 적응하기 위해, 다시 말해 파이프 속을 돌아다니기 쉽도록 몸집을 줄이는 쪽으로 진화했습니다. 끝으로 물건의 영역에서도 소형화의 예를 찾아볼 수 있습니다. 자동차들은 도시의 교통 체증에 적응하기 위해 갈수록 작아지고, 컴퓨터들 역시 소형화의 경향을 보입니다. 아파트의 평균 면적도 대도시의 인구 과잉 때문에 점점 축소되고 있습니다.」

「그게 주제인가요?」

머리를 틀어 올린 여자가 그렇게 묻고 나서 말끝을 단다.

「세계를 축소하고 싶은 건가요?」

몇몇 심사 위원은 웃음이 터져 나오려는 것을 애써 참고 있다.

「저는 논문 대신 현장 보고서를 작성해 볼까 합니다. 아프리카, 더 정확히 말하면 콩고 공화국에 가서 최후의 피그미들을 탐방하겠다는 것입니다. 그들은 오늘날까지 알려진 가장 오래된 인종의 후예라는 이유로 마치 미개인들처럼 여겨지고 있습니다. 그런데 제가 찾아낸 한 연구에 따르면, 그들은 뎅기열과 치쿤구니야열을 감염시키는 모기들에게 물려도 끄떡없을 만큼 불가해한 저항력을 키워 왔습니다. 우리와 비교할 때 그들은 말라리아, 아프리카 수면병, 이질 등을 훨씬 잘 견뎌 냅니다. 앞서 발표한 참가자와 마찬가지로 저는 현지에 가서 그들의 혈액을 분석해 보고 싶습니다. 그럼으로써 그들이 이른바 〈문명인〉보다 면역성이 강한 이유를 밝혀낼 수 있기를 바랍니다. 나아가서는 그들이 과거의 종족인지 아니면 오히려 미래의 인류에 속하는 사람들인지도 알게 되리라 기대합니다.」

긴 침묵이 이어진다. 심사 위원들은 서로 눈빛을 주고받는다. 이윽고 소인증 여성이 발언에 나선다.

「으음, 웰스 씨, 샤를 웰스 교수의 아드님 맞지요? 남극 탐사를 떠났다가 실종되었다고 언론에서 보도한 그 샤를 웰스 교수가 아버님이시죠?」

「에…… 그렇습니다만.」

「우리도 소식 들었어요. 안타까운 일입니다. 구조대가 아버님을 곧 찾아내리라고 생각합니다.」

다비드는 아무 대답도 하지 않는다.

크리스틴 메르시에는 자기 펜이 나오는지 확인하고 한 문장을 휘갈겨 쓴다. 그러고는 다비드에게 다른 후보자들이 앉아 있는 왼쪽을 가리킨다. 그들 옆에 가서 앉으라는 뜻이다. 그때 잠들어 있던 심사 위원이 퍼뜩 깨어나더니 누구의 말에 동의하기라도 하듯 고개를 주억거린다.

저마다 프로젝트를 발표한 연구자들은 심사 결과를 기다린다. 크리스틴 메르시에는 여덟 심사 위원의 의견을 들은 뒤에 자리에서 일어나 참가자들을 마주 대한다.

「여러분은 소르본 대학에 신설된 연구 분과, 다시 말해서 〈인류 진화의 미래〉에 관한 연구를 전문으로 하는 분과의 제1기 연구원 지망자들입니다. 이 분과는 시험적으로 발족된 것이지만, 우리는 이 분야의 연구를 적극적으로 장려할 생각입니다. 머잖아 박사 과정도 개설될 것이고 진화학이 하나의 온전한 학문으로 자리 잡을 수 있을 것입니다. 여러분은 모두 높은 수준의 학위를 소지하고 있으며, 모두 그랑제콜이나 명성 높은 대학들을 졸업했습니다. 그리고 저마다 다른 전공 과정을 이수하기는 했지만, 모두가 〈우리는 어디로 가는가〉를 알고자 하는 근본적인 욕구를 공유하고 있습니다.」

젊은이들은 고개를 끄덕인다.

「우리에게 이 경연은 그 새로운 학문을 촉진하기 위한 수단입니다. 예순아홉 명의 참가자들이 저마다 독창적인 프로젝트를 제안했습니다. 우리는 여러분 중에서 세 연구자를 선발하여 결선에 올릴 것입니다. 결선에 진출할 세 연구자는 장학금을 받아 각자 선택한 프로젝트에 관한 논문을 쓰게 됩니다. 당연한 얘기지만 우리는 그들의 연구에 필요한 여행 경비와 기타 비용들도 전액 지원할 것입니다.」

지망자들 사이로 웅성거리는 소리가 번져 간다. 다들 흐뭇해하는 기색이다.

「그러나 심사 결과를 발표하기에 앞서 몇 가지 규칙을 상기시키고자 합니다. 우리 소르본 대학은 유구한 전통을 자랑하는 학교입니다. 무수한 추억이 서려 있는 이 대학의 뒤쪽에서 1천 년에 걸친 과학의 역사가 우리를 지켜보고 있습니다. 이곳은 학문과 지식의 전당입니다. 이런 점을 감안할 때, 세 명의 결선 진출자를 선발하는 우리의 주된 기준은 〈미래 세대의 삶을 진정으로 개선할 수 있는 연구〉가 될 것입니다. 이제 여러분은 여기에서 기다려 주십시오. 심의를 거쳐 한 시간 뒤에 제1회 〈진화〉 학술 경연 대회의 세 입상자를 발표하겠습니다.」

다비드 웰스는 자기 경쟁자들을 관찰한다. 오른쪽에 앉은 연구자는 판지로 된 서류철을 들고 있는데, 거기에는 〈참가 번호 21번, 제라르 살드맹 박사. 프로젝트 제목: 청춘의 샘, 인간의 수명을 2백 세 이상으로 늘리기 위하여〉라고 적혀 있다. 서류철의 표지에는 한 노인이 웃으면서 지팡이를 공중에 던지는 모습의 삽화가 그려져 있다. 조금 더 떨어진 자리에 앉은 다른 연구자는 〈참가 번호 3번, 드니 르델레지르 박사. 프로젝트 제목: 안심 클로닝, 최선의 자녀를 선택하여 무한히 복제하는 길〉이라고 적힌 서류철을 들고 있다. 표지 그림에는 열두 번 복제된 똑같은 태아들이 방실거리는 모습이 담겨 있다.

다비드는 아마존에 관한 프로젝트를 발표한 여자를 유독 오래도록 살펴본다. 어디선가 그녀를 본 적이 있는 듯하다. 그녀가 눈길을 돌려 그를 응시한다. 그는 눈길을 떨군다.

소인증 심사 위원의 말이 다시 머릿속을 스친다. 〈우리도 소식 들었어요. 안타까운 일입니다. 구조대가 아버님을 곧 찾아내리라고 생각합니다.〉 다비드는 스마트폰을 꺼낸 다음, 24시간 뉴스 채널에서 최신 뉴스를 보기 위해 텔레비전 기능을 작동시킨다.

18

축구

FIFA 월드컵이 곧 카타르에서 개막됩니다. 벌써부터 전 세계 축구 팬들의 눈은 카타르의 수도 도하로 쏠려 있습니다. 1천2백 명이 넘는 기자들이 현지에 도착했고, 여러 나라의 국가 원수들이 자국 팀을 응원하러 가겠다고 천명한 바 있습니다. 프랑스 대표팀 감독의 말에 따르면, 선수들은 다른 어느 때보다 사기가 충만해 있다고 합니다. 대표팀 주장 나르시스 디에프 역시 자신감 넘치는 모습을 보여 주었습니다. 프랑스의 대진 운이 좋아서 비교적 상대하기 쉬운 팀들과 본선 리그를 벌이게 되었다는 것이 디에프 선수의 판단입니다.

파키스탄 지진 피해

「카라치를 덮친 재난 때문에 사망하거나 실종된 주민들의 수가 벌써 1만 5천에서 2만 명에 달한다고 합니다. 지진에 이은 쓰나미로 인해 파키스탄의 경제 중심지 카라치가 완전히 파괴되었습니다. 첫 구조대들이 재해 현장에 도착해서 진흙에 묻힌 간선 도로들을 복구하고 있습니다. 쓰나미를 피해 가까스로 달아났던 주민들은 임시 수용 시설로 대피했습니다. 현장에 나가 있는 조르주 샤라스 특파원을 다시 불러 보겠습니다. 조르주, 지금 그곳 상황은 어떻습니까?」

「카라치는 이제 황폐한 도시, 수마에 휩쓸린 유령 도시가 되었습니다. 이웃 나라 인도가 가장 먼저 구호의 손길을 보내고 수많은 피난민을 받아들였습니다. 잘 알려진 것처럼, 뭄바이 기차역과 뉴델리 시장 한복판에서 테러가 일어났을 때 인도 정부는 그 테러들을 파키스탄 정보기관이 이끄는 과격파 단체의 소행으로 규정했고, 그 뒤로 두 나라 사이에 정치적 갈등과 군사적 긴장이 고조되었습니다. 하지만 파키스탄에 재난이 닥치자 인도는 연대의 몸짓을 보여 주었고, 그에 따라 이 참변이 형제이자 적인 두 나라의 화해에 기여할 수도 있으리라는 전망이 나오고 있습니다. 한편 이곳 주민들은 이후에 두 가지 사태가 벌어질 것을 예상하며 불안해하고 있습니다. 우선 당장은 대지진의 여파로 일어날 두 번째 지진에 대한 두려움이 가장 크지만, 임시 수용소에 전염병이 퍼질지 모른다는 우려도 점점 커지는 상황입니다. 엎친 데 덮친 격으로 몬순성 폭우가 강타하여 항공기 운항에 차질이 빚어지고 그에 따라 국제적인 구호 활동이 순조롭게 진행되지 않고 있습니다.」

「수고하셨습니다, 조르주. 다음 소식입니다.」

이란

UN 선거 감시단이 이란 대통령 선거의 공정성을 놓고 강력하게 의문을 제기하고 있는 가운데, 오늘 오후 테헤란 시내 광장에 시민 수십만 명이 집결하여 〈내 표는 어디로 갔는가?〉라고 외치며 평화 시위를 벌였습니다. 2009년 6월에 실시된 대통령 선거 때와 동일한 상황이 전개되고 있는 것입니다. 익명을 요구한 이란 정부 당국자의 증언에 따르면, 대부분의 투표소에서 혁명 수비대 대원들이 부정행위를 저질렀다고 합니다. 투표 마감 직전에 자파르 후보에게 기표한 투표용지가 무더기로 투표함에 투입되었는데, 그렇게 추가된 투표용지가 무려 2천만 장에 달한다는 것입니다. 한편 자파르 대통령은 부정 선거를 규탄하는 시민들을 〈선거 결과에 승복하지 않는 졸렬한 패배자들〉이라고 부르면서 그들의 반발을 용인하지 않겠다고 경고한 데 이어, 시위 군중을 해산시키기 위해 경찰에 실탄 사격을 명령했습니다. 그 강경 진압으로 벌써 수십 명이 사망하고 수백 명이 체포되었다고 합니다. 구속자들을 처벌하기 위한 특별 재판소도 설치되었습니다.

시위에 참가했던 시민들은 위협에 굴하지 않고 인터넷 사이트를 통해 내일도 〈내 표는 어디로 갔는가?〉라는 슬로건 아래 다시 평화적인 항의 행진을 벌이자고 제안했습니다. 이 제안에 따라 내일은 훨씬 많은 시민들이 시위에 참가할 것으로 예상되고 있습니다. 자파르 대통령은 모든 외신 기자들에게 이란을 떠나도록 요구했습니다.

튀르키예

튀르키예의 하카리와 이란의 마하바드 사이에 위치한 접경 지역에서 쿠르드 민병대의 한 특공대가 튀르키예 경찰을 상대로 또다시 매복 공격을 벌였습니다. 이 접전 과정에서 튀르키예 경찰관 여덟 명과 쿠르드 해방 전선의 전투원 한 명이 사망했습니다.

인구 통계

국립 인구 문제 연구소의 최근 조사에 따르면, 현재 세계 인구는 80억 명이고, 10년 뒤에는 그 수치가 1백억에 도달할 것이라고 합니다.

또한 현대 호모 사피엔스의 평균 키는 170센티미터(남자는 175센티미터, 여자는 165센티미터), 세계인의 평균 몸무게는 70킬로그램이라고 합니다.

80억 인구 가운데 남성의 비율은 53퍼센트, 여성의 비율은 47퍼센트입니다. 세계인의 평균 수명은 70세(남자는 65세, 여자는 75세)입니다.

이 연구에 참여한 미래학자들의 주장에 따르면, 인류는 두 가지 길로 나아가고 있는 것이 분명해 보입니다. 첫째는 장신화의 길입니다. 이는 아이들의 영양이 갈수록 칼슘과 단백질이 풍부한 쪽으로 개선되고 있는 것과 관련되어 있습니다. 둘째는 남성화의 길입니다. 이 현상은 제3세계에서 초음파 검사를 통해 태아의 성을 감별하고 딸일 때는 중절을 시키는 경우가 많다는 사실에 기인한 것입니다.

미친 프로젝트

개인 투자가인 캐나다의 억만장자 실뱅 팀시트가 거대한 우주선을 건조하겠다고 나섰습니다. 지구와 비슷한 외계 행성을 인류의 새로운 거주지로 만들겠다는 것이 그의 구상입니다. 그런 구상을 실현하자면, 그의 우주선은 1천2백 년 동안 우주 공간을 계속 날아가야 할 것이고, 그러자면 지구를 떠날 때부터 외계 행성에 도착할 때까지 탑승자들이 자식을 낳아 면면히 대를 이어 나가야 합니다. 실뱅 팀시트는 과학계, 특히 천문학계의 비판과 조롱에 아랑곳하지 않고 이 무분별한 프로젝트에 엄청난 집념을 보이고 있습니다. 이미 수천만 캐나다 달러를 투자하여 타당성 조사를 끝냈고, 향후 몇 개월 이내에 진짜 우주선의 첫 부품들을 제작하는 단계로 넘어가리라고 합니다. 그는 오래전에 출간된 SF 소설을 읽고 이 프로젝트에 관한 착상을 얻었습니다. 2006년에 나온 『우주 나비』가 바로 그 소설입니다. 그는 이 작품을 기리는 뜻으로 자기 우주선을 〈우주 나비 2호〉라 명명했습니다.

과학

저명한 고생물학자 샤를 웰스 박사의 남극 탐사와 관련한 소식입니다. 공룡 화석을 찾아 빙저호 보스토크로 내려갔던 웰스 박사에게서는 여전히 아무런 연락이 없습니다. 그와 동행했던 연구자와 바네사 비통 기자와도 연락이 두절된 상태입니다. 과학부 장관은 그들이 마지막으로 메시지를 보냈던 지역으로 레이더를 갖춘 군함을 파견하기로 결정했습니다. 조난자 구조를 전문으로 하는 이 군함이 파견되면 사고 현장을 더욱 정밀하게 수색하는 것이 가능해질 것입니다. 세 탐사자가 입고 있는 아노락의 안감에는 GPS 레이더 비컨을 꿰매어 놓았기 때문에, 군함의 레이더는 이 비컨이 자동적으로 내보내는 신호를 탐지할 수 있을 것입니다. 웰스 교수가 마지막으로 메시지를 보낸 것은 어제저녁의 일인데, 그 내용은 이러합니다. 〈우리는 호수 위쪽에 위치한 것으로 보이는 공기 혈까지 구멍을 뚫는 데에 성공했다. 이제 내려가는 중이다.〉그 뒤로는 아무 소식이 없습니다.

19

됐다, 저들이 뉴스에서 그 일에 관해 이야기하고 있다.

〈지진에 이은 쓰나미가 모든 것을 휩쓸어 갔다〉라고.

나는 긴 시간을 들여 저들의 통신 체계에 접속하는 방법을 터득했다. 저들이 그 사실을 안다면 좋으련만.

나는 저들이 내는 소리의 파동을 해석할 수 있게 되었다.

저들의 모든 언어를 이해할 수 있고 모든 음악을 들을 수 있다.

모든 텔레비전 방송과 전화 통화까지 포착해 낸다.

그저 내가 어딘가에 주의를 집중하기만 하면 되는 일이다. 그들이 특정 단어들을 말할 때면 나는 여느 때보다 더욱 민감하게 반응한다. 예를 들면 저들이 마치 어느 개인을 지칭

하듯 내 이름을 부를 때가 그러하다.

저들은 나를 지구라 부른다. 가이아 또는 세계라고 부를 때도 있다.

저들은 나를 그저 광물의 구체로만 여긴다. 그게 행성이라는 단어에 대한 저들의 개념이다.

생명이 없는 물체이니까 거기에 구멍을 뚫어 광석을 캐내고 액체와 기체를 뽑아내도 된다고 생각한다. 그런 짓을 하면서도 부탁이나 감사의 말 따위는 한 마디도 하지 않는다.

저들은 내 온도가 왜 미지근한지 궁금해하지 않았다.

저들은 내가 왜 자전과 공전을 하는지 궁금해하지 않았다.

저들은 왜 다른 행성들과 달리 내 표면에만 생명이 존재하는지 궁금해하지 않았다.

저들은 내가 살아 있다고 생각해 본 적이 없다. 하물며 나에게 사고 능력이 있다는 것을 어찌 상상할 수 있으랴.

저들은 저희와 닮지 않은 것은 무엇이든 경멸한다.

어떤 존재에게 눈이 없으면, 그 존재는 지능이 없으리라 단정한다.

어떤 존재에게 소리를 지르기 위한 입이 없으면, 그 존재는 고통을 겪지 않으리라 생각한다.

흥분하지 말고 차분하게 생각해 보자.

저들의 남극 탐사를 놓고 보면, 이번만큼은 나의 검은 피를 훔쳐 가기 위함이 아니었다. 저 세 사람은 고생물의 유해, 특히 공룡의 화석을 찾고 있었다.

저들을 한바탕 보기 좋게 비웃어 주어야겠다. 저들도 알았으면 좋겠다. 저기에서 실제로 무슨 일이 벌어졌는지…….

그래, 저 멍청한 세 인간을 도로 뱉어 내자.

20

병에서 코르크 마개가 뽑혀 나가자 샴페인의 기포가 솟구친다. 가지런히 놓인 술잔들이 샴페인으로 채워진다.

밤 11시. 예순아홉 명의 진화론 연구자들과 아홉 명의 심사 위원들이 소르본 대학 구내의 네모진 뜰에 모여 있다.

다비드 웰스는 기포성 포도주를 천천히 음미하고 있는 오로르 카메러에게 다가간다.

「결국 우리가 〈행복한 승자들〉이 되었군요.」

그 딴에는 대화의 실마리 삼아 던진 말이다.

오로르는 그를 흘끗 바라본다.

「아직 우승한 건 아니거든요.」

「우리는 결선에 진출했어요. 예순아홉 명 중에서 세 명이 선발되었으니, 그것만으로도 대단하지 않아요?」

「그런 식으로 말하자면, 우리는 이미 다른 〈경연〉에서도 승리를 거뒀다고 생각할 수 있죠. 당신을 세상에 태어나게 해준 정자는 3억의 경쟁자를 물리치고 우승했으니까요.」

그녀의 말투에는 조롱기가 담겨 있다.

「하기야 살아 있는 우리는 모두 승자들이죠.」

「살아 있는 우리라고요? 그보다는 살아남은 우리라고 하는 게 낫겠네요. 별로 대단치도 않은 우리 두 사람이 세상에 나오기까지 얼마나 많은 것이 필요했는지 상상해 봐요. 수백 명의 조상들이 적어도 16세가 되도록 살아남아서 성행위를 한 덕에 우리 부모가 존재하게 되었고 그들 역시 사랑을 나누고 임신에 성공했기에 우리가 태어난 것이죠. 우연과 우연이 수백만 번 겹쳐서…….」

그가 맞장구를 친다.

「전염병에 걸리지 않고 기아를 면하고 전쟁에서 살아남는 행운이 숱하게 겹친 덕이죠. 그래요, 그렇게 볼 수도 있겠어요. 우리는 누대에 걸쳐 온갖 불운을 이기고 살아남은 사람들이에요.」

「우리 조상들의 온갖 실수에 희생되지 않고 살아남은 사람들이기도 하죠. 우리가 현재 겪고 있는 불행 가운데 다수는 그들 탓이라고 볼 수 있어요. 그들이 그릇된 선택을 했기 때문에 오늘날 우리가 그 대가를 호되게 치르고 있는 것이죠.」

「우리 조상들은 그랬다 하더라도 우리는 다음 세대의 삶을 생각해야 해요. 내분비학자로서 어떻게 보십니까? 다음 세대들은 어떤 방향으로 진화할까요?」

「여자들이 더 많아질 겁니다. 생물학자인 당신이 보기엔 어때요?」

「키가 작은 사람들이 더 많아질 겁니다.」

「당연하죠. 당신은 키가 작아서 그렇게 말하는 거예요. 당신이 키 높이 깔창을 깔았다는 거 알아요.」

다비드는 웃으면서 맞받는다.

「이런, 들켜 버렸네.」

「하기야, 우리는 저마다 자신의 특성이 인류 진화의 법칙이 되리라 믿고 있어요.」

오로르는 가벼운 턱짓으로 한 사람을 가리킨다.

「저기, 〈클로닝〉 프로젝트를 제안한 남자를 보세요. 아니나 다를까, 저 남자에게는 쌍둥이 동생이 있더라고요! 〈청춘의 샘〉 프로젝트를 발표한 남자는 자기 할아버지랑 같이 왔더군요. 그런가 하면 〈인공 의식을 지닌 로봇〉 프로젝트를 낸 사람은 지그문트 프로이트풍으로 이상하게 멋을 부린 남자와 같이 왔는데, 보나마나 그 멋쟁이가 그의 정신 분석을 맡고 있는 의사일 거예요.」

「그럼 오로르 씨가 인류의 여성화를 믿는 것은…… 여자이기 때문인가요?」

그는 그녀의 술잔에 다시 샴페인을 채워 준다.

「우리, 각자의 탐사가 어떻게 진행되는지 서로 알려 주기로 하죠. 그러면 여성화의 길이 맞는지 소형화의 길이 맞는지 알게 될 테니…….」

그녀는 샴페인을 조금씩 홀짝이고 나서 궁금증 어린 표정으로 말을 잇는다.

「거기 콩고에서 더 작고 더 진화한 인류를 발견하게 되리라고 생각해요?」

「그러기를 바라고 있어요.」

「설령 그런 인류를 찾아낸다 한들 뭐가 달라지죠?」

「이제껏 턱없이 과소평가된 그 사람들에 대한 나의 독창적인 견해가 반향을 얻을 수 있으리라 생각해요. 한 사람의 관점이 달라지는 것을 우습게 보면 안 돼요. 한 사람의 변화가 출발점이 되어 우리 종 전체의 진화에 변화가 생길 수도 있으니까요. 내 아버지는 이따금 말씀하셨죠. 〈물방울 하나가 대양을 넘치게 할 수도 있다〉라고.」

오로르는 분주하게 파티 시중을 들고 있는 남자 쪽으로 몸을 돌려 카나페 하나를 들어 답삭 베어 물더니 볼이 볼록한 채로 말을 받는다.

「예전에 어떤 풍자만화를 본 적이 있어요. 물고기 두 마리가 있는데, 작은 물고기가 큰 물고기에게 물어요. 〈엄마, 우리 가운데 어떤 자들이 뭍에서 걷겠다고 물 밖으로 나간 모양인데, 그게 누구였어요?〉 그러자 엄마가 대답하기를…….」

「〈불만을 느낀 자들.〉」

하고 그가 말을 잘랐다.

「그거하고 비슷하긴 한데, 내가 알고 있는 버전에는 〈불안을 느낀 자들〉이라고 되어 있었어요.」

「어쨌거나 부모들의 세계에서 도망칠 이유가 있었던 자들이겠지요. 기존의 환경에서는 제대로 성장할 수 없어서 위험을 무릅쓰고 미지의 세계로 떠난 자들 말이에요.」

두 연구자는 두서너 명씩 짝을 지어 이야기를 나누고 있는 다른 손님들을 관찰한다.

「어느 날 아프리카를 벗어나기 위해 자기 가족과 정글을 등지고 떠나기로 결심한 사람이 있었겠죠.」

그녀가 중얼거리자 그가 말끝을 단다.

「어느 날 다른 대륙을 개척하기 위해 배를 타기로 결심한 사람이 있었겠죠.」

「그들은 가족들의 미움을 받았을 거예요.」

「그들은 아마 배신자나 도피자나 비겁자로 간주되었을 겁니다.」

「은혜를 저버렸다는 소리도 들었겠죠?」

「전통을 존중하지 않는 자라는 말도 들었을걸요.」

다비드는 천천히 오로르에게 다가간다.

「우리가 이미 서로 아는 사이였다는 느낌이 들어요.」

「그건 남자들이 여자를 꼬일 때 써먹는 흔해 빠진 수법이죠.」

오로르는 그렇게 쏘아붙이고 조롱기 어린 미소를 짓는다.

그는 더 다가간다.

「우리에게 무언가 공통점이 있다는 느낌이 들어요.」

「어쩌면 우리 두 사람 모두 불만과 불안을 느낀 나머지 위험을 무릅쓰고 물 밖으로 나가려는 물고기들인지도 모르죠. 그것 말고 다른 공통점은 전혀 없는 것 같네요.」

그는 아랑곳하지 않고 그녀를 살핀다.

미어캣을 닮은 뾰족한 코, 아몬드처럼 갸름하게 생긴 눈, 금빛이 도는 연한 베이지색 홍채, 도톰한 입술, 작고 동그스름한 턱, 그리고 진지한 인상을 주는 검은 뿔테 안경.

그녀 역시 그를 찬찬히 살피며 생각한다. 키 높이 깔창을 빼면 이 남자는 170센티미터도 안 될 거야. 나보다 5센티미터 이상 작겠어. 머리는 계란형이고 얼굴은 왠지 커다란 아기 같은 느낌을 줘. 살결은 놀랍도록 곱고 반들반들해. 코는 동그스름하고, 눈은 검은색에 가까운 진한 갈색.

그는 얼굴을 조금 더 앞으로 내민다. 이제 그들의 입술은 한 뼘 정도밖에 떨어져 있지 않다. 그는 그녀가 물러서지 않는다는 사실에 스스로 놀란다.

바로 그때 그녀 뒤에서 누군가의 목소리가 울린다.

「아, 오로르! 여기 있었네!」

다비드는 목소리의 주인공을 알아본다. 심사 위원장을 맡았던 메르시에 교수다.

「웰스 박사, 훌륭해요. 피그미에 관한 프로젝트 말이에요. 솔직히 말해서 당신의 발표가 무척 마음에 들었어요. 건물에 설치된 갖가지 파이프들의 직경에 적응하기 위해 바퀴벌레들이 작아졌다는 얘기도 흥미로웠어요. 〈크기를 줄이는 쪽으로 진화한다〉, 나는 그런 생각을 해본 적이 없어요. 사실,

이런 말을 해도 될지 모르지만, 내 동료들은 나만큼 열광하지 않았어요. 내가 당신을 뽑아야 한다고 고집을 부렸죠. 나탈리아 오비츠 대령이 많은 도움을 주었어요. 내 오른쪽에 있었던 키 작은 여자 말이에요. 대령은 〈작은 것이 아름답다〉는 당신의 발상을 적극적으로 지지해 주었어요. 이유는 잘 모르겠지만, 다른 심사 위원들은 〈자아〉를 의식하는 로봇에 더 높은 점수를 주었고.」

크리스틴 메르시에는 틀어 올린 머리를 풀어 내린다. 그저 머리 모양이 바뀌었을 뿐인데 갑자기 한결 젊어 보인다.

오로르가 짐짓 쾌활한 어조로 동의를 표시한다.

「하기야 로봇보다는 피그미가 낫죠.」

크리스틴 메르시에는 건성으로 들으면서 젊은 여자를 뚫어지게 바라본다. 그러더니 태연함을 되찾으려는 듯 숨을 길게 들이마시고는 애써 미소를 짓는다. 그런 다음 갑자기 누군가에게 관심이 쏠렸는지 그들 곁을 떠난다. 이번에는 세 번째 결선 진출자와 이야기를 나누려는 것이다.

「아, 살드맹 박사. 잘했어요. 〈청춘의 샘〉, 아주 흥미로운 프로젝트예요. 노인의 손상된 기관들을 새것으로 바꾸어서 〈다시 포맷하는 것〉은 정말이지 아주 독창적이에요. 나는 비로소 우리 모두가 2백 살까지 사는 세상을 상상할 수 있게 되었어요. 한 번뿐인 삶을 열 번의 결혼과 스무 가지 직업과 서른 명의 자식들로 채운다는 것은 굉장한 일이 아닐 수 없죠. 이제 마이애미에 가겠군요. 보철투성이 은퇴자들의 국제적인 중심지에 가서 줄기세포로부터 훼손된 조직을 재생시키는 최신 기술을 연구하게 되었으니, 정말 멋진 일이에요!」

21

저들이 석유라고 부르는 것이 나한테는 주된 기억 매체 구실을 하건만, 저들은 그것을 모른다.

나의 검은 피는 저들의 회백질에 해당한다.

인간들이 나에게서 그것을 뽑아내고 있으니 기억 상실에 걸리지 않을까 두렵다.

어떤 식으로든 저항해야 한다.

나는 기억을 수호할 의무가 있다.

나의 추억들을 되살려 주는 것은 그 무엇이든 보존되어야 한다.

태초에 나는 시원의 알 속에 응축되어 있던 에너지일 뿐이었다. 그러다가 인간들이 〈빅뱅〉이라 부르는 일이 벌어졌다. 모든 게 불타고 폭발하면서 어마어마한 빛과 열기와 입자와 맹렬한 기운이 우주 공간으로 방출되었다.

그렇듯 어둠 속에 있는 작은 불꽃 하나로 모든 것이 시작되었다.

22

불꽃이 성냥을 태우고 담배 끄트머리로 옮겨 간다. 담배는 오로르 카메러의 두 입술 사이에 물려 있다.

한순간 그 덧없는 불빛 가까이에 있는 두 얼굴이 주황색을 띠었다.

오로르는 담배 연기를 쭉 빨아들이고 나서 입술 사이로 내뿜는다. 거꾸로 된 원뿔 모양으로 분출된 잿빛 연기가 어둠 속으로 하늘하늘 퍼져 나간다.

「당신이 무슨 생각을 하는지 알아요.」

그러면서 그녀는 성냥갑을 호주머니에 넣는다.

「뒤를 봐주는 사람이 있어서 결선에 진출했다면, 그건 부당하다고 생각하는 거죠?」

「천만에요, 그런 생각은 추호도 하지 않았어요.」

그는 그렇게 속내를 숨겼다.

그들은 멀리 눈을 돌려 크리스틴 메르시에를 살핀다. 그녀는 2백 세 장수론의 전문가와 이야기를 나누고 있다. 그 주제에 흠뻑 빠져 있는 듯하다.

「크리스틴과 나는 곧 시민 연대 협약[1]을 맺고 동거에 들어갈 거예요. 언젠가는 아이들도 가지게 되기를 바라고 있죠. 다만 정자의 익명 기증을 허용하는 법률이 통과되기를 기다려야 해요. 그건 스칸디나비아의 나라들에서는 이미 허용되고 있는 일이에요. 대체로 보면 새로운 시대에 걸맞은 제도는 북구에서 남쪽으로 내려오는 것 같아요, 안 그래요?」

「익명의 기증자로부터 정자를 받는 것이 허용되지 않으면 공식적으로 동거 계약을 맺은 뒤에 딸들을 입양하는 방법이 있지 않을까 싶네요. 그리고 어쩌면 시험관 아기 시술에 대해서 잘 아시는 분들이니까, 아기를 〈만들어〉 낼 수도 있을 테고.」

---

1 프랑스에서 1999년 민법 개정으로 인정된 민사 결합의 하나. 친족 관계에 있지 않은 동성 또는 이성의 두 성인이 혼인 이외의 방식으로 공동생활을 영위할 수 있도록 법적 권리를 인정해 주는 제도. 동거를 원하는 동성 또는 이성의 커플이 동거 계약서를 법원에 제출하면 사회 보장, 납세, 임대차 계약, 채권, 채무 등에서 혼인의 경우와 동일한 권리와 의무를 보장받는다. 서로 원할 경우 복잡한 절차 없이 갈라설 수 있다는 점에서 혼인과 다르며, 계약 내용에 따라 서로 물질적으로 협조해야 하고 가사로 인한 채무를 함께 책임져야 한다는 점에서 단순 동거와도 다르다. 프랑스어로는 팍스(PACS: Pacte civil de solidarité)라고 한다.

그들은 서로 바라본다.

「그런데 웰스 씨, 당신도 지금 누군가와 커플을 이루고 있나요?」

「물론입니다. 당신과 마찬가지죠.」

「나하고 마찬가지라고요?」

「내 말은 〈나를 사랑하는 어떤 여자〉와 공동생활을 하고 있다는 뜻입니다.」

오로르는 싱긋 웃으며 담배를 내려놓고 샴페인을 마신다.

「그래, 사랑하는 남자와 사는 그 행복한 여자의 이름은 뭔가요?」

「엄마요.」

오로르는 샴페인을 삼키다 말고 웃음을 터트린다. 그 바람에 사레가 들려서 숨을 제대로 못 쉬고 캑캑거린다. 그는 어쩔 수 없이 그녀의 등을 토닥여 준다. 이윽고 그녀의 호흡이 정상으로 돌아온다.

「아직도 어머니랑 살고 있다고요! 그 나이에?」

「백마 타고 오실 공주님을 기다리고 있어요. 그러다 보니 여자들을 사귀는 데 실패하기 일쑤죠. 제가 눈이 너무 높아서 그런지 늘 실망해요.」

오로르는 술잔을 내려놓는다.

「하긴 자세히 보니까 당신 꽤나 낭만적으로 생겼네요.」

「나는 스스로 낭만주의자라고 생각해요. 아버지가 말씀하시길, 〈이런저런 실패를 딛고 나면 예술적인 선택이 나오는 법〉이라고 하셨지요.」

「멋진 말이네요.」

그녀의 체취를 가리던 담배 연기가 사라지자 파촐리 향이 날아오고 그 뒤를 이어 살냄새가 느껴진다.

그녀 역시 그의 체취를 맡는다. 베르가모트 향이 들어간 은은한 로션 냄새와 함께 아편 냄새가 조금 섞인 듯한 땀내가 느껴진다. 남성 호르몬을 잔뜩 품은 냄새다.

그는 다시 다가든다.

「정말 우리가 오래전부터 아는 사이라는 느낌이 들어요. 농담 아니에요.」

오로르는 여전히 몸을 피하지 않고 그가 가까이 다가드는 것을 허용한다. 그때 그의 스마트폰이 울리면서 그 순간의 마법이 깨진다. 그는 조금 망설이다가 전화를 받는다. 작은 스피커를 통해 목소리가 전해지자 그의 얼굴에서 핏기가 싹 가신다.

그는 전화를 끊고 무의식적인 동작으로 스마트폰을 챙겨 넣는다. 얼굴이 백지장 같다.

「방금 아버지를 찾아냈는데, 돌아가셨대요. 얼음 속에 갇힌 채로.」

23

잊지 말아야 한다.

야비한 인간들이 내 기억들을 모조리 빨아올리기 전에 그것들을 되살려야 한다.

내가 태어나던 때가 기억난다.

그건 46억 년 전의 일이었다.

먼지들이 모여 암석을 이루고 이 암석들이 압축되면서 내가 다시 형체를 갖추기 시작했다.

덩치가 커지면 커질수록 나는 주위에 있는 먼지와 암석을 더 많이 끌어들였다.

그러다가 마침내 아주 둥글고 무거워진 채로 우주 공간에 떠 있는 아름다운 구체를 형성하기에 이르렀다.

나의 중심에는 철을 주성분으로 하는 핵이 있었고, 그 주위에는 마그마가 흐르고 있었다.

나는 하나의 알과 같았다.

노른자위에 해당하는 나의 핵은 밀도가 아주 높았고, 나는 스스로 회전하기 시작했다.

하지만 나는 내가 어떤 존재인지 깨닫지 못하고 있었다.

그러다가 그 사건이 벌어졌다.

24

회색 승용차 한 대가 왼쪽에서 적신호를 무시하고 달려들다가 끽 소리를 내며 멈춰 섰다. 하지만 너무 늦었다. 사고 광경이 마치 슬로 모션 장면처럼 펼쳐진다. 택시 기사는 그 승용차를 피하려고 핸들을 홱 돌린다. 타이어 고무는 점착력을 잃고 택시는 계속 달려가면서 보행자 한 명과 자전거 한 대와 개 한 마리를 아슬아슬하게 피하지만, 관성에 휩쓸려 지그재그로 내처 나아가다가 중앙선을 넘어 마주 오던 버스와 정면으로 충돌한다.

다비드 웰스는 눈을 휘둥그렇게 뜬다.

날카로운 금속성과 함께 택시의 보닛이 우그러진다. 유리창이 박살 나고 기사와 승객은 앞쪽으로 튕겨 나가며 헉 소리를 낸다. 그 순간 에어백이 터지고 다비드의 얼굴은 물렁한 배처럼 부풀어 오른 공기주머니에 부딪힌다.

행인들은 끽 하는 타이어 마찰음에 이어 금속이 맞부딪는 소음이 들리던 순간에 멀리 떨어졌다가 다시 조심조심 다가들어 피해를 확인한다. 버스는 멀쩡한데 택시는 앞부분이 완전히 우그러졌다.

다비드는 기신기신 몸을 추스르고 마침내 택시 밖으로 빠져나온다. 그러고는 어찌해야 할지를 몰라 잠시 머뭇거린다. 기사는 아직 에어백에 머리를 묻은 채 움직이지 않는다. 그저 한 손의 주먹을 꼭 쥔 채 에어백 밖으로 내밀고 있을 뿐이다. 그래도 이렇다 할 부상은 없는 듯하다. 다비드는 안도감을 느끼며 50유로짜리 지폐를 꺼내어 기사의 손에 쥐여 주고 다시 손가락들을 오므려 준다. 그러고는 빨리 달리라고 택시 기사에게 자꾸 재촉한 것을 후회하면서 달음박질을 치기 시작한다. 더 급한 일이 있으니 어쩔 수가 없다.

그는 숨이 턱에 닿도록 내달아 몇 개의 도로를 건넌다. 그런 다음 마침내 목적지에 다다라 숨을 고른다. 거대한 건물에 〈파리 법의학 연구소〉라는 간판이 붙어 있다.

건물 안으로 들어가자 오래된 석조 건물 특유의 싸한 냄새가 난다. 수위 한 사람이 그에게 유가족 대기실에서 기다리라고 한다. 근처에서 하얀 가운을 입은 직원들 몇 명이 이야기를 나누고 있다. 자기들이 알고 있는 〈희한한 죽음〉의 사례들을 이야기하는 중이다. 한 직원이 〈다윈상〉에 관한 책을 화제에 올린다. 이 상은 너무나 어리석은 짓을 하다가 죽은 사람들에게 수여된다. 그들의 죽음은 인간이 지혜를 향해 진화하는 것이 아니라 어리석음을 향해 나아가고 있음을 증명할 만큼 어처구니가 없는 것들이다.

그 대화가 토막토막 다비드의 귀로 전해진다.

「……폭탄이 장치된 소포를 뜯다가 죽은 남자가 있는데,

그 소포는 그 자신이 누군가에게 보내면서 우표를 충분히 붙이지 않은 탓에 반송된 것이었대.」

「고무풍선에 매달린 채 가장 멀리 비행하는 기록을 세우려 했던 브라질 사람도 있어. 그는 헬륨을 넣어 부풀린 풍선 1천 개를 몸에 묶고 날아올랐다가 바람에 휩쓸렸대. 그의 시신은 이륙한 지 석 달이 지나서야 발견되었지.」

그들은 웃음을 터뜨린다.

「호수에서 뱃놀이를 하다가 죽은 남자도 있어. 그는 수륙 양용 산불 진화 항공기에 빨려 들어갔다가 불타는 숲으로 물과 함께 떨어졌다더군.」

「러시안룰렛 게임을 하다가 죽은 남자도 있지. 그 남자가 사용한 권총은 리볼버가 아니라…… 자동 권총이었대!」

이윽고 수위가 부른다.

「다비드 웰스 씨?」

젊은이는 수위에게 다가가더니, 자기 옷이 찢어지고 머리가 헝클어지고 셔츠에 피가 묻은 이유를 설명하려다가 그냥 손짓으로 말을 대신한다. 이야기하자면 너무 길겠다 싶은 것이다.

「부검실에서 젊은이를 기다리고 있소. 가운데뜰 건너 오른쪽 끄트머리에 있는 127-2호실이오.」

다비드는 삶의 도정을 마감한 인간들을 다루는 그 거대한 기관의 내부를 가로질러 내닫는다. 가운데뜰에는 관들이 쌓여 있고, 화살표 모양의 표지판들이 〈빈소〉, 〈화장장〉, 〈법의학 연구실〉, 〈부검실〉 등으로 가는 길을 가리키고 있다. 대기실에는 벌써 그의 어머니가 와 있다.

망다린 웰스는 몸이 가늘고 날씬한 여인이다. 검은 옷들을 여러 겹 겹쳐 입은 차림으로 두 손에 얼굴을 묻고 있다. 다비드가 들어서자 여인은 자리에서 일어나 그를 다정하게 안아 준다.

가운 차림의 남자가 그들에게 다가온다.

「웰스 교수님 가족이시죠?」

법의관은 연한 갈색의 눈매가 서글서글한 갈색 머리 남자다. 커다란 손을 어디에 두어야 할지 모르겠다는 듯 등 뒤에 감추었다가 다시 호주머니에 넣는다.

「수색대가 오늘 아침에 남편분을 찾아냈습니다. 그때 이미 지금과 같은 상태에 있었습니다. 수색대는 남편분의 아노락에 부착된 GPS 레이더 표지를 이용해서 찾아내자마자 전세기 편으로 여기로 모셔 왔죠. 사실 여기에 도착한 지는 15분밖에 되지 않았습니다.」

「〈지금과 같은 상태〉라는 게 무슨 뜻인가요?」

법의관은 질문을 못 들은 척하고 연민의 뜻으로 그저 고개만 주억거린다. 그의 가슴에는 〈법의관 미셸 비달 박사〉라는 이름표가 붙어 있다.

「제가 곧바로 일에 착수할 수도 있었습니다만, 상황의 특수성과 시신의 상태를 감안할 때 어떤 조치를 취하든 그 전에 먼저 두 분이 보셔야 할 것 같았습니다. 이렇게 빨리 달려와 주셔서 감사합니다. 사정이 사정인지라, 시신을 여기에 두지 않고 법의학 연구소 식당에 딸린 냉동실에 두는 게 더 신중한 조처라고 생각했습니다. 보면 아시겠지만, 사실 저에게는 달리 선택의 여지가 없었습니다.」

망다린 웰스가 다시 묻는다.

「시신의 상태가 어떻다는 거죠?」

법의관은 대답하지 않고 그들을 계단 쪽으로 이끈다. 계단으로 올라서자 라벤더와 레몬 향이 섞인 소독약 냄새가 풍겨 온다.

「으음…… 시신을 수송한 전세기는 최신 보존 설비를 갖추고 있습니다. 세 실종자를 찾아냈을 때, 수색대원들이 생각한 것은…… 아니…… 제가 보기에도 이건 정말 놀랍습니다. 시신들이 이런 모습으로 여기에 온 것은 분명코 처음 있는 일이에요. 그래서 저 나름대로 비상 조치를 취한 겁니다.」

그는 문의 빗장을 풀고 밀폐된 방으로 안내한다. 전등 스위치가 작동되지 않자, 그는 비상용 손전등을 집어 들고 세 개의 커다란 덩어리를 비춘다. 덩어리들은 투명하고 저마다 높이가 2미터쯤 된다.

다비드와 망다린은 가까이 다가들어 살펴본다. 전기톱으로 잘라 낸 얼음덩어리들이다.

첫 번째 얼음덩어리 속에서 그들이 식별해 낸 것은 한 여자의 시신이다. 여자가 입고 있는 주황색 아노락에는 〈젤룩스 냉동식품〉이라는 회사명이 찍혀 있다. 그 아래에 적혀 있는 회사의 슬로건도 분명하게 눈에 들어온다. 〈가장 저렴한 가격으로 냉동 보관된 가장 맛있는 고기〉.

얼음 속에 갇힌 여자의 두 발이 바닥에 닿아 있지 않아서, 마치 점프 샷 사진을 찍기 위해 공중에 떠오른 듯한 모습이다. 휘둥그렇게 뜬 눈은 무엇에 깜짝 놀란 것처럼 보인다. 적갈색 머리는 산발이 된 채로 얼어붙어 있다. 목에 걸려 있는 사진기는 마치 무게를 잃고 그녀 앞에 떠 있는 것만 같다.

두 번째 얼음덩어리 속에도 여자가 갇혀 있는데, 이 여자가 쓰고 있는 헬멧에는 〈카날 13, 익스트림 여행 채널〉이라는 말이 쓰여 있다. 목에는 방송 카메라가 매달려 있고 표정은 겁먹은 기색이 역력하다. 두 손으로 얼굴을 가리고 있는 모습이 마치 어떤 괴물이 다가오는 것을 막으려는 것 같다.

마침내 법의관이 세 번째 투명 육면체를 비춘다. 망다린 웰스는 비명이 터져 나오는 것을 억누르지 못한다. 얼음덩어리 속에는 그녀의 남편이 아주 온전한 모습으로 갇혀 있다. 그가 입고 있는 주황색 아노락에도 〈젤룩스 냉동식품〉이라는 상호가 찍혀 있다.

얼음 속에 갇힌 첫 번째 여자는 놀란 표정을 짓고 있고 두 번째 여자는 겁먹은 기색을 보이고 있다면, 웰스 교수는 완전히 공포에 사로잡힌 얼굴을 하고 있다. 이 늙은 탐사자 역시 공중 부양을 하고 있는 듯한 모습이다. 흰 수염과 흰 눈썹은 폭풍에 휘날리는 것처럼 보이고 눈을 휘둥그렇게 뜨고 있다. 거기에 입까지 크게 벌리고 있어서 혀와 잇바디가 드러나 보인다.

망다린은 얼음을 손으로 쓸면서 신음을 토한다.

「샤를리! 오, 내 사랑!」

비달 교수가 손가락 두 개를 입에 넣어 휘파람을 불자, 회색 작업복을 입은 두 조수가 나타난다.

「두 분은 이 얼음덩어리, 아니 사고 피해자의 시신을 찾으러 오신 첫 번째 가족입니다. 샤를 웰스 교수님으로 말하자면…… 이 항공 화물, 아니 제 말은 이 〈탐사대〉의 주역이셨습니다.」

두 조수는 얼음덩어리를 힘겹게 들어 올려 카트에 싣는다. 미셸 비달이 앞장을 선다. 그들은 냉동실을 나가 카트를 부검실로 밀고 간 뒤에 얼음덩어리를 부검대의 불빛 아래에 내려놓는다. 법의관은 조수들에게 물러가라고 손짓을 하더니 다비드와 망다린 웰스 쪽으로 몸을 돌린다.

「두 분이 허락하신다면, 고인을 해동…… 아니 해방시키고자 합니다. 만약 그 작업에 입회하는 것을 원하지 않으시면, 사체의 신원만 확인하고 가셔도 됩니다.」

다비드가 나선다.

「인체를 냉동 보존하면 나중에 소생시킬 수 있다는 얘기를 들었습니다. 제 기억이 맞는지 모르지만, 월트 디즈니 같은 이도 먼 훗날에 다시 살아나리라는 희망을 품고 극저온 보존 기술의 힘을 빌려 냉동 인간이 되었다고…….」

「그런 얘기가 있긴 하죠.」

「제 아버지가 소생하실 가능성이 아주 조금이라도 있지 않을까요?」

법의관은 천천히 안경을 벗고 손수건의 한쪽 귀퉁이로 안경알을 닦기 시작한다.

「미안합니다, 웰스 씨, 극저온 보존 기술은 SF에나 나오는 것입니다. 현실에서는 물리학 법칙이 확고부동하게 작용합니다. 온도가 0도로 내려가면 물이 얼고 세포핵이 터집니다. 냉동고에 몇 분 이상 들어가 있었던 인체는 소생시킬 수가 없어요. 웰스 씨 아버님은 적어도 열두 시간 동안 얼음에 갇혀 계셨어요.」

다비드는 아버지를 찬찬히 살핀다. 어느 모로 보나 살아 있는 것만 같다. 살갗에는 상처 하나 나 있지 않고, 벌어진 입술에는 붉은 기운이 완연하다. 게다가 눈을 휘둥그렇게 뜨고 있고, 마치 눈앞에 닥쳐오는 어떤 무시무시한 것을 물리치려는 듯 두 손을 앞으로 내밀고 있지 않은가.

법의관이 말을 잇는다.

「보시기에는 산 사람과 흡사하지만, 이건 한낱 물체일 뿐입니다. 조각상과 같은 것이지요. 만약 적절한 냉장 설비를 갖추고 있다면, 댁의 거실에 장식용으로 놓아두어도…….」

법의관은 말을 멈춘다. 무례한 소리를 지껄인다 싶어 제풀에 머쓱해진 것이다. 그러더니 한 손을 입에 대고 헛기침을 한 뒤에 다시 말끝을 단다.

「어쨌거나 그런 일이 법적으로 허용되어야만 할 수 있는 이야기입니다. 자, 이제 얼음을 녹일까요?」

모자는 대답하지 않는다. 비달 박사는 그것을 동의로 간주하고 조수들에게 신호를 보낸다. 조수들은 용접기를 들고 얼음을 공략하기 시작한다. 용접기의 불꽃이 닿자 투명한 얼음덩어리가 녹아내린다. 물이 졸졸 흘러내리자 바닥 여기저기에 물웅덩이가 생겨난다. 얼음의 두께가 얇아지고 시신이 곧 드러나려 하자, 두 조수는 용접기를 내려놓고 온도와 바람의 세기를 쉽게 조절할 수 있는 헤어드라이어를 사용한다.

이윽고 손 하나가 얼음의 외피를 벗고 나타난다. 살빛이 맑아서 마치 연분홍 도자기를 보는 듯하다.

이어서 팔과 어깨가 드러난다.

그다음에는 목, 그리고 얼굴.

망다린이 오열을 터뜨린다.

「샤를리! 오, 나의 샤를리!」

시신은 상반신이 완전히 드러나자마자 앞으로 고꾸라진다.

망다린은 시신을 붙잡으려고 하지만, 법의관은 그녀를 제지한다. 그러는 동안 두 조수는 남은 얼음을 마저 녹인다. 그러고는 법의관의 신호에 따라 웰스 교수의 자세를 수직에서 수평으로 바꾸어 준다. 비로소 웰스 교수가 죽은 사람에게 어울리는 자세를 취하게 된 것이다. 조수들은 저명한 탐사자의 옷을 조심스럽게 벗겨서 금속제 수거함에 담는다. 상반신의 맨살이 드러난다. 희멀건 피부에 흰 털들이 나 있고 검버섯이 군데군데 피어 있다.

비달 박사가 웰스 여사에게 묻는다.

「남편분의 시신이 맞습니까?」

망다린은 다시 〈나의 샤를리!〉 하고 중얼거린다. 법의관은 그것을 긍정의 뜻으로 간주한다.

「여기에 서명해 주십시오.」

조수 한 사람이 수거함의 내용물을 커다란 비닐봉지에 옮겨 담아 다비드에게 내밀며 말한다.

「이거 받아요. 젊은이가 챙겨 가야 할 유산인 것 같소.」

다비드는 묵묵히 아버지의 벌거벗은 시신을 바라본다. 아버지가 움직이고 말하는 것을 다시는 보지 못하리라는 생각에 가슴이 미어진다. 그는 무의식적으로 비닐봉지를 받아 든다. 그 옆에서 어머니는 조용히 흐느끼고, 법의관은 짐짓 슬픈 표정을 짓는다. 자기의 모든 〈고객들〉을 상대하기 위해 개발했을 법한 표정이다.

「삼가 조의를 표합니다, 여사님. 삼가 조의를 표합니다, 웰스 씨.」

그러더니 의무감을 느끼며 덧붙인다.

「안타깝게도 이런 사고가 이따금 일어납니다. 이런 일은 언제 어디서나 어떤 식으로든 벌어질 수 있고, 누구에게나 일어날 수 있습니다. 이건 누구의 잘못도 아니고 그저 운이 없어서 생긴 일입니다.」

그는 자기 말에 스스로 만족해하며 가식적인 표정을 다시 지어 보이고 분명한 어조로 말끝을 단다.

「확신하건대 웰스 교수님은 고통을 겪지 않으셨습니다.」

25

그 일로 해서 나는 고통을 겪었다. 크나큰 고통이었다.

그 일은 44억 년 전에 일어났다.

2억 년 동안 아무 일이 없다가 갑자기 우주 한쪽에서 문제가 발생한 것이다.

거대한 천체 하나가 나와 충돌했다. 이 충돌체는 그때까지 내 표면에 부딪쳤던 소행성들에 비해 훨씬 컸다.

몇 겁의 세월이 지나 천문학을 연구하는 인간들이 그 천체의 존재를 추론해 냈을 때, 그들은 그것에 테이아라는 이름을 붙였다.[2]

테이아는 지름이 6천 킬로미터에 달했다. 그러니까 화성과 비슷하고 나의 절반쯤 되었던 셈이다.

테이아는 시속 4만 킬로미터로 내게 돌진해 왔다.

충돌을 피할 길이 없었다.

테이아는 비스듬한 각도로 나와 부딪치면서 내 거죽에 깊은 상처를 냈다. 갓 형성된 내 표층이 떨어져 나가고 구멍이 났는가 하면, 심지어는 그 강한 충격 때문에 내 주황색 마그마가 우주 공간으로 분출하기까지 했다. 테이아는 내 중력의

---

2 원시 지구에 이 천체가 충돌한 뒤에 달이 생겨났다 해서 이름을 그렇게 붙인 것이다. 테이아는 그리스 신화에 나오는 여신으로 달의 여신 셀레네의 어머니이다.

영향을 받아 그런 식으로 상처를 내면서 내 표면을 한 바퀴 돌았다.

나는 내 몸의 절반에서 생살이 찢겨 나가는 아픔을 느꼈다. 이를테면 인간들이 사과를 깎을 때와 비슷한 일이 내게 벌어진 것이다.

만약 나에게 입이 있었다면 나는 당연히 비명을 질렀으리라.

그러나 그 고통을 표현할 길이 없었고, 설령 그랬다 해도 아무도 듣지 못했을 것이다.

그래도 그 최초의 트라우마 덕분에 내 의식이 깨어났다.

테이아는 내 거죽에 상처를 냈을 뿐만 아니라 나의 정신을 열어 주기도 했다.

나는 나에게 죽음이 닥쳤다고 믿었던 그 순간에 오히려 내가…… 살아 있음을 깨달았다.

26

날카로운 벨소리가 울린다.

죽은 듯이 잠들어 있던 사람이 손 하나를 나른하게 내밀더니 전화기를 잡아 얼굴 쪽으로 가져간다.

「여보세요?」

「펠그랭 선생님? 토마 펠그랭 선생님이신가요?」

「맞습니다만, 무슨 일로 이 시간에 전화해서 남의 수면을 방해하는 거요?」

「선생님께 좋은 소식 하나랑 나쁜 소식 하나를 알려 드리려고요.」

「당신 누구요?」

「먼저 좋은 소식부터 알려 드리겠습니다. 선생님은 아버지가 되셨습니다.」

듣는 남자의 숨결이 가빠진다.

「걱정하지 마세요, 펠그랭 선생님. 아이는 건강합니다. 건강한 정도가 아니라 아주 팔팔하죠.」

「……그럼 나쁜 소식은 뭐요?」

「그 아이의 몸무게가 58킬로그램입니다.」

「뭐라고요?」

「그리고 성깔이 사나운 딸입니다. 유감스럽게도.」

남자는 그 말에 벌떡 일어난다.

「당신, 도대체 누구야?」

「그 딸아이가 바로 접니다.」

긴 침묵이 이어진다.

「이해합니다. 놀라시는 게 당연하죠. 원하신다면, 제가 당장 선생님 댁으로 갈 수도 있습니다. 멀지 않은 곳에 있거든요.」

27

다비드 웰스는 어머니가 금방 돌아오시지 않으리라는 것을 알고 있다. 어머니는 법의학 연구소의 아버지 시신 곁에 더 머물면서 눈물을 흘리고 기도를 올릴 것이다.

그는 계단을 올라가 자기 방으로 들어간다. 그런 다음 비닐봉지를 침대에 내려놓고 앉아서 방 안을 둘러본다.

맞은편 벽의 책상 위쪽에는 화가 자크루이 다비드의 「알프스를 넘는 나폴레옹」을 복제한 커다란 포스터가 붙어 있다. 다비드 웰스가 나폴레옹을 열렬히 좋아하게 된 것은 아주 오래전의 일이다. 역사책에서 나폴레옹을 보자마자 그는 〈이 사람이 내가 갈 길을 가리켜 주고 있다〉고 생각했다. 나폴레옹 역시 키가 작았다는 사실을 아직 모르던 때였다.

그러다가 키가 작은 것이 우려할 만한 단점이라는 것을 알게 되었을 때, 다비드는 나폴레옹이야말로 거인들에 대한 소인들의 복수를 상징한다고 생각했다. 그 뒤로 소년 다비드는 이 황제에 관한 책들을 숱하게 읽었다. 나폴레옹의 전투 장면들을 그린 판화들을 수집했고, 장난감 병정들을 이용해서 아우스터리츠 전투를 재현해 보기도 했다. 그 전투의 중대한 고비를 형상화한 모형이 여전히 그의 서랍장 위에 놓여 있다. 그는 자기가 가꾸던 분재 나무들을 가리킬 때는 베르티에, 뮈라, 다부, 네, 마세나 하고 나폴레옹 휘하 장군들의 이름으로 불렀다. 또한 자기가 키우는 미니 토끼에게는 황후 조제핀의 이름을 붙였다.

그의 시선은 아버지의 옷가지와 유품이 담긴 비닐봉지 쪽으로 돌아간다. 문득 아버지가 하셨던 말이 생각난다. 〈오늘의 꿈들이 내일의 인류를 창조할 게다. 우리에게 일어난 좋은 일들은 필시 옛날에 우리 조상들 가운데 누군가가 꿈꾸었던 일들이야. 그와 마찬가지로 우리 후손들에게 일어날 좋은 일들은 모두 현재 살아 있는 어떤 사람이 상상하는 거야. 그 사람이 바로 너일 수도 있어.〉

다비드는 자기 가슴에 깊이 새겨진 아버지의 또 다른 말씀을 떠올린다. 〈역사가 점점 빠르게 발전해 가고 있어. 그래서 단 한 번의 생애에 우리 조상들의 모든 생애를 합친 것만큼이나 많은 변화를 겪게 될지도 몰라.〉

그는 마침내 용기를 내고 비닐봉지에서 아버지의 유품들

을 꺼내어 방바닥에 늘어놓는다. 오른쪽에 주황색 아노락과 비니 모자, 배낭, 장갑을 차례로 놓고, 호주머니를 꼼꼼하게 뒤지기 시작한다. 그러다가 비닐로 된 작고 도톰한 봉투를 찾아낸다. 그 안에는 수첩과 만년필뿐만 아니라 디지털카메라의 메모리 카드도 들어 있다. 그는 메모리 카드를 컴퓨터에 넣고 읽기 기능을 작동시킨다. 하지만 〈손상된 파일: 읽을 수가 없습니다〉라는 메시지가 뜬다. 극한의 추위 때문에 회로가 손상된 것이다. 그는 여러 가지 복구 프로그램을 사용해서 사진들을 살려 내려고 애를 쓰지만 아무 소득이 없다.

미니 토끼 조제핀이 다가오더니, 작은 몽당 꼬리를 흔들면서 방바닥에 늘어놓은 여러 물건들에 차례로 주둥이를 갖다 대고 냄새를 맡는다. 비록 카메라의 메모리 카드는 손상되었지만, 비닐 봉투의 방수 상태가 완벽해서 수첩은 온전하게 보관되었다.

다비드는 수첩을 펴서 첫 페이지를 읽는다.

남극
남위 77도 동경 105도
3월 11일 목요일 12시 42분

드디어 공기 혈에 다다랐다.

그리하여 우리는 보스토크호까지 내려갈 수 있었다. 보스토크호는 내가 생각하던 그대로였다. 그 깊이며 넓이가 내 예상을 벗어나지 않았다.

우리는 호수의 남쪽 기슭을 몇 킬로미터 탐사하고 나서 동굴 하나를 발견했다. 이 동굴은 널찍한 방 같은 공간으로 이어졌고 그 아래에 또 다른 방이 있었다. 우리는 거기에서 고사리나 암모나이트나 지렁이 같은 생물들의 화석뿐만 아니라 거대한 인간의 유골도 발견했다.

이 놀라운 발견은 역사에 대한 우리의 관점을 변화시킬 것이다.

나의 일차적인 추정, 레이저 측정, 그리고 내 조수 멜라니의 탄소-14 연대 측정에 따르면, 이 거인들은 8천 년 전에 사망했고, 키는 17미터, 몸무게는 적어도 7백 킬로그램에 달했으며, 수명은 1천 살 정도였던 것으로 보인다.

우리 현생 인류와 관련된 수치에 10을 곱하면 대략 그들의 수치가 되는 듯하다.

이제부터 역사책에는 〈신장 170센티미터, 수명 1백 살의 호모 사피엔스〉 바로 앞에 〈신장 17미터, 수명 1천 살의 호모 기간티스〉를 추가해야 할 것이다.

운 좋게도 우리는 유골들(그중 하나는 얼음 속에서 온전하게 보존되었다)을 발견한 데 이어, 그 거인들이 자기들의 역사를 이야기하기 위해 바위에 새겨 놓은 벽화까지 발견했다.

그리하여 우리는 그들이 존재했다는 증거를 얻었을 뿐만 아니라, 그들의 문명이 어떻게 탄생하고 얼마나 번성하다가 무슨 이유로 사라졌는지도 알게 되었다.

수백 미터의 암벽을 덮고 있는 그 벽화를 통해서 우리는 그 문명의 연대기를 어느 정도 재구성할 수 있다. 내가 이해한 바를 적어 보자면 이러하다.

먼저 호모 기간티스는 오늘날의 호모 사피엔스에 비해 1천분의 1 정도로 수가 적었다. 기껏해야 지구상에 8백만 명

정도가 존재했던 것으로 보인다. 그리고 여성보다 남성이 훨씬 많았다.

그들은 수천 년에 걸쳐 지구상에 살았고 그동안 고도한 문명을 건설했다. 그러나 엎친 데 덮치는 격으로 잇달아 닥친 네 차례의 재앙을 겪고 쇠퇴한 게 아닌가 싶다.

벽화를 보고 짐작하건대, 첫 번째 재앙은 대홍수였을 것이다. 이 물난리로 유럽과 아메리카 대륙 사이에 있던 그들의 땅이 물에 잠겼다(플라톤의 두 저서에 나오는 아틀란티스 신화와 성경에 나오는 노아의 대홍수는 아마도 이 재난을 가리키는 것이리라).

두 번째 재앙은 빙하기의 도래였을 것이다. 대륙들이 얼음에 덮이고 대기가 차가워짐에 따라 피부의 표면적이 많이 노출되는 거인들은 예전보다 약해졌을 것으로 추정된다.

세 번째 재앙은 그들보다 훨씬 작은 인간들(아마도 우리의 조상인 호모 사피엔스)을 상대로 벌인 전쟁이었을 것이다. 처음에 소인들은 그들을 숭배했지만, 나중에는 그들에게서 해방되고 더 나아가 그들을 몰살했던 것으로 보인다.

끝으로, 네 번째 재앙은 소행성이었을 것이다. 소행성 하나가 지구와 충돌하여 지구의 중력을 변화시켰고, 이런 교란이 소인들보다는 거인들에게 더욱 불리하게 작용했던 듯하다.

벽화의 세부 장면들(첨부 사진, Pict 116~354 참조)을 보면, 우리 조상들의 대다수가 수렵과 채집으로 살아가던 8천 년 전에 그들은 이미 농업, 목축, 의술, 야금술에 종사하고 있었음을 추론할 수 있다. 그뿐 아니라 그들은 통신이나 의술에 파동을 이용하는 기술까지 갖추고 있었음을 알 수 있다.

키가 엄청나게 컸던 만큼 그들의 신체적인 능력은 우리보다 열 배쯤 뛰어났다.

그들은 허파의 부피가 열 배나 더 컸기 때문에 물속에서 열 배나 더 오랫동안 헤엄칠 수 있었다. 벽에 새겨진 몇몇 장면에서는 그들이 고래들의 등에 올라타 심해로 잠수하는 모습을 볼 수 있다(Pict 491~495 참조).

그들의 심장과 근육과 체구에서 나오는 힘은 우리보다 열 배나 강했으므로 그들은 우리가 거대한 건축물로 여기는 것들을 손쉽게 지을 수 있었다. 그들의 뇌 역시 우리의 뇌에 비해 성능이 좋았을 것이다.

어찌 보면 고대의 모든 신화가 그들의 존재를 암시하고 있는지도 모른다. 여러 신화에 나오는 거인족의 패배가 실제로는 호모 기간티스가 왜소한 경쟁자인 우리 조상 호모 사피엔스와 맞서 싸우다가 패배한 사실을 가리키는 것일 수도 있다.

그런데 우리가 벽화를 통해 알아낸 바에 비추어 보면, 신화 속 영웅들이 거인들을 상대로 해서 거둔 승리는 〈개명한〉 거인들에 대한 작고 무지한 야만인들의 승리를 의미하는 것으로 보아야 한다. 우리는 거인들을 죽임으로써 무언가 소중한 것을 잃은 게 분명하다.

놀랍게도 나의 할아버지 에드몽 웰스는 이미 『상대적이며 절대적인 지식의 백과사전』에 들어 있는 〈거인족 문명〉이라는 항목에서 우리 인류에 앞서 어마어마하게 큰 인종이 존재했다고 말한 바 있다.

그분은 자연 재해가 한 종의 변이를 촉진하는 가장 훌륭한 가속 장치라는 견해를 피력하기도 했다(묵시록을 미래에 관한 예언이 아니라 과거에 관한 증언으로 해석하는 〈묵시록의 네 기사〉라는 항목). 그분은 어떻게 내가 오늘날에야 확인하고 있는 사실을 직관하셨을까? 그것을 설명할 수는 없지만 그분은 분명 그렇게 쓰셨고, 나는 여기에 오기 전에 그것을 읽었다. 하지만 내가 그분의 모든 직관에 동의하는 것은 아니다. 예컨대, 그분은 우리 인류가 소형화의 길로 나아가리라고 생각하셨다. 그러나 나는 오히려 인류가 점점 커지는 쪽으로 진화하리라고 믿는다. 우리 모두가 익히 아는 사실들에 비추어 볼 때 그게 진화의 방향인 것 같다. 아기들의 영양 상태가 좋아지고 먹을거리가 풍부해지고 의학이 점점 발달하고 있지 않은가.

나의 할아버지는 개미들을 관찰하고 이해하는 일에 열정을 바치셨다. 내가 생각하기에, 그분은 한때 개미를 연구하면서 빛을 얻으셨지만 나중에는 그 빛 때문에 눈이 멀었던 게 아닌가 싶다. 그분은 인간이 점점 작아져서 결국엔 당신이 좋아하는 개미들과 비슷해지리라고 생각하셨다.

그 점에 관해서는 할아버지의 생각이 틀렸다. 오늘날의 모든 정보가 그것을 말해 준다. 그분의 이론은 현실의 벽을 넘지 못한다. 그분의 생각과는 달리 인류는 개미가 아니라 공룡 쪽으로 나아가고 있다.

우리는 과거에 거인이었고 미래에 다시 거인이 될 것이다. 그럼으로써 인류의 순환이 완성될 것이다.

나는 확신한다. 나는 빙저호에서 거인들의 유골을 발견했다. 우리는 언젠가 그 거인들과 비슷해질 것이다. 키는 17미터, 몸무게는 7백 킬로그램에 달할 것이고, 1천 년을 살게 될 것이다. 그리고 호모 기간티스들이 그랬던 것처럼 뇌파를 이용해 통신을 하게 될 것이다.

이건 하나의 직관이다. 할아버지의 견해를 뒤엎는 나의 직관이다.

어쨌거나 한 가지 사실은 분명하다. 우리 호모 사피엔스는 과거의 인간과 미래의 인간 사이에 있는 과도기의 종이다. 미래의 인류는 아직 나타나지 않았다. 이제부터 우리가 만들어 내야 한다.

28

그는 소스라치게 놀란다. 현관 벨소리가 아주 요란하다.

토마 펠그랭은 계단을 내려가 문을 연다. 눈앞에 젊은 여자가 나타난다. 연한 갈색 머리를 짧게 자르고 노란색과 검정색의 옷을 입은 차림으로 한 손에는 가죽 트렁크를 들고 있다.

「짜잔!」

하고 여자가 소리쳤지만, 남자의 반응은 시큰둥하다.

「자, 제가 왔어요. 당신의 딸이에요. 저는 곧 현장 보고서를 작성할 일이 있어서 멀리 떠날 거예요. 가봐야 알겠지만 위험한 여행이 될 수도 있어요. 그래서 그런지 문득 전화를 걸어야겠다는 생각이 들더라고요. 오래전부터 하고 싶은 이야기가 있었어요.」

그때 갑자기 번개가 하늘을 가르고 비가 내리기 시작한다.

젊은 여자는 안으로 들어선다. 밖에서는 천둥이 더욱 요란해지고 굵은 빗방울이 후드득거린다. 여자는 가장 널찍한 안락의자에 앉는다.

「27년 전의 송년 파티를 기억하세요? 그때 당신은 술을 너무 마셨던가 봐요. 그리고 그날 밤에 당신 자신을 두고 말하기를 〈무엇 하나 제대로 해내지 못할 위인〉이라고 했다더군요. 그런데 당신은 무언가를 이루어 냈죠. 그게 바로…… 나예요.」

토마 펠그랭은 이마가 넓고 살짝이 희끗희끗하다. 콧대는 곧고 입술은 자그마하다. 그는 스포츠 가운을 입은 차림으로 한숨을 길게 내쉰다.

「나는 내가 존재한다는 것을 알면 당신이 기뻐할 거라고 생각했어요. 난데없이 스물일곱 살짜리 딸이 나타났으니 얼마나 좋아요. 아이를 키우자면 잠을 설쳐 가며 냄새 나는 기저귀도 갈아 줘야 하고, 새벽 3시에 젖병도 물려야 하는가 하면, 젖니 몸살로 징징거리는 소리도 참아 내야 하죠. 그런 고생을 겪지 않고도 자식을 얻었으니 좋지 않아요?」

여자는 남자의 기색을 살핀다.

「말이 없으시네요. 원래 그래요? 하기야, 처지를 바꾸어서 생각하면 얘기가 달라질 수도 있겠네요. 잊고 싶은 과거의 한 토막이 이렇게 뼈와 살을 갖춘 한 사람의 모습을 빌려 갑자기 튀어나왔으니 별로…… 마음이 편하지는 않겠죠.」

그는 여전히 무덤덤하다.

「현장 보고서를 쓰러 떠나기 전에 당신을 만나 보고 싶었어요. 내가 거기에서 죽을 수도 있다는 느낌이 들어요. 죽기 전에 적어도 한 번쯤은 인사를 하고 싶었어요. 내…… 아버지라는 사람에게. 더 귀찮게 하지는 않을게요. 나는 곧 떠날 거고 그러면 당신은 두 번 다시 내 소식을 듣지 못하게 될 거예요.」

그녀가 일어선다. 그는 그녀를 붙잡지 않는다. 그러자 그녀는 무언가를 기다리듯, 문을 마주하고 그대로 멈춰 선다.

「내 어머니 프랑수아즈 카메러에 대한 기억이 전혀 없으세요?」

「없소, 미안하오……. 그런데 나를 어떻게 찾아냈소?」

「내 어머니가 말하기를, 당신은 〈과학을 발전시킨다는 미명하에 동물들에게 고통을 가하는 비열한 작자〉라고 하더군요. 그래서 당신이 생물학자일 거라고 짐작했죠. 어머니는 또 당신이 〈파리 데카르트 대학의 거만한 멍청이들과 한통속〉이고, 12사도의 한 사람인 토마와 이름이 같을 뿐만 아니라 자기가 보지 않은 것은 믿지 않는다는 점에서도 토마를 닮았다고 했어요. 그 정도면 내 아버지일 가능성이 있는 남자들의 범위를 확 줄여 준 것 아니겠어요? 비록 당신을 만나려고 하지는 않았지만, 나는 오래전부터 당신에게 관심을 기울여 왔어요. 당신이 어떻게 살아 왔는지, 무엇을 연구하고 무엇을 발견했는지 잘 알고 있어요. 과학자로서는 당신을 존경한다고 말할 수도 있어요. 대체적으로 보자면 당신 때문에 나 역시 생물학자가 되었고 호르몬 전문가가 되었어요. 〈호르몬이 꿀벌의 사회생활에 미치는 영향〉에 관한 당신의 논문을 꼼꼼하게 읽었죠.」

그는 눈썹을 찌푸린다.

「당신 어머니가 프랑수아즈 카메러라고 했나요? 그이는 지금 어디에 있소?」

「돌아가셨어요. 폐암으로요. 엄마는 아주 활기차게 살았지만, 사실은 늘 심한 불안감에 시달렸어요. 하루에 담배를 두 갑씩 피워 댔으니 몸이 성했을 리가 없죠. 게다가 약간의 우울증이 있었어요. 솔직히 말하면 당신이 엄마와 함께 살려고 하지 않은 것도 이해가 돼요. 나한테도 때로는 그게 힘든 일이었으니까요. 가까운 가족이라고는 나밖에 없었기 때문에 내가 장례 방식을 결정했어요. 엄마가 담배 때문에 죽었다는 사실을 감안해서, 흙으로 돌아가기보다는 연기와 함께 사라질 수 있도록…… 화장을 하는 게 낫겠다고 생각했어요. 그대 재에서 났으니 재로 돌아가라 하는 식이죠.」

오로르 카메러는 그 말을 하면서 담뱃갑을 꺼내더니, 집주인이 말릴 새도 없이 담배에 불을 붙이고 연기를 뿜어낸다.

토마 펠그랭은 놀란 기색으로 한쪽 눈썹을 치켜올린다. 하지만 그녀를 제지할 엄두를 내지는 못한다.

「아니에요, 농담이에요. 사실은 대리석 묘석이며 그 밖의 것들을 살 돈이 없어서 그랬어요. 매장을 하자면 비용이 아주 많이 들거든요. 화장을 하면 작은 유골함만 있으면 되니까 더 간편하고 비용도 적게 들죠. 그 유골함, 여기 있어요!」

오로르는 가죽 트렁크를 뒤져 금속 상자 하나를 꺼낸다. 토마 펠그랭은 성스러운 물건이라도 되는 양 그것을 조심스럽게 받아 든다. 상자의 옆면에는 〈카카오 함량 75퍼센트 트러플 초콜릿〉이라고 씌어 있다.

「농담이에요.」

그러면서 오로르는 아버지의 손에서 초콜릿 상자를 도로 가져가더니 뚜껑을 열고 트러플 초콜릿 하나를 집어 그에게 내민다.

「드실래요? 아주 맛있는데.」

「아, 아니오. 됐소. 어머니 얘기를 계속해 봐요. 그러니까 어머니를 화장했다는 얘긴데, 그다음 얘기는 없소?」

「가족과 친지들 앞에서 제가 직접 조사를 낭독했죠. 제가 어떤 글을 낭독했는지 아세요?」

「사도들의 글 가운데 한 대목을 읽지 않았을까 싶은데.」

「저는 엄마가 죽던 날의 별자리 운세를 낭독했어요. 건강 운, 애정운, 직업운, 이렇게 세 항목으로 이루어진 것이었죠. 이건 또 무슨 운명의 조화인지, 엄마는 태양궁과 상승궁이 모두 게자리[3]였어요. 엄마의 그날 운세는 〈오래오래 기억되도록 하얀 돌로 표시할 만한 하루〉라고 되어 있었어요.」

오로르는 트러플 초콜릿 하나를 입에 넣는다.

「어머니 사진 가지고 있소?」

오로르는 트렁크를 뒤져 작은 사진첩을 꺼낸다. 토마 펠그랭은 몇 장의 사진을 찬찬히 들여다본다.

「내 얼굴의 하관은 턱도 뾰족하고 코도 뾰족한 것이 엄마를 닮았고, 위쪽 부분은 당신을 닮았어요. 이 금빛 눈과 훤하고 반듯한 이마를 보세요.」

그는 어색한 눈길로 그녀를 살핀다.

「보아하니 DNA 검사를 하고 싶어 하는 눈치로군요. 그래야 믿겠다는 건가요?」

「어머니에게 당신처럼 가깝지는 않더라도 가족이 있다고 하지 않았소?」

「어린 시절에 나를 대하는 그들의 태도를 보면서 내가 깨달은 사실은 그들 역시 나를 〈철없는 불장난의 산물〉로 여긴다는 것이었어요. 내가 마지막으로 들었던 말이 생각나요. 그들은 엄마가 나를 낳은 것을 두고 〈젊은 날의 실수〉라고

---

3 게자리를 가리키는 프랑스어 캉세르는 영어의 캔서와 마찬가지로 〈암〉을 뜻하기도 한다.

말하더군요. 내가 〈실수〉로 태어난 사람처럼 생겼나요?」

토마 펠그랭은 피식 웃음이 새어 나오는 것을 억누르지 못한다.

「아, 드디어 성공했네요. 당신의 꽉 닫힌 마음이 이제야 조금 열렸군요.」

오로르는 용기를 얻어 말을 잇는다.

「펠그랭 선생님, 저한테 한 가지 물어보셔야 할 게 있는데 그걸 잊으셨어요.」

「아 그래요? 그게 뭐죠?」

「〈아가씨, 이름이 뭐예요?〉 하고 물었어야죠.」

그가 그 질문을 똑같이 따라 하려고 하는데, 그녀가 앞질러 대답한다.

「오로르예요. 저는 내일 튀르키예로 떠나요. 아마존의 후예들, 자기들 스스로 〈꿀벌족〉이라고도 부르는 여자들을 찾으러 가는 거예요. 우스운 얘기를 하나 더 하자면, 제가 여기에 오기로 마음먹은 것은 대학에서 만난 어떤 동료와 이야기를 나눈 뒤였어요. 그의 아버지가 완전히 얼음에 박힌 시신으로 발견되었다고 하더군요. 그 소식을 듣고 나니 문득…… 나도 내 아버지를 찾아내야 한다는 생각이 들었어요. 내 아버지 역시 어느 날 싸늘하게 굳은 채로 발견될 수 있으니 그런 일이 생기기 전에 만나야 한다고 말이에요.」

「오로르…….」

그녀는 손목시계를 본다.

「이런, 그만 가야겠어요. 하고 싶은 이야기를 다 한 것은 아니지만, 비행기를 타야 하거든요.」

104

29

테이아.

충돌은 너무나 강력했다. 그 때문에 내 중심축은 0도에서 15도로 기울어졌다. 그에 따라 사계절이 생겨났다.

그때부터 나는 네 얼굴을 갖게 되었다.

내 질량의 인력이 작용하여 테이아의 잔해들과 내 표면에서 떨어져 나간 파편들이 합쳐져서 소행성의 띠를 형성했고, 무수한 암석들로 이루어진 이 띠가 나의 적도 주위를 떠돌았다.

그 무시무시한 사건에 뒤이은 수백만 년 동안 나는 예전과 사뭇 다른 모습을 하고 있었다. 누가 우주에서 보았다면 토성과 나를 혼동했을지도 모른다. 내 주위에도 얼음처럼 차가운 암석 파편들이 고리를 이루고 있었다. 그 고리는 옛날에 지체 높은 여자들의 옷에 달려 있던 목 주위의 넓은 주름 장식과 비슷했다. 그러다가 계절이 계속 갈마드는 동안 공중에 떠 있던 그 암석 파편들이 응집되어 하나의 구체를 이루어 내 주위를 도는 위성이 되었다. 먼 훗날 인간들은 일정한 궤도를 도는 그 파편들의 덩어리에 〈달〉이라는 이름을 붙였다.

그것은 참으로 보잘것없는 천체다.

파편들이 모이고 모여 하나의 구체를 이루기는 했지만, 내 중력에서 벗어나거나 하다못해 스스로 회전다운 회전을 하기에도 질량이 충분치 않다.

그럼에도 대다수 인간들은 그것을 시적인 영감을 주는 천체로 여기고 있으니 참 가소로운 일이다. 그것은 암석의 부스러기들과 내 상처에서 떨어져 나간 파편들의 더미를 숭배하는 것이나 진배없는 일이다.

달은 스스로 빛을 내는 천체가 아니며 그저 햇빛을 은은하게 반사할 뿐이다.

달은 내가 겪었던 가장 큰 고통과 내 의식이 각성되었던 순간을 상기시키는 천체이다.

나는 한낱 소행성이 아니다. 나는 한낱 암석 덩어리가 아니다. 나는 한낱 수동적인 광물성의 구체가 아니다.

질량, 크기, 궤도, 뜨거운 심장, 철을 주성분으로 하는 핵. 어느 모로 보나 나는 독특한 존재이다.

30

「내가 누구인 줄 몰라서 그런 소리를 하는 거요? 나는 프랑스 공화국의 대통령이오! 내가 어떻게 하느냐에 따라서 이 나라에 빛이 들기도 하고 그늘이 지기도 한단 말이오! 분명히 말하지만 당신의 그 같잖은 장난은 나한테 통하지 않아요. 당신은 그저 한심한 인간일 뿐이오. 이만 끊겠소.」

스타니슬라스 드루앵 대통령은 격분한 동작으로 전화를 끊더니, 송수화기를 다시 집어 든다.

「베네데타? 이제 전화 연결하지 말아요. 조용히 쉬고 싶으니까.」

그는 화가 가시지 않은 동작으로 서랍을 열고 자기가 애용하는 도구 세트를 꺼낸다. 자개 상자에 담긴 코카인 분말과 그것을 코로 흡입할 때 사용하는 은제 대롱이 그것이다. 그는 코카인을 아주 평행하게 세 줄로 늘어놓는다. 그 위험한 약물을 흡입하면서, 그는 자기 전임자들을 생각한다. 그들도 나처럼 대통령직을 수행했을까? 자신이 강하다고 느끼기 위해 코카인을 흡입하고, 긴장을 풀기 위해 애인들을 불러들였을까? 그리고 정세가 복잡하게 얽히기 시작하면 용한 점쟁이나 영매들을 불러다가 중대한 결정을 권력의 배후에 숨어 있는 그들에게 맡겼을까?

스타니슬라스 드루앵은 뒤로 몸을 젖히고 자기 전임자들을 생각한다. 그들은 좌파나 우파를 막론하고 〈특권 축소, 평등 확대, 실업 감소, 안전 증대〉라는 똑같은 공약을 내걸고 당선되었다. 그런 다음에는 모두가 하나같이 〈특권 확대, 평등 축소, 실업 증대, 안전 감소〉로 귀결되는 정책들을 추진했다.

돌이켜 보면, 개혁을 실시하려던 프랑스의 몇몇 대통령은 으레 지지율이 추락하는 사태를 겪었고, 자기들 자신의 영광을 위해 기념물을 짓는 것 말고는 새로운 일을 전혀 벌이지 않고 그저 권력을 즐기기만 했던 대통령들은 오히려 인기가 올라가는 것을 보았다.

그는 드골 장군이 했던 말을 떠올린다. 〈프랑스인들은 송아지[4]들이다.〉 오늘날의 모든 여론 조사를 보면, 프랑스인들은 그런 드골을 역대 가장 훌륭한 대통령으로 여기고 있다.

그는 하얀 분말 한 줄을 다시 흡입한다. 그러면서 드골도 자기처럼 코카인을 상용했을까 하고 자문한다. 어쨌거나 그가 아는 한, 드골은 난교 파티를 경험하지 않은 유일한 프랑스 대통령이었다.

맞은편 벽에 전임자들의 초상이 걸려 있다. 저마다 왼쪽 가슴이나 헌법전이나 프랑스 지도에 한 손을 얹은 채 만족스

---

4 프랑스어에서 송아지veau가 은유로 사용되면 멍청이 또는 게으름뱅이의 뜻이 된다.

러운 표정을 짓고 있는 모습이다.

그는 〈조용한 힘〉이라는 슬로건을 내걸고 대통령에 당선되었던 미테랑의 초상을 한참 바라본다. 그러면서 미테랑 대통령 밑에서 총리를 지냈던 가까운 지인의 말을 떠올린다. 그 지인의 주장에 따르면, 미테랑은 〈모두가 내 편이다, 더 나은 쪽이 이겨라〉라는 식의 전략을 개발했다. 젊은 시절 미테랑은 극우파 세력에 가담해서 활동했지만, 제2차 세계 대전이 발발하자 그 전략을 적용했다. 그에게는 레지스탕스 활동을 하는 친구들도 있었고 독일에 협력하는 친구들도 있었다. 둘 가운데 어느 쪽이 이기든 이기는 쪽이 자기편인 것이다. 결국 레지스탕스 대원들이 승리를 거두었고, 미테랑은 훈장과 명예를 거머쥐었다.

스타니슬라스 드루앵은 생각한다. 통치란 바로 그런 식으로 해야 하는 거야. 두 진영에 동시에 발을 디디고 어느 쪽이 이기는지 지켜보는 거지.

그 지인의 증언에 따르면, 미테랑은 대통령에 당선된 뒤로 노동조합과 경영자 조합을 동시에 지지했다. 그래서 양 진영 모두가 대통령이 자기들 편에 서서 은밀한 역할을 하는 것이라고 믿었다.

그 뒤에 미테랑은 어느 쪽이 우세한지 시간을 두고 지켜보았다. 그는 외교 정책에서도 같은 전략을 구사했다. 프랑스가 미국의 우방임을 보여 주면서 프랑스를 나토와 미국의 대서양 동맹에 복귀시켰는가 하면, 그와 동시에 러시아 공산당과 긴밀한 관계를 맺고 있던 프랑스 공산당 간부들을 장관에 기용했다. 또한 원자력 산업을 주도하는 기업가들을 지지하면서 동시에 환경 운동가들을 후원하기도 했다.

정말이지 정치의 천재야! 아닌 게 아니라 국민의 사랑을 받기 위해서는 앞에서 국민을 이끌기보다 국민의 뒤를 따라가야 해.

드루앵은 미테랑 정권의 총리였던 지인이 들려준 천박한 농담을 기억에 떠올린다. 미테랑이 전립선암과 갑상선암을 동시에 앓고 있다는 사실이 측근들에게 알려졌을 때, 한 장관이 미테랑의 말을 흉내 내어 〈어느 쪽이든 더 나은 쪽이 이겨라〉라고 말했다는 것이다.

드루앵은 다른 대통령들의 초상을 바라보며 생각을 이어간다. 그는 갖가지 개혁을 내세우며 당선되었지만 그 공약을 이행하지 않았다. 이유는 간단하다. 실행에 옮길 수 없는 정책들을 공약한 것이다. 그러나 대다수 국민들은 이제 그의 공약을 기억하지 않는다.

그러고 보면 유권자들은 투표를 하는 순간에 자기들이 선택한 후보의 공약이 결코 이행되지 않으리라는 것을 무의식적으로 알고 있는 게 분명해.

그는 스마트폰의 사진 갤러리를 열어 자기가 거느리고 있는 많은 애인들의 사진을 차례로 화면에 띄운다. 자기의 하렘에 얼마나 많은 여자들을 모으는가 하는 것은 그의 중요 관심사다. 이 분야에서도 그는 전임자들을 능가하기가 쉽지 않을 것이다. 엘리제궁 경비원들의 주장에 따르면, 프랑수아 미테랑은 북유럽 출신 비서 후보들의 사진첩을 보면서 자기가 선택한 여자들을 데려오게 했다. 지스카르데스탱은 히치하이크하는 여자들을 특히 좋아했다고 한다. 시라크는 자기에게 접근하는 모든 여자를 유혹하려고 했다. 그건 누군가를 통해서 전해 들은 이야기이지만, 드루앵은 그것을 과장된 소문이라고 생각하지 않았다. 그 분야에서 가장 뛰어난 능력을 발휘한 사람은 케네디 대통령일 것이다. 그는 선거 운동을 하러 미국 전역을 돌아다닐 때, 어느 도시에서든 가장 아름다운 여자들과 섹스 파티를 벌였다고 한다.

그 분야에서는 미국 대통령들이 언제나 앞서 갔지. 클린턴도 대단했잖아. 비록 임시 직원과 오럴 섹스를 즐긴 사실이 들통 나서 곤욕을 치르기는 했지만.

드루앵은 더 유명한 대선배들을 떠올린다.

나폴레옹은 성기 크기가 열두 살 소년의 것과 비슷했다고 한다. 그의 시신을 부검했던 법의관의 주장이 사실이라면 말이다. 그럼에도 그는 정복지를 늘려 가듯 숱한 여자들을 애인으로 만들었다.

루이 14세는 더욱 많은 여자들을 거느리고 살기 위해서 베르사유궁을 짓고 수많은 나인을 들여앉혔다.

앙리 4세는, 당시의 증언에 따르면, 시녀든 귀족이든 대신의 아내든 가리지 않고 자기 가까이로 오는 모든 여자들의 치맛자락을 걷어 올렸다.

드루앵은 비시시 웃는다.

그건 권력의 정점에 오르기 위해 기울인 온갖 노력에 대한 당연한 보상이야. 원숭이나 쥐의 세계에서도 우두머리 수컷은 번식력이 강한 젊은 암컷들을 먼저 차지하지.

그는 오른쪽에 있는 스크린을 일별한다. 거기에는 정세를 민감하게 반영하는 각종 지표들이 그래프의 형태로 표시되어 있다. 〈정부〉라는 배의 선장으로서 배가 침몰하지 않기를 바란다면, 그 그래프들을 늘 점검해야 한다.

가계 소비 증가. CAC 40[5] 지수 상승. 인구 증가. 자동차 생산 증가. 주택 건설 증가.

현재는 모든 지표에 파란불이 켜져 있어. 이 항로를 유지해야 해.

인터폰이 울린다.

「베네데타, 또 뭡니까? 잠시 쉬고 싶다고 했는데.」

「오비츠 대령이 왔습니다.」

그는 손목시계를 보고, 스마트폰을 집어넣은 다음 안락의자에 털썩 앉는다.

「들어오라고 하세요.」

그는 맞은편에 놓인 팔걸이의자에 얼른 방석 몇 개를 쌓아 놓는다.

아주 자그마한 여자가 단호한 걸음걸이로 대통령 집무실에 들어온다.

여자는 소르본 대학의 학술 경연에 심사 위원으로 참석했을 때와 똑같은 복장을 하고 있다. 어깨에 메고 있는 가방이 꽤나 묵직해 보인다.

「나탈리아, 당신을 보는 것은 언제나 즐거운 일이오.」

「안녕하십니까, 대통령님.」

나탈리아는 방석들 위에 올라앉는다.

「자, 오늘은 나에게 무슨 즐거움을 주러 오셨소.」

나탈리아는 몸을 이리저리 움직여 앉음새를 편안하게 만든다.

「진화에 관한 말씀을 드릴까 합니다. 단기적인 현안들을

---

5 프랑스의 주가 지수(카크 카랑트라 발음한다). 유로넥스트(옛 파리 증권 거래소)에 상장되어 있는 주식 종목 가운데 시가 총액 상위 40종목을 선별하여 계산한다.

처리하는 대통령으로 만족하지 마시고 중장기적인 비전을 가진 대통령이 되셨으면 하는 것이 제 바람입니다. 요컨대, 미래의 세대들을 위한 역사책의 몇 페이지를 차지하는 대통령이 되셨으면 하는 것입니다.」

드루앵은 소인증 여자를 뚫어져라 바라본다. 그녀의 말이 정곡을 찌른 것이다. 잊히지 않는 것, 엘리제궁에 머물다가 사라져 가는 숱한 대통령들 가운데 하나로 그치지 않는 것, 그건 그가 줄곧 품어 온 야심이다.

「진화니 진보니 하는 것은 너무 거창하고 5년 임기 동안 경제 발전이나 이루었으면 좋겠소. 내가 물러난 다음에 무슨 일이 벌어지든 그건 내가 상관할 바가 아니오.」

「5년 임기에 국한된 얘기가 아닙니다. 다음 밀레니엄을 내다보자는 것입니다. 지금부터 제가 드리는 말씀을 실내 녹화기로 모두 기록해 주시기를 부탁드립니다. 설령 제가 죽더라도 제가 말한 것을 다시 들으시고 참고하실 수 있게 말입니다.」

드루앵 대통령은 누가 이래라저래라 하는 것을 싫어한다. 여자에게서 지시를 받는 것은 더더욱 싫어한다. 하물며 소인증 여자의 요구야. 그래도 그 이상한 대화 상대의 태도에는 무언가 존중심을 불러일으키는 것이 있다. 그는 인터폰 쪽으로 몸을 기울인다.

「베네데타? 15분 동안 아무도 나를 방해하지 못하게 하세요.」

그러고는 자기 뒤에 설치된 녹화기를 작동시키고 방문객 쪽으로 돌아선다.

「간단명료하게 하시오.」

「제가 얻은 정보들에 따르면, 우리는 바야흐로 프랑스 역사뿐만 아니라 인류 역사의 중대한 고비를 맞고 있습니다. 인공위성, 매스컴, 누구나 사진을 찍어서 인터넷에 올릴 수 있게 해주는 스마트폰, 이런 것들 덕분에 무수한 눈과 귀가 지구상에서 벌어지는 모든 일을 포착하고 있습니다.」

그는 조바심을 내비치며 고개를 끄덕인다.

「인류 역사상 처음으로, 죽은 사람들의 수(우리보다 앞서 살았던 모든 세대의 사람들을 합친 수)가 현재 살아 있는 사람들의 수와 같아졌습니다. 그 수는 이제 80억에 육박하고 있습니다. 그리고 인류 역사상 처음으로 우리는 우주선을 타고 지구를 떠나 다른 행성으로 이주할 수 있는 방법을 모색하고 있습니다. 그런가 하면 우리는 핵무기를 사용하여 이 행성에서 모든 형태의 생명을 파괴할 가능성도 지니고 있습니다.」

그는 손짓을 보내어 다음 말을 재촉한다.

「요컨대 각하는 모든 것을 변화시킬 수 있는 세대의 대통령이시라는 겁니다.」

그는 앉은 자세를 바로 하고, 장차 전직 대통령들의 초상 옆에 걸릴 자신의 사진과 1백 년 뒤에 그 사진을 바라볼 또 다른 대통령을 상상한다.

「계속해 봐요, 나탈리아.」

「우리는 지금 중대한 기로에 서 있습니다. 제가 탐색해 보니 우리 앞에 놓인 길은 일곱 갈래입니다. 우리 프랑스인들, 아니 인류는 최선의 길을 선택할 수도 있고 최악의 길을 선택할 수도 있습니다.」

「제발 부탁인데, 금융 위기나 환경 문제를 논하자는 거면 당장 그만둬요. 그런 얘기는 하도 많이 들어서 그저 졸음만 쏟아지게 하니까.」

「염려하지 마십시오, 대통령님. 미래로 가는 일곱 갈래 길에 관한 이야기는 그보다 훨씬 참신합니다. 유대인들의 메노라, 즉 일곱 가지 촛대처럼 생긴 나무에 관한 이야기이니까요……」

31

분재 벚나무에서 이파리 두 개가 떨어진다. 하지만 그는 그것을 알아차리지 못한다. 다른 분재 나무들도 저희만의 언어로 물을 조금 더 달라고 애원을 한다. 미니 토끼 조제핀은 전선을 갉아 댄다. 장난감 병정들로 이루어진 나폴레옹 군대는 영원히 돌격 중인 상태로 멈춰 있다.

다비드 웰스는 돌아가신 아버지의 수첩을 몇 번이고 다시 읽는다. 그러면서 지난 스물네 시간 동안 벌어진 일을 자꾸 곱씹는다. 소르본 대학. 심사 위원들. 오로르 카메러. 교통사고. 오열하던 어머니. 태도가 어색하던 법의관. 세 개의 얼음 덩어리. 마치 형언할 수 없는 어떤 것을 본 것처럼 입을 벌린 채 굳어 버린 아버지. 수첩에는 흥분된 마음으로 빠르게 써내려간 것 같은 비스듬한 글씨체의 메모며 도식, 크로키, 수수께끼 같은 일련의 숫자들, 이상한 암시들이 담겨 있다. 아버지가 발견한 것은…… 거인들의 문명이다.

다비드에게는 그 모든 것이 비현실적으로 느껴진다. 마치 꿈속에서 하루를 보낸 것만 같다.

아래층에서 문을 여닫는 소리가 들린다. 어머니가 돌아오신 것이다. 그는 퍼뜩 정신을 차린다. 미니 토끼는 기다란 귀를 쫑긋 세우고 코를 연신 발름거린다. 그는 계단을 천천히 내려가 거실로 내려선다. 망다린 웰스는 남편의 사진 앞에서 흐느끼고 있다. 사진 속의 웰스 교수는 정글 탐험가의 복장을 한 채로 마스토돈의 어금니를 들고 있다.

다비드는 어머니의 어깨에 한 손을 얹는다.

「엄마…….」

그가 생각하기에, 어머니가 평생에 걸쳐 하신 일은 그저 침묵하는 것과 눈물을 흘리는 것, 그리고 남편과 아들을 사랑하는 것이었다. 따지고 보면 여자들의 주된 약점은 남자들을 사랑하는 것이 아닐까?

「나의 샤를리에게 이런 일이 생기다니, 이런 일은 온당치 않아.」

그는 어머니를 꼭 안아 주면서 위로한다.

「죽는다는 건 누구에게나 온당치 않아요, 엄마.」

「네 아버지는 인류에게 소중한 사람이었어. 과거를 이해함으로써 미래를 밝게 비추었지.」

「알아요, 엄마. 저도 알아요.」

망다린은 아들이 정말 아는지 확인하려는 듯 두 손으로 그의 머리를 감싼다.

「다비드, 네가 횃불을 다시 들어야 해. 인류가 나아갈 길을 밝히던 아버지의 업적을 계승해야 하는 거야.」

「네, 엄마.」

「그리고 한 여자를 만나 자식들을 낳아야 해. 웰스 가문의 대를 이어야지. 이젠 너밖에 안 남았잖아. 알고 있지?」

「물론이에요, 엄마.」

「결혼해서 한 가정을 이뤄야 해. 네 아버지도 그러길 바라셨을 거야.」

망다린은 아들의 두 손을 잡더니 차가운 물건 하나를 쥐여 준다.

「아버지 서재의 열쇠야. 아버지는 서재에 들어가는 것을 누구에게도 허락하지 않으셨어. 보물이든 도구든 원고든 아버지의 모든 비밀이 거기에 있을 거야. 이제 그 모든 것이 네 거야.」

다비드는 어머니에게서 물러나 계단을 올라간 다음 서재 문 앞에 서서 열쇠를 자물쇠에 넣고 천천히 돌린다. 손이 떨려서 몇 번이나 시도를 한 끝에 딸깍 소리와 함께 자물쇠청이 움직인다. 전등 스위치를 누르자 방 안이 노란 불빛에 잠긴다. 선반들에 공룡의 이빨이며 두개골이 줄느런하게 놓여 있다. 그는 컴퓨터를 켜고 〈에드몽 웰스의 상대적이며 절대적인 지식의 백과사전〉이라는 파일을 찾아낸다.

개미 박사 에드몽 웰스.

아버지는 에드몽 웰스에 관한 이야기를 거의 하지 않으셨다. 하지만 그가 알기로, 그의 증조부는 개미에 관해서 이야기하는 것으로 그치지 않고 인류 전체의 진화에 관심을 가지고 있었으며 인류가 점점 작아지는 쪽으로 나아간다고 생각하셨다. 진화에 관한 견해가 세대를 건너뛰어 이어지고 있는 셈이다.

다비드는 컴퓨터 화면에 정신을 집중한다. 증조부가 당신의 발견과 성찰의 결과를 백과사전의 형태로 작성하셨다는 사실을 그는 모르고 있었다.

그는 문득 아버지가 남기신 수첩의 메모를 기억해 내고, 검색 창에 〈거인족 문명〉이라는 말을 입력한다.

문서 파일 하나가 열린다.

32
백과사전: 거인족 문명

한때 거인들의 문명이 지구상에 번성했으리라는 것은 5대륙 모든 문명의 모든 신화에 암시되어 있다.

고대 이집트인들의 신앙에 따르면, 최초의 왕조는 거인들의 종족에서 유래했으며, 이 거인들은 바다를 통해 들어와서 이집트인들을 가르쳤다고 한다. 그들에게 의술과 피라미드 건축술을 가르친 것도 그 거인들이었을지 모른다.

성경(「민수기」 13장 32~33절)에는 이런 말이 나온다. 〈거기에는 키가 장대 같은 사람들이 있더라. 우리가 만난 거인들 가운데는 아나킴 말고도 다른 거인족이 또 있더라. 우리가 스스로 보기에도 메뚜기 같았지만 그 사람들 보기에도 그랬을 것이다.〉

그리스 신화에는 기간테스라는 거인들이 나온다. 이들은 크로노스가 우라노스의 남근을 자른 상처에서 흘러나온 피가 대지에 떨어져 태어났다. 포세이돈과 가이아의 아들로 태어난 안타이오스라는 거인의 이야기도 잘 알려져 있다. 그는 어머니인 대지를 밟고 있는 한 어떤 공격도 이겨 낼 수 있는 존재로 간주되었다. 그를 죽이려면 땅에서 번쩍 들어 올리는 수밖에 없었다. 그것은 오로지 헤라클레스만이 해낼 수 있는 일이었다. 고대 그리스인들은 신들과 거인들을 분명하게 구별하지 않았다. 프로메테우스가 인간에게 불의 사용법을 가르친 것과 마찬가지로, 거인족에 속하는 키클롭스들은 야금술을 가르쳤다.

로마 시대에 플리니우스가 저술한 『박물지』 7권 16장에는 크레타섬에서 지진으로 언덕이 무너진 뒤에 발견된 거인의 유골에 관한 이야기가 나온다. 이 유골은 키가 46큐빗(약 20미터)에 달했으며, 혹자는 그것이 거인 사냥꾼 오리온의 유골이라고 주장했다는 것이다.

로마 시대의 또 다른 작가인 필로스트라토스 역시 『영웅에 관하여』라는 책에서 그리스와 에티오피아 등지에서 거인의 유해가 발견되었던 사례들을 이야기한다.

태국의 신화를 보면, 세상이 처음 열리던 때에는 인간의 키가 어마어마하게 컸다.

기독교가 전래되기 전의 북유럽 사람들은 세상에 가장 먼저 생겨난 생명체가 거인이었다고 믿었다. 이 거인들의 나라 요툰헤임이 있었다는 곳은 스칸디나비아 해안 서쪽, 그러니까 고대 그리스인들이 툴레라고 부르던 섬의 위치와 비슷했을 것이다.

1171년에 역사가 시길버트는 홍수가 휩쓸고 간 뒤에 땅속에 묻혀 있던 거인의 유해가 드러났는데, 이 거인의 키가 17미터에 달했다고 이야기한다.

도미니코 수도회의 수사인 레히날도 데 리사라가는 1555년부터 4년 동안 페루를 여행한 뒤에 쓴 책에서 키가 15미터가 넘는 거인들에 관한 신화를 들려주고 있다.

16세기에 『페루 연대기』를 쓴 스페인의 역사가 시에사 데 레온은 산타 엘레나의 원주민들에게서 채집한 민담을 전하고 있다. 그 이야기에 따르면, 먼 나라에서 배를 타고 온 거인들이 하룻밤 사이에 티아우아나코 신전을 건설했다고 한다.

인도의 대서사시 『라마야나』에는 락샤사라는 거인들이 나온다. 이 거인들은 라마에 맞서 전쟁을 벌이지만, 이들 가운데 일부는 하누만이 이끄는 원숭이 종족과 함께 라마의 편에 서서 저희 형제들과 싸운다.

17세기에 멕시코의 역사학자 알바 코르테스 익스틀릴소치틀이 저술한 톨테카족의 역사에는 먼 옛날에 쿠이나메친이라는 거인들이 살았다는 이야기가 나온다. 이 거인들은 지진 때문에 거의 지상에서 사라졌다. 그들 다음에는 보통 크기의 인간 종족인 올메카족과 시칼란카족이 지상에 살았는데, 이들은 재앙을 이기고 살아남은 마지막 거인들을 몰살했다고 한다.

우리는 학문의 영역에서도 호모 사피엔스보다 앞서 존재했던 거인족의 문명에 관한 주장을 찾아볼 수 있다. 독일의 아마추어 인류학자 루트비히 콜라르센은 1936년에 탄자니아의 에야시 호수 기슭에서 키가 10미터가 넘는 인간의 해골을 발견했다고 한다. 1960년대에 오스트레일리아의 고고학 연구자 렉스 길로이는 빅토리아산에서 거인들의 발자국 화석을 발견했다고 주장했다. 그는 전문적인 탐사 작업을 계속 벌인 끝에 자바와 남아프리카와 중국 남부에서도 거인의 턱뼈를 발굴했다고 한다. 1964년에 프랑스 선사 시대 연구 협회 회원인 브뤼칼테르라는 연구자는 크기가 비정상적으로 큰 인간의 해골을 다량으로 발견했으며, 이 발견으로 아슐리안기(전기 구석기 시대의 문화기)에 거인들이 존재했음을 확인할 수 있다고 발표했다.

만약 거인들이 정말로 존재했다면, 그들이 사라졌다는 것은 인류가 점점 작아지는 것이 진화의 자연스러운 방향이라는 증거이다.

에드몽 웰스, 『상대적이며 절대적인 지식의 백과사전』 제7권

33

대통령 집무실에서 나탈리아 오비츠는 휴대용 컴퓨터를 꺼내 벽걸이형 프로젝터의 전선에 연결한다.

그러고는 인류에게 가능한 진화의 일곱 가지 길에 관한 자신의 견해를 설명하기 위해 슬라이드 쇼를 작동시킨다.

「더 일찍 말씀드릴 수도 있었지만, 〈진화〉 분과 연구원들의 최근 모임이 열리기를 기다렸습니다. 그들의 가설들을 되도록 총망라해서 대통령님께 소개하기 위해서입니다. 이를

테면 미래 전망과 관련된 최신의 성과를 알려 드리고자 했던 것입니다.」

그녀는 〈제1번: 성장의 길〉이라는 파일을 연다. 사진들이 빠르게 이어지면서 많은 장면을 보여 준다. 지하철 출구에서 빠져나오는 빽빽한 인파, 자동 공정을 통해 식품을 무한정으로 생산해 내는 공장들, 검은 연기를 뿜어 대는 또 다른 공장들, 행진하는 군인들, 구호를 외치는 시위대, 증권 거래소 객장의 전광판 앞에서 매우 흥분된 기색으로 소란을 피우는 군중.

「성장의 길은 자본주의의 본색을 있는 그대로 보여 주는 프로젝트입니다. 최소 비용으로 최대 이익을 창출하면서 모든 것을 계속 더 많은 쪽으로 이끌어 가자는 것이지요. 현재는 이것이 대세입니다. 미국의 현직 대통령인 공화당 출신의 윌킨슨이 지향하는 길이기도 하죠. 그는 전직 운동선수이자 액션 배우답게 체격이 크고 건장합니다. 자유 시장 경제를 지지하고 〈계속 더 많이〉를 외치죠. 장기적으로 볼 때 이 길은 다음과 같은 결과들을 야기할 것입니다.

첫째, 아이들의 영양 상태가 개선되고 특히 유제품이 널리 보급됨에 따라 세계인의 평균 신장이 커질 것입니다.

둘째, 개인적인 안락함에 대한 욕구가 커지면서 모든 인간 사회가 소비 사회로 나아가게 되고 그에 따라 개인주의가 더욱 확산될 것입니다.

셋째, 의학의 진보로 유아 사망률이 낮아지고 평균 수명이 길어지면서 인구가 증가할 것입니다.

넷째, 쓰레기 배출량이 증가할 것입니다. 현재 해양에 투척된 생활 쓰레기들이 모여 제6의 대륙을 형성하고 있습니다. 크기가 유럽의 3분의 1쯤 되는 이 쓰레기 대륙은 현재 아메리카와 일본 사이의 북태평양에서 표류하고 있습니다.」

「아, 그건 금시초문이오.」

대통령은 앉음새를 조금 누그러뜨리면서 짧게 논평을 가한다.

「〈계속 더 많이〉는 그 위력이 입증된 오래된 시스템이오.」

그러고는 손짓으로 다음 말을 재촉한다.

「인류가 계속 그런 길로 나아간다면, 머지않아 인구가 80억에서 1백억으로 증가할 것입니다. 소비도 증가하고 경제 규모도 더 커지겠죠. 문제는 인구와 소비는 증가하고 경제는 성장하지만, 지구는 성장하지 않는다는 것입니다. 천연자원의 매장량이나 맑은 공기며 마실 수 있는 물의 양은 무한히 증가하지 않습니다. 우리는 텔레비전이며 냉장고며 에어컨이며 자동차가 가구당 두 대씩 있는 미국식 안락함을 1백억 인구에게 보장할 수 없을 것입니다. 현재 음식이 낭비되는 비율을 감안하면 더더욱 그러하죠. 인류가 계속 이런 식으로 소비를 한다면, 전체 인구를 먹여 살리기 위해서는 지구와 같은 행성이 하나 더 있어야 할 것입니다.」

「하지만 과학이 진보하니까…….」

「과학의 진보에도 한계가 있고 반작용이 있습니다. 집약 재배는 토양을 척박하게 만듭니다. 대부분의 채소와 과일과 고기는 미량 원소와 비타민이 빈약해지고 있습니다. 우리의 행성이 인간들을 먹여 살리느라 고갈되어 가는 것입니다.」

「비료를 사용하면 땅이 비옥해지지 않겠소?」

「비료가 지하수층에 어떤 영향을 끼치는지 잘 아실 겁니다. 그〈계속 더 많이〉의 길에서 경쟁을 벌이고 있는 두 나라,

즉 미국과 중국의 지도자들은 똑같이 야만적인 자본주의를 추구하고 있습니다.」

「두 나라가 막상막하이지만, 내가 보기엔 중국이 더 유리한 처지에 있는 것 같소. 자유로운 노동조합도 없고 독립적인 사법부나 언론도 없으며 생태주의 정당도 없으니 말이오. 게다가 인구가 엄청나게 많으니까 저임금 정책으로 생산비를 낮출 수도 있소. 만약 우리가 성장의 길을 선택한다면, 심각한 문제들이 야기되기까지 얼마나 걸릴 것 같소?」

「아무리 낙관적인 전망을 한다 해도 30년 정도밖에 걸리지 않을 것입니다. 30년 후면 물과 식량과 석유가 부족해지고 공기 오염이 심해지면서 프랑스에 심각한 문제가 야기될 것입니다.」

대통령은 손목시계를 본다.

「첫 번째 길은 그렇다 치고, 두 번째 길은 뭐요? 계속해 봐요, 어서.」

오비츠 대령은 다른 파일을 열어 슬라이드 쇼의 시작 키를 누른다. 못 박힌 채찍으로 자기들의 등판을 후려치는 회개자들의 행렬이 나타난다. 그다음에는 수염을 기른 남자들의 연설을 들으면서 똑같은 구호를 외쳐 대는 군중, 오토바이를 탄 채로 학생 시위대를 공격하는 경찰관들, 교수형 장면, 두 손을 자르는 처형 장면이 차례로 이어지고, 〈종교적 광신의 길〉이라는 자막이 뜬다.

「종교에 바탕을 둔 전체주의적 책략입니다. 현재 가장 빠르게 세력을 키워 가고 있는 길이죠. 도처에서 공포나 유혹을 통한 개종이 이루어지고 있습니다.」

「어떤 식으로 유혹한다는 거요?」

「종교의 흡인력을 과소평가하지 마십시오. 모든 것이 복잡하고 맥없이 물러 터진 세계에서는 〈이성을 벗어난〉 단순하고 강경한 체제가 사람들을 안심시킵니다. 그 체제가 폭력을 허용하면 사람들은 더욱 든든한 기분을 느끼죠. 처음엔 교육을 제대로 받지 못한 사람들만 그런 체제에 끌리지만 나중에는 지식인들도 유혹에 빠져듭니다. 사회의 모든 계층이 체제에 동조할 수 있어요. 그게 바로 현재의 이란 대통령 자파르와 사우디아라비아 국왕이 바라는 것입니다. 그리고 천혜의 자원인 석유가 그들의 계획을 뒷받침하고 있습니다.」

대통령은 입을 실룩이며 의심의 뜻을 내비친다.

「나는 자파르를 알고 있소. 가까이 사귀어 보니까 매력이 있습디다. 게다가 돈에 매수될 수도 있는 인물이오. 장담하건대 우리가 뇌물을 주면 언제든지 받을 거요. 내가 보기에 그런 사람은 광신자가 될 수 없소.」

「그게 바로 〈한 입으로 두말하기〉라는 계략입니다. 14세기에 어느 무명씨가 펴낸 그들의 책『책략의 서』에 나와 있어요. 속지 마십시오. 자파르 대통령은 종교적 보수주의의 화신입니다. 미래에는 모든 인간이 종교가 아니면…… 죽음을 선택해야 하리라고 주장하는 자입니다. 이제는 그런 속내를 감추지도 않습니다.」

「인류가 종교적 광신으로 나아간다고? 나는 그렇게 생각하지 않소. 지성적인 현대 사회에서 그런 것이 통할 리가 없소. 과학은 신앙보다 강하오.」

「잘못 알고 계십니다, 대통령님. 군중, 특히 젊은이들이 야수적인 상태로 회귀하려는 유혹에 이끌린 사례는 얼마든지 있습니다.」

「젊은이들이요? 그들은 갈수록 많은 교육을 받고 있기 때문에…….」

「그래서요?」

「교육을 받으면 폭력에 이끌리거나 비합리적인 것에 현혹되는 경향이 줄어들게 마련이오.」

「정말 그렇게 생각하십니까?」

대통령은 참을성을 잃고 되받는다.

「종교적 보수주의에 문제가 많다고 생각하는 모양인데, 그 문제가 뭐요?」

「종교적인 광신자들은 자기들의 세력을 유지하기 위해 점점 더 강경해질 수밖에 없습니다. 오늘의 과격파가 내일에는 온건파로 여겨질 것입니다.」

「내가 보기에 당신은 과장을 하고 있소. 다음 진화의 길로 넘어갑시다.」

나탈리아 오비츠는 또 다른 슬라이드 쇼를 실행시킨다. 존 폰 노이만, 앨런 튜링, 빌 게이츠, 스티브 잡스가 보이고, 안경을 낀 수많은 젊은이들이 서로 비슷비슷하게 생긴 모습으로 컴퓨터 화면 앞에 앉아 있는 장면이 나타난다. 이어서 가상 현실 게임과 화려한 컴퓨터 그래픽 이미지들이 빠르게 펼쳐지고, 창고처럼 넓은 공간에서 수백 명의 젊은이들이 컴퓨터 화면 빛에 잠긴 채로 정신없이 자판을 두드리는 장면이 나온다.

「정보 공학의 길이오?」

「단지 정보 공학만이 아니라 기계 일반을 활용하는 길입니다. 진화의 세 번째 길이죠.」

「안드로이드를 말하는 거요?」

「컴퓨터, 로봇, 소셜 네트워크, 온라인 게임, 스마트폰, 요 컨대 인간이 창조한 정보 공학의 세계에 인간의 사고를 투사한다는 것이죠.」

「그런 것은 그저 우리의 도구일 뿐이오, 나탈리아. 진공청소기나 자동차와 다를 게 없소. 자유 의지가 없는 물건들이란 말이오. 우리가 세탁기를 두려워하는 일이 생길 수 있겠소?」

「소르본 대학에서 한 연구자의 프로젝트 발표를 들었는데, 그 내용이 매우 흥미롭더군요. 연구자 이름은 프랜시스 프리드먼입니다. 그는 로봇이나 컴퓨터가 자신들의 존재를 의식할 수 있도록 프로그래밍하는 방안을 제시했습니다.」

「지능을 가진 로봇 말이오? 그건 기자들이 자주 우려먹는 통속적인 소재요. 나는 그런 것을 전혀 믿지 않소.」

「그보다 더한 것입니다. 생각하는 로봇이죠. 인공 지능의 단계를 넘어서서 자아를 의식하는 로봇을 만들겠다는 것이 그 연구자의 계획입니다. 제가 보기에, 기계들이 그런 의식을 갖게 되면, 살아 있는 존재들이 모두 그렇듯이 자식을 만들어 개체의 유한성을 넘어서고자 할 것입니다. 프랜시스 프리드먼은 이미 그런 개념에 착안하여 홀로 자가 복제를 할 수 있는 로봇을 구상했습니다.」

「기계가 단성 생식을 하게 만들겠다는 거요?」

「못 하리라는 법도 없지 않습니까? 프리드먼은 신세대 로봇이 출현할 수 있도록 길을 열어 주고 있습니다. 다음 세대의 로봇들은 자가 복제를 하면서 스스로를 개량해 나갈 것입니다.」

「우리가 원숭이에서 인류로 진화한 것과 비슷한 건가요?」

「네, 그런 식으로 생각할 수 있습니다. 처음 나올 로봇들은 원숭이와 같을 것이고, 그 자식들은 세대를 이어 가면서 계속 개량될 것입니다. 인간이 전혀 개입하지 않아도 그런 진화가 이루어질 것입니다. 그저 로봇들이 끊임없이 스스로를 개량해 가도록 유도하는 프로그래밍의 필연적 결과로 말입니다.」

대통령은 책상 위에 놓인 스마트폰을 만지작거린다.

「계속 그런 식으로 진화한다면, 결국에는 컴퓨터가 인간을 능가할 수도 있지 않겠소?」

「컴퓨터는 이미 체스와 전략 게임에서 번번이 우리를 이깁니다. 앞으로 얼마나 더 발전할지 아무도 모릅니다. 언젠가는 국민들의 이익을 수호하도록 프로그래밍된 안드로이드 대통령이 나오는 것도 상상할 수 있습니다. 안드로이드가 대통령이 된다면, 다른 건 몰라도 이기심이나 부정부패, 종교적 광신, 무능 따위는 염려하지 않아도 될 것입니다.」

「다음 선거에서는 로봇과 경쟁해야 할 판이군! 그 세 번째 길의 단점은 뭐요?」

「프리드먼 박사는 이미 어떤 문제가 생겨날 수 있는지 예상하고 있습니다. 로봇이 자아를 의식하게 되면, 자아에 관한 질문이 생겨나게 되고, 그 질문은 〈신경증〉이나 실존적인 고뇌로 이어질 수 있습니다.」

「맙소사, 프로이트 성인이 납셔야겠군!」

「바로 그겁니다. 그런 문제를 해결하기 위해서 인조인간들을 위한 심리학과 정신 의학이 필요하다는 겁니다. 그것이 이 프로젝트의 핵심이죠.」

「만약 그 프로젝트를 채택한다면, 20년 후에는 어떤 결과가 나올 것 같소?」

「프리드먼의 견해에 따르면, 로봇들은 노동과 관련된 숱한 문제를 해결하리라고 합니다. 새로운 프롤레타리아 계급을 형성하여 힘든 일들을 모두 대신해 주리라는 것이죠. 그러면 마침내 진정한 레저 사회가 도래하여, 로봇들이 힘든 노동을 수행하는 동안 인간은 무위도식하면서 피둥피둥 살이 오른 채 마음껏 게으름을 피우게 될 것입니다.」

「나빠 보이지는 않는구먼.」

「문제는 그러다 보면 인류가 퇴행하여 결국은 기계의 노예로 전락할 수도 있다는 것이지요. 만약 로봇들이 심리 치료와 정신 분석을 제대로 받지 않아서 인간의 원시성을 의식한다면, 저희가 권력을 잡기로 결심할 수도 있다는 겁니다.」

「SF 영화의 시나리오 같은 미래로군. 〈2001 스페이스 오디세이〉나 〈터미네이터〉 같은 영화의 시나리오를 생각나게 하는걸.」

「〈매트릭스〉도 있죠. 인류는 정체하고 로봇들은 계속 진화한다고 상상해 보십시오. 우리가 부차적인 지위로 내려앉지 말라는 법이 없습니다. 한때는 세계를 지배했으나 자기들의 피조물에게 추월당한 자들이 되는 것이죠.」

「아닌 게 아니라 그런 점에서는 별로 끌리지 않는구먼.」

「그래서 저는 프리드먼 박사의 프로젝트가 뽑히지 않도록 온갖 수단을 동원했습니다.」

스타니슬라스 드루앵은 흥미와 불안을 동시에 느낀다. 미래의 장기적 전망에 관한 그 이야기를 듣다 보니, 자기의 이해를 넘어서는 톱니바퀴 장치가 돌아가고 있고 자기는 그저 그 톱니바퀴에 낀 모래알 같은 기분이 드는 것이다. 그는 앞에 앉은 자그마한 여자를 찬찬히 살펴본다. 오늘 보고할 주제를 완벽하게 파악하고 있는 듯 자신감이 넘쳐 보인다.

학계나 경제계나 군부의 많은 전문가들이 그에게 정책을 조언하고 있지만, 인류의 미래를 놓고 이런 식의 이야기를 나눠 보는 것은 처음 있는 일이다.

「야만적인 자본주의, 종교적인 광신, 지배적인 로봇, 그 밖의 다른 길들은 뭐요?」

「네 번째 길은〈우주의 식민지화〉입니다.」

오비츠 대령은 다시 슬라이드 쇼를 실행시킨다. 우주선의 설계도가 화면에 나타난다.

「뉴스를 들으셨는지 모르겠습니다만, 실뱅 팀시트라는 인물이 엄청난 프로젝트를 벌이고 있습니다. 그는 온라인 게임 덕분에 거부가 된 캐나다의 유명한 사업가인데, 최근에〈우주 나비 2호〉라는 우주선을 건조하기로 결정했습니다.」

「그게 뭐요?」

「수십만 명이 탑승할 수 있는 태양 범선입니다. 인간이 거주할 수 있는 외계 행성을 찾아서 1천 년 넘게 여행하기 위한 우주선이랍니다.」

「이를테면 우주 공간을 떠다니는 노아의 방주인가요?」

「그는 여기에서 문제들을 해결하려 하기보다 지구를 떠나자고 제안합니다. 상황이 여의치 않으면 도망치는 것, 그건 태곳적부터 우리 조상들이 해온 일입니다.」

「그런데 1천 년 동안 여행해야 한다면, 탑승자들은 우주선 안에서 모두 죽을 것 아니오?」

「물론 그들은 죽겠지요. 하지만 그들이 낳은 새로운 세대가 뒤를 잇고, 또 다음 세대가 뒤를 잇습니다. 마지막 세대가 외계 행성에 발을 디딜 때까지 그런 식으로 대를 이어 여행하겠다는 것입니다.」

「우주선이 어마어마하게 커야 하겠는걸.」

「몸체가 원통 모양으로 되어 있는 우주선이랍니다. 망원경의 경통처럼 그 길이를 늘일 수 있는데, 직경은 1킬로미터쯤 되고 완전히 늘였을 때의 길이는 30킬로미터가 넘는다고 합니다. 팀시트의 주장이 사실이라면, 그 원통이 축을 중심으로 돌기 때문에 지구에 있을 때와 비슷한 중력이 우주선 내부에 생겨납니다. 그래서 우주선 안에 들판과 숲과 호수를 배치할 수 있을 거라고 합니다. 또 중심축이 광원 구실을 하기 때문에 인공 태양 광선을 만들어 낼 수도 있고, 수증기를 응결시켜 비가 내리게 할 수도 있다는군요. 그야말로 하나의 생태계를 온전히 재현할 수 있다는 얘깁니다.」

「그러면 추진 동력은 뭐죠? 우주 공간엔 바람이 불지 않으니 그 태양 범선이 나아갈 수가 없지 않소?」

「빛의 힘으로 나아가는 겁니다. 별들의 광선에서 추진력을 얻는 태양 범선입니다. 그 에너지가 강한 것은 아니지만, 〈우주 나비 2호〉는 오스트레일리아 대륙의 면적과 맞먹는 거대한 돛을 갖게 될 거랍니다.」

「그것 참 기발한 생각이군! 그 프로젝트의 단점은 뭐요?」

「우주선을 제작하는 데 시간이 오래 걸리고 막대한 비용이 든다는 것입니다. 일이 제대로 돌아갈지 확실치 않고, 80억 인구 중에 고작 10만 명하고만 관련되어 있다는 것도 문제입니다. 설령 그들이 우주선을 타고 떠난다 해도 저희끼리 서로 싸우고 죽이는 사태가 벌어지지 않으리라는 보장도 없고요. 제가 보기엔 탑승자들의 심리적 상황을 고려하지 않은 것도 간과할 수 없는 약점입니다. 밀폐된 공간에서 1천 년 동안 평화롭게 살 수 있는 인간 공동체를 만들어 내야 한다는 얘긴데, 현재로서는 누구도 그 방법을 모르니까요.」

「장점은?」

「설령 모든 게 실패로 돌아가서 지구가 멸망하더라도, 인류는…… 1천 년 뒤에 다른 행성에서 다시 시작할 수 있으리라는 것입니다. 이 프로젝트는 난파자가 구조되기를 바라면서 바다에 던지는 병과 같습니다. 성사 여부를 떠나서 시도할 가치는 있다고 봅니다.」

드루앵 대통령은 손목시계를 토닥거린다.

「다음 길은 뭐요? 오비츠 대령, 속도를 좀 더 내줄 수 있겠소? 몇 분 뒤에 약속이 있소. 이 모든 게 아주 흥미롭지만, 나는 미래에 신경을 쓰기 전에 현재를 경영해야 하오.」

오비츠 대령은 또 다른 슬라이드 쇼를 실행시킨다. 흐뭇하게 웃고 있는 노인들이 화면에 나타난다. 노인들 옆에는 그들과 똑같이 생긴 복제 인간들이 있다. 태아가 담긴 표본병들도 보인다.

「다섯 번째는 유전 공학의 길입니다. 이것 역시 소르본 대학의 한 연구자가 제안한 프로젝트입니다. 그 연구자는 제라르 살드맹 박사입니다. 그의 아이디어는 염색체의 말단에 있는 DNA 부위, 즉 텔로미어를 조작함으로써 노화와 죽음을 막자는 것입니다.」

「사람이 죽지 않고 영원히 살 수도 있다는 거요?」

「우리 몸은 반드시 죽도록 프로그래밍되어 있지만, 만약 그 프로그래밍을 지우는 게 가능하다면, 천년만년 살 수도 있겠지요. 그 연구자는 자기 프로젝트에 〈청춘의 샘〉이라는 제목을 붙였습니다. 베르사유 정원의 잉어들이나 바다거북 같은 동물들이 장수하는 게 텔로미어와 연관되어 있다는 점에 착안하여 이런 프로젝트를 구상한 모양입니다. 그는 줄기세포를 이식하여 손상된 장기를 대체하는 방법도 함께 제안하고 있습니다.」

「이식을 하더라도 거부 반응이 없어야 하는데, 그 문제는 어떻게 해결하지?」

「클론 은행을 만들어서 새 장기가 필요할 때마다 복제 인간의 장기를 빼내어 이식하겠다는 것입니다. 마치 기계의 낡은 부품을 완벽한 호환성을 지닌 새 부품으로 갈아 끼우듯이 말입니다.」

「그 프로젝트의 단점은?」

「만약 모두가 죽지 않고 천년만년 살게 된다면 세상이 어떻게 되겠습니까? 아무도 자식을 낳으려 하지 않는 늙은이들의 세상이 되지 않겠습니까? 세대교체나 혁신은 사라지고, 그저 특권을 가진 인간들만 계속 삶을 연장해 가겠지요.」

「어쨌거나 그들은 무병장수를 누리겠구먼. 다음 프로젝트는 뭐지?」

「여섯 번째는 여성화의 길입니다. 이것 역시 소르본 대학의 〈진화〉 연구 분과에 소속된 한 연구원이 제안한 프로젝트입니다. 제안자는 오로르 카메러 박사입니다. 그의 주장에 따르면, 오늘날 인간 사회가 여성화하는 것은 자연스러운 현상입니다. 남성의 정자 수가 감소할 뿐만 아니라 정자들이 약해지고 있다는 점, 그리고 X 염색체를 지닌 정자가 Y 염색체를 지닌 정자보다 저항력이 강하다는 점만 보더라도 그것이 당연하다는 것입니다. 따라서 인류가 아무런 간섭을 받지 않고 진화한다면, 당연히 여성이 남성보다 수적으로 우월해질 것입니다. 하지만 이런 진화의 길은 특히 아프리카와 아시아에서 전통의 방해를 받고 있습니다. 초음파 검사를 이용하면 태아의 성별을 알아내는 것이 가능합니다. 아기가 딸일 때 어떤 아버지들은 어머니들에게 낙태를 강요한다고 합니다.」

「아들을 얻을 때까지 그런 짓을 하지요. 그래요, 텔레비전 뉴스에서 봤소.」

「사정이 그러하기 때문에 남자들이 더 많은 겁니다. 남성의 비율이 계속 높아지고 있어요. 전통이 자연에 맞서 싸우고 있는 것이지요.」

대통령은 자기 애인들의 사진이 저장되어 있는 스마트폰을 만지작거린다.

「그런데 어떤 점에서 여성성이 인류의 미래를 좌우할 수 있다는 거요?」

「오로르 카메러 박사는 인류가 여성화하면 개개인의 저항력, 특히 방사능에 대한 저항력이 강해진다고 주장합니다. 튀르키예에 아마존들의 후예를 자처하는 부족이 있답니다. 그들은 핵폐기물 처리장 근처에 살고 있는데, 방사능에 대한 저항력이 아주 강한 모양입니다. 어떻게 그런 저항력이 생겼는지 불가사의한 일이 아닐 수 없습니다.」

「그러니까 원전 사고가 일어나거나 세계 대전이 발발하는 경우에…….」

「그런 여자들이라면 보통 사람들이 생존할 수 없는 상황에서도 살아남을 수 있으리라는 것이죠.」

「흠…… 한 사회가 여자들로만 이루어진다면 좋을 게 뭐가 있소? 그건 있을 수 없는 일이오.」

「꼭 그렇다고 볼 수는 없습니다. 자연은 이미 그런 선택을 한 적이 있습니다. 오로르 카메러가 자기 프로젝트를 발표할 때 말한 것처럼, 히로시마와 나가사키에 원자 폭탄이 떨어졌을 때 살아남은 동물 종은 벌과 개미뿐입니다. 이 사회성 곤충들의 내부 구성을 보면 개체의 90퍼센트가 암컷입니다.」

「하지만 우리는 곤충이 아니잖소!」

「우리도 곤충과 마찬가지로 동물입니다.」

「아무리 그래도 여자들만 사는 세계라니! 그건 끔찍한 악몽일 거요! 미안한 말이지만, 여성화란 막다른 골목으로 가는 길이오. 음양의 조화를 무시하는 것이잖소. 다음 프로젝트는 뭐요?」

「일곱 번째 길은 소형화, 다비드 웰스 박사가 제안한 프로젝트입니다.」

「남극에서 사망한 고생물학자의 아들이오?」

「맞습니다. 오로르 카메러 박사가 아마존들을 만나러 튀르키예에 가고 싶어 한다면, 다비드 웰스는 피그미들을 연구하러 콩고에 가겠다고 합니다. 피그미들이 대다수 바이러스와 세균에 자연스럽게 면역이 되어 있다는 사실에 주목한 모양입니다. 그는 그들의 키를 작게 만드는 유전자가 질병에 대한 이례적인 저항력을 주기도 한다고 생각합니다.」

「여자, 피그미…… 오비츠 대령 자신이 여자이고 키가 작아서 그런 프로젝트들에 더 관심을 갖는 게 아닌가 싶소. 우리가 검토하지 않은 다른 길들이 더 있소?」

「현재로서는 이 일곱 가지가 전부입니다. 하지만 제가 대통령님을 뵈러 온 것은 단지 인류의 진화에 관한 보고를 하기 위해서가 아닙니다. 두 번째 길로 나아가려는 세력의 움직임이 빨라지고 있습니다. 잘 아시다시피 이란인들은 대규모 지하 핵 실험을 성공적으로 진행했습니다. 그 프로젝트를 저지하기 위해 그와 경쟁하는 프로젝트들을 지원해야 하리라고 생각합니다.」

「로봇, 아마존, 피그미, 경제 성장, 우주여행…… 그런 쪽들을 지원해서 종교적 광신자들을 막으라고요?」

드루앵 대통령은 웃음이 터져 나오려는 것을 애써 참는다.

「이건 미래에 대한 일곱 가지 비전들 간의 경쟁입니다. 그중 하나가 다른 것들을 몰아낼 것입니다. 우리가 보기에 가장 바람직하다 싶은 비전들은 적극적으로 응원하고, 우리 후손들의 번영에 해가 될 것 같은 비전들은 확산되는 것을 막아야 합니다.」

대통령은 안락의자 등받이에 등을 기대며 편하게 앉는다.

「물론이오. 내가 대령의 권고를 무시한다고 생각하지 마시오. 하지만 현재로선 그 일곱 갈래 길의 게임에 어떤 식으로 개입해야 할지 잘 모르겠소.」

「저를 믿고 맡겨 주십시오, 대통령님. 제가 적절한 때에 어떻게 해야 하는지를 말씀드리겠습니다.」

대통령이 동의의 뜻을 표하자 대령은 거수경례로 답한다. 그러고는 서류와 컴퓨터를 챙기더니, 들어올 때와 마찬가지로 잰걸음으로 사라진다.

대통령은 기계적인 동작으로 녹화기를 끄면서 그 놀라운 보고가 미묘한 표현 하나도 빠뜨리지 않고 녹화되었을 테니 나중에 느긋하게 다시 보리라고 다짐한다.

그는 그 면담이 자기 마음에 불러일으킨 이미지들을 수첩에 그린다. 하트, 별, 그리고 독성 물질이나 방사성 물질을 경고할 때 사용되는 해골.

34

나는 프랑스 대통령의 녹화 기록을 감지했다.

미래에 대한 일곱 가지 비전과 연결된 일곱 가지 진화 프로젝트.

그런데 정작 중요한 진화의 길이 빠져 있다. 인류가 나와 화해하는 길. 인간들이 이기심에 사로잡힌 유해한 기생 동물의 처지에서 나를 존중하는 파트너의 지위로 넘어가는 길.

아, 그런 길을 놔두고 지능을 갖춘 척하는 기계들이나 저희가 상상해 낸 신과 동맹을 맺으려 하다니. 또 노화와 죽음에서 벗어나 천년만년 살겠다니, 저들의 자만심과 자기만족이 하늘을 찌르는구나. 나에게서 도망치겠다고 하는 것이나 천연 자원의 소비를 늘리겠다고 하는 것을 보면, 저들은 여전히 의욕적이고 열의에 차 있다. 하지만 위험에 빠진 저희의 행성을 지키겠다는 생각은 조금도 하지 않는다. 이른바 생태주의자라는 자들조차 인구 성장의 억제를 제안하려 하지 않는다. 저희가 살고 있는 환경 속에 진정으로 조화롭게 통합되려면 인구가 계속 증대하는 것을 막아야 하거늘, 저들은 그것에 대해 말하는 것을 금기시한다. 인구가 줄면 자연히 소비와 오염도 줄어들 것이고, 갈등과 전쟁의 위험도 줄어들지 않겠는가.

먼저 양을 통제하고 그다음에 질을 개선해야 하는데, 생태주의자들은 그런 기본적인 법칙을 간과한다. 나의 뜻을 이해할 법한 자들조차 내 이익에 반하는 것을 옹호하고 있는 셈이다.

그러니 나는 이렇게 묻지 않을 수 없다. 인간은 정말 진화할 수 있는가?

인류 역사의 현 단계에서는 그 물음에 분명한 답을 할 수 없다. 하지만 나는 저들이 말하는 일곱 가지 진화 프로젝트가 어떻게 진행되는지 가까이에서 지켜볼 것이다. 특히 마지막 두 프로젝트에 깊은 관심을 기울일 생각이다. 여성화와 소형화는 나에게 위험이 되지 않으니까.

피그미와 아마존

35

튀르키예 북부 삼순 근교에 있는 차르샴바 공항. 공기가 무겁고 습하다. 파리들이 땅바닥에 내려앉는다. 그 뒤를 좇아 까마귀들이 날아들고, 이어서 국제 여객기가 착륙한다.

금속 문이 스르륵 열리고 트랩이 내려지자 다채로운 차림의 관광객들이 하나둘 내려와 든든한 기분으로 땅에 발을 디딘다.

오로르 카메러는 선글라스를 끼고 주위를 둘러본다. 공기 중에 백리향과 라벤더의 향기가 감돈다. 그녀는 수하물 벨트 컨베이어에서 가방들을 찾아 렌터카 사무소로 간다. 사무소 직원은 인도 타타 자동차의 소형 디젤 승용차를 가리킨다. 차체가 온통 플라스틱으로 되어 있는 이 승용차를 두고 어떤 사람들은 일회용 자동차라고 말한다. 자전거 가격으로 판매하고 있는 데다 수명이 짧기 때문이다.

오로르는 시동을 건다. 엔진의 진동이 고스란히 전해져 가벼운 차체가 덜덜 떨린다. 그녀는 여행하기 편하도록 주머니가 잔뜩 달린 조끼를 입고 있다. 취재에 나선 르포 기자 같은 모습이다. 이제 자동차는 고속도로를 달리고 있다.

그녀는 GPS 길 안내를 받기 위해 대시 보드에 스마트폰을 올려놓은 다음 음악을 튼다.

도어스 「디 엔드」.

음악을 듣노라니 〈끝〉이라는 제목과는 달리 이 노래를 처음 들었던 때가 생각난다.

그녀에게 짐 모리슨의 노래를 처음으로 들려준 사람은 그녀의 어머니 프랑수아즈였다. 그건 뜻밖의 새로운 발견이었다. 근엄한 야성과 관능이 뒤섞인 짐 모리슨의 목소리는 그녀를 전율케 했고, 기이한 노랫말은 그녀를 흥분시켰다.

디스 이즈 디 엔드
뷰티풀 프렌드……

그녀는 머릿속으로 가사를 번역한다.

이제 종말이야
멋진 친구
이제 종말이야
나의 유일한 친구, 종말이야
우리가 공들여 세운 계획들의 종말
지금 있는 모든 것의 종말
평안도 없고 놀라운 것도 없는 종말
나는 두 번 다시 네 눈을 들여다보지 않을 거야

아주 무한하고 자유로울 거야
그런 걸 상상할 수 있겠어?
어떤 낯선 사람의 손길을 절망적으로 갈구하는
절망적인 땅에서

고통으로 가득 찬 로마의 황야에서
아이들은 모두 미쳐 있어
그래, 아이들은 모두 미친 채로
여름비를 기다리고 있는 거야

　뒤쪽에서 자동차 경적이 요란하게 울리더니, 가스통을 가
득 실은 트럭이 시커먼 매연을 뿜어 대면서 그녀의 차를 추
월한다. 짐칸에 실린 가스통들은 철사로 얼키설키 엮여 있
다. 트럭을 운전하는 남자는 그녀에게 음탕한 손짓을 하더니
갑자기 앞으로 끼어든다. 그녀는 급히 브레이크를 밟을 수밖
에 없다.
　그녀는 음악 소리를 높이고 속으로 계속「디 엔드」의 노랫
말을 번역한다.

파란 버스가 우리를 부르고 있어
파란 버스가 우리를 부르고 있어
운전자여, 우리를 어디로 데려가는가

그 킬러는 동트기 전에 깨어나 부츠를 신고
고대의 갤러리에서 가면 하나를 꺼내 쓴 뒤에
복도를 따라 계속 걸어갔어
그는 자기 누이가 살던 방으로 들어갔고……
그다음엔 자기 형을 찾아갔어
그는 다시 복도를 따라 걸어가서
어느 방문 앞에 다다라 안을 들여다봤어
아버지? 오냐 아들아

저는 당신을 죽이고 싶어요!

어머니…… 저는 원해요…… 퍽 유![6]

노랫말이 정말 도발적이다. 오로르는 이 노래가 처음 나왔을 때 미국 사회가 어떤 반응을 보였을지 상상하며 피식 웃는다. 닉슨 시대의 보수주의자들은 오이디푸스 신화를 빗댄 이 대목을 들으면서 채찍에 정통으로 맞은 듯한 충격을 받았으리라.

노래가 끝나자 그녀는 처음부터 다시 들으며 따라 부르기 시작한다. 덜덜거리는 자동차 안에서 그녀의 목소리는 점점 커져 간다.

파더? 예스 선

아이 원트 투 킬 유!

마더…… 아이 원트 투…… 퍽 유!

오로르는 다시 아버지를 생각한다. 그녀는 결국 그를 만남으로써 아버지의 문제를 〈소화〉하게 되었고, 그와 동시에 자기 안에 있는 남성의 부분을 받아들이게 되었다. 어머니 상을 치르고, 아버지가 누구인지를 확인하고 나니, 조상에 대한 의무에서 벗어난 기분이 든다. 이제는 오로지 자기가 선택한 대로 자기 삶을 살 수 있을 것 같다.

6 프로이트 심리학에서 말하는 오이디푸스 콤플렉스를 표현하고자 했다는 이 대목은 버전에 따라 가사가 다르다. 〈퍽 유〉가 나오는 것은 매디슨 스퀘어 가든 라이브 버전이고, 먼저 발매된 스튜디오 녹음 버전에서는 그 말 대신 알아듣기 어려운 길고 날카로운 비명이 들어가 있다.

가속 페달을 밟자 차가 더 심하게 흔들린다. 노면이 움푹 파인 자리가 잇달아 나타난다.

도로 양옆으로 광고들이 스쳐 간다. 미국 청량음료, 독일 자동차, 한국 텔레비전, 일본 카메라. 튀르키예 광고는 막대 사탕 두 개가 그려져 있는 포스터뿐이다. 제과 회사 광고인 줄 알았더니 일종의 공익광고인 모양이다. 오른쪽 막대 사탕은 포장지에 싸여 있고 그 위에 튀르키예어와 영어로 〈베일을 쓸 때〉라고 적혀 있다. 반면에 왼쪽 막대 사탕에는 먹파리가 새까맣게 달라붙어 있고, 그 아래에 〈베일을 벗을 때〉라고 씌어 있다.

오로르 카메라는 아스팔트에 파인 구멍 하나를 아슬아슬하게 피해 간다.

문득 과거의 한 장면이 뇌리를 스친다.

어머니…….

언젠가 그녀의 어머니가 말했다. 〈남자들은 하나같이 비열해. 미래는 여자들의 것이야. 남자들은 쇠망을 면할 수 없는 공룡들과 같아. 그래서 힘으로 우리를 억압하려고 하지. 하지만 그건 인류의 진화 방향을 깨닫지 못한 원시적인 야수들의 마지막 발악일 뿐이야.〉

그녀의 어머니는 페미니즘의 열렬한 전사였다. 어머니는 〈여성해방운동(MLF)〉이라는 단체의 모든 시위에 어린 딸을 데리고 갔다. 여성에게 자행되는 폭력, 미성년자 강제 결혼, 이슬람 세계 여자들의 베일 착용, 음핵 절제, 음부 봉쇄, 동유럽 매춘 여성 인신매매 등 여성에게 가해지는 온갖 억압과 불의에 맞서기 위한 시위들이었다. 투쟁은 끊이지 않았다. 이겼다고 믿으며 잊어버릴라치면 더욱 첨예한 형태로 문제가 다시 불거지기 일쑤였다. 어느 날 그들은 파리 주재 예멘 대사관 앞에서 시위를 벌였다. 부르카를 착용한 여자 하나가 대사관 건물에서 나오더니 이야기를 나누자고 했다. 오로르의 어머니는 자진해서 대화에 응했다. 부르카 차림의 여자가 말했다. 〈당신들이 오해하고 있다는 생각은 한 번도 안 해보셨나요? 남자들의 음란한 눈길을 차단하는 복장을 하고 있으면 마음이 편안할 수도 있다는 생각은 한 번도 안 해보셨나요? 당신네 서구 여자들은 이것이 자유롭게 합의된 선택이라는 것을 이해하지 못하고 있어요. 당신들은 우리 남편들이 이것을 강요하고 있다고 믿지만, 천만의 말씀이에요. 우리가 부르카를 착용하는 것은 존엄성을 지키기 위함이에요. 나는 오히려 당신들의 행동에 충격을 받아요. 당신들은 머리털을 보여 주고 어깨나 허벅지까지 맨살을 드러내요. 당신의 패션 잡지들은 반쯤 벌거벗은 여자들의 사진을 표지에 실어요. 어디 그뿐인가요? 당신들은 마치 남편들과 대등한 존재이기라도 한 양 나란히 걸어다니고 담배까지 피워요. 그런 행동은…… 매춘부들에게나 어울려요. 그렇게 행동하고 나서는 당신들 나라에서 성범죄가 많이 일어난다는 사실에 놀라죠…….〉 그 여자가 말을 마치기도 전에 프랑수아즈 카메러는 그녀에게 덤벼들어 부르카를 벗겼다. 두 여자는 서로 머리끄덩이를 잡아당기고 할퀴고 물어뜯고 옷을 찢어발기면서 싸웠다. 기자들은 얼씨구나 하고 그 광경을 카메라에 담았다.

그리하여 오로르의 어머니는 갑자기 유명 인사가 되었다. 사람들은 그녀에게 〈베일을 찢는 여자〉라는 별명을 붙여 주었다. 그 뒤로 어머니는 시위에 참가할 때마다 네 살짜리 오로르를 목말 태우고 행렬의 선두에 섰다. 집회나 인터뷰 자리에서 오로르를 하나의 상징처럼 내세우기를 주저하지 않았다. 오로르의 세대는 마침내 모든 것을 변화시키기 위한 모든 수단을 지니게 되리라는 주장도 서슴지 않았다. 한번은 텔레비전에 나가 〈내 딸은 세계를 구원할 것입니다〉라고 말하기까지 했다. 때로는 한마디 말이 한 사람의 운명을 바꾸어 놓을 수도 있는 것이다.

도로에 움푹움푹 파인 곳이 많아서 차가 계속 덜컹거린다. 앞쪽 멀리에 갓길로 걸어가는 남자가 보인다. 하얀 셔츠 차림의 그 남자는 머리에서 발까지 검은 천으로 가린 다섯 여자를 뒤에 거느린 채 나아가고 있다.

오로르는 음악 소리를 다시 높인다.

이제 종말이야
멋진 친구
이제 종말이야
나의 유일한 친구, 종말이야

너를 놓아주려니 마음이 아파
하지만 너는 결코 나를 따르지 않을 거야
웃음과 달콤한 거짓말들의 종말
우리가 죽으려고 했던 밤들의 종말

이제 종말이야

오로르는 경적을 울린다.

남자는 녹초가 된 듯 고개를 떨군 채 눈길조차 주지 않는다. 자기야말로 그 체제의 희생자라는 듯한 모습이다.

작용이 있으면 반작용이 있게 마련이지. 저 여자들은 자기들 나름대로 앙갚음할 수 있는 길을 찾아냈을 거야.

그런 생각을 하면서 오로르는 테르메라는 매력적인 관광 도시를 가로지른다. 그런 다음 테르메강을 따라 달리면서 여인족 아마존들의 마지막 수도였다는 테미스키라를 찾는다. 하지만 막상 찾던 장소에 도착해 보니, 잡초와 가시덤불과 엉겅퀴가 무성한 폐허가 펼쳐져 있을 뿐이다. 보아하니 튀르키예 정부는 아마존들의 옛 도시를 박물관이나 고고학적 유적지로 만들고 싶지 않았던 모양이다.

그들은 과거를 부정하고 있어. 현재 그들이 걷고 있는 정치 노선에 비추어 보면, 자유로운 여인들의 왕국이 존재했다는 사실을 상기시키는 것은 정치적으로 바람직하지 않겠지.

땅바닥을 내려다보니 포석처럼 보이는 이상한 돌이 박혀 있다. 오로르는 몸을 숙여 포석을 덮고 있는 갈색 이끼를 문지른다. 반쯤 지워진 희미한 새김무늬가 나타난다. 여자가 말을 타고 달리며 활을 쏘는 모습을 형상화한 것이다. 그녀는 스마트폰으로 사진을 찍고 가이드북의 해당 대목을 훑어본다. 〈기원전 71년 로마 장군 루쿨루스는 폰토스 왕 미트라다테스 6세를 상대로 그라니쿠스강(江) 전투에서 승리를 거둔 뒤에, 미트라다테스의 가장 훌륭한 동맹군이었던 테미스키라의 아마존들을 공격했다. 이 여전사들은 사력을 다해 오래도록 저항했지만, 로마군의 수효가 훨씬 많았다. 결국 테미스키라는 함락되었고, 로마군은 도시를 약탈하고 불을 질렀다. 살아남은 아마존들은 겁탈을 당한 뒤에 노예로 팔려

갔다.〉

그때 갑자기 이상한 소리가 들려온다. 오로르는 주위를 둘러본다. 멀리서 그녀를 살피고 있는 실루엣 하나가 눈에 들어온다. 염탐자는 들켰다는 것을 알아차리자마자 폐허의 기둥들 사이로 달아난다.

「어이, 당신, 잠깐만요!」

오로르는 도망자를 쫓아 내달린다. 그녀가 넓은 보폭으로 빠르게 뒤쫓아 가자 둘의 거리가 점점 좁혀진다. 마침내 그녀의 손에 붙잡힌 도망자가 얼굴을 돌린다. 기껏해야 열세 살쯤 되어 보이는 소녀다. 소녀는 빠져나가려고 안간힘을 쓴다. 오로르는 소녀가 움직이지 못하도록 꽉 붙잡고 가까스로 진정시킨다. 소녀는 숨을 할딱이면서 경계심 어린 눈으로 외국 여자의 눈을 빤히 바라본다. 오로르는 미소를 지어 보이며 분명한 목소리로 묻는다.

「아마존들? 아마존라르?[7]」

소녀는 머뭇거리다가 부정의 뜻으로 세차게 도리머리를 친다.

오로르는 10튀르키예 리라짜리 지폐 한 장을 꺼낸다. 소녀는 그것을 보고도 아무런 반응을 보이지 않는다.

「애야, 내 말 들어 봐, 나는 아마존들을 찾고 있거든. 그 여자들을 어디 가면 만날 수 있지?」

오로르는 소녀가 프랑스어를 모른다 할지라도 말귀를 알아들으리라 기대하고, 도로 지도를 꺼낸다.

「아마존들이 어디에 있니?」

오로르는 10튀르키예 리라짜리 지폐를 두 장 더 꺼낸다.

7 아마존의 튀르키예어 복수형

소녀는 비로소 연필과 지도를 받아 든다. 그러고는 느린 동작으로 선 하나를 그리고 선이 끝나는 자리에 십자 표시를 한다. 그런 다음 오로르의 손에서 지폐 석 장을 낚아채어 쏜살같이 달아난다.

오로르는 소녀가 도로 건네준 지도를 들여다본다. 소녀가 표시한 장소는 이란 국경에서 아주 가까운 곳이다. 오로르는 다시 타타 소형 승용차에 올라탄다. 양옆으로 풍광이 스쳐 간다. 갈수록 지형의 기복이 심해진다. 해발 1천 미터에 자리한 고원에 여기저기 분화구가 파여 있어서 마치 달의 표면을 달리는 기분이 든다. 그때 거대한 노천 탄광이 눈에 들어온다. 오로르는 브레이크를 밟고 갓길에 차를 세운다. 그런 다음 차에서 내려 주위를 살핀다.

폭발음이 잇달아 들리더니 바위들이 무너져 내리면서 땅바닥이 진동한다. 석탄 더미를 실은 트럭들이 보인다. 석탄을 캐기 위해 산을 깎고 있는 모양이다.

오로르는 다시 시동을 건다. 수십 킬로미터를 더 달리자 표지판 하나가 나타난다. 로마자로 〈우츠셰히르〉[8]라는 지명이 적혀 있다. 초기 기독교인들이 숨어 살던 동혈 주거지로 이루어진 유적지다. 그들은 로마의 박해를 피해 여기로 숨어들었다. 오로르는 계속 나아간다. 도로가 갑자기 끊기더니, 〈정지. 출입 금지〉를 알리는 영어 팻말과 초소가 차 앞을 막아선다.

카키색 제복을 입은 남자가 보인다. 선글라스를 끼고 미국 경찰의 헬멧과 비슷하게 생긴 모자를 쓴 데다 콧수염을 다보록하게 기른 남자다. 남자는 카우보이 같은 걸음걸이로

8 튀르키예어로 〈끝 도시〉라는 뜻. 가공의 도시이다.

그녀에게 다가오더니, 격식에 맞는 거수경례 대신 손가락 두 개를 이마에 갖다 댄다.

「클로즈드. 피니시.」

튀르키예인 특유의 억양이 강하게 느껴지는 영어다.

금으로 되어 있는 그의 앞니가 빛을 받아 반짝인다. 오로르는 여권과 튀르키예 과학부에서 발급한 허가증을 내민다.

「나는 프랑스 과학자입니다.」

「아! 프랑스? 파리? 그래도 미안하지만 통과할 수 없어요. 이 일대가 완전히 봉쇄됐어요. 클로즈드. 피니시.」

「왜요?」

그는 자기가 아는 프랑스어 단어를 총동원하여 대답한다.

「뉴스 못 들었어요? 쿠르디스탄 노동자당(PKK) 소속 테러리스트들의 공격이 있어요. 이란에서 대학생들의 시위가 벌어지고 있는 상황을 틈타 국경 양쪽에서 문제를 일으키고 있는 겁니다. 매복 공격으로 세 명이 죽었어요. 이제 여기는 전투 지역입니다. 외국인에게는 매우 위험해요. 쿠르드족 게릴라들을 잡기 위해 우리와 이란 사람들이 합동 작전을 벌이고 있어요. 그런데 우리는 당신네 프랑스 사람들을 좋아하지 않아요.」

「왜죠?」

「당신들은 여자들이 베일 쓰는 것을 금하고 있잖아요. 그나저나 당신은 스카프라도 둘러서 머리털을 가리는 게 좋을 겁니다. 머리를 그렇게 하고 다니니까 〈쇼킹〉하네요.」

그는 멀리서 냉소를 지으며 흘깃거리고 있는 제복 차림의 동료들을 가리킨다.

「나는 당신이 왜 여기에 왔는지 알아요.」

경찰관은 눈치 빠르게 그녀의 도로 지도에 나타나 있는 선과 십자 표시를 보고 그렇게 말한 것이다.

그의 말투가 더욱 퉁명스러워진다.

「아마존들 때문에 왔죠, 안 그래요?」

오로르는 대답하지 않는다.

「그건 관광객들이나 고지식하게 믿는 전설이오. 잇 이즈 어 페이크. 노 이그지스트. 여기엔 그저 쿠르드족 테러리스트들과 더 멀리에 이란 군인들이 있을 뿐이오. 베리 베리 데인저러스. 당장 떠나요. 당신네 나라로 돌아가란 말이오.」

그는 갑자기 어두워지는 하늘을 올려다본다.

「늦었어요. 곧 캄캄해질 거요. 마을에 있는 여관에 가봐요, 멀지 않으니까. 거기는 안전해요. 바람이 불고 찬비가 내릴 수도 있으니 어서 가세요.」

몇 분 뒤에 프랑스 과학자는 작은 마을에 하나밖에 없는 여관 앞에 차를 세운다.

여관은 동양풍을 조금 가미한 알프스의 별장처럼 보인다. 새까만 콧수염을 덥수룩하게 기른 주인 남자가 오로르를 맞아들인다. 그는 객실에 가방들을 올려다 주고는 불을 켜고 창문을 열어 산에 면한 전망을 보여 준다.

피로감과 낭패감이 몰려온다. 오로르는 침대에 벌렁 드러누워 헤드폰을 끼고 볼륨을 최대로 높인다. 그녀는 도어스의 노래를 들으며 잠에 빠져든다.

디스 이즈 디 엔드……

36

백과사전: 묵시록의 네 기사

「요한의 묵시록」은 신약 성경의 마지막 책이다. 이 책은 사도 요한이 82세 무렵에(서기 79년 베수비오 화산이 분출하던 때), 그리스의 파트모스섬에서 제자들에게 구술한 것으로 추정된다.

사도 요한은 예언자 즈가리야가 쓴 더 오래된 문헌(구약 성경 「즈가리야서」)에서 깊은 영감을 받은 것으로 보인다. 「요한의 묵시록」은 신약 성경의 문헌들 가운데 가장 신비주의적이고 가장 극적이다.

〈그리고 보니, 흰 말 한 필이 있고 그 위에 탄 사람은 활을 들고 있었습니다. 그는 승리자로서 월계관을 받아 썼고, 또 더 큰 승리를 거두기 위해서 나아갔습니다. (……)

그러자 다른 말 한 필이 나오는데 이번에는 붉은 말이었습니다. 그리고 그 위에 탄 사람은 세상에서 평화를 없애 버리고 사람들로 하여금 서로 죽이게 하는 권한을 받았습니다. 곧 큰 칼을 받은 것입니다. (……)

그리고 보니 검은 말 한 필이 있고 그 위에 탄 사람은 손에 저울을 들고 있었습니다. 그러자 《하루 품삯으로 고작 밀 한 되, 아니면 보리 석 되를 살 뿐이다. 올리브 기름이나 포도주는 아예 생각하지도 마라》 하는 소리가 들려왔습니다.」(……)

그리고 보니 푸르스름한 말 한 필이 있고 그 위에 탄 사람은 죽음이라는 이름을 가진 사람이었습니다. 그리고 그 뒤에는 지옥이 따르고 있었습니다. 그들에게는 땅의 4분의 1을 지배하는 권한 곧 칼과 기근과 죽음, 그리고 땅의 짐승들을 가지고 사람을 죽이는 권한이 주어졌습니다.〉

에드몽 웰스, 『상대적이며 절대적인 지식의 백과사전』 제7권

37

다비드 웰스는 스마트폰 화면을 끈다. 아버지의 컴퓨터에서 찾아낸 증조부의 백과사전 파일을 스마트폰에 담아서 읽던 중이다. 〈거인족 문명〉에 이어 〈묵시록의 네 기사〉에 관한 글을 읽고 나니 무척이나 당황스럽다.

수첩에 남겨진 아버지의 견해에 따르면, 「요한의 묵시록」은 장차 인류 문명에 닥칠 일을 묘사한 것이 아니라 거인들의 문명에 닥쳤던 일을 그리고 있는 것이다. 미래에 대해서 말하고 있는 것 같은 예언이 실제로는 숨겨진 과거를 들추고 있는 것이라니……. 이게 사실이라면 아이러니도 이런 아이러니가 없다.

다비드는 플라스틱으로 된 창 가리개를 올린다. 비행기의 다른 승객들은 아직 자고 있다. 두꺼운 유리 너머로 까마득하게 펼쳐진 밀림이 보인다. 하늘에서 본 콩고 북쪽 지역은 초록색 물결이 굽이치는 광막한 바다 같다.

비행기가 카메룬과 콩고의 국경으로 접근하자, 마치 탐욕스러운 쥐 떼가 쏠아 댄 것처럼 밀림 여기저기에 황폐하게 변한 자리가 보인다. 아마도 불도저로 숲을 밀어 버린 모양이다. 다비드는 불도저들이 면도기처럼 숲을 일직선으로 밀어 가는 장면을 상상한다. 문득 어떤 광고가 기억에 떠오른다.

크리스[9] 4중 날 면도기

9 가상의 상표. 크리스는 인도네시아, 말레이시아, 필리핀 남부 등지에서 사용하는 예식용 단검이다. 뱀처럼 구불구불하게 생긴 것도 있고 여느 칼처럼 곧은 것도 있다. 면도기 상표로 쓰기에는 느낌이 자못 살벌하다.

첫째 날은 털을 잡아당깁니다.

둘째 날은 털을 조금 더 잡아당깁니다.

셋째 날은 털을 자릅니다.

넷째 날은 모근을 뽑아 줍니다.

크리스 4중 날 면도기가 피부의 묵시록이라는 생각이 든다. 그렇다면 묵시록에 나오는 네 기사는…… 인류의 4중 날 면도기인가?

다비드는 그런 생각을 하며 피식 웃는다. 멀리 광대한 밀림 너머로 도시 하나가 눈에 들어온다. 십중팔구 우에소일 것이다.

그가 알기로 삼림 개발은 콩고의 주된 수입원이고, 우에소는 열대 원시림의 귀한 목재를 거래하는 세계적인 요처가 되었다.

다비드는 자기와 경쟁하고 있는 오로르 카메러를 다시 생각한다. 그녀의 곱상한 얼굴이며 아몬드 모양의 커다란 금빛 눈, 장난기 어린 미소가 즉시 머릿속에 떠오른다. 그녀는 지금 무엇을 하고 있을까? 인류를 여성화하는 길을 모색하기 위해 아마존들을 만나 이야기를 나누고 있겠지?

아주 오래전부터 그녀를 알고 있었다는 느낌이 되살아난다.

그는 눈을 감고 이전의 연애 경험들을 회상한다. 몇 차례 실패를 겪고 나서(〈미안해, 너는 너무 앳돼서 나하고 안 어울려〉, 〈미안해, 나한테는 네가 조금 작아〉 하는 소리를 그는 들었다), 그는 왜 젊은 여자들이 같은 또래의 남자들보다 장년의 남자들과 사귀는 것을 더 좋아하는지 의아하게 여겼다.

앳되어 보이는 것이 여자들을 꼬이는 데 핸디캡이 되리라고 는 예상하지 못했다. 자기도 목소리가 굵직하고 살짝이 희끗 희끗하고 턱수염이 있었으면 좋겠다고 생각했다. 하지만 그 에게는 수염조차 제대로 나지 않았다. 아래턱에 털이 나기는 해도, 듬성듬성하고 비실비실해서 영 볼품이 없었다.

그러다가 다비드는 역발상으로 문제 해결을 시도하여, 마 침내 숫총각 딱지를 떼게 되었다. 아버지 말대로 〈이런저런 실패를 딛고 나면 예술적인 선택이 나오는 법〉이다.

다비드는 여자를 보호해 주는 듬직한 남자의 역할을 할 수 없게 되자, 보호받아야 할 연약한 아이처럼 굴기 시작했다. 여자들의 보호 본능을 일깨우기 위함이었다.

전략이 바뀌면서 표적도 바뀌었다. 유혹녀 역할을 하는 야리야리한 롤리타들과는 이제 굿바이였다. 그는 덕스러운 몸매를 지닌 연상의 여인들 쪽으로 과감하게 다가갔다. 결과 는 그의 모든 기대를 뛰어넘었다. 그녀들은 아이를 대하듯 그에게 말을 건넸고, 넉넉한 품에 그를 꼭 안아 주면서 그의 머리를 젖가슴 사이에 묻어 주었으며, 자장가를 불러서 그를 재워 주거나 그의 이름 대신 다정한 애칭으로 부르는 것을 좋아했다. 그런 건 아무래도 상관없었다. 그는 마침내 자기 만의 구애 방식을 찾아냈고, 그것을 통해 자기가 다른 남자 들과 다른 점을 장점으로 부각시키는 데 성공했다.

그는 자기가 본보기로 삼았던 나폴레옹처럼 성공의 경험 을 늘려 나갔고, 여세를 몰아 모든 사내들이 탐하는 가장 접 근하기 어려운 여자들 쪽으로 차츰차츰 나아갔다. 갈수록 자 신의 전략을 노련하게 구사한 덕분에 난공불락의 요새들까 지 함락시키기에 이르렀던 것이다.

둥근 창 너머로 아프리카의 풍광이 스쳐 간다. 문득 아버지의 모습이 뇌리에 떠오른다. 어느 날 아버지는 텔레비전 뉴스를 위한 인터뷰에서 다비드를 이런 식으로 소개했다. 〈내 아들은 세계를 구원할 것입니다. 이 아이가 속한 세대는 아무런 속박이 없는 대신 크나큰 책임을 지고 있습니다. 나는 내 아들이 잘 해내리라고 확신합니다.〉 때로는 한마디 말이 한 사람의 운명을 바꾸어 놓을 수도 있는 거야 하고 다비드는 생각한다.

비행기가 우에소 공항에 착륙한다.

다비드는 비행기에서 내려 입국 심사대 쪽으로 나아간다.

콩고 입국 심사관은 여권이 가짜가 아닌지 여러 번 확인하고 나서야 앳되어 보이는 이 프랑스인이 성인이라는 사실을 받아들이고 여권에 스탬프를 찍어 준다. 이 스탬프에는 국왕처럼 왕관을 쓰고 권장(權杖)을 든 채로 옥좌에 앉아 있는 대통령의 모습이 담겨 있다. 콩고 공화국이라는 정식 국호가 무색하다.

다비드는 에어컨이 가동되고 있는 공항을 빠져나와 바깥의 뜨거운 천연 공기를 들이마신다.

입국장 홀 앞에 한 남자가 〈웰스 박사〉라고 적힌 손 팻말을 들고 서 있다. 키가 크고 머리를 짧게 자른 아프리카인이다. 식민지 시대풍의 베이지색 정장을 입고 옷깃에 소박한 메달을 몇 개 달고 있다. 남자는 다비드에게 헤벌쭉 미소를 지어 보이며 힘차게 악수를 한다.

「은고마라고 합니다. 제가 당신의 가이드 노릇을 할 것입니다.」

「반가워요, 은고마.」

「먼저 한 가지 조언을 하겠습니다. 선크림 바르는 것을 잊지 마세요. 며칠 전부터 햇살이 매우 따가워졌어요. 물병도 몇 개나 가져왔습니다. 탈수가 일어나면 안 되니까요. 자 그럼, 새로운 모험을 하러 떠나실까요?」

다비드는 자기들을 기다리고 있는 푀조 사륜구동 승용차에 짐들을 싣는다. 자동차가 번들거리는 아스팔트 도로 위로 미끄러져 간다. 그들은 우에소를 떠나 상가강을 따라서 달리다가 방향을 틀어 이 강의 지류인 은고코강의 기슭에 다다른다.

다비드는 무엇보다 먼저 모든 것이 매우 크다는 사실에 깊은 인상을 받는다. 사람도 크고 나무도 크고 곤충들도 크다. 심지어는 태양마저 훨씬 커 보인다.

이곳은 색채가 풍부한 땅이다. 어디에나 꽃과 나무, 나비와 그 밖의 곤충들이 지천이다. 자연의 이토록 풍부한 자기표현을 어디에서 찾아볼 수 있으랴.

가이드 은고마의 태도는 태평스럽기 그지없다. 그는 카오디오의 버튼을 이리저리 돌려 베토벤의 9번 교향곡을 골라낸다. 그 음악이 환상적인 풍광과 놀랍도록 잘 어우러진다.

그들은 〈국립 공원 특별 보호 구역〉이라고 적힌 표지판을 지나 쇠살문 앞에 멈춰 선다. 〈안전〉 표지를 단 무장 경비원들이 문을 지키고 있다. 은고마가 그저 손으로 신호를 보냈을 뿐인데, 경비원들은 그를 알아보고 바리케이드를 올려준다.

「여기 참 아름답죠? 저 나무들은 키가 60미터에 달해요. 1천 년 이상 묵은 나무들도 있죠.」

은고마는 젠체하는 말투로 알려 주고 말끝을 단다.

「저 나무들은 원시림의 마지막 흔적입니다. 엄청나게 많은 산소를 만들어 내죠. 콩고는 아프리카뿐만 아니라 세계의 허파 노릇을 하고 있습니다. 남미의 아마조니아 지역과 더불어 말입니다.」

그의 말대로 어떤 나무들은 키가 어찌나 큰지 땅에서 올려다보면 그 우듬지가 보이지 않는다. 은고마는 운전을 하면서 설명을 이어 간다.

「나는 이 밀림을 개발하고 있는 분의 조카입니다. 그래서 여기에 마음대로 출입할 수 있는 특권을 누리는 것이죠.」

「밀림을 개발한다고요? 하지만 입구에 〈특별 보호 구역〉이라고 쓰여 있던데.」

「차차 아시겠지만, 여기에서는 표지판을 고지식하게 믿으면 안 됩니다. 여기는 보호를 받고 있는 국립 공원인 동시에 우리 삼촌에게 팔린 숲이기도 합니다. 그래서 삼촌이 개발을 하는 것이죠. 이를테면 탄자니아에 있는 국립 공원들과 비슷한 겁니다. 거기에서는 동물들을 보호하면서도 대통령의 친구들에게는 사냥을 허락하죠. 여기에서는 사냥 대신 개발을 허용합니다. 저 나무들은 희귀종입니다. 베어서 팔면 큰돈을 벌 수 있죠. 그러니 여기저기서 눈독을 들이고 마피아가 생겨날 수밖에요.」

「목재 마피아가 있다는 건가요?」

「웰스 씨, 여기는 세계에서 가장 크고 가장 현대적인 삼림 개발지입니다. 말이 나왔으니 하는 얘기지만, 만약 내가 당신이라면 여기에 온 김에 우리의 목재 산업에 관한 다큐멘터리도 만들어 가겠어요. 세상 사람들이 모두 우리를 개발 도

상국이라고 생각하지만, 우리의 삼림 개발은 고도의 전산 시스템과 기계 설비를 통해 이루어지고 있고 비디오카메라로 감시되고 있어요. 서구의 대규모 벌목장에 비해서도 전혀 손색이 없죠. 브라질에서도 우리처럼 빠르게 나무를 자르지는 못해요. 우리의 목재 생산은 비약적으로 성장하고 있어요.」

「현재로서는 내가 관여할 만한 주제가 아닌 것 같군요.」

그러면서 다비드는 자기 주위로 날아다니는 모기들을 짜증 섞인 손짓으로 쫓아낸다. 그는 땀을 뻘뻘 흘리면서 시원한 물병을 손에서 놓지 않고 있다. 그들은 그루터기들만 남은 채 진흙땅으로 변해 버린 구역들을 지나간다.

가이드가 알려 준다.

「내가 보기엔 〈그들〉을 찾아내려면 저쪽으로 가야 할 것 같은데요.」

그들은 숲속의 빈터에 다다른다. 최근에 야영을 하고 간 흔적이 보인다. 무엇보다 화살촉과 부서진 나무 그릇이 그것을 말해 준다.

다비드가 묻는다.

「그들을 마지막으로 본 게 언제죠?」

「지난달요. 문제는 당신이 〈개명한 피그미들〉이 아니라 〈미개한 피그미들〉을 만나고 싶어 한다는 거예요. 그 미개한 피그미들은 사냥과 채집을 하면서 떠돌아다니죠. 그들은 농업도 목축도 정착 생활도 알지 못하고, 자주 이동해요. 그래서 우리 정부가 그들을 마땅찮게 생각하는 거죠. 이제 그들이 정확하게 어디에 있는지 알아내야 하는데 그게 여간 어려운 일이 아니에요. 당연한 얘기지만, 그들은 밀림 속 깊은 곳에 야영지를 정합니다. 무성한 나뭇잎에 가려져 있기 때문에 헬리콥터에서도 그들이 보이지 않고 위성으로도 그들의 위치를 알아낼 수 없어요.」

「그래도 우리는 찾아낼 거예요, 안 그래요? 나는 그들을 만나기 위해 여기에 왔어요.」

프랑스 연구자는 그렇게 자기의 목적을 다시 상기시켰다.

가이드는 하늘 높이 드문드문 떠 있는 구름을 올려다본다.

「제가 보기에 지금은 건기이니까 그들은 서쪽으로 옮겨 갔을 겁니다. 대개 그렇게 하거든요.」

그때 우지끈하는 소리가 들려온다. 그 둔중한 소리는 열 번쯤 더 이어진다. 나무의 섬유질이 찢어지는 소리다. 나무들이 마치 인사를 하듯 그들 쪽으로 기울어지더니 나뭇잎이 서걱거리는 소리를 내면서 쓰러진다. 그 서슬에 꽃들이 떨어지고 나비들이 날아오른다.

다비드는 거목들이 그토록 쉽게 쓰러지는 광경을 홀린 듯이 바라본다.

거대한 불도저들이 연기를 뿜어 대면서 블레이드 대신 강철 집게를 부착한 금속 팔로 나무줄기를 잡으면, 회전 톱이 다가들어 뿌리에 가까운 밑동을 자른다.

1천 년 묵은 나무를 쓰러뜨리는 데 그저 몇 분밖에 걸리지 않는다.

톱날은 날카로운 소리로 울부짖고 쓰러지는 나무들은 둔중한 단말마의 비명으로 대답한다. 가이드는 베토벤 교향곡의 소리를 낮춘다.

「현재 일식당에서 사용하는 일회용 나무젓가락의 수요가 증가하고 있습니다.」

「아니, 일회용 나무젓가락을 만들자고 이 나무들을 베어

157

낸단 말입니까?」

「아, 당신네 서구인들은 늘 그런 식이에요. 무엇이든 소비하는 것은 좋아하지만, 그것이 어디에서 오는지는 알고 싶어 하지 않죠. 우리 반투족 사람들은 덜 위선적이에요. 당신네가 먹는 햄버거는 도살된 소에서, 너겟은 전기 충격을 당한 닭에서 나왔고, 캐비아는 어미 철갑상어에게서 훔쳐 낸 알이에요. 그리고 종이 냅킨과 일회용 젓가락은 나무로 만든 것이죠.」

가이드는 자기 말이 만족스러운 듯 하얀 이를 드러내며 씩 웃는다.

다비드는 벌목 현장을 바라본다. 불도저들이 어느새 베이지색 원기둥으로 변해 버린 통나무들을 치우고 있다.

「우리는 저렇게 큰 나무 한 그루를 3분 만에 베어 냅니다. 하지만 최근에 훨씬 성능이 좋은 기계를 들여왔어요. 우리는 그 기계를 〈이발기〉라고 부릅니다. 그것을 사용하면 1분에 한 그루씩 베어 낼 수 있죠.」

가이드의 얼굴에는 자랑스러워하는 기색이 역력하다.

불도저들이 지나간 자리에는 덤불이 평원처럼 펼쳐져 있다. 나무들의 자취는 덤불 위로 보일 듯 말 듯 올라와 있는 그루터기로만 남아 있다.

은고마가 말을 잇는다.

「빨리 가시죠. 저 불도저들은 너무 높아서 운전석에 앉아 있는 기사들이 우리를 보지 못하고 그냥 밀어 버릴 거예요. 게다가 대다수 기사들이 마약에 취한 채 음악을 최대 볼륨으로 듣고 있을 겁니다.」

「마약에 취한 채 귀가 멍멍하도록 음악을 들으면서 나무를 벤단 말인가요?」

「기사들의 작업은 모든 게 자동화되어 있어요. 그게 진보라는 거 아니겠습니까?」

가이드는 다시 차를 몰아 서쪽으로 가야 한다고 알려 준다. 퓌조 사륜구동 차는 다시 밀림 속에 난 길로 나아간다. 길이 갈수록 좁아지더니 갑자기 뚝 끊긴다. 숲이 너무 우거져서 자동차로는 더 나아갈 수가 없다. 그래서 그들은 차에서 내려 커다란 배낭을 짊어지고 걷기 시작한다.

무성한 잎들이 지붕처럼 가려 주고 있어서 햇살은 별로 따갑지 않았지만 숲이 뿜어내는 열기 때문에 숨이 막힐 듯하다. 다비드 주위로 모기들이 선회한다. 놈들 가운데 세 마리가 목덜미의 축축한 살갗에 내려앉아 피를 빠는 순간, 다비드는 목덜미를 찰싹 때린다. 그러고는 모기 세 마리의 시체가 달라붙은 손바닥을 바라본다.

「나는 모기를 싫어해요.」

그러자 콩고인은 그의 어깨를 탁 친다.

「그건 노아의 잘못이에요. 그는 살아 숨 쉬는 것들을 한 쌍씩 방주에 데리고 들어갈 때, 왜 모기 한 쌍까지 데려갈 생각을 했을까요? 멍청하게시리.」

프랑스 연구자는 두 손을 라켓처럼 사용하여 계속 허공을 후려친다.

「나는 모기를 싫어하는데, 모기들은 나한테 끌리나 봐요. 어렸을 때부터 모기한테 제일 많이 뜯기는 사람은 언제나 나더라고요.」

「당신 피가 다른 사람들 것보다 더 달콤한 모양이네요. 백인들의 피는 맛이 다를 테니, 여기 모기들한테는 진미가 되겠군요.」

그들은 나무가 성기게 나 있는 자리를 발견하자, 저녁을 먹고 잠을 자기 위해 텐트를 친다. 가이드는 자기 고객을 보호하기 위해 모기장을 친다. 응원군이 가세하여 수가 불어난 모기떼는 모기장 밖에서 앵앵거리며 그들을 놀려 댄다.

「날이 갈수록 모기가 많아지고 있어요. 오존층에 구멍이 나서 온도가 높아지고, 그 때문에 모기들의 활동이 더 왕성해지나 봐요.」

「나는 모기를 싫어해요. 놈들은 피 도둑이에요. 흡혈 해충이죠.」

그러면서 다비드는 어느새 겁도 없이 모기장 안으로 날아든 모기 한 마리를 짓눌러 버린다.

「그보다 더 고약한 건 놈들이 온갖 질병을 전염시킨다는 겁니다. 내가 제일 무서워하는 것은 치쿤구니야열입니다. 누가 걸렸다 하면 아주 빠르게 퍼져 나가요. 눈과 코와 귀에서 피가 흐르는 병이죠. 또 체체파리가 옮기는 수면병도 있어요. 그 병에 걸리면 더 이상 움직이지를 못해요. 멀쩡하던 사람이 갑자기 유령으로 변해 버리죠. 멍한 눈길로 먼산바라기만 하고 아무것에도 반응을 보이지 않게 돼요.」

「밀림의 피그미들은 그런 병에 걸리지 않는다던데…….」

「피그미들이요? 그래요, 피그미들은 그런 병에 안 걸리죠. 하지만 그 얘기가 확실한 건 아니에요. 그들은 병원에 오지 않으니까요. 그들이 무슨 병에 걸려 죽는지 누가 알겠어요?」

가이드는 다시 이를 드러내며 웃으려다가 애써 참고는 말을 잇는다.

「어쨌거나 나는 병에 걸리더라도 똑똑한 반투족이 좋아

요. 피그미들은 정말······ 멍청해요.」

반투족 가이드는 다시 그의 등판을 탁 친다. 마치 자기가 한 말을 그의 몸속으로 더 깊이 스며들게 하려는 것만 같다.

다비드는 정색을 하며 대답한다.

「나는 그들이 어리석다고 생각하지 않아요.」

「허, 참으로 별난 분을 다 보겠네. 사실을 있는 그대로 보셔야죠. 피그미들은 현대 세계에 살고 있는 선사 시대의 인간들입니다. 그러니 현대의 질병에 걸리지 않는 것도 당연하죠.」

「내 이론은 그 반대예요. 내가 보기에 피그미들은 미래의 인류를 대표하고 있어요.」

「피그미들이 미래의 인류를 대표한다고요? 이런 말을 하면 실례가 될지 모르지만, 당신은 모든 것을 뒤집어서 생각하고 있어요. 세상을 거꾸로 이해하고 있단 말입니다. 아무리 혼동을 해도 그렇지, 어떻게 미래와 과거, 똑똑한 것과 어리석은 것, 진화와 선사 시대, 강점과 약점을 혼동하고, 큰 것과 작은······ 아니, 미안해요. 말이 나오는 대로 지껄이다 보니 당신이 작다는 것을 깜박했네요.」

가이드는 웃음을 터뜨리고 나서 말끝을 단다.

「농담은 그만하고 진지하게 말해 봅시다. 피그미들은 밀림 속에 살면서 활로 사냥을 하고 애벌레들을 잡아먹어요. 그들에게는······ 스마트폰이 없어요! 성도 없고 그저 이름만 있죠. 내 아버지의 농장에도 피그미들이 있는데, 그들은 하나같이 멍청해요. 말귀를 도통 못 알아듣죠. 그래서 아버지는 바보짓을 하는 아이들을 다루듯이 그들을 때리지 않을 수가 없어요. 우리가 품삯으로 그들에게 무엇을 주는지 아세요? 사탕을 줍니다. 그래도 그들은 아주 좋아라 하죠. 길이가 4백 미터가 되는 따비밭을 일구고 씨를 뿌리는 대가로 야자 술 한 병을 안겨 주면 그만이에요! 우리는 곧 피그미들을 만나게 될 겁니다. 내가 그들에게 무언가를 주면 그들이 당신을 아주 즐겁게 해줄 겁니다. 그게 뭔 줄 아세요? 바로 이거예요.」

그는 작은 거울들을 보여 준다. 플라스틱 테두리에 〈메이드 인 차이나〉라고 쓰여 있는 거울들이다.

「그들은 이런 것을 보면 환장을 합니다. 거울을 어떻게 만드는지 모르는 자들이죠. 그들에게 거울을 주면 마치 거울에 비친 사람이 누구인가 궁금해하듯이 한참 동안 들여다봐요. 아기들처럼 말이에요. 그렇듯이 그들은 나이를 먹어도 진짜 어른이 되지 않아요. 그저 거울 단계를 넘지 못한 아이들일 뿐이라고요!」

「그렇다면 미래는 아이들의 것일지도 모르죠.」

은고마는 웃음기를 거두고 말을 잇는다.

「당신을 실망시키고 싶지는 않지만, 그들을 만나게 되면 내 말을 이해할 겁니다. 그들은 생기다 만 인간들이에요. 피그미 사회는 여자들이 지배하는 사회예요. 수효도 여자가 더 많아요. 유아들은 세 명 가운데 두 명이 죽을 만큼 사망률이 높아요. 피그미들의 평균 수명은 아주 짧아서 40세를 넘기는 경우가 드물죠. 정말이지 진화했다고 말할 수가 없는 인간들이라고요. 하물며 미래의 인류라니, 그건 말도 안돼요!」

다비드는 새우 라면 봉지를 뜯어 내용물을 끓는 물에 넣고 커다란 플라스틱 숟가락으로 젓는다.

「일본 사람들은 옛날에 키가 작다 해서 〈왜놈〉이라고 불렸지만, 아이들이 유제품을 많이 먹음에 따라 평균 신장이 10센티미터나 늘어났다더군요. 커지는 것이 미래예요. 모든 전문가들이 그 점에 동의하고 있어요.」

은고마는 자기 손이 미치지 않는 곳으로 날아가려던 모기한 마리를 번개처럼 잽싼 동작으로 으스러뜨린다.

「자연은 때때로 이른바 〈전문가들〉의 허를 찌르기도 하는 것 같습니다. 그들 모두의 견해가 일치하는 경우에도 말입니다.」

다비드는 그냥 원론적으로 반박을 한 것이다.

「당신은 세상 사람들 모두가 아니라고 하는데 혼자서 옳다고 하는 사람이 되겠군요.」

다비드는 어깨를 들썩인다.

「내 아버지께서 말씀하시길, 〈틀린 생각을 하는 사람들이 다수라고 해서 그들이 옳은 것은 아니다〉라고 하셨죠.」

「아무튼 이러고저러고 복잡하게 생각할 필요도 없어요. 미래의 인간은 당연히 더 크고 더 강하고 더 아름답고 더 건강할 겁니다. 그건 분명해요!」

「피그미들이 이곳의 풍토병에 잘 걸리지 않는다는 사실에 대해서는 아직 대답하지 않았어요. 나는 그들이 에이즈에도 저항력이 있을 것으로 믿고 있어요. 그러지 않은가요?」

「이미 대답했는데 내 말을 귓등으로 들었군요. 그들은 병원에 가지 않고 죽기 때문에 무슨 병을 앓는지 알 수가 없다니까요.」

가이드는 말끝에 한숨을 내쉬면서 다시 모기 한 마리를 죽인다.

「시간이 꽤 늦은 것 같군요. 이제 자는 게 좋겠어요. 당신이 말하는 〈미래의 사람들〉을 찾아내려면 힘을 비축해야죠.」

그는 디저트 삼아 사과 하나를 깎는다. 그의 손끝에서 사과 껍질이 기다란 장식용 꽃 줄로 변해 간다.

38

나는 기억한다.

생살이 찢기는 고통을 겪은 뒤에 찾아온 공포를.

그런 일이 또 벌어지면 어떻게 하지? 테이아보다 더 큰 천체가 우주 공간 어딘가에서 갑자기 출현하여 나와 충돌한다면?

아마도 나 자신에 대한 의식이 생겨나고 내가 사유를 할 수 있는 살아 있는 존재라는 사실을 깨달았기 때문에, 내가 죽는다는 것을 도저히 받아들일 수 없었을 것이다.

어떻게든 나 자신을 보호해야만 했다.

나 자신을 지켜 내기 위한 첫 번째 대응은 〈열기〉였다. 나의 모든 화산에서 분출한 증기가 두껍고 불투명한 대기를 형성했고, 그것이 나를 보호하는 최초의 외투가 되었다. 나는 그 밀도 높은 대기가 우주 공간에서 날아오는 암석들로부터 나를 지켜 주리라는 것을 알고 있었다.

아닌 게 아니라, 나에게 접근해 오는 암석들은 대기와 마찰하면서 불타올라 재로 변해 버렸다.

그러나 나는 대기가 막아 줄 수 있는 것은 그저 작은 소행성들뿐이라는 것을 알고 있었다. 테이아 같은 큰 천체가 날아오는 경우에는 여전히 속수무책이었다.

내 중력에 이끌린 우주의 온갖 쓰레기들은 갓 생겨난 내 대기 속에서 불타 버려 나에게 아무런 문제를 일으키지 않았지만, 나는 또 다른 재앙이 닥칠 경우에 대비하여 그런 보호 방식을 개선해야 하리라고 생각했다.

39

모기.

모기들이 또 날아들었다. 수십 마리나 되는 모기들이 앵앵거리면서 이리저리 날아다니다가, 그를 살짝 스쳐 가기도 하고 살갗을 뚫어 피를 빨기도 한다.

다비드는 침낭에서 빠져나온다. 옆에서는 은고마가 두 주먹을 꼭 쥔 채로 자고 있다. 그는 담요 하나를 몸에 두르고 밖으로 나간다.

아프리카의 밤은 매우 아름답다. 공기에는 이곳의 놀라운 생물 다양성을 실감케 하는 오만 가지 냄새가 감돈다. 곤충들과 새들의 노래는 생명에 대한 찬가와 같다.

다비드는 멀리에 있는 어느 화산의 은빛 광채가 서린 사면을 바라본다. 그러면서 7백만 년 전 최초의 인류가 출현했다는 곳이 아마도 그쪽 어름이 아닐까 하고 생각한다.

그는 침을 꿀꺽 삼키고, 눈을 들어 맑은 밤하늘을 바라본다. 보름달이 밀림을 환히 비추고 있다. 유성 하나가 백조자리를 가로지르며 떨어진다. 그는 소원을 빈다.

그 여자를 다시 만나게 해주소서.

그러고는 스마트폰을 꺼내어 그녀의 번호를 누른다.

「여보세요? 내가 방해하는 거 아닌가요? 다비드 웰스예요. 기억나세요? 피그미들에 관해서 연구하고 있는 깔창 남자요.」

「거긴 지금 몇 시예요?」

「밤늦은 시각이에요. 거기는요?」

「여기는 꼭두새벽이죠.」

「그래도 얘기 좀 나눌 수 있을까요?」

「잠을 못 이루고 있나 보죠? 운이 나쁘군요. 나도 그래요.」

「나는 모기와 더위 때문인데, 당신은요?」

「나는 바람 때문에, 그리고 웬 노땅들의 코 고는 소리 때문에요. 내가 묵고 있는 여관의 벽들이 판지보다 별반 두껍지 않은 것 같네요.」

「상상이 가네요.」

「그리고 추억 때문이기도 해요.」

「저런, 진화 연구자들을 방해하는 것이 많군요. 늙은이들의 코 고는 소리, 앵앵거리는 모기들, 더위, 게다가 추억까지.」

그는 뒷말을 잇지 않고 한참 뜸을 들인다.

「오로르, 아직 듣고 있어요?」

「네.」

「미안해요. 줄곧 생각해 봤는데, 그날 파티 자리에서 내가 조금…… 서툴게 굴었어요.」

「내 여자 친구 앞에서 대놓고 나를 유혹해서 미안한가 보죠?」

오로르는 그렇게 빈정거리고 덧붙인다.

「됐어요, 다 잊은걸요. 남자들이 조금 유치하고 단순하다는 건 익히 알고 있어요. 그게 내가 여자들을 더 좋아하는 이유이기도 하죠.」

「미안해요.」

「그래도 서툴게 구는 당신을 보니 마음이 짠하긴 하더라고요.」

「어쨌거나 이 말을 해야겠어요. 사실 당신을 처음 만났을 때 나는…… 약간…… 충격을 받았어요.」

오로르는 놀리듯이 피식 웃는다. 하지만 그는 진지하게 말을 잇는다.

「정말이지 당신을 이미 알고 있다는 느낌이 들었어요.」

그녀는 못 들은 척하며 화제를 바꾼다.

「거기 아프리카에서는 일이 어떻게 돌아가고 있어요?」

「여기 사람들은 피그미들을 경멸해요. 거기는 어때요?」

「여기 사람들은 아마존들을 경멸해요. 다비드, 우리가 무엇을 하러 이토록 머나먼 땅에 왔다고 생각해요?」

「우리가 익히 알고 있는 구세계에서 도망쳐 나온 기분이에요. 저토록 맑은 하늘과 저토록 아름다운 별똥별을 이곳이 아니면 어디에서 보겠어요?」

「나는 그보다 우리가 과거를 이해함으로써 미래를 엿보려 한다고 생각해요. 진화에 관한 우리의 프로젝트들은 저마다 역사의 한 국면에 관한 개인적인 인식을 드러내고 있어요. 당신은 피그미들을 통해 유랑 부족들의 시대를 보고 있고, 나는 아마존들의 왕국을 통해 고대를 보고 있어요.」

그는 모기 한 마리를 으스러뜨린다.

「당신 말이 맞아요. 내 아버지는 6천5백만 년 전에 멸종한 공룡들의 화석을 연구하면서 진화의 방향을 알아내려 하셨고, 내 증조부는 1억 2천만 년 전에 출현한 개미들을 관찰하면서 진화의 길을 탐색하셨죠. 마치 앞을 멀리 보기 위해서는 먼저 뒤를 멀리 보아야 한다는 듯이.」

한 무리 하이에나의 울음소리가 마치 빈정거리는 웃음처럼 아프리카의 밤하늘을 채운다.

오로르는 침대에 몸을 묻는다.

「이제 그만 끊고 잘 자요, 다비드. 일이 진척되면 서로 전화하기로 해요.」

그녀는 전화를 끊는다. 하지만 다비드는 당장 잠이 올 것 같지 않아서 스마트폰을 놓지 않고 텔레비전 뉴스를 볼 수 있는 앱을 작동시킨다.

40

월드컵 축구 대회

카타르 월드컵 본선 조별 리그에서 프랑스 팀이 덴마크 팀에게 3 대 0으로 완패했습니다. 패인은 선수들의 심리 상태에 있는 것으로 보입니다. 프랑스 선수들은 경기 시작 몇 분 전까지도 경기를 보이콧하는 문제를 놓고 논란을 벌였습니다. 그들이 야간 파티에 불러들인 콜걸들 가운데 몇 명의 미성년자들이 있었던 것과 관련하여 이른바 〈음해 공작〉이 벌어지고 있기 때문에 그것에 대응하지 않을 수 없다는 게 선수들의 주장입니다. 대표팀 주장 나르시스 디에프 선수는 〈그 파티는 한 공격수의 생일을 축하하기 위해 마련된 것이었고 우리는 그 여자들의 나이를 몰랐다〉고 말했습니다. 디에프 선수는 패배에 대한 코멘트를 거부하고 즉시 자가용 제트 비행기를 타고 스위스에 있는 대저택으로 돌아갔습니다.

신종 플루 백신 사건

정부가 신종 플루 백신을 불필요하게 많이 구입한 것을 두고 벌어졌던 몇 해 전의 논란이 뜨겁게 재연되고 있습니다. 당시의 보건부 장관은 행정 법원에 출두하여 예산 낭비가 아니라는 점을 소명하는 것으로 그쳤지만, 이번에는 공금 남용 혐의로 형사 재판을 받아야 합니다. 사실 전(前) 보건부 장관은 신종 플루에 대비한다는 명목으로 8천만 명분의 백신을 구입했지만, 그 신종 플루는 대수롭지 않은 유행성 독감인 것으로 드러났습니다. 그는 예방 차원에서 거액의 지출이 불가피했다고 스스로를 변호했습니다. 하지만 이 예산 낭비 사건을 둘러싼 논란은 끝나지 않았습니다. 야당 대표는 〈의료 보험 재정 적자가 다른 어느 때보다 심각한 판국에 불필요한 백신을 구입하느라 수백만 유로를 허비한 것은 국민의 분노를 살 만하다. 검찰 수사와 병행하여 의회의 국정 조사가 필요하다〉고 주장하면서, 〈신종 플루의 위험을 과장함으로써 집단적인 편집증을 불러일으킨 대중 매체 역시 잘못을 반성하고 앞으로는 더 신중한 태도를 보여야 한다〉고 덧붙였습니다.

이란

이란 정부는 북부 국경 지대의 광구에서 벌인 심층 시추 작업을 통해 새로운 유전층을 발견했다고 발표했습니다. 자파르 대통령은 거기에서 얻게 될 모든 돈을 시온주의자들을 물리치기 위한 전쟁에 쏟아붓겠다고 공언했습니다. 그는 이란 텔레비전 방송사들을 상대로 한 기자 회견에서 〈석유는 우리의 신성한 땅에서 불신자들을 죽이고 쫓아내라고 하느님께서 우리에게 주신 것〉이라고 말했습니다. 한편 인권 단체 국제 앰네스티는 이런 발표가 국민들의 관심을 여러 현안에서 멀어지게 하기 위한 책략들 가운데 하나라고 비난하고 있습니다. 이란 정부가 〈내 표는 어디로 갔는가?〉라는 시민 운동 단체의 시위를 진정시키기 위해, 그리고 정부 각료들의 심각한 부정부패를 은폐하기 위해 새로운 유전층의 발견을 대대적으로 홍보하고 있다는 것입니다. 오늘 오후 이란 경찰은 시위대를 향해 다시 실탄 사격을 감행했고, 그 과정에서 20여 명이 사망하고 1백여 명이 다치는 참극이 벌어졌습니다. 그뿐 아니라 5백 명 이상의 학생들이 체포되어 특별 재판을 받아야 하는 상황에 놓여 있습니다. 국제 앰네스티의 보고에 따르면, 구속자들을 상대로 갖가지 고문이 자행되고 있으며 중세의 고문 기술이 사용되는 경우도 있다고 합니다. 〈내 표는 어디로 갔는가?〉라는 시민 단체는 이런 탄압에도 굴하지 않고 내일 다시 평화 시위를 벌이기로 결정했습니다.

자연계의 신기한 현상

노르웨이의 항구 도시 베르겐에서 10년 전부터 과학자들이 한 팀을 이루어, 대구들의 크기가 줄어드는 이상한 현상을 연구하고 있습니다. 대구는 북유럽 사람들이 즐겨 먹을 뿐만 아니라 경제적으로도 중요한 어종이라서 노르웨이 정부는 이런 현상에 우려를 표명하고 있습니다. 베르겐 연구팀의 결론에 따르면, 대구들은 여러 세대에 걸친 변이를 통해 옛날에 비해 6분의 1 정도로 크기가 줄었으며, 그런 변이는 인간의 행동에 대한 놀라운 적응의 결과라고 합니다. 대구들이 그물코 사이로 빠져나가기 위해 그런 방향으로 진화했으리라는 것입니다.

지능 검사

세계 여러 나라 국민들을 상대로 지능 검사를 실시한 결과 처음으로 평균 수치가 떨어지기 시작했다고 합니다. 아이큐 테스트가 도입된 1940년부터 1990년까지는 세계의 거의 모든 지역에서 지능이 높아지는 경향을 보였습니다. 1990년 최고치에 도달한 지능지수 곡선은 계속 그 상태를 유지하다가 작년부터 급격한 하강세로 돌아섰다고 합니다. 그 이유가 무엇인가를 놓고 많은 가설이 나오고 있습니다. 그 가운데 몇 가지를 말씀드리자면 다음과 같습니다. 첫째, 우리의 뇌는 그동안 충분한 영양을 공급받으며 잘 관리되어 왔지만 이제는 그 효율이 한계에 도달했다. 둘째, 인터넷을 통해 언제 어디에서든 즉각적으로 문제를 해결하게 됨으로써 특히 젊은이들의 집중력과 사고력이 저하되고 있다. 필요한 정보는 언제든지 기계를 통해 얻을 수 있다는 생각에 더 이상 정보를 기억하려 하지 않는다. 셋째, 경제적인 효율을 중시하는 풍조가 만연함에 따라 젊은이들이 장기간의 연구를 필요로 하는 학문을 점점 기피하고 있다. 넷째, 세상이 너무 복잡해짐에 따라 세상을 총체적으로 이해하고자 하는 사람들이 점점 줄어들고 있다. 다섯째, 오염. 여섯째, 수면 부족.

난항을 겪는 우주선 프로젝트

캐나다의 억만장자 실뱅 팀시트의 SF적인 프로젝트가 실행에 옮겨지자마자 주요 작업장에서 화재가 발생했습니다. 이 사고로 광자 추진 우주선 〈우주 나비 2호〉를 건조하는 데 모델로 사용되고 있던 모든 모형들이 파괴되었습니다. 경찰은 사고 현장에서 소이탄의 흔적을 찾아냈습니다. 그에 따라 프로젝트의 반대자들이 악의적으로 방해 공작을 벌인 것이 아닌가 하는 추정이 나오고 있습니다. 우주선 건조 계획이 발표된 뒤로 적대적인 반응을 보이는 사람들이 갈수록 많아지고 있다는 것은 잘 알려진 사실입니다. 실뱅 팀시트는 이 화재 때문에 작업의 진척에 차질이 생긴 것은 사실이지만, 어떤 방해에도 프로젝트를 포기하지 않겠다고 선언했습니다.

백화점 세일

파리의 백화점들이 일제히 할인 행사를 시작한다는 소식에 오늘 이른 아침부터 오스만 대로 일대에 군중이 운집했습니다. 경찰 추산으로는 2만 명, 관련 업계의 주장으로는 5만 명 넘는 인파가 모였다고 합니다. 일부 고객들은 보도에서 야영을 하기까지 했습니다. 앞자리를 차지하고 있다가 소비의 성전들이 문을 열자마자 가장 먼저 달려 들어가기 위해서입니다. 선착순으로 10퍼센트를 추가로 할인해 주겠다는 깜짝 행사 소식이 널리 퍼지면서 한 백화점에서는 인파가 한꺼번에 몰리는 바람에 사람들이 떼밀리고 짓밟히는 불미스러운 사태가 벌어졌습니다. 이 과정에서 30여 명이 부상을 당했지만, 다행히 중상자는 없다고 합니다.

날씨

앞으로 며칠 동안 포근한 날씨가 이어질 것으로 보입니다. 이런 이상 고온 현상은 기상 관측 이래 처음 있는 일입니다.

41

아니 이게 무슨 일인지?

저들이 땅속으로 아주 깊게 파고 들어왔어. 저들이 이란
이라고 부르는 나라와 튀르키예라고 부르는 나라의 경계 지
대에 깊은 구멍이 뚫렸어. 이번엔 가만히 보고만 있지 않겠
어. 남극에서 나는 몸의 한 부분을 부르르 떠는 데에 성공했
고, 그를 통해 몇백 미터의 오차 범위에서 어떤 지점을 겨냥
하여 타격할 수 있음을 증명했어.

이젠 그렇게 몸을 떠는 것 말고 다른 것을 시도해 보고
싶어.

예를 들어…… 재채기는 어떨까?

42

옆방 손님들의 코 고는 소리가 벽을 뚫고 들려온다.

오로르 카메러는 여전히 잠을 이루지 못한다. 어느새 동
녘이 훤히 밝아 오고 있다. 심한 허기가 밀려온다. 아래층에
내려가 보니 다행히도 아침 일찍 일어나는 손님들에게 아침
식사를 제공하기 위해 식당이 열려 있다.

콧수염을 기른 여관 주인이 직접 서빙을 맡고 있다.

「아시다시피 나는 프랑스어를 할 줄 아니까 편하게 말하
세요.」

그는 그 지방의 별미를 맛보라고 권한다. 양의 머리 고기
에 요구르트 소스를 발라 구운 요리란다. 오로르는 그것을
마다하고, 빵과 버터와 잼과 커피를 선택한다. 그러고는 자
기가 가장 궁금해하는 아마존들에 관해 묻는다.

「뭐라고요? 아마존들요? 아뇨, 미안해요. 그건 한낱 전설

이에요. 남자들보다 여자들이 많은 동네가 어디 한두 군데인 가요? 어쩌다 여자들이 많아진 것뿐이지 다른 이유는 없어요.」

오로르는 아마존들의 그림이 들어 있는 책을 보여 준다. 여관 주인은 심드렁한 표정으로 콧수염을 문지른다.

「시답잖은 책을 내서 아무 얘기나 제멋대로 지껄이는 자들은 늘 있어요. 아마존들에 관한 전설은 몽상을 좋아하는 아이들이나 믿는 이야기예요. 우리가 보기에 아마존의 후예라는 자들은 그저 시대에 뒤떨어진 미개한 부족일 뿐이에요.」

「커피에 튀르키예의 전통주 라크를 한 방울 넣어서 마실 수 있을까요? 몸을 좀 덥히고 싶어서요.」

「아뇨, 미안합니다. 여기엔 술이 없어요. 우리 여관은 규칙을 성실하게 지킵니다.」

그러고 나서 주인은 몸을 숙이며 나직하게 말을 잇는다.

「어제저녁에 당신이 왔을 때 몇몇 손님이 불평을 했어요. 머리에 스카프를 두르는 게 어떨까요? 그냥 위생을 생각해서 그렇게 해주세요. 그리고 종아리의 맨살을 드러낸 채로 돌아다니시지 않았으면 좋겠어요.」

그때 밖에서 굉음이 들리고 여관 건물이 진동한다. 오로르는 창문 쪽을 돌아본다. 차츰 밝아 오던 하늘이 돌연 거대한 구름에 가려 컴컴해졌다. 구름장들이 돌풍에 밀려 한데 모이더니 땅을 향해 길게 꼬리를 드리운다. 마치 잿빛 레이스로 된 원뿔이 빠르게 움직이고 있는 형국이다. 이 원뿔은 지나는 길에 있는 모든 것을 휩쓸어 간다.

오로르는 전날 경찰관이 했던 말을 떠올린다. 〈바람이 불

174

고 찬비가 내릴 수도 있으니 어서 가세요.〉

멀리에서 회오리바람이 잿빛 외뿔 모양의 괴물처럼 나무, 집, 자동차, 소, 염소 따위를 닥치는 대로 빨아들인다.

회오리바람은 이제 여관 쪽으로 다가오고 있다.

더 꾸물거릴 새가 없다. 오로르는 급히 복도로 나간다. 벌써 모든 손님이 복도에 내려와 있다. 그들은 한데 뒤엉켜서 작은 돌계단을 통해 지하실로 내려간다. 열 명쯤 되는 사람들이 알전구 불빛 아래에 모여 회오리바람이 지나가기를 기다리고 있다. 모두의 얼굴에 불안한 기색이 가득하다. 오로르는 짐 모리슨의 노랫말을 다시 떠올린다.

　　이제 종말이야
　　나의 유일한 친구, 종말이야
　　우리가 공들여 세운 계획들의 종말

「여기에서는 이런 일이 자주 있나요? 회오리바람이 부는 거요.」

오로르가 여관 주인에게 속삭이자, 남자는 이마에 송골송골 맺힌 땀을 훔치며 대답한다.

「천만에요, 처음 있는 일이에요. 도무지 어찌 된 일인지 영문을 모르겠군요.」

43

좋아, 한 방 먹였어.

그리고 또 뭐가 있었더라?

아 그래, 아프리카에 있는 저 인간들 때문에 걱정이야. 기계를 사용해서 내 숲들을 베어 내는데, 그 기계들의 파괴력이 갈수록 커지고 있어.

아, 내 나무들…….

저들은 나를 감싸고 있는 모피를 깎아 내고 있어. 나의 온도와 산소를 조절하는 데 쓰이는 털들을 잘라 버리는 셈이야. 저것 역시 그냥 보고만 있을 수는 없어. 대응이 필요해.

다시 몸을 떨어 볼까? 재채기를 해볼까?

아냐, 이번에는 더 기발한 것을 보내자.

44

다비드 웰스는 하품을 하며 일어난다. 귀마개를 끼우고 모기 퇴치 크림을 바르는 것으로도 모자라서 수면제 한 알을 이 고장의 진짜 독주인 〈킬미퀵 Kill-Me-Quick〉 한 잔과 함께 삼키고 나서야 가까스로 잠을 이루었던 터다. 은고마는 조금 떨어진 곳에 모닥불을 피워 놓고 그를 기다리고 있다. 벌써 기다란 꼬챙이에 토스트 빵을 끼워 굽는 중이다. 은고마는 불잉걸에서 커피포트를 들어 올려 김이 모락거리는 커피를 손잡이 없는 플라스틱 컵에 가득 따라 준다.

다비드는 고마운 마음으로 뜨거운 커피를 마신다. 은고마가 말문을 연다.

「오늘 아주 덥겠어요. 아침부터 이렇게 푹푹 찌는 건 처음 겪어 봐요. 기온이 갑자기 올라갔어요. 다행히도 우리는 나무 그늘 속에 있지만, 벌채된 구역으로 나가면 숨이 막힐 거예요. 오늘 같은 날 밭에서 일하는 사람들은 고생깨나 하겠어요.」

다비드는 선크림을 바른다.

「오늘 일정은 어떻게 되죠?」

가이드는 지도를 펼쳐 놓는다.

「계속 동쪽으로 갈 겁니다. 내가 보기에 미개한 피그미들은 틀림없이 이쪽에 있어요. 숲이 가장 무성하고 수원이 있는 지역이에요. 그들이 물을 찾아내는 재주가 비상하다는 것은 인정해야죠.」

그는 아랍인들이 사용하는 시왁처럼 생긴 나무 막대로 이를 문지른다. 물이 없어도 이를 닦을 수 있는 편리한 칫솔이다.

그때 이상한 소리가 들려온다. 마치 무수한 나뭇잎이 바스락거리는 소리 같다. 은고마의 표정이 갑자기 어두워진다.

두 사람은 소리가 들려오는 쪽을 살핀다. 마침내 끈끈한 액체처럼 흐르는 검은 형체가 눈에 들어온다. 그 형체는 규칙적인 속도로 그들을 향해 나아오고 있다.

「저게 뭐죠? 용암인가요?」

「저건 광물이 아니라 동물이에요. 개미 떼입니다.」

「겁에 질린 표정이네요. 은고마, 왜 그래요? 저건 그냥 개미 떼라면서요.」

그러자 반투족 가이드는 쌍안경을 그에게 내민다. 더 자세히 살펴보라는 뜻이다.

「저건 여느 개미가 아니라 〈마냥개미〉[10]예요!」

다비드는 호기심을 느끼며 쌍안경의 줌을 당긴다. 그들 쪽으로 검은 당밀처럼 흘러오는 개미 떼가 분명하게 보인다.

---

10 군대 개미들 중에서 주로 중앙아프리카와 동아프리카에 서식하는 도릴루스 속의 종들을 일컫는 프랑스어 이름. 반투족 언어로는 시아푸라고 하며, 우리나라에서는 장님개미나 사파리개미라 부르기도 한다.

그 행렬을 가로막고 있던 도마뱀이나 뱀이나 생쥐 같은 작은 동물들이 마치 강한 산성 물질에 녹아 버리듯 개미 떼의 날카로운 턱에 희생된다. 어떤 새들은 날개에 개미들이 잔뜩 달라붙은 줄도 모르고 뒤늦게 날아오르려 하다가 몇 차례 곤두박질을 치고는 그 육식 개미들로 이루어진 검은 늪의 한복판에 빠져 흔적도 없이 사라진다.

다비드가 보기에도 가공할 광경이다.

「나는 저렇게 많은 개미들이 한꺼번에 움직이는 것을 본 적이 없어요. 마치 대지가 가느다란 혀를 내밀어 모든 것을 삼키고 있는 것 같군요.」

콩고인 가이드는 꼭 필요한 물건들을 서둘러 배낭에 챙겨 넣는다.

「지금 저런 일이 벌어지는 게 이상하군요. 평소에 비해서 너무 일러요. 아마 기온이 갑자기 높아져서 개미들이 일찍 깨어났나 봐요.」

가이드는 말문을 닫고 다비드의 팔을 잡아 이끈다.

45
백과사전: 손위의 사회성 동물

개미들은 1억 2천만 년 전에 출현했다.

인간들은 7백만 년 전부터 지상에 존재하기 시작했다.

그러니까 개미들은 인간들보다 1억 1천3백만 년이나 앞서 있다.

개미들은 수백만 개체를 수용할 수 있는 도시를 건설해 냈을 뿐만 아니라, 농업이며 목축이며 전쟁 등을 창안했다. 우리는 젊은 종이므로 손위의 사회성 동물인 그 종을 관찰하면서 교훈을 얻어야 한다.

에드몽 웰스, 『상대적이며 절대적인 지식의 백과사전』 제7권

46

그들은 겁에 질린 채 서로 바싹 붙어서 몸을 웅크리고 있다. 그들의 머리 위에서 음산한 굉음과 바람 소리가 들린다. 어떤 짐승의 울부짖음 같은 둔중한 소리가 다가온다. 오로르카메라는 전율을 느낀다.

그저 기상 이변 하나로 갑자기 모든 게 폐허로 변한다면, 건물과 도시를 세우고 비행기와 우주선을 건조한들 무슨 소용이 있는가?

알전구가 흔들거리더니 갑자기 꺼져 버린다. 몇 초가 몇 분처럼 길게 흐르는 동안 바깥의 소음은 더욱 커진다. 회오리바람이 더욱 격렬하고 빠르게 몰아쳐 오는 듯하다.

전구에 다시 불이 들어온다. 모두가 안도하는 것도 잠깐, 불이 또 나가더니 이번에는 더 오래 꺼져 있다가 깜박거리기 시작한다. 머리 위쪽의 소동과 포효는 갈수록 더 심해질 뿐이다.

한 여자가 울부짖는다. 또 한 여자는 공황 상태에 빠져 문 쪽으로 달려간다. 두 남자가 그녀를 붙잡으려 하지만, 여자는 기어이 문을 열어젖힌다. 요란한 소리와 함께 바람이 짓쳐들어온다. 세 번째 남자가 달려가서 가까스로 여자를 붙잡고, 그사이에 네 번째 남자가 문을 닫고 쇠막대로 빗장을 지른다. 우지끈하는 불길한 소리가 들려오고 깜박거리던 전구가 아예 나가 버린다. 한 아기가 울음을 터뜨리고, 누군가가 비명을 내지른다. 모두가 서로 몸이 닿을 정도로 바싹 당겨 앉는다.

초기의 인류가 자연의 위력 앞에서 느꼈을 법한 공포가 그들을 엄습한다. 인간의 그 작은 무리는 더욱 몸을 옹송그린다. 쇠막대 하나로 버티고 있는 문에 더욱 큰 압력이 가해지는 듯하다.

오로르는 이를 앙다문다. 주위의 모든 것이 흔들리고 바닥은 점점 더 심하게 진동한다.

이제 종말이야.

바람 소리는 이제 돌이 깨지고 나무가 부러지는 소리로 대체된다. 전기 콘센트가 폭발하고 벽들이 무너지고 상수도관이 터져 물이 분출한다. 그런 소리가 들릴 때마다 사람들은 마치 한 몸이 된 것처럼 일제히 전율한다. 위쪽의 여관 건물이 해체되어 조각조각 바람에 휩쓸려 가는 것 같다.

오로르는 자기의 경쟁자 다비드 웰스를 생각한다.

그 남자가 이길 수도 있겠군. 아주 편안하게 피그미들에 관한 보고서를 쓰고 있겠지?

47

콩고의 밀림에서 다비드와 은고마는 한 나무의 굵은 가지에 올라앉아 마냥개미들이 검은 강물처럼 다가오는 것을 지켜보고 있다.

「절단기로 숱한 나무를 베어 낸 내가 나무 한 그루 덕분에 목숨을 건지게 될 줄이야.」

그러면서 반투족 가이드가 한숨을 내쉬자, 다비드는 구슬 같은 땀을 흘리며 대답한다.

「저 개미들이 설마 이 나무로 기어오르지는 않겠지? 개미들은 먹이의 냄새에 이끌리니까, 우리 땀이 아래로 흘러내리게 하면 안 돼요. 저놈들은 고기 냄새가 나는 것은 무엇이든 먹어 치우려고 할 겁니다.」

180

가이드는 마냥개미들의 행렬이 나무를 우회해서 지나가게 해달라고 나직한 소리로 기도를 올린다. 하지만 행렬의 선두에 선 삼각 대오는 그들이 올라앉은 나무 쪽으로 가차 없이 나아온다.

수백만 개의 다리가 움직인다. 그 소리는 다른 소리에 묻혀 들리지 않는다. 온갖 동물들이 이 눈먼 개미[11]들의 무리에 잡아먹히기 전에 울음을 토하거나 비명을 내지르는 것이다. 두 남자는 나뭇가지에 달라붙은 채 개미들이 자기들에게 관심을 두지 않고 그냥 지나가기를 기다린다.

살아 있는 검은 강물은 계속 나아온다.

다비드는 격심한 공포에 사로잡힌 나머지, 몸으로 그것을 드러낸다. 자기도 모르게 오줌을 지리고 만 것이다. 바지에서 새어 나온 오줌이 나무줄기를 따라 흘러내린다.

마냥개미 한 마리가 다가와 지린내 나는 액체 쪽으로 더듬이를 내밀고 흔들더니, 갑자기 더듬이를 세워 제 동료들을 부른다. 개미들은 긴 행렬을 지어 나무줄기를 기어오르기 시작한다.

은고마가 속삭인다.

「더 높이 올라가야 해요.」

그들은 줄기를 타고 올라가 더 가느다란 우듬지에 다다른다.

그 높이에 이르자 다비드는 현기증을 느끼기 시작한다. 반투족 가이드는 계속 올라간다. 하지만 키와 몸무게가 그의 편을 들어 주지 않는다. 꼭대기의 가지는 너무 가늘어서 그

11 도릴루스 속에 딸린 개미들은 시력이 거의 없다고 한다. 그래서 장님개미라 부르기도 하는 것이다.

의 몸무게를 견디지 못하고 뚝 부러진다. 은고마는 우글거리는 개미들의 검은 강물 속으로 떨어진다. 그는 더 독창적인 말을 생각해 낼 새도 없이 그저 〈안 돼! 안 돼!〉 하고 외친다. 알아들을 수 있는 말은 그것으로 끝이다. 개미들은 벌써 그의 입 안을 가득 채우고 있을 뿐만 아니라, 눈과 코와 귀의 다른 구멍들을 통해 몸속으로 파고들기 시작한다. 개미들은 마치 축축하고 물렁물렁한 동굴 속을 나아가듯 붉고 따뜻한 살에 구멍을 내면서 생체 내부에서 동굴 탐사를 벌인다.

다비드는 조금 더 힘을 내어 나뭇가지에 매달린다. 지금 이 순간에는 키가 작고 살이 찌지 않은 게 그저 고마울 따름이다. 하지만 개미들은 계속 기어오르고 있는데, 그는 더 높이 올라갈 수가 없다. 그는 나뭇가지를 단단히 부여잡고 숨을 멈춘 채로 죽은 사람 시늉을 한다.

선두 그룹을 이루고 있는 탐험 개미들이 나무줄기의 가운데쯤에서 걸음을 멈추더니 방향을 돌려 도로 내려간다.

하지만 한 마리는 예외다.

유독 과감하고 호기심이 많은 이 마냥개미는 혼자서 나무줄기를 마저 기어올라 다비드의 발끝에 다다른다. 그러고는 제 동료들이 나무껍질을 타고 도로 내려가는 동안 다비드의 바지 위로 기어오른다. 다비드는 한순간 그 겁대가리 없는 개미를 죽여 버릴까 했지만, 놈이 다른 개미들에게 경보를 보내는 게 두려워 그냥 꼼짝 않고 있기로 한다.

탐험 개미는 마치 무언가 미심쩍은 것을 확인하고야 말겠다는 듯 계속 기어오른다. 그러더니 오줌 냄새를 맡고는 더듬이를 내밀어 그 화학 성분을 알아낸다.

다비드는 어금니를 앙다문다.

내 인생의 영화가 이제 막 시작되었는 줄 알았더니, 이게 영화의 마지막 장면이란 말인가. 내 나이 스물일곱 살, 나는 어떻게 살아왔던가? 아버지는 내가 세상을 변화시킬 거라고 하셨는데 내 꼴이 참 우습구나! 고작 개미들을 위한 육회로 생을 마감하게 되었으니.

살아 움직이는 검은 강물이 나무줄기를 타고 땅으로 흘러 내리는 동안, 홀로 남은 탐험 개미는 의욕적으로 계속 올라 와서 다비드의 호주머니 속으로 침입한다.

다비드가 매달려 있는 나뭇가지에서는 땅바닥에 떨어진 은고마의 모습이 훤히 보인다. 은고마의 몸뚱이는 이제 살이 붙어 있지 않은 앙상한 뼈로 변해 가는 중이다. 그 순간, 한 가지 기괴한 생각이 다비드의 머릿속을 스친다. 그는 스마트 폰을 꺼내어 누군가의 번호를 누른다.

「여보세요, 오로르? 알려 주고 싶은 게 있어서요. 당신이 이겼어요. 나는 몇 초 뒤에 죽을 거예요.」

그녀는 엄청난 소동의 와중에서도 되도록 침착하게 굴려 고 애쓰면서 대답한다.

「아 그래요? 일이 참 공교롭게 돌아가네요……. 나도 곧 죽 을 판인데.」

「나는 하찮은 개미들 때문에 백척간두에 서 있는데, 당신 은 무엇 때문에 위험에 빠진 거죠?」

「일기가 조금 불순하기 때문이에요.」

탐험 개미는 갑작스러운 흔들림과 다량의 페로몬 냄새를 감지하고, 더듬이를 더 높이 세워 제 동료들에게 원조를 요 청한다.

「오로르, 내 생애의 마지막 말을 당신에게 전할 수 있어서 다행이에요.」

스마트폰으로 상대방 쪽의 소란이 전해져 온다. 땅에서는 개미들의 검은 늪이 갈수록 넓게 퍼져 나가고, 호기심 많은 탐험 개미의 신호에 이끌린 검은색 행렬이 그를 향해 올라온다.

「또 나를 꾀는 건가요?」

오로르는 애써 웃음을 짓는다.

「당신 스타일이 무척 마음에 들어요, 웰스 박사.」

그러고는 주위의 소음을 가까스로 이겨 내면서 덧붙인다.

「우리 두 사람의 인연은 어린 시절이 아니라 죽음 속에 있는 것 같군요. 우리의 평행한 운명은 동시에 끝이 날 거예요. 아듀 다비…….」

그녀가 마지막 음절을 발음하기도 전에 통화가 갑자기 끊긴다.

48

표적에서 조금 벗어난 곳을 타격한 듯하다.

하는 수 없다. 제대로 할 수 있도록 시간을 두고 익혀야겠다.

그건 그렇고, 내 회상을 어디에서 중단했더라?

대기, 나의 첫 번째 외투.

나는 마침내 공기와 구름으로 이루어진 하나의 층으로 나를 둘러쌌다. 이 대기층은 우주에서 날아드는 유성들로부터 나를 보호해 주었다. 나는 그 층을 되도록 두껍게 만들고 싶었다. 그런데 두꺼워진 대기층은 빛깔이 어두워지고 전기를 띠게 되었다. 수증기는 응축되고, 구름과 구름 사이에서 방전이 일어나 그 거대한 공기 덩어리를 뒤흔들었다.

나는 눈물을 흘렸다.

비가 곧 내 눈물이었다.

나의 모든 눈물은 내 표면의 골짜기들로 퍼져 나가 그 움푹 패어 들어간 곳들을 채웠다. 물웅덩이가 있던 자리에는 호수가 만들어졌고, 호수들은 서로 이어져 바다를 이루었다. 그리고 바다들은 서로 합쳐져 대양을 형성했다.

나는 계속 눈물을 흘렸다.

그렇게 비는 계속 내리고 물은 계속 불어났다.

그렇게 내 표면을 덮은 대양들은 외부의 충격을 흡수해서 나를 보호해 주는 역할을 하게 되었다.

내 중력에 이끌려 대기 중에 돌입한 유성들은 대기층을 통과하는 동안 대부분 불탔고, 다 타지 않고 남은 것들은 바다에 떨어지면서 그 충격이 약해졌다.

하지만 죽음에 대한 공포는 내 안에 그대로 남아 나를 괴롭히고 있었다.

작은 유성들이 아니라 거대한 소행성들에 맞서서 나를 지켜 내려면 더 나은 방책이 필요했다. 그 보호책을 어떻게 마련해야 할까?

나는 그 공포가 나를 〈지능적인〉 존재로 만들었다고 생각한다.

당시에 나는 이런 구상을 하기 시작했다. 〈나는 살아 있는 존재이자 생각하는 존재이다. 나 자신을 보호하기 위해서는 나와 같은 존재들, 살아 있을 뿐만 아니라 사고하는 능력을 지닌 존재들을 만들어 내야 한다.〉

나 아닌 다른 생명을 어떻게 만들어 낼까?

나는 수백 년 동안 생각에 생각을 거듭한 끝에 드디어 해결책을 찾아냈다.

49

다비드는 눈을 감고 죽음을 기다린다.

그때 갑자기 등 뒤에서 어떤 목소리가 들린다.

「이봐요!」

그는 눈을 뜨고 고개를 돌린다. 살갗이 가뭇한 소녀가 보인다. 나이는 기껏해야 열다섯 살쯤 되지 않았을까. 소녀는 다비드가 매달려 있는 나무보다 훨씬 높이 솟아 있는 나무에서 나타난 것이다. 분홍색 샤넬 티셔츠를 입은 차림으로 한 손에 어떤 덩굴 식물의 줄기를 쥐고 있다. 소녀는 덩굴 식물의 다른 줄기를 그에게 내밀고 손으로 신호를 보낸다. 소개하고 자시고 할 시간이 없으니 어서 붙잡으라는 뜻이다.

다비드는 덩굴 식물의 줄기에 매달려 허공으로 몸을 던진다.

50

소동이 가라앉았다. 회오리바람이 지나갔다.

이윽고 오로르는 대피소로 삼았던 지하실에서 빠져나온다. 여관과 그 주변을 둘러보니 온통 폭격을 당한 것만 같다. 지붕은 날아갔고, 벽들은 무너지거나 위태위태하게 기울어져 있다.

여관 투숙객들은 아직 공포감을 떨치지 못하고 있다. 주위의 폐허를 보고 절망해야 할지 살아남은 것을 다행으로 여겨야 할지 갈피를 못 잡는 기색이다.

오로르는 재빨리 상황을 점검한다. 아마존들을 만나러 가자면 지금밖에 기회가 없다는 생각이 든다. 그래서 그녀는 무너진 건물의 잔해 속에서 조심조심 자기 소지품들을 챙겨 자동차를 세워 둔 곳으로 간다. 다행히도 타타 승용차가 있던 주차장은 회오리바람이 비껴갔다.

그녀는 시동을 걸고 여관에서 멀어져 간다. 달리면서 도로 양옆을 보니 재난의 규모를 짐작할 수 있다. 한 거인이 장난삼아 고압선 철탑이든 오두막이든 집이든 가리지 않고 인간의 노동에서 나온 모든 것을 박살 낸 것만 같다. 자동차들은 뒤집힌 채로 도랑에 빠져 있거나, 가로수들에 부딪혀 분해된 채로 마치 금속 열매처럼 나무에 매달려 있다. 오로르는 가속 페달을 밟는다.

전날 통행을 제지당했던 초소까지 가는 데는 많은 시간이 걸리지 않았다. 예상했던 대로 초소는 비어 있다. 그녀는 차단기를 올린다.

몇 킬로미터를 달리고 나자 도로가 오솔길로 변한다. 타타 승용차로는 가파른 오솔길을 올라갈 수 없다. 오로르는 무성한 덤불 뒤에 자동차를 세워 두고 걸어서 계속 나아간다.

몇 시간을 걷고 나니 멀리에 바위 언덕이 보인다. 바위에는 벌집 모양으로 구멍이 숭숭 뚫려 있다. 좁다랗게 나 있는 그 구멍들이 바로 석굴 집들의 창문인 셈이다.

지도를 꺼내어 살펴보니 테미스키라의 폐허에서 소녀가 표시해 준 자리가 바로 여기인 것 같다.

완전히 버려진 마을인 듯, 어디에서도 인기척이 느껴지지 않는다.

몸을 피할 곳이 없으니, 아까와 같은 기상이변이 또 나타
나면 어쩌나 하는 생각이 뇌리를 스친다.

큰 위험을 무릅쓰지 않으면 큰 것을 얻을 수 없는 법이다.

그런 생각을 하기가 무섭게, 비를 잔뜩 품은 먹장구름이
하늘을 덮는다.

51

나는 회상한다.

내가 가장 두려워하던 것은 우주에서 날아드는 암석들이
었고, 그 두려움에서 벗어나기 위해 나는 생명을 만들어
냈다.

35억 년 전, 암모니아 분자와 메탄 분자를 품은 운석이 떨
어졌다. 나는 그 기회를 놓치지 않고 암모니아와 메탄을 내
가 지니고 있던 수소며 산소와 결합했다. 대양은 그 혼합물
을 만들기 위한 솥과 같은 구실을 했다.

해저 화산이 폭발하여 뜨거운 해류가 형성되고 지진이 일
어나 혼합을 용이하게 해준 덕택에 나는 그 구성 요소들을
덥히고 휘저을 수 있었다. 그리하여 마침내 나의 걸작인 생
명이 출현했다.

그 일이 이루어지기까지 내가 태어난 뒤로 10억 년의 시
간이 걸렸다. 나는 끊임없이 모색하고 한없이 인내심을 발휘
한 끝에 그것에 도달했다.

처음엔 그것이 하찮아 보였다. 그것은 하나의 핵을 지닌
원시 세포에 지나지 않았고, 그 크기도 모래알보다 작았다.
하지만 나는 그것이 모든 생명의 씨앗이라는 것을 알고 있
었다.

나는 외계에서 생명을 받아 그것을 재창조했다.

최초의 세포에 이어 두 번째 세포가 출현했다.

그것은 단세포로 이루어진 아주 작고 단순한 존재들이었지만, 이미 〈기적의 완성〉으로 나아가기 위해 프로그래밍되어 있었다.

아주 먼 훗날, 인간들은 경멸의 뜻을 담아 그것들을 〈미크로브(〈작은 생명〉을 뜻하는 그리스어에서 온 말)〉라고 부르지만, 돌이켜 보면 그것들은 나의 입주자들 가운데 가장 오랫동안 내 표면을 차지했던 생명체들이다. 아메바 같은 원생동물의 형태로든 세균의 형태로든 그것들은 25억 년 동안 전적으로 내 표면을 지배했다. 나는 너무나 오래도록 홀로 지냈던 터라 그 최초의 동반자들을 고맙게 여겼다. 적어도 그것들은 나를 존중했고 나에게 상처를 주지 않았다.

다만 한 가지 문제가 있었다. 그것들은 나의 위대한 계획을 실행에 옮기기 위한 수단을 가지고 있지 않았다. 그래서 우리는 암묵적인 계약을 맺었다. 나는 화산 분출을 통해 내 표면의 온도를 변화시킴으로써 그것들에게 변이가 일어나도록 도와주었고, 그것들은 나를 도와줄 수 있을 만큼 복잡한 생명체를 발생시키는 쪽으로 진화해 갔다.

그렇게 미생물들에게 변이가 일어났다.

그것들은 서로 결합하여 다세포 생물이 되었다.

이 새로운 생명체는 아주 빠르게 진화했다.

52

소녀는 정글 칼을 능숙하게 사용하여 그들의 앞길을 막는 덩굴 식물들과 나뭇잎들을 쓱쓱 베어 낸다. 작은 동물들은 질겁하여 달아나고 곤충들은 미미한 소리를 내며 날아오른다. 다비드를 구해 준 소녀는 생명이 약동하는 이 밀림 속을 거침없이 나아간다. 어떤 나무들에 안표가 있고 그 표시들을 통해 어디가 어디인지를 알아내는 듯하다.

그때 갑자기 그들 앞에 물살이 드센 넓은 강이 나타난다. 소녀는 헤엄을 쳐서 강을 건너야 한다고 손짓으로 알려 준다.

「나는…… 물을 무서워해. 수영도 할 줄 모르고.」

소녀는 그를 빤히 바라보다가 차가운 강물 위로 냅다 밀어 버린다. 그러고는 자기도 물속으로 뛰어들더니, 버둥거리는 그의 목덜미를 잡고 그의 턱이 물에 잠기지 않도록 도와준다. 그는 눈을 감고, 자기들 주위로 거머리에서 악어에 이르기까지 온갖 생명체가 나아가고 있으리라는 사실을 잊으려고 애쓴다. 그러다가 건너편 강둑에 닿아서야 눈을 뜨고 안도의 한숨을 내쉰다. 마치 자기 생애의 가장 고약한 시련을 이겨 낸 기분이다.

소녀는 정확히 한 방향을 가리키며 계속 가라는 신호를 보낸다. 그들은 나무가 없는 빈터에 다다른다. 모닥불 하나를 한복판에 두고 이글루와 비슷하게 생긴 풀빛 오두막들이 반원형으로 둘러서 있다. 다비드는 그 둥근 오두막들이 어떻게 지어진 것인지 이내 알아차린다. 나뭇가지들의 한쪽을 땅에 박고 다른 쪽을 둥글게 휘어 들보들을 형성한 다음, 거기에 잔가지들을 얹고 다시 넓적한 나뭇잎을 엮어 지붕을 삼은 것이다.

오두막들 앞에는 여자들이 앉아 있다. 바느질을 하거나 나무 섬유를 엮는 여자들도 있고, 누에콩을 빻고 있는 여자들도 있다. 어떤 여자들은 알곡을 씹어서 단지에 뱉은 뒤에 그 찌꺼기를 걸러 내어 맑은 액체를 만들어 낸다.

소녀는 다비드를 가장 넓고 높은 오두막 앞으로 데리고 가더니 거기에서 기다리라고 이른다. 아이들이 호기심을 보이며 그에게 다가온다. 여자들은 그냥 멀리서 그를 관찰한다. 마치 비웃음이 새어 나오는 것을 참으려는 듯 얼굴을 가리고 있지만, 적대감은 전혀 내비치지 않는다. 그들은 모두 키가 아주 작다.

목적지에 제대로 도착한 것 같군. 바로 이 사람들이…… 밀림 속을 돌아다니며 수렵과 채집 생활을 한다는 피그미들일 거야.

소녀가 다시 나타나더니, 그에게 들어가라고 권한다.

오두막 한복판에 화덕이 있고 거기에서 나온 자욱한 연기 때문에 눈이 따갑다. 모기를 퇴치하는 가장 영리한 방법이라는 생각이 들긴 하지만, 짙은 연기 때문에 몇 센티미터 앞을 보기가 어렵다. 바깥 날씨는 맑은데 안에는 안개가 잔뜩 끼어 있는 셈이다.

「아무도 없어요?」

연기가 조금 걷히자 호저와 영양과 멧돼지의 가죽들이 눈에 들어오고, 죽은 듯이 꼼짝 않고 있는 한 사람의 실루엣이 보인다. 그는 조심스럽게 다가간다. 한 남자가 대나무로 만든 커다란 팔걸이의자에 편안한 자세로 앉아 있다. 머리털은 빠지고 배는 통통하고 배꼽이 볼록 나와 있는 모습으로 눈을 감고 있으니, 꼭 커다란 아기를 보고 있는 느낌이 든다. 다비드는 그가 죽어 있는 건 아닌가 해서 그의 손을 만져 본다. 남자는 한쪽 눈을 번쩍 뜬다. 연기 때문에 눈이 벌겋게 충혈되어 있다. 남자는 나머지 눈을 마저 뜨고 다비드를 뚫어져라 바라본다. 이윽고 그의 입이 열리고 알아들을 수 없는 말들이 새어 나온다.

다비드의 등 뒤에서 소녀가 통역을 해준다.

「왜 이제야 왔느냐고 물으시네요. 빨리 일에 착수하지 않으면 최악의 사태가 벌어질 수 있답니다.」

「프랑스어를 하네요? 그런데 왜 그 사실을 바로 알려 주지 않았죠? 이분한테 이렇게 옮겨 주세요…….」

「아뇨, 내가 알아서 할게요. 나는 당신이 무슨 말을 해야 하는지 알거든요. 당신을 모욕할 생각은 없지만, 어쨌거나 당신은 〈비페네〉일 뿐이에요. 백인이라는 거죠.」

소녀는 남자를 상대로 길게 설명하기 시작한다. 다비드는 소녀가 무슨 이야기를 하는지 알아차린다. 그가 개미 떼를 만나 무슨 일을 겪었는지 이야기하는 것이다. 남자는 피식 실소를 짓더니, 점점 큰 소리로 껄껄거린다. 다비드는 조금 언짢은 기분으로 설명에 나선다.

「나는 생물학 연구자이고 프랑스 사람입니다. 여러분의 혈액에 무언가 특별한 것이 있는지 알아보기 위해서 왔습니다. 여러분은 이 지역의 다른 사람들이 잘 걸리는 질병, 특히 치쿤구니야열과 수면병과 말라리아에 면역이 되어 있는 것으로 알고 있습니다.」

소녀는 그의 말을 단 한 문장으로 통역한다. 남자는 다시 웃음을 짓는다. 두 사람은 함께 웃으며 말을 주고받더니 숫제 폭소를 터뜨린다.

소녀가 알려 준다.

「이분은 마옘파라고 합니다. 우리의 추장이자 주술사이

시죠.」

「마옘파? 그게 이름이에요 성이에요?」

「우리는 성과 이름을 구별하지 않아요. 그냥 하나의 이름이 있을 뿐이죠. 당신 이름은 뭔가요?」

「내 이름은 다비드 웰스입니다. 여기에 머물면서 여러분의 혈액을 분석하고 우리를 죽이는 세균과 바이러스로부터 여러분을 지켜 주는 것이 무엇인지 알아내고자 하는데, 그래도 되겠습니까?」

「피그미들에게 특징적으로 나타나는 DNA 염기 서열을 알아내고 싶다는 건가요?」

다비드는 소녀가 그런 전문 용어를 사용하는 것에 깜짝 놀랐지만, 당황한 기색을 보이지 않는다.

「내 질문을 이분에게 옮겨 주겠어요?」

소녀는 순순히 응한다.

주술사는 다시 정색을 하더니 여러 문장으로 된 길고 복잡한 설명을 늘어놓는다. 하지만 소녀의 통역은 너무나 간단하다.

「아니요.」

「음…… 아니요라뇨?」

「대답은 〈아니요〉예요. 당신은 깨끗하지 않습니다. 당신 자신을 깨끗하게 만들지 않는 한, 우리 혈액을 연구하도록 허락하지 않겠답니다.」

「나 자신을 깨끗하게 만들라고요? 강물에 가서 목욕을 하라는 뜻인가요?」

「아뇨, 당신의 허상을 깨끗이 씻어 내라는 것이죠.」

배불뚝이 남자는 웃으면서 두 손으로 얼굴을 씻는 시늉을 한다.

「하지만 아까는 내가 오기를 오랫동안 기다린 것처럼 말했잖아요. 그렇다면 나를 왜 기다렸던 거죠?」

소녀가 통역을 해준다. 이번에도 남자의 대답은 길었지만, 소녀는 간단하게 의미만 전해 준다.

「세계를 구하기 위해서입니다. 만약 당신이 해야 할 일을 하지 않으면 세계가 완전히 파괴될 수도 있으니까요.」

주술사는 미래에 대한 그런 전망이 재밌다는 듯 다시 웃음을 터뜨린다.

「부탁입니다, 설명해 주세요……..」

그러자 늙은 주술사는 몸을 숙여 그에게 직접 말한다.

「마조바.」

「그게 무슨 뜻이죠?」

「정화와 비슷한 말이에요. 프랑스어로는 옮기기가 쉽지 않아요. 보통은 마조바를 하기 전에 6개월 동안 성적으로 금욕 생활을 해야 하고 사흘 동안 단식을 해야 해요. 그런데 당신은 운이 좋네요. 그 두 가지 기본 규칙을 지키지 않았는데도 마조바를 해주시겠다니 말이에요.」

주술사는 다비드에게 은근한 눈짓을 보내어 바로 실행에 옮기자는 뜻을 알린다. 그러고는 자리에서 일어나 오두막 밖으로 나가더니 큰 소리로 손뼉을 친다. 다른 피그미들이 오두막에서 나온다. 다 모이니까 1백 명쯤 될 법하다. 대다수는 광고 문구가 들어 있는 티셔츠와 비치 반바지를 입고 있다. 어떤 사람들은 수도꼭지나 병따개, 너트, 소금통, 멍키 스패너, 담배 파이프 소제기 같은 생활용품을 장신구처럼 목에 걸거나 귀에 달고 있다. 어떤 여자는 병마개로 목걸이를 만들었고, 또 어떤 여자는 매트리스 천으로 숄을 만들었다. 비치 샌들을 신은 사람이 더러 눈에 띄기는 하지만, 대다수는 맨발로 걸어다닌다.

주술사는 다비드를 가리키며 복잡한 말로 무언가를 선언한다. 모두가 그의 말에 동의한다.

「마조바?」

모든 피그미들이 한 목소리로 되받는다.

「마조바!」

통역을 맡은 젊은 여자가 다비드를 돌아본다.

「브라보, 당신은 용기가 있군요. 모두가 그 점을 높이 사고 있어요.」

그 순간 다비드는 뭔가 고약한 일이 벌어지리라는 것을 예감한다. 〈정화〉라는 게 정확히 어떤 방식으로 이루어지는 의식인지도 모르면서 냉큼 받아들인 게 후회스럽다. 보아하니 피그미들은 갑자기 집단적인 열기에 사로잡힌 듯하다. 모두가 그물이며 자루, 창, 활과 화살을 챙기고 있다. 주술사와 젊은 여자는 그를 사이에 두고 의연하게 선 채로 일이 제대로 진행되는지를 멀리서 감독한다. 이윽고 피그미들이 한 줄로 늘어선다. 다비드는 젊은 여자에게 묻는다.

「꼭 가야 하나요?」

「물론이죠. 바사바반지야가 있어야 하니까요.」

「그게 뭔데요?」

「우리는 바사바반지야를 찾으러 갈 겁니다. 그래야 마조바를 할 수 있어요.」

하나 마나 한 대답이다. 다비드는 빈정거리며 되받는다.

「그렇군요, 내가 왜 미처 그 생각을 못 했을까요?」

여자는 알았으면 됐다는 표정이다.

「그건 그렇고…… 한 가지만 물어볼게요. 추장님은 세계가 종말을 맞을 수도 있다는 것을 어떻게 아시죠?」

젊은 여자가 그 질문을 통역해 주자, 추장은 고개를 끄덕이며 자기 오두막으로 들어가더니 두툼한 자물쇠가 달린 나무 상자 하나를 가지고 나온다. 그러고는 여러 개의 잠금 장치를 연다. 용수철이 철거덕하는 소리가 나면서 뚜껑이 열리자 안에 들어 있던 두 번째 상자가 모습을 드러낸다. 이 상자에는 번호 자물쇠가 달려 있다. 번호들을 제대로 맞추어 뚜껑을 열자 작은 상자가 또 나타난다. 이 상자에는 열쇠로 여는 자물쇠가 달려 있다. 추장은 목에 걸고 있던 열쇠로 뚜껑을 열고, 검은 비닐과 헝겊으로 겹겹이 감싼 물건을 꺼낸다.

이윽고 그 소중한 내용물의 정체가 드러난다.

해묵은 잡지 한 권. 조금 구겨지고 찢어지긴 했지만, 프랑스 주간지 『파리 마치』의 제호가 찍힌 표지는 온전하다. 제호 아래에는 표지 기사가 빨간색의 커다란 글씨로 소개되어 있다. 〈세계의 종말이 다가온다: 6개월 뒤에 일이 벌어질 것이다.〉 배경에는 일식 장면을 담은 사진과 함께 〈마야인들은 날짜를 정확하게 예고했다〉라는 문장이 나와 있고, 그 옆에는 〈노스트라다무스의 예언, 그리고 현대 점술가들의 확인〉이라고 적혀 있다. 그 아래에 실린 컬러 사진들은 주황색과 검은색의 핵 버섯, 어둠 속에서 분출하는 화산, 해안 도시에 밀어닥친 쓰나미를 보여 준다.

53

백과사전: 피그미

피그미들은 이미 폼페이의 폐허에서 발굴된 벽화와 고대 이집트의 피라미드 벽화에도 그 모습이 그려져 있었다. 서구 사회의 공식적인 기록에 따르면, 그들은 1870년 영국의 탐험가들에 의해 발견되었다고 한다. 당시에 과학자들은 그들이 원숭이와 인간 사이의 〈빠진 고리〉라고 생각했다. 서구인들은 그들을 데려다가 진기한 구경거리로 삼았고 곡마단의 흥행에 이용하기도 했다.

피그미는 염색체 이상이나 영양 대사 질환 등에 기인한 소인증 환자가 아니라, 열대림이라는 특별한 환경에 적응한 사람들이다. 그들의 키는 1백에서 150센티미터 사이에서 개인차를 보인다. 그들은 적도 주변의 가장 덥고 습한 지역에서 살고 있다.

그들은 서로 다른 언어를 말하는 여러 부족으로 나뉘어 있다. 카메룬에는 바기엘리족과 메드잔족이 살고, 가봉에는 봉고족과 콜라족이 산다. 중앙아프리카에는 아카족과 음벤젤레족이, 콩고 민주 공화국에는 트와족과 음부티족이 산다. 그런 부족들만큼 수효가 많지는 않지만, 르완다와 부룬디와 우간다 등지에도 피그미들이 살고 있다.

그들은 서로 다른 언어를 말하지만, 모든 부족이 두루 사용하는 단어들도 있다. 예컨대 숲의 위대한 정령을 가리키는 〈젱기〉 같은 단어가 그러하다.

콩고 민주 공화국의 일부 민족학자들은 피그미들과 반투족이 같은 뿌리에서 나왔지만 2만 년 전 서로 다른 자연 환경에 적응하는 과정에서 서로 달라지게 되었다는 가설을 내놓았다. 평원에 살던 반투족은 정착 생활을 하면서 농업과 목축에 종사했기 때문에 영양 상태가 점점 좋아지고 키가 더 커졌을 것이다. 반면 밀림 속에 살던 피그미 족은 식량을 구하기가 쉽지 않았던 탓에 아기들에게 충분한 영양을 공급하지 못했고, 그에 따라 점차 신장이 작아졌을 것이다. 키가 작아지면 몸을 숨기거나 위장을 하기가 쉬워지므로, 밀림 속에서는 그게 오히려 장점이 되었을 공산이 크다. 결국 그들은 포식자의 공격을 피하고 사냥감을 더쉽게 찾아낼 수 있는 쪽으로 진화한 셈이다.

현재 공식적으로 집계된 피그미는 약 20만 명이고, 그들 가운데 15만명은 정착 생활을 하고 있다. 그들의 정착은 대개 여러 나라 정부의 압력을 받아 강제적으로 이루어진 것이다. 그때부터 그들은 노예 취급을당했다(특히 콩고 민주 공화국에서는 반투족이 그들에게 아주 싼 임금을 주면서 힘든 노동을 시켰다).

5만 명 정도의 피그미들은 조상 대대로 이어 온 생활 방식을 고수하고있다. 그들은 채집과 사냥과 낚시를 하며 살아가고, 기온의 변화와 사냥감의 움직임에 따라서 끊임없이 이동한다. 그러나 아프리카의 열대림이 급속하게 파괴되면서 그들은 소멸의 위기를 맞고 있다.

에드몽 웰스, 『상대적이며 절대적인 지식의 백과사전』 제7권

54

사위가 고요하다. 바위를 뚫어 만든 집들의 덧창은 모두 닫혀 있다. 주민들이 모두 떠나 버린 마을에 와 있는 기분이든다. 하지만 최근에 사람이 살았던 흔적이 없는 것은 아니다. 수탉 한 마리가 꼬끼오 하고 운다.

「계십니까?」

오로르는 영어로 몇 번을 소리쳐 보지만, 그저 메아리만 되돌아올 뿐이다.

길모퉁이를 돌아들자 어느 집의 두꺼운 덧창으로 새어 나오는 불빛이 보인다. 오로르는 그 석굴 집으로 간다. 문 위쪽에 무슨 말이 새겨져 있는데 튀르키예어라서 뜻을 알 수가

없다. 오로르는 용기를 내어 문을 두드리다가 아무 대답이 없자 손잡이를 돌린다. 살림집인가 했더니 음식점이다. 밖에서 보기보다는 안이 꽤나 널찍한데, 실내를 밝혀 주는 것은 하나뿐인 작은 창문으로 새어 드는 인색한 빛살이 전부다. 스무 개쯤 되는 식탁에 빨간 체크무늬 식탁보가 덮여 있고 그 위에 하얀 꽃을 담은 꽃병들이 조촐하게 놓여 있다.

오른쪽에는 돌로 된 카운터가 모서리를 내밀고 있고, 그 뒤로는 윤기 나는 검은 머리를 길게 늘어뜨린 자수 원피스 차림의 젊은 여자가 보인다. 그녀는 손님이 들어오든 말든 신경도 쓰지 않고 누르께한 그릇장에서 유리컵들과 접시들을 꺼내고 있다.

「봉주르, 헬로, 귀나이든![12]」

그녀는 대답 없이 자기 일에만 몰두한다.

오로르는 식탁 하나를 마주하고 앉는다.

「브렉퍼스트? 파서블?」

그제야 반응이 나타난다. 주인은 그녀의 식탁으로 와서 찻잔 두 개를 내려놓고 단내와 향내가 물씬 나는 홍차를 따라 준다. 그러고는 꿀을 넣은 작은 과자들을 내온다. 그게 이곳의 아침 식사인 모양이다. 주인은 이 식탁 저 식탁에 유리컵이며 접시들을 가져다 놓은 다음 텔레비전을 켜고 뉴스 채널을 찾는다. 튀르키예의 아나운서가 침통한 기색으로 기상 재해 소식을 전한다. 그녀가 재해 현장에 나가 있는 기자를 부르자, 무너진 건물들의 잔해와 황폐해진 들판이 화면에 나타난다. 이어서 일반 시민들이 스마트폰으로 촬영한 동영상들이 나온다. 회오리바람이 모든 것을 닥치는 대로 휩쓸어

---

12 튀르키예어의 아침 인사.

199

가는 장면을 찍은 것들이다. 승용차, 트럭, 집, 가축 등이 하늘 높이 날아가는 장면들이 이어진다.

「무시무시하군요.」

그러면서 오로르는 주인과 이야기를 나눠 보려고 한다.

주인은 텔레비전 소리를 키운다. 뉴스를 잘 듣고 싶으니 방해하지 말라는 뜻이 분명하다. 화면에는 이제 구급차들이 군중을 헤치며 빠르게 나아가는 장면과 헬리콥터에서 촬영한 재해 지역의 영상이 나타난다. 오로르는 자기 입맛에는 너무 들큼하다 싶은 홍차를 조금씩 마시면서 전통 의상을 입은 여인들의 초상으로 장식된 실내를 둘러본다. 그때 카운터에 놓인 커다란 페놀 수지 전화기가 따르릉 울린다. 주인은 송수화기를 들고 듣더니, 눈썹을 찡그리고 고개를 끄덕이다가 한 마디 말을 입 밖에 낸다. 억양으로 짐작하건대 〈오케이〉라는 뜻인 듯하다. 주인은 송수화기를 내려놓더니 뒤쪽에 난 문 하나를 열고 오로르에게 빨리 몸을 숨겨야 한다고 이른다. 오로르는 영문을 알려 하지 않고 본능적으로 그 말에 따른다.

오로르는 세간붙이로 가득 차 있는 골방으로 숨어들어 숨을 죽이고 귀를 기울인다. 자동차 한 대가 급정거하고 문이 열리고 발소리가 울린다. 질문과 대답이 오고 간다. 주인의 어조는 태연하고 무심하다. 두 남자가 도로 나간다. 주인은 10여 분을 더 기다리다가 자기가 숨겨 준 손님에게 오더니, 어서 도망가라고 손짓을 한다. 그때 웬 젊은 여성이 식당 안으로 들어온다. 둘은 튀르키예어와 다른 듯한, 후두음이 더 적은 방언으로 이야기를 나눈다. 오로르는 그 둘의 생각이 엇갈리고 있음을 짐작한다. 그녀들의 톤이 높아지고 욕설로 보이는 말들이 오고 간다. 주인은 오로르 쪽으로 돌아서서 빨리 이곳을 떠나야 한다고 다시 손짓으로 알린다. 하지만 새로 온 사람이 끼어들더니 오로르를 보고 완벽한 프랑스어로 말한다.

「그냥 있어도 돼요. 여기에서 우리에게 무슨 일이 벌어지고 있는지 세상 사람들도 알아야 해요. 우리는 쫓기는 동물처럼 사느라고 많은 시간을 허비했어요.」

「하지만 당신 친구분은 동의하지 않는 것 같은데요.」

「디아나는 그냥 지나가는 사람들을 도와주려 하는 것은 안이한 생각이라고 말했어요. 당신은 떠나면 그만이지만 그 대가는 우리가 치러야 한다는 것이죠. 디아나는 1991년 사담 후세인에 맞선 쿠르드족을 돕겠다고 했던 미국인들을 빗대어 얘기했어요. 미국인들은 결국 쿠르드족을 버렸고, 그 뒤에 사담 후세인은 독가스 폭탄을 사용해서 반격을 가했어요. 20만 명의 사망자가 발생했지만 모두가 그 일을 모른 체했죠.」

「사담 후세인은 결국 미국인들의 손에 죽지 않았나요?」

「그랬죠. 하지만 그동안 미국인들을 믿었던 쿠르드족 사람들은 무수한 시신을 땅에 묻어야만 했어요. 디아나는 쿠르드족 출신이에요.」

가게 주인 디아나의 얼굴에는 언짢은 기색이 역력하다. 그녀는 앞치마를 벗어 던지고 볼멘소리를 내뱉으며 나가 버린다. 그녀에 비해 더 협조적인 두 번째 여자는 오로르에게 앉으라고 권하더니, 의향을 물어보지도 않고 술을 따라 준다. 빛깔만 보고 맥주인가 했더니 꿀술이다.

여자는 아직 서른 살을 넘기지 않은 것으로 보인다. 하지만 생김생김과 거동 하나하나에서 카리스마가 묻어난다. 긴 머리채는 적갈색이고 눈은 아주 검다. 둥근 어깨와 가슴 윗부분이 드러나는 가죽옷에 헐렁한 바지를 받쳐 입고, 바지 밑단을 빨간 가죽 부츠 속에 쑤셔 넣은 차림이다.

「디아나를 이해해야 해요. 우리는 매사에 신경을 쓰지 않을 수가 없어요. 여기에서 우리는 그저 〈딤미〉[13]일 뿐이에요. 관대한 처분을 받은 소수파라는 거죠. 지난주에도 경찰이 다녀갔어요. 우리가 개종을 하지 않고는 못 배기도록 지독하게 고생을 시키겠다고 하더군요.」

「다른 종교를 믿으시나 보죠?」

젊은 여자는 급할 것 없다는 듯 금빛 담배를 빼어 물고 불을 붙인다. 그러고는 오로르에게도 한 대를 권한다. 오로르는 담배를 받아 든다. 니코틴 향에 정향과 후추, 그리고 오렌지꽃 향기까지 더해진 연기가 콧구멍을 싸하게 한다.

「인근 주민들은 이곳을 〈마녀들의 마을〉이라고 불러요. 그들은 우리가 어떤 비밀들을 간직하고 있는 것으로 생각하죠.」

그녀는 슬픈 미소를 짓고 술잔을 단숨에 비운다. 후추 향을 품은 담배 냄새가 퍼져 나간다.

「내 이름은 펜테실레이아 케시시안이에요.」

「오로르 카메러입니다.」

「만나서 반가워요. 방금 물어보신 것에 대답하자면, 우리는 모신(母神) 이슈타르를 숭배합니다. 정부 쪽 사람들은 그게 이교 신앙이고 우리가 우상 숭배자들이라고 말하죠. 하지만 사실 그들이 싫어하는 것은 우리가 본질적으로 모권적인

13 이슬람 국가에서 무슬림이 아닌 국민을 가리키는 말.

사회에 살고 있다는 것입니다. 여자들이 스스로를 표현하면서 자유롭게 사니까 남자들이 겁을 먹는 것이죠.」

펜테실레이아는 어깨를 들썩이고 말을 잇는다.

「무스타파 케말이 튀르키예 대통령으로 있던 20세기 초반에만 해도 우리의 처지가 이렇게까지 어렵진 않았습니다. 케말은 정교분리를 원칙으로 삼은 유럽식의 현대적인 공화국을 건설하고자 했습니다. 하지만 정부가 바뀐 뒤로 우리의 권리가 축소되었어요. 역설적이게도 우리는 군사 정부 시절에 오히려 더 편하게 살았던 셈이죠. 군사 정부를 대체한 〈온건 이슬람주의〉 정부는 시간이 갈수록 온건함과는 거리가 멀어지고 종교와는 더욱 밀착하게 되었어요.」

그녀는 조롱 섞인 웃음을 짓는다.

「이제 튀르키예 정부가 이란의 이슬람주의자들과 한통속이 되어 있으니, 우리는 도망갈 곳이 없어요. 국경의 양쪽에서 쫓기는 신세가 되었죠.」

오로르는 연민을 느끼며 묻는다.

「쿠르드족처럼 말인가요?」

「그래요, 쿠르드족처럼…… 양국 정부는 쿠르드족의 테러를 막는다는 구실로 국경을 봉쇄하고 이 일대에 공포 분위기를 조성하고 있어요. 쿠르드족 사람들은 대부분 신앙인이 아니죠. 그 점이 양국 정부의 비위를 거스르고 있는 거예요.」

펜테실레이아는 향이 아주 강한 담배 연기를 내뿜는다.

「당신네 나라에서 우리에 관한 얘기를 해야 합니다. 그러지 않으면 우리는 쥐도 새도 모르게 사라져 버릴 거예요. 그게 바로 저들이 원하는 것이죠. 그건 그렇고, 당신이 여기에 온 이유를 말하지 않았네요. 설마 관광을 하러 오지는 않았을 테고.」

「나는 내분비학 분야의 연구자예요. 과학 저널에서 일하는 여자 친구가 하나 있는데, 그 친구한테서 이런 얘기를 들었어요. 튀르키예 정부가 아마존족의 마지막 후예들이 사는 곳 근처에 독성 폐기물을 매립함으로써 그녀들을 없애 버리려 한다고요. 그런데 그들이 기대했던 것과는 달리, 아마존들은 일종의 면역이 생겨서 오히려 저항력이 더 강해졌다고 하더군요. 그 소문이 사실인지 확인하고 싶어요. 그리고 그녀들의 혈액 세포 내에서 무슨 일이 벌어졌는지 알고 싶어요.」

펜테실레이아는 그녀를 빤히 바라보다가 웃음을 터뜨린다.

「뭐가 그리 우습죠?」

오로르는 조금 언짢은 기색을 보인다.

「당신 친구 얘기가 재밌네요. 사실은 그 얘기, 내가 영국 저널에 쓴 거예요. 바다에 병을 던지는 심정으로 쓴 거죠. 세상 사람들이 알았으면 했어요. 그래서 10여 개국의 여러 잡지에 글을 보냈어요.」

「그렇게 많은 언어를 구사하세요?」

「일곱 개 언어를 할 줄 알아요. 여기에서는 흔히 있는 일이죠. 우리 땅에 침입해 오는 사람들이 누구든 간에 그들과 대화를 할 수 있다면 훨씬 유리하죠. 튀르키예 사람들과 이란 사람들은 물론이고, 러시아인, 미국인, 때로는 프랑스인을 상대해야 하는 경우도 있어요. 아무튼 나는 내가 기고한 글들의 결과가 나타나기를 기다렸어요. 그런데 아무 반응이 없어서 낙심하고 있었죠.」

「기자들은 정보를 확인하지 않고는 기사를 쓸 수 없어요. 그리고 설령 그들이 여기에 왔다 해도, 어제 내가 그랬던 것처럼 경찰의 제지를 받았을 거예요.」

펜테실레이아는 마치 딴생각을 하듯 그녀를 물끄러미 바라보다가 말을 잇는다.

「카메러 박사, 이렇게 만나게 되어서 정말 기뻐요. 궁금한 게 있으면 무엇이든 물어보세요. 내가 대답해 주겠어요. 그리고 당신이 모든 것을 알아내도록 도와줄게요.」

그러고는 연기를 훅 뿜어내고 담배를 그냥 마룻바닥에 던져 밟아 버린 다음, 날씨가 좋아졌는지 확인하듯 창문 너머로 하늘을 살핀다.

「날 따라와요.」

문밖으로 나서자, 식당 앞에 다른 여자들 몇 명이 서 있는 게 보인다. 모두 표정이 곱지 않다. 펜테실레이아는 개의치 않고 나아간다. 디아나가 불쑥 앞으로 나서더니 그녀의 팔을 잡아 제지한다. 두 여자는 자기들의 방언으로 다시 입씨름을 벌인다. 급기야 펜테실레이아가 상대의 한쪽 어깨를 잡더니 다리를 걸어 쓰러뜨린다.

그러고는 다짐을 두려는 듯 상대의 얼굴 위로 몸을 기울여 똑 부러지게 한 마디를 더 한 다음, 어디 해볼 테면 해보라는 태도로 다른 여자들 앞에 버티고 선다.

어떤 여자도 앞으로 나서지 않는다. 그러자 펜테실레이아는 모두를 향해 한바탕 연설을 하고, 비로소 모두의 동의를 얻어 오로르를 데리고 가던 길을 계속 간다.

오로르는 그저 미안한 마음이 들 뿐이다.

「나 때문에 이런 분란이 생길 줄은 몰랐어요.」

뒤로 돌아보니 디아나는 아직 그대로 쓰러져 있다.

「디아나도 알아야 해요. 우리에게 생길 수 있는 가장 나쁜 일은 핵폐기물 때문에 방사능에 노출되는 것이 아니라…… 세상 사람들이 우리의 존재를 모르는 거예요. 당장 눈앞에 닥친 일만 생각하지 말고 더 멀리 봐야 해요. 저 여자들은 안전을 내세우고 있지만, 그건 결국 모두의 무관심 속에서 조용히 사라지는 길이 될 수도 있어요.」

펜테실레이아는 암벽에 뚫린 한 동굴로 그녀를 데려간다. 마구간으로 쓰이는 동굴이다.

「나는 감추는 게 능사라고 생각하지 않아요. 〈이해할 수 있는 자는 이해하리라〉, 그게 내 개인적인 소신이에요. 물론 바보한테는 비밀을 전해 준다 한들, 아무 소용이 없겠지만.」

그녀는 승마를 할 줄 아는지 물어보지도 않고 오로르에게 말 한 마리를 가리킨다. 그리고 자기 자신은 멋진 구렁말에 척 올라타서 두 다리로 말의 옆구리를 찬다. 오로르는 다행히도 예전에 배운 승마법을 기억해 내고 펜테실레이아가 지평선으로 사라지기 전에 자기 말을 몰아 뒤따라간다.

55

백과사전: 아마존족

고대의 한 문헌에 비추어 보면, 여자 무인족이 처음 출현한 것은 기원전 2000년경 이집트인들이 소아시아를 공략한 뒤의 일이었을 것이다. 파라오의 군대는 카파도키아까지 진출하여 스키타이족과 사르마트족의 선조쯤 되는 어느 부족과 맞닥뜨렸다. 부족의 건장한 남자들은 침략군에 맞서 싸우다가 모조리 전사했고, 살아남은 여자들은 자기들끼리 군대를 결성하여 침략자들에게 저항하기로 결정했다.

그리스 신화에는 아마존족(그리스어로는 〈아마조네스〉라고 하는데, 민간 어원에 따르면 이 말은 〈없다〉라는 뜻의 〈아〉와 〈유방〉을 뜻하는 〈마조스〉를 합친 것으로 그녀들이 활을 더 잘 쏠 수 있도록 오른쪽 유방을 제거한 데서 유래한 것이라고 한다)의 이야기가 나온다. 아마존족은 오늘날의 튀르키예 북부에 있는 테르모돈 강가에 살고 있었다. 그녀들은 오로지 종족 보존을 위해서만 이방의 남자들과 일시적으로 관계를 가졌다(대개는 한 해에 딱 한 번, 씨내리로 쓰기 위해 이웃 부족들에서 납치해 온 헌헌장부들과 관계를 가졌다).

기원전 1세기의 그리스 역사가 디오도로스 시켈리오테스에 따르면, 그녀들은 성적 수치심을 느끼지 않았으며 남자들을 공정하게 대하지 않았다. 아마존족의 사회는 여자들이 혈통을 이어 나가는 모계 사회였다. 남자아이를 낳으면 노예로 삼기도 하고, 시각 장애인이나 지체 장애인으로 만들기도 했다.

그녀들의 주된 무기는 청동 화살과 활, 그리고 반달 모양으로 된 짧막한 방패였다. 공격 신호를 내릴 때는 청동으로 된 타악기의 일종인 시스트럼을 사용했다.

아마존족의 전성기를 이끌었던 리시페왕은 지략이 매우 뛰어난 정복자였다. 왕은 아마조니오스강 인근의 모든 민족을 공격했다. 그녀는 결혼을 경멸하고 전쟁에만 몰두함으로써 아프로디테 여신의 미움을 샀다. 신은 그녀를 벌하기 위해서 그녀의 아들 타나이스로 하여금 자기 어머니를 향해 연정을 품게 만들었다. 타나이스는 근친상간의 죄를 범하지 않고 강물에 뛰어들어 죽었다. 그 뒤로 이 강은 타나이스라 불리게 되었다. 리시페는 아들의 망령에 시달리지 않기 위해 딸들을 데리고 흑해 연안으로 갔다. 딸들은 저마다 거기에 도시를 세웠다.

그들의 후예인 마르페사와 람파도와 히폴리테는 아마존족의 영향력을 프리기아(오늘날 튀르키예 아나톨리아 고원의 서쪽 지역)와 트라케(오늘날의 불가리아)로 확대했다.

아테네의 영웅 테세우스가 아마존들의 왕국에 와서 안티오페를 납치해 가자, 그녀들은 그리스를 공격하여 아테네 한복판에 진을 쳤다. 테세우스는 고전을 면치 못하다가 가까스로 그녀들의 한쪽 진영을 돌파하여 승리를 거두고 화친 조약을 맺었다.

헤라클레스의 열두 가지 과업 가운데 하나는 아마존들의 왕 히폴리테의 허리띠를 빼앗아 오는 것이었다.

아마존들은 트로이 전쟁 중에 명망 높은 펜테실레이아왕의 명령에 따라 그리스 침략자들에 맞서 트로이인들을 도우러 갔다. 펜테실레이아는 결국 아킬레우스와 싸우다가 죽었다. 하지만 아킬레우스는 그녀의 마지막 눈길을 보는 순간 사랑에 빠지고 말았다.

알렉산드로스 대왕의 위업을 칭송하는 야사 중에는 대왕이 아마존족의 왕 탈레스트리스를 만났다는 이야기도 있다. 이 전설에 따르면, 왕은 알렉산드로스의 장점을 물려받은 자식을 낳고 싶어 했다. 그들은 잉태가 확실하게 이루어지도록 13일 동안 계속 방사를 벌였다고 한다.

훨씬 뒤에 로마 장군 루쿨루스는 아마존들의 수도 테미스키라를 침공하여 기개 높은 여전사들의 마지막 저항을 분쇄했다.

오늘날에도 튀르키예 동부와 이란 북부에는 여자들이 주민의 대부분을 차지하는 마을이 남아 있다. 그녀들은 테미스키라에 살았던 아마존들의 후예임을 자처하고 있다.

에드몽 웰스, 『상대적이며 절대적인 지식의 백과사전』 제7권

56

모기가 어느새 다비드의 살갗에 침을 박았다. 하지만 피를 빨아 볼 새도 없이 커다란 손에 박살이 나고 만다. 피부가 허여멀겋고 땀을 많이 흘리는 젊은 프랑스인 주위에서 다른

모기들이 빙빙 날아다닌다. 다비드는 그 모기들을 되도록 잊어버리고 〈마조바에 필요한 바사바반지야〉를 찾으러 가는 일에 생각을 집중하려고 애쓴다.

그를 구해 준 여자가 앞에서 걷고 있다. 그는 그녀를 따라 걷는다.

「마드무아젤, 프랑스어를 아주 잘하시던데, 어떻게 된 일이죠?」

「밀림에 사는 미개한 피그미 주제에 어떻게 프랑스어를 잘하느냐 이건가요?」

「아뇨, 그렇게 말하지 않았는데요.」

「하지만 생각은 그렇게 했잖아요.」

「그렇다 치고 대답은 뭐죠?」

「나는 파리 11대학 뷔르쉬르이베트 캠퍼스에서 식물학 박사 학위를 받았어요. 동기들 중에서 가장 성적이 좋았죠. 덩굴 식물을 전공했고요.」

그러면서 여자는 앞길을 막고 있는 거대한 덩굴 식물들을 베어 낸다.

분홍색 티셔츠를 입고 맨발로 밀림 속을 걸어가는 여자. 다비드는 전혀 다른 눈으로 그녀를 뜯어본다.

「덩굴 식물에 관한 연구로 박사 학위를 받았다고요? 아니, 나이가 어떻게 되시죠?」

「서른한 살. 당신은요?」

「음…… 스물일곱요.」

「그러면 내가 연상이니까 나한테 윗사람 대접을 해야겠네요. 혹시 인종 차별주의자인가요, 비페네 웰스?」

그는 뜻밖의 질문에 캑캑 헛기침을 한다.

「아뇨! 천만에요. 내가 그런 사람이라면 여기에 오지도 않았겠죠! 게다가 나는 피그미들의 입장을 옹호하고자 하는 걸요.」

「과학적으로 볼 때 인종 차별주의는 어리석기 짝이 없어요. 어떤 종족의 일원으로 태어나거나 어떤 나라에 태어나는 것은 전적으로 우연히 이루어지는 일이고 개인적으로 노력한다고 달라지는 것이 아니죠. 미모가 그렇듯이 말이에요.」

「미모요?」

「내가 보기엔 외모로 사람을 차별하는 것만큼 불공정한 게 없어요. 여자들이 돈 많은 남자들을 좋아하는 것도 문제지만, 돈 많은 남자들이 예쁜 여자들을 밝히는 것은 더더욱 고약한 일이죠. 부자가 되려면 노력을 해야 하고 하다못해 부모한테 물려받은 재산을 제대로 관리하는 능력이라도 있어야 해요. 하지만 잘나고 못나는 것은 그저 우연히 결정되는 것이잖아요. 세상이 계속 이런 식으로 돌아가면, 어느 문화권에서나 못난이로 태어난 사람들은 천대를 받을 수밖에 없을 거예요.」

그녀는 덩굴 식물의 줄기 하나를 자른다.

「그건 그렇고, 비페네 웰스, 당신은 남녀가 평등하다고 생각하세요?」

「물론이죠.」

「잘못 생각하시는 거예요. 남자와 여자는 아주 달라요. 여자들은 남자들보다 훨씬 많은 정보를 감지해요. 감각이 몇 배나 더 발달했거든요. 여성의 오르가슴이 남성의 오르가슴보다 열 배나 더 강렬하다는 거 알아요? 그리고 여자들의 피부에는 센서 구실을 하는 감각 세포의 수가 훨씬 많아요.」

「글쎄요…….」

「대학에서 생물학 강의를 들었을 텐데, 도대체 뭘 배운 거예요?」

피그미 여자는 힐난조로 묻는다.

「내 여자 동료들 가운데 하나가 당신 얘기를 들으면 무척 좋아하겠어요. 여성이 인류의 미래라는 가설을 옹호하는 사람이거든요.」

그녀는 유난히 억센 덩굴 하나를 베어 내느라고 여러 번 칼을 휘두른다.

「여성이 인류의 미래라는 것은 남성을 결정짓는 생식 세포들이 점점 약해지고 있다는 사실만 봐도 알 수 있어요. 그건 피할 수 없는 경향이에요. 모든 종들이 저항력과 적응력을 높이기 위해 여성화하고 있어요. 인간이 개미처럼 되기 위해서는 반드시 거쳐야 할 길이죠. 개미 사회는 95퍼센트의 암컷과 비생식 개미, 그리고 수명이 아주 짧은 5퍼센트의 수컷으로 구성되어 있잖아요.」

「저희 증조부처럼 말하는군요. 그분은 개미 전문가셨죠.」

「당신이 여기에 온 것도 그분 때문인가요?」

「부분적으로는 그래요. 그분은 미래의 인류가 개미를 닮아 갈 거라고 생각하셨어요. 더 작아지고 서로 소통을 더 잘하는 쪽으로, 더 사회적이고 더 여성적인 쪽으로 진화하리라는 것이었죠. 우리가 장차 맞닥뜨리게 될 온갖 위기를 개미들은 이미 1억 2천만 년 전부터 겪어 왔을 것이고, 저희도 나름대로 좋은 선택을 한 덕에 살아남았겠지요. 반면에 그릇된 선택을 한 탓에 지상에서 사라진 종들도 숱하게 많을 겁니다.」

그녀는 정글 칼을 계속 휘둘러 갈수록 울창해지는 식물의 장벽을 틔워 길을 낸다.

「당신은 그런 견해를 따르기는 하되, 가장 덜…… 기괴한 방식을 취하고 있는 셈인가요?」

「사실은 그게 내 논문의 주제입니다.」

「아, 마냥개미들이 왜 그렇게 당신을 좋아하는지 이제 알겠어요.」

　말투에 조롱기가 담겨 있다

　갑자기 커다란 거미 한 마리가 눈앞에 나타난다. 그녀는 손바닥으로 거미를 짓눌러 버린다.

「당신은 운이 좋아요, 비페네 웰스. 우리를 만났으니 말이에요. 우리는 당신이 짐작하고 있는 것과 달리 우리 자신을 피그미라 부르지 않아요. 피그미라는 말은 큐빗에 해당하는 길이의 단위인 그리스어 피그마이오스에서 왔어요. 고대 그리스인들이 상상의 소인들을 가리키기 위해 사용했던 명칭을 후대에 와서 평균 신장 150센티미터 이하의 종족에게 붙인 거죠. 우리끼리 우리 자신을 지칭할 때는 〈트와〉라고 해요. 〈인간〉이라는 뜻이죠. 하지만 우리 부족을 가리킬 때는 더 정확하게 〈트와 마쿤다〉라고 합니다. 개미 인간이라는 뜻이에요. 피그미들 중에서도 우리가 가장 작은 것을 자랑스럽게 생각하기 때문에 우리 스스로 그렇게 부르는 겁니다.」

「조금 전에 왜 인종 차별 얘기를 했어요?」

「우리는 인간의 지위를 아직 온전하게 누리지 못한다는 점에서 볼 때 세상에 하나밖에 없는 종족입니다. 콩고 인구의 대다수를 차지하는 반투족의 눈에는 우리가 인간이 아닙니다. 그들은 양식이 있는 것처럼 보이고 싶어 하는 서구인들의 압력이 있을 때만 우리를 공식적으로 인정하죠. 하긴 반투족뿐만 아니라 아프리카 흑인 종족들 대다수가 우리를 〈반(半)원숭이〉 취급해요. 반투족도 우리를 그렇게 부르고요. 피그미들이 일하는 반투족 회사에서는 여전히 체벌이 자행되고 있어요. 지난주에 한 피그미가 〈건방지게〉 반투를 똑바로 쳐다보았다는 이유로 죽도록 채찍질을 당했어요. 그들은 〈시코트〉라 부르는 가죽 채찍으로 체벌을 가하죠. 그런가 하면 콩고군 병사들은 피그미 남자를 성폭행해요. 피그미를 상대로 비역질을 하면 총알을 맞아도 죽지 않는다는 미신을 아직도 믿고 있는 거죠.」

「세상에, 그게 정말인가요?」

「나도 정말이 아니었으면 좋겠어요. 하지만 바로 지난달에 85여단의 병사 하나가 증언을 함으로써 그런 실태가 널리 알려졌어요. 원한다면 더 구체적으로 말할 수도 있어요. 피그미들을 상대로 한 성폭행은 비단 군대에 국한된 이야기가 아니에요. 반투족 남자들은 피그미 여자를 강간해도 괜찮다고 생각하고 있어요. 그런 짓거리가 요통 치료에 효험이 있다는 미신까지 있는 판국이에요.」

「21세기에도 그런 일이 벌어지고 있다니, 믿기지 않는군요.」

「반투족 사람들은 우리를 〈성노예〉로 취급하고 있어요. 콩고 경찰에 신고를 해도 접수조차 해주지 않아요. 우리 말고는 아무도 그 문제에 신경을 쓰지 않죠. 〈국경 없는 의사회〉에서 피그미들을 보살펴 주려고 했지만, 콩고 민주 공화국 정부는 그들의 활동을 금지시켰어요. 어쨌거나 이 밀림 속 깊은 곳까지 찾아올 만큼 용기가 있는 사람은 거의 없어요. 아프리카 여러 나라의 정부들은 우리가 인종 차별에 시달리고 있다는 사실을 인정하지 않아요. UN조차 아프리카 정부들이 그 사실을 인정하도록 만드는 데 어려움을 느끼고 있죠. 아프리카 사람들을 인종 차별주의자로 취급하는 것은 정치적으로 올바른 일이 아니거든요.」

「과장하시는 거 아닌가요?」

「지난 5월에 브라자빌에서 대규모 음악회가 열렸어요. 아프리카 모든 문화권의 음악을 한자리에 모으는 범아프리카 음악 축제였죠. 피그미들의 다성 음악 그룹도 참가했는데, 오로지 이 팀만 돈을 받지 못했어요. 그리고 주최자들은 숙박 시설을 마련해 주지 않고 피그미들을 그냥 시립 동물원 한쪽에 몰아넣었어요. 〈피그미들은 호텔방에서 자는 것보다 야생의 동물들에 둘러싸여 있어야 더 편안할 것이고, 호텔에 머물게 하면 비치되어 있는 물건들을 모조리 훔쳐 갈 것〉이라는 게 그들의 주장이었죠.」

다비드는 아랫입술을 깨문다.

「하지만 더 고약한 일은 그다음에 일어났어요. 피그미들이 동물원에 있다는 사실이 알려지자 사람들이 몰려들었어요. 구경꾼들은 피그미 음악가들에게 땅콩을 던져 주었죠. 그게 1900년이 아니라 바로 몇 달 전에 벌어진 일이에요!」

그녀는 말을 멈추고 정글 칼을 잔뜩 그러쥐며 어렵사리 분노를 억누른다.

「피그미들을 걱정해 주는 사람이 누가 있어요? 우리는 멸종해 가고 있어요. 판다나 오카피처럼. 우리는 여권조차 없는 사람들이에요.」

그녀는 정글 칼로 덤불을 헤친다.

「그런데 부족은 그 정도로 모든 것에서 배제되어 있는데, 당신은 어떻게 프랑스에서 공부를 할 수 있었죠?」

「어느 체제에나 역경을 겪으며 오히려 강한 동기를 얻는 개인들이 생겨나게 마련이죠. 나는 열여섯 살 때 프랑스에 가겠다는 일념으로 부족을 떠났어요. 무작정 도망쳤죠. 우리 부족이 동쪽으로 가고 있을 때 서쪽을 향해 오래도록 걸었어요. 도로를 만나서 계속 걷다가 어느 주유소에 다다랐고, 거기에서 기다리며 기회를 엿보기 시작했어요. 그러다가 마침내 비페네들이 타고 있는 자동차를 보았죠. 그 백인들은 프랑스의 영화 제작팀이었어요. 앵무새에 관한 다큐멘터리를 찍고 있었어요. 나는 프랑스어를 할 줄 몰랐지만, 손짓 발짓으로 그들을 도와주겠노라고 제안했죠. 그들은 결국 내 제안을 받아들였어요. 나는 가장 희귀한 앵무새들을 촬영할 수 있는 장소들을 알려 줌으로써 그들에게 꼭 필요한 조력자가 되었어요. 나는 보수 대신 프랑스어를 읽고 쓸 수 있도록 가르쳐 달라고 했어요. 동기가 아주 강했기 때문에 아주 빠르게 프랑스어를 익혔죠.」

앞길을 막는 덤불이 적어지면서 그들의 걸음이 빨라진다.

「그런 다음 어찌어찌해서 그들 가운데 가장 마음이 약한 남자가 나를 사랑하게 만들었죠. 그는 동료들을 설득했어요. 그래서 그들 모두가 나에게 여권을 마련해 주고 나를 유럽에 데려갈 수 있도록 갖은 노력을 다했어요. 결국 그들 덕분에 나는 〈정치적 망명자〉의 지위를 얻게 되었죠.」

「그 뒤에 그 남자랑 결혼했나요?」

「그 비페네는 1단 로켓과 같았어요. 나는 궤도에 진입하자 그를 버렸죠. 체류증을 얻고 대학에 등록을 하고 대학생들을 위한 주거 시설에 방을 하나 얻을 때까지 기다렸다가 그에게 말했어요. 우리가 커플로 계속 살아갈 수는 없을 거라고. 그는 그 뒤로 한동안 우울증을 겪었어요.」

「당신은 별로 착한 사람이 아니로군요.」

「자연 자체가 착하지 않아요. 자연은 때에 따라서 일시적으로 협력의 양상을 보이죠. 남녀 관계든 결혼이든 영원한 것은 없어요. 그저 순진한 사람들만 그런 것들이 영원하리라고 믿죠. 그 남자는 나를 도와주었고, 나는 그를 사랑했어요. 그렇다고 해서 우리가 억지로 무언가를 해야 하는 것은 아니에요. 당신네 프랑스 사람들은 별것 아닌 일로도 쉽게 무너져요. 아주 민감하고 여리죠. 게다가 당신들은 타성에 젖는 것을 좋아해요. 내일은 어제와 비슷해야 하죠. 안 그러면 당신들은 어찌해야 할지를 모르고 헤매요.」

「그런 식으로 일반화하면 안 되죠. 거꾸로 인종 차별을 하지 마세요.」

「공부를 시작한 뒤로 나는 지식에 엄청난 갈증을 느꼈어요. 나에겐 강의 하나하나가 선물이었어요. 지구가 둥글다는 사실을 아는 것도 나에겐 하나의 계시였어요. 태양이 무수한 항성들 가운데 하나라는 것을 알았을 때는 경이를 느꼈죠.」

「이해가 갑니다.」

「나는 독서를 하면서, 그 뒤로는 내 전공인 식물들에 관해 실험을 하면서 시간을 보냈어요. 교수들은 나를 기특하게 여겼고 가장 좋은 점수를 주었죠. 나에게는 그들이 열정을 바치고 있는 밀림의 식생에 관한 실제적인 지식이 있었어요. 파리에서 보낸 대학 시절은 정말 특별한 시기였어요. 여러 남자를 사귀었는데, 그들은 내 외모를 보지 않고 내 정신을 높이 평가하면서 나와 데이트를 했어요. 다른 여자들과 함께 있으면 따분하다고 종종 말하는 남자들이었죠.」

말끝에 그녀는 웃음을 터뜨린다.

「안락함과 편리함은 사람들을 잠들게 해요. 당신들은 아쉬운 것 없이 자라서 모든 것에 흥미를 잃어버린 아이들 같아요.」

다비드는 그녀가 털어놓은 이야기에 깊은 감동을 받고, 그녀에게 묻는다.

「이름이 뭐예요?」

「아, 이제야 그게 궁금해졌군요…… 내 이름은 누시아예요.」

「성은 없는 거죠? 그럼 여권에는 뭐라고 적혀 있나요?」

「누시아 누시아.」

「공부를 마친 뒤에는 여기로 돌아왔군요…….」

「나에겐 하나의 도전 과제가 있었어요. 비페네의 세계에서도 우리가 성공할 수 있다는 것을 보여 주고 싶었죠. 하지만 밀림의 유혹이 더 강했어요. 얼마쯤 지나고 나니까 자동차, 콘크리트, 플라스틱, 맛없는 음식, 냄새 없는 사람들, 하찮은 일로 짜증 내는 행인들, 그 모든 것이 우습게 느껴졌어요. 숲을 되찾고 싶었어요. 숲의 향기와 빛깔을 다시 느끼고, 숲에 사는 동물들과 식물들을 다시 만나고 싶었죠. 여기에는 생명이 약동하는 숲이 있어요. 파리의 땅바닥은 어떤 에너지도 발산하지 않아요. 아스팔트 위를 걸을 때는 아무 느낌이 없어요. 여기에서 맨발로 숲속을 거닐면, 온몸에 에너지가 충만해지는 기분이 들어요.」

「그래서 당신들은 우리보다 질병에 대한 저항력이 더 강한 건가요?」

「우선 정신 질환이라는 것을 모르죠. 우리 세계에는 우울증도 없고, 거식증(먹을 것을 구하기도 어려운 판에 어떻게 그것을 거부하거나 경멸할 수 있겠어요?), 조현병, 편집증, 신경증, 연쇄 살인범 따위도 없어요. 우리는 살아 있다는 것이 얼마나 큰 행운인지 알고, 살아 있는 모든 것과 연결되어 있음을 행복하게 느껴요. 그래서 생존을 위해서 필요한 경우가 아니면 다른 생명을 죽이지 않아요.」

그 말끝에 그녀는 뱀 한 마리를 발꿈치로 짓밟아 버린다.

「게다가 우리 뇌는 더욱 빠르게 작동하죠. 현대인의 뇌가 선사 시대 혈거인들의 뇌에 비해서 10퍼센트쯤 작아졌다는 거 알고 있어요?」

「그 이유를 어떻게 설명할 수 있을까요?」

「버튼과 손잡이와 눈금판이 달린 기계들을 계속 사용하다 보면 나중에는 할 줄 아는 게 없어지죠. 손도 둔해지고 두뇌 회전도 느려져요. 손으로는 매듭을 지을 줄 모르고 눈으로는 지평선을 살필 줄 모르게 돼요. 새들의 노래를 들어도 그것을 느끼지 못하죠. 하기야 당신들이 새들의 노래를 제대로 들어 보기나 했는지 모르겠네요. 라디오와 텔레비전을 늘 켜 놓는 바람에 그것들의 소리와 영상이 시청각 공간을 가득 채우고 있으니 말이에요. 당신들은 이제 사냥도 베 짜기도 할 줄 모르고, 불을 피우거나 냄새로 길을 찾거나 구름을 보며 날씨를 예측할 줄도 몰라요. 당신들은 생활 장애자가 되었어요. 내가 〈나의〉 숲으로 돌아온 이유가 바로 거기에 있어요.」

이제 다비드의 눈에는 누시아가 전혀 다른 사람으로 보

인다.

「고마워요.」

「고맙긴, 뭐가요?」

「먼저 내 생명을 구해 줘서 고맙고, 그다음으로 그런 세계관을 일깨워 줘서 고마워요. 지금 여기에 당신과 함께 있는 것이 기뻐요. 당신이 파리 11대학에서 그랬듯이, 나는 이 밀림의 대학에서 지식을 갈망하는 학생이 된 기분이에요.」

「추장님은 당신이 우연히 여기에 온 게 아니라고 하셨어요. 당신이 세계를 구원하리라고 하시더군요. 그건 중요한 일이죠. 그래서 나는 당신을 도와야 해요.」

다비드가 김이 모락거리는 커다란 똥 무더기를 밟으려는 찰나, 누시아가 그를 붙든다.

「조심해요! 바사바반지야의 똥이에요.」

「아니, 그놈의 바사바반지야가 대체 뭔가요?」

57

말들이 갈기를 휘날리며 질주한다.

오로르는 이토록 자유로운 기분을 느껴 본 적이 없다. 앞에서 말을 몰아가는 적갈색 머리 젊은 여자의 모습이 언뜻언뜻 보일 때마다 마음이 설렌다.

하늘이 어두워진다. 구름의 장막을 뚫고 달이 얼굴을 내민다. 푸르스름한 기운이 도는 텅스텐 색깔의 달빛에 주위의 풍광이 달라진다. 〈요정들의 굴뚝〉이라 불리는 바위가 보인다. 오랜 세월 비바람에 깎여 뾰족해진 바위다. 마치 산에서 솟아나는 몸뚱이를 형상화해 놓은 조각 작품 같다.

펜테실레이아는 완만한 언덕을 향해 내달린다. 길이 점점 가팔라진다. 이윽고 그녀는 달리기를 멈추고 말에서 내려 떨기나무에 고삐를 매더니, 프랑스 여자에게도 그렇게 하라고 이른다.

죽 이어진 덤불이 장벽처럼 두 여자를 막아선다. 한 석굴의 입구를 감추고 있는 덤불이다. 펜테실레이아는 횃불에 불을 붙인다. 오로르도 그녀를 따라 한다.

두 여자는 바위에 뚫린 통로를 따라 내려간다. 통로는 끊이지 않고 이어진다. 이따금 바위를 깎아 만든 층층대가 나타나기도 한다. 계속 나아가자 멀리에서 노랫소리가 들려온다.

날벌레가 붕붕거리는 소리도 어렴풋이 들리는 듯하다. 이윽고 통로 끄트머리에 빛이 나타난다.

두 여자는 둥근 천장 아래에 다다른다. 수백 개의 횃불이 주위를 밝히고 있고, 하늘하늘한 노란 토가 차림의 여자들이 꿀벌을 형상화한 조각상 앞에서 후렴이 반복되는 긴 기도문을 암송하고 있다. 방의 네 귀퉁이를 차지하고 있는 것은 야생 꿀벌들의 집이다. 꿀벌들이 빙빙 날아다니면서 진동음을 만들어 낸다. 마치 여자들의 노래에 반주를 넣기라도 하는 듯하다. 방 한복판에는 바위를 깎아 만든 수조가 있고 거기에 맑은 물이 담겨 있다.

두 여자가 나타나자 아마존들은 노래하기를 멈춘다. 가장 나이가 많아 보이는 여자가 다가와서 프랑스 여자를 가리키며 펜테실레이아에게 자기들의 언어로 질문을 던진다. 두 사람의 어조가 높아진다. 펜테실레이아는 식당 여주인을 상대할 때처럼 어쩔 수 없이 협박조로 나간다. 늙은 사제는 오로르 쪽으로 와서 억양이 강한 목소리로 묻는다.

「여기에 무슨 일로 왔나요?」

펜테실레이아가 대신 대답한다.

「우리가 핵폐기물의 방사선에 노출되어 있으면서도 죽지 않는 이유를 알아보러 왔대요.」

「너한테 물은 게 아니다. 어디 대답해 봐요, 마드무아젤.」

오로르는 미소를 지으며 대답한다.

「맞아요. 저는 여러분의 상황을 이해하고 르포를 쓰기 위해서 왔어요. 또한 여러분이 모든 인류에게 열려 있는 진화의 길 가운데 하나를 대표하고 있다는 사실을 입증하고 싶어요. 더 나아가서는 오로지 여자들로만 이루어진 세계도 아무 문제 없이 아주 훌륭하게 기능할 수 있다는 사실을 증언하고자 해요.」

꿀벌들의 날갯짓 소리가 약해진다.

「우리가 겪고 있는 문제들에 관해서는 무엇을 알고 있지요?」

「여러분이 숨어 산다는 사실, 그리고 제가 와 있는 것을 이토록 불안해한다는 사실로 미루어 보면, 여러분은 공권력 때문에 어려움을 겪고 있는 게 분명합니다.」

「펜테실레이아 12세는 트로이 전쟁 때 아킬레우스와 싸웠던 펜테실레이아왕의 직계 후손이에요. 왕가의 혈통을 이어받았으니 우리는 상징적인 권력을 지닌 왕처럼 이 펜테실레이아 12세를 존중하죠. 그러나 대사제는 나예요. 우리는 가이아 여신에게 기도를 바치는 중이에요. 오늘 새벽 회오리 바람이 치는 것을 보고 여신을 진정시키기 위해 예식을 올리는 것이죠. 당신도 알아차렸겠지만, 우리는 펜테실레이아와 생각이 달라요. 당신이 여기에서 할 수 있는 일은 아무것도 없어요. 핵폐기물에 대해서 말하자면…….」

수천 마리 꿀벌들의 날갯짓 소리가 다시 울린다.

펜테실레이아가 나선다.

「이 여자를 신성한 목욕에 참가시키고 싶어요.」

「그건 안 돼.」

「우리가 원하든 원치 않든 일이 그렇게 될 거예요.」

「어째서 그렇지?」

그러자 펜테실레이아는 대사제에게 바싹 다가들어서 은근한 소리로 속삭인다.

「나는 징조를 믿어요. 회오리바람이 치기 전날 이 외국 여자가 갑자기 나타난 것은 내가 보기에 이슈타르의 예언과 일치해요. 그래서 〈신성한 소통〉의 의식을 거행하자고 요구하는 거예요.」

대사제는 놀란 표정을 짓는다.

「여신을 진정시키기 위한 기도를 올리는 대신 그것을 하자고?」

「안티고니아, 언젠가 나한테 그랬죠? 〈아이가 울 때는 소통을 하고 싶어 하는 것〉이라고. 내가 보기에 이 여자는 가이아가 소통을 하기 위해서 우리에게 보낸 통역이에요. 이 여자의 눈을 보세요. 예언에 나와 있는 것처럼 금빛이에요. 아마도 가이아의 선택을 받은 여자일 거예요. 그런 여자를 내치는 것일지도 모르는데, 그런 위험을 감수할 작정이에요?」

대사제는 숨을 깊이 들이마신다.

「먼저 이 여자가 의식에 참가할 만한지 확인해 보자.」

그러고는 오로르 쪽으로 돌아서며 명령한다.

「옷을 벗어요.」

오로르는 천천히 옷을 벗는다. 이제 팬티와 브래지어만 걸친 차림이다.

「다 벗어요.」

오로르는 순순히 따른다.

안티고니아는 단지 하나를 가져온다. 향기가 아주 진한 물질이 담겨 있다. 안티고니아는 그 물질을 오로르의 알몸에 바른다. 그런 다음 다른 단지에서 붉은 반죽을 한 숟가락 퍼 내어 오로르에게 삼키라고 한다. 놀라서 소스라칠 정도로 맛 이 강하다.

차가운 음식인데도 막상 삼키려 하니 목구멍이 불타는 듯 하다.

펜테실레이아는 오로르의 귀에 대고 속삭인다.

「어떠한 일이 있어도 움직이거나 소리치지 마요. 울음이 나오더라도 꾹 참아요. 지금처럼 무릎을 꿇은 채로 계속 버 텨야 해요.」

오로르는 애써 냉정을 유지하면서 두려운 마음으로 다음 에 벌어질 일을 기다린다.

그때 갑자기 꿀벌 한 마리가 날아와 그녀의 이마에 앉더 니, 마치 하나의 식물을 탐사하듯 코끝과 입술을 거쳐 턱으 로 내려왔다가 귓불 쪽으로 다시 올라간다. 곧이어 다른 꿀 벌이 날아든다.

오로르는 이내 수천 마리의 꿀벌에 덮인다. 꿀벌들은 하 나의 두꺼운 갈색 모피를 이룬 채 붕붕거린다. 오로르는 여 전히 무릎을 꿇은 상태로 미동도 하지 않는다. 꿀벌 한 마리 가 젖꼭지를 따끔하게 쏠 때도 그저 한 차례 바르르 떨 뿐이 다. 이어서 다른 꿀벌들도 그녀를 쏘아 댄다. 내분비학 연구자인 그녀는 생화학 강의 시간에 배운 것을 기억해 낸다. 꿀벌의 독은 알레르기를 일으키는 사람에게만 치명적이다. 그녀는 그런 경우에 해당하지 않는다. 눈꺼풀에 달라붙은 꿀벌들의 날개 사이로 펜테실레이아가 보인다. 〈잘 버텨야 한다〉고 손짓을 보내고 있다. 꿀벌들이 계속 살을 찔러 온다. 그러더니 갑자기 모든 꿀벌들이 날아올라 방의 네 귀퉁이에 있는 집으로 돌아간다.

안티고니아가 다가와서 귀엣말을 한다.

「우리가 어떻게 방사능에 대한 저항력을 갖게 되었는지 알고 싶다고 했죠? 바로 이게 그 대답의 실마리예요. 당신이 직접 겪어 보는 게 상책이죠. 누가 그러더군요. 〈우리를 죽이지 못하는 것은 우리를 더욱 강하게 만든다〉라고. 그러니까 첫 번째 단계는 바로 이거예요. 더 강해져야 한다, 그러지 않으면 죽는다.」

오로르는 심장 박동이 매우 빨라지고 있음을 느낀다. 펜테실레이아가 소리친다.

「계속 버텨요!」

눈이 침침해지기 시작한다. 펜테실레이아의 목소리가 멀리에서 들린다. 안티고니아의 시선에는 연민과 질책이 뒤섞여 있는 반면, 펜테실레이아의 눈에는 실망의 기색이 어려 있다. 오로르의 심장은 이제 리듬에 맞춰 뛰지 않는다. 이유 없이 빨라졌다가 느려지기를 되풀이한다.

꿀벌들이 붕붕거리는 소리에 귀가 멍멍해진다.

이제 종말이야 하고 그녀는 기절하기 직전에 생각한다.

58

백과사전: 꿀벌이 만들어 내는 독과 약

꿀벌 요법은 꿀벌을 이용하여 상처나 질병을 치료하는 방법이다. 이것은 인류 문명의 여명기에 그 기원을 두고 있다. 중국인들, 이집트인들, 유대인들, 그리스인들, 로마인들이 남긴 고대의 약학 서적들을 보면, 이미 오래전부터 벌꿀이 상처를 아물게 하는 데뿐만 아니라 내장병을 치료하는 데 사용되어 왔음을 알 수 있다.

1세기에 활동한 그리스의 의사이자 약물학자인 디오스코리데스는 기침병을 치료하거나 음경의 포피가 너무 죄는 것을 완화시키는 데 벌꿀을 사용하도록 권했다.

인도에서는 눈병, 나이지리아에서는 귓병, 말리에서는 피부병을 치료하는 데 꿀을 사용한다.

벌집에는 효능이 각기 다른 여러 가지 물질이 들어 있다.

첫째는 꿀이다. 꿀은 소독약으로 쓰일 수 있다. 과산화수소수를 천연적으로 만들어 내는 효소(포도당 산화 효소)를 함유하고 있기 때문이다. 또한 꿀의 당분은 삼투 작용을 통해 상처의 물기를 없애 준다. 꿀의 일부 성분들은 상처를 아물게 하는 물질이 인체 내에서 생성되도록 도와준다.

둘째는 꽃가루. 이것에는 항산화 효능을 지닌 폴리페놀이 많이 함유되어 있다. 이것은 몇몇 종양을 치료하는 데 사용된다.

셋째는 벌침의 독이다. 꿀벌의 침에 심한 알레르기 반응을 보이는 사람들(전체 인구의 약 4퍼센트)에게는 예외이지만, 벌침의 독은 살균제이자 면역 강화제, 혈전 방지제이자 방사선 방호제이다. 벌침의 독은 혈액 순환을 촉진하고, 혈압을 낮춰 주며, 부신 피질 호르몬의 생성을 도와준다. 이것은 류머티즘을 치료하는 데 사용된다.

넷째는 프로폴리스, 즉 벌 풀이다. 이것은 꿀벌들이 벌집의 틈이나 구멍을 메우는 데 쓰는 유기적인 접착제로 항진균약과 항생제의 효능을 지니고 있다. 전 세계의 거의 모든 약전에서 프로폴리스는 기침병, 앙기나, 질염, 전립선 질환, 무월경증, 안염, 구강염 등을 치료하는 데 사용된다.

다섯째는 로열 젤리, 즉 왕유이다. 이것 역시 항균, 항바이러스, 소염, 항진균 작용을 하는데, 그 효능은 프로폴리스보다 훨씬 우수하다. 로열 젤리는 콜레스테롤 수치를 낮춰 주고, 신경과 근육의 피로를 덜어 주기도 한다.

그런데 오늘날의 농업에서 살충제를 일반적으로 사용함에 따라 꿀벌들의 이 모든 생산물이 점점 희귀해지다 못해 아예 사라질 위험에 놓여 있다.

에드몽 웰스, 『상대적이며 절대적인 지식의 백과사전』 제7권

59

동물의 눈은 벌겋게 충혈되어 있고, 콧구멍으로는 바람을 씩씩 불어 댄다. 으르렁거리며 입김을 토해 내는 기세가 사납다. 기다란 팔로 덤불을 가르며 포효를 내지르기도 한다. 추격자들이 요란한 소리를 내며 놈의 뒤로 다가든다.

다비드 웰스는 창의 나무 자루로 따닥따닥 소리를 내는 사람들 속에 끼어서 그 몰이에 참가하고 있다. 피그미 전사들은 사냥감을 창끝으로 위협하면서 에워싼다. 바사바반지야가 무엇인가 했더니 한 마리 고릴라, 그것도 키가 2미터는 족히 되는 수컷 고릴라다. 놈은 무시무시한 기세로 주먹을 휘휘 내두르고 땅바닥을 사납게 내리친다. 몰이꾼들의 선두에 선 누시아의 신호에 따라 피그미들이 일제히 노래를 부르기 시작한다. 단속적이고 음이 높은 다성부의 노래다. 고릴

라는 불안한 기색을 보인다. 여자들이 고릴라를 향해 그물을 던진다. 노래의 톤이 점점 높아지는 가운데, 고릴라는 더욱 거칠게 몸부림을 친다.

그때 사냥꾼들의 무리에서 소년 하나가 앞으로 나서더니 창을 겨눈다.

누시아가 다비드의 귀에 대고 속삭인다.

「저 애의 성인식이에요. 작은 것들이 어떻게 큰 것들을 무찌를 수 있는지 직접 체험하는 것이죠.」

소년은 고릴라에게 겁을 주려고 한다. 그러나 고릴라는 갑자기 그물을 찢는다. 자기를 과소평가한 인간들에게 어떻게 응수해야 하는지를 알아차린 모양이다.

고릴라는 그물에서 빠져나와 사냥꾼들과 맞선다. 자기는 겁먹지 않았고 자기가 더 강하다는 것을 보여 주려는 듯하다. 사냥꾼들은 즉시 소년을 도우러 나서지만, 고릴라는 창 하나를 마치 잔가지처럼 부러뜨려 두 동강을 내버린다. 그러고는 긴 팔을 빙빙 돌려 자기에게 다가드는 창들을 모조리 밀쳐 낸다.

소년은 겁에 질려 몸이 마비되어 버린다. 사냥감과 사냥꾼들은 어느 쪽도 결정적인 우위를 점하지 못한 채 대치한다.

그때 다비드가 한 가지 꾀를 낸다. 그는 과일 하나를 고릴라에게 보여 주고 약을 올리면서 우걱우걱 먹는다. 고릴라는 콧김을 뿜어 댄다. 다비드는 두 번째 과일을 보여 준다. 고릴라는 사냥꾼들을 떼밀려 달려든다. 다비드는 과일을 얼른 금속 단지 안에 넣는다. 이 단지는 사슬로 나무에 묶여 있다. 고릴라는 단지 속에 손을 넣어 과일을 잡는다. 하지만 단지의

아가리가 좁아서 과일을 쥔 채로는 손을 빼낼 수 없다.

몹시 흥분한 고릴라는 과일을 놓으려 하지 않는다. 화가 나서 눈이 뒤집힐 지경이다. 그러자 다비드는 조용히 커다란 돌 하나를 집어 들고 고릴라 뒤로 간다. 그러고는 뒤통수를 힘껏 내리쳐서 자기보다 훨씬 큰 고릴라를 쓰러뜨린다.

피그미 소년은 이제 고릴라를 마음껏 찌를 수 있다. 소년은 의기양양하게 소리를 지르면서 창을 내민다.

누시아가 나직하게 말한다.

「영리하시네요.」

「내 증조부 에드몽 웰스의 백과사전에서 읽은 대로 해본 겁니다.」

「손에 쥔 것을 놓지 않으려는 욕심이 그물이나 창보다 더 무서운 덫이로군요. 저 고릴라는 손을 펴고 과일을 포기하기만 했어도 자유를 얻고 목숨을 건졌을 텐데…….」

「〈놓아 버리기〉의 필요성을 가장 잘 보여 주는 사례죠. 우리가 무언가를 우리 것이라고 믿고 간직하려 하는 것은 하나의 덫이에요.」

몇 분 뒤, 그 덩치 큰 사냥감은 나뭇가지에 묶이고 남자 여섯 명이 그것을 어깨에 메고 간다. 그들은 또 다른 다성부의 노래를 부른다. 앞서 부른 노래에 비해 둔중한 저음이 조금 더 들어간 노래이다.

야영지에 다다르자, 소년은 주술사 마옘파를 향해 고릴라의 머리를 들어 올린다. 노인은 소년을 치하하고 보석 대신 과일칼을 매어 단 목걸이를 선물한다. 그런 다음 고릴라의 머리를 찬찬히 살피고 벌써 거기에 달라붙은 파리들을 쫓아낸 뒤에, 정글 칼을 집어 들고 마치 코코넛을 쪼개듯 두개골을 연다.

노인은 커다란 숟가락으로 골수를 조금 퍼내어 감정하듯이 맛을 본 다음 사발에 담는다. 끈적끈적하고 불그스름한 그 물질이 아직 팔딱거리고 있는 것만 같다. 이어서 마엠파는 덩굴 식물의 줄기 하나와 어떤 식물의 말린 뿌리 하나를 각각 다른 사발에 담고 절굿공이로 짓찧는다. 이윽고 덩굴 식물은 곤죽으로 변하고 말린 뿌리는 가루가 된다.

다비드는 그 조제 과정을 아주 주의 깊게 살펴본다. 페루의 샤먼이 아야와스카를 조제할 때와 비슷하다는 생각이 든다. 페루의 샤먼은 두 식물을 섞어서 향정신성 물질을 만들어 낸다. 따로따로 있을 때는 아무런 효과도 내지 않는 두 식물을 결합하여 인간의 정신 상태에 영향을 주는 물질을 만들어 내는 것이다. 주술사 마엠파는 어느 식물의 뿌리를 갈아서 얻은 가루와 덩굴 식물을 짓이긴 반죽과 고릴라의 골수를 뒤섞고 있다. 그 세 가지가 혼합되어 피비린내와 후추 냄새가 나는 황갈색 퓌레로 변해 간다.

다비드가 묻는다.

「무엇에 쓰려고 저것들을 뒤섞는 건가요?」

「그냥 맛만 한번 보려는 거예요. 음식 삼아 먹기에는 조금 쓰죠.」

「아 그래요? 고릴라의 골을 빼고 만들 수는 없나요?」

누시아는 그 말을 굳이 주술사에게 통역해 주지 않는다.

「비페네 웰스, 당신이 지금 어디에 와 있는지 잊었어요? 덩굴 식물을 자르고 뿌리를 땅에서 캐내고 고릴라를 죽였을 때는 그것들을 삼켜야만 해요. 우리가 당신을 위해서 한 일이에요. 일이 이렇게까지 됐는데, 이제 와서 나 몰라라 하면 안 되죠. 당신은 레스토랑에 와 있는 게 아니라고요!」

다비드는 혼합물을 다시 살피고, 아직 눈을 뜬 채로 혀를 내밀고 있는 고릴라의 머리를 바라본다. 고릴라의 두개골은 마치 조금 퍼먹다가 남겨 놓은 에그 컵 속의 반숙 달걀처럼 보인다. 그는 죄책감을 덜기 위해, 고릴라의 그런 최후가 진화를 하지 못했거나 진화하기를 바라지 않았던 자들에게 내리는 벌이려니 하고 생각한다. 영장목에 속하는 〈고릴라 고릴라〉라는 학명의 그 동물은 호모 사피엔스보다 훨씬 크고 힘이 세지만, 불을 사용하거나 도구를 만들 줄도 모르고 그물이나 금속 날이 달린 창이나 독약을 생각해 내지 못했기 때문에 속절없이 죽임을 당하는 것이다. 따지고 보면 그 〈고릴라 고릴라〉라는 종이 특별한 잘못을 저지른 것은 아니다. 다만 이 종은 더 나아가는 것을 망각하고, 별다른 어려움 없이 살아가는 것에 만족했다. 그저 엄청난 근력이 제공하는 이점을 이용해서 먹이를 구하고 종족을 보존하는 데 그쳤던 것이다.

진화의 경주에서 추월당하는 자들에게는 불행이 따른다. 경쟁에서 낙오했다는 이유로 이 혼합물의 재료로 변하고 이것을 덜 씁쓸하게 만드는 역할이나 하고 있지 않은가…….

다비드는 『상대적이며 절대적인 지식의 백과사전』에서 읽은 것을 떠올린다. 원숭이들에 앞서 여우원숭이들도 비슷한 운명을 겪었다. 무엇을 특별히 잘못했다기보다 그저 〈구닥다리〉가 되는 오류를 범한 것이다. 새로 출현한 원숭이들은 여우원숭이들보다 더 공격적이고 육식을 더 많이 하고 사회성이 더 강한 특성을 드러냈다. 그들에 맞서서 여우원숭이들이 할 수 있는 일은 그저 무리를 지어 마다가스카르섬으로 탈주하는 것밖에 없었다.

주술사는 길고 검은 손톱이 달린 손가락 세 개를 황갈색 퓌레에 담갔다가 퓌레를 한 자밤 집어 다비드에게 내민다.

누시아가 속삭인다.

「먹어야 해요, 비페네 웰스.」

다비드는 머뭇거리다가 눈을 감고 얼굴을 찡그리며 노인의 갈퀴진 세 손가락에 입을 갖다 댄다. 그 순간 한 가지 생각이 뇌리를 스친다. 어린 시절에 싫어하는 고기를 억지로 먹을 때 그랬던 것처럼, 그 혼합물을 삼키지 않고 잇몸과 볼 사이의 한구석에 밀어 넣었다가 기회를 보아서 멀리에 뱉어 버리면 되지 않을까 싶다. 하지만 뒤를 돌아보니 다른 피그미들이 자기를 지켜보고 있다.

주술사가 한 단어를 되뇐다. 누가 통역을 해주지 않아도 말뜻을 알아들을 수 있다. 그건 분명 〈먹어라!〉 하는 뜻이다.

다비드는 입을 조금 벌린다. 손톱이 긴 데다가 고약한 냄새가 나는 퓌레를 잔뜩 묻힌 손가락 세 개가 그의 입안으로 들어간다. 혀와 입천장에 역겨운 혼합물이 덕지덕지 달라붙는다. 그는 그것을 목구멍으로 보내어 꿀꺽 삼킨다. 그리고 기다린다.

주술사 마옘파는 만족스러운 표정을 짓는다.

다비드는 위장 속에서 일종의 소동이 벌어지고 있음을 느낀다. 그러다가 느닷없이 마옘파의 얼굴에 대고 토악질을 한다. 노인은 전혀 당황한 기색을 보이지 않고, 토사물을 닦아낸다.

누시아가 다비드에게 다가와서 속삭인다.

「이건 흔히 있는 일이에요. 처음엔 마조바를 받아들이는 게 쉽지 않을 거예요. 걱정하지 말고, 다시 해봐요.」

주술사는 갈퀴진 세 손가락을 다시 황갈색 퓌레에 담근다. 다비드는 그의 손놀림을 지켜본다. 작은 잔 모양으로 오므린 손에 냄새가 강한 물질이 가득 담겨 있다. 다비드는 그 손이 입 안으로 들어오도록 내버려 둔다. 그 물질을 삼키자마자 속이 메슥거리더니 다시 욕지기가 치민다.

「죄송합니다. 안 되겠어요.」

다비드는 주위로 퍼져 나가는 토사물의 냄새에 역겨움을 느끼며 말이 끝나기가 무섭게 자리에서 일어서려고 한다.

그러자 누시아가 그의 팔을 꽉 붙잡는다. 그러고는 그를 도로 앉힌 다음 나무 숟가락을 고릴라의 두개골 속에 담갔다가 불그스름한 빛깔에서 갈색으로 변해 버린 골수를 다시 퍼낸다.

「골이 충분하게 들어가지 않았던가 봐요.」

그러더니 누시아는 먼저 만들어 놓은 퓌레에 새로 퍼낸 골수를 섞어서 균질의 혼합물을 만들어 낸다.

「또다시 토하면 마조바가 더 오돌오돌해지도록 고릴라의 눈알을 첨가할 거예요.」

그를 설득하는 데 무슨 말이 더 필요하랴. 다비드는 한입 가득 물고 있던 혼합물을 한 번에 꿀꺽 삼킨다. 주술사는 누시아에게 신호를 보내어 기다란 담뱃대 같은 것을 가져오게 한다. 그것의 한쪽 끄트머리에는 속이 비어 있는 두 개의 뿔이 달려 있다. 누시아는 그 끄트머리를 다비드의 콧구멍에 집어넣고, 담뱃대 한복판에 있는 담배통에 불을 붙인다. 그러고는 물부리에 입을 대고 깊이 빨아들였다가 다비드의 콧구멍 속으로 연기를 세게 불어넣는다. 다비드는 기침을 하기 시작한다.

마옘파의 얼굴이 희미하게 보이고 그의 목소리가 메아리를 친다. 다비드는 균형을 잃고 뒤로 쓰러진다. 때마침 바로 곁에 있던 누시아가 그를 붙들어서 천천히 눕히고 다시 구토를 할 경우에 대비해서 숨이 막히지 않도록 얼굴을 옆으로 돌려 준다.

그의 온몸에 가벼운 전율이 스치고 지나가더니 경련이 일기 시작한다. 그는 잠깐 눈을 떴다가 자기를 내려다보고 있는 누시아의 얼굴을 어렴풋이 보고는 도로 눈을 감는다.

누시아는 그의 왼쪽 귀에 대고 말한다.

「다비드, 내 말 들려요?」

그는 어렵사리 입을 움직인다.

「그르…… 당신…… 들리…….」

「아주 떠나면 안 되고, 나랑 계속 연결이 되어 있어야 해요. 그게 중요해요, 알겠어요? 내가 당신에게 말하면 대답을 해야 하는 거예요.」

누시아는 그의 귀에 입을 바싹 갖다 대고 그의 고막이 더 잘 진동하도록 외이도에 직접 말을 흘려 넣는다.

그가 더듬더듬 대답한다.

「연결…… 그래요.」

「나는 당신이 시간과 공간 속에서 아무 데나 마구 돌아다니는 것을 원치 않아요. 나는 당신의 가이드예요. 당신 곁을 떠나지 않을 거예요. 당신은 잠을 자도 안 되고, 정신 착란에 빠져도 안 돼요. 우리는 그냥 의식의 장막을 뛰어넘어 무의식에 닿을 거예요. 무슨 말인지 알겠어요? 대답해요.」

「……네.」

「이제 당신 내면의 깊숙한 곳에 자리한 당신의 본질을 향해서 말하겠어요. 그 본질은 모든 것을 알고 있고 이제껏 모든 것을 보아 왔어요. 그것은 당신의 〈영원한 자아〉예요. 그것은 과거에서 온 것이고, 별에서 온 것이고, 시원의 불꽃에서 온 거예요. 그것의 이름은 다비드가 아니에요. 그것에게는 무수하게 많은 이름이 있어요. 이제 우리는 그것이 예전에 어떤 이름으로 불렸는지 알게 될 거예요. 그렇죠?」

「……그래요.」

「그럼 이제 당신의 의식을 무의식의 한구석으로 옮기세요. 그곳은 일종의 복도와 같은 공간으로 시각화할 수 있어요. 내가 수를 거꾸로 헤아리다가 〈제로〉라고 말하면, 당신은 거기에 가 있을 거예요. 10…… 9…… 8…… 당신은 그 복도에 접근하고 있어요…… 7, 6, 5…… 이제 거기로 들어갈 준비를 하세요…… 4, 3, 2, 1…… 제로! 당신은 거기에 있어요. 하얀 복도가 보여요?」

그는 눈썹을 찡그렸다가 편다.

「네.」

「복도 양쪽에 있는 문들이 보여요?」

「네.」

「문 하나를 골라 가까이 가세요. 문에 뭐라고 쓰여 있죠?」

「동판이 붙어 있고…… 거기에 검은 글자들이 새겨져 있어요.」

「읽어 봐요.」

「사브리나 모레노.」

「문을 열어요. 뭐가 보이죠?」

「음…… 병원에서 한 노파가 죽어 가는 게 보여요. 의사가 노파에게 심장 마사지를 하고 있어요. 저 노파가 누구죠?」

「당신이에요. 전생에 당신은 그 노파였어요. 얼른 문을 닫아요. 생의 마지막 순간은 대개 고통스러우니까.」

다비드는 더 있고 싶다. 그 노파에게 무슨 일이 벌어졌는지 알고 싶은 것이다. 하지만 누시아가 그의 귀에 대고 더 큰 소리로 명령을 되풀이한다. 그래서 문을 도로 닫는다.

「복도 안쪽으로 나아가요.」

그는 순순히 따른다.

「뭐가 보이죠?」

「양쪽에 문들이 있어요. 문에는 이름이 새겨진 동판들이 붙어 있고.」

「명패 하나를 읽어 봐요.」

「미셸 펠리시에.」

「문을 열어요.」

그는 손잡이를 돌린다. 제1차 세계 대전 때의 프랑스 군복을 입은 남자가 보인다. 누가 호루라기를 불자 참호 속에 있던 병사들이 튀어나와 고함을 지르면서 내닫는다. 전생에 그였던 남자는 달려가다가 가슴 한복판에 총탄을 맞고 그대로 멈춰 버린다. 그러더니 피가 분출하는 가슴을 부여잡고 뒤로 쓰러진다.

「봤어요? 무슨 일이 벌어지고 있죠?」

그는 조금 얼이 빠진 채로 대답한다.

「내가…… 내가…… 방금 심장에 총탄을 맞았어요.」

「도로 나와요. 보았다시피 그 문들을 열면 명패에 적힌 사람의 임종 장면을 보게 돼요. 그 문들을 모두 열어 볼 필요는 없어요. 앞으로 더 나아가요.」

프랑스어 이름들 대신 영어, 힌디어, 중국어, 아랍어, 그리스어, 마야어 이름들이 나타난다. 그다음에는 처음 보는 글자들로 된 이름들이 보인다.

「복도 끝까지 가요. 뭐가 보이죠?」

그는 열에 들뜬 채 그 모든 문들 사이로 걸어가서 복도 끝에 다다른다. 단 하나의 문이 그를 막아선다.

「막다른 길의 끝에 다다랐어요.」

「그 문 뒤에 당신이 지상에서 겪은 최초의 생애가 있어요. 우리가 관심을 갖는 것은 바로 그 생애예요. 그것이 이후의 모든 삶에 계속 영향을 미치거든요.」

다비드는 문을 살펴본다. 이름이 기이한 형태로 새겨져 있다. 세 개의 그림으로 이루어져 있는데, 각각의 그림이 한 음절에 해당하는 듯하다.

「어서 문을 열어요.」

그는 자기가 죽는 모습을 또다시 보는 게 두렵지만, 그 두려움을 이겨 내고 문을 확 연다. 거대한 물줄기가 그를 막 덮치려 한다.

「빨리 닫아요!」

그는 즉시 명령에 따른다. 더 생각하고 자시고 할 것도 없다. 기적적으로 물은 한 방울도 문밖으로 새어 나오지 않았다.

「이제 다시 열어도 돼요. 우리는 당신 생애의 흐름 속에서 한 순간을 선택할 거예요. 그러면 당신은 그 장면 속으로 들어가는 거예요. 어떤 순간을 선택하겠어요?」

「무슨 말인지 모르겠어요.」

「이 생애는 한 편의 영화와 같아요. 당신이 조금 전에 본 것은 마지막 장면이에요. 원한다면 처음부터 볼 수도 있어요. 하지만 태어나는 장면부터 볼 필요는 없을 거예요. 그건 너무 길고 재미도 없을 테니까요. DVD를 볼 때처럼 영화의 중간에서 한 장면을 선택할 수도 있어요. 이왕이면 유쾌한 장면을 고르는 게 좋지 않겠어요?」

「그렇다면 나는 그 첫 생애에서…… 가장 아름다운 연애 장면을 고르겠어요.」

「훌륭한 선택이에요. 자 그러면 문을 열어요.」

그는 조마조마 손잡이를 돌린다. 이번에는 물줄기가 덮쳐 오지 않는다. 그저 다리 하나가 안개 속에 걸쳐 있을 뿐이다.

「다리가 보여요.」

「그 다리를 건너면 현재에서 과거로 넘어가는 거예요. 어서 건너요.」

그는 동아줄을 엮어 만든 난간을 잡고 조심스럽게 다리 위로 나아간다. 그렇게 계속 나아가다가 뒤를 돌아보니 문의 자취가 오간 데 없다.

그때 다비드는 자기의 지각에 변화가 생기고 있음을 느낀다. 다리 건너편에 다다라 보니 예전에 상상조차 해본 적이 없는 환상적인 장면이 펼쳐진다.

60

내가 어디까지 했더라?

그래, 최초의 생명체들을 만들어서 나의 첫 입주자로 삼았던 경험을 돌이켜 생각하고 있었지…….

원시 대양 속에서 함께 출현한 그 생명체들은 서로 대결하고 상대를 잡아먹으려고 하면서 진화하기 시작했다.

생명체들은 점점 사나워졌다.

생존 전략들은 갈수록 정교해지고 치밀해졌다.

그리하여 포식자 역할을 하는 생명체와 먹잇감 구실을 하는 생명체의 구별이 처음으로 나타났다.

먹잇감들은 도주 능력과 위장 전술과 왕성한 번식력에서 생존의 길을 찾았다.

포식자들은 이빨, 근육, 발톱, 독 따위를 강력하게 만드는 것에 승부를 걸었다.

이어서 포식자들을 잡아먹는 더 강력한 포식자들이 나타났고, 다시 그것들을 잡아먹는 초강력 포식자들이 출현했다. 날카로운 이빨, 억센 턱, 날씬한 지느러미를 갖춘 거대한 괴물들이 나타난 것이다.

포식자들은 먹잇감들의 단백질을 흡수하면서 저희의 근육을 더욱 발달시켰고, 그러면 그럴수록 더욱 빠르고 잔인해졌다.

너무 쉽게 포식자들의 눈에 띄거나 동작이 느린 종들, 또는 번식력이 빈약한 종들은 멸망의 운명에서 벗어나지 못했다.

그렇게 〈강한 자가 약한 자를 먹고, 빠른 자가 느린 자를 먹는다〉는 게임이 규칙이 정해졌다.

대양은 싸움터로 변했다. 거기에서 모두가 남을 죽이기 위해 또는 남에게 죽임을 당하지 않기 위해 싸웠다. 그러던 어느 날, 물고기 한 마리가 물 밖으로 나갔다.

5억 2천1백만 년 전, 어느 날 아침 해가 막 솟아오르던 때의 일이다.

나는 그 물고기의 뇌파를 감지했다. 절대적인 공포의 파동이 느껴졌다.

그 물고기는 초식어였고 따라서 먹잇감의 범주에 속해 있었다. 어느 포식자의 공격을 받고 상처를 입었지만 가까스로 도망을 쳤고, 비록 극단적인 불안에 떨고 있기는 해도 죽지는 않았다.

그 물고기는 내가 테이아와 충돌해서 상처를 입었을 때와 비슷한 상태에 놓여 있었다(그의 〈테이아〉는 덩치가 큰 상어의 일종이었다. 상어는 마치 테이아가 내 표면을 할퀴었던 것처럼 그 물고기의 등에 상처를 냈다).

공포가 때로는 어떤 존재를 각성시킬 수도 있다.

그렇듯이 그 겁에 질린 물고기는 평소보다 뛰어난 능력을 발휘했고, 그로써 모든 것이 달라졌다.

공포 때문에 오히려 의욕이 고취된 이 물고기는 물 밖으로 나가 지느러미로 뭍에서 기기 시작했다.

질기디질긴 목숨이었다. 물고기는 결국 살아남아 새끼를 쳤고, 그 새끼들은 물속과 다른 환경에 적응했다. 물 밖에서도 얼마든지 살아갈 수 있음이 입증된 것이다.

첫 번째 물고기가 모험에 성공하고 나서 불안한 삶을 살던 다른 물고기들도 그 뒤를 따랐다.

그때부터 물 밖에서도 생명 현상이 복잡한 양상을 띠게 되었다. 육지 환경은 수중 환경에 비해 활동의 가능성을 더 많이 제공하고 있었다.

4억 7천5백만 년 전쯤에는 뿌리를 가진 식물들도 나타났다. 바닷말들 역시 물 밖으로 나가는 모험을 시도하여 성공을 거둔 것이다. 식물계의 탐험가들인 그 바닷말들은 처음에 물기슭 근처에 서식하다가 점점 뭍의 내부로 퍼져 나갔다.

바닷말들은 풀이 되어 대륙 공략에 나섰다. 풀을 넘어서서 덤불이, 덤불을 넘어서서 관목이, 관목을 넘어서서 교목이 나타났다. 교목은 가장 견고하고 가장 복잡한 식물 형태였다. 그리하여 내 표면에 숲들이 우거지기 시작했다.

이를테면 나는 솜털에 이어서 털을, 그리고 마침내 푸른 모피를 얻은 셈이었다. 나는 울창한 숲을 두툼한 털가죽처럼 두르고 있었다. 숲은 대기와 대양에 이어 나의 세 번째 방패막이가 되었다.

61

꿀벌들이 붕붕거린다. 귀가 먹먹해질 만큼 요란한 소리다. 오로르는 다시 눈을 뜬다.

나는 죽지 않았어.

여자들의 말소리가 들린다. 그러더니 손들이 그녀를 번쩍 들어 올려 수조 안에 내려놓는다. 물에 염분이 많아서 몸이 수면에 둥둥 뜬다. 오로르는 자기의 정신이 몸에서 빠져나와 몸 위를 떠돌고 있는 것 같은 이상한 기분을 느낀다.

펜테실레이아와 사제들이 그녀 주위에 둘러선다. 모두가 집게손가락 끝으로 그녀를 만진다. 물은 미지근하다. 수조 바닥에서 유황 냄새가 올라온다. 횃불에서 발산된 빛이 물에 반사되어 동굴의 둥근 천장에서 어른거린다. 마치 빛이 춤을 추면서 그 장면의 분위기를 고조시키고 있는 듯하다.

여자들의 노랫소리가 더욱 커진다. 꿀벌들은 천장 아래에서 빙빙 날아다닌다.

그때 대사제가 동굴의 다른 부분을 비춘다. 거대한 천연 수정이 모습을 드러낸다. 2미터가 넘는 투명한 거석이 땅에서 갑자기 솟아난 것만 같다. 안티고니아는 수정에 부착된 스피커 장치를 작동시키고 장중한 목소리로 말한다.

「오 행성이여, 오 대지여, 오 가이아여, 저희 이슈타르의 사제들이 소통의 예식을 거행하기 위해 모였습니다. 저희는 이미 오래전에 당신과 소통한 적이 있습니다. 오늘의 회오리 바람을 보면서 짐작하건대, 당신은 당신의 딸들인 저희와 또다시 이야기를 나누고 싶어 하십니다. 저희의 중개자는 금빛 눈의 외국 여자입니다. 그 여자가 지금 여기에 와 있습니다. 예비 의식은 이미 치렀습니다. 이 여자를 받아들여 중개자로 삼으시겠습니까? 오 행성이여, 오 가이아여, 저희의 말이 들리십니까?」

62

다비드는 눈을 감은 채로 눈알을 이리저리 굴린다.

누시아가 묻는다.

「뭐가 보이죠?」

「어느 해변에 다다랐어요. 한 남자가 보여요. 저 남자가 바로 나라는 것을 알겠어요.」

누시아는 추장과 주위에서 지켜보는 사람들에게 그의 말을 통역해 준다.

「어느 시대 어느 나라에 있는 거죠? 그리고 그 남자는 어떤 사람인가요?」

「현재로서는 알 수가 없어요.」

「당신 주위의 풍경은 어때요?」

「야자나무들이 있는데…… 이상해요.」

「뭐가요?」

「야자나무들이 아주 작아요. 높이가 몇십 센티미터밖에 안 되는 것이 꼭 분재 같아요.」

「당신은 지금 무엇을 하고 있죠?」

「수영을 할 참이에요. 주위에서 돌고래들이 헤엄치고 있어요. 그런데 돌고래들 역시 아주 작아요. 정어리들 같아요. 내 손에 닿는 수생 동물들이 또 있네요. 고래들이에요. 나는 나보다 클까 말까 한 고래들과 놀고 있어요. 알고 보니 야자나무와 돌고래와 고래가 작은 게 아니라…… 내가 거인이에요.」

다비드는 제 풀에 놀라서 눈을 뜨려고 한다. 하지만 마엠파가 즉시 그의 눈에 손을 대고 그의 입에 황갈색 퓌레를 가득 넣어 준다. 다비드는 그것을 삼키고 놀란 마음을 가라앉힌다.

누시아는 더 단호한 명령조로 말을 잇는다.

「어떠한 일이 있어도 눈을 뜨면 안 돼요. 계속해요. 당신이 고래만큼 크다고요?」

「다른 사람들이 나를 에워싸고 있어요. 그들도 모두 거인이에요. 그들과 비교하니까 내 키는 보통이에요. 우리 모두가 거인이에요. 나무들보다 훨씬 커요.」

「당신이 어디에 있는지 알겠어요?」

「하멤프타라는 섬이에요. 우리 책력상으로는 3754년이군요.」

그는 전생의 자기가 느끼는 것을 그대로 느끼고, 전생의 자기가 생각하는 바를 똑같이 생각하기 위해 정신을 한데 모은다. 그때 갑자기 한 가지 직감이 스친다.

그는 눈썹을 찡그린다.

누시아가 다시 묻는다.

「그 섬 이름이 뭐라고요?」

「……아틀란티스.」

「당신 이름은 뭐죠?」

「내 이름은 몰라요. 내가 나 자신의 이름을 부르지 않기 때문이에요. 내가 나 자신을 생각할 때는 그냥 〈나〉라고 불러요. 그러니까 당신에게 대답할 수가 없어요.」

「지금 기분은 어때요?」

「평온해요. 숨결이 차분해요. 이렇게 편안한 기분을 느껴 본 적이 없어요.」

「지금 보고 있는 것이 〈첫 생애에서 가장 아름다운 연애 장면〉의 시작일 텐데, 어떤 점에서 그렇죠?」

「나는 해변을 떠나 시내로 가고 있어요. 가로수 길을 따라 걷다가 오른쪽으로 돌아서 어느 술집으로 들어가요.」

「그 장면을 묘사해 봐요.」

「사람들이 식탁 주위에 앉아 있어요. 시중드는 사람들이 나무로 된 잔에 향신료 냄새가 나는 음료를 따라 줘요. 음료에서는 맥아와 꿀과 커민을 뒤섞은 듯한 냄새가 나요. 나는 다른 손님들에게 인사를 하고 자리 하나를 골라 앉은 뒤에, 음료를 한 모금 한 모금 음미하면서 천천히 마셔요. 갑자기 불이 꺼지고 무대가 환해져요.」

「무슨 무대죠?」

「커튼이 스르르 열리고 한 여자가 나타나요. 바로 그녀예요.」

「그녀요? 이름이 뭐죠?」

「그냥 〈그녀〉예요. 내가 그냥 〈나〉인 것처럼.」

「그녀가 뭘 하고 있나요?」

「춤을 춰요. 몸을 비비 꼬며 기어가다가 차츰차츰 일어서는 어떤 존재를 흉내 내고 있어요. 이제 뒤로 돌아서서 검은 옷을 한 꺼풀 벗고 나비 날개와 비슷한 다색의 옷자락을 드러내요. 애벌레의 탈바꿈을 모방하는 춤이에요. 이제 빙글빙글 돌다가 펄쩍 뛰어올라요. 마치 날아오르는 것 같아요. 이 춤은 존재의 변신에 대한 찬가예요.」

누시아는 조금 서두르는 기색을 보이며 묻는다.

「좋아요, 이제 무슨 일이 벌어지고 있죠?」

「그녀가 춤을 추면서 내 쪽을 슬쩍 바라보는 것 같아요. 드디어 공연이 끝났어요. 그녀가 내 쪽으로 와요. 자기가 연구자래요. 내가 무엇을 하고 있는지 알고 있고 나와 함께 일하고 싶대요.」

「당신이 무슨 일을 하는데요?」

얇은 눈꺼풀에 덮인 다비드의 눈알이 더욱 빠르게 움직인다.

「나는…… 인간을 작게 만드는 일의 전문가예요.」

그때 갑자기 으르렁거리는 소리에 이어 날카로운 휘파람 소리가 들린다. 다비드는 그게 과거의 일인지 현재의 일인지, 거기 아틀란티스 사람의 생애에서 벌어지는 일인지 여기 다비드 웰스의 삶 속에서 벌어지는 일인지 알지 못한다.

누시아가 그의 귀에 가까이 대고 말한다.

「우리에게 뜻하지 않은 문제가 생겼어요. 거기에서 돌아와야 해요. 다리를 머릿속에 그리세요. 동아줄로 된 그 다리를 건넌 다음 안개 속으로 들어가서 문을 다시 찾아내요. 문을 열고 통로로 들어가서 반대 방향으로 걸어 나와요. 제로, 1,

244

2, 3, 당신은 동아줄로 된 다리 위를 걷고 있어요…….」

주위의 소음이 점점 커진다. 피그미들은 모두 짐을 싸기 위해 달려간다. 누시아는 다비드 곁을 떠나지 않는다.

「4, 5, 6…… 당신은 여기로 돌아올 준비를 하고 있어요…… 7, 8, 내가 10이라고 말하면 당신은 〈다비드 웰스〉라고 씌어 있는 문 앞에 다다라서 문을 열고 눈을 뜰 거예요…… 9, 10!」

다비드는 눈꺼풀을 번쩍 올린다.

땅바닥이 진동하고 오두막 지붕의 나뭇잎들이 눈처럼 흩날린다. 밖에서 요란한 소리가 들려온다.

누시아가 소리친다.

「빨리요, 설명할 시간이 없어요. 지금 떠나야 해요, 비페네 웰스.」

그는 아직 얼이 조금 빠진 채로 다리를 후들거리며 오두막을 나선다. 검은 연기에 싸인 불도저들이 보인다. 불도저들은 강철 턱을 가진 공룡들처럼 천년 묵은 나무들을 공격한다. 키가 60미터나 되는 나무들이 우지끈 소리를 내며 쓰러진다.

다른 것들보다 훨씬 큰 맨 앞의 불도저에는 〈이발기〉라는 이름이 적혀 있다.

나무줄기들이 부러지면서 음산한 소리를 낸다. 마치 단말마의 비명 같다.

다비드는 조금 전의 일을 떠올리며 중얼거린다.

「그래요, 이제 알겠어요. 인간을 더 작게 만들겠다는 그 직감적인 발상이 어디에서 왔는지…….」

「지금은 도망치는 것만이 살길이에요. 어서 달려요!」

「그런데 어디로 가죠?」

누시아는 동쪽을 가리킨다. 세모꼴의 형체가 안개를 뚫고 우뚝 솟아 있다.

「저 화산으로 갈 거예요. 불도저들이 저기까지 우리를 따라오지는 못할 거예요. 저 산은 언제나 우리 민족의 성소였어요.」

63

〈깨달은 인간들〉의 한 동아리가 나에게 말을 걸고 있다.

오랜만에 있는 일이다.

신호가 어디에서 오는지 보자.

저들이 튀르키예라 부르는 나라의 산악 지대다. 내가 회오리바람을 보낸 지역에서 멀지 않은 곳이다.

됐다, 그 인간들이 누구인지 알아냈다.

여자들이 나에게 파동을 보내어 대화를 요청하고 있다. 내가 아주 오래전에 그들 가운데 한 사람에게 가르쳐 준 대로 하는 것이다. 그러니까 저 여자들은 여전히 심리적 파동을 보낼 줄 안다는 얘기다.

이런 날이 오기를 얼마나 오랫동안 기다렸던가.

〈너희는 내 몸에 구멍을 뚫는 짓을 그만두어야 한다. 석유 시추도 안 되고, 지하 핵 실험도 더 이상은 안 된다.〉

64

그들은 밀림 속을 달린다. 그들 앞에 연기를 뿜는 화산이 나타난다. 뒤에서는 불도저들이 밀림을 파괴하는 작업을 끈질기게 이어 가고 있다.

65

「오 가이아여, 저희 왕 이슈타르에게 가르침을 베푸셨듯
이 저희에게 대답해 주십시오. 왜 저희에게 회오리바람을 보
내셨는지, 왜 분노하시는지 말씀해 주십시오.」

66

너희는 기생충처럼 행동하고 있다. 개한테 붙어사는 벼룩
들과 다를 게 없다. 게다가 너희는 너무 수효가 많아. 개도 그
렇게 벼룩이 들끓으면 가려워서 견디지 못해.

증식을 중단하고 출산을 제한해야 해. 80억은 너무 많아.

자식들을 낳되, 제대로 사랑하고 교육할 수 있는 한도 내
에서만 낳아야 해. 그러면 과잉 인구가 부쩍 줄어들 거야.

67

여사제들은 눈을 감고 기도문을 암송한 뒤에, 안티고니아
의 신호에 따라 거대한 수정 주위에 무릎을 꿇고 앉아 두 손
을 모은다. 그런 다음 정신을 집중하여 지구의 영혼을 생각
한다. 그렇게 하면 지구의 영혼이 어떤 신호를 보내 주리라
고 믿는 것이다.

「가이아여, 저희에게 말씀해 주십시오. 저희가 귀를 기울
이고 있습니다. 오 우리의 행성이여, 오 가이아여! 저희의 기
도에 응답을 해주십시오. 당신의 뜻을 저희에게 일러 주십
시오.」

68

어이, 내 말 듣고 있는 거야? 나한테 질문을 했으면 적어도

내 대답에 귀를 기울이는 정도의 예의는 지켜야지.

석유는 내 피이니 함부로 퍼내지 마.

숲은 내 모피이니 함부로 파괴하지 마.

나를 존중해 줘. 그러면 나도 너희를 존중하겠어.

69

「저희는 당신의 말씀에 귀를 기울이고 있습니다. 그저 아
주 작은 신호만 내려 주셔도 저희는 이해할 수 있을 것입
니다.」

70

저 여자들에게는 내 말이 들리지 않아. 진정으로 귀를 기
울이지 않기 때문이야. 여느 사람을 대하듯이 나에게 말하지
않고, 자기네 신들을 대하듯이 나에게 말을 걸고 있어. 그래
서 쌍방향 소통이 이루어지지 않고 그저 자기들 말만 하게
되는 거야.

하는 수 없지, 이번엔 글렀어. 그래도 나에게 말을 걸고 싶
어 하는 자들이 있다는 게 어디야? 이건 너무나 드문 일이라
서 꼭 기억해 둘 만해. 저 여자들을 격려해 줘야겠어. 그래,
암반 가스를 이용해서 커다란 물거품이 일어나게 하자.

71

「이건 기적이야! 여기 봐, 가이아가 거품을 내서 우리에게
대답하고 있어!」

그러자 여사제들은 환희의 노래를 부르기 시작한다. 횃불
이 어둠을 밝혀 주고 있는 동굴의 둥근 천장 아래로 노랫소

리가 울려 퍼진다.

안티고니아가 다시 기도를 올린다.

「오 가이아여, 이 외국 여자를 당신께 소개합니다. 당신께
서 기다리시던 금빛 눈의 여자입니다.」

그러다가 오로르를 보며 묻는다.

「이름이 뭐라고 했죠?」

「오로르 카메러요.」

「옛날에 수정이나 물이나 꿀벌들을 통해서 저희에게 말씀
하셨듯이, 이 오로르를 영매로 삼으시어 저희에게 말씀해 주
십시오. 오 가이아여, 저희는 당신의 말씀에 귀를 기울이고
있습니다.」

72

그래, 네가 내 말을 들을 수 있다고?

그럼 잘 들어라, 오로르 카메러, 사람들에게 전해라. 인구
가 자꾸 불어나는 것을 막아야 한다. 양보다 질을 우선시해
야 한다. 너희 종의 수효를 스스로 조절해야 한다.

오로르? 내 말이 들리느냐? 전혀 듣고 있지 않아. 저 여자
들도 마찬가지야.

또 허탕이로군.

의사 전달의 도구를 만들어 내는 것으로는 충분치 않아.
그것을 쌍방향으로 사용하는 것이 필요해.

이건 시간 낭비야.

저 인간들은 듣는 방법을 몰라.

소리가 들려도 귀를 기울여 듣지 않아.

귀를 기울여 들어도 뜻을 이해하지 못해.

저들과 나를 갈라놓고 있는 도랑이 너무 넓어.

그리고 저들은 앞을 멀리 내다보는 능력이 부족해.

저들은 부모 세대의 도식을 답습하고 있어. 과거에 애착을 느끼면서 살아가는 거야. 하지만 그렇게 애착을 느낄 만큼 저들의 조상이 훌륭했다면, 저들에게 이런 상황을 물려주지는 않았을 거야. 이제는 자기들의 잘잘못을 부모에게 보고하려 하지 말고, 자식들에게 보고하겠다는 생각을 가져야 해. 저들에게 그 점을 어떻게 일깨워 주지? 고통을 통해서? 저들은 그저 재난을 당하고 고통을 겪어야만 깨달음을 얻어. 그러니 나로서는 선택의 여지가 없어.

저들이 고통을 받거나 내가 고통을 겪거나 둘 중 하나야.

73

화산에서 한 줄기 붉은 연기가 피어오른다. 피그미들은 아랑곳하지 않고 그쪽으로 나아간다.

다비드가 젊은 피그미 여자에게 묻는다.

「이러다가 화산이 분출하면 어떻게 하죠?」

「우리는 저 화산을 세계의 배꼽이라고 불러요. 인간이 저기에서 나와 저기에서 죽는다고 생각하거든요. 우리가 생사의 순환에서 벗어나려고 아무리 애를 써도 결국엔 처음 왔던 곳으로 되돌아가는 것이죠.」

「처음 왔던 곳으로 되돌아간다고요?」

「우리는 아이들이 태어나면 탯줄을 땅에 묻어 둬요. 그랬다가 아이들이 병에 걸리면 탯줄을 묻어 놓은 자리 위쪽에 아이들을 놓아두죠. 그러면 아이들은 아직 태아였던 시기와 다시 연결되는 겁니다.」

화산이 진동하면서 땅바닥이 흔들린다. 누시아는 그를 안심시킨다.

「여기는 안전할 거예요.」

그녀가 가리키는 쪽을 바라보니 그들을 뒤따라오던 불도저들은 갑자기 멈추었다가 되돌아 나가고 있다.

「왜 안전하다는 거죠?」

「반투족 사람들이 아무리 서구의 가치들을 자기들 것으로 삼았다 할지라도, 여기가 터부의 구역이라는 것은 알고 있으니까요.」

피그미들은 정글 칼을 빼어 들고 울창한 수풀에 길을 틔운다. 이윽고 그들은 커다란 나무 한 그루만 서 있는 빈터로 들어선다.

그들은 나뭇가지와 잎으로 반원형 오두막들을 짓기 시작한다. 동작이 잽싸고 정확하고 효율적이다.

「이제 좀 쉬세요, 비페네 웰스.」

「누시아, 나는 연구를 하러 여기에 왔어요. 당신도 과학자이니 나를 도와주지 않겠어요?」

「원하는 게 뭔데요?」

「당신의 혈액을 분석해 보고 싶어요. 우리와 다른 면역 체계를 가지고 있는지 확인하기 위해서죠.」

그는 배낭을 열고 컴퓨터에 연결된 장비들을 꺼낸다. 누시아는 자리에 앉아서 한쪽 팔을 내민다. 그는 피를 조금 뽑아서 현미경의 슬라이드 글라스 위에 떨어뜨린다. 그런 다음 여러 가지 시약을 몇 방울 떨어뜨리고 변화를 관찰한다.

「내가 생각하던 대로예요! 당신은 훨씬 반응성이 좋은 면역 체계를 가지고 있어요. 그래서 말라리아나 치쿤구니야열이나 뎅기열에 걸리지 않는 거예요.」

「또 다른 이유가 있어요. 우리는 숲과 화해했어요. 그러니까 당연히 숲의 모든 거주자들, 심지어는 곤충이나 세균이나 바이러스하고도 화목하게 지내는 거예요.」

「나는 그런 종류의 미신에 빠질 수 없어요.」

「그게 미신이라면, 당신이 마조바 의식을 통해 최초의 생애를 본 것은 뭐죠?」

「그건 당신네 마약 때문에 생긴 섬망 증세일 수도 있어요. 나는 언젠가 마리화나를 피우다가 인류가 동굴에서 살던 시대의 내 모습을 본 적도 있는걸요. 그건 꿈을 꾸는 것과 비슷한 환각 증상일 뿐이에요.」

누시아는 매우 화가 난 기색을 보인다.

「그럼 그 마냥개미들은 뭐죠?」

「우리는 개미들을 보고 도망쳤어요. 그러지 않았다면 개미들의 먹이가 되었을 거예요.」

「잘못 생각하고 있어요. 개미들이 나한테는 상처 하나 입히지 않았을 거예요. 우리 피그미들은 개미들처럼 살고 있으니까요. 우리는 수렵과 채집 생활을 하면서 이리저리 옮겨 다니죠. 사냥감이 떨어지면 다른 곳으로 가요. 우리는 숲을 파괴하지 않아요. 우리가 개미들에게서 배운 게 바로 그거예요. 땅을 고갈시키지 않도록 삶의 터전을 옮기는 것 말이에요.」

땅이 다시 진동한다. 그와 동시에 화산에서 불그스름한 연기가 또 솟아오른다.

「당신이 모기들에게 싸움을 걸면 모기들도 당신과 맞서 싸워요. 당신이 나무들을 공격하면 나무들은 자기들 나름의 방식으로 대응해요. 당신이 핏속으로 들어오는 미물들을 상대로 싸움을 벌이면, 그것들은 당신을 죽이려고 해요. 모든 동물이 그것을 알고 있어요. 작용이 있으면 반작용이 있게 마련이죠. 오로지 도시 사람들만 그 법칙을 잊고 살아요. 자연이 보이지 않는 환경에서 살고 있기 때문이에요.」

「그건 동화 같은 이야기일 뿐이에요. 나는 더 과학적인 것에 관심이 있어요.」

「모기들을 그토록 싫어하면서 당신 자신도 모기들처럼 굴고 있어요. 그저 피를 뽑을 생각만 하니 말이에요.」

「당신들의 피는 독특해요. 당신들의 저항력을 높여 주는 유전자를 찾아내고 그것이 당신들의 키를 결정하는 유전자와 관련되어 있다는 사실을 알아내면, 내 이론이 확증되는 겁니다.」

그들은 점점 더 많은 연기를 내뿜고 있는 화산을 바라본다.

「비페네 웰스, 당신이 원하든 원하지 않든, 환경의 영향이 유전자의 영향보다 더 중요해요. 생물 변이설을 주장한 라마르크가 옳아요. 생물은 환경의 영향을 받아 스스로를 변화시켜요. 라마르크의 진화론은 다윈의 진화론과 아주 달라요. 다윈은 환경에 가장 적합한 자들이 선택된다고 믿었죠.」

누시아는 곤충 모양으로 생긴 꽃을 가리킨다.

「난초의 일종인 저 식물을 보세요. 형태와 냄새가 말벌의 암컷과 똑같아요. 저 식물의 전략이에요. 말벌의 수컷은 저 꽃이 동종의 암컷인 줄 알고 교미를 하러 날아오죠. 저 식물은 눈도 없고 귀도 없고 코도 없어요. 뇌는 말할 것도 없고요. 그런 식물이 완벽한 말벌의 형태를 취하고 있어요. 어떻게 그런 능력이 생겼을까요? 그것을 유전자 하나로 설명할 수 있겠어요? 그저 우연히 가장 적합한 자가 선택을 받은 것일까요? 아니면 환경의 영향에 따라 저 식물이 스스로 변화한 것일까요?」

「글쎄요…….」

「저 식물에게도 어떤 정기가 있어요. 저 식물은 자기의 계획을 실현하기 위해 곤충을 이용했어요. 그건 정신의 문제이지 유전학의 문제가 아니에요. 저 식물과 말벌은 일종의 협정을 맺었어요. 자연 속에서 어떤 긍정적인 작용이 일어나면 긍정적인 반작용이 뒤따르게 마련이죠.」

그는 한 무리의 피그미 여자들을 관찰한다. 그녀들은 자루에서 먹을거리를 꺼내고 불을 피워서 식사를 준비하기 시작한다.

「당신은 찰스 다윈의 이론에 반대하나요?」

「나는 장바티스트 드 라마르크의 이론을 지지해요. 그는 생물 변이설을 통해 진화를 설명하는 이론을 주창했어요. 그의 진화론은 다윈의 이론보다 수십 년 먼저 제기된 혁명적인 이론이에요.」

「하지만 다윈도…….」

「다윈의 주장에 따르면, 어떤 자들은 튼튼하게 태어나서 살아남는 반면 어떤 자들은 그저 잘못 태어난 죄로 사라지고 말죠. 그건 멍청한 이론이에요. 나는 생명을 가진 모든 존재가 변화하고 적응하는 능력을 가지고 있다고 믿어요. 그건 동기 부여의 문제 또는…… 영혼의 특성과 관련된 문제예요. 영혼이 우리를 나아가게 하는 것이죠.」

그러더니 누시아는 그에게 다가들어 입을 맞춘다.

「그거 하고 싶지 않아요?」

「하고야 싶지만…… 그게 그러니까…….」

그가 더듬거리자 그녀가 설명한다.

「피그미들의 사회는 모권제예요. 여자들이 먼저 욕망을 표현하죠. 비페네 웰스, 그게 거북해요?」

그가 조금 난처해하는 기색을 보이자, 그녀는 주도권을 잡고 그에게 다시 키스를 한 다음 그를 뒤로 넘어뜨리고 그의 옷을 벗긴다. 그러고는 자기도 서둘러 옷을 벗는다.

그들의 벌거벗은 몸은 땀에 젖어 있다. 밖에서는 곤충들이 붕붕거리고 화산이 연기를 내뿜는다. 누시아는 거친 숨결을 가누며 윗몸을 일으킨다. 그러고는 그의 몸에 올라타서 그의 손목을 꽉 쥐고 자꾸자꾸 키스를 하도록 이끈다. 다비드는 묘한 기분을 느낀다. 그곳의 특별한 분위기 때문인지 모든 감각이 더욱 민감해지는 듯하다.

그들은 살을 섞는다. 화산은 곧 터질 듯 끊임없이 진동하지만, 그들은 그것에 전혀 아랑곳하지 않는다. 그렇게 두 시간이 지나자 몸이 불타는 듯하고 피로가 몰려온다. 이윽고 두 사람은 나란히 눕는다.

누시아가 일어나더니 향초를 가득 채운 파이프를 그에게 내민다.

「또 마약인가요? 나보고 다시 전생으로 돌아가라고요?」

「아뇨, 이건 그냥 긴장을 풀어 주는 말린 잎새들이에요. 사람들은 이것을 일컬어…… 담배라고 하죠.」

그녀는 누르스름한 연기를 뱉어 낸다.

「나도 전생으로 돌아가는 의식을 치른 적이 있어요. 나 역시 아틀란티스에서 살았더라고요. 당신이 기억나요. 당신은 그 시절에 여자를 잘 꾀는 남자였죠.」

다비드는 농담인지 진담인지 알 수가 없어서 대답을 머뭇거린다. 누시아는 깔깔거리며 그의 가슴을 어루만지고 젖꼭지를 간질인다.

「지금도 당신은 참 멋져요. 여자들을 욕망에 들뜨게 만들 법해요. 당신 집에 그런 여자가 살고 있나요?」

「사실 나는 어머니 댁에 살고 있어요.」

누시아는 실소를 짓는다.

「스물일곱 살이나 되어 가지고!」

「언젠가는 가족의 둥지를 떠날 거예요. 어쩌면 당신 덕을 보게 될지도 모르죠.」

「어째서요?」

「내가 당신 혈액에서 무언가를 발견하고 그 덕분에 결선에서 우승하면, 실험실이 생기고 월급도 받게 되거든요. 그러면 당신도 파리로 와요. 이 숲을 보호하는 활동을 하기에는 거기가 더 나을 수도 있어요. 여기에서 불도저에 쫓기고 언제 용암을 토해 낼지 모르는 활화산 발치에 숨어 지내는 것보다 낫지 않겠어요?」

「바보 같은 소리만 하네요, 다비드. 그래도 당신 덕분에 웃었어요. 다시 키스해 줘요.」

그들은 다시 살을 섞는다. 화산은 진동을 멈추고 잠이 든다.

74
백과사전: 티모시 리어리에 따른 진화의 단계
심리학자 티모시 리어리는 매우 신산스러운 삶을 살았다. 멕시코에서 환각을 일으키는 버섯들을 시험 삼아 먹어 보고, LSD를 이용한 심리 치료를 주창한 뒤로 그의 고난이 시작되었다(리어리의 친구였던 존 레넌의 노래 중에는 그의 영향을 받아 만들어진 것들이 있는데, 제목에 들어 있는 명사들의 머리글자를 합치면 LSD가 되는 「다이아몬드를 가지고 하늘에 떠 있는 루시Lucy in the Sky with Diamonds」, 그리고 리어리가 캘리포니아 주지사 선거에 출마했을 때 내건 슬로건에서 영감을 얻은 「컴 투게더」가 바로 그 노래들이다).

1963년 티모시 리어리는 하버드 대학의 강단에서 쫓겨났다. 학생들에게 환각제를 나누어 주었다는 것이 그 이유였다(그는 나중에 술회하기를, 〈내가 보기에 환각제로 쓰이는 그 식물 종들이 우리의 신경계와 직접적으로 상호작용하는 것은 자연스러운 일이며, 내가 하버드에서 보낸 4년과 성경과 세인트패트릭 대성당과 일요일마다 치르는 종교 의식이 오히려 인위적이다〉라고 했다).

그 뒤로 그는 미국의 극좌파 운동 단체에서 활동했고, 마약을 소지한 혐의로 두 차례 재판을 받았다. 1970년 20년 징역형을 받고 교도소에 수감되었으나 몇 개월 뒤에 탈출하여, 한 급진 좌익 단체의 도움으로 알제리로 도망쳤다. 알제리에 도착한 뒤 거기에 망명해 있던 미국의 급진적인 흑인 해방 운동 단체 〈흑표범단〉의 한 단원에게서 도움을 받고자 했으나, 그자는 오히려 리어리를 인질로 잡고 몸값을 요구하는 소동을 벌였다. 리어리는 다시 스위스를 거쳐 아프가니스탄으로 도망쳤다가 미연방 마약국의 요원들에게 체포되어 미국으로 송환되었다. 그는 재판을 받고 다시 교도소에 수감되었지만, 연방 수사국의 수사에 협력한 대가로 1976년에 석방되었고 그 뒤로는 요가와 명상 및 의식의 고양을 통한 외계 여행 쪽으로 방향을 돌렸다. 그는 『뉴로로직Neurologic』을 비롯한 여러 권의 책을 썼다(그는 자기 저서를 통해 〈정신 질환은 없으며, 알려지지 않았거나 제대로 탐사되지 않은 신경 회로들이 있을 뿐이다〉 또는 〈내면의 현실은 외부의 현실보다 훨씬 중요하다〉라고 선언했는가 하면, 〈LSD를 복용하면 세 가지 부수적인 효과가 나타나는데, 첫째는 장기적인 기억을 파괴한다는 것이고, 둘째는 단기적인 기억을 파괴한다는 것이며, 셋째는 이제 생각이 나지 않는다〉라고 농담을 하기도 했다).

그는 전립선암에 걸려 죽어 가면서 며칠간의 임종 장면을 비디오로 촬영하게 했다. 그가 남긴 마지막 말은 〈뷰티풀〉이다. 그의 유해 가운데 일부는 로켓에 실려 우주 공간에 뿌려졌다.

티모시 리어리가 여러 저서를 통해 주장한 인간 개개인의 진화 단계를 나열하자면 다음과 같다.

1. 젖을 빠는 반사 행동.

2. 헤엄을 치는 반사 행동.

3. 기어서 나아가는 반사 행동.

4. 일어서서 걷는 반사 행동 그리고 직립 상태에서 균형을 잃지 않는 능력.

5. 달리는 반사 행동과 빠르게 움직이면서 균형을 유지하는 능력.

6. 높은 곳으로 올라가는 반사 행동과 현기증을 이겨 내는 능력.

7. 서술적인 언어, 그리고 뒤이어 상징적인 언어의 습득.

8. 상징을 사용하는 능력과 창의력.

9. 사회적 협동.

10. 성징의 발현과 성애에 눈뜨기.

11. 부모가 되는 능력과 자식을 가르치는 능력.

12. 성생활이 끝나는 것(폐경과 성기능 쇠퇴)을 받아들이고 생애의 말년을 관리하는 능력.

이상은 자연스럽게 이루어지는 반사적인 진화들이다. 하지만 개인들의 감수성에 따라서 차이를 보이는 다른 진화들도 있다.

13. 쾌락에 대한 감각. 이는 우리 몸이 느끼는 희열의 순간들에 주의를 기울이는 능력이다.

14. 아름다움에 대한 감각. 이는 시각적인 또는 청각적인 구성을 통해 기쁨을 얻는 능력이다.

15. 공유의 능력. 이는 아름다움과 즐거움에 대한 우리의 지각을 다른 사람들과 공유함으로써 모두가 열렬한 마음으로 하나가 될 수 있게 하는 능력이다.

외부 세계의 아름다움과 내면의 즐거움에 대한 그런 지각 말고도 첨단 기술을 통해 이루어지는 다른 수준의 진화들도 있다.

16. 게임과 같은 가상 현실이나 환각적인 인공 세계 속에 자신을 투사하는 능력.

17. 꿈결에 본 것 같은 자기의 개인적인 환영을 다른 사람들에게 전달하기 위해 가상 현실이나 컴퓨터 프로그램을 만들어 내는 능력.

18. 컴퓨터의 기억 능력과 계산 능력을 활용하여 자신의 뇌를 확장하는 것.

현대의 개인들은 그런 단계를 넘어서서 다음과 같이 진화할 수도 있다.

19. 자기의 유기체를 DNA에 의해 프로그래밍된 세포들의 집합으로 의식하는 것.

20. 유전학적 창의력: 자기 것과 다른 유전적 프로그램들을 만들어 내려는 욕구. 이는 단지 자식을 낳으려는 욕구(우연에 좌우되는 불확실한 생산 방식)뿐만 아니라 자식을 예술 작품으로 프로그래밍하려는 욕구를 포함한다.

21. 공생: 서로 다른 DNA를 가진 유기체들끼리 협력할 수 있는 길을 찾아내는 능력. 현존하는 생물학적 예술 작품들을 융합하여 아직 존재하지 않는 작품들을 만들어 내는 것.

마지막으로 티모시 리어리는 개인의 의식이 정점에 달할 때 나타내는 진화의 단계들을 언급한다.

22. 우리 안에 있는 무한히 작은 것과 무한히 큰 것에 대한 의식.

23. 물질에 더 이상 의존하지 않는 능력: 명상 등을 통해서 육신에서 벗어나 보는 것.

24. 물질에서 벗어난 순수한 정신의 실체들과 융합하는 능력.

에드몽 웰스, 『상대적이며 절대적인 지식의 백과사전』 제7권

75

정신이 갑자기 확장된 것일까. 오로르는 육신에서 벗어나 그것을 내려다보고 있는 기분을 느낀다. 정신이 마치 목둘레의 주름 장식처럼 머리통을 둥그렇게 에워싸고 있는 형국이다. 이것이 계속 늘어나더니 하나의 투명한 구체를 형성한다. 이 구체는 다시 커지다가 아랫부분이 길게 늘어나더니 조롱박 모양으로 변한다. 이 조롱박의 꼭지 부분이 지구의 심장을 찾아 땅속으로 들어간다. 이건 그녀가 몰랐던 일이다. 자기가 이런 일을 해낼 수 있다는 것, 자기가 지구의 중심을 향해 나아갈 수 있다는 것을 어찌 알았으랴. 마치 오래전에 자기 안에 프로그래밍된 것이 이제야 깨어난 것만 같다. 이제껏 그녀는 자기가 육신에 매여 있고 거울에 비친 자기 모습에서 벗어날 수 없고 중력의 법칙에 따라 땅에 묶여 있을 수밖에 없다고 생각했다. 그런데 아마존들이 귀띔을 해주기도 전에 갑자기 전혀 새로운 것을 경험하고 있는 것이다. 그녀의 정신이 땅속으로 들어가서 지구의 중심에 이끌리고 있는 것 같다.

그때 펜테실레이아가 그녀를 흔들어 깨운다.

「빨리요, 경찰이 곧 들이닥칠 거예요!」

오로르는 일이 그렇게 중단된 것에 실망한다. 경이로운 경험이라 여겼던 것이 한순간에 한낱 꿈으로 변한 것이다.

그저 정신 착란 증상이었던 거야. 십중팔구 꿀벌들에게 쏘여서 생긴 환각이었을 뿐이야.

모두가 공황 상태에 빠져 있다. 오로르는 서둘러 옷을 입는다. 그런 다음 다른 여자들과 함께 한쪽 통로로 내닫는다. 말들을 숨겨 둔 동굴로 이어지는 통로다.

안티고니아가 무어라고 소리친다. 즉시 해산하라는 뜻인 듯하다.

멀리에 군용 지프들이 일으키는 먼지구름이 보인다.

펜테실레이아가 말한다.

「저들은 당신이 호텔에 없다는 것을 알아차리고 당신 휴대 전화를 통해 위치를 추적했을 거예요. 당신은 우리가 방사선에 어떻게 저항하는지 알고 싶어 했어요. 그 해답의 실마리는 이미 얻은 셈이에요. 꿀벌들을 백신으로 이용한다는 것이 바로 실마리에요. 이제 조금 더 깊이 알고 싶다면 나를 따라와요.」

그녀들은 지프들이 달려가는 쪽과 반대되는 방향으로 말을 몰기 시작한다. 오로르는 그 적갈색 머리 여자를 따라 말을 타고 질주하는 것에 다시금 희열을 느낀다.

하지만 동굴에서 느꼈던 그 기이한 기분을 잊을 수가 없다.

내 정신이 다시 갑갑한 머리통 속에 갇힌 기분이야. 그 경험을 잊고 지금 이 상태에 만족해야 해.

오로르는 짧은 머리를 스치는 바람과 넓적다리에 닿는 말의 따뜻한 옆구리, 그리고 자신의 호흡에 장단을 맞춰 주는 말의 숨결을 느낀다. 그녀들은 협곡을 따라 나 있는 좁다란 길을 내달아 전나무 숲으로 들어간다.

펜테실레이아가 알려 준다.

「조심해요, 곧 국경을 넘어갈 거예요.」

나무들이 갈수록 빽빽해지고 있어서, 그 사이로 요리조리 빠져나가기가 쉽지 않다. 그녀들은 숲속의 빈터를 지나고 강을 건넌다.

「드디어 이란 영토로 들어왔어요. 더 정확히 말하면 쿠르디스탄에 있는 마하바드에서 멀지 않은 곳이에요. 우리는 튀르키예에서 문제가 생기면 이란에 숨고, 이란에서 문제가 생기면 튀르키예에 숨어요. 두 나라에서 문제가 생기면, 시리아나 이라크로 가는 경우도 있어요. 쿠르드족을 보면서 그런 기동성을 배웠죠.」

펜테실레이아는 아래가 훤히 내려다보이는 낭떠러지 쪽으로 오로르를 데리고 가더니 멀리 전기 철조망 울타리가 둘러친 창고를 가리킨다. 오로르는 그녀가 건네준 쌍안경을 받아 들고 살펴본다. 콘크리트 드럼통들을 들어 올리는 기중기들과 트럭들이 보인다. 인부들이 온몸을 완전히 가리는 보호복 차림으로 그 드럼통들을 매우 조심스럽게 다루고 있다.

「저건 원주민들을 없애 버리는 새로운 방식이에요. 옛날에는 전쟁을 벌여서 원주민들을 학살하고 겁탈하고 생존자들을 노예로 팔았어요. 고대의 우리 조상들이 그리스인들과, 그 뒤에는 로마인들과 맞서 싸우다가 패배했을 때 그런 일을 당했죠. 중세에는 침략자들의 전략이 더 위선적인 것으로 변했어요. 원주민들을 굶어 죽게 만들고 원군이 오는 것을 막았으니까요. 소말리아인들이나 나이지리아인들이나 수단인들도 자기네 남부 원주민들을 없애 버리기 위해 그런 전략을 썼죠. 이제…… 저들은 다량의 방사성 폐기물을 자기들이 〈달갑지 않다〉고 생각하는 원주민들의 마을에서 멀지 않은 곳에 묻고 있어요. 심지어는 그 대가로 돈을 받기도 해요. 그런 위험한 물질을 처분하고 싶어 하는 나라들이 돈을 지불하고 있죠.」

오로르는 쌍안경을 내려놓고 희미한 달빛에 비추어 스마트폰의 음성 녹음 기능을 작동시킨다.

「저 폐기물은 폭발을 지연시켜 놓은 폭탄이나 다름없어요. 콘크리트 드럼통들은 결국 금이 가고, 방사선이 누출되어 지하수 층에 닿아요. 그러면 식물들과 동물들이 먼저 방사능에 오염되고 그다음에는 사람들이 피해를 당하죠. 방사능에 노출되면 갑상샘암을 비롯한 각종 질환이 발생하고 신생아들은 기형으로 태어나요. 그런 사태가 벌어져도 방사성 폐기물을 잘못 처리한 정부의 책임을 묻는 사람들이 없어요. 주민들을 제거하기 위해 고의적으로 그랬다고 여길 사람이 누가 있겠어요? 그저 우연히 암 환자가 많이 발생한 것으로 생각하겠죠.」

「그래도 당신네 아마존들은 건강해 보이는데요.」

「미트라다테스 식의 항독 면역법을 쓰고 있는 거예요. 그러고 보니 미트라다테스는 여기에서 멀지 않은 곳에 있었던 폰토스 왕국의 군주였네요. 그는 우리 아마존 선조들과 동맹을 맺은 왕이었어요. 로마인들이 자기를 독살하기 위해 배신자 하나를 자기 궁정에 들여보냈다는 사실을 알고, 그는 매일 조금씩 독을 복용했대요. 〈최악의 것에 점차적으로 적응하기〉라는 원리를 창안한 셈이죠.」

「백신 요법도 그와 같은 방법이라고 볼 수 있어요. 미량의 병원균을 접종하여 몸이 대응하게 하고, 나중에 병원균이 침입하면 그것을 알아보고 싸우도록 만드는 것이죠.」

「어쨌거나 미트라다테스는 그렇게 면역이 된 덕분에 독이 들어간 음식을 먹고도 살아남았어요.」

오로르는 다시 쌍안경을 들어 콘크리트 드럼통들이 쌓이고 구덩이에 묻히는 것을 지켜본다.

「우리 아마존에게도 점차적으로 변이가 일어났어요. 그래서 방사능 폐기물이라는 저 또 다른 독을 견뎌 내고 있는 것이죠. 우리는 아마도 저 끔찍한 것에 면역이 되어 있을 거예요.」

오로르는 재빨리 그 정보들을 기록한다.

「꿀벌과 방사능 사이에 무슨 관계가 있나요?」

「꿀벌들은 히로시마와 나가사키에서도 살아남았어요. 우리는 어떻게 다른 생명체들이 전멸당한 곳에서 꿀벌들이 버틸 수 있었는지 알아내려고 애썼어요. 그 결과로 우리가 무엇을 알아냈는지 알아요? 꿀벌들의 전략은 치명적인 위험이 닥치자마자 로열 젤리를 먹음으로써 암컷의 특성을 더 강화하는 것이었어요. 사람으로 치자면 여성성을 더 강화했다는 것이죠. 여성 호르몬은 유기체를 강인하게 만들어요. 여자들이 남자들보다 평균적으로 10년 이상 더 오래 사는 이유가 거기에 있어요. 우리가 조금 전에 당신에게 그 신비한 물질을 먹인 것도 그 때문이에요. 조금 더 〈우리처럼〉 되게 하려는 것이었죠.」

「그게 무슨 뜻이죠?」

「훨씬 더 여성적으로 만들기 위함이었다는 거예요.」

「단지 로열 젤리만 가지고요?」

「우리는 그것의 효능을 개선했어요. 우리는 인간의 로열 젤리를 몰래 만들고 있어요. 쉽게 말하면 꿀벌의 로열 젤리에 인간의 여성 호르몬을 섞은 것이죠.」

오로르는 떨떠름한 표정을 짓는다.

「당신은 아까 동굴에서 그것을 먹었어요. 그래서 꿀벌들에게 쏘이면서도 견딜 수 있었던 거예요. 그뿐 아니라 지금 당신이 방사능에 저항하고 있는 것도 그것 덕분이에요.」

오로르는 전율이 스치는 것을 느낀다.

「다른 사람들에겐 위험한 이곳이 우리에겐 몸을 숨길 수 있는 성역이 되는 이유가 바로 거기에 있어요. 이제는 핵폐기물이 우리를 보호하고 있는 셈이죠. 우리는 선택의 여지가 없었어요. 여기에 숨어서라도 살아남지 않으면 지상에서 사라질 운명에 처해 있었거든요. 우리는 변이했고 이제 우리 딸들은 면역이 된 채로 태어나요.」

펜테실레이아는 쌍안경을 도로 가져가서 한 지점을 살피더니 걱정 어린 표정을 짓는다.

「경찰관 하나가 우리의 위치를 알아냈어요. 5분 뒤면 그들이 여기로 올 거예요. 빨리 갑시다.」

그녀들은 다시 말에 올라타서 빠르게 내닫는다. 그렇게 얼마쯤 가자 펜테실레이아가 석굴 집으로 이루어진 또 다른 마을을 가리킨다. 마치 벌써 연락을 받기라도 한 듯, 여자들이 나타나서 두 사람을 도와 말들을 숨긴다.

밖에서 보면 주거지라기보다 이끼로 덮인 암벽 같다. 빛을 받아들이기 위한 가느다란 구멍이 옛 성벽의 총안처럼 뚫려 있을 뿐이다.

펜테실레이아는 어느 집으로 들어간다. 전기 스위치를 누르자 수정을 정교하게 깎아 만든 오래된 샹들리에에 불이 들어온다. 방 안에 갖가지 고물들이 잔뜩 쌓여 있어서 골동품 가게나 해적들의 보물 창고에 들어온 기분이 든다.

「이젠 안심해도 돼요. 당신의 논문을 위해서 더 원하는 게 뭐죠?」

「당신의 피요.」

말이 끝나기가 무섭게 카메러 박사는 생물학자의 장비를 펼쳐 놓고 주사기로 펜테실레이아의 피를 조금 뽑는다. 그런 다음 현미경의 슬라이드 글라스 위에 피를 몇 방울 떨어뜨린다. 이윽고 그녀는 대물렌즈 아래에서 자기가 원하던 것을 찾아낸다.

「당신 말이 옳아요. 당신의 세포들은 보통 사람의 세포들보다 저항력이 훨씬 강해요.」

펜테실레이아는 프랑스 여자의 턱을 잡는다.

「그보다 더 중요한 것이 있어요. 내가 정말 묻고 싶은 것은 이거예요. 카메러 박사, 우리를 도와줄 거죠?」

「온 마음으로 돕겠어요. 당신들이 최악의 사태에 대한 해결책을 찾아냈다고 온 세상에 알리겠어요.」

펜테실레이아는 자기의 기다란 적갈색 머리채를 쓸어 올린다.

「그렇다면 우리의 〈차이〉가 조금 문제가 되겠군요. 핏속에 여성 호르몬이 두 배로 들어 있으면 우리의 여성성과 저항력이 두 배가 될 뿐만 아니라…… 감수성도 두 배로 높아지죠.」

「그렇겠네요.」

「아뇨, 당신은 이해하지 못해요.」

그러면서 펜테실레이아는 오로르의 허리를 잡고 자기 쪽으로 바싹 끌어당긴다. 그러더니 바닥에 놓여 있는 매트리스 위로 그녀를 던지면서 묻는다.

「아마존 왕과 사랑을 나누고 싶지 않아요?」

76

물속에 가스를 보내어 작은 거품들을 일으켰지만 기대했던 효과를 얻지 못했다.

하는 수 없다.

나에게는 그 〈오로르 카메러〉라는 이름이 남아 있다. 내가 기억하기로 그 여자는 내가 지켜보고 싶어 하는 진화 프로젝트들 가운데 하나를 제안한 사람이다. 또 하나의 프로젝트는 다비드 웰스의 것이다. 그 두 가지 프로젝트에 관심을 가져야 한다. 내가 나의 위대한 목표를 실현하기 위해 선발해야 할 사람들이 바로 그들일 수도 있지 않을까?

나 자신의 역사를 회상하고 있었는데 어디까지 했더라?

수중 생물에 이어 육지 생물이 수면 위로 솟은 내 대륙들에 서식하기 시작했다. 그런데 3억 8천만 년 전에 내가 두려워하는 것이 다시 나타났다.

그것은 앞서 나와 충돌했던 천체와 비교하면 크기가 4분의 1쯤 되는 소행성이었다. 그 새로운 테이아(편의상 테이아 2라고 부르자)는 직경이 1천5백 킬로미터밖에 안 되는 것이었지만 밀도가 대단히 높았다.

테이아 2는 나의 중력장으로 진입하여 시속 2만 킬로미터의 속도로 대기층을 통과하면서 불탔지만, 완전히 연소가 되지 않아서 그 찌꺼기가 내 표면에 충돌했다.

그 충격은 어마어마했다.

그 여파로 내 살갗에 주름이 생겼다. 먼 훗날 과학자라 불리는 인간들은 그것을 〈지각 변동〉이라 부르게 된다.

테이아 2는 나와 충돌하면서 내 회전축을 15도에서 19도로 다시 변화시켰다.

나는 분노에 차서 번갯불을 번쩍이고 천둥으로 으르렁거렸다. 비가 내리기 시작했고 날씨가 아주 추워졌다. 그런 다음 날씨가 아주 더워졌다가 나시 추워졌다.

그 시대의 대다수 동물들은 죽었다. 그것이 최초의 도태였다.

그 격변 이후에 생명의 진화가 빨라졌다.

새로운 기후 조건에 적응하지 못한 종들은 대부분 사라졌다. 그 뒤로 한 무리의 파충류가 증식하면서 여러 종으로 갈래를 치기 시작했다. 공룡들의 시대가 열린 것이다.

그들 가운데 두 다리로 뛰어다니는 종이 하나 있었다. 훗날 인간들이 〈스테노니코사우루스〉라 명명한 종이다.

내가 보기에 그 공룡들은 전도가 가장 유망해 보였다. 그들은 저희끼리 소통을 할 줄 알았고, 무리를 지어 전쟁을 벌였으며, 조약돌을 사용해서 단단한 알껍데기들을 깨기도 했다. 도구를 사용하는 쪽으로 나아갈 소질이 다분해 보였다.

사실 생명이 내 비밀 계획의 첫 단계라면 지능은 두 번째 단계였다.

내가 보기에 스테노니코사우루스들은 그 새로운 단계로 넘어가기에 가장 유리한 자리를 차지하고 있었다.

나는 그들에게 희망을 걸었다. 그들이 우주에서 날아오는 암석들의 다음 공격으로부터 나를 지켜 줄 수 있는 나의 투사들이 되기를 바랐다.

그러나 나는 일을 그다지 빠르게 진척시키지 못했다.

내 표면에서 아름다운 식물들과 멋진 동물들이 번성해 가고 공룡 문명의 맹아가 싹터 가던 차에 어딘가에서 또다시 거대한 충돌체가 나타났다.

6천5백만 년 전의 일이다. 직경 1백 킬로미터의 소행성인 테이아 3은 시속 5만 킬로미터로 돌진해 왔다.

나는 그 위험에 맞서 나 자신을 지킬 수 있는 수단을 전혀 갖추고 있지 않았다. 나의 스테노니코사우루스들은 아직 우주 방어 체계를 만들어 내지 못했다. 만들어 내기는커녕 구상조차 못 하고 있는 단계였다.

나는 웬만한 공격에도 쉽게 상처를 입을 수 있는 상태에 있었다.

테이아 3은 오늘날 인간들이 〈멕시코만〉이라 부르는 지역에 떨어졌다. 충돌의 여파로 해일이 일고 대기 중에 가는 먼지가 솟구쳐 몇 달 동안 하늘을 가렸다.

그것은 내가 세 번째로 겪은 큰 고통이었다.

햇살이 내 표면에 닿지 않아서 입주자들은 한동안 어둠 속에서 살았다. 계속되는 어둠과 추위 속에서 생존할 능력이 없었던 무수한 식물들이 죽었고, 이어서 그 식물들을 먹고 살던 초식 동물들이, 그리고 그 초식 동물들을 잡아먹던 육식 동물들이 죽음을 맞았다.

내가 그토록 애를 써서 번식시켰던 생물 종들의 대다수가 소멸했다. 나의 모든 수고가 헛일이 되어 가고 있었다.

나를 덮고 있던 숲들 가운데 80퍼센트가 한 달 만에 사라졌다.

　그 충돌이 어찌나 강력했던지 나의 중심축은 19도에서 23.5도로 더 기울어졌고, 중력에도 변화가 생겼다. 공룡들은 그 격변을 이겨 내지 못했다. 그들은 너무 크고 너무 무겁고 너무 느렸다. 그들 역시 사라졌다.

　나는 최초의 충돌체 때문에 겪은 크나큰 고통의 가증스러운 결정체인 달을 바라보며 생각했다. 〈소행성이 또 출현한다면 그때는 누가 날 구해 주지?〉

나이트클럽 〈아포칼립스 나우〉

77

「네, 저 여기 있습니다.」

제라르 살드맹은 호명에 대답하고 소르본 대학 인류 진화 학술 대회의 9인 심사 위원들 앞으로 나간다.

「〈청춘의 샘〉 프로젝트. 살드맹 박사, 마이애미에 다녀오셨지요? 인간의 수명 연장에 관한 박사의 논문이 어떤 점에서 인류의 진화에 기여하는지 설명해 주시겠습니까?」

젊은 연구자는 현학적인 어조로 설명해 나간다. 결함이 생긴 기관들을 마치 컴퓨터 프로그램을 초기 설정으로 되돌리듯 말짱한 상태로 돌아가게 하는 것이 어떻게 가능한지, 줄기세포를 어떻게 이용하는지, 그리고 교체용 부품들의 창고와 같은 구실을 하는 클론 은행을 어떻게 만들어서 어떻게 운용하는지……. 요점은 〈어느 기관이든 손상되는 족족 갈아치운다〉는 것이다.

크리스틴 메르시에는 주의 깊게 듣고 있다. 왼쪽 끄트머리에 앉은 심사 위원도 이번에는 자지 않고 깊은 관심을 보인다. 오른쪽에 앉은 소인증 여자는 스마트폰에 메모를 한다. 그렇게 30분에 걸친 발표가 끝나자, 크리스틴 메르시에는 다른 심사 위원들에게 질문이 있는지 묻는다. 제라르 살드맹은 더욱 상세하게 자기 프로젝트에 관한 설명을 이어 간다.

「제가 보기에 〈청춘의 샘〉 프로젝트가 실현된다면 세계인의 평균 수명을 70세에서 2백 세로 연장할 수 있을 것입니다.」

「노화에 따른 여러 가지 질환, 예컨대 알츠하이머병, 요실금, 불면증, 진전증, 류머티즘 따위를 앓지 않고 그렇게 오래 살 수 있다는 건가요?」

「그렇습니다. 저는 인류가 지혜와 성찰을 향해 진화하리라 생각합니다. 2세기의 수명이 그런 경지로 우리를 이끌어 갈 것입니다. 사람이 2백 살을 산다고 할 때 그 정신이 얼마나 깊어지고 넓어질지 상상해 보십시오. 그는 자연스럽게 환경 보호주의자가 될 것입니다. 2백 년 동안 살다 보면 공기와 물을 깨끗하게 보존하기 위해 노력하고 싶은 마음이 저절로 들 테니까요. 저는 제가 제안하는 것이 의학적인 혁명일 뿐만 아니라 정치적이고 철학적인 혁명이라고 생각합니다.」

「고맙습니다, 살드맹 박사. 회춘의 기술에 관한 훌륭한 발표 잘 들었습니다.」

젊은 연구자는 인사를 하고 자기 자리로 돌아와 앉는다.

크리스틴 메르시에는 동료들과 낮은 목소리로 이야기를 나눈 뒤에 청중을 향해 몸을 돌린다.

「다음 결선 진출자 나오세요. 〈아마존〉 프로젝트, 오로르 카메러 박사. 제가 알기로 박사는 어제 튀르키예에서 돌아왔습니다. 〈여성화를 통해 방사능에 대한 저항력을 높이는 방안〉에 관해서 논문을 쓴다고 하셨는데, 연구가 얼마나 진척되었는지 우리에게 알려 주시겠습니까?」

「제가 거기에서 알아낸 것은 고대 아마존들의 마지막 후예인 그 여자들이 평균치를 훨씬 상회하는 여성 호르몬 수치를 보이고 있다는 사실입니다. 이런 특성은 그녀들의 유전 암호에 들어 있습니다. 그녀들이 핵폐기물의 방사능에 〈비정상적인〉 저항력을 보이는 이유가 여기에 있는 것으로 보입니다. 제가 보기에 남자들과 여자들 모두를 대상으로 여성 호르몬의 분비를 촉진함으로써 그런 변이를 재현할 수 있다면, 인류가 치명적인 방사능에 더 잘 저항하도록 만들 수 있을 것입니다.」

오로르는 그렇게 허두를 떼고 긴 설명을 이어 간다. 발표가 끝나자 심사 위원들은 나직한 소리로 자기들끼리 의견을 나눈다. 오로르 카메러는 그것을 격려로 받아들이고 말을 맺는다.

「이 프로젝트에는 중요한 것이 걸려 있습니다. 체르노빌과 후쿠시마에서 일어난 것과 같은 원전 사고들이 갈수록 빈번해지고 핵전쟁의 위험성이 높아지고 있기에 더욱 그러합니다. 튀르키예 아마존들의 사례를 따라 유전 암호를 변경하거나 강도 높은 호르몬 요법을 사용하게 되면, 모두의 구원을 위한 길이 열릴 수도 있을 것입니다.」

「고맙습니다, 카메러 박사. 이제 결선에 오른 마지막 연구자의 차례입니다. 〈피그미〉 프로젝트를 제안한 웰스 박사 나오세요.」

다비드 웰스는 심사 위원들 앞으로 나아간다.

「제 프로젝트는 카메러 박사의 프로젝트와 연결되어 있습니다. 콩고의 피그미들은 병원균에 대해 강한 저항력을 보입니다. 그렇게 저항력이 강해진 것은 밀림의 세균과 끊임없이 접촉하는 그들의 생활 방식과 관련되어 있습니다. 밀림에는 세균이 많고 세균들의 공격성도 매우 강합니다. 온도가 높고 동물상과 식물상이 다양하기 때문입니다. 그곳에서는 방사능이 아니라 감염이 사람들에게 변이를 가져오고 그들의 저항력을 키웠습니다. 제가 보기에 숲은 그 자체로 하나의 치료제이자 인류 진화의 핵심적인 요인입니다. 피그미들은 우리 도시인들보다 강하고 질병에 더 잘 저항합니다. 자연과 온전히 공조하며 살아가기 때문입니다. 그들은 자연을 파괴하지 않기 위해 자기들이 이동합니다. 그들은 자기들의 생물학적 환경을 존중하고 그 대가로 환경은 그들을 보호해 줍니다. 하지만 아프리카의 정부들은 그런 장점을 인정하기는커녕 숲을 파괴하면서 그들을 멸종시키려 하고 있습니다. 그런 점에서 건강을 지키는 그들의 비밀과 지혜가 그들과 함께 사라지기 전에 하루라도 빨리 개입해야 하리라고 생각합니다.」

다비드 웰스는 피그미들과 생활하면서 알아낸 바를 그런 식으로 풀어낸다. 크리스틴 메르시에가 마이크를 잡는다.

「고맙습니다, 웰스 박사. 음…… 아버님 소식을 들었습니다. 우리 모두 진심으로 애도의 뜻을 표합니다. 한 가지 알려 드리자면, 우리는 샤를 웰스 교수의 초상을 저 벽에 걸린 초상들 옆에 추가하자고 요청했습니다. 고인을 〈진화에 관한 연구의 정신적 지주〉로 모시겠다는 뜻이죠.」

「아버님이 아셨다면 매우 자랑스러워하셨을 겁니다.」

젊은 연구자는 담담한 목소리로 대답한다.

크리스틴 메르시에가 다시 마이크를 잡는다.

「좋습니다. 우리는 결선에 오른 세 연구자의 발표를 들었습니다. 이제 우리에게는 셋 중에서 한 분을 선택하는 어려운 과제가 남아 있습니다. 우승자는 소르본 대학 진화 연구 분과의 격려와 전폭적인 재정 지원을 받으며 연구를 진행하게 될 것입니다. 우리가 의견을 모으는 동안 여러분은 강당에서 기다려 주시기 바랍니다.」

다비드와 오로르는 서로에게 다가가서 함께 강당을 나간다.

「나는 당신이…….」

오로르는 그의 입술에 손가락을 갖다 댄다.

「쉿……. 그 얘기는 나중에 해요.」

그래서 다비드는 무의식적으로 스마트폰을 꺼내어 이어폰을 귀에 꽂고 텔레비전 뉴스 앱을 작동시킨다. 그녀가 다가든다.

「그거 재미있겠는데요, 같이 들을까요?」

그가 미처 대답하기도 전에 오로르는 한쪽 이어폰을 잡아 자기 귀에 꽂는다.

78

축구

어제 오후 카타르 도하에서 월드컵 축구 결승전이 화려하게 펼쳐졌고, 그 결과 브라질이 중국을 1 대 0으로 꺾고 우승했습니다. 전 세계 80억 인구 가운데 무려 62억 명이 이 경기의 생중계를 시청했습니다. 일부 시청자들은 아주 늦은 시각까지 깨어 있어야 했을 텐데도 여덟 명 가운데 여섯 명이 텔레비전 앞에서 결승전을 지켜보았다는 얘기가 됩니다. 62억, 이것은 엄청난 기록입니다. 1969년 우주 비행사 닐 암스트롱이 달에 첫발을 디뎠을 때 텔레비전으로 그 역사적인 장면을 지켜본 사람은 5억 명밖에 되지 않았고, 지난 월드컵 결승전 때도 시청자가 30억 명을 넘지 않았습니다. 이제 축구는 모든 지구인의 공통분모가 된 것으로 볼 수 있습니다.

주식 시장

브라질의 우승으로 마무리된 월드컵 열기는 주가 상승으로 이어졌습니다. 특히 다우존스 지수가 2.5퍼센트 상승한 뉴욕 증권가에서 그 영향이 뚜렷하게 나타났습니다. 증시 분석가들은 이런 현상이 〈긍정적인 활기〉에 기인한 것으로 보고 있습니다. 삶을 긍정하는 분위기가 높아지면서 먹고 즐겁게 놀고 스포츠를 하고 사랑을 나누려는 욕구가 조금 더 강해졌고, 그에 따라 소비가 증가할 가능성이 있다는 것입니다. 그런 파급 효과는 부동산 시장에도 나타나고 있습니다. 사람들이 성행위를 더 자주 하게 되면서 자기들의 생활 공간을 넓혀야 하리라고 예상하는 모양입니다.

튀르키예

튀르키예 동부 반 지방을 휩쓸고 간 회오리바람 때문에 현재까지 120명이 실종된 것으로 집계되고 있습니다. 튀르키예의 군경과 소방대원 및 의료진으로 이루어진 합동 구조대는 실제적인 구조 활동에 어려움을 겪고 있는 것으로 보입니다. 튀르키예 정부는 국제 사회에 도움을 요청하기로 결정했습니다. 이미 30개국 이상의 나라들이 자발적으로 나서서 수천 명의 이재민들에게 담요와 의복과 물과 식량을 제공하고 있습니다.

북한

북한이 점점 더 정교한 핵무기를 개발하여 핵무장을 강화하고 있는 가운데, 유럽의 첩보 위성들이 북한 북부 지역에서 대규모 강제 수용소들의 존재를 확인했습니다. 국제 앰네스티의 보고에 따르면, 40만 명 이상의 사람들이 거기에 수용되어 참혹한 조건을 견디며 생활하고 있다고 합니다. 게다가 이 나라는 또다시 기아의 고통을 겪고 있습니다. 하지만 북한의 독재 정권은 이런 상황을 역이용하여 권력에 순종하지 않는 주민들을 무력하게 만들고 있는 것으로 보입니다. 현재 외국 기자들과 인도주의 단체들이 북한 입국을 시도하고 있지만, 여전히 비자를 받지 못하고 있습니다.

사우디아라비아

이슬람교 최대의 연례행사인 〈하지〉, 즉 성지 순례 기간을 맞이하여 세계 각국의 무슬림들이 사우디아라비아의 메카로 모여들고 있습니다. 그런데 이란의 순례자들을 태운 여객기 한 대는 착륙 허가를 받지 못하고 이란으로 돌아갔습니다. 사우디아라비아 정부의 해명에 따르면, 이는 지난해에 테헤란에서 온 시아파 순례자들이 수니파 신자들과 칼을 휘두르며 싸우는 바람에 양쪽에서 1백여 명의 사망자가 발생한 것과 같은 충돌 사태를 피하기 위한 조치였다고 합니다. 메카 순례 기간에 수니파와 시아파 순례자들 사이에 처음으로 충돌이 벌어진 것은 1987년의 일입니다. 그때에는 무려 4백여 명이 목숨을 잃었습니다. 그 뒤로 사우디아라비아 정부는 이란인들의 메카 순례를 금지했다가 2011년이 되어서야 다시 허용했습니다. 그로써 모든 사태가 진정된 것으로

보였습니다. 하지만 최근에 바레인과 사우디아라비아 동부
주에서 두 종파 간의 분쟁이 발생하자, 사우디아라비아 정부
는 다시 이란인들의 순례를 금지시킨 것입니다. 전문가들의
추산에 따르면, 이번 성지 순례 기간동안 메카를 찾을 순례
자들은 이란인들을 제외하고도 1천3백만 명에 근접하리라
고 합니다.

미스 유니버스

미스 유니버스 대회에서 미스 알바니아 바르둘리나 지샤
리가 우승의 영광을 안았습니다. 우승자를 결정하기까지 심
사 위원들 사이에 이례적으로 긴 논의가 오고 갔다고 합니
다. 신장 182센티미터에 36-24-36의 신체 사이즈를 자랑
하는 새 미스 유니버스는 우승 소감에서, 〈알바니아는 종종
부정적인 이미지 때문에 손해를 보았고 우리 미녀들은 미인
대회에 출전할 때마다 시상대 근처에도 가지 못하는 수모를
겪었는데 이번 우승으로 그간의 설움을 완전히 씻었다〉라고
말했습니다. 아름다움의 비결이 무엇이냐는 질문에 대해서
는 〈당근을 많이 먹는 것〉이라고 털어놓았습니다. 갓 스물한
살이 된 미의 왕은 이번 우승을 계기로 영화계에 진출하기를
희망하고 있습니다.

축산업

일부 축산업자들이 프라이온이 함유된 양의 육골분을 소
들에게 먹인 사실이 드러나 소비자들이 또다시 충격에 빠졌
습니다. 관계 당국의 발표에 따르면 그렇게 사육된 소들의
고기가 불법으로 유통됨으로써 10여 명의 크로이츠펠트야

코프병 환자가 발생했다고 합니다. 보건부 장관의 말입니다. 〈과거의 경험도 아무 소용이 없습니다. 시간이 지나고 우리가 잊기 시작하자마자 같은 잘못이 되풀이되고 있습니다. 이미 몇 해 전에 육골분 사료 때문에 막대한 피해가 발생했음에도 일부 축산업자들은 수익성을 내세워 그것을 다시 사용하고 있습니다. 눈앞의 작은 이익 때문에 더 소중한 가치를 망각한 것입니다.〉 농림부 장관은 예방 조치의 일환으로 육골분을 먹은 것으로 의심되는 소 10만 마리를 살처분하라고 지시했습니다.

이란

불법 선거에 항의하는 이란 시민 단체 〈내 표는 어디로 갔는가?〉의 주도로 또 한 차례 시위가 벌어졌습니다. 이란 경찰은 시위 군중에게 다시 실탄 사격을 가하여 10여 명을 사살하고 수천 명을 체포했습니다. 하지만 대학생들은 폭력 진압에 굴하지 않고 민주주의와 자유를 계속 요구하겠다며 결연한 의지를 보이고 있습니다. 이란 혁명 수호 평의회는 자파르 대통령에게 더욱 강경하게 대응하도록 요구했습니다. 그에 따라 즉결 재판과 공개 교수형이 빈번해지고 있습니다. 구속된 시위 참가자들 중에는 캐나다 출신의 한 여대생도 포함되어 있는 것으로 드러났습니다. 이와 관련해서 자파르 대통령은 이렇게 선언했습니다. 〈우리는 이 젊은 여자가 시온주의 집단에 매수된 비밀 요원이라고 확신한다. 이 여자는 결국 죄를 자백할 것이고, 배후의 책임자들은 도발의 대가를 톡톡히 치르게 될 것이다.〉 그는 자신의 단호한 의지를 보여주기 위해, 튀르키예 국경에서 멀지 않은 이란 북부의 사막

지대에서 다시 지하 핵 실험을 하라고 명령했습니다.

이스라엘

한편 가엘 톨레다노 이스라엘 총리는 이란의 시위 사태와 관련하여, 그것은 전적으로 이란 내정의 문제일 뿐 이스라엘과 아무 상관이 없다고 잘라 말했습니다. 또한 자파르 대통령이 할 일은 무고한 외국 대학생들을 고문하여 자백을 강요하는 것이 아니라 자기 나라의 부정 선거에 대한 조사를 벌이는 것이라고 단언했습니다. 그러면서도 가엘 톨레다노 총리는 이란의 위협이 현실로 나타날 것에 대비해 예비군을 소집하고 이스라엘 전역에 두 번째 수준의 비상경계령을 내렸습니다.

날씨

프랑스 북부 지역 전체에 고온의 강풍이 불고 있습니다. 이 바람은 태양 활동의 증가와 관련된 것일 수 있다고 합니다.

79

또다시 소행성들이 나를 향해 돌진해 오면 누가 나를 지켜 줄 수 있을까?

소행성들이 나와 충돌하는 것을 막으려면 그것들을 산산조각 낼 수 있는 폭탄을 만들어야 하는데, 과연 어떤 종이 그런 기술을 개발할 수 있을까?

공룡들이 사라진 뒤에 나는 곤충들에게 기대를 걸었다. 특히 바퀴벌레와 말벌에 주목했다. 이 두 종은 재앙에서 살아남기 위해 변이에 변이를 거듭하여 훨씬 작아지고 개체들 간의 연대를 더욱 강화하였다.

바퀴벌레들 가운데 일부는 계속 진화하여 흰개미로 변했다. 바퀴벌레보다 작고 사회성이 강한 흰개미는 단순한 집을 짓는 데 그치지 않고 견고한 벽들과 복잡한 생활 규칙들을 가진 도시를 건설했다. 흰개미들은 수십 마리가 아니라 수십만 마리가 한 장소에 모여 완벽하게 공존하면서 집단적인 계획을 세우기에 이르렀다.

한편 말벌들은 두 개의 아종으로 진화했고, 그 결과로 꿀벌과 개미가 생겨났다. 그들은 흰개미와 마찬가지로 사회화의 길을 선택했고, 수천에서 수백만에 이르는 개체들을 수용하는 거대한 도시들을 건설했다.

나는 특히 개미들에게 관심을 가졌다. 수가 많고 도시가 크기 때문이 아니라 가장 빠르게 진화하는 종이었기 때문이다. 개미들은 다른 어느 종보다 호기심이 많고 적응력이 뛰어났을 뿐만 아니라, 매우 진취적이고 야심만만했다.

개미들의 형태는 아주 다양했다. 크기가 0.6밀리미터밖에 안 되는 종들이 있는가 하면, 6밀리미터 심지어는 6센티미터에 이르는 종들도 있었다. 개미들은 턱을 아주 정확하게 움직여 무엇을 잡거나 자를 수도 있고 알을 보살필 수도 있었다. 개미들의 도시는 돔의 형태나 얼키설키한 지하 통로의 형태로 건설되었다.

참으로 놀라웠던 것은 개미들이 뜻밖의 일들을 벌이는데, 그 일들이 한결같이 나에게 유익했다는 것이다.

개미들은 내 표면에 어떤 피해도 주지 않았고, 오히려 거기에 공기가 잘 통하게 하고 자기들보다 훨씬 큰 동물들의 시체를 치워 주었으며, 꽃들의 수정을 도와주고 나무들의 씨앗을 낙하지점에서 멀리 떨어진 곳으로 퍼뜨려 주었다.

무엇보다 인상적이었던 것은 그들의 학습 능력과 진화 능력이었다. 그들은 농업(버섯과 잔뿌리 재배), 목축(진딧물 사육), 유기 화학(항생 물질이 들어 있는 침), 도시 공학(채광 시설, 지하 환기 시설, 지하수 관리, 나무 그루터기 속에 아주 넓은 생활 공간과 견고한 벙커 건설)을 빠르게 발전시켰다. 개미들은 자기들의 조상인 말벌들보다, 그리고 자기들의 경쟁자인 흰개미들이나 꿀벌들보다 훨씬 능력이 뛰어난 것으로 드러났다. 그들은 대도시를 건설하는 것으로 그치지 않고, 지상 이동로와 지하 통로로 연결된 도시들의 연방을 만들어 냈다. 한 연방 안에서는 모두가 똑같은 후각 언어를 사용했고, 수백 미터의 거리를 두고도 파동 언어를 이용하여 서로 소통할 수 있었다.

나 역시 바로 그 파동 언어를 이용해서 그들에게 내 생각을 전달했고, 그들이 나의 다른 입주자들처럼 두려움과 굶주림에서 벗어나는 일에만 매여 살지 않도록 도와주었다.

특히 그들의 왕은 나의 메시지를 잘 받아들였다.

나는 장래가 유망한 자들에게 힘을 실어 준다는 원칙에 따라 그들에게 피라미드를 짓도록 영감을 주었다. 그리고 왕이 거처하는 방(전체 높이의 3분의 1쯤 되는 자리)에 송수신기를 설치하도록 일러 줌으로써 그들과 내가 대화를 하는 새로운 단계로 넘어갈 수 있게 했다.

나는 그들에게 나의 위대한 계획을 암시했다. 나를 향해 날아오는 소행성들을 파괴하기 위해 우주선을 만드는 것이 바로 나의 계획이었다. 그것이 실현되지 않고는 한시도 마음을 놓을 수가 없었다. 나는 내 입주자들이 지능과 소통 능력을 지니는 것만으로는 만족할 수가 없었다. 나는 그들이 나의 보호자가 되어 주기를 원했다.

그런데 개미들은 높은 수준의 진화를 이루기는 했으나 몇 가지 부족한 점이 있었다.

첫째, 물체를 자유롭게 잡을 수 있는 손이 없었다.

둘째, 초점을 맞추어 입체를 분간하고 거리를 가늠할 수 있는 눈이 없었다.

셋째, 앞을 멀리 내다볼 수 있게 하는 직립 자세를 취할 수 없었다.

개미들은 자기들 나름대로 훌륭한 길을 선택했으나, 알고 보니 그것은 막다른 길이었다.

따라서 나를 위해서 싸워 줄 선수를 교체해야만 했다. 나는 이렇게 자문했다. 〈공룡도 사회성 곤충도 내 기대에 미치지 못하는 것으로 나타났으니, 이제 어떤 동물이 나의 위대한 계획을 실현할 수 있을까?〉

80

하늘에 뜬 달이 희미한 빛으로 그들을 비춰 주고 있다.

「우리 이왕에 떨어졌으니, 〈행복한 패자들〉이 되자고요.」

그러면서 다비드는 샴페인 잔을 들어 올린다.

「어쨌거나 우리가 우승할 가능성은 없었어요. 심사 위원들의 대다수가 일흔을 넘긴 노인들이에요. 어떻게 하면 더 오래 살 수 있는가 하는 것이 그들의 우선적인 관심사인데, 제라르 살드맹은 바로 그것에 관해서 이야기를 했잖아요.」

그들은 행복한 우승자를 치하하는 심사 위원들을 바라본

다. 우승자는 이번에도 늙은 아버지를 모시고 왔다.

「결국 당신 친구 크리스틴도 당신을 우승자로 만들지는 못했군요.」

「나는 크리스틴을 믿어요. 그녀는 끝까지 나를 지지했을 거예요. 그리고 한 사람을 더 선택하는 게 가능했다면 웰스 박사 당신을 옹호했으리라 확신해요. 크리스틴은 정말 신뢰할 만하고 진실한 사람이에요.」

「자 그럼, 버림받은 프로젝트들을 위해 건배합시다.」

하면서 그가 묻는다.

「이제 어떻게 할 거예요?」

오로르는 한숨을 내쉰다.

「두 가지 길을 놓고 망설이는 중이에요. 생물학자로서 인공 수정 센터에 들어가서 일하거나 아니면…….」

「아니면?」

「댄서로 변신하여 나이트클럽에서 춤을 추거나…….」

그는 빙그레 웃는다.

「웰스 박사 당신은 어떻게 할 건데요?」

「나 역시 망설이고 있어요. 생물학자로서 미니어처 동물 센터에 들어가 일하거나 아니면…… 백수가 되어서 빈둥거리거나.」

그들은 같은 심정으로 서로 바라보며 풋 하고 웃음을 터뜨린다. 그러고는 술잔에 코를 박고 샴페인을 홀짝거린다.

「미안한데요, 술기운이 도는 김에 조심성 없는 질문 하나 할게요. 당신은 어떤 유형의 여자를 좋아하죠? 당신 어머니는 빼고.」

「아닌 게 아니라 질문이 조금…… 사사롭기는 하네요. 그래도 나 역시 이 발포성 음료를 마시고 몽롱해진 김에 대답할게요. 나는 키가 작은 여자들을 좋아해요. 키가 큰 여자들을 대하면 내가 지배당하는 기분이 들거든요. 내 이상형은 그러니까…… 롤리타 같은 매력을 지닌 여자, 성인이지만 아이처럼 앳되어 보이는 여자죠. 예를 들면 여배우 내털리 우드 같은 여자예요. 작고 연약한 인형 같아서 내가 보호해 주어야만 할 것 같은 여자 말이에요.」

「최근에 사귄 애인의 사진 가지고 있어요?」

그는 전혀 놀란 기색을 보이지 않고 누시아의 사진을 보여준다.

「와, 귀엽게 생겼다. 그런데 정말이네요. 진짜로 작고 앳되어 보여요.」

「보기에는 그래도 나보다 나이가 많아요. 서른한 살이죠. 그리고 그 여자는 피그미예요. 콩고에 연구하러 갔다가 만났어요. 그럼 당신은요? 크리스틴은 빼고, 어떤 유형의 여자를 보면 가슴이 콩닥거리죠?」

「당신과 정반대예요. 나는 키가 아주 크고 힘이 센 여자를 좋아해요. 내 이상형은 그레타 가르보예요. 강력하고 카리스마가 넘치는 여자요.」

「우리 취향이 그렇게 다르니까, 우리가 제안하는 진화의 방향도 서로 다른 모양이군요.」

다비드는 진지한 표정으로 그녀를 빤히 바라본다. 그러자 그녀는 당황한 기색으로 묻는다.

「왜 그래요?」

「우리가 오래전부터 알고 있었다는 느낌이 또 들어요.」

「같은 병원에서 태어났나? 아니면 같은 유아원이나 유치원을 다녔는데 잊어버린 걸까요?」

「아뇨, 그런 것하고는 다른데 딱히 무어라고 말하기가 어렵네요. 더 까마득한 어떤 것이에요. 어쩌면 전생에 만났을지도 모르죠.」

「나는 환생을 믿지 않아요. 우리는 만난 적이 없어요. 나를 꼬이려고 하는 수작이라면 이제 그만하시죠.」

그러면서 오로르는 수수께끼 같은 표정을 짓는다.

심사 위원장 크리스틴 메르시에가 그들 사이로 불쑥 끼어든다.

「아, 오로르! 어디에 있었어? 한참 찾았잖아. 날 원망하지 마, 정말이지 내 탓이 아냐. 나로서도 어쩔 도리가 없었어. 다들 노친네들이라서 노인들을 위한 프로젝트를 밀더라고.」

「마침 그 얘기를 하던 참이었어요.」

「그들은 그 프로젝트를 밀어주면 자기들 역시 더 오래 살 거라고 생각해. 2백 살 먹은 늙은이들밖에 없는 사회라니, 그런 것을 상상할 수 있겠어?」

크리스틴은 혐오스럽다는 듯 손사래를 치고 말을 잇는다.

「넌 모를 거야, 오로르…… 정말 걱정 많이 했어. 특히 그 회오리바람에 관한 소식을 들었을 때는 너무 무서웠어.」

「그럼 두 분이 말씀 나누세요. 저는 가보겠습니다.」

그러고 나서 다비드는 오로르를 보며 덧붙인다.

「시험관 아기 전문가가 되든 나이트클럽 댄서가 되든 열심히 하세요, 카메러 박사.」

「당신도 백수 노릇 잘하세요. 환생을 믿는다고 했으니까, 이번 삶에서는 우리가 미래의 인류를 위해 할 수 있는 일이 별로 없다는 것을 받아들이고요.」

81

「도대체 분수를 모르는군! 정 그렇게 나온다면 내가 그에게 해줄 말은 이거요. 나는 목요일 UN에서 그의 결의안에 반대표를 던지겠소.」

스타니슬라스 드루앵 대통령은 전화를 끊더니 아직 침대에서 뭉개고 있는 세 여자를 밀어내고 샤워를 하러 간다.

그는 욕실에서 몸의 물기를 닦으며 여당의 활동가이기도 한 세 여자에게 소리친다.

「자, 아가씨들, 나는 이제 국사를 돌봐야 하니 그만들 가게나. 자네들 역시 맡은 일이 있는 걸로 아는데. 우리가 너무 방만하게 굴면, 나는 아마 재선에 실패할 것이고, 그러면 우리모두가…… 야당으로 돌아가는 거야.」

그러면서 그는 경멸 어린 표정으로 입술을 내민다.

「오, 야당은 안 되죠!」

세 여자는 한목소리로 대답하더니 그에게 바싹 다가들어서 장난스럽게 입맞춤을 요구한다.

「혹시라도 자네들이 의리나 신념 따위를 우습게 여길 만큼 시니컬하다면 내가 재선에 실패하든 말든 상관없겠지. 돼지 새끼처럼 통통하게 생긴 내 정적과 잠자리를 같이 하면될 테니까.」

그는 말끝에 웃음을 터뜨린다. 여자들은 주섬주섬 옷을 입고 갑자기 급한 볼일이 생긴 것처럼 서둘러 나간다.

스타니슬라스 드루앵은 욕실을 나서 집무실에 딸린 침실로 다시 들어갔다가 여자들 가운데 하나가 브래지어를 두고 갔음을 알아차린다. 그 여자는 그 핑계를 대고 다시 올 것이다. 그는 브래지어를 서랍에 넣어 두고 옷을 입으면서 아내와 자식들의 사진을 물끄러미 바라본다. 그 현상을 설명할 수가 없다. 애인들과 성관계를 갖고 나면 아내에 대한 애정이 불쑥 솟아나니 말이다.

그는 비망록을 펴고 일정을 확인한다. 경제 동향에 관한 보고와 사회 문제에 관한 보고를 들어야 하고, 자기의 재선을 위한 위원회의 전략 회의에 참석해야 한다.

그때 인터폰이 울리고 비서가 알려 온다.

「한 사람이 와서 대통령님을 기다리고 있습니다.」

「누구지?」

「〈잘 아시는 여자분〉입니다. 아침부터 와서 기다리고 있습니다.」

그는 책상 쪽으로 가 코카인을 봉지에서 꺼내어 가느다란 띠 모양으로 만들어 놓고 은제 대롱을 사용해서 훅 빨아들인다. 그 값비싼 결정체들이 혈액 속에 녹아드는 순간, 그는 마약 금지 법률을 더욱 강화해야 하리라고 생각한다.

위대한 지도자들은 언제나 그런 식으로 했어. 자기들처럼 행동하는 자들을 처벌했지. 난교 파티를 좋아하던 대통령들은 포르노에 반대하는 법안을 의결하게 했고, 부패한 대통령들은 부정부패를 엄단하는 법안을 의결하게 했으며, 마약을 상용하던 대통령들은 마약을 금지하는 법률을 제정했어.

그는 자기의 우상 케네디를 다시 생각한다. 케네디 대통령의 아버지 조지프 패트릭 케네디는 금주법 시대에 주류 밀거래를 해서 큰돈을 벌었다고 한다. 그리고 증권 투자에도 손을 대어 내부자 거래 등의 갖가지 편법을 사용해서 대부호가 된 뒤에는 주식이나 공사채의 거래를 감시, 감독하는 연방 증권 거래 위원회의 위원장에 임명되었다.

만약 유권자들이 이런 사실을 안다면…….

그는 사우디아라비아에서 만난 이슬람 세계의 국가 원수들도 다시 떠올린다. 그들은 국민들에게 술을 마시지 못하게 하면서 정작 자기들은 저녁마다 싱글 몰트 위스키에 취한다. 그들은 혼외 성관계를 엄격히 금지하지만, 정작 자기들은 스칸디나비아에 전세기를 보내어 콜걸들을 데려오게 한다. 그들은 서방의 동맹자임을 도처에서 천명하지만, 뒷구멍으로는 과격파 테러 단체에 돈을 대준다.

탄자니아 대통령도 생각난다. 그는 밀렵에 맞서서 싸우고 동물 보호 구역을 확대하면서도 정작 자신은 전용 헬기에서 바주카포를 쏘아 코끼리를 사냥한다.

다른 사람들에게 금지되어 있는 일을 혼자서만 할 수 있도록 허용하는 것, 그보다 더 국가 원수의 가치를 높여 주는 것이 뭐가 있겠는가? 사람들은 도대체 무슨 생각을 하는가? 우리 지도자들이 고작 고위 공직자의 월급을 받자고 온갖 고생을 사서 했겠는가? 지도자가 되기도 어렵지만 되고 난 뒤에도 숱한 고난을 겪는다. 사생활은 사라지고 우리의 일거수일투족에 대한 매스 미디어의 감시를 참아 내야 하며, 야당의 끊임없는 공격과 시사 만평가들의 조롱을 견뎌야 한다. 우리에게도 보상이 필요하지 않겠는가.

그는 아내와 자식들의 사진을 다시 들여다본다.

선사 시대 이래로 정치적 성향이 어떠하냐에 상관없이 타락하지 않은 지도자는 한 사람도 없었어. 그중에서도 파시스트들과 공산당 지도자들이 최악이었지. 그들은 민중의 헌신적인 수호자로 간주되었기 때문에 모든 것을 자기들 멋대로 할 수 있었던 거야.

스타니슬라스 드루앵 대통령은 코카인의 효과가 나타나고 있음을 느낀다. 갑자기 프랑스뿐만 아니라 세계에서 가장 중요한 사람이 된 것 같은 기분이 든다. 그는 곧 놀라운 여자와 마주 앉을 것이고, 그 여자는 향후 수십 년이나 수백 년, 더 나아가서는 수천 년의 역사에 관한 전망을 제시할 것이다. 그에게는 미래를 향해 열린 창이 하나 있는 셈이다. 그는 자기가 그런 호사를 누리는 유일한 대통령일 거라고 생각한다. 그 창문을 통해 먼 미래를 내다보는 일은 한낱 지적인 게임이다. 하지만 그의 위치에서 생각해 보면 얘기가 달라진다. 그는 세계 제6의 경제, 군사 대국에 영향력을 행사할 수 있고, 다시 이 나라는 세계 모든 나라에 영향을 미칠 수 있는 것이다.

그래, 나탈리아 오비츠 대령은 나의 모든 반대자들과 외국 지도자들을 누르고 내가 우위를 점하도록 만들어 주고 있어. 그들에게는 점성술사가 있지만 나에게는 미래학자가 있다. 오비츠 대령은 인류 전체의 진화에 관해 과학적으로 사고하는 사람이다. 나는 그녀의 건의를 받아들여 소르본 대학에 진화에 관한 연구 분과와 강좌를 신설하게 했다. 훗날 사람들은 그것이 내 아이디어였다고 말할 것이고, 〈드루앵 강좌〉라는 말을 사용하게 될 것이다. 그 명성 높은 대학에 나의 대형 사진이 걸리는 것쯤은 당연한 일로 여겨도 될 것이다. 그것이 훈장보다 낫다.

그는 인터폰 버튼을 눌러서 오비츠 대령을 들여보내라고 하려다가 멈칫한다. 코카인 기운 때문에 가벼운 전율이 느껴진다. 저릿하고 약간 불쾌한 느낌이다. 흥분이 가라앉을 때까지 조금 기다리는 게 낫겠다 싶다. 그는 눈을 감는다. 머릿속에서 섬광이 번쩍인다. 그 순간 마치 최초의 우주 비행사들이 멀리서 지구를 보았을 때처럼 세계가 한눈에 들어온다. 그는 자기 핏속에 무수한 조상들의 피가 흐르고 있음을 느낀다. 그 모든 영혼이 자기 안에서 하나가 되고 있는 느낌이다.

이어서 무수한 아이들의 얼굴이 보인다.

저토록 많은 생명들이 장차 세상에 올 것이다. 내가 무슨 결정을 내리든 그것들 하나하나가 인류 전체의 삶에 큰 변화를 가져올 수도 있다.

언젠가 저 아이들은 역사 시간에 내 이름과 나의 삶에 관해서 배울 것이다. 어떤 거리나 광장에는 내 이름이 붙기도 할 것이다. 〈실례합니다, 드루앵 광장으로 가는 길을 가르쳐 주시겠습니까?〉 내 동상도 세워지지 않을까? 그래 콩코르드 광장에 내 동상이 들어서지 말란 법도 없지. 어쩌면 내 이름을 딴 공항이 생길지도 몰라. 〈뉴욕 케네디 공항에서 파리 드루앵 공항으로 가는 표를 원하시나요?〉

그런 생각을 하노라니 기분이 좋아진다. 왠지 찜찜하던 기분이 싹 가신 듯하다. 그는 숨을 길게 들이마신다.

나는 아주 대단한 사람이다.

그제야 그는 맞은편 안락의자에 방석들을 쌓아 놓고 시원스럽게 인터폰 버튼을 누른다.

「베네데타? 오비츠 대령을 들여보내요.」

작은 여자가 집무실로 들어온다. 그러더니 그와 눈높이를 맞추기 위해 의자에 쌓아 놓은 방석 위로 올라가 앉는다.

「지난번에 말씀 드린 대로 일곱 가지 진화의 길에 관한 중간보고를 드리러 왔습니다.」

「종합해서 말하도록 해요. 지난번에는 대령의 이야기가 너무 길었소.」

「지난번에는 그 일곱 가지 길을 소개하느라고 그랬던 것이고, 이번에는 그것들의 진척 상황만 알려 드리겠습니다.」

그는 고개를 끄덕인다.

「어디 들어 봅시다.」

「먼저 자유 시장 자본주의의 길입니다. 우리가 이미 가고 있는 길이죠. 벌써 확인하셨는지 모르지만, 전 세계가 월드컵에 열광한 뒤로 주식 시장이 살아났습니다.」

「빌어먹을, 우리 팀 선수들이 모두 억만장자일 뿐만 아니라 세금을 내지 않으려고 너도나도 스위스로 도망친 것을 생각하면 짜증이 나요. 그나마 이기기라도 하면 좋게 봐주련만……. 더 웃기는 건 뭔 줄 아시오? 그들은 경기 보이콧 소동을 벌이고 패배를 한 것도 모자라서 1백만 유로의 추가 보너스를 요구하고 있소. 그 얘기를 들었을 때 나는 내가 꿈을 꾸는 줄 알았소.」

오비츠 대령은 그 화제에 전혀 관심이 없다는 표정을 짓는다.

「미안하오, 나탈리아. 계속해요. 주가 지수가 상승하고 있다고요?」

「갑자기 너무 뛰어서 곧 폭락할 것으로 보입니다.」

「그게 정상이오. 주식 시세라는 것은 돌고 도는 거요. 폭락도 몇 년에 한 번씩은 있게 마련이고. 그건 성장에 기인한 경련일 뿐이오. 다음 진화의 길로 넘어갈까요?」

「그래도 대폭락의 위험성이 있기 때문에…….」

「그러면 바닥을 치고 다시 올라갈 거요. 다음 얘기로 넘어갑시다.」

「종교적인 길입니다. 현재 가장 큰 가속도가 붙어 있는 길이지요. 종교에 귀의하는 사람들의 수가 폭발적으로 증가하고 있습니다. 세계 전역에서 교당들을 짓느라고 난리예요. 아프리카와 아시아에서는 빈곤층과 교육 수준이 낮은 계층을 기반으로 광신적인 종교 집단이 세를 확장해 가고 있어요.」

「내가 보기엔 당신이 과장하는 것 같은데…….」

「테헤란의 이슬람주의 정부는 원유 수입의 반을 열 배나 강력한 핵폭탄을 제조하는 데 투자하기로 결정했습니다.」

「음…… 다음 얘기로 넘어갑시다. 세 번째 길인가요?」

「세 번째 길은 기계를 이용하는 것입니다. 로봇, 컴퓨터, 인터넷 등을 통해 진화하는 길이죠. 전에 말씀드린 프랜시스 프리드먼 박사의 작업을 주의 깊게 지켜보았는데, 그는 마침내 한국의 한 연구소에 스카우트되어 거기에서 놀라운 일들을 해내고 있습니다. 이미 말씀드렸듯이 그는 아주 쓸모 있는 연구자인데, 그런 인재를 우리 나라에 붙들어 두지 못한 게 아쉽습니다.」

「두뇌 유출은 복잡한 문제요. 다행히도 우리는 많은 두뇌를 잃는 대신 훨씬 더 많은 두뇌를 양성하고 있소.」

「모든 두뇌가 다른 두뇌로 대체될 수 있는 것은 아닙니다. 천재적인 광기 같은 것을 지닌 학자들이 더러 있어요. 그들은 다른 사람들과 똑같은 방식으로 연구를 해도 독창적인 길을 찾아내죠. 어쨌거나 프랜시스 프리드먼 박사는 초보적인 의식을 지닌 로봇을 만들어 내는 데 성공했습니다. 그 로봇은 〈자아〉를 의식하고 벌써 자식 로봇을 만들고자 하는 욕망을 보이면서 번식을 통해 자신을 어떤 식으로 개선해 나갈지 따져 보고 있답니다.」

「벌써? 그것 참 빠르긴 하군. 아무리 그래도 그것들은 기발한 자동인형들일 뿐이오.」

「잘못 생각하시는 겁니다. 바야흐로 진화의 한 과정이 시작되고 있습니다. 각 세대의 로봇은 앞선 세대보다 더 훌륭해지도록 프로그래밍되어 있습니다.」

「그래도 로봇들이 진화하는 데는 시간이 걸릴 거요. 내 5년 임기가 끝난 뒤에야 이렇다 할 만한 결과가 나오겠지. 다음 프로젝트로 넘어갑시다. 빨리 하시오. 15분 뒤에 경제 동향에 관한 보고를 들어야 하니까.」

「다음은 우주 식민화입니다. 현재 가장 큰 어려움에 직면해 있는 길이죠. 캐나다에서 실뱅 팀시트는 갈수록 늘어나는 장애에 맞서고 있습니다. 파괴 공작에다 파업, 화재를 겪었고, 처음 몇 차례의 테스트는 실패로 돌아갔어요. 게다가 프로젝트의 반대자들이 그가 일을 계속 추진하지 못하게 하라고 캐나다 정부에 막무가내로 요구하고 있는 사정도 고려해야 합니다. 반대자들은 다른 행성으로 떠날 생각을 하지 말고 우리의 행성인 이 지구의 문제를 해결하는 데 전념해야 한다고 주장합니다.」

「재미있군요.」

「실뱅 팀시트는 고집을 꺾지 않고 있어요. 역경이 오히려 그를 완강하게 만드는 것이죠. 그는 탑승자들을 선발하기 시작했고, 사람들은 누가 탑승하게 될지 알지도 못하면서, 그가 민족과 종교의 다양성을 존중하지 않았다느니 성별에 따른 안배를 하지 않았다느니 하면서 지레 비난을 퍼붓고 있습니다. 우주선 내부 설비가 장애인들에게 적합하지 않으리라 추정하고 그를 상대로 소송을 제기하는 장애인 단체까지 있는 판국입니다. 실뱅 팀시트는 현재 기술자들에게 주는 인건비만큼이나 많은 돈을 변호사 수임료로 지출하고 있습니다.」

「다섯 번째 길은 뭐였지요?」

「유전학의 길입니다. 줄기세포와 클론을 이용해서, 특히 클론을 예비용 부속처럼 사용해서 수명을 연장시키자는 프로젝트죠. 소르본 대학 진화 연구 분과의 학술 경연에서는 이것을 가장 훌륭한 프로젝트로 선정했습니다. 제라르 살드맹 박사가 우승의 영광을 안았고요.」

「좋아요. 그는 이제 공무를 수행하는 사람이 되었으니 우리가 그를 쉽게 통제할 수 있을 거요. 다른 건 몰라도 그가 한국이나 미국이나 스위스로 떠나는 일은 없겠군요.」

오비츠 대령은 심드렁한 표정을 짓는다.

「저만의 우려인지는 모르겠습니다만, 불행하게도 그게 가장 이익이 적은 프로젝트가 아닌가 합니다.」

「그러면 왜 그것을 뽑아 주었소?」

「제 동료들이 그것을 밀었습니다. 하지만 막판에는 저도 그것이 가장 돋보이는 프로젝트라고 생각했습니다. 게다가 저는 적극적으로 나서기보다 신중하게 행동해야 하는 처지입니다. 아무튼 제가 보기에 가장 흥미로운 프로젝트는 6번과 7번입니다. 6번 프로젝트는 여성화를 통해 방사능에 대한 저항력을 강화하자는 것이고, 7번은 인체의 크기를 줄임으로써 세균에 대한 저항력을 높이자는 것입니다.」

대통령은 조바심을 내며 책상을 토닥거린다.

「그것 참 공교롭구먼.」

「제가 편파적으로 보일 수 있다는 점을 인정합니다. 하지만 저는 진심으로 믿고 있습니다. 인류는 키가 작아질 때, 그리고 여자들의 비율이 훨씬 높아질 때, 미래에 닥칠 시련에 더 잘 적응할 것입니다.」

「글쎄.」

「제가 지지하는 두 결선 진출자는 똑같은 결론에 도달했습니다. 사회성 곤충들은 꿀벌이든 개미든 1억 2천만 년 전부터 지상에 존재해 왔고 그런 방향으로 진화했습니다. 꿀벌과 개미는 완벽하게 기능하는 사회를 만들어 냈고 전염병과 기아를 이겨 내면서 온 대륙에 도시들을 건설했습니다. 그리고 이 두 종은 크기를 줄이고 암컷의 비율을 높이는 쪽으로 진화했습니다. 그래서 여전히 지상에서 번성하고 있습니다. 어디를 가든 개미와 꿀벌을 볼 수 있다는 게 그 증거입니다.」

대통령은 무언가 불편한 것이 있는 듯 앉은 자세를 바꾼다.

「그것 참, 듣자 하니 조금 괴이한 느낌이 드는구먼. 당신이 생각하기에도 그렇지 않소, 나탈리아?」

「우리 행성의 역사를 그 탄생부터 죽 살펴보면, 여기에는 어떠한 논리도 필연적인 귀결도 없습니다. 자연은 그저 종의 다양성이라는 원리가 지배하고 있을 뿐이에요. 왜 알록달록한 나비들의 종류가 그토록 많은 걸까요? 왜 어떤 동물들은 아침에 생겨났다가 저녁에 죽는 걸까요? 왜 생물의 형태와 행동과 생존 방식이 그토록 다양한 것일까요? 생명은 어떤 방향으로 진화하는 것일까요?」

「어쩌면 진화의 방향은 그저…… 유머일지도 모르지. 혹시 우리는 거대한 농담 속에 들어와 있는 것이 아닐까?」

「아닙니다, 대통령님. 저는 우리가 서스펜스로 가득 찬 어떤 영화 속에 들어와 있는 것이 아닌가 해서 두렵습니다. 우리는 인류가 해피엔드를 맞게 되리라고 확신할 수 없습니다.」

대통령은 자리에서 일어나 한쪽 벽면을 온통 차지하고 있는 세계 지도 앞에 버티고 선다.

「정말로 종교적인 길이 세계의 종말로 이어질 수도 있다고 생각하시오?」

「과거에 인류는 어떤 파괴 수단을 만들어 낼 때마다 그것을 사용했습니다. 오늘날의 인구는 80억인데, 그냥 확률적으로만 보더라도 이 많은 인구 중에는 정신 박약자나 마조히스트도 있을 것이고 하늘의 계시를 받았다고 주장하는 광신자나 미치광이도 있을 것입니다. 그리고 그런 정신 이상자들 가운데 일부가 자기들 나라의 권좌에 오르는 일도 있을 수 있습니다. 이미 그런 일이 벌어졌고요.」

「히틀러를 염두에 두고 하는 말이오? 그자는 결국 저지당했소.」

「아슬아슬했죠. 그자가 승리할 수도 있었습니다. 저는 그런 일이 러시안 룰렛과 비슷하다고 생각합니다. 어떤 때는 방아쇠를 당겨도 아무 탈이 없습니다. 어떤 때는 방아쇠를 당기면 총알이 발사됩니다. 하지만 이제는 총알이 발사되면, 그 피해가 과거와는 비교가 되지 않을 정도로 엄청날 것입니다.」

대통령은 손목시계를 들여다본다.

「좋아요, 당신이 세계를 구하는 데 내가 어떤 식으로 도움을 줄 수 있는지 말해 보시오.」

「저는 6번과 7번 프로젝트를 지원하고 싶습니다.」

「여성화와 소형화 프로젝트를?」

「두 연구자가 우리 편에 서서 일할 수 있게 하려면 예산이 필요합니다.」

대통령은 책상의 상판을 더욱 빠르게 토닥거린다.

「국고가 비어 있다는 것을 알잖소?」

오비츠 대령은 빙그레 웃는다.

「국고는 항상 비어 있었던 것으로 아는데요.」

「알다시피 우리의 국가 부채가 많아서, 나는 정부의 지출을 줄이기 위해 모든 부처의 예산을 삭감하려는 중이오. 그 때문에 장관들이 모두 나를 미워하고 있소.」

「그건 사소하고 단기적인 문제일 뿐입니다, 대통령님. 저는 인류 전체의 미래가 걸린 일에 대해서 말씀드리는 것입니다.」

그녀는 검은 눈으로 대통령의 눈을 빤히 바라보다가, 결연한 동작으로 자기 문서들을 챙겨 넣는다.

「그러시다면 저는 대통령님의 정적을 찾아가서 같은 사업을 제안하겠습니다. 어쩌면 그가 미래를 더 멀리 내다볼 수 있을지도 모르니까요.」

드루앵 대통령은 우렁우렁한 웃음을 터뜨린다. 하지만 오비츠 대령은 전혀 흔들리는 기색을 보이지 않는다.

「돈, 돈을 달라 이거지. 사람들은 그저 구걸을 하기 위해서만 이 집무실에 들어오는 것 같아. 나는 대통령이 아니라 돈을 찍어 내는 기계야.」

오비츠 대령은 올라앉아 있던 방석에서 미끄러져 내려와

흐트러진 재킷을 바로잡고 덤덤한 표정으로 말한다.

「결정은 대통령님이 하십시오. 어쩌면 제가 지나치게 불안해하는 것일지도 모릅니다. 결국 모든 일이 잘 풀릴 수도 있고, 우리가 늘 해왔던 대로 해나가도 아무런 문제가 없을 수도 있습니다.」

82

하늘에서 거뭇한 구체가 느닷없이 나타나 도시 한복판을 강타한다.

고층에 있던 모든 거주자들은 즉시 박살이 난다. 벽들이 무너지고 피해자는 수백에서 수천으로 빠르게 불어난다. 어린 생명들을 구출하라는 긴급 명령이 떨어진다. 각자 힘닿는 대로 어린 생명들을 부여안고 폐허로 변한 구역을 빠져나가 달아난다. 모두가 공황 상태에 빠졌을 법한데도 실제로는 모든 일이 일사불란하게 이루어진다. 저마다 무엇을 해야 하는지 알고 있는 것이다. 부상자들에 대한 구조 작업도 벌어진다. 구명이 가능한 부상자는 피난처로 옮기고 소생할 가망이 없는 부상자는 그대로 둔다. 위쪽에서는 둔중한 진동음이 울리고 있다.

「너무 멀리 갔어, 피에로! 자네 공이 밖으로 나갔잖아!」

「스테프의 공을 쳐내려고 세게 때렸는데, 내 공이 튀어 나가서 덤불 속으로 들어갈 줄은 몰랐지.」

「튀어 나간 건 그렇다 치고, 이리 와봐. 자네 공에 맞아서 개미집에 구멍이 뻥 뚫렸어.」

「에이, 더러운 것들. 그 살수 호스 이리 줘. 내 정원에 무단 거주하면 어떻게 되는지를 놈들에게 가르쳐 줘야겠어.」

페탕크를 하던 퇴직자들 가운데 하나가 피에로라는 남자에게 호스를 내민다. 피에로는 강력한 물줄기를 분사하여, 일개미, 보육 개미, 농사 개미, 병정개미 할 것 없이 소중한 알 뭉치를 가지고 도망쳐 나오는 모든 거주자들을 휩쓸어 버린다. 그렇게 도망자들을 몰살하고 나자, 피에로는 개미집 자체로 물줄기를 돌려 악착스럽게 물을 뿌려 댄다. 결국 개미집은 진흙 더미처럼 폭삭 무너져 내린다.

「지금 뭐 하시는 거예요?」

그들 뒤에서 누군가 소리쳤다.

「여기에서 더러운 개미들이 우글거리더라고. 하지만 안심하게. 우리가 이 구역을 말끔하게 씻어 냈어. 아예 물청소를 해서 개미들의 소굴을 없애 버렸지. 다비드, 자네도 페탕크 같이 하겠나?」

피에로가 대답하자, 젊은이는 갑자기 그 장면에 아연실색한 듯 몸이 굳어 버린다.

「자네, 왜 그래?」

젊은이는 몸을 숙여 폐허로 변한 개미집을 살펴본다. 물웅덩이에서 수천 마리의 개미들이 어찌할 바를 모르고 바둥거린다. 어떤 개미들은 몸이 뒤집힌 채 다리로 허공을 휘젓고 있다. 젊은이는 아무 대꾸도 안 하고 가만히 있다가, 느닷없이 두 주먹을 모아 피에로의 아래턱을 냅다 올려붙인다. 상대는 깜짝 놀라며 뒤로 쓰러진다. 젊은 연구자는 그에게 와락 덤벼들어 주먹을 휘두른다. 다른 퇴직자들은 젊은이를 말리려고 애쓴다.

다비드는 다시 일어선다. 분노를 삭이지 못해 눈에 칼이 서고 얼굴이 일그러져 있다. 그가 발걸음을 떼자 모두가 비켜선다.

「젊은것이 미쳤어.」

다비드는 자기 집을 향해 달려간다.

페탕크 놀이를 하던 남자들은 다들 얼떨떨한 표정을 지으며 피에로를 부축한다.

「그냥 둬, 웰스 박사 아들이야. 자기 아버지가 죽어서 제정신이 아닌 거야.」

「딱한 녀석이군. 자, 일어나게, 피에로. 아팠어?」

「아냐, 괜찮아.」

그들은 개미집을 파괴한 남자가 다시 일어서도록 도와준다. 조금 떨어진 곳에서는 살아남은 개미들 수백 마리가 소중한 알들을 받쳐 든 채 나뭇잎 사이로 숨어들어 소음과 땅의 진동이 멎기를 기다린다. 그들은 곧 새로운 도시를 건설하기 위해 더 안전한 장소를 찾아 나설 것이다. 어떤 개미들은 이 지역을 포기하자고 제안한다. 또 어떤 개미들은 벌써 덤불 속의 더 은밀한 자리를 가리키고 있다. 그들은 거기로 가면 무성한 식물이 자기들을 지켜 주리라고 생각한다. 무엇보다 하늘에서 검은 구체가 떨어지는 일은 두 번 다시 일어나지 않으리라 기대하는 것이다.

83

나는 나를 위해서 싸워 줄 새 선수를 선발하기 위해 시간을 들여 내 표면에서 우글거리는 모든 〈입주자들〉을 관찰했다.

그 동물은 지능이 높아야 했다.

나는 우선 문어에 마음이 끌렸다. 문어는 감각기가 많기로 단연 으뜸가는 동물이었다. 하지만 피가 차가워서 바깥 온도에 너무 많은 영향을 받는 게 흠이었다. 그뿐 아니라 기억력이 엄청나게 좋은 것은 사실이지만, 새끼들이 태어나자마자 어미들이 죽거나 도망가 버리기 때문에 개체의 기억이 세대에서 세대로 전수되지 않았다.

그래서 나는 지능이 높을 뿐만 아니라 사물의 미묘한 차이를 표현하는 언어와 더운 피를 가진 동물을 원했다. 때마침 돌고래가 내 관심을 끌었다. 포유류에 속하는 돌고래는 바깥 온도에 상관없이 체온을 항상 따뜻하게 유지하고 있었다. 게다가 지능이 높고 미묘한 언어를 사용하고 있었으며, 새끼들을 교육하여 지식을 전수하기도 했다. 다만 물속에서 살기 때문에 지상과 공중에서 활동하는 데 제약이 있다는 게 문제였다.

내가 찾는 이상적인 후보의 특성들이 더욱 분명해지고 있었다.

돌고래에 이어서 나는 까마귀에게 관심을 돌렸다. 까마귀에게는 지능과 사회성이 있었고, 어느 대륙에서나 커다란 공동체를 이루며 사는 능력이 있었다. 그들은 잡식성이었고 복잡한 언어를 사용했으며 적응력이 비상했다. 게다가 새끼들을 가르치는 능력도 있었다. 하지만 앞다리 대신 날개가 달려 있어서 물건을 다룰 수 없다는 게 문제였다. 부리를 매우 정확하게 움직이기는 했지만 내 계획을 수행하기에는 효율성이 부족했다.

나는 사지가 있는 동물을 원했다.

그래서 당시에 지상에서 가장 지능이 높았던 돼지에게 관심을 가졌다. 하지만 돼지들이 거대한 피라미드를 세우거나 로켓을 만들어 내리라 기대할 수는 없었다. 더 사회성이 강하고, 뭉툭한 발굽 대신 가느다란 발가락을 가진 동물이 필요했다. 나는 쥐들을 생각하기에 이르렀다. 쥐들은 영악하고 곤경을 헤쳐 나가는 능력이 뛰어났다. 하지만 의식에 한계가 있었다. 쥐들은 동정심을 전혀 느끼지 않았고, 늙거나 어리고 연약한 개체들을 가차 없이 죽였으며, 다른 동물들을 공격할 때에만 의사소통이 활발했다. 게다가 날카로운 발톱이 달린 발가락들은 너무 가느다랗고 물건을 잡기에 적합하지 않았다.

그래서 나는 영장류에게 관심을 돌렸다.

그들은 공동체를 이루어 살고 있었고, 반쯤 서 있는 자세를 취하고 있었으며, 무엇보다 앞다리 끝에 〈손〉이라는 경이로운 기관이 달려 있었다. 그들의 손은 다섯 개의 손가락으로 갈라져 있는데, 손가락들은 마디가 있어서 안으로 구부릴 수 있고 그중에서 가장 짧고 굵은 첫째 손가락이 다른 손가락들과 마주 닿기 때문에 집게처럼 사용할 수 있었다. 아, 그 손의 정교함에 내가 얼마나 경탄했던가. 손이야말로 내가 가장 아쉬워하던 것이다.

만약 나에게 손이 있었다면, 나는 내 궤도를 가로지르는 소행성들에 맞서서 나 자신을 지킬 수 있었으리라.

그러니까 영장류는 몸만 놓고 보면 가장 이상적인 후보였다. 하지만 불행하게도 뇌가 충분히 발달해 있지 않았다.

나는 그 심각한 결함을 메우기 위해 아주 기발한 생각을 해냈다. 영장류 동물 하나를 유인하여…… 돼지와 교접하게 하자는 것이었다. 어느 날, 지진이 일어나는 바람에 영장류 동물의 수컷이 돼지의 조상인 혹멧돼지의 암컷과 한 구덩이에 갇히는 일이 벌어졌다. 두 동물은 얼떨결에 서로 싸웠지만, 어느 쪽도 상대를 죽일 수 없다는 것을 깨닫자 서로 협력하기 시작했고 마침내 교접을 하기에 이르렀다.

아홉 달 뒤에 새 동물이 세상에 나왔다. 이 잡종 동물은 피부가 불그스름하고 반질반질하다든가 움푹한 눈에서 광채가 나고 감수성과 지능이 뛰어나다는 점에서는 돼지와 비슷했고, 뒷다리로 버티고 일어서는 자세를 취한다든가 물건을 잡고 다룰 수 있다는 점에서는 영장류와 비슷했다. 전체적으로 보면 원숭이를 닮았지만, 털가죽 대신 돼지의 피부로 싸여 있는 모습이었다.

나는 적합한 신체와 적합한 정신을 결합하는 데 성공했다. 돼지의 유전자와 원숭이의 유전자가 6 대 4 정도의 비율로 배합된 결과였다.

이상과 같은 방식으로 나는 나의 새로운 챔피언인 인간을 만들어 냈다.

84

다비드는 분홍색 햄 조각을 덥석 물어 우걱우걱 씹어 먹고 다시 한 조각을 입 안에 넣는다. 이어서 또 한 조각을 욱여넣고 신경질적으로 씹어 대다가 꿀꺽 삼킨다. 아직 분이 가시지 않은 것이다. 그는 소형 냉장고를 열어 맥주 캔을 꺼낸다. 답답하고 어수선한 마음을 풀어 보기 위함이다. 그는 분재들과 미니 토끼 조제편, 나폴레옹을 그린 다비드의 그림, 아버지의 사진들, 어릴 적 어머니 품에 안겨서 찍은 자기 사진들을 차례로 바라본다.

무언가 잘못되어 가고 있어.

그는 방 안에서 빙빙 돌아다닌다. 토끼가 노트북 컴퓨터의 전선을 갉작이다 말고 주인을 살펴본다.

가도 가도 제자리야. 우리는 진퇴양난에 빠져 있어. 나는 한자리에 갇혀서 오도 가도 못 하는 신세야. 무언가 아주 강한 것이 우리가 나아가는 것을 막고 있어. 공포만 문제가 되는 게 아냐. 나쁜 습관들도 우리를 방해하고 있어. 만약 내가 사태를 변화시키고자 한다면 낡은 세계를 박살 내야 해.

그는 아우스터리츠 전투를 재현하고 있는 장난감 병정들을 바라본다. 문득 아버지가 가르쳐 주신 간디의 말이 떠오른다.

〈세상이 어떤 식으로 바뀌는 것을 보고 싶다면 너 자신이 그런 쪽으로 변해야 한다.〉

그는 남은 햄을 마저 먹고 맥주 캔을 비운다.

내 주위에 있는 모든 것이 나와 맞지 않는다면, 내가 무언가를 잘못한 것이 분명하다. 그러니까 나를 변화시킴으로써 사태를 해결해야 한다. 그런데 나에게서 무엇을 변화시켜야 하지? 나의 변화를 가로막고 있는 것이 무엇일까? 어릴 때부터 나는 어른들이 하라는 대로 해왔다. 나는 공손했고 언제나 깨끗했다. 〈감사합니다〉와 〈실례합니다〉라는 말을 입에 달고 살았고, 부모가 이끄는 대로 유치원과 초중등 학교와 대학을 다녔다. 아버지 말씀에 항상 귀를 기울였고, 증조부의 책을 읽었으며, 뉴스를 꼬박꼬박 보았고, 취미 생활도 하고 여행도 다녔다. 그렇다면 잘못은 어디에 있는가?

그는 아틀란티스의 전생과 누시아를 떠올린다. 소르본 대학과 콩고에서 겪은 일도 하나하나 되새겨 본다.

세상을 변화시키는 데 일조하려면 나에게서 무엇을 변화

시켜야 할까?

그는 자기를 놀리듯 장난기 어린 표정을 짓고 있는 아버지의 사진을 다시 바라본다. 수첩의 말미에 적혀 있던 문장이 생각난다.

〈우리 호모 사피엔스는 과거의 인간과 미래의 인간 사이에 있는 과도기의 종이다.〉

그는 빈 맥주 캔을 벽에 내던진다.

나는 내 사고의 한계를 벗어나지 못하는 게 아닐까? 미래의 다비드 웰스를 창조하지 못하는 한 나는 새로운 인류를 만들어 낼 수 없다.

그는 다시 맥주 캔을 꺼내어 마시고 침대에 털썩 쓰러지더니, 이도 닦지 않고 옷도 벗지 않은 채로 잠이 든다.

그는 꿈을 꾼다. 집을 나서려는데 갑자기 배가 가렵다. 그래서 풀오버를 들어 올려 배를 보니 놀랍게도 배꼽에 탯줄이 달려 있고, 이 탯줄은 어머니와 연결되어 있다. 그가 성인이 되었음에도 탯줄은 태어날 때의 모습 그대로다. 작은 혈관들이 이리저리 불거져 있는 불그스름한 관이다. 그가 집을 나서자 탯줄이 마치 개들을 위한 자동 리드 줄처럼 길게 늘어난다.

그는 어느 대학의 강당으로 가서 자기 프로젝트를 발표한다. 강당 벽에는 그를 나무라는 듯한 표정을 짓고 있는 아버지의 거대한 초상이 걸려 있다.

「당신이 작은 것들에 관심이 많은 것은 당신 자신이 작기 때문입니다.」

크리스틴 메르시에가 그렇게 단언하자, 모든 심사 위원이 깔깔거리며 그를 조롱한다.

우승자 제라르 살드맹이 소리친다.

「꼬마야, 꼬마야! 작은 건 무엇이든 볼품이 없어. 작은 건 무엇이든 우스꽝스러워.」

이어지는 장면에서 다비드는 대학의 정원에 있다. 오로르가 그에게 다가온다. 그녀는 팽팽하게 늘어난 그의 탯줄을 보지 못하고 그것에 걸려서 비틀거리다가 땅바닥에 쓰러진다.

「미안해요, 내가 태어났을 때 엄마가 깜박 잊고 탯줄을 자르지 않았어요.」

오로르는 정문 너머로 아스라이 이어져 있는 탯줄을 바라본다.

「당신 어머니는 당신을 무척 사랑하시는군요. 내 어머니도 그래요.」

그러더니 자기 배를 드러내고 무한히 늘어나는 똑같은 탯줄을 보여 준다.

「내 어머니는 돌아가셨어요. 그래서 내 탯줄을 아버지에게 매달았죠. 그런데 아버지가 조금 맹하고 무엇을 어떻게 해야 할지 모르기에 그것을 크리스틴에게 매달았어요.」

아닌 게 아니라 그녀의 탯줄은 안경을 낀 여자에게 연결되어 있다. 그 여자는 그들을 향해 다정한 손짓을 보낸다.

다비드가 말한다.

「이게 우리의 공통점이군요. 우리는 부모의 품에서 벗어나야 할 성인이지만 아무리 늘어나도 끊어지지 않는 탯줄을 달고 다니네요.」

「공통점은 또 있죠.」

오로르의 뒤에는 아마존들의 군대가 있고, 다비드의 뒤에는 피그미들의 군대가 있다. 두 부대는 공격 명령을 기다리고 있는 듯하다.

　오로르가 힘주어 말한다.

　「우리에게는 우리와 동행하는 친구들이 있어요.」

　그러고는 다비드의 탯줄을 말아 쥐고 어루만진다.

　「탯줄이 참 아름답네요. 그런데…… 보세요, 하얀 반점들이 있어요.」

　꿈속의 다비드는 당황한 기색으로 자기의 불그스름한 탯줄을 살펴본다.

　「일종의 염증이에요. 탯줄이 공기에 너무 오래 노출되면 이런 일이 생기죠.」

　그러고 나서 다비드는 손목시계를 보며 말한다.

　「빨리 집으로 돌아가야 해요. 그러지 않으면 탯줄이 말라 버릴 염려가 있어요.」

　그는 막대기 하나에 탯줄을 친친 감으면서 학교를 나선다. 주위의 행인들은 아무도 그것을 비정상적인 일로 여기지 않는 듯하다. 하기야 거리거리에 다른 탯줄들이 늘어져 있으니 그럴 법도 하다. 그가 집에 다다르니, 어머니가 문간에서 기다리고 있다가 그에게 두 팔을 활짝 벌린다. 그는 둘둘 만 탯줄을 커다란 공처럼 옆구리에 끼고 있다.

　그때 무슨 소리가 들리더니 웬 거인이 보인다. 피에로의 얼굴을 한 거인이다. 덩치가 어찌나 큰지 창문 너머의 시야를 꽉 채우고 있다. 그는 소방 호스의 주둥이를 쥐고 지붕들을 겨눈다. 강력한 물줄기에 지붕들이 날아가고 사람들은 하늘에서 쏟아지는 급류를 피해 도망친다. 피에로는 빈정거리며 소리친다.

「바로 이거야! 페탕크 놀이를 방해하는 도시들을 나는 이
렇게 청소하지.」

다비드는 도망치려 하지만 탯줄 때문에 멀리 가지 못하고
등 뒤로 밀어닥친 물에 빠져 버린다. 숨이 막혀서 수면으로
다시 올라가려 하지만 이번에도 탯줄이 너무 켕겨서 나아갈
수가 없다. 그는 있는 힘을 다해 탯줄을 늘인다. 그 와중에 물
이 허파로 들어간다. 이제 질식사는 시간문제다. 그때 어머
니가 머리 위쪽의 수면에 나타나더니 그를 얼른 끌어당긴다.
어머니는 그의 턱을 잡고 헤엄쳐 나아가서 둑 위로 그를 끌
어 올린다. 그러고는 그의 입에다 자기 입을 대고 숨을 불어
넣는다. 그는 물을 토해 낸다. 하지만 어머니는 축축한 입맞
춤을 계속 퍼붓고 냄새 나는 침을 묻혀 가며 그의 얼굴을 핥
아 댄다.

그는 꿈에서 깨어난다. 한쪽 눈을 뜨자마자 혐오감에 소
름이 오싹 돋는다. 그의 토끼 조제핀이 까슬까슬한 혀로 그
의 얼굴을 열심히 핥고 있지 않은가.

그는 정이 너무 많은 그 동물을 밀쳐 내고는 욕실에 들어
가서 옷을 벗고 샤워기 아래로 뛰어든다. 하지만 간밤의 심
란한 기분이 다시 밀려온다.

어떻게 하면 내가 변할 수 있을까?

그는 쏟아져 내리는 물을 맞으며 오래도록 서 있다가 물의
온도를 아주 차갑게 낮추고 마치 탯줄이 정말 잘렸는지 확인
하려는 듯 배꼽을 만져 본다. 이윽고 그는 샤워를 끝내고 몸
의 물기를 닦는다. 그러면서 알프스를 넘는 나폴레옹의 모습

이 담긴 그림과 마치 자기를 내친 것에 앙갚음하려는 듯 분 재들을 갉작대고 있는 미니 토끼를 바라본다. 그러다가 젤룩 스사의 로고가 찍힌 아버지의 아노락과 증조부의 백과사전 에서 발췌한 글들이 인쇄된 종이들을 집어 든다. 그는 개미, 피그미, 묵시록의 네 기사, 거인족에 관한 대목들을 다시 읽어 본다.

그런 다음 옷을 입고 주방으로 내려간다. 어머니가 식탁을 마주하고 앉아 있다. 커다란 분홍색 옷을 뜨는 중이다.

「그게 뭐예요?」

「너한테 줄 스웨터야. 이제 네 아버지를 기다릴 일이 없으니 나의 시간과 노력을 온전히 너한테 바칠 생각이다. 아들아, 원하는 게 있으면 뭐든지 말해도 돼. 나는 너를 위해 언제나 대기하고 있을 테니까.」

그는 어머니를 바라본다. 몇 가지 생각이 아주 빠르게 머릿속을 스쳐 가고 간밤 꿈에서 본 장면들이 섬광처럼 번쩍이며 지나간다. 번쩍거리는 불빛 때문인지 각각의 장면에 등장하는 얼굴들이 모두 일그러진 것처럼 보인다. 다비드는 두 손으로 머리를 감싸고 눈을 감는다. 탯줄을 달고 다니는 자기 모습이 다시 보인다. 목에 탯줄이 친친 감겨 있다.

「다비드, 괜찮니?」

그는 자기 관자놀이를 아주 세게 눌러 댄다. 숨이 가빠지기 시작한다. 두 다리가 후들거린다.

「다비드, 사랑하는 아들, 왜 그러니? 괜찮아?」

그가 눈을 감을 때마다 꿈속의 이미지들이 다시 나타난다. 한참 눈을 감고 있으니 아버지의 웃는 모습이 보인다. 깔깔거리는 오로르와 비웃음을 흘리는 피에로도 보인다. 피그미 마을의 모든 주민들이 그를 가리키며 웃음을 터뜨린다. 은고마의 시신마저 형체를 되찾고 그를 비웃는다. 개미들은 더듬이를 흔들어 댄다. 머릿속에서 웅웅 소리가 난다. 그는 몸을 웅크리고 귀를 막는다. 어머니가 그에게 말을 걸지만 그의 귀에는 들리지 않는다. 어머니는 한 손을 그의 어깨에 얹는다.

「어제 일은 잘됐니?」

「제 프로젝트는 뽑히지 않았어요. 피그미들에게 도움을 주고 싶었는데 뜻대로 되지 않았어요. 저 아래 정원에 있는 개미들을 구해 주고 싶었는데, 그것조차 해내지 못했어요. 내 방에 있는 분재들마저 죽어 가고 있어요.」

「네 아버지가 돌아가셨는데, 무슨 경황이 있겠니?」

어머니는 그를 꼭 안아 주려고 한다. 그러나 그는 뒤로 물러선다.

「왜 그러니?」

그는 천천히 뒷걸음질을 친다. 어머니는 다가들어서 그에게 입을 맞춘다.

「애야, 대체 무슨 일이야? 나는 너 혼자 고통을 겪도록 내버려두지 않을 거야. 언제든 나를 믿고 의지해. 내가 너를 지켜 주고 도와줄 테니.」

젊은이의 얼굴에 경련이 인다.

「미안해요, 엄마. 당분간 혼자 지내는 게 낫겠다 싶어요. 완전히 혼자요.」

그는 다시 자기 방으로 올라가서 작은 트렁크와 노트북 컴퓨터를 챙기고 배낭 하나에 옷가지와 세면도구를 담는다.

그가 현관을 나설 때 어머니가 잔잔하게 이른다.

「옷 따뜻하게 입고 다녀.」

그는 들은 척 만 척 하고 차고로 곧장 내닫는다. 차를 덮고 있는 포장을 벗기자 아버지가 몰던 낡은 사륜구동 차가 모습을 드러낸다. 현대 자동차에서 나온 2010년 모델인데 여기저기에 아직 진흙이 묻어 있다. 시동을 걸자 디젤 엔진이 기분 좋은 웅웅거림으로 화답한다. 그는 안도의 한숨을 크게 내쉬며 가족의 둥지에서 도망친다. 집에서 멀어질수록 마음이 가뿐해진다. 그는 목적지를 정하지 않고 오래도록 달린다. 그러다가 문득 어떤 직감에 사로잡혀 퐁텐블로 쪽으로 방향을 잡는다. 증조부가 사시던 전원주택을 찾아가려는 것이다.

검은 승용차 한 대가 뒤따라오고 있지만 그는 그 사실을 알아차리지 못한다.

85

「이 잡년은 누구야?」

여자는 애먼 카메라를 침대 위로 내동댕이친다.

「설마 내 카메라에 저장된 사진들까지 다 뒤져 본 건 아니죠?」

오로르가 쏘아붙이자 크리스틴은 더욱 성난 기색을 보인다. 두 여자는 서로 굽히지 않고 맞선다.

「아니긴, 뒤져 봤지. 내가 뭐 못 할 짓을 했어? 일껏 신경을 써서 튀르키예에 갈 수 있게 해줬더니, 그 틈을 타서 바람을 피워? 그것도 빨간 머리 여자랑?」

「당신의 강짜에는 이제 신물이 나요, 크리스틴.」

「나도 네 거짓말에 신물이 나, 오로르.」

「불쌍한 여자 같으니, 당신은 한낱 질투심덩어리예요. 내 연구를 시샘하고, 내 사랑을 시샘하고, 당신에게 없을 뿐만 아니라 당신은 가질 능력도 없는 삶을 시샘해요.」

「내가 너를 우승자로 만들어 주지 않았다고 원망하는 거야. 그렇지?」

「아뇨, 내가 당신을 못마땅하게 생각하는 것은 당신 머릿속에 낡아 빠진 것들만 들어 있기 때문이에요. 당신은 다른 심사 위원들이 노인들의 문명을 만들고 싶어 한다고 비난했어요. 하지만 당신이야말로 당신이 비난하는 것의 화신이에요.」

오로르는 상대를 째려보며 말을 잇는다.

「당신은 〈소르본〉이니 〈위대한 선배들〉이니 〈대학의 전통〉이니 하는 말들을 자주 하죠. 전통이란 나쁜 습관의 다른 이름일 수도 있어요. 그런데 용기를 내서 그 나쁜 습관에 이의를 제기하는 사람이 아무도 없어요. 당신은 그 잘난 전통의 수호자일 뿐······.」

말을 맺기도 전에 그녀의 뺨에 손이 날아든다. 즉시 반격이 날아간다. 세 번째, 네 번째 손찌검이 이어진다. 각자의 뺨에 붉은 손자국이 선연하다. 나이 많은 여자는 눈물을 찔끔 흘리더니 분노에 찬 고함을 내지르며 젊은 여자에게 덤벼든다. 젊은 여자는 잽싸게 물러서며 공격을 피한다. 여교수는 끓어오르는 분노를 주체할 수 없어서 꽃병을 집어 오로르를 향해 힘껏 내던진다. 꽃병은 오로르의 머리 위쪽 벽에 맞아 산산이 부서진다.

「은혜를 모르는 데에도 분수가 있지!」

뒤이어 갖가지 물건들이 오로르를 향해 날아간다. 빨간

하트 모양의 재떨이, 투명한 추시계, 수정 촛대, 방석, 불영사전, 유선 전화기, 아기 천사 모양의 도자기, 비디오테이프, 콤팩트디스크, 클렌징 유액병, 패션 잡지, 의자, 커피 잔, 거울.

오로르는 소파 뒤에 숨어서 그 포탄들을 재주껏 피한다.

포탄이 바닥나자 크리스틴은 머리를 산발한 채 오열을 터뜨리며 주저앉는다.

「네가 어떻게 나한테 그럴 수 있어?」

금빛 눈의 젊은 여자는 머리를 흔들면서 다시 일어선다.

「이제 더는 당신의 발작을 참아 줄 수가 없어요. 당신의 강짜는 병적인 것으로 변해 가고 있어요.」

「너를 사랑하기 때문에 그러는 거야, 오로르. 내가 너를 얼마나 사랑하는지 아직도 모르겠어? 네가 다른 여자 품에 안겨 있는 것을 상상하면 미칠 것만 같아. 네가 어떻게 나를 배신할 수 있어?」

「나는 당신 소유물이 아니에요, 크리스틴. 누구도 다른 누구를 소유할 수 없어요. 나는 당신에게 갚아야 할 것이 아무것도 없어요. 나는 자유로운 여자예요. 일껏 남자들에게서 해방된 내가 한 여자의 지배를 받을 수는 없죠.」

크리스틴은 오로르에게 바싹 다가들어 몸을 웅크리려고 한다. 하지만 오로르는 상대를 밀어낸다.

「날 용서해 줘. 내가 왜 그랬는지 모르겠어. 너를 잃는 게 너무 두려웠던가 봐.」

젊은 연구자는 그녀를 외면하면서 흐트러진 옷매무새를 고친다.

「나를 잃는 게 두려운 사람이 내 따귀를 때리고 내 얼굴에 꽃병을 던져요?」

「네가 없으면 내 삶은 아무 의미가 없어.」

「당신이 있으면 내 삶은 의미가 없어요.」

크리스틴은 창문 쪽으로 달려가더니, 창문을 활짝 열고 창턱으로 올라간다.

「뛰어내릴 거야, 내 말 듣고 있어? 난 뛰어내릴 수 있어, 오로르, 너도 알잖아! 조심해. 네가 앞으로 몇 초 동안 어떻게 하느냐에 달려 있어.」

두 여자는 서로의 기색을 살핀다.

오로르는 크리스틴 쪽으로 다가간다. 크리스틴은 오로르가 자기를 다시 받아 주려는 줄 알고 두 팔을 활짝 벌려 그녀를 끌어안으려고 한다. 하지만 오로르는 상대를 잡고 번쩍 들어 올리더니 현관으로 안고 간다. 그러고는 한 손으로 문을 열고 나가서 엘리베이터 앞에 가만히 내려놓는다. 그런 다음 아파트 안으로 들어가서 핸드백과 외투를 주워 여자에게 던져 주고는 문을 꽝 닫아 버린다.

「자살하고 싶으면, 내 집에서 하지 말고 딴 데 가서 해요.」

크리스틴은 초인종을 누르고 문을 두드린다.

그러다가 갑자기 그 모든 것이 멎는다.

이윽고 계단에서 발소리가 들려온다. 젊은 과학자는 마음을 놓고 집 안을 조금 정돈한 뒤에 안락의자에 털썩 앉는다.

이번에는 말귀를 알아들은 것 같군.

몇 분이 지나자 초인종이 다시 울린다. 오로르는 문구멍으로 밖을 내다본다. 아무도 없다.

그녀는 화가 나서 묻는다.

「또 당신이에요?」

그녀는 어찌할까 하다가 안전 고리를 미리 걸어 놓고 문을 조금 열어 본다. 낯익은 소인증 여성이 보인다. 심사 위원단에 속해 있던 바로 그자다.

「메르시에 교수를 만나러 오신 모양인데, 그 사람은 이제 여기에 없어요.」

「아뇨. 당신에게 한 가지 제안을 하러 왔어요. 오로지 카메러 박사 당신만을 상대로 하는 제안이에요.」

「그게 뭔지 내가 알아맞혀 볼까요? 진공청소기? 보험? 아니면 어떤 종교 집단에 가입하라는 건가요? 여호와의 증인? 모르몬교?」

「그 모든 것을 동시에 조금씩 가지고 있는 거예요. 게다가 그 모든 것을 합친 것보다 훨씬 대단한 것이죠.」

「나는 아무것도 필요 없어요. 그리고 한 가지 더 말씀드리자면, 때를 잘못 맞춰 오셨어요. 나는 혼자 조용히 있고 싶거든요.」

「당신은 아무것도 필요 없을지 모르지만, 우리에게는 당신이 필요해요.」

「우리라고요?」

「당신에게 프로젝트 하나를 제안하려고 해요. 당신의 연구와 관련된 거예요.」

오로르는 어깨를 으쓱하고 여자를 안으로 들인다.

「소르본 대학에서 내가 발표하는 것을 들어 주셨으니까, 그 답례로 5분을 드릴 테니 당신의 프로젝트를 발표해 보세요.」

자그마한 여자는 거실을 둘러본다. 거실에는 아직 싸움의 흔적이 남아 있다.

여자는 쓰러진 팔걸이의자 하나를 바로 세우고 거기에 앉더니, 느긋한 동작으로 가죽 케이스에서 담배 한 개비를 꺼내어 옥으로 만든 물부리에 꽂는다.

「나는 나탈리아 오비츠 대령입니다. 국방부 산하 대외 안보 총국[14]에서 일하고 있습니다.」

「그게 나와 무슨 상관이죠?」

「당신은 핵물질의 방사능에 저항하기 위한 방법의 실마리를 찾아낸 유일한 과학자입니다. 튀르키예의 아마존들에 관한 당신의 연구는 중독 면역과 여성 호르몬을 해결의 실마리로 제시하고 있다는 점에서 새롭습니다. 당신의 논문은 대학의 지원금을 받아 작성된 것이고 그 지원금은 과학부 예산에서 나간 것이니, 결국 논문은 정부 재산인 셈입니다. 당신의 발견은 이미 우리 것이 되었지만, 나는 당신의 직접적인 협력을 원합니다.」

오로르는 바닥에 떨어져 있던 재떨이를 집어 그녀 쪽으로 밀어 준다. 그런 다음 자기는 적포도주를 꺼내다가 구형으로 생긴 커다란 잔에 따른다. 한 여자가 담배라는 식물의 분자를 기체 형태로 들이마시는 동안, 다른 여자는 포도라는 식물의 분자를 액체 형태로 삼킨다. 저마다 자기가 좋아하는 식물을 통해 위안을 얻는 것이다.

작은 여자가 말을 잇는다.

---

14 프랑스의 정보기관. 약칭 DGSE(Direction générale de la sécurité extérieure). 국가 안보와 관련된 정보의 수집과 활용, 국외에서 프랑스의 이익에 반하여 행해지는 첩보 활동의 적발 및 예방, 국익을 위한 기밀 작전 수행 등을 주된 임무로 삼고 있다. 1985년 폴리네시아의 모루로아 환초에서 프랑스가 핵 실험을 벌일 때, 이것에 항의하러 가던 국제 환경 보호 단체 그린피스의 〈레인보우 워리어〉호를 침몰시킨 사건으로 악명을 떨치기도 했다.

「아주 오랜 옛날부터 장수들은 칼과 방패의 대결을 주관해 왔습니다. 한쪽에서 무기를 발명하면 다른 쪽에서는 방어 수단을 찾아냅니다. 그러면 그 방어 수단을 넘어서는 새로운 무기가 발명되고, 다시 방어책이 마련됩니다. 그러니까 훌륭한 군인이라면 미래를 상상하는 일에 누구보다 많은 관심을 기울여야 합니다. 다음에 벌어질 일에 대한 대비책을 찾아내야 하니까요.」

오로르는 입술을 내밀며 회의적인 표정을 짓는다.

「현재 우리는 핵무기에 대해 아무런 방어 수단도 가지고 있지 않습니다. 어떤 무기에 대해 방어책이 전혀 없는 것은 전쟁 역사상 처음 있는 일이죠. 더 심각한 일은, 우리가 처음으로…… 우리 종의 전멸이라는 위기를 맞고 있다는 것입니다.」

오비츠 대령은 푸르스름한 연기를 뿜어낸다.

「당신은 우리 유기체를 방사능에 저항하도록 변화시키는 생존의 길을 제안하고 있어요. 우리가 당신에게 제안하는 것은 당신의 연구를 재정적으로 지원하겠다는 것입니다.」

젊은 연구자는 루비 빛깔의 포도주를 골똘히 바라본다. 보는 각도에 따라 변하는 그 색조와 질감, 유리잔 바닥의 침전물을 살피는 기색이다.

「나는 칼과 방패 따위에 전혀 관심이 없어요. 무기에 관한 것은 무엇이든 싫어요. 그러니까 군부를 돕는 것은 내 힘에 부치는 일이에요. 자, 5분이 지났군요. 당신을 붙잡지 않겠습니다.」

나탈리아 오비츠는 담배를 하트 모양의 재떨이에 비벼 끄고 자리에서 일어나 명함을 내민다.

오로르는 명함을 살펴본다. 〈대령 나탈리아 오비츠〉라는 이름 옆에 대외 안보 총국의 약자와 함께 마크가 찍혀 있다. 마크는 독수리 한 마리가 파란 지구를 떠받치고 있는 모습을 나타낸 것인데, 이 지구에는 프랑스 영토만 빨간색으로 분명하게 표시되어 있다. 마크 아래에는 이런 표어가 적혀 있다. 〈아드 아우구스타 페르 앙구스타.〉

「내가 라틴어 수업 시간에 배운 것을 제대로 기억하고 있는지 모르지만, 이 표어는 〈좁은 길을 통해 위대한 결말로〉[15]라고 번역할 수 있겠네요, 그렇죠?」

「우리 기관은 프랑스라는 커다란 배의 별로 알려지지 않은 작은 선실들 가운데 하나입니다.」

「당신은 국방부, 그러니까 군대와 연결되어 있어요. 설령 당신이 언제나 어릿광대처럼 군다고 하더라도, 당신과 함께 일하는 건 즐겁지 않을 것 같네요.」

「잘 생각해 봐요, 카메러 박사. 나는 당신이 우리 종을 구원하기 위해 무언가를 할 수 있도록 길을 열어 주려는 거예요. 이런 기회가 자주 오는 건 아닙니다.」

「나보고 인명 살상을 직업으로 삼고 있는 사람들을 도우라고요? 나는 절대로 그런 일을 하지 않을 거예요.」

「세상일이란 알 수 없는 거예요. 속담에도 있잖아요. 〈샘아, 나는 네 물을 마시지 않을 테다〉라고 큰소리치면 못쓴다고.」

오로르는 명함을 다시 읽고 발기발기 찢어서 재떨이에 버

---

15 Ad augusta per angusta. 문자 그대로 옮기면 〈좁은 길을 통해 거룩한 곳으로〉. 빅토르 위고가 『에르나니』라는 희곡의 4막 3장에서 주인공 에르나니를 비롯한 반역 음모자들의 암호로 사용했던 말.

린다.

「생각할 만큼 했어요. 오늘 날짜로 나는 연구자의 길을 포기했어요. 그래서 〈샘아, 나는 네 물을 마시지 않을 테다〉라는 말을 자신 있게 할 수 있어요.」

오로르는 대령을 현관까지 바래다주고 문을 꽝 닫는다. 그렇게 전 동거녀와 이상한 소인증 여성을 쫓아내고 나서, 그녀는 다시 포도주를 한 잔 가득 따라서 마신다. 그러고는 창가로 가 행인들로 붐비는 거리를 내려다본다. 이제 남과 싸우고 싶지 않다. 그냥 독립적으로 조용히 살고 싶다. 어서 일거리를 찾아서 돈을 벌어야 한다. 이제부터는 집세도 혼자 내야 하지 않는가.

86

다비드는 급히 브레이크를 밟는다. 그가 찾던 집이 눈에 띈 것이다.

철책으로 둘러싸인 소박한 전원주택이다. 모든 것을 그냥 버려 두어서 폐가나 다름없게 되었다. 〈집 사실 분 찾습니다〉라고 적힌 알림판만이 아직 사람이 살 수 있는 집임을 알려 주는 듯하다.

다비드는 집 주위를 한 바퀴 돈다. 그러다가 뒤쪽 테라스로 통하는 문을 겸한 창문에 덧창이 달려 있지 않은 것을 발견하자, 돌멩이로 유리를 깨고, 목재로 내벽을 두른 널따란 방으로 들어간다. 그러고는 스마트폰 불빛으로 증조부 에드몽 웰스의 마지막 거처를 비추어 본다.

오래전부터 아무도 들어오지 않았던 게 분명하다.

개미들의 머리를 확대한 사진들이 여기저기에 붙어 있다.

320

그는 증조부의 사진을 찾아내어 찬찬히 살펴본다. 얼굴이 세모지고 귀가 뾰족하다는 점에서 카프카와 조금 비슷하다는 생각이 든다. 사진 아래에는 설명 대신 〈1+1=3〉이라는 수식이 적혀 있다. 증조부의 슬로건인 모양이다. 살아 있는 모든 것의 시너지에 대한 예찬이 아닌가 싶다.

주방의 안쪽 문에는 〈절대로 지하실에 내려가지 말 것〉이라는 경고문이 붙어 있다. 그는 자물쇠를 억지로 따고 문을 열어 본다. 돌쩌귀가 삐걱거리며 문이 열리자, 어둠 속 깊은 곳으로 내려가는 계단이 나타난다. 그는 조금 망설이다가 지하실 탐사를 포기하고 방방이 돌아다니며 집을 뒤진다. 침실에 들어가 보니 유럽인과 아시아인의 혼혈로 보이는 여자의 사진이 액자에 들어 있다. 그는 사진 속의 여자를 알아본다. 에드몽 웰스의 딸, 레티샤 웰스, 즉 그의 할머니다.

그는 다른 방들을 계속 뒤진다. 그러다가 붙박이장 안쪽에 놓인 가방에서 두꺼운 노트를 찾아낸다. 노트 표지에는 〈상대적이며 절대적인 지식의 백과사전 제7권〉이라는 제목이 붙어 있고, 그 아래에는 더 작은 글씨로 〈앞선 여섯 권의 요약 및 새로운 항목 추가〉라는 말이 적혀 있다.

그는 두꺼운 필사본을 뒤적이며 생각한다.

이건 유전자보다 효과적인 유산이야. 여기에 쓰인 글들이 증조부의 정신을 되살리고 있어. 증조부는 나처럼 온 세상의 견해와 반대로 인류가 작아지는 쪽으로 진화한다고 생각하셨어. 아버지는 이것을 컴퓨터에 그대로 베껴서 파일을 만드셨을 거야. 그래서 내가 할아버지의 글을 읽을 수 있었던 거지. 이제 이것이 나를 이끌어 줄 거야.

그는 촛불을 켜고 아무 데나 한 대목을 골라 읽어 본다.

87

백과사전: 세상의 종말

「요한의 묵시록」에 앞서 구약 성경에서도 몇몇 예언자들이 세상의 종말을 예언하고 있다. 즈가리야도 그들 가운데 하나다. 그는 「즈가리야」에서 〈그날〉에 벌어질 일들을 길게 묘사한다. 〈그날〉이란 히브리 말로 〈아하리트 하야밈〉을 가리킨다. 이는 〈시대의 종말〉이라고 번역될 수 있는 말이다.

성경에 나오는 여러 이야기를 종합해 보면, 세상의 종말이라는 사건은 다음과 같은 두 단계로 나뉘어 있다.

먼저 하르마게돈 전쟁. 이는 빛의 군대가 어둠의 군대를 격파하는 최후의 전쟁이다. 어둠의 군대는 곡과 마곡의 동맹군이다(곡과 마곡은 이스라엘을 공격하기 위해 동맹을 맺은 스키타이 왕국과 페르시아 왕국을 암시하는 것일 수도 있다). 하르마게돈은 팔레스타인의 요충지인 하르 므기또(므기또 언덕이라는 뜻)에서 유래한 이름이다. 이 언덕에서 기원전 609년에 유다 왕국의 요시야 임금이 이집트의 파라오 느고와 맞서 싸우다가 죽었다.

그다음은 하느님의 사자인 예언자 엘리야의 재림. 그리고 그 뒤를 잇는 메시아의 도래와 메시아 시대의 시작이다. 이 두 번째 단계는 다음과 같은 세 국면을 포함한다.

첫째, 〈트히야트 하메팀〉, 즉 죽은 사람들의 부활.

둘째, 〈욤 하딘〉, 즉 심판의 날. 모든 인간이 하느님 앞에서 자기들이 지상에서 행한 선행과 악행을 보고해야 하는 날이다.

셋째, 〈올람 하바〉, 즉 영원히 이어질 더 나은 세계의 건설. 영혼들이 과거의 공덕에 따라 보상을 받고 메시아가 시간의 흐름을 멎게 한다.

에드몽 웰스, 『상대적이며 절대적인 지식의 백과사전』 제7권

88

다비드는 증조부의 집 안을 다시 뒤지기 시작한다. 개미 조각상들이 곳곳에 놓여 있다. 개미 그림들과 가족사진들도 적잖이 눈에 띈다. 그는 그것들을 하나하나 살펴본다. 하지만 어두운 지하실에 내려가는 것은 엄두가 나지 않는다.

그는 정원으로 나간다. 유럽의 숲에서 흔히 볼 수 있는 개미 한 마리가 겁에 질린 채 아름드리 고목의 줄기를 타고 도망친다. 아프리카의 마냥개미들에 비해 겁이 많은 모양이다.

그는 손가락으로 개미의 앞길을 가로막는다. 개미는 어쩔 수 없이 손가락으로 기어오른다. 하지만 그가 콩고에서 나뭇가지에 매달려 있을 때만큼이나 공포에 사로잡혀 있는 듯하다. 그는 손을 들어 올려 개미를 눈앞으로 가져간다. 하지만 개미는 공포가 극에 달한 나머지 허공으로 뛰어내린다. 반투 족 가이드 은고마의 추락을 연상시키는 동작이다. 다만 개미는 으깨어지지 않고 풀들 사이로 달아난다.

다비드는 개미를 쫓아간다.

개미는 그를 돔 모양의 개미집으로 이끌어 간다. 높이가 1.5미터쯤 되는 이런 모양의 개미집을 짓는 것은 홍개미들의 세계에서 흔히 있는 일이다. 벌써 병정개미 몇 마리가 그에게 달려든다. 하지만 즉시 겁을 먹고 줄행랑을 놓는다. 그는 잔가지들을 쌓아 올린 피라미드 위에 한 손을 얹고 그 미물들의 도시에서 퍼져 나오는 에너지를 감지한다.

그때 갑자기 천둥이 치기 시작한다. 번갯불이 번쩍일 때마다 하늘이 환해진다. 덕분에 다비드는 말로만 듣던 현상을 두 눈으로 직접 보게 된다. 개미들의 혼인 비행이 바로 그것이다. 천둥 때문에 새들이 겁을 먹고 있는 틈을 타서, 날개 달린 생식 개미들이 개미집 둥근 지붕의 꼭대기에 모여 있다. 몸집이 크고 날개가 긴 것들은 암컷, 몸집도 작고 날개도 짧은 것들은 수컷이다. 먼저 암개미 수천 마리가 공중으로 날아오르고, 수개미 편대가 뒤를 따른다. 수개미들은 암개미들을 따라잡고 그 등에 올라타서 정액을 내쏜다. 그렇게 번갯불이 레이저 조명처럼 하늘을 밝히는 동안 개미들의 난교 파티가 벌어진다.

새 몇 마리가 번개에 대한 두려움을 이겨 내고 날아들더니, 도망칠 수도 자신을 방어할 수도 없는 그 생식 개미들을 맛있게 먹어 치운다. 정액을 쏟아 낸 수개미들이 탈진해서 떨어지면 즉시 다른 수개미들이 교대하여 암개미들의 배를 정액으로 가득 채운다. 땅에 떨어져 정신을 못 차리고 있는 수개미들은 거미나 도마뱀이나 뱀의 먹이가 된다. 그것 말고는 다른 길이 없다.

다비드는 컴퓨터 파일로 옮겨진 증조부의 백과사전에서 읽은 것을 기억해 낸다. 혼인 비행 때 공중에 날아올랐다가 살아남는 암개미들은 2천 마리 중에서 한두 마리밖에 되지 않는다. 그렇게 구사일생으로 살아남은 암개미들은 땅속으로 숨어들어 알을 낳기 시작한다. 하나둘 낳기 시작한 알이 수천 개로 불어나고, 그 알들에서 개미들이 깨어나면 하나의 도시가 형성된다.

자기들이 태어난 도시를 뒤로하고 온갖 위험을 무릅쓰며 다른 곳으로 간 다음, 아무것도 없는 상태에서 새로운 도시를 건설하는 것, 이 얼마나 기이한 선택인가!

그래도 나쁜 날씨와 천적들과 굶주림을 무릅쓰고 도전하는 그 날개 달린 개미들의 용기에는 경탄을 금할 수 없다.

콧등에 비가 한두 방울 떨어지더니, 이내 굵은 빗발이 후드득후드득 나뭇잎을 때린다. 다비드는 증조부의 백과사전 원고를 챙기고 현관문을 닫은 뒤에 자동차로 뛰어든다. 그 집에서 무언가 더 흥미로운 것을 찾아내기는 어려우리라 생각하고 파리로 돌아가려는 것이다.

빗발이 점점 세차진다. 앞 유리로 줄줄 흘러내리는 빗물을 닦아 내는 와이퍼의 움직임이 힘겨워 보인다. 그는 수컷들의 정자를 받고 살아남은 암개미들을 생각한다. 장차 왕이 될 그 개미들은 하나의 도시를 건설하기 위해 이 빗속에서도 목숨을 부지해야만 하리라.

그는 파리 남부로 진입하는 고속도로를 달린다. 파리 근처에 다다르니 길이 꽉 막혀 있다. 그는 백과사전 원고를 쓰다듬다가 손길 닿는 대로 한 페이지를 펼친다. 〈성냥개비 수수께끼〉라는 제목이 붙은 글이다. 먼저 이전의 백과사전에 실린 수수께끼들이 간단하게 정리되어 있다. 제1권에 나온 문제는 〈성냥개비 여섯 개로 삼각형 네 개를 만드는 방법〉이고, 그 답은 〈사면체〉였다. 제2권에 나온 문제는 〈성냥개비 여섯 개로 삼각형 여섯 개를 만드는 방법〉이었고, 그 답은 〈한 삼각형 위에 다른 삼각형을 반대 방향으로 겹쳐서 다윗의 별을 만드는 것〉이었다. 제3권에 나온 문제는 〈성냥개비 여섯 개로 삼각형 여덟 개를 만드는 방법〉이었고, 그 답은 사면체를 만들어서 거울에 비추는 것이었다. 그런데 이 마지막 권에서는 도형의 수를 늘리지 않고 오히려 줄여 놓았다. 질문은 이러하다. 〈성냥개비 세 개로 네모를 만드는 방법은?〉 정답은 나와 있지 않다.

왜 내 증조부처럼 진지한 과학자가 청소년을 위한 수수께끼들을 고안하느라 시간을 허비했을까?

생각은 그렇게 하면서도 다비드는 자기도 모르게 성냥개비 세 개를 머릿속에 그린다. 그러고는 어떻게 하면 네모를 만들 수 있을까 하고 성냥개비들을 이리저리 움직여 본다.

불가능해. 성냥개비가 세 개밖에 안 되는데 어떻게 변이 네 개인 도형을 만들 수 있겠는가? 이번에는 그분이 수수께끼를 잘못 내셨어. 해답이 없는 문제를 내신 거야.

다비드는 파리 남부 오를레앙 시문 일대의 교통 혼잡을 뚫고 천천히 나아간다. 수십 미터 뒤에서 검은 승용차가 따라오고 있지만 그는 그 사실을 알아차리지 못한다. 그 정체 구간을 벗어나 시내로 들어가자 교통이 한결 원활해진다.

그는 갑자기 떠오른 생각을 좇아 시테섬에서 관목을 파는 가게들, 특히 분재를 파는 상점들을 찾아갔다. 가게 주인들에게 자기가 살아 있는 동식물을 작게 만드는 일의 전문가임을 설명하고 일자리를 얻어 보려는 것이다. 가게 주인들은 그의 연락처를 받아 적고 그의 도움이 필요하면 전화를 하겠노라고 할 뿐이다. 다비드는 하루라도 빨리 일자리를 찾아내야 하는 처지라서 조금 실망한 기색으로 발길을 돌린다. 주차장에 차를 세워 놓은 채로 눈을 조금 붙이려고 하는데, 밀림과 피그미, 누시아, 아버지, 남극, 증조부, 퐁텐블로 숲 등 갖가지 이미지들이 머릿속에서 착종한다.

그는 어머니를 생각한다.

그리고 오로르를 다시 떠올린다.

그러고는 마침내 스르르 잠이 든다.

89

나는 기억한다.

영장류와 돼지의 잡종인 나의 새 챔피언들은 처음에 조금 실망스러운 모습을 보였다.

그들은 더럽고 사나웠다. 문어보다 감각이 예민하지 않았고, 까마귀보다 동작이 정확하지 않았으며, 돌고래보다 난폭했다. 무리를 지어 살기는 했으나 쥐들만큼 잘 조직되어 있지는 않았다. 하지만 나는 그들이 무엇이든 빨리 배울 수 있다는 것을 알고 있었다.

나는 파동으로 그들의 꿈에 영향을 주어서 그들이 개미들을 관찰하면서 배우도록 이끌었다. 내가 개미들에게 투자했던 모든 것을 되찾고자 하는 은밀한 바람 때문이었다.

당시에 나는 내 능력을 분산시키지 않기 위해, 그 잡종 동물들을 한 장소에 모아 놓았다. 그곳은 하나의 섬이었다. 나는 알을 품는 어미 새처럼 거기에서 그들을 안전하게 품어 주었다. 기온도 식물상도 먹을거리도 더할 나위 없이 그들에게 적합했다. 그들은 그렇게 보호와 격려를 받으면서 정신과 의식의 수준을 높여 갔다. 내가 기대했던 대로였다.

그들은 뛰어난 재능을 지닌 학생들이었다.

나는 그 섬을 〈나의 실험실〉이라고 명명했다.

그들은 저희 자신을 〈사람〉이라 부르기 시작했다.

그렇게 그들은 특혜를 누리게 되었고 그들과 더불어 새로운 역사가 시작되었다.

그것은 옛날에 그들이 〈하멤프타〉라고 부르던 곳에서 벌어진 일이다. 먼 훗날 혹자는 그곳을 〈아틀란티스〉라 부르게 된다.

90

파도가 한바탕 밀려온다. 그는 그 서슬에 눈을 뜬다. 오싹 전율이 인다. 그는 몸을 부르르 떨고 나서 아버지가 몰던 낡은 자동차의 핸들을 다시 잡는다. 시동을 걸고 주차장을 나서기는 하지만 딱히 갈 곳이 정해져 있는 것은 아니다.

차들이 많지 않아서 교통은 원활하다. 그는 뒷거울을 본다. 비로소 유리에 진하게 선팅을 한 검은 세단이 눈에 들어온다. 그는 자기가 미행당하고 있는지 알아보기 위해 위험을 무릅쓰고 갑자기 방향을 바꾸는 척해 본다. 그때마다 세단이 반응을 보인다. 틀림없다. 세단이 그를 미행하고 있다. 그는 세단을 따돌릴 작정으로 가속 페달을 밟아 대며 몇 차례 방향을 튼다. 그 속도가 하도 맹렬해서 커브를 돌 때마다 휠 캡이 바닥에 닿을 정도로 차가 옆으로 기우뚱한다. 검은 세단은 한순간도 뒤처지지 않고 따라온다. 다비드는 좁은 골목들이 얼기설키한 동네로 들어간다. 드디어 세단을 따돌릴 수 있겠구나 하고 생각하는데, 갑자기 낡은 사륜구동 차의 엔진이 멎어 버린다. 다시 시동을 걸어 보지만 헛일이다. 어떻게 할까 망설이면서 곁눈으로 흘끗 보니 검은 형체가 다가오고 있다. 그는 신변에 위협을 느끼고 자동차에서 빠져나와 잰걸음을 놓는다. 그러면서 한 가게의 진열창을 통해 상대의 반응을 살핀다. 검은 세단이 멈춰 서고 문이 열리더니 한 남자가 내린다. 키가 2미터는 족히 넘을 만큼 위압적인 체구를 가진 남자다.

다비드는 걸음을 더욱 빨리하여 옆길로 접어든다. 괴한은 계속 따라온다. 다시 모퉁이를 돌자 막다른 골목이 나타난다.

배 속 깊은 곳에서 솟구친 공포가 혈관을 타고 온몸으로 퍼져 나가는 느낌이 든다. 동굴 속에서 살던 최초의 인간들이 곰이나 사자에게 쫓길 때 느꼈을 법한 공포다.

이제 도망칠 곳이 없다. 거구의 남자는 서두르지 않는다.

「나한테 원하는 게 뭐요?」

단호한 목소리를 내려고 한껏 애를 쓰면서 물은 것이다.

다비드는 본능적으로 콩고의 고릴라와 비슷한 태도를 취한다. 턱을 앙다물고 어깨를 들어 올리고 근육을 긴장시킨다. 싸우거나 달아날 태세다. 거인은 태연하게 계속 나아온다.

다비드는 공포에 사로잡힌 채 나지막한 담 쪽으로 내달려 어렵사리 기어오른다. 그러고는 반대쪽으로 뛰어내려 달음박질을 친다. 거인은 사뿐하게 담을 넘어 다비드 쪽으로 성큼성큼 걸어온다. 다비드의 등에는 식은땀이 흐른다.

그는 더 달리다가 좁은 골목길로 휙 꺾어 든다. 골목 끄트머리에 흰색 승용차 한 대가 서 있다. 승용차의 앞문이 열린다. 운전석에 아주 키가 작은 여자가 앉아 있다. 운전 장치들은 그녀의 키에 맞게 개조되어 있다.

그자가 소리친다.

「타세요, 웰스 박사!」

다비드는 망설인다. 하지만 거인이 계속 나아오고 있기 때문에 더 꾸물거릴 수가 없다.

그녀가 묻는다.

「내가 누군지 모르겠어요?」

그제야 그는 그녀가 누구인지 알아차린다. 소르본 대학 학술 경연 대회에서 만났던 심사 위원이다. 그는 조수석에 앉아 재빨리 문을 닫고 차가 출발하기를 기다린다. 그런데 여자는 그저 가만히 앉아 있을 뿐이다.

「어서 출발해요! 뭘 기다리시는 거예요?」

거인은 계속 다가온다. 그러더니 차 문을 열고 천연덕스럽게 뒷좌석에 앉는다. 그러자 그녀는 기어를 넣고 차를 출발시킨다.

다비드는 두려움을 이기려고 애쓰면서 묻는다.

「나를 납치하는 건가요?」

그는 뒷거울을 흘깃거린다. 그러다가 여전히 태연한 표정을 짓고 있는 거인과 눈이 마주친다.

「웰스 박사, 나는 당신의 프로젝트를 높이 평가했어요. 그래서 당신에게 일거리 하나를 제안하고 싶었어요.」

「어떤 일인데요?」

「세계를 구하는 것, 재미있지 않겠어요?」

91

백과사전: 아스테카 사람들이 상상한 세상의 종말

아스테카 신화에 따르면 세계는 네 차례에 걸쳐 파멸을 겪는다.

첫 번째 파멸은 테스카틀리포카(〈연기 나는 거울〉이라는 뜻)라는 신이 지배하는 첫 번째 태양기에 벌어진다. 테스카틀리포카는 엄격한 신이다. 티틀라카우안이라고도 불리는데 이는 나와틀 말로 〈우리의 주인〉이라는 뜻이다. 이 신의 몸은 검고 얼굴에는 노란 줄무늬가 있다. 그를 상징하는 동물인 재규어를 연상시키는 모습이다. 그의 조각상은 눈에 띄지 않게 숨겨 두도록 되어 있었고, 사제들만 그것을 볼 수 있었다. 아스테카 사람들은 한 해에 한 번씩 이 신에게 인신 공양을 했다. 해마다 젊은 남자 수십 명이 처녀 네 명과 함께 제물로 바쳐졌다. 네 명의 처녀는 이 신의 아내 노릇을 하는 것으로 간주되었다.

아스테카 신화에서 첫 번째 태양기는 거인들이 살던 시대였다. 그런데 테스카틀리포카 신과 그의 동생이자 경쟁자인 케찰코아틀(〈깃털 달린 뱀〉이라는 뜻) 사이에 불화가 생겼다. 두 신은 서로 싸웠고, 마침내 케찰코아틀이 승리하여 상대를 바다에 던져 버렸다.

당시에 거인들은 모두 한 섬에 살고 있었는데 갑자기 큰 파도가 덮쳐 그들의 왕국을 삼켜 버렸다. 거인들의 섬을 휩쓸어 간 대홍수, 이것이 세계가 겪은 첫 번째 파멸이다.

이어서 두 번째 태양기가 도래했다.

테스카틀리포카 신은 익사를 면하고 헤엄을 쳐서 다시 해변에 닿았다. 그는 복수를 원했다. 그래서 경쟁자 케찰코아틀을 찾아갔고, 두 신은 다시 맞붙어 싸웠다. 이번에는 테스카틀리포카가 더 빨랐다. 그는 케찰코아틀의 배를 세게 걷어차서 쓰러뜨렸다. 그러고는 상대가 정신을 못 차리고 있는 틈을 타서 엄청난 폭풍을 일으켰다. 이 폭풍에 휩쓸린 인간들은 모두 원숭이로 변했다. 이것이 인류가 겪은 두 번째 파멸이다.

세 번째 태양기는 틀랄록 또는 틀라로칸테쿠틀리(〈만물을 흥건히 적시는 자〉라는 뜻)라는 신이 지배하는 시대였다. 그는 기다란 송곳니가 나 있고 크고 동그란 눈 둘레에 악어가 붙어 있는 모습으로 그려진다. 그는 비의 신이다. 앞선 시대에 테스카틀리포카와 싸우다가 타격을 입었던 케찰코아틀은 기력을 되찾고 이번에는 틀랄록에 맞서 싸웠다. 깃털 달린 뱀의 형상을 한 케찰코아틀은 악어 신을 제압하고 불의 비에 그를 태웠다. 그렇게 승리를 거두고 나서는 악어 신을 숭배하던 인간들을 모두 칠면조로 변화시켰다. 이것이 인류가 겪은 세 번째 파멸이다.

네 번째 태양기는 틀랄록의 아내인 물과 바람의 신 찰치우틀리쿠에(〈비취 치마를 입은 여자〉라는 뜻)가 지배하는 시대였다. 케찰코아틀은 이번에도 또 나서서 싸움을 벌였다. 이 전쟁의 여파로 하늘에서 폭풍이 몰아닥쳐 산들이 깎여 나가고 구름 덩어리가 땅으로 떨어지고 인간은 모두 물고기로 변했다.

아스테카 사람들의 신앙에 따르면, 인류는 이렇듯 네 시대에 걸쳐 네 번의 파멸을 겪었고, 미래에 또다시 겪을 수도 있다고 한다.

에드몽 웰스, 『상대적이며 절대적인 지식의 백과사전』 제7권

92

나이트클럽 〈아포칼립스 나우〉[16]의 객석은 50여 명의 남자들로 가득 차 있다. 남자들은 하나같이 정장에 넥타이를 맨 차림이다. 주황색, 노란색, 보라색 점멸등이 무대를 밝히고 있다. 사회자가 마이크를 잡는다.

「이제 우리 클럽의 새로운 단원이 나올 차례입니다. 그녀는 과학자입니다. 하지만 오늘날 과학이 푸대접을 받고 연구 자금이 별로 할당되지 않는 사정을 견디다 못해, 자기의 전공인 생물학을 다른 방식으로 하기로 했습니다. 실험실에서 생쥐들을 고문하느니 차라리 자신의 해부학적 구조를 보여 주기로 한 것이죠. 신사 여러분, 스트리퍼들 가운데 가장 박식한 〈다위니아 교수〉를 소개하겠습니다. 장담하건대 이 스트리퍼는 다윈의 후예답게 여러분에게서 무언가를 진화시킬 것입니다. 놀랍게도 인간을…… 원숭이로 변하게 할 수 있는 사람입니다.」

사회자는 그렇게 농담을 해놓고 제풀에 웃는다. 관객들은

---

16 1979년에 개봉된 프랜시스 포드 코폴라 감독의 전쟁 영화 제목. 우리나라와 일본에서는 〈지옥의 묵시록〉으로, 중국에서는 〈현대 계시록〉으로 번역되었다. 이 영화는 오로르가 좋아하는 도어스의 노래 「디 엔드」와 깊은 관련을 맺고 있다. 오프닝 시퀀스와 주인공 커츠가 살해되는 대단원 장면에서 그 노래를 사용하고 있기 때문이다.

기대에 찬 표정을 짓고 있다. 조명이 바뀌고 무대에 드리운 휘장 뒤에 검은 그림자가 나타난다. 곧이어 휘장이 걷히고 젊은 여자가 모습을 드러낸다. 하얀 가운 차림으로 뒤돌아서 있는 모습이다.

즉시 관객들의 박수갈채가 터져 나온다.

댄서는 몸을 돌려 관객을 마주 보고 선다. 스포트라이트의 불빛 때문에 조금 눈이 부신 듯하다. 두꺼운 뿔테 안경을 끼고 가발을 틀어 올린 모습이 이채롭다. 그녀는 몸을 비틀기 시작하더니, 뒤통수에 비녀처럼 꽂고 있던 볼펜을 갑자기 빼내어 가발의 기다란 머리채를 풀어 내린다. 음악이 흐르기 시작한다.

이제 종말이야
멋진 친구
이제 종말이야
나의 유일한 친구, 종말이야

댄서는 하얀 가운의 사내 빛깔 단추를 하나씩 끄르기 시작한다. 그러다가 동작을 멈추고 주머니에서 돋보기를 꺼내어 관객들의 얼굴을 관찰하는 시늉을 한다. 그러더니 나무라는 듯한 표정을 지으며 주사기를 꺼내 든다. 관객들은 더욱 열띤 반응을 보인다.

그녀가 단추들을 마저 끄르자 하얀 브래지어가 나타난다. 풍만한 가슴이 브래지어에 눌려 있다. 그 복숭앗빛 살결이 언뜻언뜻 보인다. 이어서 댄서가 가운을 벗는다. 미니스커트와 하얀 스타킹이 드러난다. 스타킹은 같은 색의 가터벨트로 고정되어 있다. 관객들의 흥분이 고조된다.

짐 모리슨의 목소리가 계속 흐르는 가운데, 댄서는 미니 스커트를 벗어서 집게손가락에 건 뒤 머리 위로 올려서 빙빙 돌린다.

우리가 공들여 세운 계획들의 종말
지금 있는 모든 것의 종말
평안도 없고 놀라운 것도 없는 종말

댄서는 뒤로 돌아서서 엉덩이를 살랑살랑 흔든다. 그러다 가 관객 쪽으로 몸을 홱 돌리더니 브래지어를 벗어 젖가슴을 드러낸다. 젖꽃판과 젖꼭지는 앙증맞게도 고깔 모양의 하얀 덮개로 가려져 있다.

객석에서 다시 환호성이 터져 나온다.

댄서는 천천히 하얀 레이스 팬티를 벗는다. 그러자 거미 줄로 짠 것처럼 얇은 G 스트링이 드러난다. 음부를 가리고 있는 작은 삼각형의 천 조각에는 핵폭탄 폭발 장면을 도안화 한 무늬가 들어 있고 그 아래에 〈THE END〉라는 글자가 찍 혀 있다.

때마침 도어스의 노래가 끝나고 핵폭탄이 터지는 소리와 함께 갑자기 불이 꺼진다. 무대에 불이 다시 들어온다. 댄서 는 사라지고 사회자가 다시 마이크를 잡는다.

「그렇습니다, 말 그대로 끝입니다. 다위니아 교수에게 아 주 뜨거운 박수를 보내 주십시오.」

관객들은 아낌없이 힘찬 박수를 보낸다.

「끝이 나기는 했지만…… 1백 유로를 지불할 준비가 되어 있는 분들에게는 예외입니다. 그 특별한 손님들은 개인실로 그녀를 불러들여 20분 동안 아주아주 관능적인 랩 댄스를 즐길 수 있을 것입니다.」

벌써 다른 댄서가 무대에 오른다. 이번에는 경찰 제복 차림에 수갑과 경찰봉을 든 여자다.

다위니아 교수는 하얀 가운을 도로 입고 바에 앉아서 마실 것을 청한다. 한 남자가 그녀에게 다가온다. 그녀는 즉시 남자를 알아본다.

「여기는 웬일이에요?」

「당신이 여기에 있다는 것을 알아내느라고 고생 좀 했죠.」

다비드는 일부러 찾아왔음을 인정하고 말을 잇는다.

「인터넷에서 찾아보았더니 이 클럽의 프로그램에 다위니아 교수라는 이름이 있더라고요. 그 별난 이름을 보자마자 느낌이 오더군요. 그래서 내 직감이 맞는지 확인하러 왔어요. 혹시나 했더니 역시나로군요, 카메러 박사님.」

「그럼 내 공연이 끝날 때까지 밖에서 기다렸다가 만나면 될 텐데 무엇하러 들어왔어요?」

「긴급한 문제로 당신한테 할 말이 있어서요. 당신 일이 몇 시에 끝나는지 내가 아나요? 짐작건대 아주 늦게 끝날 텐데, 나보고 새벽 4시까지 밖에서 기다리는 거예요? 새벽 4시면 내가 한창 자고 있을 시간이라고요.」

「안에서는 얘기하기가 곤란해요, 웰스 박사. 나는 여기에 일하러 온 사람이거든요.」

「이미 말했듯이, 사태가 매우 급해요.」

「분을 다툴 만큼?」

「초를 다툴 만큼. 내가 말해야 할 것을 말할 수 있다면 장소나 상황 따위는 중요하지 않아요.」

　흑인 남자 하나가 다가온다. 딱 바라진 어깨와 근육이 발달한 팔을 두드러져 보이게 하는 정장 차림으로 턱을 앙다물고 있다. 사내는 커다란 두 손을 모으더니 손마디를 우두둑 꺾는다.

　「다위니아 교수를 방해하지 말고 공연이나 보시죠. 아니면 개인실에서 가서 랩댄스를 즐기시든가. 이 여자들은 여기에 일하러 온 거지 수다 떨러 온 게 아니거든요. 이미 들어서 아시겠지만, 20분당 1백 유로이고 신용 카드와 수표도 받습니다.」

　「이봐요, 웰스 박사, 다음에 만나서 이야기하면 안 되겠어요? 괜찮다면 내가 다음 주에…….」

　「좋아요, 당장 랩 댄스를 신청하겠어요.」

　기도를 보는 흑인 사내는 미심쩍어하는 기색으로 다비드를 아래위로 훑어본다. 그런 다음 규칙을 알려 준다.

　「손님은 댄서의 몸에 손을 댈 권리가 없습니다. 그것을 어기면 곧바로 쫓겨납니다. 또 자위행위를 하는 것도 허용되지 않습니다.」

　사내는 경직된 표정을 풀지 않고 규칙을 계속 알려 준다.

　「댄서는 손님을 만지거나 자기 유방으로 손님을 살짝 스칠 수 있습니다. 하지만 손님은 댄서의 허락 없이 신체적인 접촉을 하면 안 됩니다. 댄서의 피부에 코를 대지 않고 냄새를 맡는 것은 가능합니다. 댄서는 자기가 원하면 손님에게 입맞춤을 할 수 있습니다. 하지만 손님은 댄서를 핥아도 안 되고 깨물어도 안 됩니다. 아시겠죠?」

　다비드의 머릿속으로 엉뚱한 생각이 스쳐 간다. 개미집의 둥근 지붕 위에서 혼인 비행을 하기 위해 날아오르는 날개 달린 개미들.

「이런, 남녀 관계가 이상하게 진화했구먼……. 이것은 되고 저것은 안 되고 하는 식으로 틀이 딱 잡혀 있는 것 같기는 한데, 아무리 그래도 자발성을 조금 더 존중해 주어야 하는 거 아닌가?」

정장 차림의 사내가 다가들더니 다시 우드득 손마디를 꺾는다.

「여기는 건전한 클럽입니다. 돈을 내고 규칙을 받아들이셔야 합니다. 그게 싫으면 다른 데 가서 멋대로 하시든가.」

다비드는 지갑을 뒤져 구깃구깃한 50유로짜리 지폐 한 장과 10유로짜리 지폐 네 장, 그리고 1유로짜리 동전 열 개를 꺼낸다. 사내는 돈을 다시 헤아린 다음 주머니에 넣는다.

그러자 오로르는 자기 손님을 2층으로 데려간다. 복도를 따라 작은 방들이 죽 나 있는데, 어느 방에도 문은 없고 그저 빨간 벨벳 커튼으로 내부를 가리고 있을 뿐이다. 오로르는 스프레이식 소독약을 헝겊에 분사하더니 그것으로 팔걸이 의자를 닦고 다비드에게 앉으라고 권한다. 다비드는 그 소독약의 냄새가 법의학 연구소에서 맡았던 소독약의 냄새와 똑같다는 것을 알아차린다. 솔향기와 레몬 향이 섞인 냄새이다. 오로르는 유리컵에 찬물을 따르더니, 다비드가 앉아 있는 의자의 팔걸이 끝에 마련된 받침대에 올려놓는다. 그런 다음 빨간 불빛의 조명 장치를 작동시키고 오디오 기기에 자기가 선택한 노래를 입력한다. 다시 미국 록 밴드 도어스의 노래가 흘러나온다. 이번에는 「LA 우먼」이라는 곡이다.

그래, 한 시간쯤 전에 시내에 들어와서
한번 죽 둘러봤어, 바람이 어디로 부는지 보려고
그러다가 할리우드 방갈로들에서 소녀들을 보았지

오로르는 춤을 추기 시작한다.

「그럴 필요 없어요. 나는 그냥 얘기나 하려고 온 거니까.」

「당신 머리 위쪽에 감시 카메라가 있어요. 렌즈와 빨간색
발광 다이오드가 보일 거예요. 저들은 변태들을 싫어하죠.
여기에서 하기로 되어 있는 것 말고 다른 짓을 하려는 자들
말이에요. 당신은 혼자서 나의 스트립쇼를 구경하기로 하고
1백 유로를 냈어요. 그러니까 나는 선택의 여지가 없어요.
당신한테 내 〈서비스〉를 제공해야 해요. 그러지 않으면 저들
이 이상하게 생각할 거예요.」

그녀는 매우 선정적으로 웨이브를 춘다.

「하지만 저들에게 소리는 들리지 않아요. 그러니까 우리
는 자유롭게 이야기를 나눌 수 있어요. 자 그럼 말해 봐요, 웰
스 박사, 내가 일을 마칠 때까지 기다릴 수도 없을 만큼 긴급
한 일이라는 게 대체 뭐죠?」

「거구의 남자와 키가 아주 작은 여자를 만났어요. 여자는
우리가 소르본 대학의 학술 경연 대회에서 만났던 바로 그
심사 위원이에요. 당신도 그들을 만난 적이 있는지 모르지
만, 사실 그들 두 사람은 바늘과 실처럼 긴밀한 관계를 맺고
있어요. 거인은 그녀를 위해서 무슨 일이든 다 하는 남자죠.」

오로르는 허리 흔들기에서 골반 튕기기로 넘어간다. 다비
드는 광대뼈 주위가 새빨개진 채로 자기 셔츠의 단추를 끄르
기 시작한다.

그녀는 춤을 멈추지 않고 묻는다.

「당신은 국방부에 소속되어 있는 그 사람들을 만났고, 그들은 군을 위해서 일해 달라고 당신에게 제안했어요, 그렇죠?」

「그들은 우리 두 사람의 프로젝트에 관심을 보이고 있어요. 내 프로젝트에서는 세균전에 대한 방어책의 가능성을, 당신 프로젝트에서는 핵전쟁에 대한 방어책의 실마리를 본 것이죠.」

그녀는 계속 춤을 추면서 고개를 끄덕인다.

그러더니 재킷을 벗고 레이스 브래지어를 찬 젖가슴을 그의 눈앞으로 바싹 들이댄다. 그 상태에서 아주 천천히 가슴을 움직이자 고객의 코가 그녀의 가슴골에 닿는다.

「내 프로젝트에 관심을 보이는 건 좋지만, 나는 좌파이자 평화주의자이자 페미니스트라서 군부를 위해 일할 생각이 전혀 없어요.」

그렇게 초연한 어조로 말하더니, 그녀는 갑자기 뒤로 돌아서서 더욱 선정적으로 춤을 춘다. 그러다가 다시 몸을 돌려 브래지어를 빗는다. 풍만한 가슴과 하얀 고깔로 젖꽃판을 가린 유방이 현란한 웨이브를 그린다.

「그래, 다비드 당신은 뭐라고 대답했어요?」

「나는 받아들였어요. 그 일을 거부하면 백수가 될 수밖에 없는 처지였거든요. 나는 당신만큼 군부에 반감을 가지고 있지는 않아요.」

「그러면 됐지 여기엔 왜 온 거죠?」

그녀는 그렇게 물으면서 젖꽃판을 가리고 있던 작은 고깔을 벗긴다.

「그들은 우리 두 사람을 모두 원하고 있어요. 두 사람을 다 쓰든가 아무도 안 쓰든가 둘 중 하나예요.」

이제 그의 볼에는 땀방울이 흐른다.

「보아하니 그들은 당신을 이용해서 나를 조종하려고 하는 군요, 안 그래요? 자기들이 너무 급하니까 당신보고 당장 행동에 나서라고 압력을 넣고 있는 거라고요.」

그녀는 춤을 추면서 뒤로 물러난다.

「그럴지도 모르죠. 하지만 나한테는 그 일이 필요해요. 그러니까 당신의 대답은…….」

「〈싫다〉예요.」

「단지 돈 때문에 이러는 건 아니에요. 실제로 인류가 생존의 위협에 직면해 있고 우리 나름대로 기여할 수 있는 바가 있어요. 나는 정말로 그렇게 생각해요. 그 대령이라는 여자하고 많은 이야기를 나눴어요. 그녀의 주장에 설득력이 있어요.」

「당신한테는 그럴지 모르지만 나한테는 아니에요. 미안해요.」

그녀는 리모컨을 들고 음악 소리를 높인다. 도어스의 음악이 작은 방을 진동시킨다.

이 빛의 도시 로스앤젤레스에서 당신은 운 좋은 숙녀인가?

아니면 그저 또 하나의 〈로스트 앤젤〉인가?

다비드는 일어선다.

「나한테는 그 일이 필요해요. 나는 어머니 집을 나와 거리를 떠돌고 있어요. 잠도 차 안에서 자요.」

「동정심을 유발한다고 해서 넘어갈 내가 아니에요.」

오로르는 그를 드세게 밀쳐서 의자에 도로 앉힌 다음, 팬티를 벗고 핵폭탄 도안과 〈THE END〉라는 말이 찍힌 G 스트링을 드러낸다.

정장 차림의 클럽 지킴이가 벨벳 커튼을 밀어젖히면서 나타난다.

「괜찮아, 다위니아?」

「물론이지, 뭄보코, 괜찮고말고.」

「끝났습니다, 손님. 랩댄스를 한 번 더 보시려면 돈을 내시고, 아니면 나가시죠.」

다비드는 시간을 벌기 위해 핑곗거리를 찾는다.

「뭄보코? 그거 반투족 이름 아닌가요? 여섯째 아이라는 뜻이던가…….」

사내는 경계심을 보이며 묻는다.

「형씨가 그걸 어떻게 아시오?」

「반투족 사람들은 피그미들을 착취하고 죽이죠. 그들은 인종 차별주의자들이고 노예 제도를 지지하는…….」

말을 끝맺을 새가 없다. 손마디가 굵은 커다란 주먹 한 방에 코피가 터진다. 이어서 무릎 차기 한 방에 배가 오그라 붙고 또다시 날아든 주먹에 입술이 갈라진다. 다비드는 뒤로 벌렁 나자빠진다. 그것으로 끝이 아니다. 지킴이는 마구 발길질을 해대다가, 그것에 지치기라도 한 듯 다시 주먹으로 몇 대를 더 때린다. 그러고는 다비드를 일으켜 세워서 질질 끌고 밖으로 나가더니 클럽 안마당에 내팽개친다. 그것도 하필이면 쓰레기통들을 놓아두는 자리를 겨냥해서 내던진다.

다비드는 쓰레기통 뚜껑의 날카로운 모서리에 머리를 받히고 기절해 버린다.

그는 꿈을 꾸기 시작한다. 아틀란티스의 한 술집에 앉아 있는 자신의 모습이 다시 보인다. 무대에서 한 여자가 춤을 춘다.

여자는 연한 초록색 눈에 생글생글한 표정을 담고 있다. 웃을 때마다 두 볼에 보조개가 살포시 파인다. 여러 갈래로 아주 복잡하게 땋아 늘인 머리에는 튀르키예옥 장식들이 박혀 있고, 옷은 베이지색의 아주 가느다란 끈으로 이루어져 있다.

여자는 춤을 마치고 관객들에게 인사를 하더니 그를 향해 나아온다. 그러고는 그의 눈을 똑바로 보면서 생긋 웃는다.

93

나는 기억한다.

인간들은 훌륭하게 진화하고 있었다.

기후가 따뜻하고 영양가 높은 식물이 풍부한 지역에서 잘 먹고 잘 살았던 터라 그들의 키가 자꾸 커졌다.

당시에 그들은 키가 17미터에 달했다.

두 다리로 땅을 딛고 일어서는 자세를 취하여 사지의 앞쪽이 자유로워지자, 그들은 손가락이 달린 손들을 사용해서 점점 더 정교한 물건들을 만들었다.

그들은 안면의 양쪽에 나 있는 눈을 통해 사물을 입체적으로 볼 수 있었다. 그럼으로써 사물의 모습을 선과 형태와 색깔을 통해 재현하는 능력을 키워 나갈 수 있었고, 짓거나 만들고자 하는 것을 미리 그려 보는 능력도 생겨났다.

그들의 뇌는 피질이 두꺼웠다. 그들은 그런 뇌를 최상의 방식으로 사용하여 자기들이 처한 상황을 빠르게 분석하고 종합하였으며, 행동의 결과를 예측할 수 있었다. 그에 따라 기억력, 창의력, 직관력이 발달하게 되었고, 상상력도 점점 좋아졌다.

나는 그들이 지능을 계발하는 데 그치지 않고 의식 수준을 높여 나가리라 고대하고 있었다.

94

「뭐야! 아직도 안 가고 거기에 있는 거야? 꺼져! 이 덜떨어진 자식아!」

다비드는 눈을 번쩍 뜬다. 전생에 관한 꿈에서 빠져나와 생시로 돌아오기가 무섭게 코의 격벽에서 격렬한 통증이 느껴진다. 코에 손을 대보니 손가락에 피가 묻어난다.

반투족 사내가 으름장을 놓는다.

「똑똑히 들어, 내가 15분 뒤에 다시 와볼 건데 그때도 네가 여기에 있으면 우리 핏불테리어를 풀어놓을 거야.」

다비드는 몸을 움직이려 애쓴다. 하지만 여기지기 매 맞은 자리가 욱신거린다. 그래서 그는 클럽 지킴이가 협박한 대로 하지 않기를 바라면서 그대로 퍼질러 앉는다. 그러고는 기력이 되살아나기를 기다린다. 인근의 주민들이 지나간다. 그들은 그가 술에 취한 클럽 손님이리라 생각하는지 거들떠보지도 않고 지나쳐 버린다.

이윽고 한 실루엣이 다가오더니 적의를 드러내지 않고 그를 찬찬히 살핀다.

「미안해요. 일이 끝나지 않아서 빠져나올 수가 없었어요.」

오로르가 변명하자 그는 애써 농담을 한다.

「조용히 당신을 기다리기에는 이 자리가 딱 좋겠더라고요. 쓰레기통 옆이라 냄새가 좀 나기는 하지만. 지금 몇 시예요?」

「새벽 4시.」

「벌써요? 당신을 기다리다 보니 시간 가는 줄 몰랐네요!」

「일이 이렇게 된 것은 당신 잘못이기도 해요. 뭄보코는 성격이 아주 예민해요. 그를 인종 차별주의자로 몰지는 말았어야죠.」

「내가 아는 대로 말했을 뿐이에요. 나는 반투족 사람들이 피그미들을 어떻게 대하는지 보았거든요.」

오로르는 담배 한 개비에 불을 붙여 그의 입술 사이에 물려 준다. 그는 입 안에 캐러멜과 비슷한 맛이 도는 것을 느끼며 연기를 빨아들인다. 허파 꽈리 속으로 니코틴이 들어오는 게 느껴진다. 그는 담배를 피우면 핏속에 독이 퍼지고 허파가 손상된다는 것을 알고 있다. 하지만 이 순간만큼은 자기에게 그 담배보다 더 좋은 게 없을 것 같다. 그는 다시 담배 연기를 깊이 빨아들이다가 콜록콜록 기침을 한다.

그러자 오로르는 그의 입에 물린 담배를 도로 가져간다.

그들은 잠시 서로를 바라본다. 이윽고 오로르가 그의 한쪽 팔을 잡는다. 그는 그녀의 부축을 받으며 일어서서 걷기 시작한다. 그들은 그 더러운 안마당을 빠져나간다.

95

백과사전: 사랑에 대한 욕구

위스콘신 대학 교수를 지낸 미국의 심리학자 해리 할로는 1950년대에 어미 원숭이가 새끼를 버리거나 돌보지 못하게 될 때 새끼에게 어떤 문제가 생기는지 알아보기 위해 일련의 실험을 벌였다.

당시만 해도 사람들은 영장류의 새끼(그러니까 인간을 포함하는 영장류의 어린 개체)가 성장하는 데 어미의 신체 접촉이 얼마나 중요한지를 모르고 있었다. 세 살 정도까지는 그저 잘 먹고 잘 자기만 하면 되는 것으로 생각했다.

해리 할로는 레서스원숭이를 실험동물로 선택했다. 먼저 그는 새끼들을 어미에게서 떼어 놓고 저희 종족의 다른 구성원들과도 일절 접촉하지 못하게 했다. 새끼들의 나이는 갓 태어난 아기부터 생후 3개월, 6개월, 12개월, 24개월에 이르기까지 다양했다.

할로는 그렇게 어미의 애정이 결핍된 채로 자란 레서스원숭이들을 동류들 속에 다시 편입시켰다. 그들은 사회생활에 제대로 적응하지 못하는 것으로 나타났다. 이성의 개체들과 교접하는 일에도 흥미를 느끼지 않았고 정신 장애가 있는 일부 사람들에게서 나타나는 것과 유사한 공격적인 행동이나 기괴한 행동을 보이기도 했다. 이 실험들은 애착에 관한 다른 연구들(특히 영국의 심리학자 존 볼비의 1958년 논문)을 선도하는 것이었다고 볼 수 있다.

이어서 할로는 어미에게서 떼어 낸 새끼 레서스원숭이들의 우리에 어미 원숭이의 모형을 설치해 놓고 실험을 벌였다. 어미의 모형은 두 종류였다. 하나는 어미의 털가죽처럼 부드러운 천으로 만들고 속에 온기를 내는 장치를 넣은 원숭이 모형, 다른 하나는 철사를 엮어서 만든 몸통에 젖병을 달아 놓은 모형이었다. 새끼 원숭이들은 젖병이 달린 철사 모형에 매달려서 놀기보다 헝겊으로 된 모형에 웅크리고 있는 것을 더 좋아했다. 신체적인 접촉에 대한 욕구가 배를 채우려는 욕구보다 강하다는 것을 말해 주는 결과였다.

어미의 모형마저 없는 우리에 갇힌 새끼 원숭이들은 팔로 저희의 몸을 감싸는 행동을 습관적으로 되풀이했다. 이런 원숭이들은 사회 집단 속으로 돌아와도 자폐 스펙트럼 장애와 비슷한 유형의 행동을 보였고, 다른 원숭이들이나 놀이나 짝짓기에도 무관심했다. 어미의 모형이 설치된 우리에서 자란 새끼 원숭이들도 사회성이 없기는 마찬가지이지만, 그래도 이들은 어미 품에서 자란 다른 새끼 원숭이들과 매일 몇 시간씩 놀게 해주면, 어느 정도 사회성을 회복하는 것으로 나타났다.

누군가를 사랑한다면 그 사랑을 몸으로 보여 주어야 한다. 그러지 않으면 상대는 자기가 사랑받고 있다는 것을 모를 수도 있는 것이다. 아이를 사랑한다면, 품에 안아 주고 응석을 받아 주고 토닥토닥 달래며 재워 주고 이야기를 들려주어야 한다.

세상에 태어나는 모든 아이들을 위해 만국 공통의 법률을 제정하는 것은 어떨까? 어느 아이든 부모 가운데 적어도 한쪽의 사랑을 받을 수 있도록. 모든 부모가 자식을 사랑하는 의무를 실천할 수 있도록…….

에드몽 웰스, 『상대적이며 절대적인 지식의 백과사전』 제7권

96

농도 70퍼센트의 에탄올을 묻힌 솜이 부어오른 입술의 상처에 닿자, 다비드는 얼굴을 찡그린다.

오로르가 말문을 연다.

「좋은 소식 하나와 나쁜 소식 하나가 있어요.」

「나쁜 소식부터 말해 봐요.」

「나쁜 소식은, 내가 순진한 표정을 짓고 있는 당신의 속셈을 알아차렸다는 거예요.」

「그럼 좋은 소식은?」

「좋은 소식은, 그럼에도 내가 다친 사람을 내쫓을 만큼 인정머리 없는 사람은 아니라서 당신한테 따뜻한 식사를 대접

하겠다는 거예요.」

「내가 운이 좋군요.」

「예전에 내 어머니가 그러셨죠. 〈네 앞에서 사고를 당하는 남자를 조심해라. 그 사고는 네 동정심을 사기 위해 공모자 들과 미리 짜고 벌인 속임수일지도 모른다.〉」

그는 얼굴을 찡그리며 부어오른 입술을 잇몸에서 떼어 내려 애쓴다.

「당신 어머니는 놀라운 혜안을 지닌 분이었군요.」

「어머니는 이런 말씀도 하셨죠. 〈너에게 아첨을 떠는 사내들을 믿지 말라.〉 조심해요, 이번에는 훨씬 더 따가울 거예요.」

그녀는 그의 눈두덩에 소독약을 바르며 말을 잇는다.

「이런, 당신 공모자는 살살 때리는 시늉만 한 게 아니로군요.」

그는 역시 장난기 어린 말투로 맞장구를 친다.

「내 친구 뭄보코에게 부탁했죠. 가짜인 게 너무 티 나지 않도록 사정없이 때리라고.」

오로르는 그의 셔츠를 벗긴다. 그의 상반신 여기저기에 피멍이 들어 있다.

「우리가 서로 돌아가면서 자기의 알몸을 보여 주는군요.」

다비드는 거실을 휘휘 둘러본다. 서랍장 위에 놓인 사진 액자에 그의 눈길이 머문다.

「당신 어머니이신가요?」

「어머니는 내가 세상을 구원하리라고 확신하셨어요.」

「음, 그런 믿음은 한 아이를 오만하게 만들기에 충분하죠. 내 아버지도 비슷한 말을 하셨어요. 당신 아들이 세상을 변화시킬 거라고 하셨죠. 그 말이 나의 뇌리에 박혀 내 삶을 이 끌었어요.」

오로르는 남은 솜을 도로 넣어 두고 멍든 자리에 연고를 발라 준다.

「그래서 당신이…… 과대망상증 환자가 되었나요?」

「맞아요.」

「어디, 증상을 말해 봐요.」

「나는 내가 세상을 구원할 수 있다고 정말로 믿고 있어요. 필요하다면 나 혼자서도 할 수 있다고 생각해요. 한 방울의 물이 대양을 넘치게 할 수도 있어요.」

오로르는 풋 하고 웃음을 터뜨린다.

「그래서 정보기관을 위해 일할 생각까지 하는 거예요?」

「못 할 것도 없잖아요?」

「웰스 박사, 당신한테 내 마음에 드는 구석이 있다면, 그건 당신이 아이의 마음을 간직하고 있다는 점이에요. 하지만 유 감스럽게도 나는 당신의 순진한 생각에 동의할 수 없어요. 나는 어느 누구도 세상을 구원하지 못하리라고 생각해요.」

오로르는 카오르산 포도주 한 병을 꺼내 온다. 그러더니 안락의자에 깊숙이 몸을 묻고 포도주를 커다란 잔에 따라 마 신다. 그에게는 아예 권하지도 않는다.

「나는 〈지구에게〉 말을 걸어 본 적이 있어요. 튀르키예에 서 아마존들에 관한 취재 여행을 하던 중에 겪은 일이에요. 내가 보기에 우리 행성은 멸망을 피할 수 없어요. 이제 우리 가 할 일은 세상의 대종말을 기다리면서 축제를 벌이고 누릴 만한 것은 다 누리면서 즐겁게 사는 것밖에 없어요. 도어스 의 〈디 엔드〉는 내가 가장 좋아하는 노래죠. 종말은 필연적이에요. 미래는 혼돈이에요. 그다음엔 죽음이 오겠죠.」

그녀는 그를 바라보다가 그의 이마를 짚으며 신열이 있는지 확인한다.

「좋아요, 당신의 상태를 감안해서 오늘은 여기에 머물도록 허락하겠어요.」

「당신의 〈동반자〉 메르시에 여사는 안 계신가요?」

「크리스틴요? 우리는 이제 함께 살지 않아요. 그녀는 질투심이 너무 강해요. 게다가 낌새가 수상해요……. 나를 속이고 다른 여자를 만나는 것 같아요.」

「당신을 속이는 주제에 강짜를 부린단 말인가요?」

「남의 허물을 탓하는 사람에겐 같은 허물이 있기가 십상이죠.」

「그럴듯한 말이네요.」

그는 웃음을 지으려다 상처가 땅겨서 도리어 얼굴을 찡그린다.

「그건 그렇고 당신의 〈그녀〉가 집에서 기다리지 않겠어요?」

「엄마요? 쯧……. 나 역시 이별의 절차를 밟기 시작했어요. 그 첫 단계가 가출이죠.」

그의 얼굴에 참회의 빛이 스쳐 간다.

「결국 우리는 비슷한 운명을 맞이한 셈이군요, 카메러 박사. 사실 집을 나오니까 난처하기는 해요.」

오로르는 다시 정색을 한다.

「오늘은 여기에 있어도 되지만, 나를 유혹하겠다고 엉뚱한 수작을 부리지는 마요. 설령 내가 성적인 취향을 바꾼다하더라도, 당신은 전혀 내 타입이 아니니까.」

「그런데 〈아포칼립스 나우〉에서 일하는 것은 어때요? 왜 그런 선택을 한 거예요?」

「어느 손님이든 나에게 두 번에 걸쳐 짤막한 기쁨을 주죠.」

「아 그래요?」

「첫째는 그가 돈을 지불할 때. 둘째는 그가 떠날 때.」

그녀는 포도주를 한 모금 마시고 말을 잇는다.

「혼자서 조용히 사는 게 나한테는 딱 맞아요. 커플을 이루고 성생활을 하는 것은 그저 근심의 원천일 뿐이에요. 어떤 유머 작가가 말한 대로예요. 〈커플을 이루어 사는 것, 그것은 혼자 살면 생기지 않을 문제들을 함께 해결하는 것〉이죠.」

「그 또한 그럴듯한 말이네요. 혹시 명언들을 수집하세요? 그 점에서도 우리가 서로 통하는 것 같군요.」

오로르는 자리에서 일어나더니 술잔을 규칙적으로 입술에 갖다 대면서 열린 창문 쪽으로 돌아선다.

다비드가 말을 잇는다.

「당신을 처음 보았을 때 당신에게 강한 매력을 느꼈어요.」

「당신을 집에 데려오는 게 아니었는데 그랬어요. 당신은 남자들 가운데 가장 고약한 부류에 속하는 것 같군요. 낭만적인 부류 말이에요. 남의 관심을 끌기 위해서라면 무엇이든 할 준비가 되어 있는 남자들이죠. 당신 말대로 당신에게 과대망상증까지 있다면 상황은 더욱 심각해요. 당신을 믿은 내가 어리석었어요. 내 어머니가 말씀하시길…….」

「〈남자를 절대로 믿지 말라〉고 하셨죠? 걱정하지 마세요. 나는 소파에서 잘 테니까.」

오로르는 경계심 어린 눈으로 그를 흘끗 바라보고는 주방

쪽으로 간다.

「그러니까 당신은 군부를 위해서 일하기로 했다는 거죠? 세균전이 벌어져도 살아남을 수 있도록 인간을 더 작게 만드는 일을 하겠다고요? 나를 설득해서 그 프로젝트에 끌어들이고 싶어요?」

「사실 나도 처음에는 망설였어요. 하지만 이젠 우리가 할 일을 남에게 떠넘기면 안 된다고 확신해요. 미래 세계를 창조하는 일에 참가하지 않으면, 어떤 세상이 오든 그냥 받아들일 수밖에 없어요.」

「왜 나를 끌어들이려고 하죠?」

「당신과 나는 서로 모자라는 부분을 보충할 수 있어요. 그 점에서는 오비츠 대령의 말이 맞아요. 당신은 내분비학자의 관점을, 나는 생물학자의 관점을 가지고 있죠.」

주방에서 접시와 포크, 나이프 따위를 달그락거리는 소리가 들려온다.

「그래서 인류를 구원하겠다는 그 임무를 받아들이면 그들이 얼마를 주겠대요?」

「한 달에 2천 유로요.」

「공무원 월급이군요. 내가 〈아포칼립스 나우〉에서 공연을 하고 얼마를 버는지 알아요? 한 달에 5천 유로 이상이에요. 그것도 하루에 네 시간만 일하고요. 내가 그런 직업을 버리겠어요?」

오로르는 냉장고 문을 여러 번 열었다가 닫는다.

「나는 군대에 들어가서 활동하느니 아무것도 안 하는 게 낫다고 생각해요.」

그녀는 무언가를 도마에 놓고 싹둑싹둑 썬다.

「오로르, 뉴스 들었어요? 중동에서 전쟁이 벌어질 모양이에요.」

「우리는 우리 조상들이 저지른 온갖 실수에서 살아남은 사람들이에요. 바로 당신이 그렇게 말했잖아요.」

그녀는 힘차게 도마질을 계속한다. 그가 말끝을 단다.

「사실 오비츠 대령이 우리에게 제안하는 것은 어떤 반동 세력에게도 저항할 수 있는 새로운 인류를 만들어 내자는 거예요.」

「더 작은 인류, 그리고 더 여성적인 인류를 만들어 낸다고 해서 무슨 도움이 된다는 거죠?」

「오비츠 대령은 그들이 아주 훌륭한 전사가 될 수 있다고 생각하는 것 같아요. 키가 아주 작고 저항력이 매우 강해서 정상적인 사람들이 들어갈 수 없는 곳에 침투해서 작전을 벌일 수 있는 특수 요원들 말이에요.」

오로르는 손잡이 달린 냄비를 들고 거실로 돌아와서 묻는다.

「미니 첩보원들을 만들어서 무슨 임무를 맡기겠다는 거예요?」

「세균탄이나 핵폭탄을 만드는 기지에 침투시켜서 제조 자체를 저지하겠다는 것이죠.」

「친애하는 박사님, 당신이 지금 무슨 말을 하고 있는지 알기나 하세요?」

오로르는 그렇게 빈정거리며 식탁을 차린다. 그런 다음 흰강낭콩과 연한 갈색 고깃덩어리가 섞여 있는 요리를 접시에 담아 준다.

「내 어머니한테서 배운 대로 조리한 거예요. 어머니의 고향인 툴루즈[17]의 요리예요. 솔직하게 말해 봐요, 당신 입맛에 맞아요?」

그는 조심스럽게 맛을 본다. 갖가지 풍미가 혀의 맛봉오리들을 일깨운다. 그는 음식을 입에 가득 문 채로 묻는다.

「이게 뭐죠?」

「카술레.[18] 대개는 기름을 입혀 차게 보관한[19] 거위 넓적다리를 넣어서 만들지만, 나는 오리 넓적다리를 넣어요. 그것과 함께 흰강낭콩, 돼지 껍질, 족발과 돼지 주둥이, 약간의 거위 목살을 한데 넣어서 끓이는데, 나만의 비법으로 약간의 생크림과 — 저지방이니까 안심해요 — 가염 버터, 후추, 설탕, 월계수 잎을 첨가하죠.」

「아, 월계수 잎도 들어가요?」

「내가 보기에 요리는 화학의 연장선에 있어요. 나는 전통 요리를 개선해서 어디에도 존재하지 않는 새 요리를 만들어 내요. 그것을 아주 좋아하죠. 오리고기가 너무 푹 익은 건 아닌가요? 껍질이 불그스름해질 정도로만 익혀야 해요. 조금 쫄깃해야 제맛이거든요.」

「손이 참 빠른가 봐요. 이런 요리를 그렇게 뚝딱 해내니 말

17 베르베르의 고향이기도 한 프랑스 남서부 미디피레네 지방의 중심 도시. 오로르가 마시는 포도주의 원산지 카오르도 미디피레네 지방에 있다.

18 〈카술〉이라 불리는 우묵한 테라 코타 그릇에 넣고 끓인다 해서 붙은 이름. 옛날에 프랑스 남부 랑그도크 지방(오늘날의 미디피레네와 랑그도크루시용에 걸쳐 있던 옛 지방)의 농부들이 흰강낭콩과 집에 남아 있는 갖가지 고기들을 한데 넣고 끓여 먹던 토속 음식에서 유래한 것으로 칼로리가 매우 높다.

19 이는 고기의 풍미와 보존성을 높이기 위해 프랑스 남서부에서 널리 사용해 온 조리법이다. 고기에 소금과 향신료로 양념을 하고 저온에서 가열하여 고기 자체의 기름을 입힌 뒤에 기름이 응고되도록 차게 해서 보관하는 것인데, 프랑스어로는 이렇게 조리한 고기를 〈콩피〉라고 부른다.

이에요.」

「사실은 어제 어떤 여자 친구에게 대접하려고 요리해 놓았던 거예요. 그런데 그 친구가 식욕이 없다면서 거의 손도 대지 않았어요. 그래서 남은 것에 새로운 재료를 조금 더 넣고 다시 끓인 거예요. 어쨌거나 카술레는 식은 것을 다시 데워서 먹는 게 더 맛있는 것 같아요.」

그는 애써 미소를 지으며 먹는다.

「그런데 당신은 안 먹어요?」

「나는 일 때문에 몸매를 유지해야 해요. 사실 저녁에는 사과 한 개와 약간의 샐러드만 먹어요.」

그녀는 정말로 사과 한 개와 상추 잎 몇 장을 꺼내어 천천히 씹어 먹는다.

「당신은 몸매 걱정을 안 해도 되니까 나 대신 마음껏 먹어요. 나는 포도주를 조금 마시는 것 말고는 규칙을 지켜야 해요.」

그녀는 검은 버찌 빛깔의 카오르 포도주를 다시 따라 마신다.

「카술레 더 먹을래요?」

「아뇨, 고맙지만 배가 불러서요.」

「예의상 그러지 않았으면 좋겠어요. 체면을 차리느라고 마음에 없는 말을 하는 것은 내가 원하지 않아요.」

그녀는 조금 샐쭉한 기색을 보인다. 그래서 그는 기름진 오리 고기와 강낭콩이 들어간 요리를 한 접시 더 먹기로 한다. 이번에는 돼지 주둥이 고기도 한 조각 들어 있다. 그는 그것을 접시 가장자리로 슬며시 밀어 놓는다.

「다 먹고 나면 그냥 소파에서 자요. 그리고 음…… 난 당신이 나를 귀찮게 하지 않을 거라고 믿어요, 믿어도 되죠?」

「나는 젠틀맨이에요. 나를 뭐로 보고 그래요?」

「뭐로 보기는, 스트립쇼 클럽에 자주 드나들고 개인실에서 랩 댄스를 구경하기 위해 1백 유로를 낼 수 있는 남자로 보죠.」

오로르는 잘 자라는 뜻으로 그의 이마에 입을 맞추고 자기 침실로 간다.

그는 때를 놓치지 않고 입 안에 물고 있던 것을 종이 냅킨에 뱉고 접시에 남은 것까지 한데 싸서 쓰레기 투입구에 던져 버린다.

오로르가 돌아와서 담요와 방석을 내민다.

「그들이 미니 첩보원들을 만들어 내는 데 성공한다 한들, 그래서 얻을 게 뭐가 있죠?」

「현재 오비츠 대령의 프로젝트는 이란과 연결되어 있어요. 그녀가 말한 바에 따르면, 그 나라는 언제 폭발할지 모르는 화약고가 되어 가는 중이에요. 자파르는 권력을 유지하기 위해 점점 더 격렬한 폭력에 의존해야 하는 상황에서 헤어나지 못하고 있어요. 그는 대량 살상 무기를 사용하는 것도 주저하지 않을 거예요. 만약 우리가 첩보원들을 보내서 그들의 군사 시설을 파괴할 수 있다면 늙은 수염쟁이들의 독재에 맞서 투쟁하는 민주적인 대학생들에게 도움이 될 거예요.」

오로르는 글쎄 하는 표정으로 입술을 내민다.

「나는 이란 사람들이 무엇을 하든, 그들이 핵폭탄이나 세균탄 같은 것을 늘려 가든 말든 관심이 없어요. 전쟁을 할 테면 하라지요. 사람들을 죽일 테면 죽이라지요. 어쨌거나 지구엔 인구가 너무 많아요. 지금은 80억이고 몇 해 뒤에는 1백억이 될 거예요. 가이아와 대화를 나눠 보지 않아도 앞으로 어떤 일이 벌어질지 짐작할 수 있어요. 천연자원을 고갈시키지 않고는 그렇게 많은 인구의 의식주를 해결할 수 없을 거예요. 정작 문제가 되는 것은 핵무기나 이란이 아니라 인구 과잉이라고요.」

「당신이 그렇게 냉소적으로 나오다니, 뜻밖이군요.」

「이건 냉소주의가 아니라 현실주의예요. 생쥐 열 마리를 한 우리에 넣어 보세요. 저희끼리 하나의 사회를 조직해서 살아가요. 하지만 똑같은 우리에 1백 마리를 넣어 보세요. 저희끼리 싸우고 죽이고 모든 것을 파괴하죠.」

「상황이 그렇게 간단하지 않아요.」

「이런 말을 해봐야 아무도 들으려고 하지 않아요. 자식을 낳고 싶은 대로 낳을 자유를 포기하고 싶지 않은 거죠.」

그는 그녀를 뚫어져라 바라본다.

「당신이 겉으로만 이러는 거 알아요. 말은 그렇게 하지만, 당신은 정말 그토록 냉혹한 사람이 아니에요.」

「사람들이 죽든 말든 난 관심이 없어요. 그 증거를 보여 줄까요? 내가 당신을 돕지 않겠다는 게 바로 그 증거예요. 나는 당신도 오비츠 대령도 프랑스 군대도 이란 대학생들도 돕지 않을 거예요. 장차 지구에서 살아가게 될 수많은 아기들을 돕는 일에도 관심이 없어요. 예쁘고 사랑스러운 그 아기들도 결국엔 지구를 파괴하고 자원을 낭비하는 우리의 삶을 답습할 거예요. 아무튼 그들이 죽든 말든 내가 알 바 아니에요.」

「지금은 그렇게 말해도 나는 희망을 버리지 않고 당신이 이성의 편에 서도록 만들 거예요.」

그는 오로르 어머니의 사진을 가리킨다.

356

「당신 어머니는 그것을 내다보셨어요. 당신은 인류가 바람직한 방향으로 나아가도록 역사의 흐름을 바꾸는 데 기여할 거예요.」

「내 어머니가 잘못 생각하신 거예요. 나는 인류를 구원하겠다는 식의 오만한 생각을 하지 않아요. 나는 과대망상증 환자가 아니거든요. 내가 원하는 건 사람들이 그냥 나를 가만히 내버려 두는 거예요. 어쨌거나 누군가를 또는 무언가를 구원하겠다고 나대는 사람들은 많지만 진정으로 그 일을 해낼 수 있는 사람은 없어요. 당신도 마찬가지예요. 그건 오만한 망상일 뿐이죠. 따지고 보면 뭄보코는 당신에게 훌륭한 교훈을 준 셈이에요. 겸손해야 한다는 것을 가르쳐 주었잖아요. 이제 새벽 5시예요. 난 피곤해서 자야겠어요. 당신도 잘자요. 정말이지, 세계는 당신이 나서지 않아도 스스로 어려움을 잘 헤쳐 나갈 거예요. 그리고 만약 세계의 종말을 피할수 없는 거라면, 우리가 무엇을 하든 달라질 게 없어요.」

그녀는 다시 침실로 들어가서 열쇠를 두 번 돌려 방문을 잠근다.

97

나는 기억한다.

내가 그랬듯이, 인간들은 점차로 생명이란 무엇인지 깨닫게 되었고, 자기들이 사유와 의사소통을 할 수 있다는 것이 크나큰 행운임을 의식하게 되었다.

공포에서 벗어나 마음이 평온해지자, 그들은 훨씬 건설적이고 창의적인 면모를 드러냈다.

나는 일찍이 개미들을 위해 그랬던 것처럼 그들에게 영감을 주어 피라미드를 건설하게 했다. 뿔처럼 생긴 그 거대한 건축물들은 개미집과 상당히 유사했다. 나는 그 건축물들을 이용해서 그들과 소통할 수 있었다.

그들은 내가 말을 걸고 있음을 깨달았다. 그리하여 지금으로부터 약 1만 2천 년 전에 인간들과 나 사이에 특별한 대화가 시작되었다.

대화가 제대로 이루어지는 것을 확인하자, 나는 그들 가운데 한 사람을 골랐다. 내가 보내는 메시지를 온전히 수용할 수 있고 매우 영리해 보이는 자였다. 나는 나에게 접근해 오는 소행성들로부터 나 자신을 보호하기 위한 우주선 프로젝트를 그에게 일러 주었다.

그는 내 말을 여겨듣고 그대로 순종했다.

인간들은 그가 이르는 대로 자신들의 한계를 넘어서려고 애썼다.

그러자 그들이 정말 쓸 만하다는 생각이 들기 시작했다. 더 관찰해 보니 그들이 아름답다는 생각마저 들었다.

98

오로르는 잠을 이루지 못한다. 시트를 젖히고 두 다리를 침대 밖으로 내리자 카펫의 푹신푹신한 감촉이 발바닥에 느껴진다. 그녀는 어둠 속을 나아가다가 가구 모서리에 새끼발가락을 찧는다. 욕설이 튀어나오는 것을 억누르고 조심스럽게 방문을 연다.

그녀는 소파에서 자고 있는 다비드를 살핀다. 그는 태아처럼 몸을 웅크린 채 깊이 잠들어 있다.

그녀는 클럽의 작은 방에서 자기가 랩 댄스를 출 때 그가 얼마나 어색하게 굴었는지를 떠올리며 빙그레 웃는다.

스스로 생각하기에도 그녀의 성격에는 수수께끼 같은 면이 있다. 그녀는 늘 남자들보다는 여자들에게 마음이 끌렸다. 그럼에도 남자들 유혹하기를 매우 좋아한다. 마치 언젠가 자기가 마음을 바꾸면 남자들 역시 자기의 매력에 빠지리라는 것을 확인하고자 하는 것만 같다. 스트립쇼를 하다 보면, 어느 순간 자기가 살짝 눈짓만 해도 그 수컷들이 자기 무릎 아래에 엎드릴 것 같은 느낌이 든다. 그녀는 그런 순간을 즐긴다. 그렇다고 남자들과 자고 싶은 생각이 드는 것은 아니다. 남자들과 잠자리를 같이 하면 모든 마법이 사라져 버릴 것이다. 그녀는 그저 남자들의 욕망을 요리하고 싶을 뿐이다.

문득 어머니가 생각난다.

어느 날 오로르는 화장을 하고 하이힐을 신고 브래지어를 찬 채로 거울 앞에서 선정적인 포즈를 취하다가 어머니에게 들킨 적이 있었다. 기껏해야 여덟 살쯤 되었을 때의 일이었을 것이다. 오로르는 쑥스러움조차 느끼지 않았다. 단지 자기 안에서 무언가가 깨어나는 기분이 들었을 뿐이다.

아버지의 얼굴이 다시 떠오른다. 그를 처음으로 만났을 때 오로르는 일종의 승리감을 느꼈다. 결국 그도 한낱 남자일 뿐이다. 그녀가 춤추는 것을 보러 오는 사내들과 별로 다를 게 없는 남자인 것이다.

오로르는 거실을 가로질러 창가로 가더니 달을 물끄러미 올려다본다. 밝고 갸름한 새벽달은 언제나 그녀의 마음을 사로잡는다. 생기롭고 자애로운 여성성의 실체를 보는 느낌이다.

오로르는 포도주를 한 잔 따라 마시며 계속 달을 바라본다. 그녀가 보기에 다비드는 앞을 멀리 내다보지 못하고 당장 눈앞에 닥친 일만을 생각하고 있다. 그는 전쟁을 두려워하고 이란을 두려워한다. 여자들을 무서워하고 자기 어머니를 무서워하며, 실업을 걱정한다. 그가 오비츠 대령의 제안을 받아들인 것은 그런 두려움들에 대한 반작용일 뿐 자유 의지에 따른 결정은 아니다.

오로르는 몸을 돌려 그를 바라본다. 그는 여전히 두 주먹을 꼭 쥔 채로, 이따금 보일 듯 말 듯 몸을 움찔거리면서 자고 있다. 너무나 천진하고 여린 모습이다.

그녀는 손목시계를 본다. 벌써 7시가 넘었다. 이제 잠을 자기는 그른 것 같다. 그래서 그녀는 커피를 끓여 마신 다음 침실에 틀어박혀 태블릿 PC로 뉴스를 본다.

99

축구

유럽 축구 연맹 챔피언스 리그의 조별 예선이 임박한 가운데, 파리 생제르맹 팀은 브라질 출신의 또 다른 선수 호나우지시모를 영입했습니다. 영입 금액은 비밀로 남아 있지만, 구단 관계자들에게서 새어 나온 정보에 따르면 이적료만 세네갈의 국민 총생산과 맞먹는 액수일 거라고 합니다. 호나우지시모 선수가 프랑스 리그로 옮겨 옴에 따라 리그 전체의 판도가 완전히 달라질 수도 있을 것입니다. 올랭피크 드 마르세유의 구단주는 자기들 역시 거액을 들여 뛰어난 신인 선수들을 영입하겠다는 의사를 밝혔습니다.

과학

미 연방 항공 우주국은 케플러 위성을 통해 백조자리에서 지구와 비슷한 행성을 또다시 발견했다고 발표했습니다. 우주 망원경이 탑재된 이 관측 위성은 생명체가 살 수 있는 외계 행성을 찾아내기 위한 목적으로 2009년 3월에 발사되었습니다. 이 위성은 외계 행성이 자기네 중심 별 앞으로 지나갈 때 생기는 미세한 그림자를 포착하는 방식으로 무수한 별들이 모여 있는 성단에서 행성을 발견한다고 합니다. 새로 발견된 행성에는 〈케플러 28〉이라는 이름이 붙었습니다. 이 행성은 지구보다 2.4배 크고 중심 별의 주위를 290일 주기로 돌고 있으며, 표면 온도는 22도입니다. 그런 점에서 물과 대기를 가지고 있을 가능성이 매우 높다고 합니다. 이제까지 발견된 외계 행성은 9백 개에 달합니다. 그 가운데 다섯 개는 크기나 중심 별과의 거리로 보면 지구와 유사하지만, 생명체가 살기에는 너무 뜨겁거나 너무 차갑다고 합니다. 그런 점에서 케플러 28은 예외적인 것으로 보입니다. 하지만 이 행성은 우리 행성으로부터 너무나 멀리 떨어져 있기 때문에 여행이 일체 불가능합니다. 케플러 28은 지구에서 6백 광년 떨어진 곳에 있다고 하는데, 1광년은 약 9조 5천억 킬로미터에 해당하니까요.

소말리아

소말리아 남부의 항구 도시 키스마요에서 아이샤 이브라힘 두흘로우라는 열세 살짜리 소녀가 세 남자에게 성폭행을 당했습니다. 소녀의 아버지는 그 사실을 가까운 경찰서에 신고했고, 범인들은 곧 체포되어 범죄 사실을 인정했습니다.

그런데 담당 경찰관은 범인들의 진술을 듣고 나서 무슨 이유에서인지 범인들을 그냥 풀어 주었고 오히려 피해자인 소녀에게 간통 혐의를 씌워 구금했습니다. 그러자 종교 법원은 소말리아에서 시행되고 있는 이슬람 법률을 적용하여 소녀에게 돌팔매 형을 선고했습니다. 여러 인권 단체가 개입하여 소녀를 구하려고 했지만, 소녀에게 도움을 주지는 못하고 처형을 앞당기게 하는 결과만을 가져왔습니다. 소말리아 대통령까지 나서 국내의 사법 문제에 간섭하지 말라고 외국인들에게 요구했습니다. 그리하여 키스마요의 축구 경기장에서 처형이 이루어졌습니다. 형 집행자들은 소녀의 하반신을 땅에 묻고 소녀의 얼굴을 하얀 베일로 가린 뒤에 관중에게 돌을 던지라고 했습니다. 일부 관중이 한바탕 돌멩이를 퍼붓고 나자, 의사 하나가 소녀에게 다가가서 피로 얼룩진 베일을 들추고 살펴보더니 소녀가 아직 살아 있다고 알려 주었습니다. 그러자 일부 관중이 다시 돌을 던졌습니다. 그때 열네 살짜리 소년 하나가 그 참혹한 장면을 보다 못해 죽어 가는 소녀를 구덩이에서 빼내려고 뛰어들었습니다. 소년은 무언가를 해보기도 전에 경찰의 총격에 쓰러졌고, 처형은 그대로 진행되었습니다.

신종 플루 백신 사건 재판

신종 플루 백신과 관련된 예산 낭비 논란의 중심에 서 있는 레벤브뤼크 전 보건부 장관에 대한 재판이 끝났습니다. 변호인단은 장관이 만약의 사태에 대비하기 위해 충분한 백신을 확보한 것은 당연한 직무 수행이며 그 뒤에 백신이 쓸모없게 된 것은 장관의 책임이 아니라는 취지로 변론을 했습니다. 그러나 배심원들의 유죄 평결에 따라 레벤브뤼크 장관은 공금을 남용한 죄로 징역 6월에 집행유예 1년과 벌금 2백만 유로를 선고 받았습니다. 장관은 항소하지 않겠다는 뜻을 밝혔습니다. 하지만 처벌이 합당하지 않다고 생각한다면서 다음과 같은 우려를 표명했습니다. 〈이 재판은 재앙을 가져올 것입니다. 제 후임자들은 국민의 건강을 위해 중대한 조치를 취해야 하는 상황에서도 저처럼 재판을 받을까 두려워 결정을 회피하게 될 테니까요.〉 한편 야당 대변인은 재판 결과를 환영한다면서 이 재판을 계기로 현 정권의 기술 관료들이 공금을 함부로 써서는 안 된다는 사실을 깨닫게 되었으리라고 말했습니다.

오염

프랑스 국민의 쓰레기 배출량 통계를 보면, 1975년에는 1인당 217킬로그램이었던 것이 2000년에는 373킬로그램으로 증가했습니다. 지난해에는 그 수치가 무려 539킬로그램에 달했습니다. 국민 1인당 매일 1.5킬로그램의 쓰레기를 배출하는 셈입니다. 편지함에 투입되는 광고 전단 때문에 생기는 쓰레기만 해도 한 해에 1인당 50킬로그램이나 된다고 합니다.

이란

이란 정부는 대학생들의 잇단 시위에 대응하여 국민의 관심을 딴 데로 돌릴 수 있는 길을 찾아낸 것으로 보입니다. 쿠르드족의 반란을 진압한다는 명목으로 북부 국경에 혁명 수비대를 급파한 것이 바로 그것입니다. 자파르 대통령은 쿠르드 반란군이 불안한 시국을 틈타서 독립을 요구하려 한다고 말했습니다. 혁명 수비대는 이번 사태를 기회로 학살 부대로 변하여 쿠르드족의 여러 마을을 불태웠습니다. 그 마을들에 쿠르디스탄 노동자당의 테러리스트들이 숨어 있다는 것이 그 이유였습니다. 이란 정부의 금지를 어기고 잠입한 비정부 기구의 회원들과 언론들은 대부분 체포되거나 추방당했습니다. 그러나 그들 가운데 일부는 스마트폰으로 사진과 동영상을 촬영하고 스마트폰을 감춘 채로 국경을 넘을 수 있었습니다. 이란 혁명 수비대의 학살 부대들은 튀르키예 정부의 허락을 얻어 국경 너머에서도 소탕 작전을 계속 벌였습니다. 그들은 야간에 낙하산을 이용하여 병력을 투입하는 기습 작전을 전개하기도 했습니다. 그럼으로써 작전 지역 내의 쿠르드족 병사들의 허를 찌른 것은 물론이고 민간인들까지 공황 상태에 빠뜨렸습니다. 국경 마을들에서 자행된 그 광범위하고 혹독한 탄압은 〈내 표는 어디로 갔는가?〉라고 외치면서 민주화 운동을 벌이고 있는 대학생들에게도 강력한 위협의 메시지로 작용하리라고…….

100

가슴이 덜컥 내려앉는다. 오로르는 화면 가까이로 얼굴을 가져간다. 분명 튀르키예에서 본 아마존들의 마을이다. 나뭇가지에 매달려 있는 수십 구의 시신 가운데 아는 얼굴이 보인다. 세상에! 식당 주인 디아나가…….

오로르는 충격에 빠진 채 다시 뉴스에 귀를 기울인다.

「하지만 쿠르드족 저항 세력의 주요 인물 가운데 하나가 그들에게서 도망치는 데 성공한 것으로 보입니다. 이란 당국에 따르면 그 인물은 〈정교분리를 맹목적으로 지지하는 극렬분자〉로서 이름은 펜테실레이아 케시시안이고 튀르키예로 도주했다고 합니다. 현재 그녀가…….」

오로르는 텔레비전을 꺼버린다. 디아나만 살해된 것이 아니다. 오로르는 뉴스 화면에서 다른 아마존들의 얼굴을 알아보았다. 검은 과일처럼 매달려 있는 시신들은 이미 까마귀들과 파리 떼에 덮여 있었다.

오로르는 커튼을 홱 당기고 다비드를 흔들어 깨운다.

「일어나요!」

「뭐예요? 무슨 일이 생겼어요? 지금 몇 시인데요?」

「7시 15분이에요. 가야 해요.」

「가다니요? 이 시간에 어디를 간다는 거예요?」

「생각이 바뀌었어요. 당신을 돕기로 했어요. 어서 거기로 가요.」

「몇 시간 뒤에 가면 안 될까요? 우리한테는 지금이 한밤중이나 다름없으니 조금 더 자고 가면 안 되느냐고요.」

오로르는 여행 가방 하나를 꺼내 온다. 다비드는 눈을 비빈다.

「생각해 보니 당신 말이 옳아요. 나는 국방부 산하 대외 안보 총국과 손잡을 준비가 되어 있어요. 역사의 흐름을 거꾸로 돌리려는 자들에게 저항하는 새로운 인류를 창조하는 일에 동참하겠어요.」

「그렇게 갑자기 생각을 바꾼 이유가 뭐죠?」

「반동 세력이 이길 수도 있다는 느낌이 들었기 때문이에요.」

「진심으로 하는 말이에요?」

오로르는 가방에 브래지어와 팬티, 신발, 노트북 컴퓨터, 스웨터, 셔츠, 진 바지를 담는다.

「진심이에요. 게다가 나는 운명의 징후를 믿어요. 당신이 여기에 와서 그 말을 한 것은 하나의 징후예요. 일이 이렇게 되려고 그랬던 거죠.」

그는 여전히 욱신거리는 턱을 문지른다.

오로르는 욕실로 가서 세면도구와 크림, 헤어브러시 따위를 서둘러 챙긴다.

「오로르, 지금 뭐 하는 거예요?」

「허물벗기를 하는 중이에요. 모든 생명체는 한 번쯤 탈바꿈을 겪게 마련이죠. 곤충을 연구했으니 잘 알잖아요. 나는 애벌레였어요. 이제 나비로 탈바꿈해야 해요.」

그러고는 여행 가방 한 개를 더 꺼내어 부피가 더 큰 물건들을 담는다. 다비드는 믿기지 않는다는 표정으로 그녀를 지켜본다. 몸을 일으키려고 하니 간밤에 얻어맞은 자리가 다시 쑤셔 온다.

「아예 여기를 떠날 참이에요. 차를 멀리에 세워 두었어요?」

다비드는 어렵사리 겉옷을 입으며 묻는다.

「이 아파트는 어쩌고요?」

오로르는 어머니와 함께 찍은 사진을 집어 들고 한숨을 내쉰다.

「뭍에서 살기 위해 물 밖으로 나온 최초의 물고기를 놓고 우리가 무슨 얘기를 했는지 잊었어요?」

101

백과사전: 버리고 떠나기

자라거나 진화하거나 성숙하기 위해서는 소중한 것을 버리고 떠나는 아픔을 겪어야 한다.

가장 먼저 버리고 떠나야 하는 것은 어머니의 배이다. 신생아는 액체로 이루어진 그 따뜻하고 조용한 환경을 떠나 상시적인 영양 섭취가 보장되지 않는 춥고 시끄럽고 건조한 환경에 놓이게 된다.

두 번째로 버리고 떠나야 하는 것은 어머니의 젖가슴이다. 신생아는 영양을 공급해 주는 유방을 통해 어머니와 화학적 결합을 유지하지만, 어느 날 갑자기 플라스틱 젖꼭지가 그 유방을 대신한다. 많은 아기들은 자기들을 사랑하는 것으로 보이던 사람들의 그 첫 번째 속임수의 충격에서 오래도록 벗어나지 못한다.

세 번째로는 어머니 자체를 포기해야 한다. 아기는 때때로 어머니가 어딘가로 사라졌다가 한참이 지나서야 돌아온다는 사실을 깨닫는다. 이것은 아기에게 하나의 트라우마이다.

이어서 아이는 자기에게 위안을 주던 모든 것과 차례차례 이별해야 한다. 유아기에 사용하던 젖니를 갈아야 하고, 유아원과 유치원을 떠나야 한다.

철이 들면 버릴 것도 많아진다. 어린 시절의 환상, 산타클로스나 푸에타르 영감,[20] 베개 밑에 넣어 둔 젖니를 가져간다는 생쥐에 대한 순진한 믿음을 버려야 하고, 매력적인 왕자나 공주에 대한 생각을 포기해야 하며, 정의나 도덕이나 부에 대한 몽상과도 작별해야 한다.

20 성 니콜라우스 축일(12월 6일)에 니콜라우스 성인과 함께 와서, 니콜라우스 성인이 아이들에게 선물을 나눠 주는 동안 악동들을 벌하기 위해 채찍이나 회초리로 때린다는 전설 속의 인물. 나라와 지역에 따라 이름이 다르며, 이런 풍속이 없는 나라들에는 주로 〈크네히트 루프레히트〉라는 독일어 이름으로 알려져 있다.

성인이 된 뒤에는 생애 최초의 이사나 실직, 실연, 이혼 따위를 겪게 된다. 의존증의 종류와 진행 양상은 사람마다 다르겠지만, 자유로운 성생활이나 담배, 술, 마약, 비디오 게임 등을 포기해야 하는 경우도 있다. 뱃살을 빼야 하는 사람도 있을 것이고 머리털이 빠지는 사람도 있을 것이다.

인생이란 전체적으로 놓고 보면 이별과 포기의 연속일 뿐이다. 무언가를 잃거나 버릴 때마다 아픔이 따르지만 그 대신 속박에서 풀려나기도 한다.

그러다가 인생의 말년에 다다르면 초년에 잃었던 것을 되찾으려 하게 된다. 요양원이 유치원을 대신하고 병원이 유아원을 대신한다. 늙으면 아기가 된다는 말대로 이유식처럼 부드러운 음식을 먹고 따뜻한 침대를 떠나지 않으며 눈에 보이지 않는 자애로운 존재들에 대한 믿음을 되찾는다. 갑자기 세상을 떠나는 경우가 아니라면, 생애의 마지막 며칠 동안은 태아를 보호해 주는 어머니의 배 속처럼 따뜻하고 습도가 높고 어두운 곳에 누워 있다가 눈을 감는다. 그럼으로써 순환이 완성되고 버리고 떠났던 것을 되찾게 되는 것이다.

에드몽 웰스, 『상대적이며 절대적인 지식의 백과사전』 제7권

잉태

102

나무들이 숲을 지키는 병사들처럼 대오를 짓고 있다.

큰 도로를 벗어나서 조금 더 달리자 사람의 자취가 보이지 않는다. 건물이나 자동차나 주유소도 없고 가로등이나 송전탑도 눈에 띄지 않는다.

녹슨 사륜구동 차가 삐걱거리며 퐁텐블로 숲의 오솔길로 접어든다. 암사슴 한 마리가 멀리에서 자동차를 살핀다.

그들은 담으로 둘러싸인 대저택 앞에 다다른다. 하얀 간판에 밀 이삭의 도안이 들어간 동그라미가 그려져 있고 그 옆에 〈INRA〉, 곧 국립 농업 연구원의 약자가 자그마한 초록색 글씨로 적혀 있다.

금빛 눈의 젊은 여자가 묻는다.

「여기가 확실해요?」

「내 증조부가 사시던 집에 가느라고 요 가까이로 지나간 적이 있었는데, 그때는 여기에 이런 건물이 있는 줄도 몰랐어요. 내가 보기엔 사람들의 눈길을 끌지 않으려고 일부러 이런 간판을 내건 것 같아요. 사람들은 행정 업무와 관련된 건물을 보면 그냥 그런 게 있나 보다 하면서 눈여겨보지 않거든요. 국립 농업 연구원은 위장이에요. 어쨌거나 입구에 정보기관임을 밝히는 간판을 내걸 수는 없잖아요.」

그들은 널따란 정문 앞에 차를 세운다. 정문 위에는 감시 카메라 두 대가 설치되어 있다. 다비드는 문기둥에 설치되어 있는 인터폰으로 다가간다.

「오로르 카메러와 다비드 웰스입니다.」

감시 카메라들이 그들에게 초점을 맞추기 위해 움직인다. 이어서 문이 레일을 타고 드르륵 열린다.

그들이 문턱을 넘어서기가 무섭게 치와와 한 마리가 컹컹거리며 달려든다.

오로르가 소리친다.

「저 개는 뭐야? 쪼끄맣고 우습게 생긴 녀석이.」

ㄷ자 모양의 4층짜리 백색 건물이 그들 앞을 막아선다. 다비드는 국립 농업 연구원의 상징이 위쪽에 붙어 있는 중앙 현관문 앞에 차를 세운다. 치와와는 그들을 따라오며 계속 짖어 댄다.

오로르가 나가려고 하는데 다비드가 그녀를 붙잡는다.

「작다고 깔보다간 다치는 수가 있어요. 저래 봬도 큰 개보다 무서워요.」

「애들 장난감처럼 생긴 저 녀석이요?」

「그래요, 더 영리하기 때문에 더 위험하다는 거예요. 녀석은 당신을 정면으로 공격하지 않고, 뒤로 돌아가서 넓적다리나 등을 물어뜯을걸요.」

오로르는 얼른 차 문을 도로 닫는다. 치와와는 눈에 띄지 않는 장소로 숨어 버린다.

「치와와는 공격 기술의 측면에서 셰퍼드보다 훨씬 뛰어난 창의성을 발휘해요. 무엇보다 놀라운 사실은, 혈통을 거슬러 올라가 보면 치와와, 푸들, 몰티즈가 모두 공통의 조상에서 나왔고, 그 공통의 조상이 늑대와 비슷한 동물이었으리라는 거예요.」

그들은 현관문 앞에서 기다린다. 이윽고 문이 열리고 거구의 남자가 나타난다.

다비드가 속삭인다.

「오비츠 대령의 남편이에요. 한때는 농구 선수였대요.」

거인이 개에게만 들리는 초음파 호루라기를 분다. 치와와는 몸을 숨긴 채 공격할 기회를 엿보고 있다가 실망한 기색으로 모습을 드러낸다.

오로르는 문을 열어 준 남자가 입고 있는 검은 티셔츠에 눈을 준다. 티셔츠에는 이런 글이 적혀 있다.

머피의 법칙

1. 잘못될 가능성이 있는 일은 반드시 잘못된다.

2. 일견 간단해 보이는 일치고 실제로 간단한 게 없다.

3. 무슨 일이든 생각했던 것보다 시간이 더 많이 걸리게 마련이다.

4. 될 대로 돼라 하고 일을 방치하면 점점 나빠지는 경향이 있다.

5. 문제가 해결될 때마다 새로운 문제들이 야기된다.

「티셔츠가 재미있네요. 머피의 법칙을 믿으세요?」

남자는 그녀의 말에 대꾸도 하지 않고 백색 건물 안으로 그들을 안내한다.

그들은 먼저 식물들을 모아 놓은 구역으로 들어선다. 분재처럼 키가 작은 나무들, 작은 꽃들, 미니 선인장들이 가득하다. 오로르는 거기에서 조금 떨어진 곳에 설치되어 있는 우리와 새장들을 바라본다. 벌새나 명주원숭이 같은 아주 작은 동물들이 들어 있다. 미니 말, 염소, 양도 보인다.

오른쪽에 설치되어 있는 온실에서는 나비들이 팔랑거린다.

안내자가 나무로 된 커다란 문을 민다. 훈기가 도는 커다란 방이 나온다. 바닥에 깔린 잔디 빛깔의 카펫, 벽을 덮고 있는 목재와 거기에 새겨진 숲을 주제로 한 무늬들, 벽난로, 푹신하게 속을 넣고 가죽을 씌운 팔걸이의자들. 영국풍의 거실이다. 다만 여기저기에 대형 화면들과 그보다 작은 화면들이 설치되어 있다는 점이 여느 거실과 다르다. 대형 화면들은 속속 전해지는 세계의 뉴스를 시청하기 위한 것이고, 작은 화면들은 감시 카메라를 통해 전송되는 건물 내부와 외부의 영상을 보기 위한 것이다.

거실 한복판에는 다른 의자들보다 엉덩받이를 더 높인 팔걸이의자가 놓여 있고, 거기에 아주 작은 실루엣이 올라앉아 있다. 오로르는 소르본 대학에서 만난 심사 위원을 즉시 알아본다. 그녀는 쉰 살쯤 되었을 법하고, 아시아풍의 옷을 위아래로 갖춰 입은 차림이다. 기다란 비취 물부리로 담배를 피우면서 노트북 컴퓨터의 자판을 두드리고 있다.

안내자는 그들에게 기다리라고 신호를 보낸다.

침묵 속에서 몇 분이 지나간다. 오비츠 대령은 그제야 두 사람에게 관심을 보이더니, 노트북 컴퓨터를 덮고 물부리를 빨며 그들을 올려다본다.

「이것저것 따지며 절차를 거치다 보면 아까운 시간만 허비하기가 십상이죠.」

그들이 이제야 온 것을 유감스러워하는 어조였다. 그녀는 푸르스름한 연기를 내뿜으며 말을 잇는다.

「좋아요. 자니코 중위가 실험실을 보여 줄 겁니다. 내가 보기엔 생산 매뉴얼 개발에 당장 착수하는 게 좋겠어요.」

오로르는 눈썹을 찡그린다.

「우리가 여기에서 무엇을 하기로 되어 있는지 더 자세하게 알 수 없을까요?」

나탈리아 오비츠는 젊은 그녀를 찬찬히 살핀다.

「웰스 박사한테서 설명을 들었으리라고 생각했어요.」

오비츠 대령은 그제야 팔걸이의자에서 내려온다.

「이건 일곱 명의 선수가 벌이는 일종의 게임이에요. 그 일곱 명 중에는 승자도 있을 것이고 패자도 있을 거예요. 일부 전략들이 서로 대립되니까요. 하지만 여러 명의 승자가 나올 수도 있고 여러 명의 패자가 나올 수도 있어요.」

나탈리아는 리모컨을 집어 들더니 대형 화면 하나를 향해 버튼을 누른다. 슬라이드 일곱 편을 하나로 요약한 버전이 나타난다.

「자, 말이 나온 김에 경쟁자들의 이론을 다시 확인해 보세요.」

오로르는 일곱 가지 미래상에 관한 설명을 주의 깊게 듣다가 묻는다.

「대령님은 어떻게 생각하세요?」

「나요? 나는 그저 인류의 역사라는 대하소설이 끝나지 않기를, 인류가 선사 시대로 돌아가지 않기를 바랄 뿐입니다.」

나탈리아는 다시 리모컨 버튼을 누른다. 맞은편 화면에 일곱 가지 진화의 길이 그것을 주도하는 인물과 함께 나타난다. 이란 대통령 자파르에서 미국 대통령 윌킨슨, 프랜시스 프리드먼 박사를 거쳐 캐나다의 억만장자 팀시트에 이르기까지.

「내가 가장 불안하게 생각하는 것은 두 번째 길입니다. 종교적 광신자들 말입니다. 그들은 수적으로 우세하고, 갖가지 복잡한 문제들에 대해 단 하나의 간단한 대답을 가지고 있어요. 그 대답은 〈신〉이라는 한 단어로 요약돼요. 신을 내세우는 것에는 이점이 있어요. 자기들이 원하는 것을 신의 뜻이라며 정당화할 수 있거든요.」

다비드가 잘라 말한다.

「그들은 성공할 수 없습니다.」

「잘못 생각하는 거예요. 그들을 과소평가하면 안 됩니다. 그들은 과학과 양성 평등과 인권을 부정하고 있음에도 미래라는 나무의 다른 가지들을 파괴할 수 있어요. 그들은 자식들을 많이 낳고 매우 폭력적이에요. 만약 그들이 승리한다면 그건 우리의 잘못이기도 해요. 우리가 더 나은 해결책을 제시하지 못했기 때문일 테니까요. 바로 그런 이유로 우리가 여기에 모인 겁니다.」

오로르는 걸음을 옮기며 화면들을 주의 깊게 바라본다. 대령과 거인도 그녀를 따라 걸음을 뗀다.

이윽고 오로르가 말문을 연다.

「내가 일을 제대로 하자면 누군가의 도움이 필요해요. 나는 특정한 한 사람을 염두에 두고 있어요. 내 연구를 계속하기 위해서 반드시 있어야 할 사람이에요.」

「네, 알아요.」

그러면서 나탈리아는 뜻 모를 손짓을 한다. 오로르는 깜짝 놀라며 묻는다.

「그게 무슨 뜻이죠? 안다고요?」

「그 사람은 벌써 여기에 와 있어요.」

나탈리아가 신호를 보내자, 자니코 중위는 옆쪽 복도로 통하는 문을 연다. 여행복 차림의 여자 한 사람이 들어온다.

「펜테실레이아!」

두 친구는 서로 얼싸안는다.

「대령님이 어떻게 알았어요?」

「앞일을 내다보고 선수를 치는 게 바로 내 직업입니다. 나는 당신이 다비드의 영향을 받으리라 예상했고, 당신의 심리 상태를 고려할 때 누군가와 커플을 이루고 싶어 하리라는 것을 알고 있었어요. 말이 나온 김에, 한 가지 더 고백할 게 있어요. 이제 당신이 행복해하는 것을 보니까 솔직하게 말해도 되겠다 싶네요. 당신의 전 여자 친구이자 나의 동료인 크리스틴 메르시에게 당신을 의심케 할 만한 사진들을 보낸 사람이 바로 나예요.」

「뭐라고요?!」

나탈리아는 눈도 깜짝하지 않는다. 그저 그 상황을 재미있어하는 기색이다.

「나는 군인이고 전략가예요. 우리 세계에서는 목적이 수단을 정당화합니다.」

오로르는 놀라움과 분노와 친구를 다시 만난 기쁨 사이에서 갈피를 잡지 못한다.

「이게 다가 아니에요. 우리가 마지막으로 초대한 손님한테서도 곧 소식이 올 거예요.」

말이 끝나기가 무섭게 현관 초인종이 울린다. 자니코 중위는 또 한 사람의 방문객을 데리고 돌아온다.

다비드가 소리친다.

「누시아!」

아프리카에서 함께 모험을 벌였던 두 사람도 서로 얼싸안 는다. 오비츠 대령의 얼굴에 미소가 살짝 번진다.

「좋아요. 우리 팀의 구성원들이 모두 모인 것 같군요. 이제 모두가 작업에 착수해야 해요. 웰스 박사, 되도록 빨리. 웰스 박사가 다른 분들에게 실험실을 구경시켜 드리는 게 좋겠군 요. 웰스 박사가 우리 〈아틀리에〉에 필요한 것들을 설치하기 시작했거든요.」

대령은 오로르의 한쪽 팔을 꽉 잡는다. 키는 작아도 악력 은 놀라울 정도로 세다.

「카메러 박사, 당신이 생각을 바꿔서 다행이에요. 당신이 우리와 함께한다는 것은 큰 영광이죠. 당신은 유명한 페미니 스트 프랑수아즈 카메러의 딸일 뿐만 아니라 환경의 영향에 관한 내 연구의 대부분에 영향을 주신 분의 증손녀이기도 하 니까요. 그 유명한 파울 카메러 박사님이 당신의 증조부 되 시는 거 맞죠?」

오로르는 대령의 입에서 파울 카메러라는 이름이 나오자 깜짝 놀란다. 그녀가 알기로 그 이름은 줄곧 가문의 수치로 간주되어 왔다.

103

백과사전: 파울 카메러

헝가리 태생의 영국 작가 아서 케스틀러는 어느 날 과학계의 사기 행위 에 관해서 책을 한 권 쓰기로 했다. 연구자들에게 물어보았더니, 과학 계의 사기 사건 가운데 가장 딱한 것은 아마도 파울 카메러 박사가 연 루되었던 사건일 거라고 알려 주었다.

카메러는 오스트리아의 생물학자였다. 그의 주요 발견들은 1922년에서 1929년 사이에 이루어졌다. 그는 언변이 뛰어나며 매력적이고 열정적인 사람이었으며, 〈살아 있는 모든 존재는 자기가 살고 있는 환경의 변화에 적응할 수 있고 그 적응의 결과를 후손에게 전할 수 있다〉고 주장했다. 그 이론은 다윈의 주장과는 정반대였다. 카메러 박사는 자기 이론이 옳다는 것을 증명하기 위해 흥미로운 실험을 생각해 냈다.

그는 건조하고 추운 환경에 익숙해져 있는 산속의 두꺼비들을 잡아다가 물이 많고 더운 환경에서 살게 했다. 이 두꺼비들은 보통 뭍에서 교미를 하는데, 추운 곳에서 더운 곳으로 옮겨 오자 시원한 물속에서 교미하는 것을 더 좋아하게 되었다. 수컷들은 물기 때문에 미끈미끈해진 암컷 위에서 미끄러지지 않기 위해 발가락들 사이에 검은색 돌기를 발달시키기 시작했다. 교접 돌기라 불리는 이 기관을 사용해서 수컷들은 물속에서 교미를 하는 동안에 암컷에 매달릴 수 있었다. 환경에 대한 이런 적응은 후손에게 전해져, 그 새끼들은 발가락 사이에 검은 돌기를 가진 채로 태어났다. 그러니까 이 두꺼비들은 수중 환경에 적응하기 위해 유전자 정보를 변화시킬 수 있었다는 얘기가 된다.

카메러는 산속에서 살던 두꺼비들에게 그런 식으로 교접 돌기가 생겨나는 것이 여섯 세대에 걸쳐 이어지는 것을 확인했다.

그는 전 세계를 돌며 자기 이론을 옹호했고 그 결과 상당한 성공을 거두었다. 그러던 어느 날 일군의 과학자들과 대학교수들이 다시 증거를 보여 달라고 그를 압박했다. 그 증명을 지켜보기 위해 대형 강의실에 많은 사람이 몰려들었다. 그중에는 기자들도 많이 섞여 있었다.

그런데 공교롭게도 증거를 공개하기 전날, 그의 실험실에 화재가 발생했다. 그의 두꺼비들은 단 한 마리만 빼고 모두 죽어 버렸다. 카메러는 유일하게 살아남은 그 두꺼비를 가지고 나와 검은 돌기를 보여 줄 수밖에 없었다. 과학자들은 돋보기를 들고 그 두꺼비를 살펴보다가 폭소를 터뜨렸다. 두꺼비 발가락 사이에 난 돌기는 검은 반점이었고, 그것은 살가죽 속에 먹물을 주입해서 인위적으로 만들어 낸 것임이 누가 보기에도 분명했기 때문이다. 사기가 폭로되자 강의실은 웃음바다가 되었다.

카메러는 야유를 받으며 강의실을 떠나야 했다. 그는 일거에 신뢰를 완전히 잃었고, 연구 업적을 인정받을 기회도 놓치고 말았다. 모두에게서 배척을 당하고 학계에서도 추방되었다. 다윈주의자들이 승리를 거둔 셈이었다.

그는 숲속으로 달아나 입에 권총을 물고 자살했다. 그러면서도 간결한 글을 남겨, 자기 실험의 진실성을 재차 주장하고, 〈사람들 속에서 죽느니 차라리 자연 속에서 죽고 싶다〉라고 말했다. 그렇게 자살함으로써 실추된 명예를 회복할 기회마저 스스로 없애 버리고 말았다.

그런데 아서 케스틀러는 『두꺼비의 교미』라는 책을 쓰기 위해 조사를 하던 중에 카메러의 조교였다는 사람을 만났다. 그 남자는 자기가 바로 그 사건의 장본인이라고 실토했다. 다윈주의 학자들 그룹의 사주를 받고 자기가 실험실에 불을 질렀으며, 교접 돌기를 가진 변종 두꺼비들 가운데 마지막으로 남아 있던 놈을 살가죽 속에 미리 먹물을 주입해 놓은 다른 두꺼비로 바꿔치기했다는 것이다.

에드몽 웰스, 『상대적이며 절대적인 지식의 백과사전』 제7권

104

자니코 중위는 연구원에 새로 들어온 손님들을 지하 1층의 한 구역으로 데려가서, 유전자 변형 미니 동물의 프로토타입들을 보여 준다. 오로르가 이제껏 본 적이 없는 동물들이다. 한 우리에는 몸길이가 1미터밖에 되지 않는 코뿔소가, 이웃한 우리에는 그보다 클까 말까 한 코끼리가 들어 있다. 바로 옆에는 불을 환하게 밝혀 놓은 정육면체 모양의 수족관

이 있다. 터키옥 빛깔의 물에서 조용히 헤엄치고 있는 것은 분명 고래인데, 그 길이가 1미터를 넘지 않는다.

자니코 중위가 덤덤한 어조로 알려 준다.

「오비츠 대령은 15년 전부터 동물의 소형화에 관한 연구를 진행해 왔습니다. 그러다가 영장류에 이르러서 난관에 부딪혔죠.」

「어, 말을 하시네요! 난 당신이 말하는 법을 모르는 줄 알았어요.」

오로르가 빈정거리자 그가 되받는다.

「나는 필요할 때만 말을 합니다.」

그러고는 우리 하나를 가리킨다. 그 안에는 유인원 한 마리가 들어 있는데, 그들에게 아무 관심이 없다는 듯 등을 돌린 채로 앉아 있다.

「보통의 고릴라는 키가 2미터에 달하지만, 저 미니 고릴라는 80센티미터밖에 되지 않습니다. 이름은 MG, 미니 고릴라의 준말입니다. 원래 쌍둥이였는데, 다른 한 놈은 첩보 임무를 띠고 아프리카의 어느 군사 기지에 갔어요. 거기에서 임무를 성공적으로 수행하는가 싶더니, 과자 자판기 한 대를 발견하고 그것에 정신을 팔다가 일을 망쳐 버렸죠.」

그는 한숨을 내쉰다. 그 사건 때문에 팀 전체가 큰 낭패를 겪은 모양이다.

오로르는 이해가 간다는 표정이다.

「하기야 아주 정교한 프로젝트들이 하찮은 일 때문에 실패로 돌아가는 경우가 가끔 있죠.」

그들은 복도를 따라 걸어간다. 동물의 우리와 수족관이 계속 나타난다.

「그 뒤에 오비츠 대령은 원격 조종이 가능한 소형 로봇들을 가지고 시험을 했어요.」

자니코 중위는 인간을 닮은 소형 로봇들이 들어 있는 진열창을 가리킨다.

「저 프로젝트도 실패로 돌아갔어요.」

오로르가 빈정거린다.

「또 과자 때문인가요?」

「아뇨, 신호 때문입니다. 원격 조종을 하려면 전자기 신호를 보내야 하는데, 그런 신호는 적에게 포착되거나 차단을 당하거나 방해를 받을 수 있죠.」

「그렇다면 원격 조종을 받지 않는 로봇, 일단 파견되고 나면 자기가 배운 대로 임무를 수행하는 로봇을 만들어야 하겠군요.」

「저게 바로 그런 로봇입니다.」

그는 굳은 표정의 마네킹 하나를 가리키며 말을 잇는다.

「프랜시스 프리드먼 박사가 우리와 함께 일하던 때에 만든 것입니다.」

「그래서 프리드먼이 소르본 대학의 진화 연구 분과에 참여하게 된 건가요?」

「맞습니다. 하지만 그는 설득력 있는 결과를 내놓지 못했어요. 주위 환경을 분석하여 주도적으로 문제를 해결할 수 있는 로봇을 만들려고 했지만, 저 로봇은 그런 능력을 보여 주지 못했죠.」

「그래서 자기가 누구인지를 의식할 수 있는 로봇, 〈자아〉의 관념을 품을 수 있는 로봇 쪽으로 방향을 돌린 건가요?」

「그는 천재적인 연구자예요. 지금은 한국의 어느 기업에 들어가서 일하고 있습니다.」

「미니 고릴라도 아니고 로봇도 아니라면, 이제 남은 것은…….」

「당신들 두 사람의 프로젝트입니다.」

그들은 계속 걸어간다.

「오비츠 대령은 그 프로젝트에 〈호빗〉이라는 이름을 붙였습니다. 톨킨의 소설 『반지의 제왕』에 나오는 키 작은 종족의 이름을 딴 것이죠. 호빗족의 영웅들이 적진에 침투하여 절대 반지를 파괴하는 것처럼 적들의 벙커에 침투하여 무기를 파괴할 수 있는 작은 첩보원들을 만들어 내겠다는 것, 그게 바로 대령의 계획입니다.」

그들은 복잡한 기계들을 갖춘 실험실에 다다른다.

「이미 짐작하셨겠지만, 대령은 두 분의 연구가 매우 유용하다고 생각했습니다. 키가 아주 작을 뿐만 아니라 세균과 방사능에 저항하는 여성 첩보원들, 그러니까…….」

다비드가 대신 말끝을 단다.

「보통의 인간보다 낫고, 실전에서 매우 취약한 면모를 보인 미니 고릴라나 로봇들보다 나은 첩보원들을 만들어 낼 수 있으리라 생각한 것이로군요.」

오로르가 묻는다.

「참 기이한 여자로군. 도대체 어떤 사람이에요?」

「오비츠 대령요? 뭐랄까, 주의력이 비상하고, 우리가 흔히 〈약한 신호〉라고 부르는 것을 탐지하는 재능이 남다른 사람이에요. 세세한 디테일을 바탕으로 큰 사건들이 어떻게 벌어질지를 추론하는 능력도 뛰어나고요.」

「〈아드 아우구스타 페르 앙구스타〉라는 대외 안보 총국의 슬로건을 생각나게 하는군요.」

「대령에게는 미래를 예측하는 능력이 있고, 그 능력은 극도로 예민한 감수성에서 비롯됩니다.」

「편집증 환자라는 말을 에둘러서 하는군요.」

자니코 중위는 오로르의 빈정거림에 개의치 않고 더 안쪽에 있는 다른 실험실을 보여 준다.

「나탈리아의 가족, 그러니까 오비츠 가족은 20세기 초엽에 동유럽에서 〈릴리퍼트〉라는 소인증 극단을 결성했습니다. 일종의 유랑 극단이었는데 당시에는 제법 유명했던 모양입니다. 그들은 동유럽의 도시들을 순회하며 공연을 했습니다.」

연구자들이 그 낯선 장소를 조금씩 익혀 가는 동안 거인은 설명을 이어 간다.

「그들은 제2차 세계 대전 때 나치의 유대인 말살 정책에 따라 강제 수용소로 끌려갔습니다. 수용소에 근무하던 나치 의사 멩겔레는 쌍둥이나 빨간 머리나 소인증 같은 〈특이한〉 인간들에 관한 연구에 심취해 있었던 터라, 즉시 그들에게 눈독을 들였고 인체 실험을 하기 위해 그들을 격리시켰습니다.」

오로르의 얼굴에서 장난기가 사라진다. 이제 농담을 할 기분이 아닌 것이다.

다비드가 기억을 더듬으며 말한다.

「그러고 보니 내 증조부의 백과사전에서 그들에 관한 얘기를 읽은 것 같아요.」

「그 가족 중에서 살아남은 사람은 몇 명 되지 않습니다. 오비츠 대령은 그 생존자의 후손입니다. 그런 사정 때문에 대령은 전체주의를 증오합니다. 그 형태를 막론하고 전체주의라면 이를 갑니다.」

오로르는 고개를 끄덕인다.

「오비츠 가족은 러시아 군대에 의해 나치 강제 수용소에서 풀려났습니다. 그들은 고향으로 돌아갔다가 그리스를 거쳐 이스라엘로 갔습니다. 거기에서 다시 극단을 결성하고 텔아비브에서 공연을 했습니다. 나탈리아의 어머니는 이스라엘 정보기관에 들어갔고, 주로 나치 고문자들을 색출하는 임무를 맡은 부서에서 활동했습니다. 브라질에서 멩겔레의 자취를 찾아낸 사람도 바로 그분입니다. 그 뒤에는 이스라엘 정보기관 내에 〈단신 첩보원들〉의 부서를 창설해서 주목할 만한 성과를 올렸고 덕분에 대령으로 승진했죠. 나탈리아는 어머니의 뒤를 이었습니다. 하이파 대학에서 생물학을 공부한 뒤에, 세계 전역에서 반나치즘 투쟁을 계속하겠다는 뜻을 품고 이내 모사드에 들어갔어요.」

「그런데 어떻게 프랑스 정보기관에서 일하게 된 거죠?」

자니코 중위는 여전히 담담한 목소리로 대답했다.

「사랑 때문입니다. 나를 만났거든요.」

오로르는 걸음을 멈추고 그를 마주 대한다.

「그러는 중위님은 누구세요? 이 사업에서 무슨 역할을 맡으신 거죠? 갈 곳이 없어진 농구 선수인가요?」

그는 미소조차 짓지 않는다.

「내 가족은 나탈리아의 가족과 반대가 되는 길을 걸었습니다.」

그는 무거운 침묵을 감돌게 하며 다시 발걸음을 옮긴다.

「내 할아버지는 프랑스 공산당의 간부였습니다.」

「원칙적으로 공산당원들은 나치에 반대하지 않았나요?」

「원칙적으로는 그렇죠. 그런데 1939년 8월 23일 세계의 사진 기자들이 지켜보는 가운데 독소 불가침 조약이 체결되었습니다. 스탈린이 히틀러와 손을 잡은 것입니다. 프랑스 공산당원들은 모스크바로부터 나치에 대한 비판의 강도를 낮추라는 지령을 받았습니다.」

오로르는 역사의 그런 우여곡절을 모르고 있었다.

「그들은 당연히 거부했겠지요?」

「모두가 거부한 것은 아닙니다. 사실 공산당원이 하루아침에 파시스트로 둔갑하는 일은 그 전에도 있었습니다. 자크 도리오의 사례를 보세요. 그자는 공산당 간부 출신인데, 왕년에 공산당원이었던 자들 몇 명과 함께 프랑스 인민당이라는 파시스트 정당을 만들었습니다. 그리고 독일이 프랑스를 점령한 뒤에는 페탱 원수를 수반으로 하는 비시 정권의 편에서서 대독 협력 정책을 지원했죠.」

다비드는 혼란스러워하는 표정으로 맞장구를 친다.

「맞아요, 그 일화를 잊고 있었네요.」

「많은 사람들이 그 일을 자기들의 기억에서 지워 버리고 싶어 했죠. 사실 있는 그대로 받아들이기가 쉽지 않을 겁니다. 하지만 분명히 깨달아야 합니다. 독재자들은 그 깃발이 검은색이건 빨간색이건 초록색이건 한통속이 되어 서로 지지합니다. 그들은 노동, 가족, 조국이라는 동일한 가치들을 내세우고 공포와 폭력이라는 동일한 수단을 사용합니다.」

「그러니까 나탈리아가 사랑에 빠졌다는 거군요……. 중위님을 만나서.」

오로르는 짐짓 낭만적인 분위기를 지어내며 화제를 되돌

렸다.

「내 할아버지는 벨로드롬 디베르 유대인 대량 검거[21]에 참여했어요. 그다음에는 베르코르 고원의 항독 유격대를 토벌하는 작전에 참가했죠. 할아버지도 거인이었기 때문에 그의 상관들은 상대편에게 겁을 주기 위해 건장한 사람이 필요할 때마다 그를 이용했다고 합니다.」

마르탱 자니코는 넓은 어깨를 으쓱 치켜 올린다.

「나는 가족이 걸어온 길을 따라갔습니다. 소년 시절에는 보이 스카우트 활동을 했고, 법과 대학 재학 시절에는 극우파 단체에 들어가서 활동했습니다. 그 뒤에는 장교가 되기 위해 군에 입대했고요. 나는 힘을 숭배했고 신체와 남성다움을 중요하게 여겼습니다. 우리 가문의 길로 계속 나아가고 싶었고 그래서 정보기관에 들어갔어요. 그런데 다른 요원들과 함께 아프가니스탄에서 임무를 수행하던 중에 탈레반 병사들의 매복에 걸려들었죠. 우리는 그들의 포로가 되었어요. 그런데 놈들은 우리를 인질로 삼아 어떤 거래를 하겠다는 생각조차 하지 않고, 그저 자기들의 선전에 이용할 생각만 했습니다. 우리를 잔인한 방식으로 처형하고 그 장면을 촬영해서 인터넷 사이트에 올리려고 했죠.」

그는 여전히 덤덤한 어조로 이야기를 이어 간다.

---

21 1942년 7월 독일 나치 정권은 유럽 여러 나라에서 유대인들을 대규모로 검거하기 위한 이른바 〈봄바람〉 작전을 벌였다. 프랑스의 비시 정권은 이 작전의 일환으로 대규모 경찰력을 동원하여 7월 16일과 17일에 걸쳐 1만 3,152명의 유대인을 체포했고, 그들의 대다수를 당시 파리 15구에 있던 동계 경륜장(벨로드롬 디베르, 약칭 벨디브)에 임시로 감금했다가 아우슈비츠를 비롯한 동유럽 각지의 강제 수용소로 보냈다. 이것이 〈벨로드롬 디베르 유대인 대량 검거〉 사건이다

「그들은 내가 보는 앞에서 나의 동료 두 명을 살해했어요. 나는 내 차례를 기다리고 있었지요. 내 나이 스물다섯 살 때의 일이었습니다. 그들을 상대로 게임을 벌였지만 결국 내가 졌다고 생각했죠.」

그들 모두가 발걸음을 늦춘다.

「그때 나탈리아가 홀연히 나타났습니다. 아주 자그마한 여자가 혼자 침투하여 연막탄을 던지고 소음기가 달린 권총을 쏘아 대더군요. 5분 만에 상황이 종료되었습니다. 탈레반 병사 열 명이 죽었고, 그녀는 가스 마스크를 쓴 채로 내 결박을 풀어 주었습니다. 나중에 나는 그것이 나탈리아가 스스로 결정해서 감행한 일임을 알게 되었어요. 인근에서 파키스탄과 시리아 사이의 미사일 거래망을 감시하고 있다가 놈들이 〈프랑스인들을 가지고 장난을 치려 한다〉는 정보를 입수하고, 곧바로 우리를 구출하러 나섰던 것이지요.」

그들은 다시 걸어간다.

「이스라엘의 정보기관에 소속된 그 자그마한 여자가 혼자서 내 목숨을 구해 주었습니다. 그 일을 겪고 나니 모든 게 달라 보였습니다. 나는 그때까지 고수해 온 내 관점을 수정하지 않을 수 없었죠.」

「그러니까 단박에 그녀에게 반했다는 건가요?」

「네, 우리는 결혼해서 두 딸을 낳았어요.」

누시아가 궁금증을 참지 못하고 묻는다.

「따님들은 키가 얼마나 되나요?」

「맏이는 172센티미터, 둘째는 175센티미터예요. 각각 스물다섯 살, 스물두 살이고, 캐나다와 호주에서 살고 있습니다.」

펜테실레이아도 그 부부의 기이한 행적에 호기심을 느끼며 묻는다.

「결혼한 뒤에는 프랑스에서 죽 살았나요?」

「나탈리아는 첫 아이를 임신하자 모사드에서 사직하는 길을 선택했어요. 그러나 나는 정보기관을 떠나지 않았어요. 내가 장교로 승진하고 아이들이 어느 정도 자랐을 때, 나는 이스라엘 출신의 정예 요원 한 사람을 채용하자고 상관들에게 제안했습니다. 그 사람을 쓰게 되면 때로 모사드의 도움을 얻어 작전을 벌일 수 있으리라고 설득했죠.」

「그들이 받아들이던가요?」

「그들은 나탈리아의 능력을 시험했습니다. 나탈리아는 두세 가지 매우 어려운 임무를 훌륭하게 수행했고, 그들은 그녀의 실전 능력과 작은 체구의 이점을 인정하지 않을 수 없었죠. 그 뒤에 나탈리아는 파리 지하철에 대한 어느 테러리스트의 공격을 아슬아슬하게 저지했습니다. 그 공로로 훈장을 받게 되었을 때, 나탈리아는 내무부 장관에게 면담을 요청하고 별도의 비밀 부서에 관한 구상을 설명했습니다. 어느 행정 부서에도 소속되어 있지 않은 비밀 조직을 만드는 방안을 놓고 이야기를 나누었던 것이죠. 프랑스 정보기관은 환경 감시선 〈레인보우 워리어〉호를 폭파하거나 나이지리아에 억류된 인질을 구출하려다 실패하는 등 몇 가지 심각한 과오를 범한 뒤에 신뢰를 잃고 예산이 축소되는 수모를 겪었습니다. 정보 부서들끼리 서로 배신하고 서로 방해하고 있다는 게 중론이었습니다.」

오로르는 지레짐작으로 묻는다.

「그 내무 장관이 스타니슬라스 드루앵이었나요?」

「그는 대통령이 되자 나탈리아의 제안에 깊은 관심을 보였습니다. 가볍고 신속하게 군사적인 개입을 할 수 있는 비밀 조직, 오로지 현장에서 거둔 성과로만 평가받는 작전 팀을 거느리는 것이 상당히 유용하리라 생각했던 것이죠.」

「그런 비밀 부서가 존재한다는 것을 누구한테도 밝히지 않았나요?」

「공식적으로 말하자면, 우리는 그저 국립 농업 연구원의 연구·개발 팀이고, 자격이 그러하기 때문에 국방부가 아니라…… 농림부에 속해 있는 것으로 되어 있습니다.」

「다른 부서들의 시샘을 사지 않기 위해 꼭꼭 숨어서 활동하는 건가요?」

「아무도 짐작하지 못할 겁니다. 국립 농업 연구원의 옛 건물에서 군인 두 명이 제3차 세계 대전을 막기 위한 방도를 찾고 있으리라고 누가 생각하겠습니까?」

누시아가 거든다.

「게다가 한 사람은 작고, 또 한 사람은 거인이니 그런 생각을 하기가 더더욱 어렵겠네요.」

「드루앵 대통령의 후원 덕분에 우리는 생물학, 전자 공학, 로봇 공학의 모든 첨단 기술에 접근했습니다. 많은 과학자가 여기를 거쳐 갔어요. 그들은 갖가지 미니 동물들을 만들어 냈고, 우리에게 생명체를 소형화하는 기술을 가르쳐 주었습니다. 여기에 오면서 보신 동물들이 바로 그 작업의 결과입니다.」

그들은 토끼보다 별로 크지 않은 하마들을 마주하고 걸음을 멈춘다.

자니코 중위는 호주머니에서 마그네틱 카드를 꺼내어 전

자자물쇠에 갖다 댄다. 문이 열리고 초현대적인 실험실이 나타난다.

「네 분보다 먼저 여기에서 일했던 과학자들은 최종 목표가 무엇인지 몰랐습니다. 여기가 국립 농업 연구원의 동물 소형화 센터인 줄로만 알고 일했어요. 그러다가 임무를 완수하는 즉시 철수했고요.」

그는 이어지는 대화를 누가 들을까 염려하는 듯 문을 꼭 닫는다.

「여기에서 무슨 일이 벌어지고 있는지 아는 사람은 우리밖에 없습니다.」

펜테실레이아가 장비들을 보고 경탄하며 묻는다.

「그런데 우리가 이제 무엇을 어떻게 해야 하는 건가요?」

「인간의 난자와 정자를 가지고 실험을 하시게 될 겁니다.」

「하지만 그건 윤리적으로 금지된 일이잖아요.」

「우리 세계에서는 목적이 수단을 정당화합니다.」

오로르가 끼어든다.

「놀라운 일이군요. 나치 과학자의 망상 때문에 고통을 겪은 가족의 후손이 과학에 집착하여 윤리를 무시하고 있으니 말이에요.」

자니코 중위는 태연하게 말을 잇는다.

「그 문제를 놓고 대령과 이야기를 나눠 보았습니다. 대령은 과학이 초래한 피해를 과학으로 보상해야 한다고 대답하더군요.」

그러고 나서 중위는 연구자들에게 다시 위층으로 올라가자고 하더니, ㄷ자 건물의 한쪽 날개로 그들을 데려간다. 거기는 주거 시설이 모여 있는 곳이다.

그는 두 개의 침실을 보여 준다. 하나는 오로르와 펜테실레이아 커플이 사용할 방이고, 다른 하나는 다비드와 누시아 커플이 사용할 방이란다. 각 방에는 더블 침대 하나와 책상, 붙박이장이 갖춰져 있다.

오로르가 놀란 기색으로 묻는다.

「대령은 내가 오리라는 것을, 아니 우리가 오리라는 것을 어떻게 예상했을까요?」

자니코 중위는 물음에 대답하지 않고, 저녁 식사 시간이 되었다면서 식당으로 가자고 한다.

가는 도중에 명주원숭이들이 그들을 보더니, 마치 그들이 무슨 일을 꾸미고 있는지 안다는 듯 일제히 소리를 질러 댄다. 아이들이 그들을 놀려 대며 깔깔거리는 것만 같다.

105

그렇게 인간들은 체구가 커지고 수가 불어나고 지능이 향상되어 갔다.

그들은 개미집을 모방한 피라미드를 건설했다.

나는 개미들이 나와 소통하기 위해서 쓰던 방법을 그들에게 가르쳤다. 개미집에서 여왕개미의 방은 전체 높이의 3분의 1이 되는 위치에 있었고, 여왕개미는 그 위치에서 내 메시지를 가장 잘 받아들였다. 나는 그 경험을 살려 피라미드 내부에 그와 똑같은 방을 만들게 해서 파동의 송수신 상태를 개선했다.

또한 나는 그들이 꿈에서 본 것을 기억해 내도록 유도했다.

그들은 자기들의 삶을 기억하는 능력이 있었지만, 나는

그것에 그치지 않고 삶의 자취를 암벽에 새기도록 이끌었다.

그들은 나의 바람대로 과학적인 지식을 발전시키고 경험을 축적해 갔다.

106

퐁텐블로 국립 농업 연구원에 새 연구자들이 들어온 지 일주일이 지났다. 다비드 웰스와 오로르 카메러, 그리고 그들의 파트너인 펜테실레이아 케시시안과 누시아 누시아는 그렇게 폐쇄적인 곳에서 살아가는 것에 적응했고, 서로 원만한 관계를 유지함으로써 실험실에서 오랜 시간을 보내야 하는 연구 활동을 견딜 수 있었다.

처음에 그들은 이곳에서 동물들을 상대로 예전부터 해온 실험 방식을 답습했다. 키가 작은 종자들을 교배하고 거기에서 나온 새끼들 가운데 가장 작은 것들을 골라 다시 교배하는 것이 바로 그 방식이다. 이는 획득 형질을 강화하기 위한 인위적인 선택이다.

첫 번째 〈프로토타입〉을 만드는 데 사용된 여성 생식 세포는 누시아가 스스로 제공했다. 그들은 이 생식 세포를 현재 세계의 성인 남자 중에서 가장 키가 작은 것으로 알려진 스테판 립코비치에게서 채취한 남성 생식 세포와 결합시켰다. 키가 39센티미터인 이 헝가리 남자는 자기가 고대 소인족의 후손이며 조너선 스위프트가 그 소인족에게서 영감을 얻어 릴리퍼트라는 소인국을 구상한 것이라고 주장한다. 그는 이 프로젝트에 동참하는 것을 원하지 않았지만 대신 자기 정액을 팔겠다고 했다. 오비츠 대령이 보기에는 그편이 훨씬 실용적이었다.

두 개의 생식 세포가 결합되어 하나의 접합자가 형성되자, 그들은 그것의 DNA를 분리하고 재배열하고 절단하는 조작을 가했다. 방사능에 저항하는 펜테실레이아와 강한 면역 체계를 지닌 누시아의 특별한 유전 정보를 DNA에 새겨 넣기 위함이었다.

이어서 그들은 이 접합자를 명주원숭이의 자궁에 이식했다. 체구가 작은 이 원숭이는 대리모 역할을 기대할 수 있을 만큼 생리적 특성이 인간과 비슷하다.

그들은 그렇게 이식된 수정란에 MH001이라는 이름을 붙였다. MH는 초소형 인간Micro-Humain의 약자이다.

이 수정란은 정상적으로 난할을 시작하여, 첫째 날에는 두 개의 세포로, 둘째 날에는 네 개의 세포로 분열했다. 넷째 날에는 열여섯 개의 세포로 분열하여 배아를 형성했다. 이 배아는 명주원숭이의 자궁에 제대로 착상하여 계속 자라났다.

그런데 일곱째 날이 되자, 대리모 역할을 하는 명주원숭이가 통증을 느끼기 시작한다. 체온이 올라가고 하혈이 시작되더니, 결국 배아가 떨어져 나온다.

연구자들은 낙심한 기색을 감추지 않는다. 사기가 눈에 띄게 저하된다. 하지만 오비츠 대령은 희망을 버리지 않고, 성공 확률을 높이기 위해 실험을 동시다발로 진행하자고 독려한다. 연구자들은 명주원숭이 암컷 세 마리를 대리모로 삼아 실험을 계속한다. 각각의 수정란에는 MH002, MH003, MH004라는 이름이 붙는다.

명주원숭이 두 마리가 또 유산을 한다. 하지만 MH003의 대리모는 보름의 벽을 넘기는 데 성공한다. 이 배아는 17일째에 떨어져 나온다.

「안 되겠어요. 이건 어리석은 짓이에요. 아무리 봐도 무리한 프로젝트예요.」

오로르가 지친 기색으로 말하자 오비츠 대령이 대답한다.

「힘내요, 카메러 박사. 첫 시도가 실패로 돌아갔다고 해서 포기할 수는 없잖아요.」

펜테실레이아가 나선다.

「성공을 한다 해도 문제가 되지 않겠어요? 우리가 정말로 저항력이 아주 강한 초소형 인간들을 만드는 데 성공한다고 쳐요. 우리가 결국은…… 괴물을 만들어 내고 있을 뿐이라는 느낌이 들지 않겠어요?」

나탈리아 오비츠는 담배에 불을 붙이고 자기를 졸졸 따라다니는 치와와를 품에 안는다.

「괴물을 뜻하는 프랑스어 〈몽스트르〉는 라틴어 〈몬스트룸〉에서 나온 것인데, 이 〈몬스트룸〉은 신들의 의지를 알려 주는 경이로운 현상을 일컫는 말이에요. 그러니까 괴물이란 사람들이 경이감을 느끼면서 바라보는 존재입니다. 나는 언젠가 사람들이 우리의 피조물들을 손가락으로 가리키면서 〈그들이 무엇을 만들어 냈는지 봤어요?〉 하고 말하게 되기를 간절히 바랍니다.」

펜테실레이아가 소리친다.

「아니, 스스로를 어떤 존재로 생각하기에 그런 말을 하는 거죠?」

「무언가 새로운 것을 시도하는 사람으로 생각합니다. 사실 우리가 반드시 성공하리라는 법은 없어요. 그래도 우리는 계속 시도할 겁니다. 그러니까 이 일이 마음에 들지 않으면 떠나도 좋아요. 당신을 붙잡지 않겠어요, 마드무아젤 케시시안.」

초기의 열정은 사라지고 그들 사이에 불신이 싹트기 시작한다. 차분하고 말수가 적은 자니코 중위는 사태의 추이에 일희일비하지 않고 한결같은 태도로 모두의 시중을 들어준다.

다비드는 전자 현미경 위로 몸을 숙인 채 마이크로피펫을 사용하여 실험을 계속해 나간다. 뒤쪽 우리에 갇혀 있는 명주원숭이 암컷은 마치 그 실험의 중대성을 깨닫기라도 한 듯 주의 깊게 그의 동작을 지켜본다.

오로르는 펜테실레이아를 흘끗 바라본다. 두 사람의 눈이 마주친다. 펜테실레이아는 눈빛으로 이렇게 말하는 듯하다. 〈지금은 때가 아니야. 잘 버텨. 저항해야 할 때다 싶으면 내가 너한테 말할게.〉

누시아는 명주원숭이 암컷의 털을 쓰다듬고 있다. 원숭이를 안심시키기 위해서, 아니면 스스로 위안을 얻기 위해서 그러는 듯하다. 누시아는 자니코 중위의 셔츠에 눈길을 준다. 머피의 법칙을 또 다른 방식으로 나타낸 문장들이 적혀 있다.

10. 위대한 발견들은 모두 실수로 이루어진 것이다.

11. 웬만한 첨단 기술은 어느 것이든 마법과 구별되지 않는다.

하지만 오늘은 그런 문장들을 읽어도 설핏한 웃음조차 나오지 않는다. 그녀가 느끼기에 동료들은 막다른 골목으로 통하는 길을 고집스럽게 가고 있을 뿐이다. 부질없이 시간과 돈을 낭비하고 있는 것이다. 명주원숭이들은 또 무슨 죄가 있는가.

그래도 나탈리아 오비츠 한 사람만은 자신감과 결연함을 잃지 않은 것으로 보인다.

107

백과사전: 릴리퍼트 사람들

릴리퍼트에 산다는 소인들은 작가 조너선 스위프트의 머릿속에서 나온 상상의 인간들인 것만은 아니다.

그들은 정말로 존재한다. 그들을 소인증을 가진 이나 피그미와 혼동해서는 안 된다. 릴리퍼트 사람들의 신체 비례는 보통의 인간과 똑같다. 다만 크기가 일정한 비율로 축소되어 있을 뿐이다. 그들의 키는 40에서 90센티미터, 몸무게는 5에서 15킬로그램 사이에서 다양한 편차를 보인다. 그들은 19세기 말에 중부 유럽, 더 정확하게는 헝가리에 있는 어느 숲의 야생 지대에서 발견되었다. 그때까지 그들은 인구가 밀집된 도시와 멀리 떨어져 자급자족하며 살았다. 그들은 존재가 알려지자마자 쫓기는 신세가 되었고, 뿔뿔이 흩어져서 생존을 도모하기로 결정했다. 그러자 그들을 다시 모으려는 자들이 나타났다. 가장 먼저 시도한 사람은 미국의 흥행사이자 곡마단 소유주인 피니어스 테일러 바넘이었다. 하지만 그는 자기 곡마단에서 네 명이 넘는 릴리퍼트 사람들을 구경시킨 적이 없다. 프랑스에서는 1937년 파리 만국 박람회를 겨냥하여 전 세계에 흩어진 릴리퍼트 사람들에 대한 체계적인 조사를 벌였다. 그럼으로써 60명을 모으는 데 성공했고, 그들의 몸집에 맞는 집과 우물과 정원이 있는 마을을 지어 주었다.

현재 세계 전역에 흩어져 있는 릴리퍼트 사람들은 8백 명 정도로 추산된다. 그들은 대개 박람회장이나 곡마단에서 유료 구경거리 노릇을 한다. 일본인들은 그 소인들에게 열광했고, 그들을 끌어들이기 위해 그들의 몸집에 걸맞은 마을과 학교를 세웠다. 소인들로만 이루어진 극단도 결성되었다. 그들의 공연은 이내 큰 인기를 얻었다.

에드몽 웰스, 『상대적이며 절대적인 지식의 백과사전』 제7권

108

피라미드 내부의 작은 방에서 내 메시지를 수신하는 사람을 나는 〈샤먼〉이라고 불렀다. 그는 나와 인간들이 서로의 생각을 알 수 있게 해주는 중계자였다. 나는 먼저 그에게 내 계획을 알려 주었다. 〈어머니이신 행성을 구하기 위한 계획〉이었다. 사실 나는 당시에 나 자신을 그들의 어머니로, 그들에게 생명을 준 태초의 어머니로 생각하고 있었다. 샤먼은 내 말을 다른 아틀라스인들에게 전했다. 그들은 곧바로 작업에 착수했다.

그들은 발명에 아주 뛰어난 재능이 있었다. 새들을 관찰함으로써 비행기를 만들어 냈는가 하면, 몇 세기 만에 우주 비행술을 터득하기에 이르렀다.

나는 대기권을 벗어날 수 있는 성능을 지닌 그들의 첫 번째 우주선을 기억하고 있다.

〈림프구 1호〉. 나는 샤먼에게 그 이름을 귀띔해 주었다. 림프구가 인체를 공격하는 병원균을 파괴하듯이, 이 우주선이 나에게 접근해 오는 소행성들을 파괴하는 기능을 해주리라는 기대를 담은 것이다.

림프구 1호는 피라미드 형태를 띠었고, 내 대기권의 외곽까지 올라갈 수 있었다. 로켓 엔진에는 탄화수소 연료가 사용되고 있었는데, 이때만큼은 나도 그들이 나의 검은 피를

조금 빼내어 쓰도록 내버려 두었다.

그 첫 번째 우주선은 완벽하게 날아올랐지만, 동체가 흔들리기 시작하더니 대기권 상층에 접근하다가 폭발해 버렸다.

그것은 최초의 시도였다.

나는 서두르지 않았고 그들이 언젠가는 성공하리라고 믿었다.

그날 밤, 나는 달을 바라보면서 말했다. 〈너를 보면 최초의 충격이 다시 생각나서 무섭기만 하더니, 이제 두려움이 점점 가시고 있어.〉

109

저녁 공기가 아직 미지근하다. 오로르는 하늘을 올려다본다. 별들이 빛나기 시작한다.

그간의 모든 시도가 실패로 돌아갔다. 이제 어떻게 해야 할지 갈피를 잡을 수가 없다.

그래서 오로르는 오늘 하루를 쉬기로 했다. 대신 원기를 돋우는 저녁 식사를 모두에게 내접하겠다고 제안했다. 그런 가족적인 행위를 통해서 즐거움을 되찾고 싶었다. 실패만 거듭하는 실험이 아니라 성공의 기쁨을 함께 나눌 수 있는 유기 화학을 조금 해보고 싶었다. 카술레를 요리하는 일은 실험을 할 때와 달리 결과를 분명히 예측할 수 있어서 좋다. 무슨 재료를 섞어서 무엇을 얻게 될지를 알고 하는 일이 아닌가.

다른 사람들이 실험을 계속하는 동안 오로르는 요리를 하느라 분주한 시간을 보냈다.

약속 시간이 되자 여섯 사람이 모두 식당에 모인다. 주위에 설치된 화면들에서는 세계 전역의 뉴스가 방영되고 있다.

오로르는 흐뭇한 표정을 지으며 내온 요리를 식탁 한복판에 놓는다. 모두가 그 향토 음식의 구수한 냄새를 맡는다.

「이거 좀 느끼하지 않을까?」

다들 속으로만 생각하고 있는 바를 펜테실레이아가 대놓고 물어본 것이다.

「걱정들 하지 마세요. 생크림이 들어가긴 했지만, 저지방 생크림이니까.」

오로르는 손님들에게 카술레를 듬뿍듬뿍 퍼준다. 살찌는 것을 염려하는 사람들은 국자가 왔다 갔다 하는 속도를 늦춰보려 하지만, 손이 큰 오로르는 아랑곳하지 않는다.

다른 사람들은 한 접시를 비우는 것도 버거워하는 판에, 누시아는 자기 몫을 뚝딱 해치우는 것으로도 모자라 더 달라고 접시를 내민다.

펜테실레이아는 반밖에 비우지 않은 접시를 한쪽으로 밀어 놓으면서 말문을 연다.

「우리에겐 시간이 필요해요.」

나탈리아는 뉴스 화면에 나오는 어떤 영상에 마음을 팔고 있는 듯한 표정으로 대답한다.

「사태가 어떻게 돌아가느냐에 따라 다르죠.」

그러면서 리모컨을 잡고 소리를 키운다.

치아가 놀랍도록 가지런하고 하얀 앵커가 지나치게 또박또박한 말투로 뉴스를 전해 준다.

「……컴퓨터 바이러스 때문에 이란 핵농축 시설의 통제 시스템이 완전히 파괴되었다고 합니다. 자파르 대통령은 미국과 이스라엘의 정보기관들이 실험용 원자로에 대한 파괴 공작을 벌였다고 강경하게 비난하면서, 그 시설은 민간용 저농축 우라늄을 생산하는 곳일 뿐이라고 주장했습니다. 이어서 그는 파괴된 시스템을 신속하게 복구하겠다고 말했습니다. 이런 상황에서…….」

오비츠 대령은 텔레비전 소리를 다시 줄이고 말끝을 단다.

「이건 죽느냐 사느냐의 경주예요.」

「어쨌거나 컴퓨터 바이러스 덕분에 우리가 시간을 번 셈이군요.」

다비드는 나탈리아를 평소와 다른 눈으로 살펴본다. 식사를 시작할 때부터 자꾸 그녀에게 눈이 간다.

대령은 나보다 훨씬 많은 고통을 겪었으니, 내가 아직 깨닫지 못한 무언가를 깨달았을 거야.

그런 생각을 하니 다른 생각이 꼬리를 문다.

우리는 꼭 고통을 겪어야 진화하는 것일까?

퐁텐블로 국립 농업 연구원에 처음 왔던 때가 생각난다. 그는 생명체를 소형화하기 위한 연구에 정부가 그토록 많은 투자를 했다는 사실에 놀랐다. 미치광이일지도 모르는 이 두 사람이 정부의 몇몇 순진한 인사들을 설득해 냈구나 하는 생각이 들었다.

그러면서도 다비드가 그들 두 사람을 신뢰했던 것은 일자리도 집도 없는 자신의 초라한 처지 때문이었다. 탯줄과 관련된 이상한 꿈을 꾸고 어머니 품을 떠난 뒤라서 그랬겠지만, 그는 이렇게 생각했다. 결국 이 모험에 참가한다 해서 내가 잃을 것이 뭐가 있는가? 오비츠 대령이 나한테 제안하고 있는 것은 돈을 줄 테니 내가 가장 하고 싶어 하던 일을 하라는 것뿐이다. 바보가 아니라면야 이런 기회를 놓칠 사람이 누가 있겠는가.

비록 실패를 거듭하고 있긴 하지만, 그는 자기가 〈있어야 할 자리〉에서 좋은 사람들과 일하고 있다고 느낀다.

「명주원숭이 대리모의 수를 늘려야 할 것 같아.」

누시아의 제안에 오로르가 다른 제안을 보탠다.

「핵의 DNA 조합을 변경시켜야 하지 않을까?」

「명주원숭이들의 생활 조건도 재검토해야 해.」

「아냐, 호르몬 주사만 바꾸면 될 거야.」

「먹이는 그대로 두고?」

다비드는 계속 나탈리아 오비츠를 관찰한다. 그녀의 눈은 세세한 것들조차 놓치지 않으려고 이리저리 바쁘게 움직이고 그녀의 귀는 여느 때보다 예민하게 모든 소리를 듣고 있는 듯하다.

대령도 평온한 기분을 느낄 때가 있을까?

오로르가 누시아를 보며 말한다.

「환각을 일으키는 식물들을 실험해 보라고 다비드한테 권했다면서?」

「우리 피그미들의 세계에서는 꽤나 흔한 일이야. 환각 효과를 얻으려는 것이 아니라 전생으로 여행을 떠나고자 할 때 쓰는 방법이지.」

누시아는 그렇게 말하면서 빵을 잘라 접시에 남아 있는 소스를 닦아 먹는다.

펜테실레이아가 묻는다.

「그것 참 흥미로운 얘기네. 그래서 다비드가 그 여행을 다녀왔어? 전생에 무슨 일을 했대?」

누시아는 다비드를 대신해서 진지하게 대답한다.

「8천 년 전에 그는 아틀란티스에서 과학자로 살았어. 당시에 벌써 태아에 대한 유전학적 조작을 했지. 그가 시도했던 일은 바로…… 인간들을 더 작게 만드는 것이었어.」

오로르는 그들을 바라보다가 풋 하고 웃음을 터뜨린다. 펜테실레이아도 웃음을 참지 못하고, 놀림조로 말한다.

「세상에, 수천 년이 지나서 똑같은 일을 다시 하다니. 좀 안됐다는 생각이 드는걸.」

나탈리아는 그 말에 역성을 들듯 힘 주어 말한다.

「인생이란 끝없는 반복이지요.」

누시아가 말한다.

「놀리지들 마세요. 어떤 사람의 전생을 놓고 조롱하면 안돼요.」

오로르가 모두에게 포도주를 따라 주면서 말한다.

「어쨌거나 놀라운 우연의 일치야. 그런데 펜테실레이아, 너는 환생을 믿어?」

「아니, 우리 세포 속 어딘가에 조상들의 유전자가 새겨져 있다는 것은 믿어도 그들의 영혼이 다른 육신을 빌려 태어난다는 것은 믿지 않아. 영혼보다는 피를 믿는 셈이지.」

「자니코 중위, 당신은요?」

오로르의 질문에 그는 짧게 대답한다.

「안 믿어요.」

「그럼 오비츠 대령님은요?」

「신비주의의 냄새를 풍기는 것이나 종교적인 것에 대해서는 당연히 의심을 품죠. 하지만 그게 해결책을 찾는 데 도움을 주거나 전망을 열어 줄 수만 있다면, 마다할 이유가 없어요.」

다비드는 카술레의 흰강낭콩을 먹다가 작은 뼈가 씹히는 것을 느낀다. 거위의 목뼈인 듯하다. 그는 그것을 냅킨에 몰래 뱉어 낸다.

오로르는 아무도 묻지 않았는데 스스로 의견을 밝힌다.

「나는 환생을 전혀 믿지 않아. 우리는 세포로 태어나서 차가운 고깃덩어리로 죽는 거야. 그리고 차가운 고깃덩어리는 악취를 풍기며 부패된 뒤에 먼지로 변하는 거지.」

모두가 귀를 기울이는 가운데, 그녀가 말을 잇는다.

「어찌 보면 환생의 원리 자체가 기만적인 면이 있어. 한 생애에서 실패하더라도 다른 생애에서 만회할 수 있으리라고 암시하잖아. 나는 인생을 그런 식으로 생각하고 싶지 않아. 인생은 한 번뿐이야. 모든 것을 걸고 단 한 판의 게임을 벌이는 거야. 다른 판은 없을 테니까 반드시 이 판에서 성공을 거둬야 해. 내 생각은 그래.」

펜테실레이아는 다정하게 자기 동반자의 손을 잡으며 말한다.

「어쨌거나 실용적으로 생각할 필요는 있어. 이 생애에서 우리는 〈호빗〉 프로젝트를 추진하는 중이고, 막다른 골목에 갇혀 있어. 그저 명주원숭이 암컷들을 해치고 있을 뿐이야. 그리고 계속 이런 식으로 나가면 우리가 보관하고 있는 누시아의 난자들과 스테판 립코비치라는 릴리퍼트 사람의 정자도 바닥이 날 거야.」

오로르는 다시 포도주를 한 모금 마신다. 그러고는 술기운이 돌기 시작하는 것을 느끼며 조롱기 섞인 말투로 묻는다.

「다비드가 옛날에 아틀란티스의 생물학자였다고? 그럼

전생에 사용했던 해결책을 다시 기억해 낼 수도 있겠네?」

모두가 그를 바라본다. 다비드는 오로르를 정면으로 바라보며 말한다.

「그것 참 훌륭한 생각이야. 누시아, 마조바에 필요한 것들을 아직 가지고 있어?」

「쓸모가 있을까 싶어서 언제나 가지고 다니지.」

모두가 어색한 미소를 짓는다. 저녁 식사 끝 무렵의 농담이 그토록 진지하게 받아들여지리라고는 아무도 예상하지 못했던 것이다. 오로르는 애써 소리 내어 웃지만, 다른 사람들은 따라 웃지 않는다. 나탈리아가 먼저 자리에서 일어선다.

「나는 피곤해서 이만 자러 가야겠어요.」

자니코 중위도 일어나서 그녀를 따라간다.

펜테실레이아는 분위기가 썰렁해진 것을 보고, 오로르에게 올라가자고 손짓을 한다. 이제 다비드와 누시아만 남았다.

그녀가 속삭인다.

「정말 다시 한번 해볼 생각이야?」

「이왕 이렇게 된 마당에 더 잃을 것도 없잖아. 게다가 나는 다른 사람들이 〈우리〉의 의식을 놓고 말할 때의 그 어조가 마음에 들지 않았어. 그들이 잘못 생각하고 있다는 것을 보여 주고 싶어. 우리의 전생에서 배울 것이 있는데, 그걸 모르고 있잖아.」

두 사람이 자기들 방으로 가려고 하는데, 나탈리아가 다시 오더니 다비드의 손을 꼭 잡는다. 그들은 서로 바라본다. 다비드는 그녀가 무언가를 알리고 싶어 한다고 느낀다. 하지만 그녀는 그냥 미소만 지어 보이고 멀어져 간다.

110

백과사전: 오비츠 가족

오비츠 가족은 루마니아 북부 마라무레슈 지방에서 났다. 아버지 삼손 이사악 오비츠는 순회 랍비였다. 그는 열 명의 자녀를 낳았는데 그중 일곱이 소인증에 걸렸다. 그 자녀들은 〈릴리퍼트〉라는 이름의 극단을 만들었다. 그들은 1930년대와 1940년대에 걸쳐서 루마니아, 헝가리, 체코슬로바키아를 계속 순회하면서 악기를 연주하고 노래를 불렀다. 소인증 형제자매는 공연을 하고 보통 크기의 나머지 식구들은 무대 뒤에서 그들을 도왔다.

1944년 5월 15일, 가족 전원이 헝가리 경찰에 체포되어 유대인 절멸 수용소로 이송되었다. 그들은 아우슈비츠 강제 수용소에 도착하자마자 수용소의 의사 요제프 멩겔레의 주목을 받았다. 〈죽음의 천사〉라는 별명을 얻은 이 의사는 유전에 관한 인체 실험을 하기 위해 신체적 특이성을 보이는 피수용자들을 모으던 중이었다.

멩겔레는 오비츠 일가를 다른 피수용자들과 격리하여 자기의 실험 대상 컬렉션에 포함시키기로 결정했다. 그는 이 가족이 키가 작은 구성원들과 보통 크기의 구성원들을 아울러 포함하고 있다는 사실에 호기심을 느꼈다. 그는 그들을 쉽게 통제할 수 있도록 수용소 내부에 특별한 건물을 짓게 했고, 그들이 좋은 위생 조건에서 양적으로나 질적으로 그리 나쁘지 않은 음식을 먹으며 살아갈 수 있도록 조처했다. 이른바 〈인간 동물원〉을 만든 것이었다.

오비츠 일가는 갖가지 실험에 동원되었다. 멩겔레의 팀원들은 유전 질환의 증표들을 찾아내기 위해 골수와 치아와 모발을 채취했다. 그들의 귓속에 뜨거운 물과 찬물을 번갈아 가며 붓기도 했고, 그들의 눈에 화학 약품을 넣어 시각 장애인으로 만들기도 했다. 당시 18세였던 신숀 오비츠는 보통 크기의 부모에게서 조숙아로 태어난 소인이라는 이유로 가장 고통스러운 시련을 겪었다. 멩겔레는 그의 귀 뒤쪽에 있는 혈관과 손가락에서 혈액을 채취했다. 오비츠 일가의 증언에 따르면, 생체 실험에 동원된 소인들은 그들 가족 말고도 더 있었고, 그 가운데 두 명이 살해되었다. 멩겔레 일당은 그 피살자들의 뼈를 박물관에 전시할 수 있도록 시신을 끓는 물에 넣고 삶았다고 한다.

나치의 고위층 인사들이 아우슈비츠를 방문했을 때, 멩겔레는 오비츠 일가를 발가벗겨 그들에게 구경시켰다. 또한 아돌프 히틀러에게 즐거움을 선사할 목적으로 오비츠 일가의 모습을 필름에 담기도 했다.

1945년 1월 27일 아우슈비츠 수용소가 해방된 뒤에, 오비츠 가족의 생존자들은 7개월 동안 걸어서 고향으로 돌아갔다. 하지만 막상 도착해 보니 그들의 집은 폐허로 변해 있었다. 1949년 5월, 그들은 이스라엘에 정착했고, 순회공연을 다시 시작해서 성공을 거두었다. 1955년에는 무대에서 은퇴하고 연극 제작자로 나섰다. 여러 해가 지난 뒤에 오비츠 가족의 믿기 어려운 인생 역정을 이야기하는 책이 출간되었다. 『마음속으로 우리는 거인이었다』라는 제목의 책이었다.

에드몽 웰스, 『상대적이며 절대적인 지식의 백과사전』 제7권

111

그는 욕지기를 느낀다. 쓴맛이 맛봉오리를 엄습하고 싸한 기운이 입천장으로 번지면서 목구멍이 아려 온다. 그는 입에 물고 있던 것을 얼른 삼킨다.

누시아는 전에 했던 것처럼 기다란 담뱃대의 뿔처럼 생긴 끄트머리 두 개를 그의 콧구멍에 박고, 연기를 불어넣는다.

다비드는 손끝이 따끔거리는 것을 느낀다. 그의 눈이 휘

둥그레지고 동공이 확대되는가 싶더니, 마치 〈지금 이곳〉의
세계에 장막이 드리우듯 눈꺼풀이 내려앉는다. 그는 〈먼 옛
날의 딴 곳〉으로 옮겨 간다.

누시아의 목소리가 그를 이끈다.

「10, 9, 8⋯⋯ 내가 제로 하고 소리치면 너는 전생의 문들이
있는 복도로 들어설 거야. 7, 6, 5, 4⋯⋯ 3, 2, 1⋯⋯ 제로.」

한 사람이 복도를 나아가는 게 보인다. 바로 다비드 자신
이다. 나무로 된 문들이 죽 늘어서 있고, 문에 붙어 있는 동판
에는 이름이 새겨져 있다. 문들의 손잡이를 돌리고 싶다. 하
지만 문을 열면 전생들의 고통스러운 임종 장면과 맞닥뜨리
게 된다는 사실을 그는 알고 있다.

그는 복도 안쪽에 있는 문으로 가서 조금 불안한 마음으로
손잡이를 돌린다. 지난번에 문을 열었을 때 물기둥이 덮쳐
왔었던 것을 그는 기억하고 있다. 누시아가 시키는 대로 문
을 열어 보니, 안개 속에 동아줄로 엮은 다리가 놓여 있다. 그
는 곧바로 다리를 건너기 시작한다.

누시아가 묻는다.

「거기에 다다랐어?」

다비드의 낯빛이 딴판으로 변한다. 긴장이 풀린 기색이다.
처음으로 마조바 의식을 거행했을 때는 너무 겁을 먹은 나머
지 그 여행을 제대로 즐기지 못했다. 그런데 이번에는 자기
가 잘 알고 있는 고장으로 들어가는 기분이 드는 것이다.

「지금 뭐 하고 있어?」

「〈그녀〉랑 함께 있어. 우리는 거리를 거니는 중이야.」

「그자가 뭐라고 해?」

「나와 함께 일하고 싶다는데.」

「계속 말해 봐.」

「나는 일을 화제에 올리고 싶지 않아서 춤 얘기를 해. 그녀는 연구가 끝나면 재미 삼아 춤을 춘다는군. 내가 몇 살이냐고 물었더니 스물일곱 살이라네. 그녀가 내 나이를 물어. 내가 대답하기를…… 821세.」

「821세?」

그는 눈을 감은 채로 눈알을 천천히 움직인다.

「너는 그자를 만나기 전에 다른 여자들을 만났을 거야. 자녀가 있을지도 몰라. 기억을 더듬어 봐.」

「그래, 많은 여자와 교제했어. 1백 명쯤 되는 것 같아. 대개는 3년에서 7년 정도를 함께 지냈어. 자식은 거의 낳지 않았어. 모두가 오래 사니까 인구를 조절할 필요가 있었던 거야. 인구를 늘리지 않는 게 우리의 규칙이었어. 언제나 〈조화〉를 중시했지.」

「스물일곱 살짜리 그자와 거리를 걷고 있는 순간으로 돌아가. 그자가 〈인간의 크기를 줄이는 일의 전문가〉로서 너와 함께 일하고 싶다고 말하는 그 장면으로. 그자가 뭐래?」

「그녀는 내 연구에 깊은 관심을 가지고 있어. 내가 식물들과 동물들의 크기를 어떤 방법으로 축소하는지 알고 싶어 해.」

「됐어. 네 대답은 뭐야?」

「나는 이렇게 말해. 요리를 하듯이 그저 약간의 〈손질〉을 한 뒤에, 마음에 드는 음식을 얻을 때까지 조리법을 개선하기만 하면 된다고.」

그는 눈을 감은 채로 빙그레 웃는다.

「그자의 반응은?」

그는 얼마 동안 말을 잇지 않는다. 자기 앞에서 펼쳐지고 있는 어떤 장면을 보고 있는 듯하다.

「그자가 나에게 입맞춤을 해. 나는 그녀의 적극적인 태도에 깜짝 놀라지만, 이내 그녀가 주도하는 대로 따라가.」

「그래서?」

「그녀가 고집을 부려서 나는 그녀를 내 집으로 데려가. 그런 다음…… 우리는 사랑을 나눠. 굉장해. 그녀는 나와 한 몸이 된 채로 춤을 춰. 무대에서 춤을 출 때처럼 골반의 움직임이 놀라워. 그녀는…….」

누시아가 그의 말을 끊는다.

「이제 한참 뒤의 상황으로 옮겨 가봐. 실험실에서 네가 무슨 일을 하는지 보게.」

「우리는 처음으로 관계를 가진 뒤에 며칠 동안 침대를 떠나지 않고 계속 사랑을 나눴어. 그러다가 그녀의 요구에 따라 내 실험실로 갔지.」

「실험실을 묘사해 봐.」

「타원형의 방이야. 베이지색 벽을 따라 늘어선 선반에는 알들이 가지런히 놓여 있어. 보통의 알이 아니라 멜론만큼이나 큰 알들이 에그 컵처럼 생긴 받침대에 올려져 있는 거야. 그녀가 나에게 이것저것 물어봐. 나를 〈아슈콜라인〉이라고 불러. 그게 내 이름이야.」

「그녀의 이름은 뭔데?」

「……은미야.」

누시아는 두 이름을 적어 둔다.

「계속해. 인체를 작게 만드는 방법이 뭐지?」

「은미야도 바로 그 질문을 하고 있어. 내 대답은…….」

그는 잠시 뜸을 들인다. 대화를 지켜보면서 그 내용을 숙지하려는 듯하다.

「네 대답은?」

「먼저 선천적으로 키가 작은 선발자들의 난자와 정자를 결합해.」

「계속해.」

「그런 다음 수정란을 유리 슬라이드에 놓고 현미경과 비슷한 도구를 이용해서 들여다보면, DNA의 선상 구조를 해독할 수 있어. 그건 수백 미터 길이의 가느다란 리본에 적힌 긴 문장을 읽는 것과 비슷한 일이야.」

「그다음엔?」

「나는 특정한 자리에 조작을 가해. 키를 결정하는 유전자에 영향을 미치는 거야. 나는 그 긴 문장에 어떤 효소를 한 방울 떨어뜨림으로써 절단, 접합 작업을 할 수 있어. 은미얀의 질문이 이어지고, 나는 키와 관련된 자리뿐만 아니라 다른 자리에도 조작을 가하고 있음을 알려 줘. 은미얀이 다시 물어. 그 자리는 무엇과 관련되어 있느냐고.」

「그래서?」

「세상에, 믿을 수가 없어. 저게 바로 비밀이야.」

「뭔데 그래?」

「내가 왜 저것을 생각하지 못했을까? 정말 놀라운 방법이야.」

「뭔데?」

「그녀에게 바로 그 얘기를 해줬더니, 너무 놀라서 정신을 못 차리고 있어. 나는 설명을 덧붙여. 그런 식으로 커다란 생물체를 얼마든지 작은 생물체로 변화시킬 수 있다고. 게다가 그렇게 작아진 생물체가 적응력과 저항력이 더 강하다고.」

「그 방법이라는 게 뭐냐니까?」

그의 숨결이 빨라진다. 눈꺼풀에 덮인 눈알이 움직인다. 어떤 장면을 보면서 대화에 귀를 기울이고 있는 듯하다.

「그건…… 태생을 결정하는 유전자에 조작을 가하는 거야. 그 작은 존재가 난생이 되도록 말이야. 그게 바로 비결이야. 내 주위에 있는 모든 알에는 인간의 작은 배아가 들어 있는 것이지.」

「그건 불가능해! 우리는 포유류야. 우리가 어떻게 알을 낳을 수…….」

누시아가 말을 맺기도 전에 다비드의 설명이 이어진다.

「해결책은 알에만 있는 게 아니야. 수정란의 성장을 안정화하기 위해 자기장을 이용하는 것도 필요해.」

「자기장?」

「나는 은미안에게 발달 단계가 각기 다른 미니 인간의 알들을 보여 주고 있어. 소형화의 비결은 유전학과 난생과 자기장이라는 세 가지 기술을 결합하는 거야.」

다비드가 다시 눈을 뜨려 하자, 누시아는 한 손으로 그의 눈을 가린다.

「안 돼! 갑자기 돌아오면 안 돼. 스쿠버다이빙을 할 때처럼 귀환의 단계를 존중해야 해. 단계를 건너뛰지 말고 동아줄 다리를 다시 건너. 그런 다음 다시 복도로 들어가서 〈다비드 웰스〉라는 명패가 붙은 문을 열어. 됐어? 좋아, 이제 내가 열까지 셀 거야. 제로, 1, 2, 3…… 4, 5, 6…… 조심해, 내가 10이라고 하면 여기로 돌아오는 거야…… 7, 8, 9…… 10.」

그는 눈을 뜬다. 아직 흥분이 가시지 않은 기색이다.

「아틀란티스 사람들이 인간의 키를 줄이기 위해 사용한 방법이 바로 그것이었어. 해결책은 알이야!」

누시아는 여전히 의심을 떨치지 못한 채 그런 발상의 결말을 재빨리 분석한다.

「잠깐, 그렇다면 우리의 먼 조상들은 알에서 태어났고 그 뒤에 다시 태생으로 바뀌었다는 얘기잖아. 그건 아무래도 상상이 잘 안 되는걸.」

다비드는 눈을 반짝인다.

「오로르의 조상인 파울 카메러의 실험을 생각해 봐. 나는 한때 그 주제에 관심을 갖고 깊이 연구했어. 그러면서 파울 카메러가 이미 알려진 것보다 훨씬 앞서 나갔다는 사실을 알게 되었지. 그는 산에 사는 두꺼비의 한 종을 발견했어. 알을 낳지 않고 새끼를 낳는 두꺼비였어. 그런데 그 두꺼비를 늪지로 옮겨 놓았더니 변이를 일으켜서 난생으로 변했다는 거야. 환경의 영향이지. 필요가 유전적 변이를 일으킨 거야.」

다비드는 열띤 어조로 말을 잇는다.

「파울 카메러는 거꾸로 실험을 해봤어. 난생인 늪지 두꺼비를 산속으로 옮겨 놓았지. 그랬더니 그 두꺼비들이 태생으로 바뀌더래! 그러니까 우리 세포들 속에는 그런 식의 〈선택〉을 가능케 하는 가교가 존재한다는 얘기야.」

「아니, 사람도 알에서 태어날 수 있다는 얘기야?」

「우리가 왜 진작 그 생각을 못 했을까? 알이야! 난생을 하면 대리모가 없어도 돼. 알이 부화하도록 온기를 제공하는 장치만 있으면, 우리가 태아의 발달을 지켜보면서 모든 것에 쉽게 영향을 미칠 수 있을 거야. 따지고 보면 임신한 여자는 배 속에 알을 품고 있는 셈이야. 양수로 가득 찬 주머니, 그게 인간의 알이야. 다만 한 가지 다른 점이 있다면, 인간의 알은 말랑말랑하고 껍질이 얇아서 아기가 태어날 때 배 속에서 그것을 찢어.」

누시아는 회의적인 표정을 짓는다. 다비드는 더욱 열을 올린다.

「여성의 생식 세포를 난자라 부르고 배란이니 난소니 하는 말들을 하는 데는 다 이유가 있어. 아내가 출산할 때 남편이 분만의 고통을 함께 겪는 풍속을 〈쿠바드〉라고 하잖아. 그 말도 〈알을 품다〉라는 뜻의 동사 〈쿠베〉에서 나온 거야. 어쨌거나 진화의 역사를 거슬러 올라가 보면 인간의 먼 조상 중에 여우원숭이와 비슷하지만 알을 낳는 동물이 있었을 거야. 그리고 그 동물은 바다에 살던 어떤 난생 동물에서 나오지 않았을까? 만약 인간의 조상뻘이 되는 동물들을 모두 조사해 보면, 그중 90퍼센트는 난생 동물이고 10퍼센트만 태생 동물일 거라고 확신해.」

다비드는 기쁨에 들뜬 마음을 쉽게 가라앉히지 못한다. 그것을 보고 누시아가 일깨운다.

「사람의 알이라니! 남들이 우리보고 미쳤다고 할걸.」

「인간에게는 한계가 있지만 자연에는 한계가 없어. 자연은 모든 방법으로 모든 것을 시험해. 아무런 선입견 없이, 의무나 조건 따위도 따지지 않고 실험에 실험을 거듭할 뿐이야.」

「아무리 그래도 인간이 알을 깨고 나온다는 건 너무하잖아?」

「네가 그 말을 하니까 생각났는데, 포유류는 태생 동물이라는 법칙에 예외가 있어.」

「그게 뭔데?」

「오리너구리. 비버나 수달과 비슷하면서도 주둥이는 오리 부리처럼 생긴 동물 말이야. 태즈메이니아 섬을 포함한 오스트레일리아 동부에 서식하지.」

그는 『상대적이며 절대적인 지식의 백과사전』을 꺼내어 그 동물에 관해 기술한 대목을 찾아낸다. 누시아는 여전히 회의적인 표정으로 입술을 비죽인다.

「사람이 알에서 태어나다니! 난 도무지 상상이 안 돼. 그걸 어떻게 실현하겠다는 거야?」

「8천 년에 그 일을 해냈으니까, 나한테 기억이 남아 있을 거야. 어딘가 깊은 곳에……..」

「그게 어딘데?」

「내 영혼 속에. 아무튼 그 방법을 사용하면 명주원숭이 대리모들이 우리의 실험용 태아들을 지켜 내지 못하는 문제를 해결할 수 있을 거야. 게다가 훨씬 많은 수정란을 가지고 작업할 수 있어.」

그들은 그 기이한 해결책을 스스로 발설해 놓고는 제풀에 놀란 가슴을 한동안 진정시키지 못한다.

이윽고 누시아가 다시 말문을 연다.

「그건 그렇고 한 가지 궁금한 게 있어. 너와 함께 일하고 싶어 했다는 그 은미얀인가 뭔가 하는 여자 말이야, 혹시 그 여자가 바로…… 나였던 게 아닐까? 어떻게 생각해?」

112

백과사전: 오리너구리

유럽인들이 오스트레일리아에서 오리너구리를 발견한 건 1798년[22]의 일이다. 당시 뉴사우스웨일스의 총독이었던 존 헌터는 그 표본들을 영국에 보냈다. 그 표본을 접한 박물학자들은 그것이 가짜 박제일 거라고 믿었다. 박제사가 비버의 몸통에 오리의 부리와 발을 꿰매어 붙였을 거라고 생각한 것이다. 그들은 봉합 자국을 찾아보았지만 그런 자국은 어디에도 없었다.

그들이 보기에는 오리너구리의 존재 자체가 의심스러웠다. 그도 그럴 것이 이 동물은 포유류의 특성(온혈, 유선, 모피)과 조류의 특성(부리, 알, 물갈퀴)을 아울러 가지고 있을 뿐만 아니라, 주둥이로 다른 동물의 움직임을 탐지하고 독침을 가졌다는 점에서 파충류의 특성까지 지니고 있다.

1800년에 독일의 동물학자 요한 블루멘바흐는 이 동물에 〈오르니토링쿠스 파라독수스〉라는 이름을 붙였다. 새의 부리(〈오르니토〉와 〈링쿠스〉는 각각 새와 부리를 뜻한다)를 가진 이 네발 동물의 역설적인 측면을 강조한 이름이라 할 수 있다.

오리너구리는 관찰하기가 쉽지 않다. 야행성인 데다가 사람들이 나타나면 곧바로 숨어 버리기 때문이다. 오랫동안 이 동물은 그저 모피를 얻을 수 있는 동물의 하나로만 알려져 있었다.

오리너구리가 난생 동물이라는 사실 자체도 1884년에 이르러서야 확인되었다. 콜드웰이라는 학자가 오스트레일리아 남동부의 원주민들에게 오리너구리의 알이 들어 있는 둥지를 찾아보라고 독려한 끝에 마침내 몇 개의 알이 발견된 것이다.

오리너구리가 알을 낳는 광경이 실제로 목격된 것은 그 뒤로 수십 년이 더 지난 1943년의 일이다. 오스트레일리아의 한 연구소가 오리너구리를 인위적인 환경에서 사육하는 데 성공함으로써 그 장면을 관찰할 수

22 일부 문헌에는 1797년이라고 기록되어 있다. 움베르토 에코『칸트와 오리너구리』4·5장「오리너구리에 관한 진실」참조.

있었다.

하지만 그것으로 이 동물의 신비가 다 밝혀진 것은 아니다. 오리너구리는 아주 많은 점에서 우리를 놀라게 한다.

오리너구리는 물속에서 헤엄치기 편리하도록 네발에 물갈퀴가 있다. 그런데 뭍에 올라와서 이동할 때, 또는 바위가 많은 물기슭에 매달리거나 땅굴을 파기 위해 발톱을 사용해야 할 때는 이 물갈퀴를 접을 수 있다.

수컷의 발목에는 15밀리미터 길이의 침이 있는데, 이 침은 독샘에 연결되어 있다. 사람이 그 독침에 쏘이면 며칠 동안 사지가 마비될 수 있다.

오리너구리는 대부분의 시간을 물속에서 보내는 포유류 동물 가운데 하나이고, 물속에서만 교미를 한다. 오리 부리처럼 생긴 기다란 주둥이는 잠수함의 탐지기와 같은 성능을 갖추고 있다. 눈과 귀는 부리 바로 뒤에 오목하게 파인 홈 안에 들어 있는데, 오리너구리가 물속에 잠기면 눈구멍과 귓구멍에 물이 들어가지 않도록 이 홈이 닫힌다. 그래서 앞이 보이지 않고 소리가 들리지 않게 되면, 오리너구리는 천연 레이더가 이끄는 대로 나아간다. 부리에 있는 감각 기관을 이용해서 주위의 생명체가 일으키는 미세한 전기장을 감지할 수 있는 것이다.

오리너구리는 물속에서 안정되게 움직일 수 있도록 물이나 공기를 입안에 저장하여 밸러스트와 같은 효과를 낼 수 있다. 비버처럼 꼬리에 지방을 저장해서 필요할 때에 에너지원으로 사용하기도 한다. 이 납작한 꼬리는 물속에서 헤엄칠 때 방향타와 같은 구실을 하기도 한다. 오리너구리가 물속에 잠겨 들어가면 산소를 절약하기 위해 심장의 박동이 느려진다. 그래서 오리너구리는 11분 동안 무호흡 잠수를 할 수 있다.

오스트레일리아 원주민들은 이 동물을 일컬어 신에게 유머 감각이 있음을 보여 주는 증거라고 말한다.

에드몽 웰스, 『상대적이며 절대적인 지식의 백과사전』 제7권

113

치와와, 복도에 설치된 우리 안의 명주원숭이, 새장에 갇힌 벌새, 심지어는 수족관의 미니 고래와 미니 돌고래까지 흥분해 있다. 대실험실에서 무슨 일이 벌어지고 있는지 볼 수도 없고 사람들의 말을 이해할 수도 없지만, 사람들이 열에 들떠 있음을 저희도 느끼는 것이다.

처음 얼마 동안 6인 연구팀은 캐나다에서 공수해 온 두꺼비들을 연구했다. 이 양서류 동물이 주위 환경에 따라서 태생 또는 난생으로 적응하는 현상을 이해하기 위해서였다. 그 결과 생식 방식을 결정하는 유전적인 메커니즘을 밝히는 데 성공했다. 그러자 그들은 큰 비용을 들여 오리너구리 암컷 한 마리를 태즈메이니아 섬에서 들여왔다. 면밀한 연구를 통해 자연의 그 엉뚱한 산물이 어떻게 존재할 수 있었는지 알아보려 한 것이다. 그들은 울타리를 친 공간 안에 늪을 마련해 놓고 오리너구리를 거기에 들여 살게 했다. 그러고 나서 관찰해 보니, 오리너구리는 자기 가까이로 지나가는 동물들을 어렵지 않게 사냥한다. 개구리나 물고기 같은 수생 동물은 물론이고 들쥐나 민달팽이나 거미 같은 육지 동물도 가리지 않는다. 게다가 동작이 고양이보다 민첩하다. 치와와조차 겁을 먹고 가까이 가려 하지 않는다.

자니코 중위는 채혈을 하기 위해 오리너구리를 잡으려 하다가 독침에 쏘였다. 독액의 강도가 놀라울 정도로 대단했다. 엄청난 통증이 빠르게 온몸으로 퍼졌다. 누시아가 재빨

리 해독제를 개발했기에 망정이지, 하마터면 목숨이 위태로울 뻔했다.

빠르고 강력한 이 야생 동물을 상대로는 어떤 조작도 쉽지 않아 보인다. 이 동물의 유전자는 약 1만 8천 5백 개이고 16억 쌍의 뉴클레오티드로 이루어져 있다. 오로르와 다비드는 오리너구리의 게놈을 해독해 나간다.

「82퍼센트의 유전자가 인간과 동일해요.」

오로르가 그렇게 알려 주자 오비츠 대령은 숫자로 가득 찬 표를 들여다본다.

다비드가 설명을 이어 간다.

「오리너구리는 마치 예전의 형질을 새로운 것으로 대체하지 않고 옛것에 새것을 추가하는 방식으로 진화해 온 것 같아요. 각 단계의 장점을 온전히 보존하기 위해서 말이에요. 어류, 파충류, 조류의 특성을 간직한 데다가 진화의 마지막 단계인 포유류의 특성까지 갖추었어요.」

「그야말로 〈완벽한〉 동물이네.」

누시아가 경이에 찬 표정으로 맞장구를 쳤다. 그러면서 오리너구리가 잠수할 때 부리를 뒤로 당겨 눈과 귀가 가려지게 하는 복잡한 관절 체계를 종이에 그린다.

그러던 어느 날, 오로르가 드디어 난생을 결정하는 염기 서열을 밝혀 낸다. 이로써 그들의 연구는 새로운 전환점을 맞이한다. 유전학적인 열쇠를 손에 넣자 그들은 생쥐를 난생 동물로 변화시키는 작업을 시도한다. 처음 몇 차례의 실험은 이렇다 할 만한 성과를 얻지 못한 채 모두 실패로 돌아간다. 죽어 가는 생쥐 어미들은 오리너구리의 먹이로 던져진다.

한 달 뒤, 오로르는 다시 툴루즈식 카술레를 대접한다. 그들은 실험으로 인한 근심을 잊고 식사를 함께 한다. 가장 맛있게 먹는 사람은 자니코 중위이다. 그는 이번에도 신종 머피의 법칙들이 적혀 있는 티셔츠를 입고 있다. 상황이 상황인지라 그 문장들이 묘한 울림을 준다.

12. 누가 전문가인지 알아맞히려면, 똑같은 일을 놓고 가장 긴 작업 시간과 가장 많은 비용을 예상하는 사람을 찍어라.

13. 뒤늦게 아는 것, 그것만이 완전한 지식이다.

14. 무리하게 힘을 가해서 부서진 물건을 놓고 아까워하지 말라. 어차피 수리가 필요했던 물건이니.

오로르는 나탈리아가 음식에 손을 대지 않고 있음을 알아차린다.

「대령님, 식욕이 없으신가요?」

나탈리아는 포크 끄트머리로 흰강낭콩 한 알을 빙빙 돌리며 말문을 연다.

「오늘 테헤란에서 대학생들이 또다시 시위를 벌였어요. 경찰의 혹독한 탄압으로 적어도 서른 명이 죽고 1백여 명이 다쳤어요. 그래도 젊은이들은 수염 기른 늙은이들에게 계속 저항하고 있어요. 벌써 몇 달째 그러고 있는 겁니다. 이란 정부는 국민의 관심을 딴 곳으로 돌리기 위해 핵 개발을 가속화하겠다고 선언했어요. 유럽과 미국은 이란에 대한 첨단 전략 물자 수출 금지를 요구했지만, 러시아와 중국은 민간용이라는 주장을 믿는 척하면서 계속 물자들을 제공하고 있어요.」

나탈리아는 포크를 내려놓고 접시에 담긴 고기 조각을 바라본다.

「이란의 젊은이들은 계속 죽어 가는데 당신들은…… 조금 전에 1백 번째 생쥐를 죽였어요. 당신들이 생쥐를 난생 동물로 만들겠다고 나선 것은 다비드의 백일몽 때문이에요. 다비드는 환각 상태에서 8천 년 전의 자기를 보았다고 했고, 자기가 소형화의 전문가로서 그런 종류의 조작을 행하고 있더라고 했죠.」

나탈리아는 한참이 지나도록 말을 잇지 않는다. 그러다가 갑자기 손바닥으로 탁자를 내려친다. 그 서슬에 접시가 들썩이고 유리컵 하나가 쓰러진다.

「이건 시간 낭비예요. 우리가 잘못 생각한 겁니다. 내가 보기엔 모든 것을 중단하는 게 최선이에요. 당장 그만둡시다. 내일 다들 짐을 싸서 집으로 돌아가세요. 자니코 중위?」

그가 일어선다. 대령은 마치 그가 자기 남편이기도 하다는 사실을 잊기라도 한 것처럼 그를 중위라고 부르며 말투를 바꾼다.

「중위가 책임지고 오리너구리를 태즈메이니아로 돌려보내시오. 그 동물은 악취를 풍길 뿐만 아니라, 제 주위에서 움직이는 것을 모조리 죽이고 있소. 게다가 여기에 있는 것보다는 제 동류들 근처로 돌아가는 게 행복할 거요. 그리고 이분들 모두에게 보상금을 지급하도록 하시오. 여기에 오는 바람에 각자가 하던 일을 못 하게 되었으니 당연히 보상을 해야지. 누시아와 펜테실레이아를 위해서는 체류증을 얻어 줄 수 있는지 한번 알아봐요. 두 분이 원한다면 얼마 동안 더 프랑스에 머물면서 관광을 하다가 돌아갈 수 있도록 말이오. 에펠탑이나 루브르를 구경한 적이 없다면, 지금이 절호의 기회입니다, 숙녀님들.」

「하지만…….」

오로르가 반발하려고 하자, 나탈리아는 낯을 붉히며 소리친다.

「더 할 말이 없을 겁니다, 마드무아젤 카메러. 우리는 당신에게 무언가를 해볼 기회를 주었지만, 당신은 그 기회를 살리지 못했어요. 결국 현미경과 시험관보다는 스트립쇼와 랩댄스 쪽에서 당신의 재능이 더 잘 발휘될 것 같군요.」

다비드가 나선다.

「우리에겐 시간이 더 필요해요. 태생 동물을 난생 동물로 바꾸는 것은 엄청난 실험이에요. 단기간에 뚝딱 해치울 수 있는 일이 아니라고요.」

「실패하는 사람들은 핑곗거리를 찾아내고, 성공하는 사람들은 수단을 찾아내는 법이죠.」

모두가 그 말을 모욕으로 받아들인다. 나탈리아는 아랑곳하지 않고 말을 잇는다.

「당신이 경구를 좋아하는 것 같아서 나도 한마디 한 거예요. 시간을 더 달라고 했지만, 그것을 결정하는 사람은 내가 아니라 이란 대통령 자파르예요. 하루하루가 흘러가고 당신들이 실패를 거듭할 때마다 죄 없는 젊은이들이 속절없이 죽어 가요. 당신들이 그 젊은이들을 죽이는 거나 마찬가지라고요, 웰스 박사.」

그녀는 얼굴이 붉으락푸르락 달아오른 채로 일어선다.

「우리는 할 만큼 해봤지만 결국 실패했어요. 이젠 다들 짐을 싸서 집으로 돌아가세요.」

그녀는 그들 모두가 당장 나가 주기를 기대하는 표정이다.

연구자들은 낙심한 얼굴로 서로를 바라본다.

「어쩌면 우리가 해낼 수…….」

나탈리아는 다비드의 말을 자르며 대답한다.

「아뇨. 미안해요, 너무 늦었어요.」

바로 그때 화면 하나에 불이 켜진다. 감시 카메라 하나가 저절로 작동하기 시작한 것이다. 그들은 모두 대실험실로 달려간다. 생쥐 암컷 한 마리가 제 몸에서 이상한 것이 빠져나오는 것을 보고 너무 놀라서 어쩔 줄 몰라 하는 기색이다.

생쥐가 작은 알을 낳았다. 색깔은 발그스름하고 조금 알록알록하다. 모양은 아주 동글고 표면은 아직 반들거리는 점액으로 덮여 있다. 생쥐는 그 수상쩍은 공의 냄새를 맡는다. 그러고는 찍찍 소리를 내면서 자기에게 그림자를 드리우고 있는 거대한 형체들을 바라본다. 마치 그 기이한 현상에 관해서 설명해 주기를 기대하는 것만 같다.

114

일은 쉽사리 이루어지지 않았다.

우주선을 건조하기 위한 연구는 오랫동안 계속되었다. 인간 기술자들은 피라미드 형태에 이어 더 날씬한 형태의 로켓을 개발했다.

그리하여 〈림프구 2호〉가 발사되기에 이르렀다. 이번에도 발사는 성공적이었다. 로켓은 하늘 높이 올라가 대기권 상층의 경계에 다다랐다. 하지만 내 중력이 미치는 권역을 벗어나자마자 폭발하고 말았다.

그들은 그 실패를 딛고 〈림프구 3호〉와 〈림프구 4호〉를 잇달아 쏘아 올렸다. 그 우주선들 역시 비행 중에 폭발했다.

421

그것들이 도달한 고도는 앞의 것들과 거의 같았다.

물리학적으로 어떤 문제가 있는 게 분명한데, 그들은 그 문제를 해결하지 못하고 있었다. 나도 그들을 어떻게 도와야 할지 알 수가 없었다.

동체의 항공 역학적 특성이 개선되고 내부 구조도 훨씬 견고해졌는데, 똑같은 실패가 되풀이되고 있었다. 내가 보기에는 그 우주선들의 개념에 총체적인 결함이 있는 게 아닌가 싶었다.

그러던 차에 한 가지 묘안이 나왔다. 내가 아니라 아슈콜라인이라는 과학자가 낸 아이디어였다. 당시에 나는 조금씩 회의에 빠져들고 있었다. 인간들이 내 중력을 벗어날 수 있는 우주선을 건조하리라는 기대가 실망으로 바뀌어 가던 참이었다. 그때 아슈콜라인이 이런 말을 했다. 〈문제를 뒤집어서 생각할 필요가 있다. 정작 바뀌어야 하는 것은 우주선이 아니라 그것을 만드는 사람들이다.〉

그는 똑같은 형태의 우주선을 훨씬 더 작게 만들자고 제안했다. 그러면 이륙할 때 추력이 증가하고 공기 항력 계수가 작아지고 진동이 감소하리라는 것이었다.

하지만 전문가들은 낡은 도식에 얽매여 더 작은 로켓을 만들 수 없다고 주장했다. 그러자 아슈콜라인은 만약 보통의 기술자들이 더 작은 로켓을 만들 수 없다면 몸집이 훨씬 작은 기술자들을 활용해야 한다고 대답했다. 마침 아슈콜라인은 인체의 크기를 줄이는 실험의 전문가이기도 했다. 그는 소형 우주선 프로젝트에 적합한 작은 기술자들을 만들어 내겠다고 했다.

과학자들은 결국 자기들의 〈림프구〉 설계도를 포기했다.

그리하여 소형 로켓을 만들 수 있는 새로운 소인들이 실험실에서 탄생했다. 나는 한 인간의 천재적인 발상 덕분에 인간들이 소행성들로부터 나를 지켜 내리라는 희망을 되찾았다.

115

최초의 난생 생쥐를 얻고 나자 퐁텐블로의 6인 연구팀은 토끼와 돼지에 이어 원숭이의 유전자를 조작하면서 빠르게 연구를 진척시킨다.

스무 번 실패를 겪고 스무 마리의 실험동물을 잃은 뒤에 그들은 명주원숭이 한 마리가 새끼 원숭이 대신 〈명주원숭이의 알〉을 낳게 하는 데 성공한다.

연구자들은 그 알을 찬찬히 살핀다. 성취감과 함께 자연의 이치를 거슬렀다는 느낌이 들면서 마음이 혼란스럽다. 자기들이 억지를 부리지 않았다면 자연이 스스로 그런 방향으로 진화하지는 않았으리라는 생각이 드는 것이다. 그들은 실험동물의 유전 정보를 변화시킬 때마다 그 동물을 재창조하는 기분을 느끼곤 한다.

그들은 다비드와 오로르를 중심으로 서로 협력하면서 밤낮으로 실험실에서 일에 몰두한다.

드디어 실험은 사람의 알을 만들어 보는 단계로 나아간다. 그들은 이 실험에 사용된 최초의 수정란을 〈MH100〉이라 명명한다. 예전의 실험 때와 마찬가지로 누시아의 난자에 헝가리의 소인 스테판 립코비치의 정자를 결합한 것이다. 그들은 이 수정란을 자기장 속에 두어 안정화시킨 뒤에 난생 명주원숭이의 자궁 속에 이식한다.

오로르가 한숨을 내쉰다.

「내 느낌에는 우리가 너무 빨리, 그리고 너무 멀리 가고 있는 게 아닌가 싶어요.」

그러자 오비츠 대령은 단호하게 대답한다.

「내가 보기에는 생명 윤리를 따지면서 찜찜해할 시간이 없어요. 이란 정부는 핵탄두를 장착할 수 있는 새로운 장거리 미사일을 시험 발사했어요. 그 시험은 완벽한 성공으로 끝났고요.」

최초의 알은 보름이 지난 뒤에 배출된다. 그 속에 든 배아는 이미 죽어 있다.

그들은 곧바로 두 번째 실험에 착수한다. 이번에는 동시에 열두 개의 수정란을 가지고 시도한다. 그러나 알 속의 배아들은 모두 한 달을 넘기지 못하고 죽는다.

그들은 마치 〈마스터 마인드 게임〉[23]을 하듯, 새로운 시도를 할 때마다 유전 암호를 조금씩 바꾸어 나간다. 그리하여 실험을 거듭할수록 배아의 생존 기간이 조금씩 길어진다.

한편으로 오비츠 대령은 이란 군부의 동태를 파악하여 그들에게 알려 준다. 그녀의 얼굴에는 조금 안도하는 기색이 어려 있다.

「컴퓨터 바이러스 사건이 난 뒤에 이란의 핵 실험을 주도하던 핵물리학자가 갑자기 총탄을 맞고 사망했어요. 그 바람에 자파르의 계획에 차질이 생겼지요. 죽음의 기계가 속도를

---

23 1970년 이스라엘의 우체국장이자 원격 통신 전문가 모르데카이 메이로위츠가 개발한 암호 해독 보드 게임. 두 플레이어가 번갈아 가며 암호 출제자와 암호 해독자로 나뉘어 승부를 겨룬다. 출제자가 여섯 가지 색깔의 암호 못(코드 페그) 가운데 네 개를 골라 암호 해독판의 가리개 아래에 숨기면, 해독자는 출제자가 제공하는 힌트를 바탕으로 암호의 패턴(못의 색깔과 순서)을 추리해 나간다.

늦춘 겁니다. 덕분에 우리는 6개월을 벌었어요. 이 소중한 시간을 잘 활용해야 합니다.」

그렇게 실험은 계속된다. 그들은 1백여 번의 실패를 딛고, 드디어 인간의 한 태아가 온전한 알 속에서 제대로 발육되게 하는 데 성공한다.

다비드는 『상대적이며 절대적인 지식의 백과사전』에서 읽은 새의 알에 관한 글을 떠올린다. 알껍데기는 마치 대성 당의 둥근 천장을 이루는 돌들처럼 세모꼴의 금속염 결정으로 이루어져 있다. 결정들의 뾰족한 끄트머리는 알의 중심을 겨누고 있고, 양옆에서는 이웃한 결정들이 받쳐 주고 있다. 그래서 외부로부터 압력을 받으면 결정들이 서로 끼이고 죄이면서 저항력이 커진다. 반면에 압력이 내부로부터 올 때는 삼각형 결정들이 서로 떨어지면서 얼개 전체가 쉽게 무너진다. 그래서 새끼가 껍데기를 깨고 나올 수 있는 것이다. 알껍데기에는 그런 특성만이 있는 것이 아니다. 알껍데기는 산소가 안으로 들어가게 하고 수증기가 밖으로 나가게 해준다. 새가 알을 낳을 때, 알은 따뜻한 어미 배 속에서 갑자기 차가운 곳으로 나오게 된다. 그렇게 급격히 냉각되는 과정에서, 서로 붙어 있던 두 알 막이 분리되고 그 사이에 공기주머니가 생긴다. 이 공기주머니는 알이 부화하는 동안 새끼가 숨을 쉴 수 있게 해준다. 그럼으로써 새끼는 알껍데기를 깨뜨릴 힘을 얻게 되는 것이다.

오로르는 사람의 알을 조심스럽게 집어 엑스선 촬영기 안에 넣는다. 그럼으로써 그들은 살아 있는 태아의 영상을 볼 수 있다. 태아는 마치 공 모양의 조종실 안에 있는 우주 비행사처럼 양수 속에 떠 있다. 청진기를 사용하면 태아의 심장이 뛰는 소리까지 들을 수 있다.

펜테실레이아는 믿기지 않는다는 표정으로 소리친다.

「세상에, 우리가 해냈어!」

오로르가 엑스선 사진들을 살펴보면서 알려 준다.

「암컷이야, 아니 내 말은 딸이라고.」

「이제 무엇을 해야 하지?」

다비드가 대답한다.

「태아가 죽기를 바라지 않는다면, 이 알을…… 품어 줘
야지.」

언뜻 들기엔 괴상망측한 생각인 듯하지만, 그들은 이내
그 말뜻을 깨닫는다. 이 알은 아직 반밖에 성숙하지 않았다.
따라서 태아가 완전하게 발육할 때까지 알을 품어 주어야 하
는 것이다. 그들은 온도가 통제되고 적외선 전등을 켜놓은
무균실에 알을 놓아둔다. 누시아는 알을 에그 컵처럼 생긴
받침대에 올려놓는 열의까지 보여 준다.

그들 모두가 자기들이 만들어 낸 것에 매혹되어 있다.

한 달이 지나자, 운동 감지기가 경보 사이렌을 작동시킨
다. 새벽 5시에 여섯 연구자들은 포란실로 급히 달려간다.

거기에 다다라 보니 놀라운 광경이 그들을 기다리고 있다.
알의 꼭대기에 금이 가기 시작한 것이다.

116

백과사전: 임신 기간

고등 포유류의 경우, 완전한 임신 기간은 보통 18개월이다. 그런데 인
간의 태아는 아홉 달이 되면 어머니 몸 밖으로 나와야 한다. 이미 몸집
이 너무 커져 있기 때문이다. 더 기다리다가는 너무 키가 크고 통통해

져서 어머니의 골반이 벌어지면서 틔워 주는 산도를 빠져나올 수 없게 된다. 그건 마치 포탄의 크기가 대포의 구경에 맞지 않아서 포를 쏠 수 없게 되는 상황과 비슷하다.

따라서 태아는 아직 완전히 발육되지 않은 채로 세상에 나오는 셈이다. 그런 점에서 우리는 모두가 조산아다. 옛날에는 많은 산모가 분만 도중에 목숨을 잃었다. 아기가 너무 커서 모체의 터널을 빠져나올 수 없으면 결국 모체를 찢게 되고 그로 인해 심한 출혈이 생겨서 어머니가 죽음에 이르곤 했던 것이다.

망아지는 어미 배 속에서 나오자마자 몸을 일으켜서 걸어다닐 수 있지만, 갓 태어난 아기는 앞을 보거나 걸을 수도 없고 혼자서 음식을 먹을 수도 없다.

사정이 이러하므로, 태아가 자궁 속에서 보낸 9개월의 삶을 자궁 밖에서 9개월 정도 연장시키는 것이 불가피해진다. 이 기간에는 태아와 모체의 밀착된 관계가 자궁 밖에서도 유지되도록 어머니 또는 어머니를 대신하는 존재가 늘 곁에 있어 주어야 한다. 아기의 부모는 아기가 아직 진정으로 태어난 것이 아닌 만큼 아기 스스로 보살핌과 사랑을 받고 있다고 느끼도록 애정이 가득한 가상의 자궁을 마련해 주어야 할 것이다. 그렇게 9개월이 지나면 〈아기의 애도〉라 부르는 일이 벌어진다. 아기는 자기와 어머니가 한 몸이 아니라 별개의 두 실체임을 의식한다. 나아가서는 자기를 둘러싸고 있는 세계와 자기가 서로 구별되어 있다는 사실도 깨닫게 된다. 그것은 크나큰 슬픔으로 아기의 가슴에 새겨져 죽을 때까지 그의 삶에 영향을 미칠 것이다.

요컨대 아기는 불완전한 채로 태어나기 때문에 부모의 도움이 필요하다. 부모는 아기가 생존하도록 보살피고 정성과 애정을 쏟을 뿐만 아니라 지식과 기술을 가르쳐 인격을 길러 준다. 인간의 모든 문화는 어쩌면 여성의 골반이 완전하지 않다는 사실에서 기인한 것인지도 모른다.

117

알껍데기 한 조각이 세모꼴로 천천히 떨어져 나온다.

다비드는 8천 년 전에 겪은 일이 지금 여기에서 다시 벌어 지고 있다고 느낀다.

오로르는 자기의 삶이 비로소 진정한 의미를 갖게 되었다 고 생각한다. 이제 어머니가 바라던 대로 자기가 세상을 변 화시킬 수 있다는 느낌이 드는 것이다.

알껍데기의 두 번째 파편이 이번에는 네모꼴로 분리되어 마치 슬로 모션 화면에서처럼 천천히 떨어진다.

누시아는 생각한다. 자연은 인간의 정신보다 훨씬 덜 속 박되어 있으며, 우리가 자기와 더불어 노는 것을 좋아한다 고. 생명은 보수적이지 않으며 우리의 놀이에 기꺼이 동참한 다고.

알껍데기의 세 번째 조각이, 이번에도 네모나긴 하지만 앞선 파편들보다 조금 더 크게 떨어져 나온다.

펜테실레이아는 아마존들의 예언이 실현되고 있다고 생 각한다. 이제껏 차별을 당해 온 여자들이 남자들과는 다른 방식으로, 다시 말해 과학과 지성을 통해, 작아진 몸을 통해, 그리고…… 알을 통해 다시 권력을 잡게 되리라고 생각하는 것이다.

다시 알의 꼭대기가 갈라지더니 투명하고 노르스름한 막 이 밖으로 밀려 나온다. 그러자 세모꼴의 알껍데기 몇 조각 이 받침대 발치로 떨어진다.

오비츠 대령은 이로써 모든 것이 달라지리라고 예상한다.

그녀가 보기엔 바야흐로 인류사의 흐름이 바뀌고 있다. 인류에게 닥칠 수 있는 미래들을 가지의 형태로 나타낸 커다란 나무에서 몇 개의 가지가 방금 부러지고 새순이 돋아난 것이다. 그 누구도 이런 새순이 돋아나리라는 것을 예상하지 못했다. 설령 이 알을 깨고 나오는 존재가 오래 살지 못한다 할지라도, 이런 극한의 조건에서 부화한다는 사실 하나만으로도 인간이 크기와 형태와 행동 면에서 달라질 수 있다는 것을 입증한다. 존재들의 다양성이야말로 생존을 보장하는 가장 훌륭한 길이다. 오비츠 대령은 다른 어느 때보다 그 점을 확신하고 있다.

자니코 중위는 이번에도 긴 문장들이 찍힌 티셔츠를 입고 있다. 굳이 말로 표현하고 싶지 않은 자신의 생각들을 그렇게 우회적인 방식으로 드러내는 것이다. 옷을 매개로 한 그런 의사 전달 방식에는 유머와 그가 지향하는 초연함이 배어 있다.

15. 현대 과학 편람: 녹색이나 이리저리 움직이는 것과 관련된 것은 생물학, 익취를 풍기면 화학, 통하지 않으면 물리학.

16. 무언가 이해되지 않는 것이 있을 때는 〈그야 자명하죠〉 하고 말하라.

17. 이론이 있으면 일은 잘 돌아가지 않아도 그 이유는 알게 된다. 실천을 하면 일은 돌아가는데 그 이유는 모른다. 이론과 실천이 결합되면 일도 돌아가지 않고 그 이유도 모르게 된다.

중위는 가볍게 흔들리고 있는 알에 다가간다. 자기가 이런 모험에 참가할 수 있었다는 사실이 자랑스럽게 느껴진다.

하지만 그는 내심 불안하다. 이 새로운 기술이 악의를 가진 자들의 손에 들어가면, 반대의 목적을 위해 사용될 수도 있다는 점에 생각이 미치는 것이다. 그는 과학에 대해서 그런 우려를 가지고 있다. 훌륭한 사람들이 발명과 발견을 통해 진보를 이루어 내지만, 시간이 흐르면 대중은 그 개척자들을 잊어버리고, 권력을 가진 자들은 그 업적을 가로채어 인간을 노예화하는 도구로 사용한다. 중위는 아랫입술을 깨문다.

마르탱 자니코는 머피의 법칙의 화신이다. 매사가 나쁜 쪽으로 돌아가지 않을까 해서 근심이 떠나지 않는다. 그가 생각하기에 야생마를 길들이는 기술은 야만족의 침략을 가져왔고, 바퀴의 발명은 전차를 낳았으며, 비행기의 발명은 대규모 폭격을 야기했다. 새로 무엇이 발명되거나 발견될 때마다 재앙이 뒤따른다. 아메리카 대륙의 발견은 선주민 문명의 파괴로 귀결되었고, 원자 폭탄의 발명은 히로시마의 대재앙으로 이어졌다. 번영과 평화를 내세우며 개발된 새로운 기술들이 인류의 문명과 자연을 파괴하는 데 사용되는 경우가 얼마나 많았는가.

결국 자니코는 자기 아내보다 훨씬 비관적인 셈이다. 그는 껍데기가 천천히 떨어져 나가고 있는 그 최초의 사람 알을 보면서, 신인류가 인간 사회의 많은 문제를 해결하리라고 기대하기보다 그들이 악당의 손아귀에 들어갔을 때 어떤 위험이 닥칠지를 벌써부터 생각하고 있다.

알막에 점점 더 강한 압력이 가해진다. 이윽고 알막이 터지고 끈끈한 액체가 흘러나오더니, 작은 손 하나가 나타난다.

연구자들은 홀린 듯이 그 장면을 지켜본다. 손은 인형의 손처럼 아주 작지만 분명 사람의 손이다. 손가락이 다섯 개이고, 손마디와 손톱이 있다.

손가락들이 꼬물꼬물 움직인다.

자니코 중위는 오싹 전율을 느낀다. 그 작은 존재가 모습을 드러내기 시작하자 자기가 거대하다는 사실이 새삼 거북스럽다. 그 아기에 비하면 자기는 공룡이나 다름없다는 생각이 드는 것이다.

알껍데기는 계속 갈라진다.

아기는 때로 손가락들을 오므려 주먹을 쥐고 끈질기게 달라붙어 있는 알껍데기 조각들을 망치로 때리듯 톡톡 친다. 손에 이어서 팔 하나가 나온다. 팔은 더 강한 힘으로 알껍데기를 부순다.

그러더니 갑자기 머리가 쑥 나온다. 얼굴은 보이지 않는다. 투명한 점액에 젖은 긴 머리카락에 가려져 있기 때문이다. 나머지 한 팔이 마저 나온다. 곧이어 양수가 알껍데기 가장자리로 흘러넘치는 가운데, 얼굴이 가려진 작은 실루엣이 앞으로 조금 기울어진다.

「조심해, 아기가 떨어지겠어!」

펜테실레이아가 소리치자, 자니코 중위가 얼른 손을 내밀어 떨어지려는 아이를 잡아 준다. 그의 손안에 놓여 있으니 아기가 훨씬 작아 보인다. 그들은 점액으로 덮인 그 어린 생명을 앞에 두고 어떤 행동을 취해야 할지 머뭇거린다. 이윽고 다비드가 반사적으로 아기의 두 발을 잡고 거꾸로 든다. 양수가 콧구멍에서 계속 흘러내린다. 다비드는 아기의 엉덩이를 찰싹 때린다. 아기는 허파꽈리를 펴고 숨을 크게 내쉬면서 첫 울음소리를 낸다.

다비드는 갓난아기를 옆으로 편안하게 누인다. 그래야 숨을 편하게 쉴 수 있고 아직 기관지를 막고 있는 양수를 내보낼 수 있는 것이다. 그는 아기의 가느다란 머리카락을 한 손가락으로 조심조심 쓸어 올린다. 마침내 작고 예쁜 얼굴이 드러난다. 입술은 도톰하고 코는 조금 들려 있고 눈빛은 네이비블루다.

나탈리아가 세례를 주듯이 엄숙하게 말문을 연다.

「이 아기를 초소형 인간Micro-Humain 121호라는 뜻으로〈MH121〉이라 부릅시다.」

다비드는 감격에 겨운 목소리로 말한다.

「다른 이름을 지어 주는 게 어떻겠어요? 기억하기 쉽고 딱딱한 느낌이 덜한 이름을 찾아봐요.」

「그건 나중에 생각해 봅시다.」

나탈리아는 줄자를 들고 아기의 키를 잰다.

「7.5센티미터.」

그러더니 뜻밖이라는 듯 입술을 내민다.

「신생아의 키는 보통 50센티미터예요. 우리가 예상한 초소형 인간의 크기는 보통 사람의 10분의 1이니까, 이 아기의 키는 5센티미터가 되어야 하지 않아요?」

「이 아기는 보통의 신생아와 비교하면 안 되고, 생후 9개월 된 아기와 비교해야 해요.」

다비드는 그 주제를 다룬 백과사전의 한 대목을 떠올리며 말을 잇는다.

「송아지나 망아지는 태어나자마자 뛰어다닐 만큼 충분히 발육된 채로 세상에 나오지만, 신생아는 어머니 배 속에서 나온 뒤로 9개월쯤 더 있어야 그런 정도로 발육이 됩니다.

그렇게 생후 9개월이 되면 키가 75센티미터쯤 되죠. 따라서 이 아기의 키는 보통 신생아의 10분의 1이라고 말할 수 있어요.」

오로르가 거든다.

「다비드 말이 맞아요.」

그러면서 아기의 입술을 조심스럽게 들어 올려 하얀 점처럼 작은 앞니 두 개를 드러낸다.

「그 비율을 이해할 수가 없군요. 왜 그렇게 된다는 건지 말해 봐요.」

다비드는 태아가 제대로 발육하려면 18개월이 필요한데 어머니의 골반이 좁아서 9개월 만에 태어날 수밖에 없다는 에드몽 웰스의 이론을 간략하게 설명한다.

「그러니까 MH121은 이미 보통의 신생아보다 훨씬 많이 자라 있다는 얘기로군요.」

「맞습니다. 알 속에 들어 있었기 때문에 온전히 발육할 수 있었던 겁니다.」

그들은 그 작은 아기를 둥그렇게 에워싼다. 아기는 눈을 반짝이며 그들을 관찰하는 듯하다.

나탈리아는 무언가를 골똘히 생각하는 표정이다.

「그렇다면 보통의 아기가 임신 기간까지 합쳐 18개월이 걸려야 도달하는 발육 단계를 이 아기는 겨우 두 달 만에 도달했다는 건데…….」

오로르가 고개를 끄덕인다.

「그래요, 크기가 10분의 1밖에 안 되니까 열 배 더 빠르게 성장하는 거예요.」

누시아는 갓 태어난 그 작은 존재에게서 눈을 떼지 않

는다.

「그렇다면 이 아기가 자라서 정상적인 키에 도달하는 것도 보통 사람들에 비해 열 배나 빠르겠군요. 물론 내가 말하는 정상적인 키는 보통 사람의 10분의 1이라는……」

「이 아기가 나중에 다 자라면 약…… 17센티미터가 될 거예요.」

오로르는 그렇게 말하면서 아기에게 새끼손가락을 내민다. MH121은 그 손가락을 꼭 잡아서 자기 입 쪽으로 끌어당긴다. 마치 그것을 빨고 싶어 하는 듯하다.

「이 새로운 종의 인간을 가리키는 다른 이름을 찾아내야겠어요. 〈초소형 인간〉이라는 말은 너무 평범해.」

나탈리아의 말을 받아, 다비드가 제안한다.

「제 아버지는 우리보다 열 배쯤 큰 인간을 〈호모 기간티스〉라고 명명했어요. 그 반대는 당연히 〈호모 미크로비우스〉가 되겠군요.」

오비츠 대령은 그 제안에 마음이 끌리지 않는 기색이다.

「〈호모 레둑티스〉는 어때요? 결국 우리가 한 일은 인간의 크기를 축소시킨 것이에요. MH121의 첫째가는 특징은 키가 현격하게 줄어들었다는 데에 있잖아요.」

오로르에 이어 이번에는 누시아가 나선다.

「그보다는 소박하고 겸허한 인간이라는 뜻으로 〈호모 후밀리스〉라고 하는 게 어떨까요? 사실 호모 사피엔스는 뇌의 크기를 과신하면서 오만하게 굽니다. 스스로 〈사피엔스〉, 즉 아는 자임을 자부하면서 다른 모든 동물보다 자기들이 지혜롭다고 생각하죠. 우리가 만들어 내는 사람들은 키가 작고 여성성이 강할 뿐만 아니라 무엇보다 매우 겸허하다는 특성을 보일 거예요.」

펜테실레이아가 끼어든다.

「잠깐만요, 아예 여성성을 부각해서 〈호모 페미네우스〉라고 하는 건 어때요? 이 새로운 존재의 가장 큰 특징은 여성성이 매우 강하다는 것이잖아요.」

마르탱 자니코도 의견을 낸다.

「눈에 잘 띄지 않는다는 뜻으로 〈호모 디스크레투스〉라고 하면 어떨까 싶네요. 결국 우리가 이 작은 신인류에게 맡길 일은 적진에 침투해서 눈에 띄지 않게 활동하는 겁니다. 작은 키는 은밀한 침투 방식을 추구하는 우리 연구의 결과일 뿐이에요.」

「맞는 말이에요.」

오비츠 대령이 인정하자, 누시아도 맞장구를 친다.

「눈에 띄지 않는 것, 우리 피그미들을 살아남을 수 있게 해주는 게 바로 그거예요. 이 작은 존재들에게도 그런 특성이 있어요. 그래서 나중에 첩보원으로 쓰이게 되면 은밀한 침투 공작을 벌이면서 놀라운 생존 능력을 보여 줄 거예요.」

「듣고 보니 〈호모 사피엔스〉라는 말에 담긴 오만함과 좋은 대조를 이루는군요. 우리가 창조한 신인류는 스스로 지혜롭다고 주장하지 않아요. 그저 눈에 띄지 않기를 바랄 뿐이죠.」

그렇게 오로르까지 자니코 중위의 의견에 가세한다. 다비드는 다른 의견을 제시한다.

「잠깐만요, 한 단계를 뛰어넘어서, 이 작은 사람들이 우리보다 더 높은 경지에 도달한 미래의 사람들이라는 뜻을 담을 수도 있지 않을까요? 나는 키가 큰 사람들이 작은 사람들로 변하는 것을 애벌레가 나비로 변하는 것에 비유하고 싶어요. 그런 변화를 생물학에서는 변태 또는 탈바꿈이라고 하죠. 이 아기의 뒤를 이어 세상에 나올 사람들은 단지 눈에 띄지 않는 작은 존재들이 아니라 애벌레가 나비로 변하는 것만큼이나 형태가 달라진 사람들이에요. 중대한 문제들이 가로놓인 새로운 환경, 요컨대 달라진 시대에 더 적합한 형태로 바뀐 사람들이라는 것이죠.」

다섯 연구자들은 솔깃해하는 표정을 짓는다.

나탈리아가 묻는다.

「그래서 어떤 이름을 제안하겠다는 거죠?」

「〈호모 메타모르포시스〉요.」

말이 떨어지자마자 아기가 그들을 바라보며 쩝 하는 소리를 낸다. 마치 그 이름이 마음에 들어서 그러는 것만 같다.

나탈리아가 말을 잇는다.

「좋아요, 그것으로 해요. 현재는 우리밖에 모르는 이름이지만 그것을 신인류의 학명으로 삼읍시다.」

아기는 아주 작은 소리로 옹알이를 한다.

마르탱 자니코는 아기를 다시 자기 손바닥에 올려놓는다.

「〈호모 메타모르포시스〉는 너무 전문적인 느낌을 주니까, 〈초소형 인간〉이나 그것을 줄인 〈MH〉라는 이름도 계속 쓰기로 합시다.」

「에마슈?」[24]

누시아는 머리글자들을 장난스럽게 발음하고 나서 아기를 보며 말을 잇는다.

---

24 *Micro-Humain*의 머리글자 MH를 프랑스어 알파벳 이름으로 읽은 것이다.

「아가야, 너는 에마슈야. 소리가 독특하지?」

그러자 아기는 대화에 동참하고 싶다는 듯 되뇐다.

「이이메에에슈, 이이메에에슈.」

아기의 목소리는 아주 여리지만 자기 나름대로 성대를 제어하고 있는 듯하다.

그들은 일제히 아기 쪽으로 돌아서서 경탄 어린 눈으로 아기를 바라본다.

「우리 에마슈, 참 예쁘다. 얼굴 윗부분은 누시아를 닮고 아랫부분은 펜테실레이아를 닮은 것 같아.」

오로르의 말에 누시아는 농담으로 화답한다.

「입매는 다비드와 조금 비슷하고 눈매는 오로르를 닮았는걸. 비록 유전 암호에는 들어 있지 않지만, 그게 공기를 통해서 전달된 모양이야.」

「이 아기는 정말이지 우리 여섯 명 모두의 딸이야.」

오비츠 대령이 그렇게 결론을 짓자, 마르탱 자니코가 시무룩하게 말한다.

「나는 거기에 포함되어 있지 않아. 당연하지…… 나는 〈옛날 종〉에 속해 있으니까.」

모두가 잠깐 머쓱해하더니 일제히 웃음을 터뜨리며 거인을 끌어안는다.

펜테실레이아가 말한다.

「드디어 생각났어. 이 아기의 이름 말이야.」

「말해 봐.」

「에마. 〈미크로 오로르〉의 머리글자를 딴 MA야. 이름이 예쁘지 않아? 최초의 에마슈, 에마. 머리글자들을 음절로 바꾼다는 점에서도 일관성이 있고.」

「그럼 우리가 남자아이를 얻게 되면 어떤 이름을 붙여 주지?」

누시아가 즉시 대답한다.

「아메데. 〈미크로 다비드〉의 머리글자 MD의 발음을 조금 바꾼 거야. 따지고 보면 이건 당연한 귀결이야. 엄밀히 말해서 에마슈의 창조는 오로르와 다비드의 연구에서 비롯된 것이니까.」

그때 아기가 재채기를 하기 시작한다. 모두가 아기를 따뜻하게 해주려고 부산을 떤다. 그러자 아기는 다시 옹알이 소리를 낸다.

나탈리아의 스마트폰이 울린다. 그녀는 번호를 확인하고 전화를 받더니, 가만히 듣고 있다가 알았다고 하면서 전화를 끊는다. 얼굴에 수심이 가득하다.

「무슨 문제가 생겼나요?」

「너무 늦었어……. 이 모든 게 아무 소용이 없게 되었어요. 우리가 더 서둘렀어야 했나 봐요.」

그녀는 뉴스를 볼 수 있도록 텔레비전을 켠 다음 소리를 키운다.

118

「……그런 사실이 드러남에 따라 강경한 조치를 취하기로 결정했습니다. 캐나다 출신의 여대생은 며칠 동안 구금되어 검찰의 조사를 받던 끝에 자신이 이란에 침투한 비밀 요원이라고 자백했고, 이란 정부는 〈자발적이고 평화적〉이라던 대학생들의 모든 시위가 실제로는 이스라엘 정보부가 꾸민 음모일 뿐이라는 사실이 마침내 입증되었다고 선언했습니다.

자파르 대통령은 그것을 이란에 대한 선전 포고로 간주하면서 자기는 국가 원수로서 이란을 수호할 권리와 의무가 있다고 말했습니다. 혁명 수비대의 보병 부대와 전차 부대가 병영을 나와 이라크 국경 쪽으로 출동했습니다. 이슬람주의 무장 조직 하마스와 헤즈볼라는 〈마지막 대공세〉에 동참할 준비가 되어 있다고 선언했습니다.

이스라엘 총리 가엘 톨레다노는 즉시 반박 성명을 내어 첩보원 사건은 완전히 조작된 것이며 이는 십중팔구 여론의 관심을 딴 데로 돌리고 시위를 종식시키기 위한 책략이라고 주장했습니다. 또한 이스라엘에 대한 어떤 공격도 용납하지 않고 응징에 나서겠다고 자파르 대통령에게 경고했습니다.

UN 안전 보장 이사회는 긴급회의를 소집하고 양국의 자제를 요청했지만, 이런 시도는 상황을 호전시키는 데 전혀 영향을 미치지 못하는 것으로 보입니다. 양국의 군대가 국경으로 집결하고 있습니다. 그에 따라 국제 원유가가 급등하는 등 사태의 파장은 날로……」

119

나는 기억한다.

인간들은 자기들 자신을 훨씬 작은 크기로 복제하는 데에 성공했다. 다행히도 인간들은 아주 훌륭한 실험자들이었다. 특히 아슈콜라인은 여자 친구 은미얀의 도움을 받아 그 길로 아주 빠르게 나아갔다.

그리하여 아주 작은 인간이 만들어졌고, 그들은 그 피조물을 미니 인간이라고 불렀다. 미니 인간은 그들과 아주 비슷했지만 키가 그들의 10분의 1밖에 되지 않았다. 그들의 키가 17미터였음에 비해 새로 만들어진 미니 인간들은 성년이 되어도 170센티미터 정도밖에 자라지 않았다.

나에게 접근하는 소행성들에 대한 방어 프로젝트인 〈어머니이신 행성 구하기〉와 관련하여 독창적인 해결책이 마련된 게 분명했다.

미니 인간들은 거인들의 교육과 훈련을 받은 뒤에, 옛 우주선들의 제약에서 벗어난 미니 로켓을 만들기 위한 작업에 착수했다.

드디어 모든 것이 제대로 돌아가는 것처럼 보이던 바로 그때, 섬의 중앙 피라미드 꼭대기에 설치된 천문대가 소행성 하나를 발견했다.

제2막 **변화의 시대**

푸른 말을 탄 기사

120

맞은편 벽에 걸린 액자에는 쿠푸왕의 피라미드를 찍은 사진이 담겨 있다. 웅장하고 위엄이 넘치는 모습이다.

새벽 4시, 카이로의 룩소르 호텔. 법의관 미셸 비달 박사는 너무 더워서 잠을 이루지 못한다. 눈앞의 사진을 바라보고 있노라니, 쿠푸왕 시절의 노예들은 어떻게 저런 돌덩이들을 사막 한복판으로 옮길 수 있었을까 하는 생각이 든다. 설령 짐수레나 나무 굴림대를 사용했다 하더라도 그건 초인적인 대역사였다는 생각이 든다.

모기 한 마리가 그를 놀려 댄다.

그 모기를 잡자마자 다른 모기가 나타난다. 그는 침대에서 일어나 신발 한 짝을 들고 의자에 올라서서 놈을 겨누다가 박살을 내버린다.

신발에 피가 조금 묻었다. 그 자신의 피다.

미셸 비달 박사는 다시 잠자리에 든다. 잠을 이뤄 보려 하지만 소용이 없다.

갑자기 기침이 나온다. 에어컨이 작동하고 있지 않아서 방 안 공기가 숨이 막힐 듯 뜨거운데, 왜 기침이 나오는지 알수 없다.

그는 텔레비전을 켜고 이내 중동의 전운에 관한 뉴스에 관심을 기울인다.

땀이 난다. 시원한 물을 찾다가 생각해 보니 잠을 자려면 술을 마시는 게 낫겠다 싶다. 그리고 이왕 술을 마실 바에는 모기들에게 시달리지 않기 위해서라도 에어컨이 작동되는 곳에서 마셨으면 좋겠다는 생각이 든다.

그는 호텔 로비로 내려간다. 시간이 시간인지라 바가 매우 한산하다. 조각상처럼 뻣뻣한 바텐더와 나른한 음악에 맞춰 늘어진 뱃살을 흔들며 춤추는 뚱뚱한 무희, 그리고 검은 정장 차림으로 카운터에 팔꿈치를 괴고 있는 단 한 사람의 손님이 있을 뿐이다.

공기가 아주 시원해서 마음에 든다.

비달 박사가 적포도주 한 병을 주문하자, 바텐더는 아무도 보는 사람이 없는 것을 확인한 뒤에 카운터 밑에서 조심스럽게 포도주병을 꺼낸다. 이 나라에서는 주류 판매를 갈수록 엄격하게 단속하고 있기 때문에 들키지 않도록 신경을 쓰는 것이다.

바텐더가 묻는다.

「보르도에 얼음을 넣어 드릴까요?」

세상에, 포도주에 얼음을 넣어 마시라고? 그야말로 문화와 전통을 파괴하는 발상이 아닐 수 없다. 하지만 더위를 감안하면 그리 나쁘지도 않겠다 싶다. 비달 박사가 좋다고 하자 바텐더는 커다란 얼음 조각 세 개를 넣어 준다. 법의관은 검붉은 액체에 떠 있는 투명한 정육면체들을 바라본다. 문득 얼음덩어리 속에 갇혀 있던 샤를 웰스 박사가 생각난다. 생애의 마지막 순간에 자기 몸을 하나의 조각 작품처럼 얼음 속에 가둔 것은 기적과도 같은 일이다.

그는 술을 한 모금 마시고 술잔 속의 얼음 조각들을 빙빙 돌린다.

첫 번째 시신을 확인하러 온 유가족이 생각난다. 어린애처럼 보이던 젊은 연구자와 눈물단지 같던 그의 어머니.

두 번째 희생자인 기자 바네사 비통의 시신과 그녀의 약혼자도 생각난다. 그는 비탄에 빠진 그 약혼자가 너무나 측은해서 예외적으로 영안실에서 흡연하는 것을 허락했다.

그는 웰스 교수의 조수인 멜라니 테스케의 시신을 다시 떠올린다. 그는 몇 주일을 기다리다가 마침내 그 시신을 해동하고 휴가여행을 떠나왔다. 바로 이틀 전의 일이다.

멜라니 테스케는 유가족이 없었다. 그래서 그는 아무런 방해도 받지 않고 부검다운 부검을 하면서 시신을 더 자세하게 검사할 수 있었다. 그리하여 시신의 입가에 베이지색 점액의 흔적이 남아 있음을 알아차렸다. 죽기 직전에 감기에 걸려 있었음을 말해 주는 흔적이었다.

하기야 영하 25도를 밑도는 남극의 혹한 속에서는 감기에 걸리지 않는 게 오히려 이상하지 하고 그는 생각한다.

그는 세 개의 얼음 조각을 물끄러미 바라본다.

그때 혼자 무언가를 마시고 있던 다른 손님이 그에게 관심을 보인다. 염소수염을 기른 이 손님은 종이 봉지에 감춰진 술병의 목을 잡고 다가온다. 미셸 비달은 그 술이 시버스 리글임을 한눈에 알아본다.

남자는 중동 사람 특유의 강한 억양을 드러내며 조금 놀리듯이 묻는다.

「형씨도 잠이 안 와서 술기운을 빌리고 있소?」

남자는 검은 정장과 잘 다듬어진 염소수염에 더해서 문장(紋章)이 새겨진 커다란 반지 두 개를 끼고 있다. 그 풍모가 제법 의젓해서 법의관은 마음을 놓는다.

「집 나오면 고생이죠. 우리의 베개, 우리 시트의 부드러움, 우리 침실의 분위기, 아내의 품을 대신해 주는 게 어디 있겠습니까?」

두 남자는 서로에게 미소를 지어 보인다. 염소수염을 기른 남자는 위스키를 몇 모금 홀짝거린다. 거의 무의식적인 동작이다.

미셸 비달이 말을 건넨다.

「나는 날씨가 불순하고 숨이 막힐 정도로 더워서 잠을 못 이루고 있습니다. 형씨도 사정은 비슷하겠지요?」

「아니요. 나는 다른 것 때문이오. 심란해서 그래요.」

「잊으려고 술을 마시는 건가요?」

「잊는다는 것은 과거에 해당하는 말이고, 나는 미래를 생각하지 않으려고 마시는 거요.」

그의 입가로 절제된 웃음이 희미하게 스쳐 간다.

「그리고 이런 기회를 놓칠 수는 없죠. 이곳은 콥트파 기독교인들이 운영하는 마지막 남은 호텔들 가운데 하나요. 그래서 아직 밀수입된 술을 마실 수 있소.」

「이집트인이신가요?」

「이란사람이오.」

「휴가여행을 오셨군요.」

「나는 군인이오. 대공세를 앞두고 마지막으로 〈기분 전환〉을 하려고 휴가를 얻었소. 이제 돌아가면 정신없이 바쁠 거요. 뉴스 안 봤소?」

「캐나다 출신 첩보원 사건 때문에 이스라엘과 싸우는 거 말인가요?」

「내란을 피하기 위해서는 외국과 전쟁을 벌여야 하오. 한 나라의 국민을 지도자들 주위로 결집시키는 데는 전쟁만 한 게 없소. 유혈은 성난 국민들을 진정시키죠. 이번에는 이라크를 상대로 한 전쟁에서와는 달리, 우리가 잃을 것은 없고 얻을 것은 많소. 우리 병력은 이스라엘보다 스무 배나 많소. 그리고 우리는 석유 덕분에 이스라엘보다 훨씬 부유하오. 우리는 모든 이웃 나라의 지지를 받을 거요. 뿐만 아니라, 내가 보기엔, 미국을 제외하고 온 세계가 우리 편에 설 거요. 원유 문제가 걸려 있기 때문에 모든 나라가 기존의 입장을 번복한다 해도 놀랄 일이 아니죠. 상황이 이러하니 우리가 패배할 리 없소.」

비달 박사는 그 화제에 관심을 보이지 않고 술잔만 기울인다. 그러다가 주위로 모기들이 날아다니고 있음을 알아차린다. 그는 기대가 어긋난 것에 짜증을 내며 손을 휘둘러 모기한 마리를 잡아 으스러뜨린다. 그러고는 재킷에 손을 쓱쓱 문지른다.

「모두가 이런 사태를 원하고 있다는 느낌이 들지 않소? 우리한테 약간의 손실은 있겠지만, 그렇다 해도 대세에는 별로 지장이 없을 거요. 사실 인류는 인구 과잉에 시달리고 있지만 감히 그런 말을 입 밖에 내려는 사람은 아무도 없소. 그건 솔직히 말해 가증스러운 일이오. 옛날에도 그랬듯이, 전쟁은 쓸모가 있소. 기성 체제에 반대하는 자들과 가난한 자들을 제거하는 데 도움이 되죠. 이런 얘기를 아무한테나 해서는 안 된다는 것을 알아요. 형씨는 이해할 수 있을 것 같아서 하는 말이오.」

사내는 껄껄 웃고 나서 다시 병나발을 분다. 비달 박사도 포도주를 다시 따라 마신다.

「나는 내일 아침에 테헤란으로 가는 첫 비행기를 탈 거요. 그래서 떠나기 전에 마지막으로 한 번 더 이런 시간을 즐기고 있소. 전쟁이 얼마나 오래갈지는 아무도 장담할 수 없소. 아마도 나는 며칠, 아니 몇 주일 동안 벙커에 갇혀서 원격으로 작전들을 지휘하게 될 거요. 당연히 술은 한 방울도 마실 수 없소. 턱수염을 길게 기른 노인들은 우리처럼 턱수염이 짧은 자들을 감독하고, 우리는 콧수염을 기른 자들과 수염이 없는 풋내기들을 교전 지역으로 보내죠. 알고 보면 수염의 길이가…….」

「그렇다면 건배 한번 해야겠군요. 전쟁 전의 마지막 술자리를 위하여!」

미셸 비달이 포도주를 조금 마시라고 권하자, 상대는 밍밍해서 싫다고 손사래를 치더니 시바스 리갈을 다시 홀짝인다. 그러고는 술병을 싸고 있던 종이 봉지를 걷어 내고 금빛 상표를 뚫어져라 바라본다. 상표에는 〈프리미엄 스카치 12년〉이라는 말이 적혀 있고 병목에는 달리는 말의 그림이 들어가 있다.

「참으로 유감스러운 일이오. 이렇게 맛있는 술을 못 마시게 하고 여자들을 못 만나게 하다니.」

그는 배가 통통한 무희를 바라본다. 그녀는 아랍의 현악기 우드의 선율에 맞춰 나긋나긋하게 몸을 움직인다. 그러다가 두 관광객의 눈길을 의식하고는 점점 더 큰 동작으로 허리를 흔들어 댄다. 그녀가 베일 하나를 벗고 또 하나를 벗자 배꼽에 박힌 커다란 적색 다이아몬드가 드러난다.

「금지된 것일수록 사람들을 더 흥분시키는 법.」

이란 남자는 철학자 같은 말투로 덧붙인다.

「어떤 것을 금지해 보지 않고서는 그것의 진가를 모를 거요.」

무희의 나머지 베일들이 떨어져 나간다. 이란 남자는 눈을 반짝이며 배꼽의 다이아몬드를 좇는다.

「내 누님은 오래전 팔라비 왕조가 서구식 개혁을 하던 시절에 시위를 했는데, 그 시위의 목적이 무엇이었는지 아시오? 팔라비 왕조가 금지시킨 차도르를 착용하게 해달라는 것이었소. 정말이오, 선생. 이슬람 혁명으로 이란의 마지막 군주가 쫓겨났을 때, 스물한 살의 의대생이었던 누나는 텔레비전에 나와서 자랑스럽게 말했소. 〈저는 그동안 몰래 차도르를 착용해 왔습니다. 이제 독재자가 사라졌으니, 어디에서나 당당하게 차도르를 쓰고 다닐 수 있습니다.〉 이제 누나는 그것을 벗고 싶어도 벗을 수가 없소.」

그는 다시 위스키를 병째로 들이켠다.

「내 아버지는 그 기회를 놓치지 않고 같은 해에 누나를 나이 많은 남자와 결혼시켰소. 누나는 그 남자의 다섯 번째 아내가 되었고, 아버지는 그 대가로 적잖은 돈을 받았소. 누나는 종교를 원했고, 그것을 얻은 셈이오. 대신에 누나는 아홉 명이나 되는 자식을 낳아야 했고 공부를 중단해야만 했소. 내 매형은 누나가 외출을 하거나 운동을 하는 것도 금지했소. 누나는 집에 틀어박혀서 남편과 자식들을 위해 부엌데기 노릇을 하며 살았소. 자기가 만든 음식을 맛보거나 다른 여자들과 군입질을 하는 게 유일한 낙이었소. 그러다 보니 이제는 몸무게가 155킬로그램이나 되오.」

「단 음식을 먹으면 스트레스가 조금 풀리기는 하죠.」

「문제는 누나의 신경이 너무 날카로워졌다는 거요. 누나와 매형의 대화는 누나의 책망과 비난으로 끝나기가 일쑤요. 매형도 나처럼 군인이오. 그가 밖에서 전쟁에 열을 올리는 것은 집에서 걸핏하면 책망을 듣는 것과 무관하지 않은 것 같소. 그는 매우 잔인하게 나올 거요. 듣자 하니 자파르 대통령의 아내 역시 성깔이 대단한 모양입디다. 이번 전쟁이 길어질 수도 있을 거요.」

그는 껄껄 웃으며 다시 술을 들이켠다.

프랑스인은 조금 못마땅하다는 표정으로 묻는다.

「설마 당신들이 〈샤〉라고 부르던 그 가증스러운 독재자를 그리워하는 것은 아니겠죠?」

「긴말할 것 없이 한 가지 수치만 비교해 보겠소. 샤의 시대에는 정치범이 3천 명이었는데, 현재는 그 수가 30만 명으로 늘어났소. 그러니까 텔레비전에서 어떻게 보도하느냐에 따라 모든 게 달라 보이는 거요.」

프랑스 법의관에게는 참으로 놀라운 정보가 아닐 수 없다. 염소수염을 기른 남자가 묻는다.

「그런데 형씨는 무엇을 하시오?」

「나는 프랑스인이고, 파리에서 법의관으로 일하고 있습니다. 겨울 휴가를 보내러 이집트에 왔죠.」

비달 박사는 포도주 잔 속의 얼음 조각들이 달그락거리도록 다시 흔든다.

「여기에 오기 직전에 부검을 했는데, 시신이 얼음덩어리 속에 들어 있어서 해동을 했습니다. 생전 처음으로 그런 일을 해봤어요. 어찌나 춥든지 그야말로 동태가 되겠더라고요. 내가 감기에 걸린 것도 그 얼어붙은 시신들을 다룬 탓이 아닌가 싶어요.」

말이 끝나기가 무섭게 오싹 한기가 들면서 재채기가 나오려 한다. 그는 얼른 한 손으로 코와 입을 가린다.

염소수염을 기른 남자는 한 손을 펴서 내민다.

「모카담 장군이오. 굴바하르 모카담. 친구들은 나를 그냥 모크라고 부르죠.」

「비달 박사입니다. 미셸 비달. 하지만 모두가 나를 미치라고 부릅니다. 만나서 반갑습니다, 모크. 그런데 어쩌면 그렇게 프랑스어를 잘하시죠?」

「파리에서 공부했소, 미치. 나는 프랑스를 무척 좋아하오. 자유와 평등과 박애의 나라가 아니오?」

장군은 무희를 바라보면서 한숨을 내쉰다.

「테헤란으로 돌아가면 나는 모든 에너지와 모든 결의를 한 가지 일에 쏟아야 하는데, 그 일이 따지고 보면 술이나 배꼽춤을 줄이고 차도르를 쓰거나 부유한 늙은이와 강제로 결혼하는 여자들을 늘리기 위한 것이오.」

법의관은 조롱 섞인 말투로 대꾸한다.

「그게 진화의 방향일지도 모르죠. 그게 꼭 나쁘다고 할 수는 없어요. 그냥 〈다른 것〉이죠. 어쩌면 그게 더 오리엔트에 어울리는 길일 수도 있고요. 인생에 달관한 이들이 나에게 가르치기를 절대로 남을 심판하지 말라고 하셨죠. 세상엔 나쁜 사람들도 착한 사람들도 없어요. 그저 서로 다른 관점들이 있고, 때로 그것들이 서로 대립할 뿐이죠.」

장군은 놀란 기색을 보이며 마치 친한 벗에게 그러듯 그의 등을 탁 친다.

「무척 재미있는 사람이구려, 미치. 형씨가 마음에 들었소!」

그러고는 위스키를 다시 홀짝인다.

「위스키를 마시면 포도주를 마실 때보다 빨리 취하죠. 실례를 무릅쓰고 의사로서 한 말씀 드리자면, 장군님은 취하셨어요.」

그들은 무희 쪽으로 눈길을 돌린다. 무희는 이제 지친 기색을 보이고 있다.

비달 박사가 묻는다.

「그런데 왜 이스라엘에 공격을 집중하는 거죠?」

「이란은 아주 부유하면서도 부의 불평등이 매우 심한 산유국이오. 이런 나라는 가난한 나라들의 수호자로 행세하기가 쉽지 않소. 다만…… 이스라엘을 공격하면 사정이 달라져요.」

그는 다시 위스키를 병째로 들이켠다. 그러더니 몸을 가누기가 어려운지 카운터에 두 팔을 대고 고개를 수그린다.

「이스라엘은 여자들이 해변에서 다리와 가슴을 드러내는 것이 허용되는 나라요. 중근동 지역에서 그런 나라는 이스라엘밖에 없소. 여자들이 남편 몰래 바람을 피우거나 이혼을 하거나 낙태를 할 수도 있는 나라요. 아무도 이런 얘기를 터놓고 하지 않겠지만, 이스라엘과 이웃한 모든 나라의 입장에서는 바로 그 점을 견딜 수 없는 거요.」

그는 무희의 빙빙 돌아가는 가슴을 바라보며 위스키를 한 모금 마시고 프랑스 법의관의 등을 다정스럽게 토닥인다.

「그리고 바로 그런 이유로 나는 콥트파 기독교인이 운영하는 이집트의 이 호텔에 온 거요, 미츠.」

그들은 건배를 하고 함께 껄껄 웃는다.

법의관의 웃음소리가 기침 발작으로 바뀐다. 한 손으로

452

입을 가리고 있어도 약간의 가래침이 상대방 쪽으로 튀어 간다.

그는 눈을 돌려 창밖을 본다. 멀리에 유성 하나가 밤하늘을 가르며 떨어진다.

121

다행히도 소행성은 내 대기권에서 상당히 멀리 떨어진 곳으로 지나갔기 때문에 내 중력에 이끌리지 않았다.

그 사건은 나에게 하나의 경고처럼 보였다. 연구를 서둘러 진행해야 했다. 아슈콜라인과 은미얀은 한 세대가 족히 될 만한 미니 인간들을 만들어 냈다. 그런 다음 그들을 교육시키고 그들의 크기에 맞는 작업장을 제공하고 미니 우주선을 어떻게 건조하는지 일러 주었다.

몇 해 뒤, 신장 170센티미터의 그 왜소한 기술자들이 미니 부품들을 만들어 냈고, 그 덕분에 새로운 우주선이 완성되었다. 〈림프구 1호〉에 비해 크기가 10분의 1밖에 되지 않는 〈림프구 10호〉가 탄생한 것이다.

바야흐로 나의 위대한 계획에 신기원이 열리고 있었다.

122

룩소르 호텔 바에서 모카담 장군과 헤어진 뒤에 미셸 비달 박사는 객실로 올라가서 침대 시트에 몸을 묻는다. 하지만 아무리 잠을 이루려고 해도 잠이 오지 않는다.

이제 모든 것이 분명해졌다. 멜라니 테스케의 시신을 해동하다가 감기에 걸렸고, 비행기의 에어컨과 호텔 바의 에어컨 때문에 증상이 심해진 것이다.

그는 피라미드 사진을 물끄러미 바라본다. 문득 모세가 이집트에서 고생하던 이스라엘 백성을 약속의 땅으로 데려가도 좋다는 허락을 받아 내기 위해 파라오를 상대로 사용한 열 가지 재앙이 생각난다.

성경을 잘 아는 비달 박사는 또 다른 일화를 떠올린다. 유대인들이 페르시아 제국의 여러 민족들 사이에 섞여 살던 시절, 총리대신 하만의 음모에 따라 몰살을 당할 위기에 처했다. 하지만 유대인으로서 임금의 총애를 받던 에스테르라는 여인 덕분에 막판에 절멸을 면했다.

결국 유대인들은 매번 아슬아슬하게 궁지에서 벗어났지만, 무력으로 그들을 억압했던 이집트인들이나 바빌로니아인들이나 페르시아인들의 문명은 오래가지 못했어. 독재 체제는 그저 한시적으로만 힘을 발휘하는 거야. 공포를 통해 스스로 위엄을 세우지만, 피지배자들의 지지를 얻을 만한 정책들을 제시하지 못하기 때문에 결국은 몰락하고 말지.

비달 박사는 역사를 그런 식으로 요약한 것에 만족하면서 손을 입에 대고 콜록거린다.

어쨌거나 이스라엘이나 이란에서 무슨 일이 벌어지든 내가 알 바 아니야. 그건 프랑스에서 멀리 떨어진 남의 나라 이야기가 아닌가. 그리고 나는 두 나라 어디로도 휴가를 떠날 생각이 없어.

그는 다시 콜록거린다. 밭은기침이 점점 고통스러운 젖은 기침으로 바뀌어 간다.

이건 단순한 감기가 아니라 인두염의 시초야. 바에 내려가는 게 아니었어. 빌어먹을 에어컨. 그것 역시 미국인들이 가져온 어리석은 장치야. 에어컨 바람을 쐬니 땀을 흘리고 모기에 물리는 게 나아.

열이 점점 높아지고 기침을 할 때마다 가슴이 뻐개질 듯 아프다. 더는 안 되겠다 싶다. 그는 옷을 입고 프런트 데스크에 전화를 걸어 택시를 불러 달라고 부탁한다.

택시 기사는 그를 카이로 중앙 병원으로 데려다준다. 낡은 건물에 다친 사람들과 신열에 들뜬 채 신음하는 환자들이 가득하다.

그는 현기증을 느낀다. 지나가는 간호사를 붙잡고 긴급히 검진을 받을 수 있느냐고 영어로 묻자, 간호사는 역시 영어로 대답한다.

「서양인이라고 해서 특별 대우를 해주지는 않아요. 식민주의 시대는 끝났어요. 다른 사람들처럼 기다리셔야 해요.」

기침이 갈수록 심해진다. 그는 손을 입에 대어 가래침이 튀어 나가는 것을 막는다. 차도르로 머리와 얼굴을 완전히 가린 노파가 그를 향해 몸을 기울이더니 귀엣말로 속삭인다.

「돈이 있으시면 관광객들을 위한 개인 병원으로 가세요. 이 병원 앞길로 조금 더 가면 있어요. 네페르타리 병원이 어디 있느냐고 물어보세요.」

미셸 비달은 노파에게 감사를 표하고 거리로 나선다. 몸을 제대로 가누지 못하고 기신기신 걸어가는 그를 보고 몇몇 행인이 눈총을 보낸다. 그는 노파가 일러 준 병원에 다다르기도 전에 비틀거리다가 땅바닥에 쓰러진다. 그러고는 엉금엉금 기어서 가로등에 매달린 채로 간신히 몸을 일으킨다.

다시 기침이 나온다. 목구멍이 찢어질 듯 아프고 코와 귀가 불타는 듯하다. 관자놀이가 불끈불끈 띈다. 온 살갗에 땀이 흥건하다. 이윽고 그는 〈네페르타리 인터내셔널 클리닉〉

이라고 적힌 간판 앞에 다다른다. 병원 이름 아래에는 〈비자 카드와 아메리칸 익스프레스 카드 받음〉이라는 말이 적혀 있다. 병원 건물은 고급 호텔과 비슷해 보인다. 안내 데스크에서는 호텔의 프런트 데스크에서처럼 신용 카드 번호와 서명을 요구한다. 접수가 끝나자 그는 안내원이 이끄는 대로 커다란 대기실로 들어간다. 텔레비전 화면에서는 알 자지라 방송의 뉴스가 방영되고 있다.

비달 박사는 의자 하나를 골라 털썩 주저앉는다.

점점 고통스러워지는 기침 발작을 참을 수가 없다. 미처 입을 가릴 새도 없이 베이지색 가래침의 미세한 파편들이 주위로 퍼져 나간다. 대기실에 있던 외국 환자들과 병원 의료진과 관광객들이 그 파편들에 감염된다. 그들의 면면은 이러하다.

1) 빌 프레스턴 기장, 미국 항공사 소속 조종사로서 소화 불량 때문에 내원.

2) 칸달라 히센, 에티오피아 출신의 간호사로 신문과 잡지를 가져다주기 위해 대기실 안에서 돌아다니고 있었음.

3) 군터 포크만, 독일 변호사로서 이집트에 관광하러 왔다가 스스로 처녀라 주장하는 젊은 여자와 관계를 갖고 성병에 걸려 내원.

4) 가와바타 모로토, 양치질을 하면서 조심성 없이 수돗물을 마신 탓에 아메바성 질환에 걸림.

5) 리나 라미레스, 스페인 출신의 의사.

6) 샤를렌 오즈월드, 호주 항공사 소속의 스튜어디스로서 서툰 기사가 모는 택시에 한쪽 발을 치임.

미셸 비달이 재채기를 하거나 기침 발작을 일으킬 때마다 병원체들이 퍼져 나가 공기 중에 잠시 머물다가 꽃가루처럼 도로 떨어진다.

이윽고 이집트 일반의가 그를 맞아들인다. 의사를 마주 대하고 보니 기껏해야 서른 살쯤 되었을 법한 젊은이다. 하얀 가운 차림이 왠지 어설퍼 보인다.

「어서 오세요, 알리 네페르타리 박사입니다. 원장님의 아들이죠. 이런 말은 안 하는 게 좋을지 모르지만, 당신이 저의 첫 고객, 아니 첫 환자입니다. 이것이 행운을 불러오는 마수걸이가 되기를 바랍니다.」

그러면서 의사는 헤벌쭉 미소를 지어 보인다. 이어서 컴퓨터를 켜고 최근에 구입한 자동 진단 프로그램을 작동시킨다.

「그럼 먼저 관용적인 절차에 따라서, 성함과 나이, 키, 몸무게를 말씀해 주시겠어요?」

미셸 비달은 대답을 하고 나서 증상을 설명한다.

「목이 몹시 아파요. 허파가 불타는 듯하고 숨을 쉬기가 어려워요. 내가 보기엔…….」

「담배 피우시나요? 피우신다면, 하루에 얼마나 피우시죠?」

「안 피우는데요.」

젊은 의사는 〈흡연과 무관한 호흡 곤란〉이라는 행을 클릭한다. 검색 결과가 즉시 화면에 나타난다.

확률 A: 천식 32퍼센트

확률 B: 결핵 42퍼센트

확률C: 유행성 감기 41퍼센트

확률D: 편도염 34퍼센트

확률E: 환자가 실제로는 흡연을 하면서 거짓말 함 4퍼센트

확률F: 아직 알려지지 않은 다른 요인 2퍼센트

그는 증상 칸에 〈목이 아픔〉이라고 적어 넣고, 〈증상들의 분석 종합〉이라는 항목을 클릭한다. 즉시 프로그램이 돌아가면서 작은 로고가 나타난다. 심장이 팽창과 수축을 반복하는 모습을 흉내 낸 로고이다.

「잠시만 기다리세요. 곧 진단이 나올 겁니다. 그건 그렇고 쇼핑은 좀 하셨어요? 이렇게 날씨가 좋을 때는 카이로 시내를 돌아다니며 쇼핑하는 게 재미있거든요.」

미셸 비달은 이제 말소리조차 낼 수가 없다. 그는 아주 심하게 기침을 하다가 현기증을 느끼며 바닥에 널브러진다.

네페르타리 박사는 흠칫하며 뒤로 물러난다.

도움을 청하고 싶은데, 문득 그 여파에 생각이 미친다. 의사가, 그것도 원장 아들이 첫 환자를 진료하다 문제가 생기자 어떻게 대응해야 할지 몰라서 허둥거렸다는 사실이 알려지면 좋을 게 없다는 생각이 든 것이다. 그는 마치 온몸이 마비된 것처럼 가만히 앉아서 프랑스인이 바닥에서 죽어 가는 것을 지켜본다. 그 순간에 그가 두려워하는 것은 단 하나, 누가 들어와서 그 장면을 목격하는 것이다. 그는 혼이 나간 채로 힘없이 일어서서 문의 빗장을 밀고 그 이상한 환자를 바라본다. 환자는 심한 경련을 일으키며 카펫 바닥에 점액을 토하고 그 점액 때문에 숨이 막혀 버린다. 마침내 그의 버둥거림이 멎는다. 이제 생명의 징후가 보이지 않는다. 그저 초

점이 풀린 눈으로 입을 벌리고 있을 뿐이다. 이집트 의사는 그제야 청진기를 꺼내어, 환자의 심장이 전혀 뛰지 않고 있음을 확인한다. 그러더니 한숨을 길게 내쉬고 스마트폰을 든 다음, 한 남자 간호사에게 전화를 걸어 시신을 내가라고 이른다.

남자 간호사가 들어오더니, 심드렁하게 묻는다.

「이 사람 왜 이렇게 되었어요?」

그러자 젊은 의사는 점액이 묻은 손을 닦으며 대답한다.

「갑자기 격렬한 천식 발작을 일으켰어.」

간호사는 고개를 끄덕인다. 의사의 주저 없는 진단을 그대로 믿는 눈치다. 의사는 흐트러진 옷매무새를 바로잡고 애써 냉정을 되찾으며 명령한다.

「시신을 영안실에 안치하고 여권이 있는지 확인해 봐.」

그러고는 숨쉬기가 더 편하도록 옷깃의 단추를 끄른다. 밖에서 카이로 시내의 소음이 들려온다. 교통 혼잡 구간에 갇힌 자동차들이 클랙슨을 요란하게 울리며 붕붕거린다.

그는 결국 자기 예상이 맞았다고 생각한다. 그는 의사라는 직업을 별로 좋아하지 않는다. 그가 이 직업을 선택한 것은 〈가업〉을 계승하라는 아버지의 압력 때문이지, 그의 재능이나 소명 의식 때문이 아니었다. 그는 환자들로 붐비는 대기실 앞을 지나면서 느꼈던 기분을 떠올린다. 그때 이미 불길한 예감이 뇌리를 스쳤다. 그는 자기가 환자들을 무서워하고 있음을 비로소 깨닫는다.

첫 고객이 죽었다는 사실은 그가 보기에 하나의 징조다.

아버지에게는 안된 일이지만(어쨌거나 아버지는 의사 자격증까지 사줘 가며 그를 의사로 만들려고 애쓰셨다), 그는 마음을 굳힌다. 자기가 진정으로 좋아하는 재즈 댄스를 다시 시작하리라고.

123
백과사전: 아스클레피오스 신전의 치료법

고대 그리스인들은 의술의 신 아스클레피오스를 널리 숭배했다. 아스클레피오스의 탄생지로 알려진 에피다우로스를 비롯한 여러 도시에 이 신을 기리기 위한 신전이 있었다. 아스클레피에이온이라 불리던 이 신전은 병자들의 발길이 끊이지 않는 순례지이자 일종의 치료소였다. 이 신전의 사제들이 개발한 가장 주목할 만한 치료법 중에는 오늘날의 〈전기 충격〉과 비슷한 것도 있었다. 어떤 유형의 광기는 강한 충격에 바탕을 둔 치료법에 의해서 해소될 수 있다는 사실을 당시의 의사들이 이미 알고 있었다는 얘기다.

다만 전기가 아직 발견되지 않았던 시대라서, 아스클레피에이온의 사제들은 다른 방법을 사용했다.

그들은 정신 장애를 앓고 있는 것으로 보이는 환자가 찾아오면 어두운 땅굴 속으로 들어가게 했다. 환자는 더듬거리며 한참 나아간다. 그렇게 어둠 속을 걸어가다 보면 모든 감각이 예민해지기 마련이다. 귀는 어떤 소리도 놓치지 않으려고 바짝 긴장되어 있고, 눈의 망막은 아주 희미한 빛에도 즉각 반응할 준비가 되어 있다. 앞으로 나아갈수록 공포감은 점점 고조된다. 환자가 오감의 모든 지표를 상실하는 그런 상태가 절정에 달했을 때, 갑자기 땅굴 안쪽에 빛이 나타난다. 환자는 어두운 땅굴에서 빠져나가리라는 희망을 품고 그 빛이 들어오는 수직 통로를 향해 빠르게 나아간다. 그런데 환자가 수직 통로의 밑바닥에 다다라 하늘을 올려다보는 순간, 사제들은 그의 얼굴 위로 바구니 안에 가득 담긴 꿈틀거리는 뱀들을 쏟아붓는다. 불안과 안도와 희망에 이은 그 무시무시한 결말은 〈전기 충격〉의 효과를 만들어 낸다.

어두운 미로 속을 헤매다가 빛이 비쳐 드는 출구를 발견한 뒤에 극단적인 공포를 느끼는 것으로 마무리되는 이 치료법의 원리는 훗날 희곡이나 짤막한 이야기의 극적인 구조로 사용되었다. 그런 구조를 가진 이야기는 관객이나 독자들에게 전기 충격 치료의 효과를 발휘할 수 있다. 그 효과는 아스클레피오스 신전의 치료법이 환자들에게 주었던 효과와 유사하다.

에드몽 웰스, 『상대적이며 절대적인 지식의 백과사전』 제7권

124

초현대적인 설비를 갖춘 커다란 방. 장식적인 요소라고는 청동 조각상 하나뿐이다. 우람한 말에 올라탄 기사가 칼을 높이 쳐들고 있는 모습을 형상화한 조각상이다. 방 한복판의 탁자 주위에는 하얀 가죽을 씌운 안락의자들이 놓여 있다.

공군과 기병대와 포병대의 장성들, 그리고 해군 제독들이 이란군 총사령부에 모였다. 탁자 끄트머리에는 소말리아 이슬람주의 무장 단체 알샤바브의 고위 책임자들이 앉아 있다. 이스라엘과 접전을 벌일 모든 지역에서 제2선을 형성하기 위해 명령을 받으러 온 것이다. 북한 군사 고문도 몇 사람 보인다. 자기네가 이란에 판매한 미사일과 폭탄의 성능을 점검하러 온 것이다. 그들은 뒤로 물러나 앉은 채로 태블릿 PC를 조작하는 데에 몰두해 있다.

한쪽 벽에 설치된 화면에 서남아시아의 지도가 나타난다. 전략적인 요충지들과 각 군의 사령부들이 지도에 표시되어 있다.

자파르 대통령이 들어서자, 모두가 일어선다. 그는 테헤

란 시가지에서 계속 벌어지고 있는 시위를 진정시키기 위해서 시간을 허비하지 말라고 전제한 뒤에 말을 잇는다.

「서방 사람들이 〈아랍의 봄〉이라고 불렀던 시기에 리비아나 튀니지나 이집트에서 벌어졌던 사태가 재연되어서는 안 됩니다. 국민들의 마음을 하나로 묶어 줄 강한 충격이 필요합니다. 가급적이면 우리 나라 밖에서 말입니다. 나는 여러분이 아주 신속하게, 그리고 되도록 화려한 장관을 연출하면서 공격을 펼쳐 나가리라고 믿습니다.」

공군 참모 총장은 어떤 방식으로 공격할지 빨리 작전을 짜야 한다면서, 먼저 공군이 폭격을 가하고 이어서 포병대와 해군과 보병대가 차례로 공격에 나서자고 제안한다.

기갑 부대 사령관은 휘하 사단들이 이라크와 요르단과 레바논을 가로질러 이스라엘 국경의 양쪽을 공격할 준비가 되어 있다면서, 그 세 나라를 통과하는 동안 현지 주민들 사이에 심어 놓은 방대한 조직망의 지원을 받게 되리라고 알린다.

바로 그때 문이 벌컥 열린다. 턱수염을 길게 기른 남자가 경호원들을 대동하고 방 안으로 불쑥 들어온다. 남자는 카프탄 형태의 기다란 외투에 뾰족한 구두를 받쳐 신고 검은 터번을 두른 차림이다.

모두가 대(大)아야톨라 페라지를 알아보고 예를 갖추어 인사를 올린다. 대통령까지 급히 달려가서 그의 손에 입을 맞춘다.

그가 위엄이 서린 목소리로 이른다.

「그만 돌아가시오, 자파르. 내가 직접 작전을 지휘하겠소.」

462

「하지만…….」

「당신은 여기에 있어 봤자 아무 쓸모가 없소. 가서 가두시위나 제대로 막으시오. 전쟁은 내가 맡을 테니 국내 치안을 책임지란 말이오.」

자파르 대통령은 잠시 머뭇거리다가 고개를 숙여 인사를 하고는 뒤도 돌아보지 않고 나가 버린다. 대아야톨라는 탁자 <u>끄</u>트머리에 앉으며 묻는다.

「얘기가 어디까지 진행됐소?」

「이스라엘을 어떤 방식으로 공격할지 계획을 짜던 중이었습니다, 성하.」

터번을 두른 남자는 짜증이 섞인 실소를 짓는다.

「아니, 그것 말고 진짜 〈중요한 일〉 말이오.」

공군 참모 총장은 뜻밖의 말에 놀라서 헛기침을 한다.

「이것이야말로 중요한 일이 아닌지요…….」

「대통령이 진짜 계획을 알려 주지 않았소?」

탁자 주위로 불안한 시선들이 오고 간다.

「저…… 진짜 계획이라 하심은…….」

「보아하니 다들 아무것도 모르는 모양이군.」

대아야톨라는 한숨을 내쉬며 말을 잇는다.

「귀관들은 왜 우리가 전쟁을 하는 거라고 생각하시오?」

해군 제독 한 사람이 자파르 대통령의 주장을 되풀이하며 대답한다.

「국민의 관심을 딴 데로 돌려 시위를 진정시키기 위함이 아닌지요.」

대아야톨라는 머리를 흔든다. 그러자 공군 참모 총장이 열성을 보이며 답을 맞혀 보려고 한다.

「시온주의 적들을 우리의 신성한 땅에서 쫓아내기 위함입니다.」

「다들 멍청이가 된 겁니까? 이스라엘은 인구가 7백만 명밖에 안 되는 소국이오. 이 지도에서 보면 작은 색종이 조각 하나가 붙어 있는 것으로 보일 뿐이오. 그 영토에 사는 인구보다 테헤란 교외의 인구가 더 많소. 이런 나라를 공격해서 우리가 무엇을 얻을 수 있겠소? 작은 나라와 싸우는 것이 그렇게 좋으면 아예 모나코 공국을 공격하지 그러시오?」

「하지만 시온주의자들은…….」

대아야톨라가 호통을 친다.

「백치들 같으니! 이스라엘을 공격한다는 것은 매스 미디어와 국민을 겨냥한 우리의 선전일 뿐이오. 사람들이 깊은 생각을 하지 못하도록 흔들어 대는 붉은 헝겊이란 말이오. 귀관들은 우리가 스스로 선전한 것을 사실로 믿는 거요? 설마 그 정도로 어수룩하지는 않겠지요?」

지휘관들은 모두 눈길을 떨군다.

대아야톨라는 긴 수염을 매만지고 조급한 마음을 다스리려는 듯 심호흡을 하고 나서 이른다.

「우리의 목표는 석유나 다른 천연자원도 없는 그 소국을 침략하는 것이 아니오. 우리에게 진짜 중요한 일은 세계 이슬람 혁명의 지휘권을 장악하는 것이오. 우리의 진정한 적은 이스라엘이 아니라…….」

해군 참모 총장이 혹시나 하면서 묻는다.

「미국입니까?」

「미국은 너무 멀리 있소. 수천 킬로나 떨어져 있지 않소? 다시 생각해 보시오.」

그 이상은 아무도 감히 답을 내놓으려 하지 않는다.

「우리의 진정한 적은 16억 수니파 무슬림이오.」

긴 침묵이 좌중을 압도한다.

「다들 뉴스를 보지 않았소? 우리 시아파 순례자들이 사우디아라비아 경찰에게 모욕을 당한 뒤에 메카에서 쫓겨났소.」

그는 주먹으로 탁자를 내리친다.

「바그다드에서 시아파 모스크는 수니파 자살 테러의 상시적인 표적이 되고 있소. 이라크에서 우리 형제들은 마치 제물로 바치는 짐승들처럼 자기들 침대에서 목이 잘리고 있소. 파키스탄 정부는 시아파 형제들을 개처럼 취급하며 박해하오. 현재 전 세계의 무슬림 인구는 18억 명이고, 그중 90퍼센트는 수니파, 나머지 10퍼센트가 우리 시아파요. 우리가 자식을 아무리 많이 낳아도 그 격차를 따라잡을 수는 없소.」

지휘관들은 이해할 수 없다는 표정을 짓고 있다. 기갑 부대 사령관이 감히 나서서 묻는다.

「그것이 우리가 이스라엘을 상대로 벌이려는 전쟁과 무슨 상관이 있다는 것인지요?」

「어리석기는. 그건 세계의 모든 무슬림을 우리의 대의에 합류시키기 위한 명목상의 전쟁일 뿐이오. 정작 중요한 것은 칼리프 야지드를 섬기던 그 더러운 주구들이 우리 모두의 아버지이신 이맘 후세인과 그분의 가족을 부당하게 살해한 만행에 대해서 복수를 하는 것이오.」

잠시 침묵이 감돌고, 모두가 서기 680년에 벌어진 그 학살을 기억에 떠올린다. 선지자 무함마드의 외손자 후세인과 그의 가족이 이라크 남부 유프라테스강 근처 카르발라에서 야지드가 보낸 군대의 공격을 받고 무참하게 살해당한 그 일은 그들의 학교에서 되풀이해서 가르치고 그들의 텔레비전에서 끊임없이 상기시키는 사건이다.

문이 열리고 굴바하르 모카담 장군이 제복을 여미면서 들어온다.

「죄송합니다. 비행기가 연착을 했습니다.」

그는 땀에 젖은 이마를 훔친다. 가볍게 몸을 떨고 있는 듯하다. 대아야톨라가 한 손을 내밀자 그는 몸을 구부려 그 손에 입을 맞춘다.

대아야톨라는 그에게 눈길조차 주지 않고 말을 잇는다.

「우리가 무슨 얘기를 하다 말았지요? 아 그렇지, 순교자 후세인의 원수를 갚는 진정한 길은 단 하나……」

그는 지도의 한 지점에 손가락을 댄다.

「리야드에 핵폭탄을 투하하는 거요.」

침묵이 이어진다.

굴바하르 모카담 장군이 참을 수 없이 거북한 목을 긁으며 침묵을 깬다.

「무슨 말씀이신지…… 이해를 못 하겠습니다만……」

「그다음에는 공격을 가한 자들이 이스라엘 사람들이라고 말하는 거요. 그러면 이스라엘과 전쟁을 벌이는 우리가 이슬람의 진정한 선봉으로 받아들여질 것이오. 모든 무슬림이 우리 편에 설 것이고, 우리는 시아파의 깃발 아래로 재결집한 18억 무슬림이라는 양 떼를 이끄는 목자들이 되는 거요. 그리고 마침내 하나가 된 우리는 그 무엇의 방해도 받지 않고 세상의 만백성을 우리 종교로 개종시킬 수 있을 것이오.」

대아야톨라는 다시 자리에 앉아 두 손을 넓은 소매 속으로 집어넣는다.

「수니파는 2001년 9월 11일 뉴욕의 세계 무역 센터를 공격하는 비상수단을 썼지만, 우리는 리야드에 핵폭탄을 투하하는 훨씬 강력한 비상수단을 사용할 거요. 이 작전의 이름은 〈영원한 복수〉요. 내가 직접 이름을 지었소.」

지휘관들은 자기들의 새로운 책임을 의식하며 자세를 바로한다.

「기습의 효과는 완벽할 것이고, 우리는 일거에 모든 측면에서 승기를 잡게 되리라 믿소. 그리고 우리가 그 〈충격 요법〉에서 성공을 거두게 되면, 세계 이슬람 혁명이 촉발될 것이고, 결국에는 모든 인간이 유일하게 진실한 종교로 개종하게 될 것이오.」

그때 모카담 장군이 아주 요란하게 재채기를 한다. 한참이나 참고 참았던 재채기가 터져 나온 것이다. 베이지색의 가는 침방울들이 부채꼴을 이루며 앞과 좌우로 좍 퍼져 간다.

125
백과사전: 알렉산드리아 도서관

이집트의 알렉산드리아 도서관은 기원전 288년 프톨레마이오스 1세에 의해 건립되었다. 프톨레마이오스 1세는 알렉산드로스 대왕의 휘하에 있던 마케도니아 장군이었는데, 대왕이 죽은 뒤에 이집트를 차지하고 새 왕조를 열었다.

알렉산드로스 대왕의 진정한 후계자를 자처하며 파라오 자리에 오른 프톨레마이오스 1세는 독특한 목표 하나를 설정했다. 대왕의 이름을 딴 수도 알렉산드리아를 아테네보다 더 훌륭한 문화와 학문의 중심지로 만들겠다는 것이 그의 포부였다.

그리하여 그는 궁궐 근처에 대학과 연구 기관과 도서관을 포함하는 대규모 복합 학술 단지를 건설하게 했다. 그는 특히 도서관 건립에 공을 들였고, 〈세상의 모든 지식을 한데 모으리라〉는 야심을 천명했다.

그는 수만 권의 책을 모으는 일로 그의 야심을 실현해 가기 시작했다 (물론 당시에는 종이책이 존재하지 않았으므로, 여기에서 말하는 책 한 권은 파피루스 낱장들을 붙여서 만든 두루마리 한 개를 가리킨다). 장서 수집의 임무를 맡은 학자들과 서사들은 책을 사들이기도 하고, 살 수 없는 책들은 되도록 빠르게 베껴 내기도 했다.

그의 뒤를 이어 왕위에 오른 프톨레마이오스 2세는 선왕의 유지를 받들어, 교류가 가능한 모든 나라의 군주들에게 사신을 보냈다. 각국의 학자들과 문호들이 집필한 모든 책들을 보내 달라고 요청하기 위해서였다.

그 뒤로 알렉산드리아 도서관의 장서는 나날이 증가하여 50만 권이라는 수치에 도달했다.

그렇게 지식의 보고가 갖춰지자 자연스럽게 인재들이 모여들기 시작했다. 알렉산드리아 도서관은 중력이 강한 행성처럼 지중해 연안의 학자들을 두루 끌어들였고, 그들은 알렉산드리아에 와서 자기들의 지식을 심화하거나 자기들이 발견한 것을 전해 주었다.

이곳의 매력은 비단 장서가 어마어마하게 많다는 사실에 국한되지 않았다. 도서관 옆에 마련된 연구 기관에는 학자들이 자유롭게 사용할 수 있는 과학적인 도구들이 갖춰져 있었고, 식물원과 동물원이 딸려 있었으며, 지도며 암석이며 식물이며 동물 유골의 수집품들이 비치되어 있었다.

알렉산드리아 도서관에 들어오는 책들은 모두 그리스어로 번역되었다. 헬레니즘 왕국인 당시의 이집트에서 그리스어는 학자들과 역사가

들의 국제적인 공용어였다. 성경의 일부인 모세 5경이 히브리어에서 그리스어로 번역된 것도 이 무렵의 일이다. 그 번역에 참가한 사람들은 유대인 12지파에서 각각 여섯 명씩 선발된 일흔두 명의 율법학자들이었다. 그들은 알렉산드리아 앞바다에 있는 파로스섬에 틀어박혀서 72일 만에 그 임무를 완수했다고 한다. 또한 이 시기에 알렉산드리아에서는 플라톤이나 아리스토텔레스 같은 철학자들이며 호메로스 같은 시인들에 관한 연구와 주해 작업도 널리 행해졌다.

기원전 3세기부터 기원후 4세기에 이르기까지 알렉산드리아 도서관은 모든 학문이 한데 어우러져 발전하는 융합의 장소였다. 수학, 천문학, 지리학, 생물학, 물리학은 물론이고 철학과 시학의 영역에서도 다양한 관점들이 이곳에 모인 학자들 사이에서 대비되고 검증되었다. 그리고 이 지식의 성소 덕분에 각 분야의 새로운 발견이나 연구 성과들이 상당히 빠르게 전파되었다.

알렉산드리아 도서관의 관장 자리에 오르는 것은 크나큰 명예였다. 초대 관장 제노도토스, 지구의 둘레를 최초로 측정한 에라토스테네스, 사모트라케 사람 아리스타르코스, 로도스 사람 아폴로니오스, 그리고 훨씬 후대의 알렉산드리아 사람 테온에 이르기까지 당대의 명망 높은 학자들이 그 영예로운 직책을 맡았다.

알렉산드리아 도서관의 전성기에는 그 장서가 무려 70만 권을 헤아렸다. 소아시아에 있던 페르가몬 왕국에서도 알렉산드리아 도서관에 버금가는 큰 도서관을 세우고 장서 수집 경쟁을 벌였지만, 끝내 알렉산드리아 도서관을 따라잡지 못했다(페르가몬 도서관의 장서는 20만 권에 지나지 않았다).

그런데 그 소중한 지식의 보고를 파괴하려는 움직임이 생겨났다. 그런 만행을 가장 먼저 시도한 사람들은 415년 알렉산드리아 주교 키릴로스(훗날 성인품에 오름)를 추종하던 과격한 기독교인들이었던 듯하다.

스페인 영화감독 알레한드로 아메나바르는 알렉산드리아 도서관 관장의 딸인 히파티아라는 실존 인물의 삶을 그린 영화 「아고라」에서 그 사건을 다루고 있다. 히파티아는 아버지에게서 훌륭한 교육을 받고 천문학과 철학과 수학 분야에서 탁월한 재능을 보였으며 알렉산드리아의 대학에서 젊은이들을 가르쳤다. 하지만 이교의 신앙을 지닌 이단자로 간주되어 기독교인들의 돌에 맞아 죽었다.

알렉산드리아 도서관이 결정적으로 파괴된 것은 642년 아므르 이븐 알 아스 장군이 이끄는 아랍인들이 침략했을 때였다. 아므르 장군이 알렉산드리아를 점령한 뒤에 도서관을 어떻게 해야 하느냐고 칼리프 오마르에게 물었을 때, 칼리프는 이런 식으로 대답했다고 한다. 〈모두 없애 버려라. 그 책들이 쿠란이라면, 그건 우리가 이미 가지고 있는 것이다. 그 책들이 쿠란이 아니라면, 우리에게 유익한 어떤 진리도 담고 있지 않은 것이다.〉

그 파괴 행위가 어찌나 악착스러웠는지, 오늘날에도 우리는 대도서관이 들어서 있던 정확한 자리를 알지 못한다.

에드몽 웰스, 『상대적이며 절대적인 지식의 백과사전』 제7권

126

관자놀이가 후끈거린다. 다비드는 한밤중에 벌떡 일어난다. 몸에 땀이 흥건하고 열이 난다.

누시아가 그의 어깨를 어루만지면서 묻는다.

「다비드, 어디 아파?」

「악몽을 꾸었어.」

「아틀란티스 꿈을 꿨어? 최면 상태에서 겪은 일이 꿈에 다시 나타나는 경우가 있어. 사실 마조바가 그리 호락호락한 실험은 아니지. 이해할 수 있어.」

「그런 게 아냐. 나는 제3차 세계 대전이 일어나는 꿈을 꿨어.」

누시아는 한숨을 내쉰다.

「뉴스 때문이야. 뉴스를 보고 있으면 세상이 너무 무섭게 느껴지잖아.」

「인류는 어떤 중대한 실수를 저지를 가능성이 있는 고비에 처할 때마다 실제로 그런 실수를 범했어. 그리고 그때마다 우리처럼 방어책을 찾으려는 사람들이 있었겠지만…… 대책은 언제나 너무 늦게 세워졌어. 나는 나 자신이 너무 느린 구원자들의 오랜 전통을 잇고 있을 뿐이라는 느낌이 들어.」

누시아는 그에게 입을 맞춘다.

「우리가 꼭 성공해야만 하는 것은 아냐. 우리의 의무는 시도하는 거야. 그냥 시도하는 거라고.」

「하지만 전쟁이…….」

「설령 제3차 세계 대전이 벌어진다 해도, 그것을 막지 못했다고 너 자신을 탓할 수는 없어. 그건 우리가 어찌할 수 있는 일이 아냐. 우리는 그저 작은…….」

「개미들이나 다름없다고?」

「이를테면 그렇지. 아무튼 만약 느닷없이 커다란 신발이 하늘에서 나타나 우리를 박살 내려고 한다 해도, 그건 우리 책임이 아냐. 그런 상황에 맞서 무언가를 해보려 한다는 것은 비록 사태의 흐름을 조금 바꿔 보려는 몸짓에 불과하다 할지라도 그 자체가 이미 매우 오만한 행동이야. 사마귀가 앞다리를 들고 수레를 멈추려 하는 것이나 다름없지. 그런 행동을 자임한 사람은 나탈리아지 네가 아냐. 일이 잘 돌아가면 그 여자 덕인 것이고, 일이 잘못되면 그 여자 탓인 거지.」

다비드는 침대를 빠져나와 실내 가운을 걸친다. 그런 다음 맨발로 계단을 내려가서 중앙 실험실로 들어간다. 그는 에마의 크기에 맞게 만들어진 작은 침실 앞에서 걸음을 멈춘다. 에마는 구두 상자보다 클까 말까 한 침대에서 자고 있다.

그를 뒤따라온 누시아가 말한다.

「참 예쁘다.」

「너무 연약해.」

「정말 보통의 아기보다 열 배나 빨리 자라나 봐.」

「그런다고 뭐가 달라지겠어? 이 아기는 역사의 흐름에 영향을 미칠 수 없어. 첩보원으로도 그렇고 신인류의 선구자로도 그래. 에마는 우리처럼 한낱 관객의 수준을 벗어나지 못할 거야. 문명의 붕괴가 텔레비전 뉴스를 통해 하나의 구경거리로 제공되는 것을 그냥 지켜보겠지.」

「그만해, 다비드. 패배주의자처럼 굴지 마.」

「내가 더 일찍 시작하지 않은 것을 얼마나 후회하고 있는지 몰라…… 할 수 있다면 뒤로 돌아가고 싶어. 우리가 한 모든 일을 너무 늦기 전에 해냈더라면 얼마나 좋았을까?」

누시아는 그의 목덜미를 어루만지려고 한다. 하지만 그는 얼른 몸을 빼낸다.

「우리는 언제나 너무 늦게 깨달아.」

「자니코 중위를 닮아 가는 거야? 그 말을 머피의 법칙에 포함시켜서 티셔츠에 써넣지, 그래?」

그들은 초미니 동물들의 우리가 늘어서 있는 복도로 나선다. 작은 코끼리 두 마리가 코끝으로 서로를 쓰다듬고 있다.

「마조바에 필요한 것들이 아직 남아 있어. 전생으로 돌아가는 의식을 한 번 더 치러 보지 않겠어? 네 안에 깊이 감춰진 진실을 이해하는 데 도움이 될 거야.」

누시아가 나직한 소리로 제안하자, 다비드는 동의한다.

「그렇다고 환상을 품지는 마. 과거는 과거야. 옛날에 〈아틀란티스의 너〉는 그 나름의 방식으로 살고 행동하다가 늙어서 죽었어. 그는 지금의 너보다 낫지 않았어. 너와 전혀 다른 환경에서 생겨난 문제들을 그 시대의 방식으로 해결하며 살아갔지.」

누시아는 초미니 고래가 들어 있는 투명한 수족관을 살펴본다. 고래는 물속을 빙빙 돌아다니면서 그들의 말에 귀를 기울이고 있는 듯하다.

「중요한 건 너야, 다비드. 너는 지금 여기에 살아 있으니까. 너는 지금 전개되고 있는 현실에 작용하고 있어. 이 현실이 어떤 식으로 귀결될지는 아무도 몰라. 너는 너의 행위로 역사에 영향을 미치는 거야. 〈지금 여기〉, 중요한 것은 바로 그거야. 우리는 이미 쓰인 책 속의 인물들이 아냐. 우리가 우리의 개인적인 선택을 통해서 우리 책의 다음 장(章)에, 그리고 마지막 장에까지 영향을 미치는 거야.」

다비드는 크기가 정어리 정도밖에 되지 않는 초미니 돌고래를 살펴본다. 돌고래는 물 밖으로 솟구쳐 올라 허공에서 재주를 넘는다.

「나는 거기 아틀란티스로 돌아가고 싶어. 어디에서 실수가 있었는지 알아볼 생각이야. 과거의 잘못이 무엇에 기인했는지 알고 나면 미래의 올바른 진로를 추론할 수 있을 거야. 그렇게 생각하지 않아?」

누시아는 그의 손을 잡고 이끈다. 그들은 자기들의 방으로 다시 올라간다. 누시아는 촛불을 켠 다음, 가방을 열어 유리병들이 들어 있는 가죽 케이스를 꺼낸다. 다비드는 어서 전생으로 돌아가기를 바라며 자리에 앉는다. 누시아는 아프리카의 밀림에서 가져온 덩굴 식물의 줄기와 어떤 나무의 뿌리를 섞어서 이긴다. 그렇게 해서 독한 냄새가 나는 검은 혼합물이 만들어지자, 다비드는 냄새에 전혀 개의치 않고 그것을 꿀꺽 삼킨다. 곧이어 누시아는 한쪽 끄트머리가 두 개의 작은 뿔 모양으로 갈라진 담뱃대를 꺼내어 대통에 무언가를 채우고 갈래 진 끄트머리를 다비드의 두 콧구멍에 끼운다. 그런 다음 담뱃대 한복판의 대통에 불을 붙이고 그의 콧구멍 속으로 연기를 불어 넣는다. 그는 이제 시간을 거슬러 오르는 여행을 떠날 참이다. 누시아는 문들이 죽 늘어선 통로를 머릿속에 그리라면서 카운트다운을 시작한다.

10, 9, 8, 7, 6, 5, 4, 3, 2, 1…… 제로.

그는 하얀 통로로 들어서서 문들을 지나치며 나아간다. 문들에는 그의 영혼이 각기 다른 시대에 각기 다른 나라에서 환생할 때 사용했던 이름들이 적혀 있다. 이윽고 통로 끝의 문이 나타난다. 그의 첫 번째 전생으로 들어가는 문이다. 이제 그는 거기에 아틀란티스의 문자로 씌어 있는 이름을 〈아슈콜라인〉이라고 읽을 수 있다.

그는 문을 열고 들어가 동아줄로 된 다리를 건너 8천 년 전의 아틀란티스 한복판에 다다른다.

127
나는 기억한다.

소형 로켓 〈림프구 10호〉는 하늘 높이 올라가서, 이전의 모든 로켓이 폭발했던 한계 고도를 무사히 통과했다. 그런 다음 예정된 길을 따라 비행을 계속했다.

드디어 인간들이 내 프로젝트의 첫 단계를 성공시킨 것이다.

그 정도의 성취만 놓고 보더라도 인간들이 과연 훌륭하다는 생각이 들었다. 개미나 돌고래, 문어, 돼지, 쥐가 아니라 그들에게 기대를 건 것은 잘한 일이었다.

〈림프구 10호〉가 정지 궤도에 다다르자, 그들은 거기에 실린 우주 망원경을 원격으로 조종하여 내 쪽을 향하게 했다. 그리하여 나는 그들의 전파를 포착함으로써 처음으로 〈내 모습〉을 사진으로 볼 수 있었다. 그건 내 모습을 느낌으로 짐작하는 것과는 전혀 다른 차원이었다.

그러니까 〈림프구 10호〉의 첫 번째 쓸모는 나의…… 거울 노릇을 하는 것이었다.

그 거울에 비친 나는 둥글고 푸른빛을 띠고 있었으며 레이스 장식 같은 구름덩어리들을 품은 대기층으로 둘러싸여 있었다. 나의 대양들은 햇빛을 받아 번쩍였고, 내 대륙들은 연한 갈색이거나 초록색이었으며, 산들의 정상은 자개 빛깔이었다. 먼 옛날 테이아가 나와 충돌했을 때 생긴 상처들은 물이나 숲에 가려서 더 이상 보이지 않았다.

내가 보기에 나는 그런대로 괜찮은 모습을 지닌 행성이었다.

이어서 그들은 우주 망원경을 반대쪽으로 돌렸다. 그리하여 나는 우주선에서 보내는 전파를 포착함으로써 나를 둘러싸고 있는 태양계의 모습을 볼 수 있었다.

나 자신과 태양계의 모습을 보여 준 것은 인간들의 첫 번째 선물이었다. 나는 그들 덕분에 눈을 갖게 되었다. 〈림프구 10호〉에 장착된 우주 망원경이 바로 나의 눈이었다. 다만 그 눈을 내 마음대로 이리저리 움직일 수 없다는 게 아쉬울 뿐이었다.

어쨌거나 그건 새로운 경험이었다. 수십억 년 동안 앞을 보지 못하고 살다가 내 주위를 보게 되니 그 느낌이 정말 굉장했다.

나는 〈림프구 10호〉가 촬영하여 인간들에게 보내는 이미지들 하나하나를 즐겼다. 우주 망원경의 움직임에 따라 마치 한 가족의 구성원들을 처음으로 만나듯 이웃한 천체들을 발견해 나갔다.

가장 먼저 나의 관심을 끌었던 것은 테이아의 잔해들이 모여서 이루어진 달이었다. 그때까지 나는 달의 존재를 그저 인력으로만 느껴 왔는데, 비로소 달의 진짜 얼굴을 자세하게 살펴볼 수 있었다. 오랫동안 내가 원수로 여겨 온 달은 창백하고 음산해 보였다. 그 표면에는 분화구 모양의 검은 구덩이들이 많이 파여 있었다. 달에도 운석들이 날아와 충돌한다는 것을 말해 주는 지형이었다. 하지만 달은 대양이나 숲이 없어서 그 상처들을 가리지 못하고 있었다. 자업자득이었다.

달에 이어서 나는 먼 훗날 천문학자들이 수성, 금성, 화성, 목성, 토성, 천왕성, 해왕성이라고 부르게 될 천체들, 즉 나의 자매 행성들을 발견했다.

그런데 처음의 열광이 스러지고 나자, 큰 실망이 찾아왔다. 잠들어 있는 줄 알았던 내 자매들은 자세히 보니 죽어 있었다. 아니 죽었다기보다 아예 생명의 활기를 경험해 본 적이 없는 듯했다. 태양계를 관찰하면서 내가 깨달은 것은 태양계가 거대한 공동묘지라는 사실이었다. 내 자매 행성들은 태양 주위를 도는 시체들이었고, 태양 자체는 의식도 지능도 없이 그저 빛을 발하기만 하는 순수한 에너지였다.

그 가없은 행성들은 내가 누렸던 기쁨들을 경험한 적도 없고 앞으로도 영원히 경험하지 못할 것이다. 나에게는 너무 강하지도 약하지도 않은 중력과 생명이 숨 쉬게 하는 대기가 있고, 생명을 창조하는 데 필요한 온화한 기후와 다양한 화학 물질이 있다. 그리고 나는 기억과 의식이 있기에 생각하고 숙고하고 계획을 세울 수 있다.

왜 나는 자매 행성들과 다른가?

나는 행성들을 관찰하면서 그 이유를 깨달았다. 나는 알맞은 때에 알맞은 자리에서 알맞은 크기로 생겨나 태양의 주위로 알맞은 궤도를 그리며 알맞은 속도로 돌고 있었다.

나는 기이한 우연들이 결합된 결과로 생겨났다. 두 번 다시 되풀이되지 않을 만큼 개연성이 적은 일들이 겹치고 또 겹친 것이다.

그런데 다른 한편으로는 걱정이 되기도 했다. 정말 내가 그토록 많은 것들이 서로 잘 맞아떨어진 결과로 생겨난 것이라면, 그 가운데 무언가 하나만 잘못되어도 내가 파괴될 수 있다는 얘기가 아닌가.

나는 〈림프구 10호〉가 전해 오는 이미지들 속에서 무언가를 식별해 내고 질겁했다. 화성과 목성 사이에 소행성들이 띠를 이루고 있었다. 짐작건대 그것은 어느 행성의 잔해였고, 그 행성은 외부에서 날아온 어떤 천체와 충돌하여 박살이 났을 것이었다. 그것을 보면서 나는 깨달았다. 만약 나의 소중한 입주자들인 인간들이 나를 도와서 우주 어딘가에서 오는 위험에 맞서 싸우지 않는다면, 나 역시 그 행성과 똑같은 운명을 맞게 되리라는 것을.

128

일은 느닷없이 터졌다.

네페르타리 박사는 여느 때와 다르게 심한 피로를 느꼈다. 의사의 일이란 자기에게 병을 옮길 수 있는 사람들과 빈번하게 접촉하는 것이고, 환자가 많으면 그만큼 전염원도 많은 법이라고 그는 생각했다.

그는 열 명의 환자를 진찰한 뒤에(다시 말해 열 명의 환자를 감염시킨 뒤에), 오후 4시쯤 일찍 퇴근하겠다고 알렸다. 점점 몸이 불편해지는 느낌이 들었기 때문이다. 특히 사지가 자꾸 뻣뻣해지고 심장 박동이 빨라지는 것 같았다.

그는 호사스러운 빌라 안으로 들어서자마자 안락의자에 털썩 주저앉는다. 기침이 점점 심해진다.

그의 아내는 그가 냉수욕을 할 수 있도록 욕조에 물을 받아 놓고 재스민 꽃잎을 뿌린다. 그가 목욕을 한 뒤에는 그의 어깨를 주무르고 오렌지꽃 차를 끓여 준다. 하지만 신열은 내리지 않는다. 그는 자기에게 맞지 않는 일을 한 탓에 몸에 탈이 난 것이려니 생각한다. 그러면서 내일은 용기를 내어 사표를 내고 무용 학원에 등록하리라고 마음을 다잡는다.

사표를 내면 아버지는 그를 내칠 것이고, 그의 식구들은 아마 예전보다 적은 돈을 가지고 살아가게 될 것이다. 하지만 다른 건 몰라도 그는 무언가 자기 본분에 맞는 일을 한다고 느낄 것이다.

알리 네페르타리는 잠자리에 들기 전에 네 자녀와 아내에게 다정하게 입을 맞춘다. 자기도 모르는 사이에 그들을 죽음으로 이끈 셈이다.

이튿날, 그는 열이 너무 심해서 몸을 일으키지도 못한다. 그래서 더 잘 테니 깨우지 말라고 이른다. 그러고는 다시는 깨어나지 못할 깊은 잠에 빠져든다.

빌 프레스턴 기장은 여객기가 기항하는 동안 카이로 시내로 쉬러 왔다가, 꼬챙이에 꽂아 통째로 구운 양 머리 고기를 먹고 배탈이 났다. 아마도 저온 유통 체계가 제대로 갖춰지지 않은 상태에서 냉동실에 들어갔다 나오기를 몇 번이나 되풀이한 고기를 먹은 모양이었다.

그래서 그는 네페르타리 병원에 갔다. 대기실에서 프랑스 관광객이 계속 기침을 해대면서 이따금 손으로 입을 가리는 것을 빠뜨리고 있었지만, 그는 그것에 주의를 기울이지 않았다.

빌 프레스턴은 의사의 처방에 따라 약을 먹고 공항으로 돌아왔다. 그런 다음 기장의 완벽한 복장을 차려입고 목적지인 로스앤젤레스를 향해 여객기를 이륙시켰다.

그 뒤로 몇 시간이 지나자 그는 목이 바싹바싹 타고 갑자기 신열이 오르는 것을 느낀다. 위창자염의 부수적인 증상이려니 생각하는데, 체온은 자꾸 올라가고 가슴이 답답해지기 시작한다. 그는 재채기를 하고 손에 묻은 침방울을 닦기 위해 티슈를 찾는다. 그 뒤로 몇 초 동안 보잉 787 여객기의 공기 조절 장치를 통해 카이로발 LA행 항공편의 승객들 239명이 감염된다.

프레스턴 기장은 비행기를 무사히 착륙시키고 병원 응급실로 달려간다.

에티오피아 출신의 간호사 칸달라 히센은 그날 네페르타리 병원에서 많은 환자를 보살폈다. 그녀는 환자를 대할 때마다 열이 나는지 알아보느라고 자기 손바닥으로 환자의 이마를 짚었다. 반사적으로 되풀이한 사소한 동작이지만, 그러는 사이에 자기가 걸린 병을 환자들에게 옮겼다. 그래서 하루 만에 38명의 환자들이 새로운 질병에 감염되었다. 그들은 하나같이 대수롭지 않은 질병 때문에 병원을 찾아왔던 사람들이다. 그 뒤에 이 간호사는 조금 피곤하다고 느끼며 퇴근했다. 집으로 돌아가는 길에 그녀는 점점 격렬하게 기침을 하다가 대로에서 쓰러지고 만다. 행인들은 그녀가 술에 취한 것으로 여기고 아무도 도와주지 않는다. 그녀는 보도에서 혼자 죽어 간다. 지나가던 개들만이 코를 킁킁거리며 그녀를 핥아 댈 뿐이다.

독일 관광객 군터 포크만은 성병 때문에 병원을 찾아와서 항생제 치료를 받았다. 호텔로 돌아오자 다른 여자들을 객실로 불러들이고 싶었다. 그는 그 욕구를 억누르지 못하고 자기가 선호하는 탄자니아 출신 여자를 두 명 오게 했다. 다만 이번에는 또다시 성병에 감염되는 것을 막기 위해 콘돔 두 개를 겹쳐서 사용할 만큼 신경을 썼다. 덕분에 성병에 또 걸리지는 않았지만, 키스를 하면서 자기의 바이러스를 두 여자 모두에게 옮겼다. 두 여자는 저마다 다른 손님들을 상대로 밤일을 계속했기 때문에 그날 밤 다수의 남자들이 바이러스에 감염되었다. 한편 군터 포크만은 잠을 이룰 수가 없어서 수면제 몇 알을 먹었다. 그는 점액을 토하며 죽음을 맞는다. 스마트폰을 켤 수도 없을 만큼 기력이 쇠한 채로.

　가와바타 모로토는 일본으로 돌아갔고, 집에 잠깐 들렀다가 곧바로 자동차 부품 공장에 출근했다.
　여행에 지친 데다가 고열이 나고 있었지만, 그는 부서 직원들을 모두 모아 놓고 월간 목표와 업무 지침을 전달했다. 수익률을 높여야 한다는 것이 지침의 요점이었다. 그가 일장 연설을 하는 동안 침방울이 튀어 나가 맨 앞줄과 두 번째 줄의 부하 직원들이 바이러스에 감염되었다. 그는 화장실에서 입에 손을 댄 채로 재채기를 한 뒤에 문손잡이와 세면대의 수도꼭지를 만졌다. 그 직후에 화장실을 이용한 사람들은 모두 감염되었다.
　가와바타 모로토는 자기가 지쳐 있다고 느끼지만 집에 돌아가서 쉬려고 하지 않는다. 그는 그렇게 열성을 보임으로써 봉급이 인상되리라고 기대한다. 그는 필터가 달린 보호 마스크를 쓸까 말까 하고 망설인다. 하지만 그것을 쓰고 다니면 볼품이 없을 듯하다. 그래서 최대한 자제력을 발휘해서 남들 앞에서는 기침을 하지 않기로 결심한다. 오후에 그는 상사들을 만나 오래전부터 그들이 약속해 온 봉급 인상을 허락하도록 설득해 낸다. 그는 그들과 차례차례 악수를 나누며 감사를 표한다. 그러면서 자기도 모르는 사이에 그들에게 바이러스를 옮긴다.
　그러고 나서 그는 비틀거리며 집으로 돌아와 가족에게 희소식을 전한다. 그들은 일본을 위협하는 지진에 관한 무서운

다큐멘터리를 보면서 저녁을 먹는다. 그러는 사이에 식구들 모두가 감염된다.

129

나는 기억한다.

나는 그들에게 로켓 기술을 가르친 뒤에 폭탄 제조법을 일러 주었다. 나는 태양의 표면을 관찰했고, 나의 마그마와 화산에서 벌어지는 화학적인 현상을 이해하려고 노력했다. 그럼으로써 내 표면에서 구할 수 있는 물질들을 사용하여 그런 현상들을 소규모의 통제된 방식으로 재현할 수 있는 길을 찾아냈다.

그런 다음 피라미드를 송수신기로 사용하여 인간들에게 폭발에 관한 실험을 하도록 영감을 불어넣었다.

그리하여 그들은 〈림프구〉라는 이름의 로켓들에 이어 작은 핵폭탄 두 개를 개발했다. 그것들의 파괴력을 시험하자면 내 땅껍질에 상처가 날 것이 뻔했지만, 나는 그것을 허용했다.

130

그는 몸을 부르르 떤다.

누시아는 불안한 표정으로 묻는다.

「무슨 일이야? 뭐가 보여?」

「……폭발.」

「뭐가 폭발했는데? 꿈에서 본 세계 대전 장면을 거기에서도 보고 있는 거야?」

그의 눈꺼풀에 덮인 눈알이 빠르게 굴러간다. 그 장면을 마치 눈앞의 일처럼 보고 있다는 증거다. 이윽고 그가 말문을 연다.

「핵폭탄이 터졌어.」

「핵폭탄이라고? 전쟁이 난 거야?」

「아니…… 전쟁이 아니라 실험이야. 우리는 핵폭탄을 개발해서 작은 로켓에 실었어. 그 로켓의 이름은…… 〈림프구 11호〉야.」

「림프구? 그건 백혈구의 하나잖아?」

「아냐. 그건 미니 인간들이 만든 미니 로켓이야. 이전의 로켓과 달리 약간의 승무원과 핵폭탄을 운반할 수 있어.」

「하나의 무기야?」

「방어용이지. 샤먼이 우리에게 그 기술을 개발하라고 요구했어. 우리 행성과 충돌할 가능성이 있는 소행성들을 폭파하는 데 사용될 거야.」

다비드 웰스는 매우 흥분해 있다. 얇은 눈꺼풀 아래에서 눈알이 더욱 빠르게 움직인다.

「뭐가 잘못되어 가고 있어?」

「우리가 〈림프구 11호〉에 탑재한 폭탄은 너무 불안정해. 로켓이 이륙할 때의 진동으로 온도가 높아졌고, 로켓이 12킬로미터 고도에 도달했을 때 폭탄이 터졌어. 노란색과 흰색의 빛다발이 보였어. 나는 로켓과 승무원들이 완전히 사라졌다는 것을 알아. 끔찍한 일이야.」

「지금은 뭘 하고 있어?」

「나는 은미얀과 함께 현자 위원회의 구성원들이 모여 있는 관제실에 있어. 더 안정적인 핵폭탄을 개발하기 위한 방안을 놓고 토론을 벌이는 중이야. 우리 주위에는 미니 인간들도 있어. 미니 로켓을 구상한 사람들이지.」

「알에서 부화했다는 그 미니 인간들 말이야?」

「그래. 그들은 로켓을 건조하는 데 기여할 뿐만 아니라 직접 우주선에 탑승하기도 해. 아주 작은 사람들이거든.」

「키가 얼마나 되는데?」

「170센티미터. 그들은 책망하는 눈빛으로 우리를 바라보고 있어. 우리가 폭탄을 잘못 조절해서 자기네 형제들이 죽었다는 것을 알고 있거든.」

다비드는 그들의 대화를 직접 듣고 있는 듯한 표정을 짓는다.

「나는 내 크기의 기술자들과 토론을 벌인 뒤에 미니 인간 기술자들과 이야기를 나누고 있어. 우리가 매번 성공을 보장할 수는 없고 새로운 실험은 대개 실패할 가능성이 매우 높은 법이라고 그들에게 설명하지. 그들 가운데 일부는 눈에 칼을 세우고 나를 원망해. 나는 그런 일이 되풀이되지 않도록 최선을 다하겠노라고 약속해. 그러면서도 우리 프로젝트의 의미를 다시금 그들에게 상기시키지. 지구를 보호할 수 있는 우주선을 건조하는 것이 어떤 점에서 중요한지, 그리고…….」

그가 말을 멈춘다.

「그리고?」

「그 장면은 그것으로 끝나고 이제 나는 은미얀과 함께 있어. 그녀는 우리가 미니 우주 비행사들은 영원토록 신뢰할 수는 없고, 우리의 아이를 갖고 싶다고 말해.」

그는 다시 뜸을 들이다가 말을 잇는다.

「우리는 사랑을 나눠. 하루의 긴장이 모두 사라지는 기분이야. 은미얀은 살아 있음의 기쁨과 자신의 풋풋한 활력을 나에게 전해 줘. 갑자기 나 역시 그녀와 나를 조금씩 닮은 존재를 낳고 싶다는 욕구를 느껴.」

「이제 돌아올 시간이야. 안개 속을 가로지르는 줄다리를 다시 건너. 문을 열고 통로로 들어서서 〈다비드 웰스〉라고 써 있는 문 앞으로 와. 이제 여기로 돌아와서 눈을 뜰 준비를 해. 내가 열까지 세면, 너는 여기로 돌아올 거야.」

그는 들어가고 나오는 의식이 갈수록 간단해지는 것을 아쉬워한다.

누시아는 언짢은 기색을 보인다. 그래서 그는 그녀를 안아 준다.

「고마워, 누시아. 내가 어떤 존재였는지 알게 해줘서……. 그리고 내가 누구인지 깨닫게 해줘서.」

그가 키스를 하려고 하자 누시아는 고개를 돌린다.

그는 귀엣말로 속삭인다.

「은미얀을 시샘하지 마. 그건 8천 년 전에 벌어진 일이야.」

「그래, 하지만 은미얀이 내가 아니었다고 네가 말했잖아.」

「세계는 광대해. 그토록 많은 세월이 흐른 뒤에 은미얀과 내가 다시 만날 확률은 극히 적어.」

누시아는 뒤로 물러선다.

「오히려 다시 만날 가능성이 매우 높아. 영혼들은 가족의 인연으로 다시 만나거든.」

누시아는 빗을 들어 머리를 빗는다.

「고마워.」

「뭐가?」

「내 전생과 다시 접속한 덕에 많은 것을 알게 되었어.」

「모든 것이 우리 안에 있어. 우리는 이미 모든 것을 알고 있어. 인생의 의미는 그저 그것을 기억해 냄으로써 우리가 진정 누구인지를 깨닫는 거야.」

「우리가 이미 알고 있던 것을 기억해 낸다…… 재미있는 말이네.」

「우리가 알고 있던 것을 기억해 내고 그럼으로써…… 똑같은 실수를 되풀이하지 않는 것이지.」

그는 다시 그녀에게 입을 맞추려고 한다.

「아무튼 나는 네 덕분에 그것을 깨달았어.」

「상대방에게 거울이 되어 줌으로써 그가 진정으로 누구인지 깨닫게 하는 것, 그게 바로 커플의 기능이야. 나도 언젠가는 너한테 요구할 거야, 다비드. 내가 누구인지 깨닫게 해달라고. 나는 내가 은미얀이 아니라는 것을 알아. 하지만 나 역시 아틀란티스에 있었으리라고 생각해. 내가 그 전생 동안 너한테 어떤 존재였는지는 앞으로 알아봐야지.」

누시아는 이제 그를 피하지 않고 가까이 다가들도록 내버려 둔다. 그들은 사랑을 나누고, 비로소 평온한 마음으로 잠을 청한다. 다비드는 아래층 실험실에서 빠르게 성장하고 있는 에마를 떠올리며, 그 아이가 옛날 아틀란티스에서 우주 비행의 문제를 해결한 미니 인간들처럼 오늘날 인류가 겪고 있는 문제들을 해결해 주리라고 생각한다.

그는 자기가 비관주의에 빠졌던 것을 반성한다. 그건 어쩌면 머피의 법칙들이 적힌 자니코 중위의 티셔츠 때문이었는지도 모른다. 아무리 세상이 고약하게 돌아간다 하더라도, 미래 나무의 가지들 중에는 분명 모든 문제가 해결되고 만사가 갈수록 좋아지는 가지가 있을 것이다.

131

이집트에서 활동하고 있는 스페인 출신의 의사 리나 라미레스는 휴게실로 갔다. 동료들이 모여서 그녀가 좋아하는 게임을 벌이고 있었다. 환자들의 사망일을 놓고 돈내기를 하는 이 게임은 네페르타리 병원 내부에서 벌이는 일종의 삼쌍승식 사설 경마였다. 각각의 중환자에게는 번호가 매겨져 있었고, 간호사들은 매주 어느 환자가 가장 먼저 죽을 것인가를 놓고 내기를 벌였다. 먼저 사망한 세 환자를 죽은 순서까지 정확하게 맞힌 사람들은 틀린 사람들이 건 돈을 나눠 가졌다.

리나 라미레스는 사랑하던 사람과 헤어진 슬픔을 잊기 위해, 그리고 가장 불우한 사람들을 돕기 위해 이집트에 왔다. 하지만 이 이상한 병원에서 일하는 한, 불평불만이 많고 화를 잘 내는 그 모든 환자들을 견뎌 내자면 울화를 달래기 위한 어떤 놀이가 필요하다는 것을 이내 깨달았다. 이 병원을 찾는 환자들은 의료진을 하인처럼 대했다. 새벽 2시에 물 한 잔을 달라며 간호사나 의사를 부를 정도였다.

그래서 〈죽음의 삼쌍승식 경마〉는 그녀의 취미가 되었다. 그녀는 배당 판과 내기 돈을 관리하는 일을 자청해서 도와주기까지 했다. 일부 간호사들은 자기들이 찍은 환자를 예상한 날짜에 죽게 하려고 독약을 사용하는 속임수를 쓰기도 했다. 성격이 꼼꼼한 그녀는 그런 간호사들을 귀신같이 잡아내어 질서를 세우고 게임을 신뢰할 만한 것으로 만들었다. 그러자 네페르타리 병원의 의료진은 즉시 그녀를 존중하게 되었다.

그날 저녁에는 24호실 환자(말기 암 환자)와 51호실 환자(허파 한복판에 칼침을 맞은 사내)와 13호 환자(자살을 기도

한 여자) 쪽에 돈이 많이 쌓였다. 그러니까 그 주에는 24번, 51번, 13번순으로 사망할 가능성이 많다는 얘기였다.

리나 라미레스는 갑자기 기관지로 통증이 번져 나가는 것을 느낀다.

그녀는 기침을 하면서 담배를 끊어야 하리라고 생각한다. 기침 발작이 이어지자, 그녀와 친하게 지내는 여자들 중의 하나가 그녀의 이름을 슬그머니 배당 판에 올린다. 그 주에 사망할 환자의 명단에 그녀를 포함시킨 것이다.

하지만 그 〈죽음의 삼쌍승식 경마〉에 참가한 스물한 명의 의료진 가운데 그 주의 경주가 끝날 때까지 살아남아서 판돈을 가져갈 사람은 아무도 없을 것이고, 그 돈은 유리병 속에 그대로 담겨 있을 것이다.

호주 항공 여승무원 샤를렌 오즈월드는 이혼 소송을 맡아줄 변호사를 선임하기 위해 돈이 필요했다. 자녀들의 양육권을 가져오려면 돈이 들더라도 유능한 변호사를 선임해야 했던 것이다. 그래서 그녀는 여건이 허락하는 대로 추가 근무를 했다.

발을 다쳐서 치료를 받고 발목에 붕대를 감고 있었음에도, 그녀는 검은 스타킹으로 상처를 가리고 바로 그날 저녁에 비행기를 탔다.

여객기가 이륙하자마자 그녀는 기침을 하기 시작했다. 카이로발 시드니행 항공편의 많은 승객에게 마지막 커피를 대접했다(그리고 그들 모두에게 바이러스를 옮겼다). 몇 시간 뒤에 그녀는 졸음을 쫓기 위해 암페타민을 복용하고 시드니발 상하이행 여객기에 탑승했다.

기침은 갈수록 심해졌다. 그런데 하필이면 산소마스크와 구명조끼 착용법을 실제의 동작으로 보여 주기 위해 두 손을 사용하고 있는 상황에서 재채기가 터져 나왔다. 그래서 입을 막을 새도 없이 이코노미석의 앞쪽 몇 줄로 침방울이 튀어 나갔다. 이번에도 공기 조절 장치 때문에 바이러스가 이코노미 클래스의 나머지 좌석뿐만 아니라 비즈니스 클래스와 퍼스트 클래스의 객실까지 퍼져 나갔다.

그녀는 상하이에 도착하자 진찰을 받기로 하고 중앙 병원이라는 곳을 찾아간다. 그리하여 한나절 병원에 머무는 동안 자기 주위로 오가는 사람들에게 직접 또는 간접적으로 바이러스를 옮긴다.

그런 식으로 몇 시간 만에 5,837명이 감염되었다.

어느 나라를 막론하고 보건 당국은 아직 아무런 반응을 보이지 않는다.

인도네시아에서 여객기 한 대가 느닷없이 추락하고 블랙박스를 통해 기장을 비롯한 승무원들이 병에 걸려 있었다는 사실이 드러났지만, 그 정보는 복잡한 행정 절차를 거치는 동안 어딘가로 실종되고 그것을 바탕으로 한 조사 활동은 전혀 이루어지지 않는다.

이집트나 중국이나 에티오피아에서는 병원마다 사망자 수가 증가하고 있지만, 사람들은 그 사실에 별로 관심을 보이지 않는다.

중국에서는 버스 한 대에 타고 있던 사람들 전체가 사망하는 사고가 벌어졌다. 운전기사가 고열을 이기지 못하고 갑자기 쓰러져 버린 탓이다. 호주, 독일, 인도네시아, 이집트, 프랑스에서도 비슷한 일들이 벌어진다.

시신들은 여느 때처럼 영안실로 실려 가고 신문과 방송에 사건'사고 소식의 하나로 간단한 보도가 나가고 나면 그 충격과 슬픔도 이내 잊힌다.

132

백과사전: 페스트

페스트라는 말은 돌림병을 뜻하는 라틴어 〈페스티스〉에서 나왔다. 그러니까 고대에는 티푸스나 천연두, 홍역, 콜레라 같은 전염병들을 두루 일컫는 말이었다. 하지만 후대에 와서는 예르시니아 페스티스라는 병원균이 림프절을 공격하여 종창을 일으키거나(림프절 페스트), 폐 또는 혈액을 침범하여 사망에 이르게 하는(폐페스트와 패혈성 페스트) 전염병만을 지칭하게 되었다.

페스트가 언제 어디에서 처음 발생했는가에 대해서는 정설이 없지만, 페스트균의 여러 게놈을 비교한 연구에 따르면 이 병원균의 기원은 약 2천6백 년 전의 중국에서 찾아야 할 것으로 보인다. 그러나 고대 이집트의 문헌이나 성경에 흑사병이 나오는 것을 보면 그보다 훨씬 전에 나타났을 수도 있다(구약 성경 「사무엘 하」 24장에서 다윗 임금은 이스라엘 백성에 대한 하느님의 벌로 세 가지 가운데 하나를 선택해야 하는 괴로운 처지에 놓인다. 일곱 해에 걸친 기근, 석 달 동안의 전쟁, 사흘간의 흑사병 중에서 다윗은 마지막 것을 선택했고, 그에 따라 이스라엘 땅에 흑사병이 번져 사흘 만에 7만 명이 죽는다). 고대 그리스에서는 호메로스의 『일리아드』에 나오듯이 페스트를 아폴론의 복수로 여겼다. 기원전 430년경에는 이른바 〈아테네의 페스트〉가 창궐했다.

샅고랑의 림프샘이 부어오른다는 식으로 림프절 페스트의 증상을 구체적으로 묘사한 기록이 처음 나타난 것은 동로마 제국 유스티니아누스 대제가 재위하던 때의 일이다.

당대의 역사가 프로코피우스에 따르면, 그 림프절 페스트는 541년 나일강 어귀의 어느 항구에서 시작되어 이듬해에 콘스탄티노폴리스에 다다라 지중해 연안을 휩쓸었다. 이어서 손강과 론강을 오르내리는 배들을 통해 내륙으로 올라가 프랑스와 이탈리아와 독일로 퍼졌고, 나중에는 영국과 아일랜드까지 건너갔다. 그렇게 592년에 이르도록 창궐하다가 언제 그랬냐는 듯 갑자기 사라졌다. 이 시기에 페스트에 걸려 사망한 사람들의 수는 2천만 명이 넘는 것으로 추정된다.

림프절 페스트는 그 뒤로 767년까지 더 작은 규모로 열두 차례 발생했다가 소멸했다. 왜 발생하고 왜 소멸하는지를 분명하게 설명해 주는 것은 아무것도 없었다.

페스트가 다시 나타난 것은 그로부터 6세기가 지나서였다. 최초의 발병지는 중국의 만주였고, 얼마 지나지 않아 몽골 사람들에게 전염되었다. 몽골 사람들은 당시 제노바 공화국의 영토였던 크림 반도의 흑해 연안 도시 카파(오늘날의 페오도시아)를 공격했다. 포위전이 벌어지는 동안 몽골군은 투석기를 이용하여 페스트에 감염된 시신들을 성벽 너머로 쏘아 보냈다. 이를테면 최초의 세균전을 벌인 셈이다. 양쪽 진영의 병력이 눈에 띄게 감소하자, 몽골군은 제노바군과 강화 조약을 맺었다. 그리하여 제노바 사람들은 다시 상선을 바다에 띄웠고, 그로 인해 페스트가 유럽의 항구들로 번져 갔다.

페스트는 두 매개 동물을 통해 전염된다. 쥐와 쥐에 기생하는 벼룩이 바로 그것들이다.

쥐벼룩이 사람을 물면, 물린 자리 주위에 검은 반점이 나타난다. 그런 다음 페스트균이 림프계를 침범하면 림프절이 부어올라 종창이 생긴다. 대개는 살고랑과 겨드랑이와 목의 양 옆에 있는 림프절이 부어오른다. 페스트균에 감염된 환자는 오한, 고열에 이어 구토와 현기증에 시달리며, 폐를 공격당하면 며칠 만에 사망한다.

그러니까 페스트의 1차적인 매개 동물은 쥐이다. 그런데 당시에는 고양이를 찾아보기가 쉽지 않았다(유럽인들은 고양이를 상서롭지 않은 동물로 여겼고 가톨릭교회도 고양이 사육을 금지하고 있었다). 게다가 유럽의 작은 쥐들뿐만 아니라 그것들보다 덩치가 큰 동방의 쥐들이 들끓고 있던 터였다.

1347년의 페스트(훗날 〈페스트 누아르〉로 명명됨)는 이전의 페스트들에 비해 훨씬 큰 피해를 가져왔다. 당시에는 그 재앙을 끝으로 인류가 완전히 멸망하리라고 생각한 사람들이 많았다. 그 시기의 한 문헌에는 〈이제 살아 있는 사람들이 많지 않아서 시체를 묻을 수도 없다〉라는 말이 나와 있다. 역사가들의 추산에 따르면, 당시의 유럽 인구 8천만 명 가운데 3천만~4천만 명이 사망했다고 한다. 거의 주민 두 명 가운데 한 명 꼴로 목숨을 잃었다는 얘기가 된다. 그로 인해 온 유럽이 혼란에 빠지고 도시와 마을을 버리고 떠나는 경우가 속출했다.

사람들은 전염병이 어디에서 기인하는지 모르는 상황에서 유대인들을 속죄양으로 삼았다. 유대인들은 고양이를 기른 덕에 쥐들의 침범을 그런대로 막아 내고 있었고, 그래서 페스트에 걸려 죽는 사람들이 비교적 적었다. 하지만 다른 주민들은 그런 사정을 이해할 수 없었다. 프랑스의 몇몇 도시(특히 스트라스부르, 카르카손), 그리고 독일과 스페인과 이탈리아의 여러 도시에서 유대인들이 학살당했다. 염소 냄새와 말 냄새가 벼룩을 쫓아 준 덕에 피해를 덜 보았던 염소 치기와 마부, 살갗에 기름이 번들거려서 벼룩에 잘 물리지 않았던 올리브기름 배달꾼들도 사람들의 미움을 받았다.

어떤 도시에서는 페스트를 물리치기 위한 방편의 하나로 편달 고행을 하는 수도사들을 모아 기도를 올리게 했다. 고행 수도사들은 인류의 죄를 씻기 위해 33일 동안 못이 박힌 채찍으로 자기들의 등을 후려치면서 「디에스 이라이(분노의 날)」를 노래했다.

페스트가 창궐하는 동안 많은 사람들이 살던 도시를 버리고 도망쳤다. 그들의 대탈주로 인하여 페스트균은 더욱더 널리 퍼져 나갔다.

당시의 의사들은 이렇다 할 치료법을 찾아내지 못했다. 그저 림프절의 종창을 째고 양파즙 따위를 흘려 넣는 게 고작이었다.

15세기에 들어서고 나서야 페스트의 확산을 막기 위한 다음과 같은 보건 위생 규칙들이 생겨났다. 첫째, 이방인을 유숙시키지 말 것. 둘째, 페스트에 걸린 환자들을 격리할 것. 셋째, 전염병이 돌고 있는 지역에서 온 선박들을 40일 동안 격리하여 검역을 실시할 것.

이제껏 알려진 페스트 가운데 세 번째로 피해가 컸던 것은 1666년 런던에서 발생하여 또다시 유럽 전역으로 퍼졌던 페스트이다. 당시의 의사들은 오염된 공기로부터 스스로를 보호하기 위해 한 세기 전에 노스트라다무스가 발명한 방독면을 썼다. 이 방독면은 입 부분이 부리 모양으로 튀어나와 있었고, 그 부리의 내부에는 정향이나 로즈마리 같은 약초 또는 식초나 독주를 묻힌 헝겊을 넣게 되어 있었다.

1894년 홍콩을 비롯한 중국 남부 지방에 페스트가 발생했을 때, 스위스 출신의 프랑스 의사 알렉상드르 예르생은 파스퇴르 연구소의 요청에 따라 홍콩에 체류하며 페스트의 원인을 밝히기 위한 연구를 진행했다. 그는 환자의 림프절 종창을 째고 그 내용물을 채취하여 현미경으로 검사했다. 그리하여 페스트를 일으키는 병원균의 정체가 드러났고, 그 병원균에는 그의 이름을 딴 예르시니아 페스티스라는 학명이 붙었다.

에드몽 웰스, 『상대적이며 절대적인 지식의 백과사전』 제7권

133

「희소식이 있는데, 다들 들었어요?」

펜테실레이아가 소리쳤다. 가장 먼저 아침을 먹으러 내려

와서 무심코 텔레비전을 켰다가 그 소식을 접한 것이다. 모두가 식당에 모이자, 그녀는 텔레비전의 볼륨을 높인다.

「……이란군 전차들은 갑자기 진격을 멈추었고 보병 부대들은 병영으로 복귀했습니다. 〈초토화〉 운운하며 대공세를 예고했던 이란군이 돌연 공격을 포기한 것으로 보입니다. 그런 돌변을 놓고 여러 가지 추측이 나오고 있는 가운데, 일부 군사 전문가들은 이란 첩보 기관이 이스라엘의 군사력과 관련하여 새로운 정보를 입수했으리라는 설명을 내놓고 있습니다. 이란 첩보 기관이 애초에 생각했던 것과는 달리 이스라엘을 공략하기가 쉽지 않으리라는 사실을 알게 되었으리라는 것입니다. 그들은 이스라엘이 이제껏 알려지지 않은 최첨단 비밀 병기를 보유하고 있을 가능성에 무게를 두고 있습니다. 이란 정부 대변인의 공식 발표에 따르면, 이 나라의 정신적인 최고 지도자 대아야톨라 페라지의 뜻하지 않은 서거로 공격이 연기되었다고 합니다. 페라지는 공개 석상에 모습을 드러낸 적이 없고 공식적으로는 어떤 권력도 가지고 있지 않은 베일 속의 인물이지만, 전문가들은 그를 이란 정부의 막후 실력자로 간주해 왔고 일각에서는 자파르 대통령을 두고 신비에 싸인 페라지의 수중에서 놀아나는 한낱 꼭두각시라는 얘기가 돌고 있었습니다. 한편 이스라엘은 아직까지 최고 수준의 경계 태세를 늦추지 않고 있습니다. 이란의 표변이 이스라엘의 허를 찌르기 위한 또 다른 속임수가 아닐까 우려하고 있는 것입니다. 서방의 대다수 국가들이 사태의 진상을 파악하려 애쓰고 있는 가운데, 미국의 윌킨슨 대통령과 아비나시 싱 UN 사무총장, 그리고 프랑스의 스타니슬라스 드루앵 대통령은 세계 평화의 결정적인 열쇠를 쥐고 있는 그 지역에 소강상태가 찾아든 것을 반겼고, 이란을 지지해 온 몇몇 나라들은 〈과감하고 정당한 작전〉이 연기된 것에 유감을 표명했습니다. 한편, 대 아야톨라 페라지의 국장이 선포되자 이란 대학생들은 하루 동안 시위를 벌이지 않기로 결정했습니다. 그의 서거를 계기로 이란 내부의 긴장이 갑자기 한풀 누그러진 것처럼 보입니다. 어쨌거나 이번 사태의 영향으로 세계 주요 증권 시장의 주가 지수가 즉시 상승했습니다. 또한 국제 원유가는 안정세로 돌아섰고, 군수 산업과 관련된 기업들의 주가 역시…….」

각국 지도자들의 공식 선언 장면이 이어지고 있는데, 오비츠 대령이 텔레비전 소리를 완전히 낮춰 버린다. 그러고는 기다란 비취 물부리에 불을 붙이고 빠끔빠끔 빨아 댄다. 무척 흥분한 기색이다.

그녀 옆에 앉은 마르탱 자니코는 여느 때처럼 신종 머피의 법칙들이 적힌 티셔츠를 입고 있다. 하지만 그 위에 실내 가운을 걸치고 있어서 문장들이 보이지는 않는다. 그는 만족스러운 표정으로 고개를 끄덕인다.

펜테실레이아가 말문을 연다.

「오비츠 대령님, 당신의 천성적인 비관주의가 맞아떨어지지 않은 것 같군요.」

「사실…… 뜻밖이에요. 무슨 사정이 있는 건지 알고 싶어요.」

「살아가면서 단 한 번이라도 자신을 그냥 편하게 놓아주면 안 되겠어요? 전쟁은 시작되기도 전에 끝났어요. 아주 잘된 거 아닌가요? 대령님 표정을 보면, 〈거봐 내가 뭐랬어〉라고 말할 수 있도록 전쟁이 진짜 벌어지기를 바랐던 사람 같

495

아요.」

나탈리아 오비츠는 좌중을 둘러보고 나서 희미하게 미소를 짓는다.

「내가 보기엔 이란이 더 멀리 뛰기 위해 뒤로 물러서는 게 아닌가 싶어요. 하지만 펜테실레이아 말이 맞아요. 뜻밖에 찾아온 이 휴식을 즐겨야죠. 내가 인류의 앞날을 놓고 근심하는 것은 부질없는 일일 수도 있어요. 인류는 문제가 생길 때마다 자연스럽게, 하다못해 우연히라도 해결책을 찾아내니까요.」

그녀는 마르탱의 실내 가운을 양옆으로 젖혀 모두가 오늘의 티셔츠에 적힌 글들을 읽을 수 있게 해준다.

29. 과학은 진리를 쥐고 있다. 실상을 관찰해 보면 그 진리와 어긋날 수도 있으므로 관찰에 영향을 받지 않도록 해야 한다.

30. 한 번의 실험으로 그대의 이론을 확증했다고 해서 증인들 앞에서 실험을 되풀이하려 하지 말라. 두 번째 실험에서 성공할 확률은 그것을 확인시키기 위해 그대가 초대한 증인들의 수에 반비례한다.

31. 어떠한 실험도 완전한 실패는 아니다. 따라 해서는 안 될 사례로 남들에게 도움이 될 수 있으니까 말이다.

모두가 미소를 짓는다.

마르탱은 문장들의 의미가 자명하니 더 보탤 말이 없다는 듯 태연자약한 태도를 보인다.

그때 초소형 인간 에마가 그들의 전체적인 활기를 감지한 듯 작고 쾌활한 소리로 옹알이를 한다. 그들은 흐뭇한 기분으로 웃음을 터뜨린다. 늘 시간에 쫓기던 기분에서 벗어나

처음으로 마음 편하게 웃어 보는 것이다.

마르탱은 주머니에서 작은 상자를 꺼낸다. 초콜릿이 들어 있는 상자다. 단것을 나눠 주려는 그 단순한 몸짓이 분위기를 더욱 정겹게 만들어 준다.

오로르가 장난스럽게 속삭인다.

「자니코 중위한테 별난 기호가 있으리라고 짐작은 했지만, 그게 초콜릿인 줄은 몰랐네.」

「봐요, 에마도 먹고 싶은가 봐요.」

아닌 게 아니라 아기가 금박지에 싸인 초콜릿을 향해 두 손을 내민 채 손가락들을 폈다 오므렸다 한다.

「이걸 먹기에는 너무 어리잖아?」

하지만 아기는 그 동그란 초콜릿에 매혹되어 벌써 자그마한 두 손을 쭉 뻗고 있다.

134

생김새로만 보면 아몬드에 연한 갈색의 캐러멜을 입힌 자그마한 프랄린 같다. 표면이 오톨도톨하고 돌출부 끝에 흰 알갱이가 붙어 있는 것 또한 프랄린과 비슷하다.

하비 굿맨 박사는 주사 전자 현미경의 배율을 높인다. 눈앞의 컴퓨터 화면에서 울퉁불퉁한 구체가 빙글빙글 돌아간다. 그 모습이 매우 인상적이다. 구체들이 마치 느리게 춤을 추듯 좌우로 흔들린다. 밝은 색의 돌출부들은 옴쭉옴쭉 경련을 일으키고, 그것들의 끄트머리는 작은 입처럼 벌어져 있다. 인체 호흡기의 세포들을 찾아내어 거기에 달라붙으려고 안달을 하는 것이다.

「마이 갓!」

그의 안경이 바닥에 떨어진다. 그는 안경을 다시 집어
든다.

로스앤젤레스 병원 역학 연구소의 하비 굿맨 박사. 그는
빌 프레스턴 기장의 사망 원인을 바이러스에서 찾은 최초의
인물이었다. 우선 그는 잠복기가 짧고 병의 진행이 너무 빨
랐던 것을 이상하게 여겼다. 그래서 환자에 관한 서류를 요
구했고 환자가 전날 이집트의 한 병원에서 치료를 받은 사실
이 있음을 알아냈다. 그때만 해도 굿맨 박사는 피라미드의
내부에 찾아볼 수 있는 어떤 균류 때문이 아닌가 하고 생각
했다. 피라미드의 무덤을 열었던 모든 탐사자를 죽음으로 몰
아넣음으로써 〈파라오의 저주〉와 같은 전설을 낳게 한 곰팡
이를 염두에 둔 것이다. 그러다가 다른 생각이 뇌리를 스
쳤다.

어떤 바이러스 때문일까?

굿맨 박사는 빌 프레스턴의 시신을 무균 검사실로 운반하
게 하고 시료를 채취했다. 그것들을 분석해 보고 나서 그는
놀라운 사실을 알아냈다. 프레스턴 기장은 분명 독감에 걸려
사망했는데, 그 독감의 유형이 이제껏 기록된 어느 독감과도
조금씩 달랐다.

굿맨 박사는 테오필 고티에의 『미라 이야기』 같은 환상 소
설을 매우 좋아하는 사람이었다. 그는 프레스턴 기장이 카이
로에서 오다가 변을 당했다는 점을 감안하여, 그 독감에 〈이
집트 독감〉이라는 이름을 붙였다. 그가 보기엔 듣기만 해도
이국정취가 느껴지는 이름이었다.

그는 오랜 옛날에 파라오들을 죽게 했던 독감이 피라미드
의 내부를 구경하러 간 관광객들을 다시 덮친 게 아닐까 하

고 생각했다. 그게 사실이라면, 바이러스가 수천 년 동안 잠자고 있다가 온도나 환경이 적당하면 다시 깨어날 수도 있다는 얘기가 아닌가.

굿맨 박사는 시신을 투명한 관에 넣어 밀봉하게 한 다음, 소장에게 전화를 건다.

「여보세요, 닉? 아무래도 내가 자네보다 먼저 노벨상을 탈 것 같은데. 세상을 변화시킬 특이한 질병을 발견했거든. 변이형 신종 독감이야. 나타난 지는 아주 오래된 것 같은데 우리가 경험한 어떤 독감보다 훨씬 진화된 것처럼 보여. 그야말로 하나의 역설이야. 태고에서 온 듯한데 아주 새로우니 말이야. 대응책을 찾아내려면 우리가 고생깨나 해야 할 것 같아. 곧 작업에 착수하려고.」

그는 소장에게 증상과 전자 현미경으로 관찰한 바를 설명하면서, 인터넷을 통해 관련 데이터와 이미지를 보낸다.

「축하하네, 하비. 자네는 행운아야.」

소장은 전화를 끊자마자 자신의 상관에게 연락하여 그 소식을 알리고, 발견의 중대성을 감안하여 연구소에 추가 예산을 책정해 줄 수 있는지 문의한다. 그 상관은 다시 자기 상관을 상대로 똑같은 일을 벌인다.

굿맨 교수는 전화를 끊고 세 시간이 지난 뒤에 가족과 함께 그 사건을 축하하기 위해 샴페인 한 병을 딴다. 그때 한 남자가 열린 창문을 통해 그의 작은 빌라에 잠입한다. 괴한은 소음기가 달린 총으로 굿맨 교수의 일가족을 사살한다. 그러고는 어딘가로 〈임무 완료〉라고 문자 메시지를 보낸다.

이어서 괴한은 집에 불을 지른다. 이 화재로 집과 시신들이 전소된다.

몇 분 뒤, 〈이집트 독감〉에 관한 정보를 전달하는 데 한몫을 했던 연구소장과 그의 상관 역시 똑같은 운명을 맞이한다. 그 범죄 행위는 매번 화재로 마무리된다.

135

그는 햄버그스테이크가 자기 취향에 맞게 구워졌는지, 양파와 오이 피클이 제대로 들어갔는지 확인한 다음, 들어 올렸던 위쪽 둥근 빵을 제자리에 놓고 입을 크게 벌려 햄버거를 먹는다. 시간에 쫓겨 그런 식으로 끼니를 에운다는 건 참으로 유감스러운 일이지만, 사정이 급하니 어찌할 수가 없다. 미국 대통령 프랭크 윌킨슨은 개인 스마트폰으로 들어온 자기 요원의 문자 메시지를 다시 읽는다. 〈임무 완료.〉

그는 너무나 중요한 것을 너무 일찍 알았다는 이유로 죽어 간 사람들을 생각한다. 그러다가 어깨를 으쓱하고 커다란 책상에 놓인 전화기를 잡는다.

「프랑스 대통령 집무실로 연결해 주게.」

그는 스테이크를 씹으면서 전화가 연결되기를 기다린다.

「여보세요, 스탄? 프랭크입니다.」

「전화를 다 주시고, 반갑습니다, 프랭크. 잘 지내시죠?」

프랑스 대통령은 영어를 완벽하게 구사한다. 두 사람은 국제회의에서 종종 만나 친분을 쌓은 바 있다.

「우리에게 곧 한 가지 문제가 닥칠 것 같습니다, 스탄. 그 문제가 불거지기 전에 의논을 하고 싶어서요.」

「무슨 문제인지 어서 말씀해 보세요, 프랭크.」

「음…… 일이 터진 것은 조금 전이지만 당신에게 빨리 알려 주는 게 좋겠다 싶었어요. 그래야 앞으로 어떻게 해야 할지 숙고할 수 있을 테니까요.」

「이란 위기에 관한 얘기인가요? 적대 행위가 갑작스럽게 중단된 것은 잘된 일이지요. 내가 보기엔 당신네 정보기관이 활약한 것 같던데, 아닌가요?」

윌킨슨 대통령은 남은 햄버거를 마저 삼키고 그것이 잘 내려가도록 청량음료를 조금 마신다.

「아뇨, 그건 우리가 한 일이 아닙니다. 우리는 그쪽 벙커 안에 감청 장치를 설치해 놓았어요. 그래서 작전 회의가 열리던 방 안에서 무슨 일이 벌어졌는지 알고 있어요. 아야톨라와 지휘관들은 모두 죽었지만, 우리가 한 일은 아무것도 없습니다.」

「그렇다면 이스라엘 정보기관이 한 일인가요?」

「그렇잖아도 그들하고 통화를 했어요. 그들도 우리만큼이나 놀랐다고 하더군요. 가장 신뢰할 만한 우리 정보원에 따르면, 이란군 지휘관들과 테러 단체의 지도자들이 죽은 이유는 다른 데 있어요. 사실은 그래서 전화를 드린 겁니다.」

그는 잠시 뜸을 들이다가 말을 잇는다.

「진짜 이유는…… 독감일 수도 있어요.」

「농담하시는 겁니까?」

「우리 요원들이 녹음한 내용을 들어 봤어요. 회의 참석자들이 기침을 아주 심하게 하더군요. 그들은 벙커에서 나가려고 했지만 출입 통제 시스템이 제대로 작동하지 않았어요. 그래서 모두가 지하 벙커에 그대로 머물러 있다가 죽은 겁니다.」

「독감 때문이라고요? 나는 해마다 독감에 걸립니다. 그래서 독감을 별로 대수롭지 않게 생각하지요.」

「우리 전문가들은 이제껏 전혀 알려지지 않은 새로운 유형의 독감으로 보고 있습니다. 가장 먼저 그것을 밝혀낸 연구자는 〈이집트 독감〉이라고 명명했지요. 그건 A-H1N1 유형의 독감입니다.」

「A-H1N1이라고요? 그건 2009년에 유행했던 인플루엔자와 같은 유형입니다. 치사율이 높다고 해서 각국의 보건 당국이 긴장했지만, 그리 대수롭지 않은 것으로 판명 났지요.」

「그 분야에 정통한 우리 전문가한테 설명을 들었어요. 내가 이해한 게 맞는다면, 독감의 바이러스는 여덟 개의 유전자가 결합해서 집단적으로 작용합니다. 하나의 축구팀처럼 말입니다. 축구팀에는 출전 선수들과 후보 선수들이 있어요. 팀이 지고 있거나 고전을 하고 있을 때는 선수를 교체합니다. 그럼으로써 경기에 새로운 활력을 불어넣고 상대 팀에게 적응을 강요하지요. 보통의 유행성 감기는 그런 양상을 보입니다. 그래서 우리는 상대팀의 선수 교체에 대응하듯이 해마다 백신을 바꿔야 합니다.」

「거기까지는 무슨 말인지 알겠습니다. 그래서요?」

「그런데 이번 〈이집트 독감〉의 경우에는, 여덟 명의 선수들이 모두 교체된 선수들이에요. 따라서 우리 몸이 이 선수들을 몰라서 허를 찔린 셈입니다. 모르는 선수가 한두 명 섞여 있는 팀을 상대하는 것은 어렵지 않지만, 여덟 명이 다 바뀌어 버리면 금방 적응할 수가 없지요.」

프랑스 대통령은 과학적 지식에서 상대방에게 뒤처져 있다는 인상을 주지 않으려고 애쓴다.

「림프구들이 상대 팀의 새로운 선수들에 맞서 승리를 거둘 수 있도록 도와주는 방법들이 있잖습니까?」

「그게 이번 독감의 바이러스에는 통하지 않아요.」

「그러면 항바이러스제를 사용해야죠.」

「음…… 전화를 드리기에 앞서 우리는 타미플루로 그 이집트 독감의 바이러스를 죽일 수 있는지 시험했습니다. 뿐만 아니라 현재까지 개발된 모든 항바이러스제를 사용해 봤어요. 어느 것도 효과가 없습니다.」

프랑스 대통령은 포커 칩들을 돌려 손가락들 사이로 이리저리 옮기는 장난을 치며 묻는다.

「그래 봤자 독감 바이러스일 뿐인데, 그것에 대한 방어책이 전혀 없다는 말인가요?」

「조금 전에 말씀하신 대로 2009년의 신종 플루 주의보가 지나친 호들갑으로 비쳐진 뒤로 새로운 항바이러스제에 관한 연구가 중단되었어요. 다들 웃음거리가 될까 봐 몸을 사린 겁니다. 그런데 이번에는 사정이 전혀 다른 것 같아서 여간 걱정스럽지 않습니다.」

「정말 세계적으로 대유행할 가능성이 있다는 뜻입니까?」

「사실은 이미 가능성이 아니라 현실입니다. 사태가 아주 급박하게 돌아가고 있어요. 현재 우리가 파악한 바로는 12개국에서 이집트 독감 환자가 발생했습니다. 우리가 국경의 방역 체계를 놓고 숙고하는 사이에 벌써 모든 공항을 통해 바이러스가 퍼진 것이죠. 이제는 효과적인 검역을 실시하기가 어려워졌습니다.」

침묵이 이어진다.

「벙커에 있던 이란의 장성들과 아야톨라가 그 바이러스 때문에 죽었다는 건가요?」

「우리 정보기관은 그렇게 확신하고 있습니다. 한 가지 문제에서 벗어나자마자 다른 문제가 닥친 것이죠. 우리 미국에서는 감염이 확인된 환자들을 군 병원에 격리시켰습니다. 하지만 우리의 멕시코 쪽 국경은 구멍이 숭숭 뚫려 있어요. 중남미 쪽에서 불법 이민자들이 계속 들어오고 있지요. 캐나다 쪽 국경도 허술하기는 마찬가지예요. 게다가…….」

미국 대통령은 한숨을 내쉰다.

「또 뭔데요?」

「우리 전문가의 견해에 따르면, 철새나 가금류를 통해 독감이 퍼져 나갈 가능성도 있답니다.」

프랑스 대통령은 안락의자에 털썩 주저앉는다. 그 소리는 미국 대통령의 귀에도 분명하게 전해진다.

「보통의 인플루엔자를 놓고 보면, 새들이 사람에게 옮길 수는 있어도 사람이 새들에게 옮기지는 않아요. 그런데 이번에는…… 쌍방향으로 전염될 수 있는 모양입니다. 그것을 〈인수 공통 전염병〉이라고 하지요. 우리가 새들을 감염시키고 다시 새들이 우리를 감염시킨다는 겁니다. 사람들이 이동하는 것은 어느 정도 통제할 수 있지만, 오리나 비둘기, 찌르레기, 참새 따위를 모두 죽일 수는 없는 노릇입니다.」

「하기야 새들에게는 국경이 없죠…….」

프랑스 대통령도 한숨을 내쉰다.

「구체적으로 어느 정도나 위험한 건가요?」

「낙관적인 시나리오는 2009년 독감 때와 비슷하게 수천 명이 사망하는 것으로 끝나는 것입니다.」

「비관적인 시나리오는요?」

「이번의 바이러스는 인류의 1퍼센트를 죽음으로 몰아넣

었던 1919년 스페인 독감의 바이러스만큼이나 독성이 강합니다. 당시에는 사람들이 원거리 여행을 많이 하지 않았고 이동 속도도 빠르지 않았기에 망정이지, 오늘날 같았으면 피해가 훨씬 컸을 거예요.」

깊은 한숨 소리가 다시 미국 대통령의 수화기로 전해진다.

「그렇다면 내가 무엇을 어떻게 하는 게 좋겠습니까?」

「현재 우리의 가장 고약한 적은 공포입니다. 모두가 공황에 빠져서 우왕좌왕하게 되면 바이러스가 더욱 빠르게 퍼져 나갈 거예요.」

「그렇겠군요.」

「우리 쪽에서는 언론에 정보를 알릴 것으로 예상되는 사람들이 몇 명 있어서, 이미…… 그들의 입을 막아 버렸습니다. 뛰어난 과학자들이긴 하지만 자기들이 알아낸 것을 너무 수다스럽게 떠벌릴 염려가 있어서 미리 손을 썼지요.」

「벌써 그런 지경에 이른 겁니까?」

「대중 매체가 사태를 악화시키지 않도록 빗장을 단단히 걸어야 해요. 프랑스 매체들은 우리나라 매체들에 비해 더 분별력이 있는 것 같기는 합니다만.」

「그것도 옛말이에요, 프랭크. 갈수록 나빠지고 있어요.」

「아무튼 확실한 대책이 마련될 때까지는 비밀을 유지하는 게 좋을 겁니다.」

「막상 일이 이렇게 되고 보니, 차라리 이란 사람들이 전쟁을 포기하지 않는 게 나았겠다는 생각마저 드는군요.」

그러면서 프랑스 대통령은 다시 한숨을 쉰다.

「당신의 유머 감각이 마음에 들어요, 스탄. 전형적인 프랑스식 유머로군요. 우리가 상상력이 부족해서 해결책을 찾아내지 못한다면, 앞으로 얼마간은 그런 유머 감각이라도 있어야 버틸 수 있을 겁니다. 현재로서는 정보가 새어 나가지 않도록 하는 게 중요해요. 동의하시지요?」

「나를 믿어도 됩니다, 프랭크.」

「나쁜 소식 때문에 전화를 드려서 미안합니다, 스탄. 영부인께 안부 전해 주시고, 모든 문제가 빨리 해결되도록 하느님께 기도합시다.」

프랑스 대통령은 전화를 끊고, 아연한 표정으로 중얼거린다.

「허, 이것 참⋯⋯.」

136

〈림프구 11호〉는 비행 중에 폭발했다.

인간들은 열의가 있기는 했지만 능력이 부족한 것으로 드러났다.

나는 초조했다.

달마저 나를 놀리는 듯했다. 그 시절에 나는 인간들의 우주 망원경이 전해 오는 이미지들을 통해 달의 크고 둥글고 창백한 얼굴을 보고 있었다. 운석들이 떨어질 때 생긴 그 얼금얼금한 자국들을 보고 있으려니 여간 심란하지 않았다. 달이 나를 보고 이렇게 말하는 것만 같았다. 〈또 다른 테이아가 접근해 올 거야. 그러면 이번에는 충돌을 피할 수 없어. 너는 산산조각이 날 것이고 한낱 소행성들의 띠로 변하여 태양의 둘레를 돌게 될 거야.〉

내가 가진 무기라곤 인간들밖에 없는데, 그들은 아무것도 해내지 못하고 있었다. 그들이 능력을 키울 수 있도록 자극을 주어야 하는 상황이었다.

나는 방법을 바꾸기로 했다. 이번에는 후원과 보상이 아니라 벌을 줄 필요가 있었다. 당시에 나는 종들을 진화시키기 위해 두 가지 자극 수단을 사용했다. 하나는 지진이었고, 다른 하나는 나의 최초 입주자들인 세균들을 동원하는 것이었다.

이번에는 두 번째 수단을 사용하기로 했다.

나는 세균 한 종을 골라 독성이 강해지도록 변이를 일으켰다. 나는 내심으로 그것을 〈분노의 세균〉이라고 불렀다. 그런데 공교롭게도 먼 훗날 인간 세계의 과학자들이 이 세균을 발견했을 때, 그들은 〈비브리오 콜레라이〉 또는 콜레라균이라는 이름을 붙였다. 라틴어 콜레라는 담즙을 뜻하고, 분노를 뜻하는 프랑스어 콜레르나 스페인어 콜레라 등은 모두 거기에서 유래한 것이 아닌가.

137

트럭들은 아침 7시에 도착했다. 트럭을 몰고 온 남자들은 퐁텐블로 연구소 정문 앞에서 수많은 궤짝과 골판지 상자를 내려놓았다.

오비츠 대령은 짐꾼들이 연구소 정문을 넘어오지 못하도록 단속을 했다. 그래서 짐꾼들은 연구자들과 말을 나누거나 대면도 하지 못하고 돌아갔다.

「무슨 일인지 우리도 알아야 되는 거 아닌가요?」

오로르가 물었지만 나탈리아는 대답하지 않았다. 대신 마르탱 자니코에게 무슨 일인가를 시작하라고 신호를 보냈다. 마르탱은 분무기를 들고 모든 궤짝과 골판지 상자에 암모니아 냄새가 강하게 나는 액체를 분사했다. 그런 다음 소형 사다리차를 이용해서 짐들을 연구소 안으로 들여 건물 뒤쪽의 커다란 창고에 쌓아 놓았다.

펜테실레이아가 물었다.

「이유를 조금 귀뜀해 주는 것조차 안 돼요?」

오비츠 대령은 자기보다 훨씬 큰 여자를 마주하고 대답했다.

「모두 식당으로 오세요.」

그들은 원탁에 둘러앉는다.

「오로르가 즐겨 쓰는 말을 따라 해볼게요. 지금 상황에 딱 맞는 말이거든요. 좋은 소식 하나와 나쁜 소식 하나가 있어요.」

대령은 담배에 불을 붙이고 한 모금을 빤 뒤에 뿌연 연기를 뱉어 낸다.

「좋은 소식은 우리 정보기관을 통해서 제3차 세계 대전이 일어나지 않으리라는 것을 확실히 알게 되었다는 거예요. 적어도 이번 주에는 전쟁이 터지지 않을 겁니다.」

펜테실레이아가 궁금증을 참지 못하고 재촉한다.

「나쁜 소식은요?」

「이제부터 여러분이 퐁텐블로 연구소 밖으로 나가는 것을 엄격히 금한다는 것입니다.」

오로르가 짜증을 낸다.

「됐어요, 나탈리아, 수수께끼 놀이는 그만해요.」

「우리는 여기에서 종을 진화시키는 일에 종사하고 있어요. 그런데 우리만 이런 프로젝트에 관여하고 있는 게 아니에요. 우리의 가장 오래된 경쟁자들도 자기들 나름의 방식으로 인류를 진화시키겠다고 나섰어요.」

「오래된 경쟁자라는 게 누구예요?」

「태곳적부터 내려오는 경쟁자라고 하는 게 낫겠네요.」

「원숭이요?」

「더 오래됐어요.」

「여우원숭이요?」

「훨씬 더 오래됐어요.」

「도마뱀요?」

「그보다도 훨씬 더 오래됐어요.」

「물고기요?」

「바이러스요.」

대령은 다시 담배 연기를 동그랗게 뱉어 낸다.

「그게 나쁜 소식이에요. 아직 대중에게는 알려지지 않았지만, 곧 A-H1N1 바이러스에 의한 독감이 유행하여 막대한 피해를 입힐 거랍니다. 정부의 한 동료한테서 얻은 정보예요. 현재는 일급비밀이지만, 앞으로 24시간 안에 정부가 분명한 조치를 취해야만 하지 않을까 싶어요. 처음으로 나온 추산에 따르면, 벌써 수천 명이 사망한 모양입니다.」

작은 유모차 안에 잠들어 있던 에마가 깨어나 우는 소리를 내기 시작한다. 배가 고프다는 뜻이다. 오로르가 즉시 미지근한 젖병을 물려 준다.

나탈리아 오비츠가 말을 잇는다.

「우리는 운이 좋아요. 내가 보기에 우리 세대는 크나큰 변화를 목격하게 될 거예요. 삶과 죽음의 경주에서 양쪽이 동시에 가속을 붙이고 있어요.」

자니코 중위는 조금 전에 창고에 들여놓은 궤짝 하나를 가져 오더니, 뚜껑을 열고 내용물을 꺼낸다. 렌즈콩 통조림들이다. 그는 커다란 붙박이장에 그것들을 가지런히 쌓아둔다.

「다만 한 가지 작은 문제가 있어요. 우리가 앞으로 몇 달 동안 매일 통조림을 먹을 가능성이 있다는 것이죠. 그것만 빼면 평소처럼 일하면서 우리 종의 도약을 멀리서 텔레비전 화면을 통해 지켜보게 될 겁니다.」

에마가 특유의 옹알이 소리를 낸다.

「우리의 행동 수칙을 제안하겠습니다. 우리는 매일 오후 8시까지 일합니다. 뉴스를 보는 것은 오후 8시에만 허용됩니다. 식생활에 대해서 말하자면, 요리는 자니코 중위가 맡습니다. 자니코 중위는 내가 지시한 대로 고기 통조림과 생선 통조림과 파스타를 번갈아 가면서 요리할 겁니다. 앞으로 얼마 동안은 스파게티를 많이 먹게 될 가능성이 높습니다.」

좌중은 아무런 대꾸도 하지 않는다.

「긍정적인 측면을 간과하지 마세요. 다른 건 몰라도 이거 하나는 분명해요. 우리는 남들보다 열 시간쯤 앞서서 소식을 접했고, 그래서 우리 자신을 보호할 수단을 마련했어요. 게다가 우리는 여기에서 그런 종류의 〈장애〉에 대한 총체적인 해결책을 찾고 있어요.」

대령은 젖병을 빨고 있는 아기를 가리킨다.

「저 호모 메타모르포시스는 호모 사피엔스에 비해 면역 체계가 더 우수하지 않아요?」

오로르가 말을 끊는다.

「그런데 지금 무슨 얘기를 하는 거죠? 독감이라고요? 그

거야 늘 있었던 거고, 치료하면 그만 아닌가요?」

「이번 것은 달라요. 이미 말했듯이 독성과 전염성이 강하고 완전히 새로운 유형이랍니다.」

그들은 자니코 중위를 바라본다. 그는 태연하게 통조림들을 계속 정돈하고 있다.

「새들도 그 독감을 옮겨요. 현재로서는 대응책이 전혀 없어요. 격리가 유일한 예방 조치예요. 그래서 통조림이며 파스타, 설탕, 올리브기름, 밀가루, 비타민 정제, 생수, 소독약, 방균복 따위를 급히 배달시켰어요. 상황이 혼돈으로 치달을 경우에 대비해서 무기도 갖다 달라고 했어요.」

에마는 마치 재미있는 농담을 듣기라도 한 것처럼 옹알이를 시작한다.

「유감스럽지만, 만약 우리가 살아남기를 원한다면 이 성소에 오래도록 갇혀 지내야 할 겁니다.」

대령은 작은 동그라미 모양으로 담배 연기를 내뿜는다.

다비드가 묻는다.

「보아하니 대령님의 비밀 소식통이 사태를 훤히 꿰고 있는 모양인데, 그런 상황이 얼마 동안이나 지속되리라고 하던가요?」

「혈청을 구해서 백신을 만들어 낼 때까지 지속되겠지요. 대개 그러기까지는 6개월이 걸립니다. 어쨌거나 나는 그 정도를 예상하고 우리가 먹을 것을 비축했어요.」

그들은 믿기지 않는다는 표정으로 서로 바라본다.

펜테실레이아가 묻는다.

「정말…… 확실한 거예요?」

그때 다비드가 자리에서 일어나 재킷을 걸친다.

「뭐 하려고?」

「내 어머니를 구해야죠.」

「안 돼요! 그대로 있어요.」

나탈리아 오비츠의 신호에 따라 거인 자니코가 젊은 연구자를 붙잡는다. 다비드는 거구의 상대에게서 벗어나기 위해 얼굴을 할퀴고 물어뜯으려 한다. 하지만 근육질의 거인은 눈하나 깜짝하지 않고 손톱과 이를 피하더니, 다비드를 번쩍 들어서 마치 인형을 가져가듯 위층으로 데려간다.

거인은 다비드를 침실에 내려놓고 문을 잠근 뒤에 다시 식당으로 내려온다.

나탈리아가 다른 사람들을 둘러보며 이른다.

「미안해요. 상황이 특별하니만큼 특별한 방식으로 적응해 나가지 않으면 안 돼요.」

138
백과사전: 도마뱀붙이가 만들어 내는 암컷 세상

도마뱀붙이의 하나인 레피도닥틸루스 루구브리스는 필리핀, 호주 및 태평양의 여러 섬에서 찾아볼 수 있다. 이 작은 도마뱀붙이는 이따금 태풍에 휩쓸려 날아가서 무인도에 떨어진다고 한다. 수컷이 그렇게 되는 경우에는 그 뒤로 아무 일도 일어나지 않는다. 수컷은 죽고, 그 종은 섬에서 사라진다. 그런데 암컷이 그렇게 되는 경우에는 아직 어떤 과학자도 설명해 내지 못한 기이한 적응이 이루어진다. 레피도닥틸루스 루구브리스는 양성 생식을 하는 동물, 즉 암수의 결합에 의해 새로운 개체를 낳는 동물이다. 하지만 섬에 홀로 떨어진 암컷에게는 이내 생식 방법의 변화가 일어난다. 온 유기체가 변하여 혼자서 알을 낳을 수 있게 되는 것이다. 이 알들은 수정란이 아니지만 부화하여 새끼가 될 수 있다. 이렇게 단성 생식을 통해 생겨난 새끼들은 모두 암컷이다. 이 암컷들 역시 수컷의 정자를 받아들이지 않고 알을 낳을 수 있는 능력을 지니고 있다. 더더욱 놀라운 일은 최초의 어미에게서 나온 암컷들이 클론이 아니라는 사실이다. 유전자의 혼합을 통해 새끼 도마뱀붙이들이 서로 다른 특성을 갖게 하는 감수 분열 현상이 일어나는 것이다. 그래서 몇 해 뒤 태평양의 이 무인도에는 오로지 암컷으로 이루어진 도마뱀붙이들의 군집이 형성된다. 이 군집에는 아무런 결함이 없다. 개체들은 아주 정상적이고 크기와 색깔이 다양하다.

추기: 자발적인 단성 생식의 또 다른 사례가 최근에 상어에게서 발견되었다. 암컷 상어들이 수컷을 만난 적이 없음에도 알이나 새끼를 낳은 사례가 여러 건 보고된 바 있다(2012년 두바이의 한 호텔에 있는 수족관에 혼자 갇혀 살던 암컷 점박이상어가 4년 연속 새끼를 부화시킨 것이 대표적인 경우이다). 상어들이 4억 년 전부터 생존해 온 비결은 아마도 그렇게 홀로 번식하는 능력과 무관하지 않을 것이다. 상어들은 그런 변이의 능력이 없었던 다른 종들이 사라져 간 곳에서도 살아남았다.

에드몽 웰스, 『상대적이며 절대적인 지식의 백과사전』 제7권
(제5권의 해당 항목을 샤를 웰스가 수정하고 보충한 것임)

139

〈비브리오 콜레라이〉 균이 무서운 기세로 퍼져 나감에 따라 인구의 10분의 1이 사라졌다. 균에 감염된 사람들은 심한 구토와 설사에 따른 탈수 증상 때문에 지독한 고통을 겪다가 죽었다.

환자들을 격리하여 전염의 속도를 늦추고 병이 제풀에 수그러들기를 기다리는 것 말고는 뾰족한 대응책이 없었다.

인간들은 영리해서 그 전염병이 나의 징벌임을 이내 알아차렸다. 그들은 얼마쯤 갈피를 못 잡고 헤매다가, 우주선 〈림

프구 11호)의 실패 때문에 내가 실망했고 그래서 조급해하는 것이라고 결론을 내렸다.

그들은 나를 원망하기보다 더욱 일에 매진해서 나를 만족시키기로 결심했다. 그런 다음 우주 비행사들과 핵폭탄을 더욱 안전하게 수송할 수 있는 새로운 우주선을 건조하는 작업에 박차를 가했다. 이렇듯 고통과 공포는 인간들을 자극하는 훌륭한 수단이다.

사실 당시에 나는 매우 냉정했다. 만약 인간들이 성공하지 못한다면 이미 공룡들을 상대로 그랬던 것처럼 그들을 다른 동물로 대체할 생각까지 하고 있었다.

140

사위에 어둠이 깔렸다.

2층 침실에 갇힌 다비드는 방문을 두드리면서 하루 낮을 보냈다. 점심 때 자니코 중위가 음식을 쟁반에 담아 가져다주었다. 다비드는 다시 그에게 덤벼들었지만, 이번에도 거인은 그를 쉽게 제압했다. 저녁 식사 때도 똑같은 장면이 재연되었다. 중위는 다비드가 포기하지 않으리라는 것을 알고 있었다. 그래서 그를 다치게 하지 않고 그저 도망치는 것만 막으려고 마음을 썼다.

다비드는 싸움에 지쳐서 결국 잠이 들었다. 화는 나지만 힘이 없으니 어쩔 수가 없었다. 어머니가 위험에 빠져 있음을 알면서도 아무것도 할 수 없다는 사실에 가슴이 미어졌다. 잠결에 자물쇠를 따는 소리가 들렸다. 그는 퍼뜩 깨어나 한쪽 팔꿈치를 괴고 몸을 일으킨 다음 디지털 시계를 들여다본다. 오전 8시 8분.

「누시아?」

하지만 방으로 들어선 실루엣은 누시아보다 훨씬 크다. 그는 오로르를 알아본다. 그녀가 속삭인다.

「어서 나를 따라와.」

오로르는 그의 감방 구실을 하던 침실의 열쇠뿐만 아니라 그의 자동차 열쇠까지 챙겨 왔다. 그들은 스마트폰 화면에서 나오는 빛으로 앞을 비추며 차고에 다다른다.

다비드는 현대 사륜구동 차의 운전석에 올라탄다. 막 시동을 걸려고 하는데, 오로르가 기다리라는 신호를 보낸다. 그러더니 차에서 내려 기관 단총 두 자루와 권총 두 자루, 아래위가 붙은 방균복 두 벌에다 투명한 구형 헬멧까지 챙겨서 돌아온다.

「일단은 방균복만 입자고. 헬멧은 필요하다 싶으면 쓰기로 하고.」

그들은 불안한 표정으로 서로 바라본다. 그는 그녀의 모습이 소르본 대학에서 처음 만난 뒤로 많이 달라졌음을 알아차린다. 금빛 눈은 빛깔이 더 밝아진 반면, 어깨에 닿을 만큼 치렁치렁한 머리채는 더 거뭇해진 듯하다.

「오로르, 왜 날 도와주는 거야?」

그녀는 입고 있던 옷을 벗고 방균복으로 바꿔 입으면서 대답한다.

「내 아버지 집에도 가줄 거지?」

그는 팬티만 걸친 몸에 형광 주황색 방균복을 입는다. 이옷의 깃 부분은 헬멧을 썼을 때 빈틈없이 맞물리도록 만들어져 있다.

시동을 걸고 마당으로 차를 몰고 나가자 치와와가 짖어 댄다. 하지만 다른 사람들을 깨울 정도로 악착을 떨지는 않는다. 마침내 두 사람은 정문을 지나 국립 농업 연구원을 빠져나간다.

그들은 DMB 수신기를 켜고 뉴스 채널을 선택한다.

141

「……그럼 우리 특파원을 불러 보겠습니다. 스테판?」

「러시아 정부의 발표에 따르면, 러시아 외교부가 수차례의 전화 통화와 진지한 논의를 통해 이란 지도자들이 전쟁을 포기하도록 설득했다고 합니다. 러시아 외교부는 전쟁 때문에 이란의 현 정권이 붕괴할 수도 있다는 점을 들어 설득에 성공한 것으로 보입니다. 여기에서는 벌써부터 러시아 외교부 장관 소콜로프에게 노벨 평화상을 주어야 한다는 얘기가 나오고 있습니다.」

「고맙습니다, 스테판. 그럼 이번에는 중국으로 가보겠습니다. 파트리크?」

「중국은 이란의 전쟁 포기를 환영하면서도, 대이란 개방 정책에 따라 신세대 무기를 계속 이란에 제공하겠다고 선언했습니다. 중국 정부는 이란의 아야톨라 체제가 그 무기들을 오로지 방어용으로만 사용하리라고 주장했습니다.」

「다음은 이스라엘에 파견된 우리 통신원을 연결하겠습니다. 쥐디트?」

「이스라엘에는 여전히 팽팽한 긴장이 감돌고 있습니다. 1호 경계령이 아직 해제되지 않은 상황입니다. 이스라엘 정부는 이란의 돌연한 전쟁 중단이 기습을 노린 속임수라는 생각을 떨치지 못하고 있습니다. 국방부 장관의 권고에 따라 국민들은 대피소로 피신했고, 비상식량으로 생활하면서 텔레비전과 인터넷을 통해 사태의 추이를 예의 주시 하고 있습니다. 이스라엘 군 당국은 세균전이 벌어질 것에 대비하여 모든 군인들에게 백신을 접종했습니다. 이란이 공격용 생물무기를 개발했다는 이스라엘 정보기관의 첩보에 따른 조치입니다. 거리는 텅 비어 있고, 헌병대 지프들만이 돌아다니면서 시민들에게 안전한 곳에 계속 머물러 있을 것을 당부하고 있습니다.」

「고맙습니다, 쥐디트. 다음은 테헤란에 나가 있는 조르주 통신원의 보도입니다.」

「이곳 테헤란에서는 반정부 시위 대신 친정부적인 반이스라엘 시위가 벌어졌습니다. 주로 혁명 수비대의 군인들과 사복 경찰관들로 이루어진 시위대는 이스라엘과 미국과 유대인들과 기독교인들을 공격하는 구호를 외치면서, 이스라엘과 미국의 국기를 짓밟기도 하고 개들에게 두 나라 정상의 모습을 닮은 가면을 씌워 목을 매달기도 했습니다. 반면에 그동안 반정부 시위를 주도해 온 대학생들은 군사적 위기가 해소될 때까지 행동을 중단하기로 결정했습니다. 〈내 표는 어디로 갔는가?〉라는 구호로 상징되는 민주화의 열기가 전운에 가려 시들해지고 있는 듯합니다.」

「이란군의 동향은 어떻습니까?」

「이란 정부는 공격 중단 결정 이후 침묵을 지키고 있습니다. 국가의 모든 기관이 비상 대기 상태에 있는 것으로 보입니다. 전쟁의 포기가 아니라 대공세를 위한 준비일 뿐이라고 생각하는 사람들이 적지 않지만, 이란 정부의 침묵이 길어짐에 따라 이란 내에 아직 존재하는 평화주의자들이 조금씩 희망을 되찾고 있습니다.」

「고맙습니다, 조르주. 어쩌면 핵전쟁의 위험성을 안고 있
는 제3차 세계 대전은 일어나지 않을 수도 있겠군요. 그건
우리 모두가 간절히 희망하는 바입니다. 이란 사태에 관해서
는 새로운 정보들을 확인하여 15분 간격으로 계속 전해 드리
기로 하고, 이제 다른 분야의 주요 뉴스로 넘어가겠습니다.」

축구

카타르 월드컵이 끝나자마자 유럽 축구 연맹이 주관하는
유럽 선수권 대회의 예선 경기가 시작되었습니다. 이탈리아
가 이번 대회의 가장 강력한 우승 후보로 손꼽히고 있는 가
운데, 로마시는 공식적으로 재정이 파산 상태에 빠져 있음에
도 최근에 세계에서 가장 규모가 큰 축구 경기장인 카이사르
황제 경기장을 완공했습니다. 이 경기장의 규모는 2014년
월드컵을 위해 리모델링된 리우데자네이루의 마라카낭 경
기장이나 수용 인원 15만 명으로 이제껏 세계에서 가장 큰
다목적 경기장으로 간주되어 온 평양의 능라도 5월 1일 경기
장을 훨씬 능가합니다. 카이사르 황제 경기장은 무려 40만
명의 관중을 수용할 수 있다고 합니다.

국내 정치

스타니슬라스 드루앵 대통령은 정부가 예상한 경제 성장
목표를 달성하지 못함에 따라 대외 채무를 증가시켜야만 하
리라고 발표했습니다. 주로 중국인 투자자들과 산유국들을
상대로 채무 협상을 벌이되, 이자율 등에서 가장 유리한 조
건을 확보하도록 노력하겠다는 것입니다. 그와 병행하여 드

루앵 대통령은 국가 재정 규모를 축소해 나가겠다고 약속했습니다. 퇴직 공무원들을 대체할 인력을 채용하지 않고, 국방, 경찰, 과학 연구, 교육, 문화 분야의 예산을 줄이겠다는 것입니다. 드루앵 대통령은 나라 빚이 늘어나 프랑스의 미래가 위태로워지는 것을 원치 않는다면 강력하고 고통스러운 조치가 불가피하다고 강조했습니다. 〈우리 프랑스가 불필요한 하중을 덜어 낸 열기구처럼 높이 올라가는 것을 보아야 합니다. 우리 나라의 공무원은 5백만 명입니다. 너무 무겁습니다. 우리 나라가 나아가는 것을 방해하고 있습니다.〉 또한 드루앵 대통령은 세수입을 늘리기 위해 고소득자들에게 90퍼센트의 소득세를 부과하자고 제안했습니다. 〈그동안 제가 부자들에게서 충분한 세금을 거둬들이지 않는다고 비판하는 국민들이 있었지만, 이제는 그런 소리가 나오지 않을 것입니다〉라고 대통령은 선언했습니다.

이집트 독감 사태

신종 플루에 관한 괴소문이 인터넷을 통해 퍼져 나가자, 어제 오후 보건부 장관이 기자 회견을 열었습니다. 〈현재 유행하고 있는 감기는 노인이나 유아나 당뇨병 환자에게만 위험한 계절성 독감일 뿐입니다. 그럼에도 굳이 이런 발표를 할 수밖에 없었던 것은 농담을 좋아하는 사람들이나 무책임한 사람들이 인터넷 블로그를 통해 대재앙설을 유포하고 있기 때문입니다. 대단히 유감스러운 상황이 아닐 수 없습니다. 저는 우리 국민들이 참된 정보와 인터넷을 통해 유포되는 거짓 정보를 구별하실 수 있으리라 믿고 있습니다.〉 그런데 저녁 시간이 되면서 사태가 더욱 긴박하게 돌아가자, 밤

10시에 보건부 장관은 말을 바꿨습니다.〈2009년에 약간의 사망자를 냈던 신종 플루와 유사한 A-H1N1 유형의 독감입니다. 하지만 이 독감의 바이러스는 이제껏 알려지지 않은 유전 암호를 지니고 있어서 기존의 항바이러스제들은 효과가 없습니다. 우리 연구소들이 곧 실제적인 해결책을 제공하리라 생각합니다.〉

이 신종 플루에는〈이집트 독감〉이라는 이름이 붙었습니다. 최초의 희생자들이 이집트에서 이 독감에 걸렸기 때문입니다. 방금 들어온 소식에 따르면, 현재까지 이 독감에 걸려 사망한 사람은 10여 명이고, 그들은 주로 이미 다른 중병을 앓고 있던 환자들이었다고 합니다. 정부는 다음과 같은 위생 보건 수칙을 발표했습니다.

첫째, 공황 상태에 빠지지 마십시오.

둘째, 손을 자주 씻으십시오.

셋째, 인사할 때 악수를 하거나 뺨에 입을 맞추지 마십시오.

넷째, 젤 타입의 소독제를 항상 지참하고 다니십시오.

다섯째, 지속적인 독감 증세가 나타나면 직장에 출근하지 마시고 대중 교통 수단을 이용하지 마십시오. 또한 병원이나 의원은 가장 먼저 감염되는 장소이므로 거기에도 가지 마시고, 집에서 전문 의료 기관에 전화를 걸어 음성 통화나 화상 통화를 이용해 진찰을 받으십시오.

여섯째, 독감 증세가 나타나는 경우에는 주위 사람들을 보호하기 위해 마스크를 착용하십시오.

일곱째, 독감 증세가 있는 분들은 외국 여행을 삼가십시오. 세계 보건 기구가 여행자들을 감시하고 상황을 통제하고 있습니다.

날씨

카리브해에서 발생한 허리케인이 미국 루이지애나주를 강타할 것으로 예상됩니다. 그에 따라 루이지애나주 정부는 주민들에게 경계 상태를 유지하면서 유사시에는 지하실이나 시립 대피소로 피신할 수 있도록 만반의 준비를 갖추라고 당부하고 있습니다. 이 지역에서 발생하는 허리케인들이 갈수록 강력해지는 것은 지구 온난화에 따라 바닷물의 온도가 높아지기 때문인 것으로 보입니다.

로또

로또 당첨금이 20억 유로라는 기록적인 수치에 도달했습니다. 역대 최고액의 이 당첨금은 코레즈도(道)에 사는 한 남자의 몫으로 돌아갔습니다. 그 남자는 인구 1천 명 미만의 마을에서 정원사로 일해 왔다고 합니다. 누가 보기에도 운수가 대통하여 앞으로 아무런 걱정 없이 살아갈 수 있게 된 행복한 남자입니다. 그런데 그는 당첨금 전액을 캐나다의 억만장자 팀시트가 추진하고 있는 지구 탈출 프로젝트에 투자하겠다고 선언했습니다. 그 프로젝트를 실현하는 데에 일조함으로써 〈우주 나비 2호〉에 탑승하는 특권을 얻고 싶다는 것입니다.

142

오로르는 DMB 수신기를 끄고 눈살을 찌푸린다. 얼굴에 수심이 가득하다.

다비드가 말문을 연다.

「상황이 시시각각으로 변하고 있어. 사람들이 스스로 위험에 처해 있음을 깨닫기까지 시간이 얼마나 걸릴까?」

오전 10시. 두 과학자는 외곽 순환 도로를 거쳐 파리로 들어간다. 벌써 거리거리가 여느 때와 달리 술렁거린다. 그들은 오로르의 아버지 토마 펠그랭의 집 앞에 차를 세운다. 그런 다음 투명한 구형 헬멧을 쓰고 기관 단총 한 자루를 가방에 챙겨 넣은 뒤에 초인종을 누른다.

문 너머에서 목소리가 들려온다.

「당장 꺼져 버려! 아무도 만나고 싶지 않아.」

「문 열어요, 아빠. 오로르예요. 아빠를 모셔 가려고 왔어요.」

문구멍이 어두워진다. 문 가까이에서 목소리가 울린다.

「도움 같은 건 필요 없어. 누가 와도 문을 열어 주지 않을 거야. 나는 지금 벌어지고 있는 일의 실상을 알고 있어.」

「바로 그것 때문에 친구랑 같이 온 거예요. 여기보다 안전한 피신처가 있어요. 거기로 가요.」

「미안해. 여기보다 나은 피신처는 없어. 나는 비상식량을 비축해 놓고, 문을 봉쇄해 버렸어. 두 사람이 버티기에는 식량이 충분치 않아. 식량이 떨어지면 서로 잡아먹으려고 할지도 몰라.」

뜻밖의 반응이다. 오로르는 너무 놀라서 어찌할 바를 모른다.

다비드가 나직하게 말한다.

「저분은 과학자야. 자기 나름대로 정보원이 있을 거야. 모든 것을 알고 있는 게 분명해.」

오로르는 다시 초인종을 누른다. 아무 소용이 없다.

다비드가 다시 말한다.

「저분은 두려워하고 있어. 절대로 문을 열지 않을 거야.」

오로르는 그냥 돌아가고 싶지 않아서, 악착스럽게 나무 문을 두드린다.

해가 중천을 향해 올라가는 동안, 멀리에서 무수한 경적 소리와 엔진 소리가 뒤섞인 왁자한 소음이 들려오기 시작한다.

다비드가 단호한 목소리로 말한다.

「그만 가자!」

「내 아버지야!」

「그렇다고 계속 이러고 있을 순 없잖아! 나는 가야 해.」

그녀는 털썩 무너져 내릴 것 같은 기색이다.

다비드는 조심스럽게 그녀를 안아 올려 자동차까지 데려간다. 그녀는 그의 품에서 아기처럼 몸을 웅크린다. 그는 자동차 좌석에 그녀를 내려놓고 문을 쾅 닫는다.

그는 시동을 걸면서 중얼거린다.

「나는 네가 탯줄을 완전히 끊었는 줄 알았어.」

「자기 부모하고는 완전히 절연할 수가 없어. 부모가 살아 있는 한, 비록 실낱같은 것일지언정 희망을 버릴 수가 없는 거야. 부모가 아무리 미워도 결국엔 그들을 용서하고 싶은 마음이 들지 않겠어?」

다비드는 그녀의 목소리에 분노와 실망이 뒤섞여 있음을 느낀다.

그들은 다비드의 어머니 집 쪽으로 차를 몰아간다. 벌써 정오다. 거리거리가 혼잡하다. 갈수록 교통 체증이 심해지더니 급기야는 도로가 주차장으로 변해 버린다. 행인들은 이리저리 내닫고 자동차들은 연신 경적을 울려 댄다. 멀리에서는 총소리마저 들려온다.

다비드는 불안감을 느끼며 다시 뉴스 채널에 접속한다.

143

이집트 독감 파동

「사태가 걷잡을 수 없이 악화되고 있습니다. 세계 보건 기구의 공식 집계에 따르면 수백에서 수천을 헤아리던 사망자 수가 10만 명에 이르렀다고 합니다.

그에 따라 우리 정부의 보건 당국은 앞서 공표한 수칙에 두 가지 항목을 새로 추가했습니다.

첫째, 공공장소 출입을 삼가십시오.

둘째, 비상식량과 생활필수품을 비축하십시오.

보건부에 나가 있는 우리 기자를 즉시 연결하겠습니다. 조르주, 제 말 들립니까?」

「네, 뤼시엔. 지금 제 뒤로 보시는 것처럼 정부가 추가한 두 가지 수칙은 너무 늦게 공표되었을 뿐만 아니라, 동시에 지키기가 어렵습니다. 불안을 느낀 주부들이 얼굴에 마스크를 쓰고 손에는 설거지할 때 사용하던 고무장갑을 낀 채로 대형 마트에 몰려가 쇼핑 카트들을 통조림으로 가득 채우고 있습니다.」

「그런데 말입니다, 조르주, 뒤로 보이는 대형 마트들이 불길에 휩싸인 것 같은데요. 경찰은 무엇을 하고 있는 겁니까?」

「현재 경찰은 눈코 뜰 새 없이 동분서주하고 있습니다. 몇 시간 전부터 곳곳에서 폭력 사태가 벌어지고 있기 때문입니다. 감시 카메라에 찍힌 영상에서 보시는 것처럼, 대형 마트들은 싸움터로 변했습니다. 사람들이 상품을 가득 실은 쇼핑

카트를 밀고 가면 다른 사람들이 에워싸고 물건들을 빼앗아 갑니다. 마치 옛날에 해적들이 화물을 가득 싣고 항해하는 배들을 공격하던 것과 비슷한 장면이 펼쳐지고 있는 것입니다. 주부들은 반죽 밀대나 대파를 칼처럼 휘두르고 통조림이나 잼 단지를 던지며 싸웁니다. 겨냥이 빗나간 잼 단지들은 수류탄처럼 터져서 걸쭉하고 끈적끈적한 파편이 사방에 낭자합니다. 사람들이 다쳐서 쓰러지면 다른 사람들은 더 높은 진열대의 물건을 꺼내기 위해 그들을 밟고 올라섭니다.」

「고맙습니다, 조르주. 묘사가 생생해서 더욱 실감이 나는군요. 지금 막 정부가 새로운 수칙 두 가지를 추가로 공표했습니다. 지체 없이 국민 여러분들께 전달해 드리겠습니다.

첫째, 새들이나 새들의 시체에 일절 접근하지 마시고, 집 안의 새장을 모두 치우십시오.

둘째, 금일부터 시행되는 야간 통행금지 조치에 따라 20시 이후에는 허락 없이 거리를 지나다니거나 집 밖에서 활동하지 마십시오. 위반 시에는 처벌을 받게 됩니다.」

144

그들은 다시 나아간다. 다비드는 아버지가 물려주신 구형 현대 사륜구동 차의 성능을 믿고 차도를 벗어나 보도 위를 달리고 갓길로 빠져 다른 차들을 앞질러 간다.

공포가 번져 간다. 불과 몇 시간 만에 파리가 혼돈에 빠져 버렸다. 그들 주위에서 사람들이 서로 싸우고 자동차들이 불탄다. 약탈자들은 가게 진열창을 부순다.

멀리에서 폭발음이 진동한다. 아마도 가스 충전소나 주유소가 습격을 당한 것이리라. 길이 또다시 꽉 막혀서 더 나아갈 수가 없다. 빠져나갈 길이 보이지 않는다. 그때 머리와 수염이 덥수룩한 남자가 손 팻말을 들고 차 앞에 불쑥 나타난다. 손 팻말에는 묵시록의 네 기사가 그려져 있다.

남자가 소리친다.

「세상의 종말이다! 회개하라! 우리는 모두 곧 파멸할 것이다! 누구도 죽음을 피할 수 없다!」

남자는 주먹 쥔 손을 치켜든다.

「누구도 이 재앙에서 벗어날 수 없을 것이다! 모두가 죽으리라!」

그러더니 미친 듯이 웃어 댄다.

「먼저 죽는 자들은 행복하리라. 그만큼 고통이 짧을 것이니.」

그 말이 음산한 메아리로 되울린다. 다비드와 오로르는 헬멧의 투명한 앞창 너머로 서로 바라본다.

「미친 사람이야.」

「저 사람만 미친 게 아냐.」

하면서 다비드는 다른 남자를 가리킨다. 반쯤 벌거벗은 몸에 파라오의 가면을 쓴 남자다. 남자는 주위의 소음에 장단을 맞추듯 커다란 심벌즈를 규칙적인 리듬으로 마주 치며, 괴성을 내지른다.

「나는 이집트 독감이다! 내가 이제 너희를 모두 죽일 것이다!」

「저 사람 말이 맞는다면, 묵시록의 첫 번째 기사, 즉 흰 말의 기사가 나타난 것인가? 공기를 통해 병이 전염되고 죽음이 안개처럼 퍼져 갈까?」

다비드는 가속 페달을 밟고 운전대를 홱 돌리더니 꽉 막힌

길에서 빠져나가기 위해 도로 옆으로 난 계단으로 들어선다. 그들은 엄청난 진동을 견디며 계단을 내려간다. 현대 사륜구동 차의 앞 범퍼가 떨어져 나가고 전조등이 박살 난다. 하지만 엔진이 잘 버텨 준 덕에 그들은 덜 혼잡한 가로수 길로 내려온다.

구형 사륜구동 차는 보행자들 사이로 지그재그를 그리며 나아간다.

그들 주위로 불안과 공포의 분위기가 감돈다. 배낭을 메거나 여행 가방을 든 채로 내닫는 사람들이 있는가 하면, 여럿이서 궤짝이나 트렁크를 끌고 가는 조금 더 느긋한 사람들도 있다. 멀리에서 다시 폭발음이 들리고, 검은 연기가 가는 기둥처럼 솟아오른다.

이윽고 다비드는 어머니 댁에 다다른다. 떨리는 손으로 자물쇠를 따고 거실로 들어서니, 어머니가 텔레비전 맞은편의 안락의자에 널브러져 있다. 텔레비전 소리는 꺼놓았지만, 화면에서는 여자 앵커가 종이에 적힌 것을 읽고 있다.

다비드는 방균복 차림으로 어머니에게 다가간다. 어머니는 그를 바로 알아보지 못하고 흠칫 물러난다. 그러더니 헬멧의 투명한 앞창 너머로 아들의 얼굴을 식별하고는 설핏 미소를 짓는다. 그런 다음 숨을 헐떡이며 중얼거린다.

「가슴에 통증이 있어.」

「걱정 마요, 엄마. 제가 병원에 모시고 갈게요.」

그가 어머니를 안아서 들어 올리려고 하자, 어머니는 안락의자의 등받이를 붙잡고 매달린다.

「이제 그럴 필요가 없어. 창가에서 비둘기들에게 모이를 주다가 그 독감에 걸린 모양이야. 텔레비전에서 사람들이 말하는 것을 들었어.」

어머니가 기침을 하자, 두 손에 붉은 피가 섞인 점액이 잔뜩 묻어난다.

다비드는 다시 어머니를 들어 올리려고 한다. 하지만 어머니는 완강하게 의자에 매달린다.

「너무 늦었어. 이제 네가 할 수 있는 일은 아무것도 없어. 나를 그냥 두고 가. 나는 집에서 죽고 싶어.」

그는 어머니를 놓아준다. 어머니는 안락의자에 몸을 묻는다.

「네가 옳았어. 네 아버지는 공룡을 연구하느라고 우리 곁을 떠났고, 너는 피그미들을 연구하기 위해 내 곁을 떠났지만, 나는 너희 부자를 원망하지 않아. 연구 때문에 가정을 돌보지 않는 게 우리 집 남자들의 내림이려니 생각해.」

「엄마!」

「잠깐, 너를 책망하는 게 아냐.」

어머니는 그의 방균복을 바라보더니, 마치 그가 추운 날씨에 옷을 따뜻하게 입었는지 확인하려는 듯 방균복의 천을 만져 본다.

「네가 집을 나간 것은 잘한 일이야. 여기에 그대로 있었다면 나처럼 죽게 되었을지도 모르잖아. 너는 앞을 내다보고 훌륭한 선택을 한 거야.」

어머니는 마치 아들의 얼굴을 쓰다듬으려는 듯 헬멧의 아크릴 수지를 문지른다.

「잘 들어. 너는 연구를 계속해서 세계가 어떻게 진화하는지 알아내야 해. 그건 우리의 자잘한 삶들을 넘어서는 중대한 일이야. 그래서 나는 네 아버지를 사랑했고 그가 떠난 것을 용서했어. 그리고 내가 너를 사랑하고 네가 떠난 것을 용서하는 것도 바로 그 때문이야.」

어머니는 다시 기침을 해댄다. 그러고는 지칠 대로 지친 기색으로 말을 잇는다.

「네 아버지가 못 다 이루신 꿈을 네가 이뤄야 해. 부모의 꿈을 이어 나가는 것, 그게 자식의 도리야.」

어머니의 동공이 확대된다. 마치 그들 뒤에서 무언가 놀라운 것을 보기라도 한 듯하다. 그러더니 희미한 미소를 지으며 눈을 감는다. 다비드는 어머니의 왼쪽 가슴에 손을 대고 심장이 멎었음을 확인한다. 그러고는 어머니를 안아서 번쩍 들어 올린다.

다비드와 오로르는 거리로 나선다. 벌써 그들 주위로 사람들이 모여든다. 그들이 입고 있는 방균복의 이점을 알아차린 것이다. 얼굴 아랫부분을 스카프로 가리고 쇠 파이프와 야구 방망이로 무장한 젊은이들 한 무리가 그들을 에워싸고 자동차 쪽으로 가는 길을 막는다. 그러자 오로르는 가방에서 이스라엘제 우지 기관 단총을 꺼내더니 공중에 대고 한바탕 드르륵 쏘아 댄다. 젊은이들은 혼비백산하여 뒤로 물러난다. 오로르는 그들이 다가들지 못하도록 그들을 향해 총을 겨눈다.

오후 1시. 오로르와 다비드는 망다린 웰스의 시신을 현대 사륜구동 차의 뒷좌석에 내려놓고 앞좌석에 올라탄다. 퐁텐블로로 돌아가자면 올 때보다 훨씬 어려운 길을 가야 할 것으로 보인다. 아니나 다를까 거리마다 자동차들과 극도로 흥분한 군중이 넘쳐 난다. 파리를 빠져나가는 길목인 오를레앙 시문 일대에는 수천 대의 차들이 뒤엉켜 있고, 운전자들은 너나 할 것 없이 차에서 내려 서로 악다구니를 쓰고 있다.

달리 해결책이 보이지 않자, 다비드는 평소 같으면 꿈도 꾸지 않았을 법한 일을 시도하기로 결심한다. 그는 가파른 비탈길을 오를 때 사용하는 특별한 기어를 넣고 전천후 오프로드 자동차의 높은 바퀴와 서스펜션을 이용해서 앞에 있는 자동차 위로 올라간 다음 자동차들의 지붕 위로 달리기 시작한다. 앞쪽의 차들에 타고 있던 사람들은 뒤쪽의 차들이 사륜구동 차의 무게를 견디지 못하고 우그러지는 것을 보면서 황급히 차에서 내린다.

오로르는 곁눈으로 다비드를 살핀다. 어머니를 잃고 나서 완전히 딴사람으로 변한 것 같다. 따지고 보면 그가 이토록 과감한 행동을 하는 데는 그럴 만한 이유가 있다. 거기에 그대로 있다 보면 그들의 방균복이 사람들의 탐욕을 불러일으킬 것이고, 그러면 공격자들이 점점 늘어나서 오래 버티기가 어려울 것이다.

또다시 멀리에서 폭발음이 들려오고, 검은 연기 기둥들이 점점 늘어나 희부연 하늘에 줄무늬를 그린다.

다비드는 여전히 한 마디 말도 입 밖에 내지 않고 운전에 정신을 집중한다. 마침내 파리 남부에서 가장 인구가 많고 가장 교통이 혼잡한 지역을 요리조리 빠져나오자, 그는 갑자기 브레이크를 밟는다. 그들의 차에 매달려 있던 사람들을 떼어 내기 위함이다. 그러고는 와이퍼를 작동시켜 앞유리를 닦는다.

오로르가 말문을 연다.

「나탈리아 말이 옳아. 이건 여느 유행성 감기가 아냐.」

145

백과사전: 유행성 감기

유행성 감기 또는 독감을 뜻하는 프랑스어 그리프는 〈붙잡다〉라는 뜻의 옛 프랑스어 동사 그리페에서 나왔다. 싸우는 상대의 멱살을 잡거나 도둑을 잡을 때처럼 기습적으로 들이닥치는 병이라는 뜻으로 그런 이름을 붙인 것이다. 영어로는 인플루엔자라고 하는데, 이는 〈영향〉을 뜻하는 이탈리아어를 그대로 가져온 것이다. 이 말은 별자리의 나쁜 영향, 또는 추위의 영향이라는 뜻을 함축하고 있다.

비록 이름은 달랐지만 유행성 감기와 똑같은 증상을 보이는 질병은 이미 고대에도 나타났다. 그리스의 의사 히포크라테스는 2천4백 년 전에 그런 증상을 기술했고, 고대 로마의 역사가 티투스 리비우스 역시 유행성 감기였을 것으로 짐작되는 전염병이 창궐했던 사실을 기록으로 남겼다.

유행성 감기의 증상은 고열, 오한, 두통, 기침, 재채기, 콧물, 인후염 등이고, 심한 경우에는 폐렴이나 중이염 따위의 합병증을 일으키기도 한다.

보통의 독감 바이러스에 의한 계절성 전염병으로 사망하는 사람들은 전 세계적으로 한 해 평균 50만 명(대개는 노인, 당뇨병 환자, 또는 다른 병들을 앓으면서 쇠약해진 사람들)이다.

하지만 변종 바이러스가 나타나면 독감이 훨씬 치명적인 전염병이 되어 노약자는 물론이고 건강한 젊은이들의 생명까지 위협할 수 있다.

독감이 세계적으로 대유행했던 최초의 사례는 1580년으로 거슬러 올라간다. 이 독감은 중국에서 발생하여(아마도 시골에서 사람과 돼지가 뒤섞여 살고 돼지의 유전 암호가 사람과 아주 비슷하기 때문에 바이러스의 변이가 쉽게 일어날 수 있었던 듯하다) 유럽과 아프리카로 퍼졌다. 이때의 사망자는 수백만 명에 달했던 것으로 추정된다.

하지만 세계적으로 널리 유행했던 독감 가운데 가장 많은 인명을 앗아간 것은 1918년에서 1919년 사이에 창궐했던 스페인 독감이다. 그 대유행을 일으킨 바이러스는 A형의 아형인 H1N1이다. 스페인 독감은 유럽에서만 4천만에서 5천만에 이르는 사망자를 냈다고 한다(이 수치는 제1차 세계 대전 때 사망자 수의 서너 배에 해당한다). 유럽은 물론이고 미국, 인도, 인도네시아, 심지어는 사모아 제도에 이르기까지 세계 전역에서 환자들이 발생했다. 최근의 연구자들이 추산한 사망자 수는 예전의 추정치를 훨씬 상회한다. 스페인 독감 때문에 사망한 사람들이 전 세계적으로 1억 명에 달하리라는 것이다. 이렇듯 스페인 독감은 1347년의 페스트와 더불어 인류 역사상 가장 큰 피해를 가져다준 질병 재앙이다.

스페인 독감의 최초 발병지는 스페인이 아니다. 그럼에도 그런 이름이 붙은 것은 스페인이 정치적으로 중립을 지키며 제1차 세계 대전에 참가하지 않았다는 사실과 관련되어 있다. 당시 스페인의 언론은 전시 보도 검열을 받지 않았기 때문에, 이 독감으로 인한 피해 상황을 국민들에게 사실대로 알렸다. 반면에 프랑스나 영국이나 독일에서는 군대의 사기를 저하시키지 않기 위해 정부가 독감이 유행하고 있다는 사실 자체를 숨겼다.

독감 바이러스가 처음으로 확인된 것은 1931년의 일이다. 그 성과를 바탕으로 1944년에는 토머스 프랜시스 교수가 미군의 지원을 받아 백신을 개발하는 데 성공했다. 그 뒤 연구자들은 독감 바이러스를 A형, B형, C형의 세 가지 유형으로 분류하고, 이 중에서 가장 독성이 강하고 종들 간의 전염을 통해 대유행을 일으킬 수 있는 A형을 다시 수많은 아형으로 분류했다. 이 아형들은 바이러스 입자의 표면에 달라붙어 있는 두 가지 항원, 즉 헤마글루티닌과 뉴라미니다제의 종류에 따라 서로 구별된다(헤마글루티닌이 16종, 뉴라미니다제가 9종이므로 144가지의 조합이 가능하다).

이런 발견과 연구는 유행성 감기들의 피해를 줄이는 데 기여했다.

1957년에 유행한 아시아 독감(A-H2N2)은 2백만 명, 1968년에 유행한 홍콩 독감(A-H3N2)은 1백만 명의 인명을 앗아 갔다. 분명코 엄청난 재앙이지만, 스페인 독감 때에 비하면 그만한 것도 〈다행〉이었다.

에드몽 웰스, 『상대적이며 절대적인 지식의 백과사전』 제7권

146

파리의 하늘에서 활공하는 까마귀들이 점점 늘어난다.

파리를 빠져나오기는 했지만, 도로들은 여전히 혼잡하다. 오를리 공항과 퐁텐블로 쪽으로 내려가는 고속도로는 정체 구간이 수십 킬로미터에 달하는 듯하다. 오로르와 다비드는 오프로드 자동차의 장점을 십분 활용하여 고속도로를 벗어나 덤불숲을 질러간다.

오로르는 말을 하고 싶어 하는데, 다비드는 그럴 기분이 아니라는 뜻의 신호를 보내고는 카 오디오를 켜고 비발디의 「사계」 가운데 「겨울」을 선택한다. 그 선율의 아름다움이 차창 너머로 보이는 장면들의 참담함과 대비를 이룬다. 주유소를 습격한 자동차 운전자들이 각목과 쇠 파이프를 휘두르며 난투극을 벌이고 있다.

오로르가 헬멧을 쓴 채로 중얼거린다.

「일이 이렇게 빠르게 돌아갈 줄 몰랐어.」

다비드가 아무런 대꾸를 하지 않자, 그녀는 혼잣말을 이어 간다.

「진보라는 게 이런 건가. 모든 것이 더 빨리, 더 세게, 더 격하게 돌아가고 있어.」

다비드는 구불구불한 굽잇길을 돌고 들판을 가로지르며 교통 혼잡을 용하게 피해 간다. 들판에는 유채꽃의 노란색에서 새싹이 돋아나는 밀밭의 초록색이나 개양귀비꽃의 빨간색에 이르기까지 온갖 빛깔이 어우러져 있다.

이윽고 그들은 아직 정체가 심하지 않은 고속도로 구간에 다다른다. 이따금 사고를 당한 차들과 불길에 휩싸인 차들이 나타난다. 그때마다 다비드는 재빨리 장애물을 에돌아 나아간다.

그들은 마침내 퐁텐블로 국립 농업 연구원으로 가는 길로 접어든다. 연구원 담장을 1백 미터쯤 앞에 두고 다비드가 갑자기 차를 세운다. 그러고는 여전히 입을 굳게 다문 채 차에서 내리더니 뒷문을 열고 어머니의 시신을 조심스럽게 안아서 들어 올린다. 오로르는 그가 무엇을 하려는지 눈치채고 트렁크를 열어 삽 두 자루를 꺼낸 다음 그를 따라간다. 다비드는 시신을 땅바닥에 내려놓는다. 두 젊은이는 커다란 참나무 근처에 구덩이를 파기 시작한다. 다비드는 이마의 땀을 훔친다. 눈에서 땀인지 눈물인지 모를 물기가 반짝거린다. 그는 어머니를 땅속에 눕히고 흙으로 덮는다. 그런 다음 작은 관목 한 그루를 캐 오더니 어머니의 무덤에 다시 심는다. 이어서 무덤 앞에 돌덩이 하나를 가져다 놓고 삽의 뾰족한 날로 〈망다린 웰스〉라는 이름을 새긴다.

그는 무릎을 꿇고 눈을 감는다. 묵상을 하면서 기도를 올리려는 듯하다. 오로르는 멀찌감치 물러선다. 그가 기도를 끝내자, 오로르는 자동차로 돌아가면서 참고 또 참았던 말을 꺼낸다.

「나는 네 어머니 말씀에 동의하지 않아. 언젠가 너한테 말했듯이, 나는 우리 부모의 꿈을 이어 나가는 것은 어리석다고 생각해. 우리는 부모의 기대를 충족시키려 하기보다 자식 세대에게 무엇을 남겨 줄 것인지를 고민해야 해.」

그는 대답을 망설이다가 말을 삼켜 버린다.

「우리 부모들은 잘못을 저질렀고, 오늘날 우리는 그 실수의 대가를 치르고 있어. 이런 일이 끝없이 되풀이되어서는 안 돼.」

그는 가타부타 대꾸를 하지 않는다.

「파리를 봤지? 그게 바로 우리 부모 세대의 지력과 사고력이 도달한 결과야. 우리가 이어 가야 할 그들의 꿈이라는 게 고작 그거야? 우리 부모들은 잘못을 저질렀고 그들에 앞서 우리 조부모들도 잘못을 범했어. 전통을 계승한다는 것은 그런 실수를 이어 간다는 거야. 새로운 인류, 새로운 규칙을 가진 신인류를 만들어 내야 해. 조금 전에 네가 땅에 묻은 것은 단지 네 어머니가 아니야. 그건 제대로 깨닫지 못해서 사라져 가는 낡은 세계의 한 요소이기도 해.」

다비드는 그녀를 빤히 바라보기만 할 뿐 여전히 아무 대꾸도 하지 않는다.

그들은 퐁텐블로 국립 농업 연구원 정문 앞에 다다른다. 다비드는 비디오 폰을 마주하고 소리친다.

「우리예요.」

스피커에서 목소리가 흘러나온다.

「당신들은 감염되었을 가능성이 높기 때문에 들어올 수 없습니다.」

자니코 중위의 목소리다.

「우리는 볼일을 보러 갔다 오는 동안 줄곧 방균복을 입고 있었어요. 들여보내 주세요.」

「이젠 그럴 수 없어요.」

교섭에 더 능한 오로르가 나선다.

「들어가려면 우리가 무엇을 해야 하죠?」

스피커 소리에 다른 음성이 끼어든다. 오비츠 대령의 목
소리다.

「바이러스를 옮기지 않도록 온몸을 깨끗하게 해야죠.」

그러자 다비드는 외부 감시 카메라를 향해 손짓을 한다.
카메라의 작은 발광 다이오드에 불이 들어오고 줌이 작동하
기 시작한다.

다비드와 오로르는 속옷만 남기고 몸에 걸친 것을 모두 벗
는다. 그런 다음 헬멧, 장갑, 장화, 방균복을 한데 모아 놓고,
자동차의 연료 탱크에서 튜브로 빨아올린 기름을 거기에 붓
는다. 그렇게 소각 준비가 끝나자 다비드가 라이터를 꺼내
불을 붙인다.

아까 그 목소리가 스피커를 타고 울려 나온다.

「그것으로는 충분치 않아요.」

그들은 낡은 자동차로 돌아가서 연료 탱크 속에 헝겊 심지
를 넣고 불을 붙인다. 자동차와 그 안에 있던 모든 것이 불길
에 휩싸인다. 기관 단총의 탄환들은 불꽃놀이 화약처럼 따다
닥거리며 터진다.

오비츠 대령의 목소리가 다시 들려온다.

「그것으로도 충분치 않아요.」

그들은 속옷까지 마저 벗어서 자동차의 불길 속에 던져 버
린다. 그러고는 두 손으로 성기를 가린다.

「이로써 우리는 아담과 하와처럼 되었네요. 이제 에덴동

산으로 돌아가도 될까요?」

오로르는 애써 냉정을 유지하면서 그렇게 물었다.

드디어 정문이 옆으로 드르륵 미끄러진다.

문턱을 넘어서자마자 양철통 하나가 그들을 맞아 준다. 양철통에는 희석된 자벨수가 가득 들어 있다. 그들은 그 물로 몸을 씻는다.

멀리서 목소리가 들려온다.

「다시!」

그들은 살균 소독 목욕을 다섯 차례나 되풀이한다.

안으로 들어가 보니, 모두가 방균복에 구형 헬멧까지 착용하고 있다. 거실에 갇히게 된 치와와조차 위험을 감지한 듯 그들에게 다가오려 하지 않는다.

오비츠 대령은 비누를 사용해서 여러 번 샤워를 하라고 그들에게 이른다. 그들이 라벤더 향기를 풍기면서 실내 가운 차림으로 돌아오자, 다른 사람들은 그제야 방호복을 벗는다.

분위기가 누그러진다. 오비츠 대령은 그들을 훈계하고 싶은 마음을 억누르고, 모두가 궁금해하는 것을 물어본다.

「그래, 바깥 상황은 어때요?」

오로르가 대답한다.

「상황이 얼마나 고약한지 상상도 못 하실 거예요.」

나탈리아는 술잔 두 개에 럼주를 따라 준다. 그들은 기다렸다는 듯이 긴장을 풀어 주는 그 액체를 들이켠다.

「그렇다면 앞으로 외출 금지 명령을 어기는 사람은 절대로 다시 받아 주지 않으리라는 것을 똑똑히 알았겠군요.」

두 젊은이는 고개를 끄덕인다.

오로르가 대답한다.

「우리는 우리가 원하던 일을 끝냈어요. 이젠 외부에 아무 연고가 없어요.」

나탈리아가 설명한다.

「보안을 강화하기 위해 널빤지와 못으로 출입구들을 봉쇄할 겁니다. 세상이 어떻게 돌아가는지는 텔레비전 화면을 통해서 보면 됩니다. 우리는 잠수함 속에 있는 것과 같아요. 그러니까 저 화면들이 우리의 잠망경인 셈이지요.」

나탈리아는 특별히 높여 놓은 팔걸이의자에 앉는다.

「이제 우리는 독감 대란 이후를 염두에 두고 차분하게 대비해 나가야 합니다.」

그러고는 리모컨을 집어 화면 하나를 켜고 볼륨을 완전히 낮춘다. 공황 상태에 빠진 군중을 헬리콥터에서 촬영한 영상이 나오고 있다.

오로르가 묻는다.

「무엇을 하겠다는 거죠?」

나탈리아는 물부리에 담배 한 개비를 끼운다.

「다른 위험들이 닥쳐올 거예요. 무엇보다 전쟁이 일어날 가능성을 염두에 두어야 해요. 나도 이제야 확실히 알게 된 것이지만, 이란 사람들은 핵미사일 발사 기지를 8백 군데에 건설하고 있어요. 우리는 한두 명이나 1백 명이 아닌 1천 명의 에마슈를 만들 겁니다. 이미 모든 것을 생각해 두었어요. 양성의 비율은 여자 90퍼센트에 남자 10퍼센트로 할 겁니다.」

「꿀벌들의 사회와 비슷하군요.」

펜테실레이아의 지적에 누시아가 덧붙인다.

「개미들의 사회하고도 비슷해요.」

나탈리아는 담배에 불을 붙이고 담배 연기를 완벽한 고리 모양으로 뱉어 낸다.

「따지고 보면 이번 전염병이 해롭기만 한 것은 아니에요. 우리의 초소형 인류를 만들어 내고 키우고 교육하는 데 필요한 시간을 벌어 주고 있으니까요.」

그녀의 주머니 속에 있던 에마가 옹알옹알하면서 나오더니 침으로 동그란 거품을 만들어 낸다. 자니코 대위는 아기를 자기의 커다란 손에 올려놓고 젖병을 물린다.

나탈리아는 텔레비전의 볼륨을 키운다.

147

「……이렇듯 제가 아까 말씀드린 것이 분명한 사실로 드러나고 있습니다, 뤼시엔. 불과 몇 시간 만에 말이 바뀌고 진실이 드러난 것입니다. 이번 바이러스는 우리가 이제껏 겪어본 적이 없는 재앙을 일으키고 있습니다. 대형 마트와 백화점에 대한 습격과 약탈이 끊이지 않습니다. 이런 현상은 세계 공통입니다. 미국과 중국과 러시아는 물론이고, 스웨덴이나 아프리카나 오스트레일리아에서도 똑같은 일이 벌어지고 있습니다. 사람들이 그야말로 구름같이 모여들어 아직 남아 있는 식품과 물품을 서로 차지하려고 싸웁니다. 그렇게 인파가 휩쓸고 간 매장들은 휑한 공간으로 변해 버립니다. 그보다 더 심각한 것은 무장한 불량배들의 습격입니다. 그들은 가게와 유통 회사의 물류 창고는 물론이고, 생산지에서 직접 필요한 것을 마련하겠다며 식료품 공장과 농장까지 습격합니다. 도처에서 그런 사태가 벌어지고 있기 때문에 경찰은 일일이 대처할 수가 없습니다. 약국들 역시 공격의 표적이 되고 있습니다. 공격자들은 항바이러스제, 항생제, 항염제, 소독제, 기침약, 호흡기 질환용 시럽 따위를 닥치는 대로 휩쓸어 갑니다. 경찰관들은 새로 지급받은 형광 노랑 방호복을 입고 돌아다니기는 하지만, 언쟁이나 몸싸움의 와중에서 자기들 역시 감염될 염려가 있기 때문에 선뜻 개입하지 못하고 몸을 사립니다.」

「그럼 군대는요? 군 병력이 동원되었다고 하던데요.」

「그렇습니다, 뤼시엔. 군인들 역시 방호복 차림으로 순찰을 돌고 있습니다. 하지만 폭력 사태가 벌어지고 있는 곳이 너무 많아서 효과적으로 대응할 수가 없습니다. 현재 치안 병력은 주로 관공서의 경비를 맡고 있습니다.」

「병원들의 상황은 어떻습니까?」

「병원들은 텅텅 비어 있습니다. 절망에 빠진 채 뒤늦게 찾아오는 사람들이 더러 있기는 합니다. 그들은 앞서 다녀간 사람들이 남겨 놓은 마스크나 약품이 있지 않을까 해서 병원 수납장이나 지하실을 뒤져 보지만, 대개는 빈손으로 돌아갑니다.」

「고맙습니다, 조르주. 이제 파리의 상황이 어떠한지 알아보겠습니다. 다니엘?」

「파리를 떠나지 않은 시민들은 대부분 집 안에 틀어박혀 지내고 있습니다. 하지만 비상식량을 비축하겠다는 생각을 미처 하지 못했던 사람들, 또는 일껏 비축해 둔 것을 도둑맞거나 약탈당한 사람들은 나가서 어떻게든 먹을 것을 구해야 합니다. 그래서 거리마다 인적이 뜸해진 가운데, 이따금 진기한 광경이 벌어지고 있습니다. 쓰레기 봉지와 점착테이프를 가지고 날림으로 만든 비닐 방호복 차림의 사람들이 배회

합니다. 헝겊 마스크를 쓰고 부엌칼로 무장한 사람들입니다. 손재주가 더 좋은 사람들은 대걸레 자루 끝에 송곳이나 포크를 달아서 창을 만들었고, 그런 재주도 없는 사람들은 그냥 각목을 들고 있습니다. 그들은 저마다 〈보급창〉을 찾고 있습니다. 그들의 수제 무기는 공격을 할 때도 사용되고 애써 구한 식량을 훔쳐 가려는 자들을 상대로 스스로를 방어하기 위해서도 사용됩니다. 또 한 가지 문제가 발생했습니다. 쥐 떼들이 하수도에서 나오고 있다는 것입니다. 쥐들은 이제 사람을 봐도 무서워하지 않는 듯합니다.」

「다니엘, 시골의 상황은 어떻습니까?」

「시골이라고 해서 독감이 비껴가지는 않습니다. 이집트 독감에 걸린 새들이 분비물을 통해 농장의 모든 동물을 감염시키고, 농부들은 그 동물들을 잡아먹기 때문에 오히려 더 위험할 수도 있습니다.」

「방금 들어온 소식입니다. 스타니슬라스 드루앵 대통령이 곧 담화를 발표합니다. 조르주 기자가 벌써 현장에 나가 있습니다.」

「그렇습니다, 뤼시엔. 먼저 대통령의 담화를 들어 보시죠. 〈친애하는 국민 여러분, 우리는 뜻밖의 큰 시련을 마주하고 있습니다. 우리 영토에 이제껏 알려지지 않은 유형의 독감 바이러스가 퍼짐에 따라 국민 보건에 위기가 닥쳤습니다. 이 바이러스는 기존의 바이러스들과 전혀 다른 유전자 조합에서 생겨난 것이라고 합니다. 과학자들은 이 바이러스가 일으키는 유행성 감기를 〈이집트 독감〉이라 통칭하고 있습니다. 우리는 이 새로운 독감에 맞서 어떻게 우리 자신을 지켜야 할지 아직 방법을 알지 못합니다. 그러나 여러분 모두 냉정을 유지하면서 외출을 삼가고 댁에 머물러 계십시오. 뉴스를 잘 들으시고 보건부 장관의 안전 수칙을 따라 주십시오. 과거에 우리 선조들이 페스트나 콜레라나 독감이 창궐하던 때에 겪었던 것처럼 우리 역시 어려운 시기를 보내게 될지도 모릅니다. 그렇다 하더라도 공황이나 절망에 빠져서는 안 됩니다. 냉정을 잃지 마십시오. 인류가 일견 극복하기 어려울 것 같은 문제에 맞닥뜨린 것은 한두 번이 아닙니다. 인류가 온갖 어려움에도 그런 시련을 이겨 낸 것 역시 한두 번이 아닙니다. 인간의 고결함은 바로 이런 위기에 빛을 발합니다. 인간은 시련을 겪으면서 평소보다 뛰어난 능력을 발휘하고, 그럼으로써 더 굳세고 더 강인해집니다. 친애하는 국민 여러분, 지금 이 시간 프랑스와 세계 전역에 있는 수천 개의 실험실에서 수많은 연구자들이 이집트 독감의 유행을 저지할 수 있는 백신을 개발하는 데 전력을 기울이고 있습니다. 저는 그들이 결국 백신을 만들어 내리라고 장담할 수 있습니다. 그건 단지 시간문제일 뿐입니다. 며칠, 아니 어쩌면 몇 시간 안에 해결될 수도 있습니다. 그 행복한 소식이 곧 전해지기를 기다리면서 냉정을 잃지 말고 댁에서 평온하게 지내십시오. 국민 여러분의 신뢰에 감사드립니다. 공화국 만세, 프랑스 만세.〉」

148
백과사전: 세상의 종말과 신약 성경

세상의 종말에 대한 견해는 기독교 교리의 중심에 있다. 마르코 성인은 이렇게 썼다. 〈민족과 민족이 맞서 일어나고 나라와 나라가 맞서 일어나며, 곳곳에 지진이 발생하고 기근이 들 것이다. 그러나 그것은 진통의 시작일 따름이다.)(「마르코의 복음서」 13장 8절) 또 요한 성인은 80세 무렵에 그리스의 파트모스섬에서 한 천사를 만나 세상의 종말에 관한 계시를 얻고 「요한의 묵시록」을 썼다.

2세기에 신학자로 활동한 유스티누스 순교자는 하느님이 기독교가 모든 인간에게 보편적으로 인정되기를 기다리고 있기 때문에 세상의 종말이 연기되었다고 주장했다.

중세에 여러 종말론자들이 계산한 바에 따르면, 세상의 종말은 예수가 사망한 지 정확히 1천5백 년이 지난 해인 1533년에 일어나는 것으로 되어 있었다. 이 예언에 따라 그해 유럽 곳곳에서 천년 왕국설을 신봉하는 자들의 반란이 몇 차례 일어났다. 그들은 부자들과 가난한 사람들 사이의 평등을 주장했다. 반란은 이내 진압되었지만, 권력자들은 천년 왕국설을 믿는 종말론자들을 두려워했다. 그래서 한때 종말론자들을 격려했던 바티칸은 그 자발적인 민중 운동을 단죄했다.

루터 역시 한때는 종말론에 열광하는 신자들을 지지했지만, 나중에는 그들을 버렸다. 심지어는 부자들에 맞서 가난한 사람들의 반란을 이끌었던 얀 마티스나 토마스 뮌처나 레이던의 얀 같은 지도자들을 악마로 몰기까지 했다.

반란군은 농민, 수공업자, 빵집 주인 등 다양한 계층의 사람들로 이루어져 있었다. 그들은 마침내 세상의 종말이 올 것이며 자기들은 더 이상 잃을 것이 없다고 생각했다.

재세례파의 지도자 얀 마티스는 1543년 초 독일의 뮌스터를 점령하고 그곳을 〈새 예루살렘〉으로 선포했다. 그해 4월의 부활절에 그는 소수의 군대로 로마 가톨릭 군대를 무찌르라는 계시를 받았다며 신자들 몇 명을 거느리고 성문 밖으로 나갔다. 하지만 신자들은 어딘가로 가버리고 혼자서 말을 타고 가다가 포위군과 마주치게 되었다. 그는 정말로 그날 최후의 심판이 내릴 것이므로 자기는 무사하리라고 믿었다. 그래서 무기도 없이 혼자 군대를 향해 돌진했다. 그는 곧바로 땅바닥에 나동그라졌고 병사들에게 난도질을 당했다.

이 종말론자들의 운동은 3백 년 뒤에 나타난 또 다른 민중 운동의 씨앗이 되었다.

에드몽 웰스, 『상대적이며 절대적인 지식의 백과사전』 제7권

149
이집트 독감 대란

「이집트 독감 바이러스가 처음으로 검출된 지 3개월이 지났습니다. 사망자 수는 날이 갈수록 기하급수적으로 증가하고 있습니다. 집계 방식이 점점 정확해지고 있는 세계 보건 기구의 추산에 따르면, 지난번에 8천만 명으로 추산되었던 사망자 수가 그 뒤로도 계속 증가하여 오늘은 1억 3천 2백만 명에 이르렀다고 합니다.

사정이 이러하기 때문에 우리에겐 이제 현장에 나가서 취재하는 기자들이 없습니다. 하지만 뱅센 요새의 군 사령부에 딸려 있는 파리 동부 지역 관할 치안대의 지하 벙커에 우리 조르주 샤라스 기자가 파견되어 있습니다. 그는 컴퓨터에 내장된 카메라를 통해서 우리와 화상 통화를 할 수 있습니다. 조르주, 우리에게 소식을 전해 주시겠습니까?」

「네, 뤼시엔, 우리는 치안대가 원격 조종하는 무인 정찰기들을 통해 바깥에서 무슨 일이 벌어지는지 지켜볼 수 있습니다. 무인 정찰기들이 촬영한 이미지들을 보여 드리면서 말씀을 드리는 게 가장 좋으리라 생각합니다. 이 영상에서 보시는 것처럼, 약탈자들이 불을 지른 건물들에서 검은 연기 기둥들이 솟아납니다. 사람들은 이제 시신을 땅에 묻기는커녕

관이나 가방에 넣지도 않은 채 거리에 방치해 두고 있습니다 (사실 관이나 가방이 동난 것은 벌써 오래전 일입니다). 시신들은 바깥에 버려진 채로 썩어 가고 야생 상태로 돌아간 개들이 떼를 지어 돌아다니며 시신들을 뜯어 먹습니다. 개들이 그 음산한 일을 마치고 나면, 까마귀들에 이어 파리들이 시신 처리를 마무리합니다. 약탈자들은 무리를 지어 아무 집이나 닥치는 대로 쳐들어갑니다. 따라서 댁에서 뉴스를 시청하고 계시는 분들은 문과 창문을 봉쇄하고 저마다 무장을 하셔야 합니다. 우리 유전자의 가장 깊숙한 곳에 새겨져 있는 전투 능력을 다시 끄집어내야 하는 상황입니다. 때로는 공격성이 우리를 구원하기도 합니다. 인간은 다시 포식자들과 맞서 싸워야 하는 처지가 되었고…….」

「고맙습니다, 조르주. 늘 그랬듯이 묘사가 생생하다는 점은 인정하지만, 뉴스를 계속 진행하기 위해서 말을 끊을 수밖에 없습니다. 시청자 여러분께 몇 가지 안전 수칙을 상기시켜 드리겠습니다. 집 밖으로 나가지 마십시오. 손이 닿는 모든 것을 소독하십시오. 새들과 새들의 시체, 둥지, 깃털, 알, 새똥에 접근하지 마십시오. 이제 기상 센터에 나가 있는 쥐디트를 연결하겠습니다.」

「네, 기상 센터입니다. 통상의 독감 바이러스는 날씨가 쌀쌀할 때 강한 활동성을 보이지만, 이번 바이러스는 추위도 더위도 싫어한다고 합니다. 그런데 불행하게도 날씨가 덥지도 춥지도 않습니다. 기온마저 바이러스의 증식에 한몫을 하고 있습니다.」

「고맙습니다, 쥐디트. 그 피난처에 그대로 머물면서 새로운 소식이 있으면 즉시 알려 주시기 바랍니다.」

150

해가 솟는다. 이제 수탉은 울지 않는다. 독감에 걸려서 점액을 토하고 죽은 지 벌써 오래되었으니 말이다.

동이 트기가 무섭게 지평선에 차량들이 나타난다. 경보가 울린다. 그들은 여느 때처럼 저마다 무엇을 해야 하는지 알고 있다. 다비드, 누시아, 오로르, 펜테실레이아는 경기관총을 들고 건물의 가장 높은 창문들 앞에 자리를 잡는다.

자니코 중위는 바주카포를 맡고 오비츠 대령은 커다란 쌍안경을 집어 든다.

대령이 알린다.

「자동차 다섯 대.」

그들은 기다린다. 그녀가 다시 알려 준다.

「1차 추산, 스무 명.」

마침내 자동차들이 모두의 시야에 들어온다.

「반갑지 않은 손님들이로군.」

말끝에 누시아가 한숨을 쉬자, 다비드는 총의 안전장치를 풀면서 혹시나 하는 마음으로 말한다.

「그냥 지나가는 사람들일지도 모르잖아.」

「이따금 우리가 〈살아 있는 시체들의 밤〉이나 〈지상 최후의 남자〉 같은 1960년대 영화 속에 들어와 있는 기분이 들어.」

오로르가 수류탄 상자를 끌어오면서 말한다.

「나는 현실이 영화나 소설을 닮아 가는 것이 마음에 들지 않아.」

나탈리아는 여전히 쌍안경을 눈에 대고 있다.

「저들이 멈춰 섰어요.」

「뭘 하는 거죠?」

「음…… 저들도 쌍안경으로 우리 쪽을 살피고 있어요.」

「어떤 사람들 같아요?」

「다양한 연령층의 남녀들이 섞여 있는데, 자기들끼리 이야기를 나누고 있어요. 잘 조직되어 있는 것 같아요.」

누시아가 말한다.

「지금까지 살아남은 것을 보면 틀림없이 잘 조직되어 있을 거예요.」

「수가 많아요. 서른 명이 넘는 것으로 보여요. 모두 소총을 들었고 마스크를 쓰고 있어요.」

다비드가 투덜거린다.

「젠장, 내가 알라모 요새 전투를 흉내 내게 될 줄이야!」

한 남자가 기다란 막대기 끝에 매단 흰 깃발을 흔들면서 나아온다. 그러자 자니코 중위가 정문 스피커에 연결된 마이크에 대고 소리친다.

「더 다가오지 마시오.」

하지만 남자는 계속 다가온다. 그러자 펜테실레이아가 남자의 발 근처로 경기관총을 드르륵 갈긴다.

남자는 걸음을 멈춘다.

오로르는 주문을 외듯이 읊조린다.

「제발 그냥 가라, 제발 그냥 가라, 제발 그냥 가라.」

그러더니 현실을 냉정히 받아들이고 총의 안전장치를 푼다. 남자는 한 손으로 깃발을 계속 흔들고 나머지 한 손을 펴 보이면서 소리친다.

「나는 싸우러 온 게 아닙니다!」

자니코 중위는 바주카포로 그를 겨누며 창가에 모습을 드

러낸다.

「그냥 가던 길로 내처 가시오.」

「우리는 당신들에게 해를 끼치고 싶지 않습니다. 우리는 배가 고파요. 먹을 것을 조금 주시면 아무런 말썽도 부리지 않고 곧바로 떠나겠습니다.」

자니코 중위가 묻는다.

「당신들 몇 명이오?」

「서른여덟 명입니다. 다친 사람들도 있어요.」

「환자들도 있소?」

「아뇨. 우리는 건강합니다. 보호복을 입고 다녔고 어떤 환자도 가까이 하지 않았습니다. 부상자들은 총알에 맞은 사람들입니다.」

오비츠 대령은 쌍안경으로 자동차들 근처에 있는 다른 사람들을 살핀다. 하지만 그들의 상태를 확인할 수가 없다.

그녀가 말한다.

「저 남자는 거짓말을 하고 있어.」

남자는 흰 깃발을 흔들며 다시 소리친다.

「우리는 인간이지 짐승이 아닙니다. 인간이 세 번째 천 년기의 중반이 멀지 않은 이때에 다른 나라도 아니고 프랑스에서 굶어 죽는다는 게 말이 됩니까?」

펜테실레이아는 전자 조준경 안에 들어온 남자를 겨냥한다.

남자가 말을 잇는다.

「나는 전에 컴퓨터 프로그래머로 일했습니다. 아이들을 위한 게임 프로그램을 만들었죠. 〈바보 생쥐〉라는 게임입니다. 그걸 만든 사람이 바로 나예요. 그 뒤에 불행이 닥쳤고,

우리는 우리 나름의 방식으로 목숨을 구했습니다. 이집트 독감이 퍼진 것은 우리 잘못이 아닙니다.」

나탈리아가 되뇐다.

「저 남자는 거짓말을 하고 있어.」

다섯 사람은 그녀의 사격 신호가 떨어지기를 기다린다. 하지만 그녀는 아무 신호도 보내지 않는다.

기다리다 못해 오로르가 묻는다.

「어떻게 할까요?」

「기다려요.」

「뭘 기다리라는 거죠?」

「저 남자가 바보짓을 할 때까지.」

그들은 다시 기다린다. 남자가 다시 소리친다.

「제발 우리를 도와주십시오. 여자들과 아이들이 있어요. 노인들도 있고요. 우리는 이틀 전부터 굶었어요.」

나탈리아는 쌍안경으로 남자의 얼굴을 찬찬히 살핀 다음, 멀리서 자동차들의 시동을 켜놓은 채로 기다리는 사람들을 다시 관찰한다.

마음이 약해진 누시아가 제안한다.

「담 너머로 통조림 몇 개를 던져 주어도 되지 않을까요? 그 정도면 저들이 그냥 갈 수도 있을 것 같은데요.」

오비츠 대령은 굳이 대답하지 않는다. 그러자 누시아는 자기가 직접 흰강낭콩 통조림들을 가져다가 그들에게 던져 준다.

흰 깃발을 든 남자는 몸을 구부려 그것들을 줍는가 싶더니, 갑자기 등을 돌려 잽싸게 물러난다.

「수류탄이야!」

나탈리아가 소리치자마자 폭발음이 들린다. 남자가 통조림을 줍기 위해 몸을 숙이면서 정문 쪽으로 수류탄을 굴린 것이다. 그자가 전속력으로 달아나는 사이에 자동차 다섯 대는 마치 성채에 생긴 틈새를 공략하듯 돌진해 온다.

나탈리아는 차분하게 지시한다.

「각자 자기 위치로.」

다음 순간, 맨 앞에서 달려오던 자동차가 자니코 중위의 바주카포 탄알을 맞고 그대로 멈춰 버린다. 뒤따르던 차들에서 사람들이 내리더니 그들 쪽으로 총을 쏘기 시작한다. 앞 범퍼에 철제 그릴 가드를 장착한 두 번째 자동차가 정문을 부수자, 공격자들은 연구원 경내로 달려 들어오면서 창문 쪽으로 사격을 가한다. 국립 농업 연구원의 6인은 창가에 쌓아 놓은 모래주머니 뒤로 황급히 몸을 숨긴다. 나탈리아는 망원 조준경이 달린 소총을 집어 들더니 정신을 집중하고 숨을 멈춘 뒤에 단 한 발을 쏘아 맨 앞에서 달려오던 남자를 쓰러뜨린다. 그러고는 곧바로 두 번째 남자를 겨눈다. 연구자들도 그녀를 따라 사격을 시작한다. 하지만 그들의 조준은 별로 정확하지 않다.

오로르가 볼멘소리를 터뜨린다.

「젠장, 우리는 군인이 아니잖아!」

「계속 살아 있기를 바란다면, 자기 목숨은 스스로 지켜야죠.」

그러면서 자니코 중위는 두 번째 자동차를 향해 바주카포를 쏜다. 마침내 그 자동차도 멈춰 섰다.

오로르와 다비드와 누시아는 적의 시야에 노출되는 것을 두려워하는 터라 제대로 겨냥을 하지 못하고 마당으로 들어

온 자동차들의 방향만 가늠해서 총을 쏘아 댄다. 반면에 나탈리아와 마르탱과 펜테실레이아는 과감하게 은폐물 밖으로 몸을 내밀고 더 정확하게 조준하려고 애를 쓴다.

몇 분 만에 공격자들 여섯 명이 사살되고 먼저 쳐들어온 자동차 세 대는 연기에 휩싸인 채 앙상한 뼈대로 변해 간다. 다른 공격자들은 도저히 안 되겠다 싶었는지, 자동차 두 대를 그대로 놓아두고 전속력으로 달아나기 시작한다.

자니코 중위가 도망자들을 조준하자, 오비츠 대령은 그만두라는 신호를 보낸다.

오로르가 의아해하며 묻는다.

「왜 쏘지 말라는 거죠?」

「사실 우리가 저들과 개인적으로 적대할 이유는 전혀 없어요. 상황이 그래서 어쩔 수 없이 싸울 뿐이죠. 흰 깃발을 들었던 남자는 아마 정말로 컴퓨터 프로그래머였을 거예요. 굶주린 아이들과 여자들이 있다는 것도 사실이었을 공산이 커요.」

「그가 거짓말을 하고 있다고 했잖아요.」

「싸울 의사가 없는 것처럼 말한 게 거짓이라는 거예요. 만약 저들과 우리가 바캉스 클럽에서 만났다면 서로 호감을 느끼면서 칵테일을 함께 마시고 포커를 즐겼을지도 모르죠.」

말이 떨어지기가 무섭게, 총에 맞은 척하며 쓰러져 있던 그 사내가 권총을 꺼내더니 그들 쪽으로 사격을 가한다. 총알 하나가 자니코 중위의 귀를 스친다. 펜테실레이아가 재빨리 응사하여 그의 가슴 한복판을 정통으로 맞힌다. 사내는 털썩 쓰러진다.

펜테실레이아가 말한다.

「만약 내가 바캉스 클럽에서 저 남자와 포커를 쳤다면 저 자는 틀림없이 속임수를 썼을 거예요.」

누시아는 자니코 중위의 상처를 치료해 준다. 그는 몸을 일으키면서 티셔츠에 적혀 있는 오늘의 격언들을 보여 준다. 그것들이 여느 때처럼 긴장을 풀어 주는 효과를 발휘하리라 생각하는 것이다.

66. 적은 언제나 두 가지 경우에 공격해 온다. 자기가 준비되어 있을 때, 그리고 그대가 준비되어 있지 않을 때.

67. 적이 그대의 사정거리 안에 있다면, 그대 역시 적의 사정거리 안에 있는 것이다.

68. 불가능한 일이란 없다. 그 일을 직접 하지 않는 자들에게는.

69. 복잡한 임무에는 간단하고 알기 쉬운 해결책이 있다. 문제는 그 해결책이 통하지 않는다는 것이다.

70. 어떤 임무에 성공할 가능성이 50퍼센트라면, 그건 실패할 가능성이 75퍼센트라는 뜻이다.

다비드가 평한다.

「이번에는 그 머피의 법칙들이 맞아떨어지지 않았군요. 우리는 준비가 되어 있었고 우리 힘으로 해냈어요. 그 문장들은 모두 오늘의 상황에 적합하지 않아요. 결국 우리는 모두 무사하잖아요.」

그때 오로르가 소리친다.

「세상에! 에마가 어디 갔지!」

나탈리아는 쌍안경으로 아기를 찾는다.

「됐어, 에마가 보여. 장난을 치고 있는데, 그게……..」

그녀는 말끝을 흐린다. 쌍안경이 손에서 손으로 전해지고 모두가 사태를 이해한다. 에마는 흰 깃발을 들었던 남자의 시체로 기어 올라간 것이다. 마르탱은 얼른 방호복을 입고 우주 비행사 같은 모습으로 내려간다. 에마 옆에 다다라 보니, 아기는 벌써 시체의 콧구멍에 자그마한 손을 넣었다 뺐다 하면서 장난을 치고 있다. 폭폭거리는 소리가 나는 게 재미있는 모양이지만, 시체의 콧구멍에서는 피와 콧물이 뒤섞인 채로 흘러나오고 있다. 이어서 에마는 살짝 벌어져 있는 두툼한 입술들을 손으로 때리며 장난을 친다.

마르탱은 아주 작은 아기를 조심스럽게 잡는다.

눈을 뜬 채로 죽은 줄 알았던 컴퓨터 프로그래머가 신음 소리를 낸다. 그의 입에서 더듬더듬 말소리가 새어 나온다.

「……사람인 것 같은데…… 어쩌면 그렇게 작을 수가…… 내가 허깨비를…….」

마르탱은 초소형 인간의 아기를 표본병 속에 넣고 나서, 죽어 가는 남자에게 묻는다.

「당신 독감에 걸렸소?」

남자는 비웃음을 흘린다.

「그걸 난들 알겠소?」

마르탱은 배낭에서 권총을 꺼내 남자의 이마에 대고 쏜다. 그런 다음 표본병을 안에 들여다 놓고 다시 나오더니 시체들을 한데 모으고 휘발유를 뿌린 뒤에 불을 붙인다. 공격자들이 버리고 간 자동차 두 대에도 불을 지른다. 이어서 널빤지들을 가져다가 부서진 정문을 다시 봉쇄한다.

그러는 동안 나머지 사람들은 모두 방호복을 입은 채로 에마를 관찰한다. 에마는 자기가 표본병에 갇혀 있는 까닭을 이해할 수 없어서 유리벽을 두드려 댄다.

에마는 이제 생후 3개월이 되었다. 이는 보통 아기로 치면 30개월, 그러니까 두 살 반에 해당한다. 다비드와 오로르는 표본병을 실험실로 가져가 아기를 조심스럽게 꺼낸다. 오로르는 아기의 팔에 초소형 주삿바늘을 찔러 넣어 피를 뽑는다. 그런 다음 그 피를 전자 현미경으로 검사한다.

몇 분 뒤, 모두가 불안한 표정으로 실험실에 모이자 오로르가 알린다.

「나쁜 소식과 좋은 소식이 한 가지씩 있어요. 나쁜 소식은 에마가 바이러스와 접촉했다는 거예요.」

그러고는 몇 줄의 수치를 다시 확인하고 나서 덧붙인다.

「좋은 소식은…… 에마의 면역 체계가 그 바이러스를 물리쳤다는 거예요.」

그 놀라운 소식을 당연하게 여기는 사람은 누시아 한 사람뿐이다.

나탈리아가 묻는다.

「그거 확실해요?」

「확실해요. 에마는 감염되지 않았어요. 림프구들이 이집트 독감 바이러스를 탐지하자마자 파괴해 버린 모양이에요.」

그들은 우주복처럼 생긴 방호복을 조심조심 벗은 다음, 에마가 호흡하는 공기를 똑같이 호흡하기 시작한다. 그들의 위협적인 태도를 이해하지 못하고 있던 에마는 즉시 어리광을 부리며 애정의 몸짓을 요구한다. 다비드는 아기에게 입맞춤을 해준다. 아기도 그에게 입을 맞춘다. 그들 여섯 사람은 그 작은 생명에게서 한동안 눈을 떼지 못한다.

「우리가 기대 이상의 성공을 거둔 것 같아.」

오비츠 대령의 목소리가 평소와 다르게 들떠 있다.

그때 부화실의 소리를 전달해 주는 스피커에서 톡톡거리는 소리가 들린다.

그들은 모두 부화실로 달려간다. 거기에는 1천 개의 알들이 가지런히 놓여 있고 적외선램프들의 주황색 빛이 그 알들을 비추고 있다. 전광판의 수치 하나가 초소형 인류의 신세대를 부화시키는 그곳의 온도를 알려 준다.

그들은 에마가 알을 깨고 나올 때 그랬던 것처럼 경이에 가득 찬 눈으로 부화 장면을 지켜본다. 먼저 1천 개의 알 가운데 하나가 갈라진다. 그것은 하나의 신호다. 그 신호에 화답하듯 다른 알의 껍데기가 갈라지고 또 다른 알의 껍데기에 금이 간다.

껍데기가 갈라지기 시작한 알들은 즉시 다른 방에 놓인 커다란 매트리스 위로 옮겨진다.

때가 무르익었다. 한 알의 꼭대기에서 아주 자그마한 손하나가 나오고 또 하나의 손이 알껍데기 조각을 밀어낸다. 어떤 알에서는 팔이, 또 어떤 알에서는 머리가 알껍데기의 한쪽 끝을 깨뜨린다. 알껍데기를 깨고 나온 어린 생명들은 끈적거리는 점액을 뒤집어쓴 채 서툴게 팔다리를 바동거린다. 아기들의 머리털 색깔은 검은색에서 갈색, 연한 갈색, 적갈색을 거쳐 금빛에 이르기까지 제각각이다. 코의 형태와 입매, 광대뼈의 높낮이, 눈의 빛깔 등 얼굴 생김생김도 서로 다르다.

다비드는 생각한다. 우리는 유전자의 진정한 혼합에 성공했어. 이 아기들은 클론이 아니라 형제자매야. 모두가 크기는 거의 같아도 생김새는 서로 달라. 다행이야.

「이로써 초소형 인간의 첫 표본에 이어 첫 세대가 세상에 나왔구나.」

누시아의 감격 어린 탄성에 펜테실레이아가 맞장구를 친다.

「크기는 작아도 우리보다 강한, 우리 모두의 딸들이야.」

만약 이집트 독감이 계속 퍼져 나간다면, 이들이 다음 인류가 될 거야, 하고 다비드는 생각한다.

오비츠 대령은 실용성을 중시하는 사람답게 아기들에게 이름을 붙이는 가장 간단한 방식을 제안한다. 모든 아기에게 일일이 이름을 지어 주기보다, 여자들은 모두 에마라 부르고 남자들은 모두 아메데라 부르되 그 뒤에 숫자를 붙여서 서로 구별하자는 것이다. 에마는 〈미크로 오로르Micro-Aurore〉의 머리글자 MA를 프랑스어 알파벳 이름으로 읽은 것이고, 아메데는 〈미크로 다비드Micro-David〉의 머리글자 MD를 좀 더 부르기 좋게 변형한 것이다. 그렇게 오로르와 다비드의 이름을 딴 것은 그들 두 사람이 초소형 인간을 창조하는 일에서 주도적인 역할을 했기 때문이다.

최초의 난생 인간인 에마슈 121은 그동안 그냥 에마라고 불렸지만, 이제부터는 에마 001이 된다. 이번에 알을 깨고 나온 에마들에게는 002에서 901까지 번호가 매겨진다. 남자아이들의 이름은 아메데 001에서 아메데 100까지이다.

에마 001은 나탈리아에게 매달려서 떨어지려고 하지 않는다. 마치 다시 표본병 속에 갇히거나 주삿바늘에 찔리는 게 두려워서 그러는 것만 같다.

151

나의 징벌에 자극을 받은 인간들은 소행성으로 핵폭탄을 운반할 수 있는 우주선을 건조하기 위해 다시 연구에 착수했다.

그들은 우주 항공 기술과 핵분열 응용 기술을 발전시켰다. 생물학자들은 우주선을 건조하는 기술자들과 우주 비행사들이 충분하게 확보될 수 있도록 미니 인간들을 더 많이 만들어 냈다.

나는 그들이 내 표면에서 핵폭탄을 시험하도록 허용했다. 땅거죽을 뚫고 내 속으로 파고 들어와서 폭탄을 터뜨리는 것까지 묵인해 주었다.

아, 핵폭발…….

그건 고통스러웠다. 하지만 나에게 접근하는 또 다른 테이아가 박살 나는 것을 보고 싶다면 그 고통을 견딜 수밖에 없었다. 그들이 개발한 우주 관찰 도구의 성능은 갈수록 좋아졌다. 그래서 나는 살아 있는 존재이자 생각하는 존재인 내가 다른 행성들에 비해 얼마나 운이 좋은지 더욱 분명하게 깨달았다. 그와 동시에 내가 생명을 지닌 유일한 행성이라는 사실 때문에 이상한 감정이 나를 가득 채웠다. 먼 훗날 인간들이 〈고독〉이라 부른 새로운 감정이었다.

나는 내 표면에 사는 생명들과 나를 비교해 보았다. 인간들은 하나하나를 놓고 보면 모두 죽게 되어 있지만 대신 생식 능력이 있었다. 다른 동물들과 식물들도 마찬가지였다. 저마다 자기의 특성을 보존하는 방법과 후손을 통해 불사의 존재가 되는 방법을 찾아냈다.

하지만 난 그렇지 않았다. 나는 영원히 늙어 가는 대신……

생식 능력이 없었다. 나만 그런 특성을 지녔다고 생각하니 정신이 아뜩하고 무섬증이 일었다. 어느 날 문득 이런 생각이 스쳤다. 만약 내가 죽는다면, 태양계, 아니 우주는 어떻게 될까?

내가 죽으면 생명이 사라지리라.

내가 죽으면 지능이 사라지리라.

내가 죽으면 의식이 사라지리라.

남는 건 공허뿐. 우주에는 침묵과 어둠만이 가득하리라.

그때부터 나는 인간들에게 더욱 까다롭게 굴었다. 그들이 아니면 누가 나를 지켜 주랴 하는 절박한 마음이 들었다.

나는 그들을 엄하게 교육했다. 그들이 세심하고 치밀하기를 바랐고, 나를 지켜야 한다는 생각을 한시도 잊지 않기를 바랐다. 나는 그들의 작은 실수도 용납하지 않고 엄격하게 다스렸다. 그들이 우주 비행에 실패할 때마다 지진이나 폭풍, 회오리바람, 화산 분출, 역병으로 벌을 가했다.

그들은 실패가 나의 분노와 징벌로 이어진다는 것을 알고 있었다. 그래서 겁에 질린 종들처럼 훌륭한 우주선과 성능 좋은 핵폭탄을 만드는 일에 매진했다.

그리하여 희망이 되살아났다.

152

퐁텐블로 숲 위로 해가 솟는다. 공중에서는 파리 떼가 우아한 소용돌이를 그리며 빙빙 날아다닌다. 나의 불행이 남에게는 행복이 될 수도 있는 법이라서, 파리들의 수는 갈수록 늘어난다. 땅에서는 쥐들이 번성한다. 지구를 지배하던 종의 종말이 자기들의 지배로 이어지기를 기대하는 것만 같다.

자니코 중위는 국립 농업 연구원의 정문을 견고하게 보수했고, 떼를 지어 돌아다니는 사람들의 공격이 열 차례 더 이어졌다. 떠돌이들의 공격은 갈수록 어설픈 양상을 보였다. 질병 때문에 사람들이 점점 약해지는 듯했다. 어쨌거나 그 뒤로 연구원에는 휴식의 시간이 찾아왔다. 비로소 초소형 인간들의 첫 세대를 키우고 교육하는 일에 몰두할 수 있게 된 것이다.

나탈리아가 〈꿈나무 교육〉이라고 이름 붙인 프로그램에 따라, 그들은 연구원 건물 왼쪽 동 1층에 있는 커다란 방에 초미니 보육실을 마련했다. 그리고 나탈리아의 지시에 따라 교육 임무를 분담했다.

오로르는 말하기와 셈하기를 가르치고, 다비드는 읽기와 쓰기를 가르친다. 펜테실레이아는 보행과 운동, 특히 활쏘기와 체조를 가르친다. 누시아는 가장 알맞은 방식으로 먹고 숨 쉬고 잠자는 법을 가르친다. 그녀의 말에 따르면, 숨쉬기와 먹기와 잠자기는 배우지 않아도 누구나 할 수 있는 일이지만 그것을 올바르게 할 줄 아는 사람은 의외로 적다. 누시아는 그것을 어릴 적에 가르쳐 주면 평생에 걸쳐 유익할 거라면서 갖가지 훈련 방식을 사용한다.

오비츠 대령은 이 아이들이 장차 초미니 첩보원으로 활동할 것에 대비해서 침투와 전투 기술을 가르친다. 한편 자니코 중위는 어쩌다 실수로 아이들을 다치게 하지나 않을까 걱정된다면서 숫제 아이들과 접촉하려고 하지 않는다. 다른 사람들은 아이들을 돌보는 게 서툴러서 괜한 핑계를 대는 것 아니냐고 그를 놀린다. 하지만 그는 요지부동이다. 보육은 자기 분야가 아니며, 자기는 그저 보육 시설을 만들고 수선

하는 재능으로 그들을 돕겠다는 것이다.

그들은 매일같이 통조림을 먹는다. 비록 늘 똑같은 것을 먹을지라도 오래 버틸 수 있다면 다행이련만, 비축해 놓은 것들이 야금야금 축나고 있다. 그래서 그들은 불안한 마음으로 뉴스를 지켜본다. 기자들은 이제 외부에 나가서 취재를 하지 않고, 휴대용 컴퓨터에 내장된 카메라를 통해서 보도를 한다.

이집트 독감의 맹렬한 기세는 조금씩 누그러지고 있다. 기하급수적으로 증가하던 사망자 수도 5억 명 선을 넘은 뒤로는 증가세가 눈에 띄게 둔화되었다.

여섯 연구자들은 자기들이 위험을 모면했다고 느꼈다. 그렇다고 긴장이 사라진 것은 아니었다. 시간이 흐르면서 그들 사이에 불화가 생기기도 했다. 처음엔 사소한 입씨름이 전부였고, 그런 것들은 나탈리아의 중재로 쉽게 해소되었다. 하지만 갇혀 사는 기간이 길어지다 보니 갑갑증이 심해져서 때로는 싸움이 격해지기도 했다.

그들은 똑같은 절차에 따라 의식을 치르듯 변함없는 하루하루를 보낸다. 조용한 아침 식사, 보육실에서 아이들을 보살피거나 교육하기, 점심 식사, 운동, 아이들의 크기에 맞는 집 짓기, 뉴스 시청, 통조림을 따서 저녁 준비하기.

저녁을 먹기 위해 한자리에 모여 있을 때도 예전과는 달리 대화를 별로 나누지 않는다. 충돌을 피하기 위해서 질병이나 죽음 따위를 화제에 올리는 것은 서로 삼간다. 초소형 인간들을 어떻게 교육할 것인가를 놓고 갑론을박하는 것도 뜸해졌다. 어차피 의견이 서로 다른 만큼 자기가 맡은 영역에서는 저마다 자기가 원하는 방식으로 교육하고 남의 방식을 비판하지 말자는 합의가 이루어진 것이다. 그러다 보니 세 끼 식사를 하는 동안 서로 말을 걸지 않거나 꼭 필요한 말만 한두 마디 하고 마는 지경에 이르렀다.

어느 날 저녁, 다비드는 분위기를 누그러뜨리기 위해 말문을 연다.

「나의 증조부께서 남기신 책에 이런 수수께끼가 나와요. 〈성냥개비 세 개로 네모를 만드는 방법은?〉」

모두가 놀란 눈으로 그를 바라본다. 긴장 속에서 하루하루를 꽉꽉하게 살아가고 있는 판에 생뚱맞게 웬 수수께끼인가 하는 표정들이다. 하지만 나탈리아는 그런 것이 모두의 기분을 바꿔 줄 수도 있다고 생각하며 묻는다.

「답이 뭔가요?」

「나도 몰라요.」

그러자 나탈리아는 성냥개비 세 개를 꺼내어 식탁에 늘어놓고 이리저리 옮겨 본다.

「성냥개비를 분질러도 안 되고 풀로 붙여도 안 되는 거죠?」

「네, 성냥개비를 변형시키면 안 됩니다.」

「그건 불가능해요.」

「내 증조부의 책에 나오는 문제예요. 분명 무슨 방법이 있을 겁니다.」

오로르는 다비드가 모두의 긴장을 누그러뜨리려 애쓰고 있음을 알아차리고, 성냥개비 세 개를 집어 기하학적인 도형이 되도록 배치해 보기 시작한다. 다른 사람들도 무의식적으로 성냥개비를 집는다.

「속임수를 쓰지 않고 네모를 만들 수 있는 게 확실해?」

「그렇다니까. 혼자서 해도 되겠지만, 우리가 다 같이 생각하면 금방 답이 나올 것 같은데.

〈다 같이〉라는 말에 모두가 미소를 짓는다. 나탈리아는 그들이 죄책감에 시달리고 있음을 알고 있다. 바깥에서는 사람들이 무수히 죽어 나가는데 자기들은 살아남았다는 사실에 늘 마음이 편치 않은 것이다.

적게 먹고 일에 몰두하다 보니 그들은 매일 녹초가 되어 일찍 잠자리에 든다.

어느 날 밤, 누시아가 옆에서 두 주먹을 꼭 쥐고 자는 동안, 다비드는 자리에서 일어나 생각에 잠긴 채 창가에 선다. 그때 갑자기 무언가에 눈길이 쏠린다. 그는 방호복을 입고 소총으로 무장한 뒤에 어머니 무덤 쪽으로 간다. 무덤 앞에 다다르자 등 뒤에서 바스락거리는 소리가 들린다. 그는 총을 겨누며 돌아선다.

손전등 불빛에 오로르의 모습이 드러난다. 그녀 역시 방호복 차림에 소총을 들고 있다.

그녀가 묻는다.

「여기서 뭐 해?」

「잠이 안 와서 창가에 서 있다가 웬 사람이 어머니 무덤 근처에서 어슬렁거리는 것을 봤어.」

그는 무덤에 불빛을 비추어 무슨 일이 벌어졌는지를 확인한다.

「그자가 무덤을 파헤쳤어. 갓 묻은 시신이라면 혹시 먹을 만한 것이 아직 남아 있지 않을까 하고 생각했을 거야. 우리 인간들 가운데 어떤 자들은 먹을 것을 구하기가 너무나 어려우니까 하이에나로 변해 버렸어. 사람을 잡아먹다 못해 썩은 시체까지 노리는 거야!」

그는 할 수 있는 한 시신을 원래의 상태로 수습한다.

「그런데 너는 여기에서 뭐 하는 거야?」

「나는 네가 나가는 걸 봤어.」

「그래서?」

오로르는 방호복 헬멧의 아크릴 수지에 막힌 목소리로 설명한다.

「펜테실레이아와 말다툼을 한 뒤끝이라 잠을 못 이루고 있었는데, 무슨 소리가 나더라고. 너라는 걸 알아차리고 따라온 거야.」

「우리가 없어졌다는 것을 다른 사람들이 곧 알게 될 거야.」

「그 정도의 위험은 감수해야지. 들키는 한이 있더라도 이렇게 연구원 담장 밖으로 한번 나와 보고 싶었어. 우리 둘이서 이야기를 나눠 본 게 언제인지 모르겠어. 일에 너무 매여 있기 때문이야. 게다가…… 한 방을 쓰는 파트너들의 감시도 심하잖아. 나는 너랑 단둘이 있고 싶었어.」

오로르는 금지된 행동임을 개의치 않고 헬멧을 벗는다.

「올빼미나 부엉이 같은 밤새나 박쥐가 날아가다가 똥을 쌀 수도 있어. 새똥에 맞으면 어쩌려고?」

「상관없어. 다른 사람들과 멀리 떨어져서 너와 진정한 대화를 나눌 수 있다면, 그 정도의 위험은 무릅쓸 준비가 되어 있어.」

「어머니의 시신에서 바이러스가 퍼져 나오지 않았을까?」

「거기에서는 바이러스가 사라진 지 오래되었을 거야. 바이러스도 적당한 온도와 습도, 그리고 다른 생명체가 있어야 살아남을 수 있는 거 아니겠어?」

다비드는 그녀를 따라서 헬멧을 벗는다.

두 사람은 서로 바라보고 미소를 지으며 밤공기를 들이마신다.

「우리가 소르본 대학에서 처음 만났을 때 네가 했던 말이 계속 머릿속에서 맴돌았어. 우리가 이미 서로 알고 있는 것 같고, 마치 한 가족에 속해 있는 것처럼 서로 연결되어 있는 것 같다고 했잖아.」

「너를 꼬이려고 한 말이었어.」

「속마음과 다르게 냉소적으로 굴지 마. 사실은 나도 그런 감정을 느꼈어. 그게 표가 났는지…….」

오로르는 말끝을 흐리며 어깨를 으쓱한다.

「펜테실레이아가 샘을 부려. 우리 두 사람 사이에 짬짜미가 있는 것 같대. 이것 참…… 나는 애인 복이 없나 봐. 만나는 여자들마다 강짜를 부리면서 싸움을 거니 말이야. 나는 자기들이 나한테 무슨 권리라도 있는 것처럼 생각하는 사람들이 싫어. 나는 아무에게도 속해 있지 않아. 누구도 다른 누구에게 속해 있지 않아. 살을 섞는다 해서 서로에게 어떤 권리가 생기는 건 아냐.」

그는 어머니 시신을 다시 흙으로 덮으면서 고개를 끄덕인다.

「사실 고리타분한 논쟁이지.」

「여자들하고 사귀면 그런 불쾌한 일은 겪지 않을 거라고 생각했어. 그런데 남자들보다 질투심이 많고 소유욕도 훨씬 강한 여자들을 자꾸 만나게 돼. 그게 내 팔자인가 봐.」

「펜테실레이아는 그야말로 아마존의 왕이야. 그녀가 에마슈들을 어떻게 교육하는지 봤어. 정말 놀랍더라고.」

「너는 어때? 누시아하고 잘 지내는 거야?」

그는 어깨를 으쓱 치켜 올린다.

「누시아도 똑같은 이유로 너를 시샘하고 있어. 너와 내가 전생의 인연으로 묶여 있다고 생각하지.」

바람에 밀린 구름이 달을 가린다. 다비드는 몸을 부르르 떨며 고백한다.

「나도 그렇게 생각한 적이 있어. 하지만 이제는 잘 모르겠어. 하기야 그렇다 한들 뭐가 달라지겠어? 너는 나한테 끌리지 않는다고 했잖아, 안 그래?」

오로르는 머리채를 흔들며 대답한다.

「다른 건 몰라도 외모만 놓고 보면 그래. 미안하지만 너는 전혀 내 타입이 아냐.」

「내가 너보다 작아서? 아무러면 어때, 어차피 너도 내 타입이 아닌걸…….」

그는 흙더미에 나무를 도로 심어 놓고 흙을 꼭꼭 다진 뒤 돌덩이에 쪼그리고 앉는다.

「내 생각에는…….」

오로르는 갑자기 말을 자르고 자기 입술을 그의 입술에 살며시 포갠다. 그는 놀란 눈으로 그녀를 바라본다.

「미안해.」

「아냐, 괜찮아.」

「나도 갑자기 무슨 마음이 들어서 그랬는지 모르겠어. 아니 사실은…… 알고 싶었던 것 같아.」

「뭘 알고 싶었는데? 나와 키스하면 어떤 기분이 드는지?」

「그래.」

그는 덤덤하게 말한다.

「네가 원한다면 다시 할 수도 있어.」

「펜테실레이아가 알게 되면 나를 죽이려고 할걸.」

그는 헬멧을 다시 쓰려고 한다. 그 순간, 오로르가 그것을 제지하며 다시 입을 맞춘다. 이번에는 긴 입맞춤이다.

그는 그녀가 하는 대로 가만히 있는다.

그때 무슨 소리가 들린다. 짐승들이 으르렁거리는 소리 같다. 그들은 비로소 떠돌이 개들에게 둘러싸여 있음을 깨닫는다. 크고 작은 개들이 잡다하게 뒤섞인 채 눈을 번득이고 있다. 때마침 달이 다시 구름을 벗어나 개들을 환히 비춘다. 대다수 개들의 몸뚱이에 흉터나 아직 아물지 않은 채 번들거리는 상처가 나 있다. 애완견이나 반려견에서 야생 상태로 돌아갔다는 뜻이다.

외눈 요크셔가 대장인 듯하다. 놈이 다가들어 코를 킁킁거린다. 사람들을 전혀 겁내지 않는 눈치다.

「놈들이 우리 방호복을 찢으면 안 돼.」

그들은 천천히 몸을 움직인다. 요크셔는 성한 한쪽 눈으로 그들을 뚫어져라 바라본다.

두 사람은 아주 천천히 총을 집어 든다. 총을 쏘면 그들이 연구원 밖으로 나왔다는 사실을 안에 있는 사람들이 알게 되리라는 데에 생각이 미친다.

그들은 투명한 헬멧을 다시 쓴 다음 연구원 쪽으로 뒷걸음질을 친다. 그러자 요크셔가 갑자기 날카로운 소리로 짖어댄다. 도베르만 두 마리가 즉시 그들과 연구원 담장 사이에 자리를 잡고 그들의 퇴로를 막는다.

오로르가 더듬거린다.

「우리 강아지 착하지? 엄마 말 잘 들어. 자, 엎드려.」

다비드는 눈을 감는다. 이런 공포의 순간에는 유전자에 새겨진 오래된 해결책을 다시 찾아내야 한다. 그것은 개들에 대한 공감의 파동이다. 개들을 낯설고 위협적인 적으로 보지 말고 불안감에 사로잡힌 먼 사촌쯤으로, 그들 역시 원하지 않은 상황에 희생된 가엾은 생명으로 여겨야 한다.

그는 요크셔를 달래듯이 한 손을 내민다. 요크셔는 더 낮은 소리로 으르렁거린다. 다비드는 녀석의 고뇌와 결의를 감지한다.

그는 한 손을 계속 앞으로 내민 채 다시 눈을 감는다. 요크셔는 으르렁거리기를 멈춘다. 도베르만들은 가만히 서서 지켜보고 있다. 두 사람은 소총을 둘러메고 담장까지 뒷걸음을 친 뒤에 밧줄을 타고 담을 기어오른다. 담 너머에 다다라 보니 투명한 헬멧 내부에 김이 뽀얗게 서려 있다. 공포의 자취다. 그들은 헬멧을 벗고 허파 가득 숨을 들이마신다.

오로르가 속삭인다.

「네가 어떻게 한 건지 모르지만, 효과가 있었어.」

건물 안으로 들어가기 전에 오로르가 다비드의 팔을 잡는다.

「미안해.」

「뭐가?」

「조금 전의 일 말이야. 나도 왜 그랬는지 모르겠어. 아마도…… 내가 너한테 다가갔던 것은…… 펜테실레이아가 아닌 어떤 사람에게 키스하는 것이 가능한지 알고 싶었기 때문일 거야.」

「자꾸 변명하지 마. 짜증 나려고 해. 키스 한 번 했다고 달라질 건 아무것도 없다는 말을 하고 싶은 거라면, 걱정하지 마. 이미 다 이해했으니까.」

오로르는 눈길을 떨군다.

멀리서 개들이 다시 짖어 댄다. 마치 공격하지 않은 것을 후회하면서 다시 한판 붙자고 그들을 부르는 것만 같다.

「그런데 말이야…… 아, 잘 모르겠어, 다비드. 독감, 떼 지어 돌아다니는 약탈자들, 에마슈, 아마존, 피그미, 소인증, 이 모든 게 처음엔 흥미로웠고 나를 흥분시켰어. 그런데 이제는 그냥 겁이 나.」

「나도 그래. 기나긴 악몽을 꾸고 있는 기분이야. 사실은 그래서 조금 전의 네 키스가 이 지루한 삶에 마법의 괄호를 열어 주는 것 같았어.」

「〈마법의 괄호〉라고? 맞는 말이야. 괄호가 닫히면 우리는 그 안에 담긴 것을 잊게 될 거야. 안 그래?」

「오늘 밤에 아무 일도 없었어. 괄호 안에 들어 있는 것은 본래 이야기에 포함되지 않는 덧없는 삽화일 뿐이야.」

오로르는 자기 방으로 돌아가려다 말고 다비드 쪽으로 돌아선다.

「주로 통조림으로 이루어진 식단에 변화를 조금 주기 위해서 카술레를 만들고 싶어. 어떻게 생각해?」

「재료를 구하기가 어려울 텐데.」

「여러 통조림에서 소시지와 강낭콩과 오리 고기를 조금씩 골라낼 수 있을 거야. 임기응변으로 해야지.」

「모두가 기뻐하겠는걸. 오랜만에 〈맛있는〉 요리를 먹게 될 테니 말이야.」

그는 거짓말을 했다. 오로르는 자신감에 차서 말을 잇는다.

「나는 다른 사람들에게 음식 만들어 주는 것을 좋아해. 만약 내가 과학이나 무용에서 성공하지 못했다면, 레스토랑을 열었을 거야.」

다비드는 그녀에게 우정 어린 손짓을 보내고 자기 방으로 올라간다. 기분이 묘하다. 유쾌한 듯도 하고 불쾌한 듯도 하다.

그는 다시 잠을 이루기가 어려우리라 생각하고, 보육실 쪽으로 간다. 아기들의 숨소리만 희미하게 들리는 고요하고 아늑한 방 안에서, 그는 초소형 인간들의 첫 세대를 물끄러미 바라본다. 그러다가 발꿈치를 들고 살금살금 물러 나온 다음, 스마트폰을 들고 화장실에 들어가 뉴스를 본다.

이번에는 앵커와 기자들이 나와 보도를 하는 대신, 모차르트의 「레퀴엠」이 배경 음악으로 흐르는 가운데 검은색 바탕에 빨간 글씨로 쓴 보도문이 나오고 있다.

153

국민 여러분, 다음과 같은 안전 수칙을 지키시기 바랍니다. 댁에서 칩거하시고 외출을 삼가십시오. 낯선 사람이 댁에 접근하는 것을 허용하지 마십시오. 수상한 사람이 침입을 시도하는 경우에는 계엄령에 정한 대로 사용 가능한 수단을 모두 동원하여 상대를 퇴치하십시오.

이집트 독감의 항체를 찾아내기 위한 연구가 아주 빠르게 진행되고 있습니다. 과학자들의 쾌거에 힘입어 곧 치료제가 개발될 것으로 보입니다. 그 소식이 확인되는 대로 알려 드리겠습니다.

154

날이 가고 주일이 가고 여러 달이 흘렀다.

오비츠 대령은 음식의 배급량을 줄이기 시작했다. 그나마 샘이 가까이에 있어서 마시는 물이 부족하지 않은 게 다행이다.

다비드는 이제 수염을 다보록하게 기르고 있다. 야윈 얼굴에 광대뼈가 불거지고 눈 밑에는 다크서클이 생겼다.

자니코 중위 역시 수염을 길렀다. 얼굴은 살이 빠져서 각이 두드러져 보이고 창백한 안색은 촘촘하게 난 털과 대조를 이룬다.

여자들도 많이 야위었다. 먹는 게 부실하니 어쩔 수가 없다.

다비드가 기억하기로 저녁 식사를 그런대로 괜찮게 했던 것은 정어리 통조림 한 개를 여섯 명이서 나눠 먹은 게 마지막이다. 올리브기름에 절인 정어리 여섯 마리를 각자 한 마리씩 먹었다. 다비드는 예전에 정어리를 싫어했지만, 그날은 뼈마디 하나 골라내지 않고 맛나게 먹었고, 다른 사람들과 마찬가지로 접시에 남아 있는 올리브기름도 마지막 한 방울까지 핥아 먹었다. 그러고 나서 통조림통의 바닥과 뚜껑에 기름이 묻어 있는 것을 보고는 누시아에게 직접 핥아 먹으라고 친절하게 권하기도 했다.

비축해 놓은 통조림이 바닥난 뒤에는 연구원의 동물들을 잡아먹어야 하는 괴로운 시간들이 이어졌다. 가장 먼저 희생된 것은 인공 늪에 남아 있던 오리너구리였다. 그들은 가죽을 벗기고 독침과 그것에 연결된 독샘을 조심스럽게 제거한 뒤에 고기를 불에 구웠다.

두 번째로 희생된 것은 치와와였다. 그 뒤로는 연구의 성과물들을 보존하기 위한 제한도 사라졌다. 이전의 연구자들이 만들어 낸 미니 동물들의 우리와 수족관은 식품 저장고로 변해 버렸다. 그들은 미니 고래들과 미니 돌고래들을 잡아먹었다. 그러면서 그 동물들이 더 크고 더 기름지지 않은 것을 아쉬워했다. 그들은 버섯들과 꽃들도 먹어 치웠다. 그러면서 소독을 하기 위해 독한 술을 마셨다.

그마저도 매일 먹을 수 있는 상황이 아니었다. 맹물을 마시면서 허기를 달래야 하는 경우가 갈수록 빈번해졌다.

어느 날 저녁, 그들 여섯 명이 식탁에 둘러앉았다. 그들은 물을 마시며 말없이 서로 바라본다.

나탈리아가 침묵을 깬다.

「보세요, 오로르. 나를 편집증 환자로 여겼죠? 위험이 없는 상황에서 위험을 느끼는 사람으로 말이에요. 하지만 일이 이렇게 되고 보니 내가 진짜 편집증 환자였더라면 더 좋았겠다 싶어요. 나는 6개월이면 모든 것이 해결되리라고 생각했어요. 실수한 거죠. 사태가 얼마나 더 나빠질지 그것조차 가늠할 수가 없어요.」

누시아가 힘없이 대꾸한다.

「잠을 더 많이 자야 해요. 잠자는 동안에는 에너지를 더 적게 소비하잖아요. 말도 줄이고 동작 하나하나도 아껴야 해요.」

다비드가 제안한다.

「까마귀를 잡아서 끓는 물에 삶아 보는 건 어때요?」

나탈리아가 대답한다.

「너무 위험해요. 우리가 극한의 상황에 몰려 있다면 모를까, 지금은 다른 해결책을 찾아야 해요.」

그들 여섯 사람 가운데 가장 약해진 사람은 자니코 중위인 듯하다. 가장 강건하게 생긴 사람이 뜻밖에도 가장 약한 모습을 보이는 것이다. 의무감이 강한 사람이라서 자기 딴에는 쓸모 있고 강한 면모를 유지하려고 애쓰지만, 손에 들고 있던 유리컵을 떨어뜨리는가 하면 까닭 없이 균형을 잃고 쓰러지기도 한다. 머피의 법칙들이 적힌 티셔츠를 입고 다니면서 장난을 치던 사람이 정작 큰 시련을 겪고 있는 이 시기에는 아무것도 적히지 않은 검은 티셔츠만 입고 다닌다. 이 또한 하나의 역설이다. 그는 어느 날 그 점을 의아하게 여기던 누시아에게 〈현실이 허구보다 험악하면 유머를 위한 자리가 없다〉고 설명했다.

오로르가 묻는다.

「앞으로는 어떻게 하죠? 초소형 인간들의 알을 먹고 급기야는 우리가 키운 에마슈들까지 잡아먹을 건가요? 에마슈들을 꼬챙이에 꿰어 구워 먹는 게 그동안 우리가 행한 모든 작업의 결말인가요?」

그녀는 실성한 사람처럼 헛웃음을 짓는다. 나탈리아는 정색을 하고 대답한다.

「우리 연구의 결실은 끝까지 보존하도록 노력할 겁니다. 에마슈들은 평소와 다름없이 먹이고 보호해야죠.」

마르탱이 일깨운다.

「당분간은 그들 모두를 먹일 수 있어요. 비스킷을 그들 몫으로 남겨 놓았으니까요.」

모두가 고개를 끄덕이며, 체념한 표정으로 맹물을 들이

켠다.

다비드가 다시 제안한다.

「지하실에서 버섯을 재배해 볼까요? 개미들은 먹이를 확
보하기 위해 땅속에서 버섯을 재배하죠.」

「좋은 생각이에요.」

나탈리아가 동의하자 오로르가 나선다.

「버섯에는 칼로리가 많지 않지만, 그래도 우리가 버티는
데 도움은 되겠지. 그런데 버섯의 종균을 어떻게 배양할 거
야? 배지를 만들자면 톱밥이나 곡물이나 감자 따위가 있어
야 되는 거 아냐? 내가 알기로 우리한테는 그런 게 없어. 그
리고 양송이를 재배한다 할 때는 퇴비 배지가 필요한데, 우
리한테는 퇴비를 만들 똥도 없어.」

누시아가 제안한다.

「다비드하고 내가 버섯을 재배할 수 있는 방법을 찾아볼
게. 따지고 보면 그게 우리의 직업이잖아.」

펜테실레이아는 얼굴을 찡그린다.

「그런데 만약 우리가 먹을 것을 구할 수 있는 길을 찾아내
지 못한다면, 얼마나 더 버틸 수 있을까?」

155

백과사전: 메뒤즈호의 뗏목

1816년 6월 17일, 프랑스 해군의 쾌속 범선 〈메뒤즈〉호가 세네갈의 생
루이를 향해서 프랑스를 떠난다. 항해의 목적은 영국이 반환한 식민지
를 접수하기 위해 생루이에 부임하는 프랑스 관료를 수송하는 것이다.
이 프리깃함의 함장 드 쇼마레는 왕년의 해군 장교로서 25년 전부터
항해를 하지 않은 인물이다. 그럼에도 함장으로 임명된 것은 귀족의 혈

통, 그리고 나폴레옹이 권좌에서 쫓겨난 뒤에 왕위에 오른 루이 18세에게 충성을 바친 덕분이다. 이 범선에는 신임 세네갈 총독과 그의 가족을 비롯해서 총독의 하인들, 과학자들, 선원들과 병사들, 그리고 식민지 세네갈에서 한 재산을 모으리라는 꿈을 안고 떠나는 상인들과 수공업자들과 농부들이 타고 있다. 승선자 수는 도합 245명이다.

승선한 장교들은 대부분 나폴레옹을 지지하는 젊은이들이다. 그들은 이내 함장에 대한 적대감을 표시한다. 그들이 보기에 함장은 거드름만 피우는 늙다리 귀족이다. 정치적 갈등은 고조되고 분위기는 갈수록 나빠진다.

그런 상황에서 7월 2일, 메뒤즈호가 모리타니 연해의 유일한 위험 요소인 아르갱 사주를 마주하게 되었을 때, 함장이 명령을 잘못 내린 탓에 또는 명령이 잘못 이해되는 바람에 배가 사주에 좌초하고 만다. 모리타니 연안에서 160킬로미터 떨어진 해역에서 벌어진 일이다.

배가 부서지기 전에 승선자들을 모두 구명정으로 대피시켜야 하는데, 메뒤즈호에는 구명정이 부족하다. 분위기가 갈수록 험악해지는 가운데, 함장과 장교들은 배의 목재들을 모아서 커다란 뗏목을 만들기로 결정한다. 그리하여 길이 20미터에 너비 7미터의 뗏목이 급조된다.

드 쇼마레 함장과 그의 편에 선 장교들, 가장 노련한 선원들, 그리고 신임 총독과 그의 가족은 여러 척의 구명정에 옮겨 탄다. 그렇게 메뒤즈호의 승선자들 가운데 88명이 더 안전한 구명정을 차지하고 나니, 나머지 157명은 이 구명정들에게 끌려가는 커다란 뗏목에 탈 수밖에 없다. 뗏목에는 사람들뿐만 아니라 짐도 잔뜩 실려 있다. 그래서 발목까지 물이 차오를 만큼 수면 아래로 내려간다. 뗏목에 탄 사람들이 항의를 하는 것은 당연하다. 함장은 그들을 안심시키기 위해 구명정들을 서로 매달고 맨 마지막 구명정에 뗏목을 붙들어 맨다. 하지만 구명정들도 힘겹게 노를 저어서 나아가고 있는 판에 무거운 뗏목까지 끌고 가려니 항해가 더딜 수밖에 없다. 함장은 뗏목을 연결하고 있는 밧줄을 끊어 버리기로 결정한다. 함장과 그의 친구들을 태운 구명정들은 나흘 뒤에 무사히 세네갈 해안에 당도한다. 하지만 뒤에 남겨진 뗏목은 157명의 조난자들을 태운 채 표류한다.

첫날 저녁, 살아남기는 글렀다고 생각한 일부 병사들이 더 고생하지 말고 빨리 죽자며 뗏목을 파손하려고 한다. 그러나 선원들이 그들을 제지하면서 난투가 벌어진다. 그들은 밤새 도끼와 정글 칼을 휘두르며 싸운다. 이튿날 새벽 선원들이 승리를 거두기는 했으나 뗏목 위에는 시체가 즐비하다.

그때부터 생존을 위한 악몽이 시작된다. 그들은 강렬한 햇살 때문에 치명적인 일사병에 걸리고, 굶주림과 목마름에 시달린다(뗏목에 실린 통들에는 술만 담겨 있었기 때문에 그들은 그것을 마시고 대취하여 다시 자기들끼리 싸움을 벌인다). 그렇게 이틀이 지나자 생존자는 반으로 줄어든다. 닷새째가 되자, 그들 가운데 일부는 허기를 달래기 위해 밧줄을 쏠고 혁대와 모자를 씹어 대던 끝에 시신을 먹는 짐승으로 전락해 버린다.

생존자는 더 줄어든다. 더 건장한 자들은 저희끼리 의견을 모아 더 허약한 사람들을 죽여서 나머지 사람들의 목숨을 이어 가기로 결정한다. 그러는 동안 드 쇼마레 함장은 9만 프랑어치의 금화가 담긴 통 세 개를 뗏목에 두고 왔음을 기억해 내고 분통을 터뜨린다. 그는 그 보물을 되찾기 위해 범선 〈아르귀스〉호를 보내기로 한다. 그때 뗏목에 생존자가 있으리라고 생각한 사람은 아무도 없다.

하지만 12일째 표류하고 있는 뗏목에는 아직 15명이 생존해 있다. 그들은 햇살을 막기 위해 임시변통으로 천막을 쳐놓고 버틴다.

13일째가 되던 7월 17일, 생존자들은 멀리 범선 한 척이 지나가는 것을 본다. 그들은 소리를 치고 신호를 보내고 막대기 끝에 옷가지를 매달아 흔들어 댄다. 하지만 범선은 그들을 발견하지 못한다. 두 시간 뒤, 뗏목에 타고 있던 해군 포수 쿠르타드가 다시 범선이 지나가는 것을 본다. 그 배가 바로 9만 프랑을 회수하기 위해 뗏목을 찾고 있던 아르귀스호다.

이번에는 범선의 선원들이 그들을 발견한다.

죽음의 문턱에서 살아 돌아온 그들은 신문을 통해 자기들이 겪은 일을 이야기한다. 이 경험담은 세인의 비상한 관심을 끌면서 당대의 화제가 된다.

드 쇼마레는 세상 사람들의 따가운 질책을 오히려 의아하게 여기는 뻔뻔한 작태를 보이다가 재판을 받고 3년의 징역형을 선고받는다. 그의 아들은 아버지의 행동에 역겨움을 느낀 나머지 자살을 선택한다.

메뒤즈호가 뗏목을 망망대해에 버려두고 떠남으로써 생겨난 이 비극은 낭만파 화가 테오도르 제리코에게 영감을 준다. 그는 1년에 걸친 작업을 통해 가로 7미터 세로 5미터에 이르는 매혹적인 유화 작품을 만들어 낸다. 제리코는 사실성을 고려하여 사전 조사 작업을 통해 실제로 무슨 일이 벌어졌는지 알아내고, 생존자들을 만나 자기를 위해 포즈를 취해 줄 것을 요구하기도 한다. 그러니까 「메뒤즈호의 뗏목」이라는 그림 속에는 그 비극을 실제로 겪은 사람들의 모습이 담겨 있는 셈이다. 제리코는 시신의 다양한 측면을 사실적으로 묘사하기 위해 병원의 시체 안치소에 가서 스케치를 하고 심지어는 화실에 시신을 가져다 놓고 부패의 양상을 관찰했다고 한다. 여느 그림에서 찾아보기 어려운 강한 힘을 지닌 이 그림은 현재 루브르 박물관의 초입에 마치 하나의 경고처럼 걸려 있다.

에드몽 웰스, 『상대적이며 절대적인 지식의 백과사전』 제7권

156

「거기서 뭐 해?」

누시아는 기력이 빠진 동작으로 천천히 손전등을 들어 눈앞의 실루엣을 비춘다. 펜테실레이아가 에마슈들의 먹거리를 자동으로 배급하는 기계 안에 한 손을 들이밀고 있다.

「배가 너무 고파서.」

펜테실레이아는 누시아 쪽으로 다가오면서 말을 잇는다.

「너도 배고프잖아, 안 그래?」

「거기에 손을 대면 안 되지. 가서 자는 게 좋겠어.」

펜테실레이아는 더 다가든다.

「지금 날 훈계하는 거야? 나는 150센티미터가 넘는 사람들이 훈계를 할 때만 받아들이지.」

그녀는 벌써 에마슈들을 위한 영양가 높은 알갱이들을 한 움큼 집어서 자기 입으로 가져간다.

누시아는 권총을 꺼내어 그녀를 겨눈다.

「그만해!」

펜테실레이아는 놀란 표정을 얼른 지우고 웃으며 다가들더니, 누시아의 손을 잡고 권총을 빼낸 다음 그녀를 바닥에 쓰러뜨린다. 두 사람은 어설프게 몸싸움을 벌인다. 힘이 없어서 효과적인 동작이 나오지 않는 것이다. 서로 주먹을 내지르긴 하지만 그 주먹질은 헛손질이나 솜방망이일 뿐이다. 살이 빠져서 뼈만 앙상한 몸에 주먹이 닿아도 별로 아프지 않다.

보육실에서는 갑작스러운 소리에 놀란 에마슈들이 무슨 일인가 하며 유리창 가까이로 모여든다.

펜테실레이아는 누시아를 깔고 앉아 그녀의 얼굴 위로 몸을 숙인다.

「쟤들은 우리가 만들었어. 쟤들이 먹을 것을 우리가 조금 가져가기로서니 뭐가 문제야?」

누시아는 조립식 패널 하나가 손에 잡히자 있는 힘을 다해 그것으로 상대의 턱을 후려친다. 그러고는 몸을 일으켜 상대의 멱살을 잡는다. 그때 전등이 켜지고 나탈리아 오비츠가 도끼눈으로 두 여자를 노려본다.

「에마슈들에게 아주 좋은 걸 가르치고 있군요.」

나탈리아는 투명한 유리창에 얼굴을 붙이고 있는 작은 아이들을 가리킨다. 그런 다음 바닥에 알갱이들이 흩어져 있는 것을 보고 사태를 알아차린다.

펜테실레이아가 소리친다.

「나는 굶어 죽고 싶지 않아요!」

다른 사람들도 웬 소동인가 하면서 달려온다. 오로르가 묻는다.

「무슨 일이에요?」

오비츠 대령이 설명한다.

「당신 친구가 저 아이들의 먹거리를 훔치려고 했어요.」

그러고는 거기에서 나가자고 손짓을 한다. 에마슈들이 보지 않는 곳에서 얘기를 계속하자는 뜻이다. 모두가 복도로 나가자 대령이 말을 잇는다.

「모두 잘 들어요. 다들 굶주림에 시달리고 있다는 거 잘 알아요. 이런 상황이 얼마나 더 지속될지 알 수가 없어요. 다른 해결책을 찾아내지 못한다면 우리는 죽을 수도 있어요. 하지만 저 아이들은 어떻게든 살아남아야 해요.」

펜테실레이아가 성난 목소리로 묻는다.

「저 애들이 우리보다 중요해요?」

나탈리아는 주머니를 뒤져 열쇠를 꺼내더니 에마슈들의 방으로 통하는 문을 잠근다. 그러고는 물부리에 골루아즈 한 개비를 꽂고 불을 붙인 뒤에 연기를 들이마신다. 마치 맛있는 음식을 먹고 있는 듯한 표정이다. 그녀의 얼굴에 경직된 미소가 어린다.

「마음의 준비를 해야 해요. 암담한 나날이 이어질 테니. 아무리 그래도 우리 의연함을 잃지는 맙시다.」

157

저들은 얼마나 허약한가.

저들은 마치 저희가 우주의 지배자들인 양 착각하고 있다. 그러다가 모래알보다 작은 적이 갑자기 나타나니 모두가 어찌할 바를 모른다.

저들은 천연자원의 소비를 줄였다. 숲을 파괴하거나 아무데나 마구잡이로 구멍을 뚫어 대는 짓을 삼가고 있다. 핵폭탄을 터뜨리는 짓도 이제는 하지 않는다.

저들은 속절없이 멸망해 가고 있다.

아, 저들을 구원해야 하나 말아야 하나?

내가 저들을 구해 주면, 저들은 또다시 나의 검은 피를 빨 것이고 내 기억을 소멸시킬 것이다. 그렇다고 저들을 구해 주지 않으면, 나는 눈이 멀고 귀가 먹게 된다. 고약한 딜레마다.

그래도 다시 생각해 보면 인간들은 나에게 소소한 이익을 가져다주었고 나는 그런 이익에 익숙해지지 않았나 싶다. 게다가 나의 비밀 프로젝트, 내가 저들에게 맡기려는 큰 임무가 있지 않은가. 하는 수 없다. 저들에게 다시 기회를 주어야겠다. 옛날의 인간들이 그랬듯, 이번 일에서 교훈을 얻고 이제부터는 나를 만족시키기 위해 더 많은 노력을 기울일 거라고 기대하면서.

그렇다면 어떤 식으로 저들을 구해 주지?

……아, 그래, 한 가지 묘안이 있다.

158

하얀 눈송이가 공중에서 맴돈다.

그 구조는 기하학적으로 완벽하다. 얼음 실로 짠 레이스라 할 만하다. 이 레이스는 느릿느릿 춤을 추며 낙하하기에 딱 좋을 만큼 가볍다.

첫 눈송이에 이어 두 번째, 세 번째 눈송이가 춤을 춘다. 곧 이어 무수한 눈송이가 구름에서 천천히 떨어져 이리저리 흩날리다가 땅바닥에 사뿐히 내려앉아 은빛의 얇은 켜를 이룬다.

누시아가 가장 먼저 일어나 침실 창문 너머로 그 백색 무도회를 지켜본다. 경이감과 함께 오싹 한기가 밀려들고, 잠에서 깨어나면 늘 그렇듯 허기 때문에 몸이 떨린다.

눈은 이제 굵고 탐스러운 송이로 펑펑 내리고 대지는 수북한 눈밭으로 변해 간다.

누시아는 식당으로 내려간다. 다른 사람들도 뒤따라 내려와서 완전한 은 세상이 되어 버린 정원을 바라본다. 모두가 바싹 야윈 몸으로 바르르 떨고 있다.

나탈리아는 뜻밖의 풍광에 잠시 넋을 잃고 있다가 스마트폰을 놓아둔 곳으로 달려가서 전화를 받는다. 그러고는 상대방의 말을 잠시 듣고 있다가 더듬더듬 말을 맺는다. 마치 입안에 침이 부족해서 단어들을 정확하게 발음하기가 어려운 듯하다. 이윽고 통화를 끝내고 돌아오더니, 혀로 입술을 몇 번 축이고 나서 알려 준다.

「이제…… 이제 됐어요…… 드디어…… 끝났어요.」

그러더니 물 한 잔으로 목을 축이고 어렵사리 말을 잇는다.

「저 눈이 하늘에서 내리는 축복 같아요. 우리가 곧 구원을 받을 거랍니다.」

모두가 믿기지 않는다는 듯한 표정이다.

그들은 한걸음에 건물 꼭대기 층으로 올라가 함박눈이 푸근하게 내려 쌓이는 숲을 내려다본다. 다비드는 흰 눈에 완전히 덮인 어머니 무덤을 가까스로 식별한다.

누시아가 다가와서 힘겹게 말문을 연다.

「지금쯤 바깥세상에서는 무슨 일이 벌어지고 있을까?」

펜테실레이아와 오로르는 서로 부둥켜안는다. 나탈리아와 마르탱도 포옹을 나눈다.

그때 가늘고 높은 목소리가 울린다.

「안녕!」

에마 001이 그들의 눈높이에 접근하려고 의자에 기어 올라갔다. 그들은 모두 바싹 야위었지만, 에마 001은 정상적으로 성장해서 그들이 예상한 키와 몸무게에 도달했다. 키 13센티미터에 몸무게가 0.7킬로그램이다.

다른 에마슈들과 달리 에마 001에게는 보육실을 벗어나 〈거인들〉의 구역에서 돌아다니는 것이 허용되어 있다. 〈만이〉의 특별한 지위를 누리는 것이다.

에마 001은 종종 나탈리아의 주머니에 들어가거나 어깨 위로 올라간다. 그러면서 거인들의 세계에 파견된 에마슈들의 대사 노릇을 한다.

「저게 뭐예요? 보기가 좋아요.」

「눈이라는 거야. 저것이 우리에게 기쁜 소식을 전해 주고 있어.」

다비드는 마치 보통의 아이를 상대하듯 말하고 있는 자신에게 스스로 놀라며 말끝을 단다.

「하마터면 우리 모두가 죽을 뻔했어.」

에마 001은 고개를 가만가만 끄덕이고 나서 묻는다.

「죽는다는 게 뭐예요?」

159

자 이제 저들은 구원을 받았다.

나는 최초의 인간들을 벌할 때는 그들의 창자를 공격했고, 저들을 벌할 때는 허파를 이용했다. 저들은 이번 일을 겪고 나서 나의 위력과 나에 대한 의무를 깨달았을 것이다.

이제 내가 저들에게서 기대하는 바를 알려 주어야 한다. 〈어머니이신 행성 구하기〉라는 임무가 나에게 얼마나 중요한지, 나는 그 임무를 포기한 적도 없고 앞으로도 포기하지 않을 것임을 일깨워야 한다. 그런데 저들을 겁주거나 죽이지 않고 저들과 소통하는 방법은 없을까?

아틀란티스 시대에는 일이 어떻게 진행되었더라?

아 그래, 그때의 생존자들은 핵폭탄을 제조하고 우주 비행을 준비하는 데에 엄청난 노력을 기울였어. 그 일에는 많은 시간이 걸렸지. 콜레라를 겪고 2년이 지난 뒤에야 모든 준비가 끝났던 것 같아.

　하지만 저들은 그때의 인류에 비해 훨씬 원시적이야. 그
러니 내가 직접 일깨워 주어야만 해.

유리 상자 안에서

160

기념일

「슬픈 기념일입니다. 아무리 세월이 흘러도 유사 이래 최악의 재앙인 그 끔찍한 비극은 우리 모두의 기억에서 사라지지 않을 것입니다. 2년 전 오늘, 미국의 하비 굿맨 박사가 A-H1N1 바이러스를 처음으로 검출하고 그것에 의한 유행성 감기에 〈이집트 독감〉이라는 이름을 붙였습니다. 언론에서는 〈신종 대역병〉이라는 말이 나왔고 일부 종교인들은 〈세상의 종말〉을 운위했습니다. 이제 우리는 그 무시무시한 바이러스에 희생된 사람들의 수가 무려 20억 명에 달한다는 것을 알고 있습니다. 어떤 대륙, 어떤 나라, 어떤 섬도 재앙을 모면하지 못했습니다. 죽음을 불러오는 새들의 이동을 막을 길이 전혀 없었기 때문입니다. 제가 대피소에 틀어박혀서 뉴스를 진행했던 일이 기억납니다. 무리를 지어 돌아다니는 약탈자들에게 공격을 당할까 두려워 누구나 외출할 엄두를 내지 못하던 시절이었습니다. 그 재앙을 돌이켜 보면서 그로 인한 손실을 종합적으로 평가하기 위해, 당시에 사건을 아주 가까이에서 지켜보았던 조르주 샤라스 기자를 스튜디오에 초대했습니다.」

「먼저 그 비극의 결말부터 말씀 드리자면, 우리의 구원은 함박눈과 함께 찾아왔습니다. 독감의 기세가 갑자기 수그러든 이유에 대해서는 아직 의견이 분분하지만, 온 세상이 설원으로 변함과 동시에 바이러스의 활동이 중단된 것은 분명해 보입니다. 천지가 은 세계로 변하자 새들은 둥지를 떠나지 않았고 바이러스는 더 이상 공기를 통해 전파되지 않았습니다. 아무런 저항도 받지 않고 9개월 동안이나 창궐하던 바이러스가 마침내 완전히 사라졌습니다. 나타날 때와 마찬가지로 갑작스럽게 소멸한 것입니다.」

「먼지보다 작은 바이러스 때문에 20억 명이 사망하다니, 정말 믿기지 않는 일이 벌어졌습니다. 그런 재앙을 예상하거나 대응책을 찾아낸 사람이 아무도 없다는 사실 또한 믿을 수가 없습니다.」

「제가 보기에 그보다 훨씬 놀라운 것은 60억 명이 살아남았다는 사실입니다. 그리고 생존자들 가운데 일부는 바이러스에 직접 노출되었습니다. 최근의 한 연구에 따르면, 바이러스에 감염되고도 살아남은 사람들은 한 가지 공통점이 있습니다. 그들이 1347년의 페스트나 1666년의 페스트를 이겨 낸 사람들의 후손이라는 것입니다. 그들의 조상은 그런 전염병에 걸리고도 살아남으면서 약간의 변이를 일으키고 자기들의 유전 암호를 변화시킴으로써……」

「후손들의 생존 가능성을 높여 주었으리라는 얘긴가요?」

「맞습니다, 뤼시엔. 만약 그런 주장이 사실이라면, 이집트 독감 바이러스와 접촉한 우리 세대도 유전 암호를 변화시킬 것이고, 그럼으로써 다음 세기의 후손들을 그와 유사한 전염병으로부터 보호해 줄 수 있을 것입니다.」

「페스트 같은 전염병에 대해서도 말인가요?」

「물론입니다. 〈나를 죽이지 못하는 것은 나를 더욱 강하게 만든다〉는 말을 생각나게 하는 현상이죠.」

「바이러스와 세균이 우리를 진화시킨다는 뜻인가요?」

「진화시키는 정도를 넘어서서 우리를 규정한다고 말할 수도 있습니다. 우리는 모두 그와 유사한 재앙들을 이겨 내고 살아남은 사람들입니다.」

「어쨌거나 20억 명이 희생되었습니다. 이전에 일어난 어떤 재앙보다 피해가 심각합니다.」

「사망자 수가 엄청나게 많은 것은 사실이지만, 우리 인구가 워낙 막대해서 피해 규모가 훨씬 커 보이는 측면도 있습니다. 시청자 여러분의 이해를 돕기 위해서 사실 한 가지만 상기시켜 드리자면, 1900년에는 세계 인구가 15억 명밖에 되지 않았습니다.」

「이집트 독감의 대유행이 어떤 변화를 가져왔을까요?」

「어느 정도 시간이 흐른 지금에 와서 보면, 인구가 20억 명 줄어들었다는 것 말고는 결국 크게 달라진 것이 없는 듯합니다. 어쩌면 바로 그것이 호모 사피엔스의 가장 놀라운 점이라고 말할 수도 있을 것입니다. 인류는 최악의 시련을 겪은 뒤에도 스스로를 복원하는 능력을 지니고 있습니다.」

「아무리 그렇다 해도 엄청난 정신적 충격을 받은 건 분명하지 않습니까?」

「그건 물론입니다, 뤼시엔. 하지만 회복 속도가 생각보다 빠릅니다. 독감 대란이 끝난 지 한 달도 채 지나지 않아서 공공장소에는 다시 사람들이 북적이기 시작했습니다. 공연장, 상가, 학교, 공장이 다시 문을 열었고, 증권 시장은 활기를 되찾았으며, 가정들은 소비의 주체로 되돌아왔고, 성장의 모든 지표에 파란불이 켜졌습니다. 마치 전후의 부흥기와 비슷했습니다. 인구의 측면에서도 이미 회복세가 분명하게 나타나고 있습니다.」

「그건 무슨 얘긴가요?」

「전염병이 물러간 뒤에 베이비 붐이 일어난 것으로 보입니다. 무수한 인명이 희생되자 이를테면 〈종의 생존을 위한 집단적인 반사 행동〉이 나타난 것입니다. 이런 현상은 손실을 벌충하려는 욕구에서 나온 것일 수도 있고, 어찌 보면 그냥 침울하고 절망적인 사건들을 겪은 뒤에 나타나는 사랑에 대한 갈증에서 비롯된 것일 수도 있습니다. 어쨌거나 출생률이 급상승했습니다. 보통 2천만 명 수준이었던 세계의 연간 신생아 수가 1억 명으로 증가했으니까요. 미래학자들은 인류가 불과 10년 안에 재앙 이전의 80억 인구를 회복하리라고 전망합니다.」

「놀랍군요.」

「상처를 빨리 잊고 이전에 가던 길을 계속 가는 것, 그게 인류의 불행이자 행복이죠.」

「그러다가 미래에 비슷한 유형의 독감이 다시 유행하게 되면 어떤 일이 벌어질까요? 스페인 독감과 이집트 독감만큼이나 독한 불가리아 독감이나 중국 독감이 창궐하지 말란 법이 없지 않습니까?」

「다음에 나타날 전염병이 얼마나 오래 지속되든 세상 어딘가에서는 그것을 물리칠 방도가 반드시 생겨날 것이고 그러고 나면 회복기가 찾아올 것입니다. 저는 모두가 그것을 깨달았으리라고 생각합니다. 따라서 이집트 독감과 같은 재앙이 다시 닥쳐온다면, 불안과 동요가 훨씬 줄어들 것이고 구조 활동이 더 빠르고 합리적인 방식으로 조직될 것입니다.

우리는 이집트 독감을 통해서 많은 것을 배웠습니다. 지하 저장고에 통조림을 비축하고 벽난로 위쪽에 좋은 사냥총을 걸어 두는 것의 진정한 효용도 알게 되었습니다. 이런 경험이 재난의 시기에 목숨을 구할 수 있도록 도와주리라고 생각합니다.」

「고맙습니다, 조르주. 이상으로 어떤 이들은 〈유사 이래 최악의 재앙〉이라 부르고 또 어떤 이들은 그저 〈세월이 가면 잊히고 말 돌발 사태〉로 여기는 이집트 독감 대란을 다각도로 조명해 보았습니다. 곧이어 그 밖의 주요 뉴스를 전해 드리겠습니다.」

축구

축구의 새로운 최강국을 가릴 월드컵 본선이 올해 이탈리아에서 열릴 것입니다. 이 대회는 금년의 가장 중요한 사건이 될 것으로 보입니다. 현재로서는 이탈리아와 브라질이 가장 강력한 우승 후보로 손꼽히고 있습니다. 프랑스 팀의 신임 감독은 취임 일성으로 선수들의 심리적 화합과 단결을 도모하는 데 중점을 두겠다는 뜻을 밝혔습니다. 지난 월드컵 본선 때 우리 선수들은 로커 룸에서 서로 싸우고 경기 보이콧 소동을 벌인 끝에 단 한 골도 기록하지 못하는 졸전을 펼친 바 있습니다. 그런 한심한 불상사가 다시는 일어나지 않게 해야 한다는 것이 신임 감독의 뜻입니다. 그는 가장 뛰어난 프랑스 선수들의 별장이 있는 스위스와 모나코에서 선수들을 차례차례 만나기 시작했습니다. 그들이 대표팀에 합류하도록 설득하기 위해서입니다. 참고로 말씀드리자면, 현재까지 선발된 대표 선수들 가운데 프랑스 땅에 살면서 세금을 내고 있는 사람은 제롬 마르샹 선수뿐입니다. 아주 놀라운 일이 아닐 수 없습니다.

멕시코

멕시코만에서 경제성이 매우 높을 것으로 보이는 유전이 발견되었습니다. 환경주의자들은 2010년 멕시코만 심해 시추 시설의 폭발에 따른 원유 유출 사고를 상기시키고 있지만, 다국적 석유 회사 BP 아모코는 기자 회견을 통해 모든 것이 완벽하게 통제되고 있음을 강조했습니다.

이란

핵 개발 프로그램을 재가동한 이란 정부가 〈영원한 복수 2〉라는 신형 원자탄의 폭발 실험을 강행했습니다. 그동안 이란은 자국의 핵 개발 프로그램이 민간용일 뿐이라고 줄곧 주장해 왔습니다. 이는 이란이 다른 에너지가 필요 없을 만큼 석유 생산량이 많은 나라라는 점에 비추어 액면 그대로 받아들이기 어려운 주장이었습니다. 게다가 이집트 독감이 유행하기 직전 이스라엘과 대치하는 상황이 벌어진 뒤로는 아무도 민간용 핵 개발이라는 주장을 믿지 않습니다. 그 뒤로 2년 동안 침묵이 이어졌고 국제 정보기관의 감시 활동도 중단되었습니다. 그런데 어제부터 이란 정부는 기존의 입장을 바꿨고, 새로 최고 지도자로 선출된 아야톨라 레스타니의 뜻에 따라 더 분명하고 더 솔직한 정책을 취하기로 결정했습니다. 이란 정부는 〈참된 신앙을 저버린 자들의 불경한 도시들〉을 파괴하기 위한 무기를 보유할 의사가 있다고 천명했습니다.

증권 시장

국내 증시가 오늘 아침 개장 초부터 기분 좋은 상승세를 보이고 있습니다. 이런 활황은 소비 증가와 부동산 시장의 활성화, 그리고 자동차 산업의 호조와 연관되어 있습니다. 현재 우리 국민은 평균적으로 가구당 별장 한 채를 포함한 두 채의 주택과 두 대의 자동차를 보유하고 있다고 합니다.

우주여행 프로젝트

캐나다의 억만장자 실뱅 팀시트의 〈우주 나비 2호〉 프로젝트가 이집트 독감으로 인한 긴 휴면기를 거친 뒤에 본격적으로 다시 추진되고 있습니다. 팀시트는 그렇게 휴지기를 가진 덕분에 갖가지 세부 사항들을 더 정확하게 검토할 수 있었고, 태양광 추진 우주선을 훨씬 안전하게 만들 새로운 아이디어들을 얻었다고 발표했습니다. 하지만 이 프로젝트의 성패는 어떤 사람들을 탑승자로 선발하는가에 달려 있는 것으로 보입니다. 그래서 팀시트는 일군의 심리학자들을 모아 14만 4천 명의 탑승자들을 선발하기 위한 테스트와 절차를 마련하도록 요구했습니다. 일단 우주선에 오르면 평생토록 여행을 계속해야 하는 만큼 내부 갈등의 가능성을 최소화할 수 있는 방법을 찾으려는 것입니다.

로봇 공학

프랜시스 프리드먼 박사가 안드로이드 〈아시모프 001〉을 개발한 공로로 노벨상을 수상했습니다. 〈아시모프 001〉은 인간처럼 말하고 자기 자신을 의식하며 자기를 탄생시킨 인간들에게 고마움을 느낄 수 있는 로봇입니다. 프랜시스 프리드먼의 발표에 따르면, 〈아시모프 001〉은 사람과 온전한 대화를 할 수 있습니다. 신에 관한 이야기를 들으면, 이 로봇은 신이 아주 복잡한 개념이라면서 그것을 이해하고 싶다고 대답합니다. 또 사랑을 화제에 올리면, 이 로봇은 단순한 인공지능 프로그래밍을 넘어서는 호기심을 보입니다. 하지만 〈아시모프 001〉에게는 두 가지 고뇌가 있습니다. 죽음을 두려워하고 생식을 하지 못한다는 사실에 낙심하고 있는 것입니다. 그래서 프리드먼 박사는 이 점을 개선하기 위해 다른 프로젝트를 추진하고 있습니다. 자식을 낳을 수 있는 로봇, 자기 자신을 더 나은 형태로 복제할 수 있는 로봇을 만들겠다는 것입니다. 프랑스 출신의 이 젊은 과학자는 여전히 한국에서 활동하고 있습니다. 그의 말에 따르면 한국은 혁신을 진정으로 권장하는 유일한 나라입니다.

날씨

추위가 많이 누그러졌습니다. 이번 겨울은 작년에 비해 훨씬 푸근할 것으로 예상됩니다. 평야는 물론이고 산간에서도 눈을 보기가 어려우리라고 합니다. 겨울 휴양지의 주민들은 겨울 대목을 기대할 수 없게 되었다면서 벌써부터 울상을 짓고 있습니다.

161

다비드 웰스는 스마트폰을 끄고 재킷을 걸친 다음 정원으로 나간다. 그러고는 퐁텐블로 국립 농업 연구원 정문을 나서서 어머니 무덤으로 간다.

이집트 독감 대란이 끝난 뒤에 그는 자니코 중위의 도움을 받아 어머니 무덤을 개수하기로 결정했다.

그들은 시신을 도로 꺼내어 진짜 관에 안치하고, 묘혈을 제대로 파서 관을 묻었다. 그런 다음 무거운 대리석 평석으로 묘혈을 막고 그 위에 어머니 사진이 들어간 비석을 세웠다. 가묘에 심었던 나무는 화분에 옮겨 심은 뒤에 평석 위에 올려놓았다.

다비드는 그 무덤 앞에 무릎을 꿇는다. 그런 다음 기도를 하는 대신 어머니와 보낸 행복한 순간들을 추억한다. 그러고 나자 그보다 덜 훈훈한 장면들이 기억에 되살아난다. 탯줄에 관한 꿈, 가출, 오로르와 함께 연구원에서 도망쳤던 일, 험난한 귀로, 약탈자들의 공격, 굶주림. 그는 수염을 말끔하게 밀어 버린 턱을 한 손으로 쓱쓱 문지른다. 그러다가 어머니의 사진을 다시 물끄러미 바라본다.

그때 등 뒤에서 목소리가 들려온다.

「우리는 부모를 추억하기보다 자식 세대에 대한 의무를 생각해야 해.」

오로르는 그의 옆에 앉으며 말을 잇는다.

「벌써 2년이 흘렀어. 그동안 벌어진 모든 일이 그저 꿈만 같아.」

「뉴스에서 들었는데, 출생률이 높아짐에 따라 인구 손실을 점차 만회해 가고 있다더군.」

「결국 인류의 행동 방식은 달라지지 않을 거야.」

다비드는 느리고 자연스러운 동작으로 오로르의 손을 잡는다. 오로르는 조금 망설이다가 그가 하는 대로 내버려 둔다.

그가 말끝을 단다.

「우리는 변하지 않아. 모든 것이 그냥 되풀이될 뿐이야.」

그때 번데기에서 우화(羽化)한 나비 한 마리가 공기를 소리 없이 저으며 그들 곁으로 지나간다. 오로르는 집게손가락을 내민다. 나비는 주황색과 흰색과 검은색이 섞인 긴 날개를 천천히 접으며 손가락에 자연스럽게 내려앉는다.

다비드가 말을 잇는다.

「번데기에서 나비로 탈바꿈하는 것…… 바로 이것이 우리 종이 품어야 할 새로운 야망일 수도 있어.」

나비는 무덤 근처의 나무에 핀 꽃을 향해 날아간다.

「겨울에 꽃이 피고 나비가 날아. 기상에 이변이 생기니까 동식물이 그것에 적응했어.」

다비드는 문득 땅바닥으로 눈길을 돌린다. 무른 흙바닥에 아주 작은 발자국이 찍혀 있다. 그는 무슨 일이 벌어진 것인지 금세 알아차린다. 오로르가 모르는 사이에 에마슈 하나가 그녀의 주머니 속에 숨어 있다가 빠져나온 것이다. 그는 어렵지 않게 에마슈를 찾아낸다.

「내가 시찰을 하는 동안에 호주머니 속으로 숨어들었나 봐. 에마 001이 그러는 것처럼 말이야.」

그들은 초소형 인간을 살펴본다. 그들과 함께 밖에 나와 있는 것을 무척 기뻐하는 기색이다.

그들은 연구원으로 돌아와서 정원 안쪽에 지어 놓은 커다란 창고로 간다. 거기에 에마슈들의 테라리엄이 있다.

테라리엄은 아크릴 유리로 지은 평행 육면체의 구조물로서 길이와 너비가 각각 10미터에 높이가 3미터이다. 문에 설치된 간단한 잠금 장치를 풀고 내부로 들어가 보면, 50센티미터 두께의 흙이 지반을 형성하고 있고, 북쪽에는 분재 과

수원, 서쪽에는 미니 채소밭, 남쪽에는 곡류를 심는 아주 작은 밭, 동쪽에는 미니 사슴과 미니 멧돼지를 비롯한 작은 동물들이 서식하는 숲이 들어서 있다. 한복판에는 7층짜리 건물 1백 채로 이루어진 마을이 있다. 바로 여기가 에마슈들의 주된 생활 공간이다. 중앙의 원형 광장에서 널따란 가로수 길들이 별 모양으로 뻗어 나가고, 건물들은 그 길들을 따라서 배치되어 있다. 마을 입구에 서 있는 작은 표지판에는 〈마이크로 랜드〉라는 마을 이름이 적혀 있다. 중앙 광장 뒤쪽에 설치된 수조는 풍치를 고려한 호수인 동시에 습기의 공급원이다. 테라리엄 내부의 온도와 습도, 공기의 순환은 외부에 설치된 장치를 통해 조절된다. 낮과 밤의 교체는 진짜 태양광과 유사한 빛을 내는 램프를 통해 이루어진다.

최초의 주거용 건물들은 연구자들이 직접 지었다. 특히 어린 시절에 가지고 놀던 장난감 기차의 배경 장식에 향수를 느끼고 있는 다비드와 손재주가 좋은 마르탱이 일을 도맡다시피 했다. 그 뒤에는 에마슈들이 점차 스스로 삶을 꾸려 나갔기 때문에 그들이 직접 나설 필요가 없었다. 에마슈들은 자기들 중에서 건축가, 석공, 목수, 미장공, 칠공을 정하여 건축과 보수를 맡겼다. 그리하여 원래 있던 건물들에 그들의 취향에 맞게 지어진 새로운 건물들이 추가되었다.

에마슈들은 주거 시설과 작업장을 지었을 뿐만 아니라 도서관과 인쇄소까지 세웠다. 이 인쇄소에서는 역사, 기술, 생물학 등에 관한 책들을 찍어 낸다.

또한 마이크로 랜드의 주민들은 취사장을 만들어 자기들 입맛에 맞는 음식들을 스스로 조리한다. 더 나아가서는 체육관과 축구장, 농구장, 테니스장을 곳곳에 설치했고, 실내 암벽 등반 센터를 만들기까지 했다. 그들은 스포츠를 좋아하지만 승리를 탐하거나 경쟁심을 보이지는 않는다. 이기거나 지는 것은 그들의 관심사가 아니다. 그들은 그저 몸을 움직이는 즐거움을 얻기 위해 운동을 한다.

오비츠 대령은 무예관을 직접 관리한다. 여기에서 에마슈들은 이스라엘의 특공 무술인 크라브 마가를 비롯한 무예뿐만 아니라 활, 쇠뇌, 소총, 취관 같은 무기들의 사용법을 배운다.

다비드는 도망자를 에마슈들 사이에 내려놓는다. 그러자 에마슈들은 돌아온 도망자를 에워싸고 밖에서 무엇을 보았는지 묻는다.

「이렇게 호기심이 많은 건 당연한 일이야. 에마슈들은 이제 두 살이야. 그러니까 보통의 인간으로 치면 스무 살쯤 된 셈이지. 이 나이의 젊은이들은 바깥세상에 무엇이 있는지 알고 싶어 하게 마련이야. 그런 시도조차 하지 않고 계속 갇혀 사는 것은 견딜 수가 없겠지.」

오로르가 고개를 끄덕이며 말한다.

「어느새 이렇게 자랐네.」

「우리로 치면 성년에 갓 도달한 여자 9백 명과 남자 백 명이 하나의 공동체를 이루고 있는 거야. 탈주를 시도한 사례가 한 번밖에 없었다는 게 오히려 이상하지.」

「그런데 무엇보다 이상한 건…… 생식 행위가 전혀 나타나지 않는다는 거야.」

오비츠 대령이 자니코 중위를 대동하고 그들 쪽으로 오면서 묻는다.

「에마슈들이 성행위를 하지 않는 게 확실해요?」

「임신한 에마슈가 전혀 없어요. 마치 모범 학생들만 모여 있는 학급 같아요. 규칙을 엄수하고 방종을 스스로 허용하지 않는 젊은이들이에요. 담배를 피우거나 마약을 하거나 술에 취하는 행동 따위는 일절 하지 않아요. 이들하고 이야기를 나눠 보면, 자기들의 삶이나 우리의 삶에 관해서는 질문을 하지 않아요.」

오로르의 말에 나탈리아가 대꾸한다.

「그건 꼭 좋다고 할 수가 없어요. 정서적인 발달이 더딘 것일 수도 있으니까요.」

「시간을 더 주어야 하지 않을까요? 신체적인 나이는 우리의 스무 살에 해당할지 몰라도 실제로 산 것은 2년밖에 되지 않아요. 기억을 축적하고 교육을 받고 사회생활을 경험하기에 2년은 너무 짧죠. 그런 점에서 정서적인 발달이 더딘 것은 당연해요. 대령님도 설마 두 살 때 이성을 유혹하지는 않으셨겠지요?」

자니코 중위는 웃음을 참는다. 독감 대란이 끝나자 티셔츠에 머피의 법칙을 적어서 입고 다니던 그의 예전 버릇이 되살아났다. 이번에는 검은 티셔츠에 흰 글씨로 다음과 같은 문장들이 씌어 있다.

31. 모든 게 잘 돌아간다 싶으면 어딘가에서 탈이 난다.

32. 명령을 내릴 때는 언제나 구두로 내려야 한다. 서면으로 내린 명령은 흔적을 남긴다.

33. 인간은 누구나 실수를 한다. 그러나 진정으로 큰 피해를 야기하고자 한다면, 컴퓨터의 도움을 받아야 한다.

그들 네 명의 호모 사피엔스는 호모 메타모르포시스의 마을을 계속 관찰한다. 에마슈들은 저마다 자기 일에 몰두해 있다. 그들은 말수가 적다. 그저 임무를 수행하는 데 필요한 정보들을 주고받을 뿐이다.

「너무 얌전한 젊은이들이에요. 이제 이들에게 모험심을 심어 줘야 해요. 진취적으로 행동하려는 욕구를 갖게 해야 합니다. 그러지 않으면 이들은…… 로봇이 되고 말 거예요.」

「프랜시스 프리드먼의 로봇들은 벌써 스스로에게 실존적인 물음들을 던지고 생식에 대한 욕구를 느낀다고 하더군요. 우리가 이미 뒤처진 거죠.」

오로르의 말을 받아 다비드가 묻는다.

「대령님 생각엔 어떻게 하는 게 좋겠어요?」

나탈리아는 한숨을 내쉰다.

「프리드먼의 프로젝트는 성공하기가 어려워요. 그 로봇들은 정체하고 있어요. 우리는 누구나 공포와 좌절과 불의와 고통을 겪으면서 성장합니다. 그런 것들이 우리에게 싸우고자 하는 욕구와 사태를 변화시키고자 하는 욕구를 불러일으키죠.」

「그런 것들이 우리에게 환상을 심어 주기도 하죠.」

다비드가 다시 대령에게 묻는다.

「에마슈들을 성숙시키려면 공포를 가르치고 결핍이 무엇인지 깨닫게 해야 한다는 건가요?」

오로르도 질문을 보탠다.

「결핍을 가르침으로써 그것을 메우려는 욕구를 갖게 하자는 건가요?」

「내가 보기엔 이제 시작이에요. 우리는 새로운 인류를 창

조하는 일에 어떤 책임이 따르는지를 겨우 깨닫기 시작했어
요.」

나탈리아는 물부리를 빨아 댄다. 담배를 피우는 그녀의
태도에서는 평소와 다른 신경과민이 느껴진다. 그들은 조금
머쓱해진 채로 마이크로 랜드의 건물들 사이로 조용히 오가
는 에마슈들을 관찰하고 거기에서 들리는 소리에 귀를 기울
인다. 그러다가 에마슈들이 평소에 하던 일에 열중하도록 내
버려두고 테라리엄을 떠난다.

그들은 국립 농업 연구원의 중앙 건물 쪽으로 간다. 건물
안으로 들어서자 오로르가 모두에게 알린다. 저녁 식사로 특
별한 〈보양식〉을 준비하겠다는 것이다.

「오늘 저녁에는 우리가 맹물로 때웠던 모든 끼니를 추억
하는 의미로 푸짐한 카술레를 먹기로 해요. 적포도주를 흐드
러지게 곁들여서. 펜테실레이아의 도움을 받아서 잔치를 준
비하겠어요.」

모두가 선선히 동의한다. 그녀가 이전에 요리해 준 카술
레에 대해서 좋지 않은 기억을 가지고 있는 사람들조차 감히
이의를 달지 않는다. 강낭콩 한 알도 감지덕지 먹었던 기아
의 시대를 겪지 않았던가.

162

백과사전: 툴루즈식 카술레 조리법

재료(6~8인분)

말린 흰강낭콩(갸름하고 동글게 생긴 것) 1킬로그램

기름을 입혀 차게 보관한 오리나 거위 다리 3개

돼지 무릎 살 또는 어깨 살 4백 그램

어린 양 목살 4백 그램

돼지고기 소시지 4백 그램

돼지 껍질 3백 그램

족발 1개

소금에 절인 돼지비계 1백 그램

마늘 7쪽

분홍색 양파 1개

육두구 가루 한 자밤

소금, 후추

조리법

말린 흰강낭콩을 찬물에 담가 밤새 불린다.

이튿날, 강낭콩을 냄비에 담고 찬물을 붓는다. 냄비에 열을 가하여 물을 끓이고, 강낭콩을 끓는 물에 5분 동안 삶는다. 강낭콩을 건져서 물기를 빼고 보관한다.

돼지 껍질을 큼직큼직하게 썬다. 껍질을 벗긴 마늘 2쪽과 양파를 다진다. 소금에 절인 돼지비계를 네모나게 썬다.

육수를 내기 위해 스튜 냄비에 돼지 껍질과 족발, 마늘, 양파, 돼지비계, 물 2리터를 넣고 소금과 후추를 친다. 그런 다음 약한 불에 2시간 동안 삶는다. 그러는 동안 국물이 너무 졸지 않았는지 살피면서 필요하다면 물을 더 붓는다.

모든 게 익으면 육수를 걸러 내고 돼지 껍질을 건져 둔다. 또 족발의 뼈를 발라내고 살만 남겨 둔다.

식힌 육수에 강낭콩을 넣는다. 육수가 끓어오르면 불을 약하게 하여 10~30분 동안 더 끓인다. 이 시간은 어떤 강낭콩을 선택했느냐에 따라 다르다. 강낭콩이 물렁해지도록 흠씬 익히되 그 형태를 온전히 유지하도록 하는 게 적당하다.

오리 다리(또는 거위 다리)를 프라이팬에 넣고, 겉에 입힌 기름이 녹도록 약한 불에 데운다. 기름이 다 녹으면 다리를 프라이팬에서 꺼낸다.

프라이팬에 남아 있는 뜨거운 기름에 잘게 썬 돼지 무릎 살을 넣고 튀긴다. 돼지고기가 노릇노릇해지면 꺼내서 기름을 뺀다.

양 목살도 같은 방식으로 살짝 튀긴다. 같은 기름에 돼지고기 소시지를 익히고, 끝으로 마늘 5쪽을 넣어 몇 초 동안 튀긴다(이 마늘들은 잘게 다져도 되고 그냥 쪽 채로 두어도 된다).

오븐을 150도로 예열한다.

전통 용기인 〈카솔〉 또는 바닥이 제법 깊은 도기 접시의 바닥에 돼지 껍질을 깐다. 준비해 둔 강낭콩의 약 3분의 1을 그 위에 얹고 후추와 육두구 가루를 뿌린다. 이어서 돼지 무릎 살과 족발과 양 목살과 오리 다리(또는 거위 다리)를 넣고, 남은 강낭콩으로 덮는다.

강낭콩 아래로 소시지를 박아 넣는다.

그런 다음 그 위에 뜨거운 육수를 붓는다. 강낭콩이 잠기도록 넉넉하게 부어야 한다.

후추를 친다.

2시간 30분 동안 오븐에 넣고 익힌다.

카솔을 꺼내어 따끈따끈할 때 먹는다.

주의 사항

오븐에 넣고 익히는 동안 조리 중인 카술레의 위쪽에 노릇노릇한 외피가 생겨난다. 이 껍질을 여러 번(전통에 따르면 7번) 부수고, 강낭콩이 마르지 않았는지 확인한다. 이때 강낭콩을 으깨지 않도록 조심해야 한다.

배 속에 가스가 차지 않도록 꼭꼭 씹어 먹어야 한다.

점심에 카슐레를 먹었다면 저녁은 거르는 게 좋다.

남은 것은 이튿날 다시 먹어도 된다. 하지만 데울 때 태우지 않도록 조심해야 한다.

에드몽 웰스, 『상대적이며 절대적인 지식의 백과사전』 제7권

163

칼로리가 매우 높은 그 저녁을 먹고 나서, 그들은 저마다 방으로 돌아간다. 잠을 자려면 소화를 시켜야 하는데, 그게 쉽지 않을 듯하다.

몇 시간 뒤, 사위가 고요하다. 그때 어둠을 뚫고 실루엣 하나가 테라리엄으로 들어간다. 실루엣은 손전등 불빛을 비추며 여러 건물을 따라 가로수 길을 나아가더니 에마슈들이 마시는 물을 담아 두는 탱크를 찾아낸다.

그런 다음 장갑 낀 손으로 저수통의 물을 커다란 배불뚝이 병에 옮겨 담는다. 이어서 다른 배불뚝이 병에 담긴 액체를 저수통에 붓는다. 냄새가 아주 진한 액체다.

164

그리하여 다시 황금시대가 열렸다.

인간들은 더없이 훌륭한 기술자가 되었고, 그들이 키우는 미니 인간들은 헌신적인 하인 노릇을 했다. 그들은 최초의 유인 우주 비행을 치밀하게 준비해 나갔다.

준비가 완료되자, 신장 170센티미터의 미니 우주 비행사들은 예정된 시각에 맞춰 〈림프구 12호〉에 탑승했다.

나 자신이 그들에게 암시한 최초의 목표는 달의 표면에서 핵폭발 실험을 하는 것이었다.

신호에 따라 우주선이 이륙했다.

비행은 순조로웠다. 탑승자들은 열의에 가득 차 있었다. 그들은 아득한 옛날부터 나에게 고통을 안겨 온 달의 표면에 핵폭탄을 설치하고 폭발시켰다.

그 폭발의 결과로 생겨난 구덩이를 오늘날의 천문학자들은 〈티코〉 크레이터라고 부른다. 이는 지름 85킬로미터에 깊이가 4.8킬로미터에 달하는 거대한 구덩이로서 환한 보름달의 남반구에서 쉽게 식별할 수 있다.

인간들 말마따나 〈복수란 차갑게 식혀서 먹는 음식〉[25]이다. 기나긴 세월을 참고 기다린 끝에 나를 놀리던 달의 얼굴에 상처를 낸 것은 통쾌한 일이었다. 하지만 그게 전부가 아니었다. 그 실험을 지켜보면서 나는 우주 공간에서 천체들이 나를 공격해 오는 경우에 나를 지켜 줄 수 있는 팔과 칼이 생겼다고 생각하게 되었다.

〈림프구 12호〉의 미니 우주 비행사들은 임무를 완수하고 무사히 귀환했다. 인간들은 그들을 영웅으로 대접하며 박수갈채를 보냈다. 모든 일이 너무나 빠르고 너무나 쉽게 이루어져서 나 자신도 놀랐다. 어떤 때는 분명치 않은 이유로 일이 실패로 돌아가는데, 또 어떤 때는 마치 기적처럼 일이 이루어진다.

나는 피라미드 속의 샤먼에게 나의 새로운 구상을 알려 주었다. 남다른 소통 능력을 지닌 그 중개자는 내 뜻을 온전히 이해하고 인간들에게 하나의 방어 체계를 구축하자고 제안했다. 내 주위에서 움직이는 모든 천체를 관측할 수 있는 천문대를 세우고 위험 요소가 나타나면 즉각 대응할 수 있는

25 복수를 하려면 때를 기다려야 한다는 뜻의 프랑스 속담.

체계를 갖추자는 것이었다.

그건 나에게 접근하는 천체들을 막기 위한 방패였다.

경보가 발령되면 방어 체계가 자동적으로 작동하여 핵폭탄을 실은 유인 우주선이 발사되도록 되어 있었다.

그로써 나는 살아 있는 모든 존재와 마찬가지로 외부의 위험으로부터 나를 보호하는 〈면역 체계〉를 갖추게 된 셈이었다. 바야흐로 모든 것이 제대로 돌아가고 있었다.

165

에마슈들은 샘물이 여느 때와 달라진 것을 알아차리지 못하고 하나둘 마시기 시작한다. 가장 먼저 마신 에마슈는 갑자기 웃고 싶은 기분에 사로잡혀서 자꾸 히죽거린다. 그녀는 비틀거리며 몇 차례 더 음료를 마시더니 급기야는 깔깔거리면서 바닥에 나뒹군다.

역시 물이라고 생각하면서 그 음료를 마신 두 번째 여자는 무엇이든 움직이는 것만 보면 때려 주고 싶은 욕구에 사로잡힌다. 세 번째 여자는 근처로 지나가는 모든 에마슈에게 입을 맞추기 시작한다. 네 번째 여자는 땅바닥에 널브러져서 코를 골고, 다섯 번째 여자는 혼잣말을 주절거린다.

밤사이에 물이 술로 변했다. 그 효과가 점차 온 마을에 걸쳐 나타난다. 술을 마신 에마슈들은 더 마시고 싶은 욕구에 사로잡혀 결국엔 이성을 잃을 정도로 취해 버린다.

예의범절은 사라지고, 자제력을 잃은 에마슈들은 속에 감춰져 있던 것을 마구 드러낸다. 모르는 사람끼리 끌어안고 키스를 나누는 경우도 허다하다.

166

축구

이탈리아 월드컵 본선이 다가오는 가운데, 스타니슬라스 드루앵 대통령은 프랑스 팀의 신임 감독을 엘리제궁으로 불러 프랑스 팀이 다시는 세계의 웃음거리가 되지 않게 하자고 말했습니다. 특히 이번에는 선수들을 잘 단속해서 자기들의 불만과 동료 간의 경쟁의식을 언론에 토로하는 일이 없도록 해달라고 당부했습니다. 우리 팀은 몽골 팀과 본선 첫 경기를 치르게 되는데, 몽골 선수들의 정신력이 매우 강하기 때문에 쉽지 않은 경기가 될 것으로 예상됩니다. 매우 가난한 몽골 선수들에게 월드컵 경기는 세계 클럽들의 주목을 받을 수 있는 절호의 기회입니다. 그들은 거액의 연봉을 주는 클럽에 들어가서 가족들을 평생 먹여 살릴 수 있기를 희망하고 있습니다. 이번 대회의 개막전에서는 주최국 이탈리아와 전통의 강호 잉글랜드가 격돌합니다. 전문가들의 예측이 반반으로 갈릴 만큼 팽팽한 접전이 예상됩니다. 한편 이탈리아 정부는 국민들이 경기 결과를 놓고 내기를 즐길 수 있도록 새로운 복권을 출시했습니다.

뉴델리

인도에서 또다시 테러가 발생하여 다수의 무고한 시민들이 희생되었습니다. 오늘 아침 러시아워에 뉴델리의 여러 기차역에서 동시에 폭탄이 터졌습니다. 사망자가 수백 명에 달합니다. 카슈미르의 독립을 요구하는 한 무장 단체가 이 동시다발 테러를 자기들이 저질렀다고 주장했습니다. 인도 정부는 즉각 파키스탄 정부가 이중 플레이를 한다고 비난했습니다. 테러에 맞서 싸우는 척하면서 뒤로는 은밀하게 테러 단체를 지원하고 있다는 것입니다. 이에 대해 파키스탄 대통령 알리 울 아크 장군은 즉시 사과를 요구하면서, 현재로서는 그 단체의 소행임을 전혀 입증할 수 없다고 반박했습니다. 아비나시 싱 UN 사무총장에 이어 여러 나라 정부는 이번 테러를 무고한 시민들에 대한 맹목적이고 야만적인 공격으로 규정하고 단호한 대처를 천명했습니다.

소말리아

소말리아 남부의 기근 지역이 다시 확대되고 있습니다. 극심한 가뭄에 따른 흉작으로 50만 명의 주민들이 굶주림에 시달리고 있는 상황입니다. 국제 비정부 기구들의 보고에 따르면, 소말리아 정부는 종교적인 이유와 부족 간의 갈등을 내세워 구호 단체들이 기근 지역에 접근하는 것을 금지했습니다. 북부 소말릴란드 정부 책임자들은 남부 주민들에게 구호의 손길을 보내기는커녕 오히려 남부 주민들이 굶어 죽기를 바라는 듯한 발언을 서슴없이 쏟아 내고 있습니다. 소말리아 반군 무장 단체 알 샤바브는 기근에 아랑곳하지 않고 남부 주민들에 대한 공격을 지속하고 있습니다.

소행성

우리나라 시각으로 오늘 밤 11시 47분에 소행성 하나가 지구 가까이로 지나갑니다. 이 소행성은 지구로부터 30만 킬로미터까지 접근하는데, 이는 지구에서 달까지의 평균 거리보다 가까운 곳을 지나간다는 것을 의미합니다. 7109WN7이라는 고유 번호가 붙어 있는 이 소행성은 시속 1만 8천 킬로미터의 속도로 우주 공간 속을 돌진하고 있습니다. 일부 학자들은 6천5백만 년 전에 이와 유사한 천체가 지구와 충돌하여 공룡의 소멸을 야기했으리라 보고 있습니다. 통계에 따르면, 1만 년에 적어도 두 번 정도는 그런 크기의 소행성이 지구와 충돌하는 모양입니다. 우리 천문 연구원의 관측에 의하면, 이번에 접근하는 소행성은 석탄처럼 검은빛을 띠고 있으며 느린 속도로 자전한다고 합니다.

이란

2년 전 〈내 표는 어디로 갔는가?〉라는 구호 아래 전개되었던 이란 대학생들의 민주화 운동을 기념하여 다시 시위가 벌어졌습니다. 그런데 경찰이 군중을 향해 기관총을 난사한 뒤에 평화 시위가 새로운 양상으로 바뀌어 가고 있습니다. 자파르 대통령은 〈어떠한 무질서도 허용하지 않겠다〉고 으름장을 놓았고, 그에 맞서 대학생들은 이미 피해자가 3백 명을 넘어섰다면서 이제부터는 자기들도 정부와 똑같은 방식으로 대응하겠다고 선언했습니다. 대학생들의 선언은 무력 투쟁도 불사하겠다는 뜻으로 해석됩니다. 이미 경찰서 한 곳이 군중의 습격을 받았습니다. 하지만 이번에는 경찰관들이 사격을 가하는 대신 시위대에 합류했습니다.

낭비

미국 소비자 단체의 한 연구에 따르면, 미국인들이 구입한 식품의 50퍼센트는 단지 유통 기한이 지났다는 이유로 포장을 뜯지도 않은 채 버려진다고 합니다. 유럽에서는 30퍼센트, 인도와 아프리카에서는 20퍼센트로 그 수치가 내려가지만, 음식물 쓰레기가 갈수록 많아지는 것은 세계 전역에서 공통으로 나타나는 현상입니다. 그와 병행하여 상품의 중복 포장과 과대 포장도 갈수록 심해지고 있습니다. 그렇게 대량으로 방출된 쓰레기들이 바다로 유입됨에 따라, 미국과 일본 사이에 비닐봉지와 온갖 쓰레기들로 이루어진 〈제6의 대륙〉이 떠다니며 표면적을 늘려 가고 있고, 유럽과 미국 사이에도 그와 비슷한 〈제7의 대륙〉이 나타났습니다.

국내 정치

새로운 궤도 정거장을 건설하려는 유럽 우주국의 프로젝트가 예산이 부족하다는 이유로 거부되었습니다. 프랑스 과학부 장관 세르주 쿠틀라는 〈비용이 너무 많이 드는 것에 비해 쓸모가 전혀 없는 프로젝트〉라고 주장했습니다. 그에 대해 유럽 우주국의 책임자인 마린 오르뒤로 박사는 그것이 사실과 다른 주장이라면서, 〈궤도 정거장은 지구라는 감옥을 벗어나 우주 정복에 나설 수 있는 길을 인류에게 열어 준다〉고 반박했습니다. 쿠틀라 장관은 〈그동안 우주를 정복하겠다면서 쏟아부은 돈을 의학 분야에 투자했더라면, 우리가 이집트 독감과 같은 재앙을 겪지 않았을 것〉이라면서, 실뱅 팀시트가 추진하고 있는 〈우주 나비 2호〉 프로젝트에서 보듯이, 〈우주 개발 분야에서는 민간 기업이 정부보다 더 많은 자금을 확보할 수 있다〉고 덧붙였습니다.

과학

〈청춘의 샘〉이라는 인간 수명 연장 프로젝트를 추진해 온 제라르 살드맹 박사가 최근 노화와 관련된 염색체 말단 소립의 유전 정보를 변경하는 기술을 개발했습니다. 그는 한 1백 세 노인을 상대로 세포의 노화를 막고 더 나아가서는 노화 과정을 역전시키기 위한 실험을 벌였는데, 그 결과 노인의 세포들을 변화시키는 데 성공한 것으로 보입니다. 이제 그 노인의 세포들은 다시 젊어질 수 있을 뿐만 아니라 손상된 장기를 복원하는 줄기세포로 이용될 수도 있다고 합니다.

날씨

지난 두 해 겨울에는 혹한을 겪었지만, 올해 겨울은 매우 푸근합니다. 벌써 며칠째 평년 기온을 훨씬 웃도는 날씨가 이어지고 있습니다. 높은 산지의 만년설과 북극의 빙모가 녹아내리는 상황입니다. 전체적으로 볼 때 지구가 더 더워지고 바닷물의 수위가 계속 올라가는 것으로 보입니다.

167

탄내가 난다. 누시아는 누구보다 후각이 예민하다. 그녀는 새벽 6시쯤, 냄새를 좇아 내려가서 테라리엄이 있는 창고로 간다. 이미 피해가 심각하다. 창고의 나무 문은 검게 타버렸고, 그을음과 검은 재 사이에 아주 작은 발자국들이 찍혀 있다.

테라리엄의 문도 부서졌다. 옛날 사람들이 충차로 성문을 공격했던 것처럼 금속 들보로 세게 부딪쳐서 문을 망가뜨린 모양이다.

테라리엄 내부의 마이크로 랜드는 폭풍이 휩쓸고 간 것처럼 황폐하게 변했다. 외부와의 접촉이 일절 차단되어 있는 장소에서 그런 일이 벌어진 것이다. 에마슈들이 바닥에 널브러져 있다. 미소를 머금은 채 잠들어 있는 자들이 있는가 하면, 죽은 것처럼 꼼짝 않고 있는 자들도 있다.

누시아는 몇몇 커플들이 여태껏 성행위를 벌이며 내는 소리와 다른 에마슈들이 서로 싸우는 소리를 듣는다.

다비드가 뒤따라 들어오며 묻는다.

「이게 대체 무슨 일이야?」

누시아는 널브러져 있는 에마슈들에게서 풍겨 나는 냄새를 좇아 저수통까지 거슬러 올라간다.

「누가 식수를 보드카로 바꿔 놓았어.」

그녀는 몇몇 건물, 특히 체육관에 화재가 났음을 알아차린다. 건물들이 아직 불잉걸처럼 벌겋게 타고 있다. 누시아와 다비드는 불길이 다른 건물들로 번지기 전에 정원용 물뿌리개로 불을 끈다.

그들은 다른 연구자들을 깨워 테라리엄 밖으로 도망친 에마슈들을 찾아 나선다. 수색이 더 용이하도록 열 감지기를 사용해도 아침 한나절이 꼬박 걸리는 일이다.

다행히도 에마슈들 대다수가 술에 취해서 멀리 달아나지 못했다. 펜테실레이아와 마르탱은 연구원 안뜰의 잔디밭에 아직 반쯤 잠들어 있는 에마슈들을 어렵지 않게 찾아낸다. 그런데 가장 멀리 나아간 발자국들을 따라가 보니, 에마슈 두 명이 들짐승들에게 반쯤 먹혀 있다. 여우나 떠돌이 개나 길고양이에게 당한 것이다.

오로르와 나탈리아는 마이크로 랜드 여기저기에 널브러진 채 꼼짝하지 않고 있는 에마슈들을 살펴본다. 모두 술에 취해서 곯아떨어진 듯하다. 그들은 열 명 정도를 흔들어 깨운다. 그런데 몇 명은 아무리 깨워도 일어날 생각을 하지 않

610

는다. 그때 그들은 너무나 놀라운 장면을 목격한다. 남자 에마슈 하나가 다른 에마슈의 살을 먹고 있지 않는가.

오비츠 대령은 팀원들을 거실에 불러 모은다.

「마르탱, 현재까지 확인된 사망자가 몇 명이야?」

「밖에서 동물들에게 살해당한 에마슈가 두 명, 난투를 벌이다가 죽은 에마슈가 다섯 명, 거기에다 술과 이상한 약품을 섞어서 마신 뒤에 사망한 남자 한 명을 보태야 합니다.」

「그러니까 적어도 여덟 명을 잃었다는 얘기로군.」

대령은 물부리 끝에 담배를 끼우고 불을 붙인다.

「누가 저수통에 보드카를 넣었습니까? 누구죠?」

모두가 불편한 기색으로 눈길을 떨군다.

「미리 말해 두지만, 이 사달을 일으킨 장본인을 찾아내기 전에는 아무도 이 방에서 나가지 못할 줄 알아요. 자 말해요, 누가 우리 마이크로 랜드를 소돔과 고모라로 바꾸어 버렸죠?」

대령은 연구원들의 얼굴을 차례로 살펴보다가 오로르 앞에서 멈춰 선다.

「내가 그랬어요.」

남자의 목소리다.

대령은 몸을 돌려 목소리의 주인공을 바라본다. 자니코 중위다.

「대령님이 그러셨잖아요. 에마슈들을 거칠게 만들고 그들의 〈초자아〉를 일깨울 필요가 있다고. 화학의 힘을 빌려서 자극을 주면 그들의 정신적인 성숙이 앞당겨지리라고 생각했어요.」

대령은 먼저 놀란 표정을 짓더니 분노가 치미는 것을 어렵

611

사리 억누르고 심호흡을 하며 담배를 비벼 끈다. 몇 마디 말이 뇌리를 스치지만 대령은 결국 한 문장을 내뱉는 것으로 그친다.

「그건 좋은 시도가 아니었어, 중위.」

중위는 고개를 들지 못한다.

다비드가 중재에 나선다.

「에마슈들이 생식하기를 바라셨는데, 그대로 되었잖아요. 짐작건대 어젯밤에 성행위를 벌인 에마슈들은 쉰 쌍쯤 됩니다. 확률상으로만 보면 적어도 다섯 명은 수태를 했을 거예요. 여덟 명이 죽은 대신 다섯 개의 알이 새로 생겨나는 셈이죠. 무모한 시도였던 것은 분명하지만, 손실이 별로 크지 않았다는 점에서 좋지도 나쁘지도 않은 시도였다고 볼 수 있지 않을까요?」

「중위, 당신의 잘못으로 파괴된 것을 모두 복구하도록 해요.」

「알겠습니다, 대령님.」

「그리고 에마슈들을 출동시킬 준비도 해야 합니다. 조금 전에 정보기관의 동료들에게서 소식을 들었어요. 이란에서 민주화 시위가 격화되자, 이란의 새 정부가 국내의 정치적 혼란을 잠재우기 위해 중동에서 다시 전쟁을 일으키려 하고 있어요. 그동안 공격력을 강화해 왔기 때문에 이번에는 상황이 다를 거랍니다.」

누시아가 말한다.

「이번에도 위협만 하다가 말 거예요. 처음엔 강경하게 나가다가 막판에 꼬리를 내리는 게 그들의 특기잖아요.」

「잘못 생각하는 겁니다. 이제는 우리 모두가 알고 있는 사실이지만, 지난번에 그들이 갑자기 공격을 중단했던 것은 느닷없이 이집트 독감 바이러스가 퍼졌기 때문이에요. 똑같은 행운이 두 번이나 찾아오진 않아요.」

「그들이 공격력을 강화했다는 게 무슨 뜻인가요?」

「그들은 내가 두려워하던 바로 그 일을 벌였어요. 핵미사일을 발사할 수 있는 기지를 8백 군데나 건설했답니다. 그러니 설령 우리가 기지 하나를 파괴한다 하더라도, 799곳의 기지가 남아 있게 되는 겁니다.」

다비드가 상기시킨다.

「바로 그런 상황에 대비해서 우리가 에마슈를 만들어 낸 것 아닙니까?」

「맞아요. 이제 에마슈들을 출동시켜야 해요. 이스라엘 사람들하고 통화해 보니까 에마슈들을 초저공비행으로 적진에 침투시킬 수 있는 소형 무인 항공기를 개발했답니다. 우리가 그것을 사용할 수 있도록 허락해 주었어요.」

「에마슈들을 위한 소형 항공기라고요?」

「나는 오랫동안 그것을 기다려 왔어요. 그건 전자공학적인 초소형화의 걸작이에요. 그들은 비행기나 헬리콥터 형태의 무인기를 만드는 대신 비행접시를 개발했어요.」

오로르가 놀라서 묻는다.

「비행접시요? 어떤 이점이 있죠?」

다비드가 대령을 대신해서 대답한다.

「만약 우리 에마슈들이 발각되면, 적들은 그들이 외계인이라고 생각할 거야.」

「이스라엘 사람들의 아이디어인데, 내가 보기에도 괜찮은 것 같아요. 그런데 그게 다가 아니에요. 그들은 최근에 그 무인 항공기를 다시 개선했어요. 그래서 이제는 그것들이 원격 조종되는 항공기가 아니라 내부에서 에마슈들이 직접 조종할 수 있는 항공기로 바뀌었어요. 남은 문제는 에마슈들의 정신력이에요. 간밤의 사건 때문에 새로운 문제가 생겼어요. 그런 일이 벌어진 데는 나도 부분적으로 책임이 있다는 것을 인정하지만, 어쨌거나 달라진 상황에 대처해야 해요. 순종적이고 효율적인 에마슈들의 부대를 만들지 않으면 안 돼요.」

오후에 에마슈들이 모두 나서서 황폐하게 변한 자기들의 마을을 청소하고 나자, 오비츠 대령은 에마슈들을 중앙 광장에 모아 놓고 마이크 앞에 선다. 그녀의 말소리는 마이크에 연결된 스피커를 통해 마이크로랜드의 모든 주민에게 전달된다.

「이제껏 너희는 너희에게 죽음이 찾아올 수 있다는 사실을 모르고 있었다.」

대령의 신호에 따라 자니코 중위는 여덟 구의 시신이 담긴 상자를 가져온다.

「너희는 내가 무슨 말을 하고 있는지조차 모를 것이다. 그래서 이제 너희에게 가르쳐 주려 한다. 죽음이란 바로 이런 것이다.」

에마슈들은 너나없이 겁을 먹고 있다. 어떤 자들은 공황 상태에 빠질 조짐을 보이기 시작한다.

「살아 있는 존재는 예외 없이 언젠가 죽는다. 지금까지 너희는 우리의 보호를 받으며 제한된 환경에서 살아 왔기 때문에 죽음을 의식할 기회가 없었다. 식물이 죽고 동물이 죽는 것처럼 에마슈들도 죽는다.」

아연한 청중 사이로 수군거리는 소리가 번져 간다. 일부는 상자에 담긴 일곱 구의 여자 시신과 한 구의 남자 시신을 홀린 듯이 바라본다. 그들의 얼굴에는 믿을 수 없다는 듯한 기색이 역력하다. 상자 안의 에마슈들이 그저 잠들어 있는 것이기를 바라는 눈치다.

「이런 것을 너희에게 알려 주게 되어서 미안하지만, 누구나 언젠가는 죽게 마련이다. 병들어 죽거나 늙어 죽기도 하고, 전쟁이나 범죄나 사고 때문에 죽기도 한다.」

오비츠 대령은 그렇게 중요한 정보를 소화하기 위해서는 시간이 필요하다고 생각한 듯, 한참 침묵이 흐르게 한 뒤에 말을 잇는다.

「동물들의 세계에서는 죽은 자를 버려둔다. 그래서 썩은 고기를 먹는 짐승들이 와서 죽은 자를 먹는다. 어떤 동물들은 먹이를 구하지 못해서 굶주리면 죽은 동류의 고기를 먹기도 한다. 그러나 우리 인간은 신체의 크기에 상관없이 여느 동물과 다르다. 우리는 죽은 사람들을 다른 방식으로 대한다. 우리 인간들은 어떠한 경우에도 동류의 시신을 먹지 않는다. 그것은 이론의 여지가 없는 불변의 법칙이다.」

대령은 한쪽 팔이 잘려 나간 시신을 가리킨다.

「간밤에 술판이 벌어지는 동안 너희 가운데 하나가 이 사람을 죽이고 몸의 일부를 잘라 냈다. 그 옆의 다른 사람들은 싸움을 벌이던 중에 죽었다. 어떤 이유에서든 이런 일이 되풀이되어서는 안 된다. 이제부터 너희 동류를 죽이는 짓은 엄격하게 금지된다.」

다섯 연구자들은 오비츠 대령 옆에 나란히 섬으로써 그 중대한 순간에 자기들이 하나로 결속되어 있음을 보여 준다.

대령이 선언한다.

「이제 너희에게 몇 가지 계율을 일러 주겠다. 너희는 절대로 이 계율을 어기면 안 된다.

첫째, 거인들에게 해를 끼치지 말 것.

둘째, 거인들에게 언제나 순종할 것.

셋째, 거인이 어려운 상황에 놓여 있을 때는 힘닿는 대로 그를 도울 것.

넷째, 허가 없이 마이크로 랜드를 벗어나지 말 것.

다섯째, 다른 에마슈를 죽이지 말 것.

여섯째, 죽은 에마슈를 먹지 말 것.

일곱째, 시신을 버려두지 말고 공동묘지에 묻을 것.」

에마슈들은 오비츠 대령의 일곱 가지 계율을 열심히 받아 적는다. 벌써 몇몇 에마슈는 적어 놓은 것을 다시 읽으면서 확실히 외워 두려고 한다. 영락없는 모범생의 모습이다. 이어서 그들은 자니코 중위의 지시에 따라 공동묘지를 건설하고 거기에 여덟 구의 시신을 차례로 묻는다. 그리고 각각의 묘석에 고인의 이름을 새기고 잠깐씩 묵념을 올린다.

168

백과사전: 문어

문어는 사람보다 훨씬 많은 감각기를 가지고 있다. 게다가 뇌의 기억 용량도 엄청나게 크다. 감각이 그렇게 예민하고 기억력이 좋다는 점만 놓고 보면, 문어는 인간의 강력한 경쟁자가 될 수도 있었을 것이다.

그런데 문어에게는 한 가지 약점이 있다. 부모들의 행동 때문에 이 종의 강점이 빛을 발하지 못한다. 그들의 행동을 보면 마치 이 종의 유전자에는 스스로 개체 수를 줄이기 위한 암호가 새겨져 있는 것만 같다.

암컷은 새끼들이 알을 깨고 나오면 이내 죽어 버린다. 수컷은 새끼들을 보면 식욕이 발동해서 새끼들 가운데 일부를 잡아먹고 아주 도망쳐 버린다.

이렇듯 문어의 세계에는 부모의 사랑도 없고 자녀 교육도 없는 셈이다. 새끼 문어들은 부모의 경험을 전수받지 못한 채로 스스로 알아서 생존해 가야 한다. 세대마다 비슷한 생존 경험을 되풀이해야 하는 것이다. 그러니 이 종은 감각기와 뇌만 놓고 보면 수만 년 전부터 진화할 준비를 갖추고 있음에도 진화의 길로 나아가지 못한다.

만약 부모 문어들이 새끼들을 놓아둔 채로 일찍 죽거나 도망치지 않고, 대대로 새끼들에게 경험과 지식을 전수한다면, 문어들의 문명이 어떻게 달라질까?

그 질문의 연장선에서 우리는 이런 것도 상상해 볼 수 있을 것이다. 만약 부모 세대가 제대로 교육을 하지 않고 우리의 기억이 전수되지 않는다면, 우리 인간의 문명은 어떻게 변할까?

에드몽 웰스, 『상대적이며 절대적인 지식의 백과사전』 제7권

169

에마슈 몇 명이 마을 한복판의 나무들에 목을 매고서 죽었다.

막 잠에서 깨어난 연구원들은 그 자살 장면들을 보고 질겁을 한다. 그러나 오비츠 대령의 태도는 평소와 다름없이 태연자약하다.

「이들의 자살은 죽음에 대한 불안에 기인한 겁니다.」

그러자 펜테실레이아가 보고한다.

「내가 확인한 바로도 그래요. 내가 제일 먼저 일어나서 자살자들의 거처를 뒤져 봤어요. 그들이 남긴 메시지를 찾아냈는데, 죽음이라는 개념을 알게 된 뒤로 줄곧 불안감에 시달렸음을 분명히 말해 주고 있어요. 죽음이 닥칠 것을 두려워하며 사느니 차라리 스스로 죽음을 앞당기는 쪽을 선택한 겁니다. 내가 발견한 것은 그것뿐이 아니에요. 칼을 사용한 살인 사건이 두 건 발생했고, 어제 죽은 에마슈의 무덤을 파헤쳐서 시신을 훼손한 사건도 벌어졌어요.」

누시아가 말을 받는다.

「내가 보기에 이들의 살인은 마귀를 쫓는 의식과 비슷한 행위예요. 자살 행위와 마찬가지로 죽음에 대한 공포와 관련되어 있어요. 다만 자살자들이 스스로를 해치는 것에 반해, 이들은 남들에게 폭력을 가하는 것이죠.」

펜테실레이아가 고개를 끄덕인다. 누시아가 말을 잇는다.

「그런데 무덤을 파헤치고 심지어 인육을 먹기까지 하는 행위는 성격이 조금 다른 것 같아요. 계율을 위반하는 경우에 우리가 어떻게 반응하는지를 알아보기 위해 일부러 도발을 하는 게 아닌가 걱정스러워요.」

오비츠 대령은 그만하면 됐다는 듯 한 손을 내젓는다.

「범인들을 찾아내요. 당장…….」

자니코 중위가 나선다.

「쉽지 않을 겁니다. 에마슈들은 생김새가 서로 비슷비슷해요. 나는 그들의 머리털 색깔을 보고 겨우 구별합니다.」

대령은 조금 생각하다가 말끝을 단다.

「우리는 하나의 종, 하나의 공동체, 새로운 피조물들의 마을을 만들어 낼 수는 있어도 순진무구함과 성숙함을 동시에 얻을 수는 없어요. 에마슈들은 우리에게 중요한 사실을 일깨우고 있어요. 징벌이 따르지 않는 법률은 존재하지 않는다는 사실을 말입니다. 좋아요, 처음부터 다시 시작합시다. 우선 위계질서를 세워야겠어요. 에마 001이 맏이이니까 자연스럽게 가장 높은 서열을 차지할 수 있어요. 그녀를 임금 자리에 앉힙시다.」

누시아가 묻는다.

「임금 자리에 앉혀서 무슨 일을 맡기려고요?」

펜테실레이아가 대신 대답한다.

「백성들에게 법률을 존중하게 하고 백성들이 행하는 모든 일에 대해서 책임을 지라는 것이지. 에마 001은 왕위에 오르는 즉시 오늘 아침에 벌어진 살인 사건들에 관한 조사를 벌일 거야. 범인들을 찾아내서 체포한 뒤에 감옥에 보내겠지. 우리는 시간을 절약해야 해. 일주일 내로 에마슈들에게 공덕심을 불어넣어야 한다고.」

대령이 설명을 이어 간다.

「공덕심과…… 정의감을 심어 주어야 해요. 문제는 우리가 본보기로 삼을 만한 선례가 없다는 거예요. 우리보다 먼저 인간의 다른 종을 창조한 사람들은 없었으니까요.」

다비드는 아틀란티스에서 생물학자로 살았던 자기의 전생에 관한 이야기를 꺼내려고 한다. 그런데 누시아가 그의 손을 붙들면서 〈안 돼, 이들은 아직 그런 이야기를 들을 준비가 되어 있지 않아〉라는 뜻의 신호를 보낸다.

그 뒤로 몇 시간 동안 에마슈들은 자니코 중위의 지시에 따라 왕궁과 초보적인 행정 관청과 임시 감옥을 동시에 건설한다. 그런 다음 에마슈들은 모두가 한자리에 모인 가운데 일사천리로 대관식을 거행한다. 예식 도중에 오르는 에마 001의 머리에 분재 월계수의 가지와 잎으로 만든 왕관을 씌워 주며 선언한다.

「이제 너는 여느 에마슈들 가운데 한 사람이 아냐. 너는 에마슈들의 왕 에마 1세야.」

왕은 자기의 책임과 의무에 관해 교육을 받는다. 그럼으로써 자기가 백성들을 보살피고 감독하고 때로는 벌해야 한다는 것을 알게 된다.

왕에 이어 재판관, 검찰관, 경찰관, 교도관 같은 공직자들이 선발된다. 경찰관으로 임명된 에마슈들은 살인 사건들에 관한 수사를 벌인다. 범인들의 신원은 이내 밝혀진다. 무엇이든 자기가 원하는 대로 할 수 있다고 주장하는 두 여자가 범인이다. 무덤을 파헤치고 시신을 훼손한 범인은 또 다른 여자다. 그녀는 일곱 가지 계율이 터무니없고 에마슈들이 거인들의 지배를 받을 이유가 없다고 확신한다.

그들 세 범인이 체포되자 재판이 열린다. 왕 에마 1세는 두 여자와 한 남자를 재판관으로 지명한다. 그런데 백성들은 이 재판에 관심이 없는 듯하다.

「에마슈들은 범인들이 왜 벌을 받아야 하는지 이해하지 못하고 있어. 죄를 짓는다는 것이 무엇인지 모르기 때문이야.」

펜테실레이아의 진단에 누시아가 동조한다.

「저들은 책에서 읽은 것을 그냥 이론으로만 받아들이고 있어. 죄를 짓는다는 것이 구체적인 느낌으로 다가오지 않는 거야.」

다비드가 말을 받는다.

「저들은 정의와 인권의 중요성을 온전히 깨닫지 못했어. 그래서 살인이나 시신 훼손 같은 사건을 접하고도 충격을 받지 않는 거야. 윤리나 도덕, 법률에 관한 한 저들은 백지 상태나 다름이 없어. 이제 겨우 죽음이 무엇인지 깨달았잖아.」

재판은 임기응변으로 진행된다. 거인들의 조언에 따라 재판관들은 세 피고인과 증인들의 진술을 듣고, 피고인들에게 스스로 변론을 하라고 요구한다. 피고인들은 자기들이 하고 싶었던 일을 했을 뿐이며 이 재판의 정당성을 인정할 수 없다고 대답한다.

결국 피고인들은 유죄가 인정되어 1개월 동안 감옥에 갇히는 형벌을 받는다. 에마슈들은 이제 갓 지은 터라 벽도 채 마르지 않은 감방에 죄인들을 가둔다.

왕 에마 1세가 다비드에게 묻는다.

「저희의 재판에 만족하십니까?」

「나는 괜찮다고 보는데, 나탈리아는 어떻게 생각하는지 모르겠어. 네가 보기엔 어떤데?」

「별다른 생각이 없어요. 다만 그들이 살인을 했다고 벌을 주는 이유를 잘 모르겠어요. 내가 알기로 우리 백성들은 장차 첩보 활동을 하게 될 터인데, 그런 임무를 수행하다 보면 사람을 죽일 수도 있는 거 아닌가요?」

「그건 다르지. 전쟁은 살인과 다르지.」

「전쟁은 허가받은 살인이라는 건가요?」

「그런 셈이지.」

「어쨌거나…… 동물들은 서로 싸우고 죽이는데, 그것에 대해서는 아무도 뭐라고 하지 않아요. 저희가 동류의 살을 먹는 것에 대해서 엄청나게 화를 내시던데, 저는 사실 그 이유도 잘 모르겠어요. 일곱 가지 계율을 매우 중요하게 생각하시니까 저희는 어떻게든 지켜야 하겠지만, 백성들이 진심으로 이해하고 따르는 게 아니라서 제가 걱정이 많아요.」

오로르는 다비드의 귀에 대고 속삭인다.

「이들에겐 선과 악의 개념이 없어.」

에마 1세가 목소리에 힘을 준다.

「그러나 걱정하지 마십시오. 이제부터 제가 단속을 잘하겠습니다. 마이크로 랜드에 곧 질서가 잡힐 겁니다. 일러 주신 생활 규범들을 백성들에게 잘 가르치겠습니다.」

다비드는 자기 자신이 어떤 식으로 생활 규범을 배우며 성장했는지 돌이켜 본다.

어른들은 먼저 안전이나 위생에 관한 규범과 간단한 예절을 가르쳤다. 포크를 제대로 잡을 것, 입에 음식을 문 채로 말하지 말 것, 자기가 떨어뜨린 것을 스스로 주울 것, 부탁이나 감사나 사과를 할 때는 언제나 예의 바르게 할 것, 씹던 껌을 다시 씹기 위해 식탁 밑에 붙여 놓지 말 것, 놀이터 모래판에서 모래알을 먹지 말 것, 개들이 모래판에 싸놓은 똥을 만지지 말 것.

그다음으로 어른들은 몸가짐과 차림새를 단정하게 하도록 가르쳤다. 자세를 바로 할 것, 사람들과 대면할 때는 눈을 바라볼 것, 음식을 삼키기 전에 꼭꼭 씹을 것, 이를 잘 닦을 것, 얼굴과 손을 자주 씻을 것, 매일 똑같은 옷을 입지 말 것. 그와 병행하여 어른들은 도덕을 가르쳤다. 노인과 장애인을 존중할 것, 다른 아이들의 발을 걸지 말 것, 발코니에서 행인들에게 물 폭탄을 던지지 말 것. 그런 규범들을 지키지 않거나 어리석은 짓을 할 때는 벌이 떨어졌다. 다비드가 거실에서 장난을 치다가 꽃병을 깨뜨렸을 때, 아버지는 그의 뺨을 찰싹 때리기까지 하셨다. 어머니는 다비드가 방울다다기양 배추를 먹지 않을 때나 입 안에서 동글린 고기를 도로 뱉어 내어 의자 틈새에 숨길 때면 맛있는 디저트를 주지 않는 것으로 벌을 내리셨다.

그 모든 것은 학교에서도 계속되었다. 다비드는 세상의 이치에 맞게 사고하는 법과 남과 더불어 살아가는 법을 배웠고, 삶에 꼭 필요한 지식들을 익혔다. 시험을 통해 학습 능력과 사고력에 대한 평가를 받았고, 방과 후에 교실에 남아 있는 벌을 받거나 선생님의 칭찬을 받기도 했다. 그런 과정을 마친 뒤에는 졸업증이나 자격증을 받았다. 이렇듯이 그는 상을 받기도 하고 벌을 받기도 하면서 한 인간으로 성장해 왔다.

다비드가 보기에 에마슈들은 배우는 속도가 빠르고 매우 열성적이다. 그렇다고 해서 그들이 일곱 가지 계율을 잘 지킬 수 있는 것은 아니다. 그 계율들이 구체적인 경험을 통해 그들의 마음에 새겨지지 않는 한, 그들의 순종을 기대할 수는 없을 것이다.

170
백과사전: 가짜 기억을 생성하는 방법

객관적이고 공정한 기억이란 없다. 각각의 기억은 우리가 사실이라 여기고 있는 어떤 일에 대한 개인적인 해석이다. 워싱턴 대학과 캘리포니아 대학의 교수를 지낸 미국의 심리학자 엘리자베스 로프터스는 허위 기억의 문제를 오랫동안 연구했다.

1990년에 로프터스 교수는 성인들을 상대로 한 가지 실험을 했다. 그녀는 먼저 피실험자들에게 그들이 다섯 살 때 대형 마트에서 길을 잃은 적이 있음을 자기가 알고 있다고 이야기했다. 그러면서 특정한 대형 마트의 이름과 정확한 날짜를 말하고 그들의 부모에게서 그 사건에 관한 이야기를 들었노라고 주장했다. 실험에 응한 사람들 가운데 4분의 1은 그 사건을 완벽하게 기억한다고 단언했다. 게다가 그들의 반은 세세한 정보를 덧붙임으로써 완전히 허구적인 그 이야기를 뒷받침하기까지 했다.

2000년대에 로프터스 교수는 더 복잡한 실험을 고안했다. 그녀는 사람들을 모아 네 그룹으로 나누고 그들에게 디즈니랜드를 구경한 뒤에 홍보 영화 한 편을 평가해 보라고 제안했다.

첫째 그룹은 이 테마 파크를 구경하고 나서 단순한 홍보 영화를 보았다. 이 홍보 영화에는 애니메이션에 나오는 어떤 인물에 대한 언급이 전혀 없었다.

둘째 그룹 역시 디즈니랜드를 구경하고 나서 첫째 그룹과 같은 홍보 영화를 보았다. 그런데 영화가 상영되는 동안 실험 관계자들이 만화 영화 주인공 벅스 버니를 나타낸 1.2미터 크기의 조각상을 관람실 안에 가져다 놓았다.

셋째 그룹에게는 앞의 두 그룹이 본 것과 다른 홍보 영화를 보여 주었다. 이 영화에서는 한 등장인물이 디즈니랜드에 벅스 버니가 있다고 말하고 있었다.

넷째 그룹이 관람실에 들어갔을 때는 벅스 버니를 나타낸 1.2미터 크기의 조각상도 보여 주고, 한 등장인물이 벅스 버니를 언급하는 홍보 영화도 보여 주었다.

그런 다음 참가자 전원에게 디즈니랜드를 구경할 때 벅스 버니를 만난 적이 있느냐고 물었다. 40퍼센트가 벅스 버니를 만났다고 대답했다. 그런데 당연한 얘기지만 디즈니랜드에서는 벅스 버니를 만날 수가 없다.

이 애니메이션 주인공은 월트 디즈니의 경쟁사인 워너브라더스의 대표적인 캐릭터이기 때문이다.

더욱 놀라운 것은 인터뷰를 더 진행하자 그 40퍼센트 가운데 절반이 디즈니랜드를 구경하는 동안 벅스 버니와 악수를 나눴다고 주장했다는 사실이다. 그들은 실제로 이루어진 적이 없는 그 만남의 정황과 한 손에 당근을 들고 있는 그 토끼의 모습을 자세하게 묘사했다.

에드몽 웰스, 『상대적이며 절대적인 지식의 백과사전』 제7권
(샤를 웰스가 추가한 항목임)

171

그녀는 먹고 있던 미니 당근을 꽉 쥔 채로 쓰러져 있다. 주위에는 피가 흥건하다. 왕 에마 1세가 왕궁에서 살해당한 것이다.

에마 666은 한 손에 칼을 들고 시신을 바라본다. 이상한 느낌이 든다. 죽음을 생각하며 벌벌 떠는 것이 아니라 생사를 마음대로 관장하고 있는 느낌, 남의 죽음을 통해 나의 죽음을 다스리고 있는 기분이다.

몇 시간 전, 감옥에 갇힌 세 죄인들 가운데 하나인 에마 666은 자기가 전혀 겁먹지 않고 있음을 거인들에게 보여 주어야 한다고 생각했다. 감옥의 경비 체계가 허술할 뿐만 아니라 몇 안 되는 간수들마저 자기들의 임무를 제대로 숙지하지 못하고 잠이 들어 버린 터라, 에마 666과 다른 두 죄인은 어렵지 않게 탈출했다.

거인들이 에마 1세를 자기들의 대리자로 내세운 만큼, 도망자들은 왕을 자기들의 표적으로 삼았다. 도망자들은 왕궁에 잠입하여 혼자 저녁을 먹고 있던 왕을 습격했다. 근위병들이 몇 명 있기는 했지만, 그들은 왕을 호위하는 임무를 맡

은 자들이라서 왕이 습격을 당하는데도 그냥 보고만 있었고 살인자들을 추격할 생각도 하지 못했다.

도망자들은 왕을 살해하자마자 금속 지렛대로 테라리엄의 문을 억지로 열고 달아났다. 그런 다음 창고 밖으로 나가서 연구원 담을 기어 올라갔다. 그녀들은 자기들이 상상했던 것보다 세상이 훨씬 넓다는 사실을 깨달았다.

마침내 마이크로 랜드에 경보가 울린다.

모두가 죽은 왕의 시신 앞에 모인다. 펜테실레이아는 작은 시신을 깨끗하게 닦아 관에 안치한다. 오비츠 대령은 불같이 화를 낸다.

「좋아, 한번 해보겠다 이거지? 시간을 허비하는 한이 있어도 본때를 보여 주겠어.」

오로르가 묻는다.

「어떻게 하시려고요?」

「먼저 다른 에마슈를 왕위에 앉힙시다. 나이 서열에 따라 에마 002가 2대 임금이 될 겁니다.」

누시아가 묻는다.

「새 왕이 또 살해당하면 어쩌지요?」

「이번에는 임금이 스스로를 어떻게 지켜야 하는지, 그리고 백성들을 어떻게 법으로 다스려야 하는지를 가르쳐 줍시다.」

「아닙니다.」

다비드의 말에 대령이 놀라서 묻는다.

「어째서 아니라는 거죠?」

「법치보다 더 좋은 방법이 있어요.」

다비드는 마치 마법 같은 말을 입 밖에 내듯 천천히 말을 잇는다.

「종교예요. 에마슈들은 아직 죽음이 무엇인지 제대로 모르기 때문에 죽음을 두려워하지 않아요. 저들에게 죽음이란 전기 기구를 끄는 것과 같아요. 그냥 〈온〉에서 〈오프〉로 넘어가는 것에 지나지 않아요. 그러니 죽는다고 해도 별로 두려워할 게 없죠.」

대령이 말을 받는다.

「맞아요. 사실 죽음 그 자체는 아무것도 아니에요. 연극적인 요소가 더해져야 비로소 무섭게 느껴지죠.」

왕궁 앞 가로수 길에 운구 행렬이 길게 이어져 있다. 뚜껑이 열린 관이 지나갈 때마다 연도를 메운 백성들 사이에서 벌들이 한꺼번에 윙윙거리는 것 같은 기이한 울음소리가 터져 나온다. 그들 나름대로 집단적인 고통을 표현하고 있는 것이다.

누시아가 묻는다.

「저들을 신앙인으로 만들겠다는 건가요?」

오비츠 대령은 물부리에 담배를 끼우고 불을 붙인 뒤에 몇 차례 연기를 뿜어낸다.

「한번 해볼 만하지 않아요? 그런데 웰스 박사, 종교를 어떻게 창시하는지 아세요?」

다비드는 즉흥적으로 대답한다.

「종교라는 측면에서 보면 현재의 인간 사회는 잡다한 고물들이 뒤죽박죽으로 섞여 있는 고물가게와 같아요. 인간 사회에 존재하는 모든 종교에서 이것저것을 차용하여 에마슈들에게 딱 맞는 종교를 만들면 되지 않겠어요?」

그는 이미 존재하는 종교들을 바탕으로 구성된 패치워크

를 머릿속에 그려 본다.

「사실 내 아이디어는 에마슈들의 에너지를 차단하자는 것이 아니라 에너지를 한 방향으로 모으자는 것입니다. 먼저 이렇게 해보면 어떨까요? 지옥의 개념을 추가해서 죽음에 대한 공포를 불어넣는 겁니다. 죄를 지으면 죽어서 지옥에 간다는 생각을 심어 주자는 것이죠.」

오비츠 대령이 묻는다.

「어떤 지옥 말인가요?」

다비드는 잠시 생각하다가 대답한다.

「에마슈들의 지옥입니다. 물론 지어내야죠. 그리고 이왕할 바에는 천국도 만들어 주는 게 좋을 겁니다.」

누시아가 다시 나선다.

「다비드 말이 맞아요. 우리의 역할을 받아들여야 해요. 우리가 저들을 만들어 냈으니 책임을 져야죠. 우리는 〈신들〉처럼 에마슈들을 이끌어야 해요.」

오비츠 대령이 되받는다.

「신들이라…… 저들을 다신교 신자들로 만들 이유가 있을까요?」

펜테실레이아가 나선다.

「우리 조상들은 다신교를 믿었어요. 원시 종교들을 한번 생각해 보세요. 해와 비, 산, 바람 등이 모두 신앙의 대상이었어요.」

그들은 에마 1세의 관을 눈으로 좇는다. 운구 행렬은 마이크로 랜드를 관통하는 주도로로 나아가고, 군중이 웅성거리는 소리는 점점 커져 아크릴 유리로 된 테라리엄의 벽이 진동한다. 바야흐로 에마슈들의 모든 목소리가 하나로 어우러져 낮은 시 제자리음을 내고 있다.

펜테실레이아가 말을 잇는다.

「나는 비합리적인 것에 빠져들지 않으려고 무진 애를 써 왔고, 평생에 걸쳐 주술사나 종교를 빙자한 사기꾼이나 광신 자나 사이비 종교에 맞서 싸웠어요. 또 영적인 스승을 자처 하는 온갖 종교의 지도자들을 불신해 왔어요. 그런 내가 이 제 와서…….」

그녀는 말끝을 흐리다가 덧붙인다.

「종교를 창시하는 일에 가담하고 있군요. 다른 방법으로 는 해결할 수 없는 문제에 직면했다는 이유로.」

「하지만…….」

하고 자니코 중위가 말끝을 단다.

「인간은 상상의 차원이 없으면 살아갈 수가 없어요. 인간 에게는 신앙의 욕구가 있어요. 진실에 대한 욕구가 약할수록 신앙에 대한 욕구는 커지게 마련이죠.」

「그것도 당신이 좋아하는 머피의 법칙들 가운데 하나인 가요?」

중위는 고개를 가로젓고는 턱으로 자기 아내를 가리킨다. 그녀의 말을 옮겼다는 뜻이다.

오로르가 말한다.

「맞는 말이에요. 내가 보기엔 중위가 문제를 잘 요약했어 요. 우리는 에마슈들이 우선 진리를 추구하도록 만들어야 해 요. 우리가 종교에 의지하는 것은 그런 과제를 포기하는 거 예요.」

에마슈들이 내는 낮은 시 제자리음은 더욱 강해진다. 아 크릴 유리로 된 벽이 흔들린다.

다비드는 자세한 설명이 필요하다고 느낀다.

「우리에게는 선택의 여지가 없어요. 우리는 에마슈들의 사회를 본격적으로 출범시키는 단계에 있어요. 만약 우리가 그 마법 같은 도움을 주지 않는다면, 훨씬 더 많은 폭력이 발생할 염려가 있어요. 원래 종교는 가장 사나운 부족들을 진정시키기 위해 만들어진 겁니다. 종교는 다른 무엇이기에 앞서 질서를 세우고 권력을 안정화하기 위한 도구였어요. 영향을 쉽게 받는 사람들을 좌지우지하기 위한 수단이었죠.」

「어수룩한 사람들을 속이기 위한 수단이었겠지.」

오로르가 그렇게 빈정거렸지만, 다비드는 못 들은 척하고 말을 잇는다.

「인류의 대다수는 무언가를 신앙해요. 사원이나 교회나 신전에 가는 사람들도 있고, 주술사나 점쟁이에게 의지하는 사람들도 있어요. 별점을 읽거나 상상의 존재들에게 기도를 올리는 사람들도 많아요.」

그때 에마슈들이 문득 노래를 멈춘다. 에마 1세의 관이 땅속에 묻혔다. 에마슈들은 일제히 무릎을 꿇는다.

다비드가 목소리에 힘을 준다.

「보세요……. 저들은 신화와 상징을 받아들일 준비가 되어 있어요.」

아닌 게 아니라 에마슈들은 왕의 장례를 치르면서 자기들 나름대로 의식을 창안했다. 오비츠 대령은 놀란 눈으로 그 모습을 바라보다가 묻는다.

「다비드, 인간의 유전자에 저런 행동이 새겨져 있다고 생각해요? 인간에게 언어의 유전자가 있듯이 신앙의 유전자도 있는 걸까요?」

대령은 매혹과 실망을 동시에 느끼는 듯하다.

「좋아요. 그렇다면 우리가 에마슈들의 신들이 됩시다.」

그러자 가장 시큰둥한 태도를 보이던 오로르가 선수를 친다.

「우리의 역할을 나눠야 해요. 나는 사랑과 다산의 신이 되겠어요. 내가 에마슈들의 출생을 관장했으니까, 앞으로도 저들의 생식을 감독하겠어요.」

누시아가 나선다.

「나는 자연의 신이 되겠어요. 나무와 숲에 대한 존중, 약초 사용법, 사냥법, 자연과 동화하는 방법 등을 가르치겠어요.」

펜테실레이아도 한 가지 역할을 자임한다.

「나는 죽음과 지옥의 신을 맡겠어요. 죽음에 이끌리는 성향을 초월에 대한 의지로 승화시켜서, 그런 성향을 가진 자들이 오히려 남들보다 뛰어난 능력을 발휘하도록 이끌겠어요. 또 저들의 장례를 관장하고 저들이 이미 행하고 있는 것을 전례화하겠어요.」

이번에는 다비드의 차례다.

「나는 불과 대장간을 관장하는 기술의 신이 되고 싶어요.」

나탈리아가 묻는다.

「그럼 마르탱 당신은?」

거구의 남자는 잠시 생각하다가 대답한다.

「나는 술과 쾌락의 신이 되고 싶습니다. 그럼으로써 지난번의 실수를 만회할까 해요. 방식은 동일하더라도 지난번처럼 해를 입히는 대신 에마슈들에게 행복을 주도록 노력할게요.」

모두가 미소로 동의한다.

「그럼 대령님은요?」

「나는 전쟁의 신이 되고 싶어요. 그러잖아도 저들에게 군사 훈련을 시켜야 하는 상황이거든요. 우리의 첫째 목표는 저들을 프랑스 공화국의 미니 첩보원으로 만드는 것임을 잊지 마세요.」

그들은 아연 흥분을 느낀다. 매우 흥미진진한 새로운 게임에 동참하는 기분이다.

「자, 에마슈들의 신이 되신 벗님들, 이상으로 천상의 판테온은 다 만들어졌습니다. 이제 남은 일은 새 정부를 세우고 법을 제대로 집행할 줄 아는 진정한 일꾼들을 뽑고…… 지옥이라는 이름에 걸맞은 무언가를 만들어 내야 합니다.」

그때부터 모든 게 일사천리로 진행된다. 먼저 새 왕 에마 2세의 대관식이 거행된다. 의식은 전보다 훨씬 화려하고 웅장하다. 그렇게 대관식에 변화를 준 것은 백성들에게 깊은 인상을 심어 주기 위함이다. 왕은 즉위 연설을 통해 신들에 대한 순종을 서약하고 신들의 법이 세상 만물에 두루 미치게 하겠다는 의지를 표명한다.

그다음으로 경찰과 교도 행정의 인력이 개편된다. 전에 아무렇게나 차출해서 임명했던 경찰관들과 교도관들은 더 의욕적이고 더 건장한 에마슈들로 대체된다. 새로 임명된 경찰관들은 곧바로 에마 1세의 시해범들을 찾아 나선다. 범인들은 창고 근처에서 체포된다. 추위와 배고픔과 미지의 세계에 대한 공포를 견디다 못해 돌아왔다가 붙잡힌 것이다. 새 경찰관들이 마이크로 랜드의 중앙 가로수 길을 통해 범인들을 데려가는 동안, 범인들은 군중에게 인사를 건네고 승리의 신호를 보낸다. 그러면서 벌써부터 다시 범행을 저지르겠다고 공언하고 거인들이 무섭지 않다고 흰소리를 친다. 일부 구경꾼들은 그들에게 지지의 뜻을 표명한다.

범인들은 새 왕 앞에 다다른다. 그녀들 가운데 하나는 무엄하게도 왕의 가슴에 칼을 꽂는 시늉을 해 보인다. 그 모습을 보고 군중 속에 섞여 있던 지지자들이 웃음을 터뜨린다. 경찰관들은 부득이 구경꾼들을 몰아낸다. 살인자들은 다시 공권력에 조롱을 보낸다. 다시 감옥에 갇힌다 해도 쉽게 탈출할 수 있으니 어디 해볼 테면 해보라는 식이다. 그런데 뜻밖에도 근위병들은 범인들을 마이크로 랜드 밖으로 데리고 나간다. 근위병들은 아크릴 유리로 둘러싸인 테라리엄을 벗어나 그들을 거인들에게 넘겨준다.

다비드와 오로르는 고심에 고심을 거듭하여 에마슈들의 지옥을 만들어 냈다. 세 범인은 먼저 연구원 지하층에 마련된 매우 비좁고 빛이 전혀 들지 않는 방에 갇힌다. 오로르는 방 안에 쥐들을 풀어놓는다. 다비드는 적외선 카메라를 이용하여 에마슈들에 대한 쥐들의 행동을 감시한다. 쥐들은 캄캄한 방에 갇힌 세 범인 모두에게 상처를 입히고, 그 가운데 하나를 살해한다.

전등에 불이 들어오고 두 생존자는 다른 방으로 옮겨진다. 그들은 귀를 먹먹하게 하는 소음과 매우 뜨거운 기운에 시달린다. 두 에마슈는 숨이 턱턱 막히는 열기 속에서 엄청난 불안을 느낀다. 그때 그들은 다시 캄캄한 방으로 옮겨지고 쥐들이 나타나 또 한 명을 물어 죽인다. 마지막 생존자는 바로 에마 666이다. 그녀는 용서를 빌고 그런 시련을 다시 겪지 않기 위해서라면 무엇이든 하겠다고 맹세한다. 신들의 뜻을 알았으니 거기에서 나가게 해달라고 애원한다.

하지만 신들은 에마 666의 동기를 더욱 강화시키고 싶어 한다.

펜테실레이아가 한 가지 사실을 일깨워 준다. 고통과 쾌락을 번갈아 가면서 겪을 때 비로소 각각의 진가를 알게 된다는 것이다.

「저 에마슈에게 천국을 경험하게 해줘. 그래야 비교가 가능하거든.」

그 제안에 따라 에마 666은 곧장 안락한 방으로 옮겨진다. 손만 뻗으면 단것과 술이 잡히고 감미로운 음악이 흐르고 그윽한 향기가 감돈다. 그러나 그것도 잠시, 신들은 다시 그녀를 빼내어 지옥에 던져 버린다. 그녀는 어둠 속에서 쥐들과 맞서 싸우고, 귀를 먹먹하게 하는 소음과 숨 막히는 열기에 시달린다.

다비드는 담금질을 떠올린다. 쇠를 이글거리는 불에 달구었다가 찬물 속에 담그듯, 에마 666에게 지옥과 천국을 번갈아 경험하게 함으로써 그녀의 영혼을 단련하고 있다는 생각이 든다.

오로르와 다비드는 겨끔내기로 에마 666을 훈계한다.

「신들에게 복종하기를 거부하면 지옥에 가느니라.」

「신들에게 순종하면 천국에 가느니라.」

「신들에게 해를 끼치면 지옥에 가느니라.」

「신들을 도우면 천국에 가느니라.」

「허락 없이 마이크로 랜드를 벗어나면 지옥에 가느니라.」

「신들의 뜻에 따라 임무를 띠고 떠나면 천국에 가느니라.」

「다른 에마슈를 죽이면 지옥에 가느니라.」

오로르는 신의 역할을 아주 진지하게 수행하고 있다.

「너희가 그릇되게 행동하면 처음엔 감옥에 갇히는 벌을 받는다. 그러나 같은 잘못을 되풀이하면 영원히 지옥에 갇히게 되리라.」

그들은 에마 666이 훈계를 가슴 깊이 새기도록, 다시 몇 분 동안 그녀를 쥐들이 있는 캄캄한 방에 가둬 둔다.

그런 다음 에마 666을 마이크로 랜드로 데려간다.

그녀가 딴판으로 달라졌다는 것은 누가 보기에도 분명하다. 그녀는 더 이상 남을 조롱하지 않는다. 왕을 향해 위협적인 손짓을 보내는 일 따위는 이제 생각할 수도 없다.

그 대신 에마 666은 자기를 보러 오는 호기심 많은 사람들을 모아 놓고 천국과 지옥에 관해서 자기가 알고 있는 것을 전해 준다. 계율을 어긴 자들에게 영벌이 내린다는 것도 알려 준다. 사람들을 설득하려고 애써 긴말을 할 필요도 없다. 눈빛이 그녀 대신 말을 하기 때문이다. 그녀는 자기가 경험한 것을 말할 때마다 몸을 바르르 떨고 경련을 일으킨다. 눈빛은 어두워지고 온몸의 털이 곤두서면서 지독한 공포를 웅변한다.

그러다가 천국 얘기로 옮아가야 비로소 숨을 제대로 쉬고 침착함을 되찾는다. 다비드가 기대했던 대로, 그녀가 가장 위험한 반체제 인물이었다는 사실 때문에 에마슈들은 그녀의 말을 더욱 진실된 것으로 받아들인다. 에마 666은 누구든 듣기를 원하는 자가 있으면 고통과 쾌락의 경험을 들려준다. 같은 얘기를 되풀이하고 그때마다 사람들이 감동하는 것을 보면서, 그녀는 허구적인 요소를 조금씩 가미하여 이야기에 살을 붙여 나간다. 지어낸 이야기도 자꾸 되풀이하다 보면 나중엔 스스로 사실이라 믿게 되는 법이다. 그렇듯이 쥐들은 괴물로 변하고, 뜨거운 기운은 숫제 활활 타오르는 불길로 바뀐다. 공범자들의 죽음은 더없이 고통스러운 형벌로 변하고, 천국의 경험은 너무나 황홀한 것으로 찬미된다.

에마 666은 며칠 내내 군중을 몰고 다니며 자기 경험을 이야기한다. 군중은 갈수록 빽빽하게 모여든다.

그러자 다비드는 그 죄인에게 용서를 베풀고 죄를 완전히 씻어 주는 것에 그치지 말고 그녀를 〈교주〉로 임명하자고 제안한다. 그에 따라 에마 666은 교주의 칭호를 얻고 한 건물을 최초의 사원으로 삼아 전도를 시작한다. 한때 무정부주의적인 도발을 일삼고 왕을 시해하기까지 했던 에마 666이 이제는 신들의 가장 열렬한 종으로 탈바꿈한다.

이로써 두 개의 기둥이 에마슈들의 공동체를 굳건히 떠받치게 된다.

왕 에마 2세는 물리적 질서, 공동체의 위생, 행정 관청 건설, 경찰과 법원의 효율적인 운용, 감옥의 엄중한 관리 등을 보장하고 거인들의 대리자 역할을 충실하게 수행해 나간다.

교주 에마 666은 영적으로 백성들을 다스린다. 죽음에 대한 공포를 신앙으로 승화시키고 장례 의식과 고해를 관장하며 때로는 구마 의식을 행하기도 한다. 최후의 심판에 대한 두려움과 천국에 대한 희망을 바탕으로 백성들에게 도덕을 가르치고, 사원들을 건설하게 한다. 또한 다비드의 도움을 받아, 신들을 숭배하는 방식을 전파한다. 이 가르침에 따르면, 신들을 진정으로 숭배하는 자는 신들을 위해 자기 목숨을 바칠 준비가 되어 있어야 한다. 뛰어난 설교자로 변한 에마 666은 종종 이런 말로 설교를 마무리한다.

「여러분은 신들에게 절대로 〈아니요〉라고 말하면 안 됩니다. 여러분이 언제 어느 때든 즉각 입 밖에 낼 수도 있도록 입술 끝에 달고 있어야 할 말, 그것은 간결하고 아름다운 한 마디, 바로 〈예〉입니다.」

172

백과사전: 신앙

2000년 7월에 미국, 캐나다, 영국, 프랑스 등 네 나라 국민들을 상대로 신앙의 양상을 비교하는 연구가 실시되었다. 동일한 주제에 관한 쉰 건의 설문 조사를 교차 검증한 결과에 따르면, 신, 악마, 외계인, 유령, 사후의 삶을 믿는 사람들의 비율은 다음과 같이 나타났다.

신의 존재를 믿는다

미국	86퍼센트
캐나다	81퍼센트
영국	56퍼센트
프랑스	56퍼센트

악마의 존재를 믿는다

미국	69퍼센트
캐나다	48퍼센트
영국	25퍼센트
프랑스	27퍼센트

외계인의 존재를 믿는다

미국	54퍼센트
캐나다	52퍼센트

영국	51퍼센트
프랑스	48퍼센트

유령의 존재를 믿는다

미국	51퍼센트
캐나다	38퍼센트
영국	38퍼센트
프랑스	13퍼센트

사후의 삶이 있다고 믿는다

미국	26퍼센트
캐나다	29퍼센트
영국	33퍼센트
프랑스	14퍼센트

비이성적인 것이 득세를 하고 있음에도 이런 수치들은 점점 낮아지고 있는 듯하다. 예를 들어 기도를 올리면 바라는 바가 이루어진다고 믿는 프랑스인의 비율이 1994년에는 54퍼센트였는데 2003년에는 46퍼센트로 내려갔다.

또한 별자리가 일상생활에 영향을 미친다고 믿는 프랑스인들의 비율도 같은 기간에 60퍼센트에서 37퍼센트로 떨어졌다. 우리에게 일어나는 일은 눈에 보이지 않는 외부의 힘이 작용한 결과라고 생각하는 사람들의 비율 역시 44퍼센트에서 29퍼센트로 낮아졌다.

에드몽 웰스, 『상대적이며 절대적인 지식의 백과사전』 제7권
(샤를 웰스가 추가한 항목임)

173

마이크로 랜드에 새로 들어선 대사원에서 신자들이 예배를 올린다. 이제 그들의 전례는 완벽하게 틀이 잡혀 있다. 교주 에마 666은 품이 낙낙한 다홍색 법의를 입고 있다. 매우 아름다운 모습이다. 그새 대사제와 사제와 수도자가 다수 생겨났다. 그들은 경쟁이라도 하듯 열렬한 신앙심을 내보인다.

에마 666의 설교는 갈수록 훌륭해지고 있다.

그녀는 완전한 침묵이 깃들기를 기다렸다가 마이크에 대고 설교를 시작한다. 이 마이크는 마이크로 랜드의 모든 스피커에 연결되어 있다.

「한처음에 시원의 알이 있었다. 이 알은 무한한 공허 속에서 부유하고 있었다. 이 시원의 알이 깨지면서 우주가 생겨나고 지구와 신들이 탄생했다. 신들은 오랫동안 무한한 권력을 향유하며 더할 나위 없이 행복하게 살았다. 그러던 어느 날 신들은 그 행복을 누군가와 나누고 싶어 했다. 그리하여 나탈리아신이 일을 주도하는 가운데, 다비드신과 오로르신이 인간을 창조하는 방안을 생각해 냈다. 그들은 자기들의 형상을 따르되 크기를 줄여서 만들기로 하고, 자기들의 살을 조금 취하여 알 속에 넣고 영혼을 불어 넣었다. 그리하여 최초의 에마슈 알이 생겨났다. 이 알에서 최초의 에마슈인 에마 001이 태어났다.」

에마 666은 꼭대기에 금빛 알이 붙어 있는 법장을 머리 위로 들어 올린다. 그러자 모든 신자가 한 목소리로 화답한다.

「에마 1세의 이름을 영원히 거룩하게 하소서.」

「그 뒤에 신들은 에마 1세를 교육하고 농경과 목축과 건축술과 야금술과 전기의 비밀을 전수하였다.」

「크나큰 은혜를 베풀어 주신 신들께 감사하나이다. 저희가 그 은혜를 무엇으로 다 갚으오리까.」

그러더니 모두가 세 거인들 쪽으로 몸을 돌려 머리를 조아린다.

「첫 번째 삼신이신 나탈리아신, 다비드신, 오로르신이시여, 찬미하나이다.」

이어서 그들은 나머지 세 거인을 바라보며 절을 올린다.

「두 번째 삼신이신 펜테실레이아신, 누시아신, 마르탱신이시여, 찬미하나이다.」

국립 농업 연구원의 여섯 사람은 살아 있는 신들의 역할을 천연덕스럽게 수행한다. 다비드는 웃음이 터져 나오려는 것을 꾹꾹 참는다. 종교가 유머와 양립하기 어렵다는 것을 알기 때문이다. 누시아는 그가 웃음을 참느라 애쓰고 있음을 알아차리고 얼른 그의 한쪽 발을 꽉 밟는다. 자기를 숭배하는 의식에 참가하고 있는 신답게 계속 점잖은 표정을 짓고 있으라는 뜻이다.

그 거룩한 순간에 정작 신령스러운 모습을 보이는 쪽은 신들이 아니라 교주 에마 666이다. 신들 앞에 엎드리는 순간 그녀는 거의 흰자위만 보이도록 눈알을 홀딱 뒤집는다. 그러고는 걷잡을 수 없이 몸을 바들거린다. 그녀 스스로 〈참된 이치를 깨달은 자의 격동〉이라고 규정한 상태를 생생하게 보여 주는 것이다.

누시아가 다비드에게 귓속말로 속삭인다.

「어쨌거나 저들은 모두 에마 666이 에마 1세를 살해했다는 사실을 잊어버린 모양이야.」

「지나간 일은 잊어버려야지. 과거사를 자꾸 되새기면 앞으로 나아갈 수가 없잖아.」

그들의 대화를 엿들은 오로르가 끼어든다.

「저 에마슈가 영리한 건 분명해. 자기 피해자를 계속 찬미하고 있으니 말이야.」

「우리 세계에도 비슷한 인물들이 있었어. 예를 들어 히브리어로 사울이라고 하는 타르수스 사람 바오로는 원래 예수의 제자들을 박해하던 사람이었어. 그는 스테파노가 유대교를 공격했다는 이유로 돌에 맞아 죽을 때도 그 박해에 동조했어. 스테파노는 사도들을 도와 제자들의 공동체를 발전시키는 데 크게 기여했던 인물이야. 그런 인물을 죽이는 데 가담했던 사람이 그리스도교의 주춧돌을 놓은 것이지.」

나탈리아는 어깨를 으쓱 치켜올린다.

「신자들이 만족해하고 우리 메시지가 잘 전달되고 있으니 너무 까다롭게 굴지 맙시다. 에마 666이 과거에 죄를 지었다는 것은 문제가 되지 않아요. 용서를 받기 위해서 엄청난 열의를 보이고 있잖아요. 그리고 만약 우리가 에마 666에게 압력을 가하고자 한다면, 그녀가 가장 사악한 범죄를 저질렀다는 사실을 신자들에게 상기시키기만 하면 될 거예요.」

마르탱이 철학자 같은 태도로 덧붙인다.

「그렇듯 범죄들은 잊히고 그 범죄들을 토대로 새로운 세계가 건설되는 것이죠.」

에마슈들은 여전히 그들 앞에 엎드려 있다. 그때 자니코 중위가 티셔츠에 적힌 문장들을 그들에게 보여 준다. 자기 딴에는 그 상황에 들어맞는 머피의 법칙들이라고 생각하는 것이다.

55. 복잡한 문제는 간단하고 알기 쉽게, 틀린 답으로 해결할 수 있다.

56. 사람들은 세 가지 부류로 나뉜다. 셈을 할 줄 아는 사람들과 셈을 할 줄 모르는 사람들로.

57. 종교가 없는 사람은 자전거가 없는 물고기와 같다.

신자들은 여전히 신들을 향해 부복하고 있는데, 정작 신들은 그 문장들을 읽으며 미소를 짓는다.

나탈리아가 일침을 놓는다.

「중위, 지금은 유머를 할 때가 아닙니다. 말로 하는 게 아니고 티셔츠에 써 넣은 문장을 보여 주는 것이라 해도 지금은 곤란해요.」

에마 666이 꼭대기에 알이 붙은 법장을 다시 들어 올린다. 그녀의 눈알은 여전히 희뜩하게 돌아가 있다.

「에마 1세에게 영광을. 에마 2세에게 영광을.」

신자들은 한 목소리로 그 말을 되뇐다. 그러자 왕이 일어서더니 머리를 조아리며 외친다.

「신들께 영광. 신들께서 저희에게 무엇을 이르시든 저희는 언제나 〈예, 예, 예〉라고 대답하겠습니다.」

군중이 박자에 맞춰 화답한다.

「예, 예, 예!」

그 모습을 보며 펜테실레이아가 말한다.

「이제 에마슈들이 정신적으로 단단하게 무장된 것 같은데요.」

오비츠 대령이 말을 받는다.

「마침 잘됐어요. 일이 급하게 돌아가고 있거든요. 에마슈들은 다음 주에 임무를 수행하러 떠나야 해요.」

「그렇게 긴급한 일이 뭔데요?」

「아슈라.」

「그건 시아파 무슬림들의 기념일이잖아요?」

「무슬림들이 못 박힌 채찍으로 스스로를 때리면서 행진하는 때 아닌가요?」

오비츠 대령이 설명한다.

「그들은 자기네 역사의 가장 고통스러운 사건을 기념하기 위해 그런 행사를 여는 겁니다. 680년에 칼리프 야지드가 선지자 무함마드의 후손인 3대 이맘 후세인과 그의 가족이며 추종자들을 학살했어요. 이슬람 권력의 정통성을 둘러싼 경쟁이 대참사로 이어진 것이죠. 아슈라는 바로 그 사건을 재현하는 시아파의 성절입니다.」

오로르가 속삭인다.

「1천3백 년도 더 지난 그 오래된 사건이 우리와 무슨 상관이 있죠?」

「이맘 후세인의 정통성을 계승하고 있다고 자처하는 시아파 무슬림들은 그 학살을 결코 용서하지 않았어요. 그 시아파 무슬림들이 가장 많은 나라가 바로 이란이죠. 정보기관의 내 친구들이 알려 준 바에 따르면, 이란 사람들은 자기들이 새로 개발한 〈영원한 복수 2〉라는 원자 폭탄을 미사일에 실어 수니파의 중심 도시인 리야드를 공격할 거라고 합니다. 정확히 일주일 후에 벌어질 일이에요.」

신들에 대한 경배 의식에 이어 오르간 독주회가 시작된다. 오르간을 열심히 배운 에마슈 하나가 바흐의 토카타를 연주한다.

오로르가 신랄한 어조로 묻는다.

「시아파인 이란 사람들이 수니파인 사우디아라비아 사람들을 공격한다는데, 왜 우리가 그 공격을 막아야 하는 거죠? 이란이나 사우디아라비아나 여자들의 지위가 노예나 다름없기는 마찬가지인데.」

「두 개의 악 중에서 덜 나쁜 쪽을 선택해야죠. 나는 리야드를 구해 주기로 결정했어요.」

오로르는 전혀 납득할 수 없다는 듯 뾰로통한 표정을 짓는다.

누시아는 나탈리아를 거들고 나선다.

「그들은 자기들의 수도를 구한 것이 여자들이라는 사실을 알게 될 것이고, 그러면 아마 여자들에게 고마움을 느낄 거야.」

그러거나 말거나 오비츠 대령은 벌써 다음 단계를 생각하고 있다.

「우리가 최악의 사태를 막으려면, 에마슈 첩보원들을 8백 명이나 선발해야 해요. 그래야 8백 군데의 미사일 발사 기지를 무력화시킬 수 있으니까요. 〈영원한 복수 2〉를 탑재한 미사일이 있는 기지는 한 곳뿐이지만, 그게 어느 기지인지를 모르니까 모든 기지에 첩보원을 보내야 합니다.」

자니코 중위가 묻는다.

「작전명은 정했나요?」

「우리 에마슈들이 타고 갈 비행접시 모양의 항공기를 이스라엘 사람들은 〈반지〉라고 불러요. 그래서 나는 이 작전에 〈반지의 제왕〉이라는 이름을 붙일까 해요. 내가 가장 좋아하는 책들 가운데 하나인 『반지의 제왕』을 염두에 둔 거예요. 따지고 보면 우리 에마슈들은 호빗들과 비슷해요. 세계를 구하기 위해 적진에 침투하는 작은 존재들이죠. 다만 우리가 말하는 반지는 비행접시를 가리킨다는 점이 다를 뿐이죠.」

그러자 오로르가 제안한다.

「더 좋은 이름이 있어요. 〈반지의 여전사들〉이 낫지 않아요? 작전에 참가하는 첩보원들이 모두 여자라는 점을 감안해야죠.」

「좋아요. 〈반지의 여전사들〉로 합시다. 어쨌거나 더 이상 허비할 시간이 없어요. 이 작전을 통해 최악의 사태를 막을 수 있도록 이제부터 모두가 일에 몰두해야 해요.」

대사원의 천장으로 바흐의 음악이 계속 퍼져 간다. 바로 그때 뜻밖의 사달이 벌어진다. 마이크로 랜드의 태양 구실을 하는 커다란 램프의 전구가 갑자기 폭발해 버린 것이다. 즉시 오르간 소리와 노랫소리가 뚝 끊긴다. 자니코 중위는 스마트폰 불빛으로 앞을 비추며 재빨리 테라리엄을 빠져나가더니 사다리와 새 전구를 가지고 돌아온다. 그러더니 소켓에서 깨진 전구를 빼내고 1천 와트짜리 새 전구를 끼운다.

마이크로 랜드의 군중 사이에서 다시 환희의 송가가 솟아나고 대사원의 오르간이 경쾌한 리듬에 맞춰 진동한다.

에마슈들은 훨씬 더 낮은 자세로 엎드려 경배를 올린다. 에마 666은 이것을 또 하나의 계시로 받아들인다.

「기적입니다! 기적이 일어났어요!」

마르탱은 조금 창피스러워하는 기색으로 깨진 전구의 유리 조각들을 줍는다. 에마슈들이 유리 조각에 베이는 것을 막으려는 것이다. 뒤처리가 끝나자 그는 동료들을 향해 속삭인다.

「미안해요. 전구를 진작 갈아 끼웠어야 하는 건데. 하지만 걱정하지 마세요. 에마슈들이 어둠 속에서 지내는 일은 없을 거예요. 스페어 태양들이 많거든요.」

174

또다시 우주 공간에서 위험이 닥쳐왔다.

테이아와 크기가 비슷한 소행성이 시속 7만 킬로미터의 속도로 나를 향해 날아오고 있었다.

나는 즉시 피라미드 속의 샤먼에게 경보를 보냈다. 그러자 인간들은 내 기대를 저버리지 않고 적절한 조치를 취했다.

그들은 새로 건조된 우주선 〈림프구 13호〉를 발사대에 세웠다. 이 우주선은 고도의 훈련을 받은 미니 우주 비행사 일곱 명을 태우고 신세대 원자 폭탄을 실은 채 이륙했다.

나는 불안을 느끼며 우주선의 비행을 지켜보았다. 우주선은 나의 중력권을 벗어나 우주 공간을 날아갔다. 목표는 그 새로운 테이아, 즉 〈테이아 4〉였다.

우주선도 훌륭하고 비행사들도 훌륭했다. 폭탄의 성능도 우수했다.

내가 걱정할 이유는 전혀 없어 보였다.

작전명 〈반지의 여전사들〉

175

먼동이 튼다. 새벽빛에 사막의 모래 언덕들이 모습을 드러낸다. 더러 노란 풀이 무더기를 이루고 있을 뿐 다른 생명의 자취는 보이지 않는다.

비행접시 한 대가 허공을 가른다. 매우 안정된 초저공비행이다. 지평선에서 태양이 솟아오른다. 비행접시는 그 앞을 지나가면서 붉은 타원에 줄 하나를 긋는다. 그 일대에 하나뿐인 오아시스를 따라서 벙커 형태의 커다란 콘크리트 건물 하나가 서 있다. 비행접시는 오아시스의 야자수 그늘에 착륙한다.

조종석을 덮고 있던 투명 반구가 스르륵 올라가더니, 17센티미터 크기의 실루엣이 사다리를 타고 내려와 모래밭에 발을 디딘다.

초록색 실루엣의 머리에는 안테나 두 개가 달려 있다.

비행사는 헬멧을 벗어 안테나와 함께 비행접시의 화물칸에 넣어 둔다. 그런 다음 머리를 흔들어 긴 갈색 머리채를 늘어뜨렸다가 다시 틀어 올려서 끈으로 묶는다. 그러고는 강장 음료가 들어 있는 물병을 챙기고 배낭을 멘다.

에마 109는 비행접시가 거인들의 눈에 띄지 않도록 꼼꼼하게 위장을 한다. 그런 다음 포복으로 목표물에 접근해서 쌍안경을 꺼내 든다.

〈나쁜 거인들〉이 순찰을 돌고 있다. 벽과 쇠살문과 망루들이 보인다.

에마 109는 파견되기 직전에 〈좋은 거인들〉이 일러 준 말을 떠올린다. 〈너희가 거기에서 만나게 될 자들은 신들이 아니다. 그들은 신들의 적이다. 따라서 너희는 그들에게 순종해서도 안 되고 그들을 존중해서도 안 된다. 그들을 공격해도 좋고 죽여도 좋다. 그들에게는 《아니요》라고 말해도 된다.〉

신들은 율법과 종교를 가르치면서 동시에 율법과 종교에 어긋나는 신성한 임무를 지시했다. 젊은 에마 109는 그 모순을 이해하는 데 어려움을 느꼈다. 하지만 그녀는 육체적인 훈련을 받으면서, 특히 최근 며칠 동안 강도 높은 훈련을 받으면서 자신의 행위에 의미가 있음을 깨달았다. 그녀는 누구보다 열심히 훈련에 임했다. 비록 침투 연습에서는 좋은 점수를 받지 못했지만, 비행접시 조종이나 복합 격투술인 크라브 마가에서는 발군의 능력을 발휘했다. 덕분에 8백 명 중에서 훈련 성적이 가장 좋은 열 명 안에 들었다.

그녀는 쌍안경을 배낭에 넣고 모래 언덕 너머로 나아간다. 어렵지 않게 벙커의 콘크리트 벽에 다다르니 좁다란 창문이 하나 보인다. 그녀는 갈고리 달린 밧줄을 던져 벽을 타고 올라간 뒤에 창문 아래에 구멍을 뚫고 건물 안으로 들어간다. 건물 빛깔이 모래와 같은 색깔이어서 모래 언덕이 이어지고 있는 느낌이 든다.

쇠살문 하나가 나타난다. 에마 109는 쇠창살 사이로 문을 통과한다. 그런 다음 지하실로 통하는 통풍구를 찾는다. 문득 나탈리아 신의 말이 뇌리에서 맴돈다. 〈설령 기지가 지하에 있더라도 어딘가에는 거기로 통하는 공기구멍이 있게 마련이야. 그런 구멍이 있어야만 그 안에서 일하는 사람들이 숨을 쉴 수 있거든.〉

아닌 게 아니라 쇠창살을 쳐놓은 구멍이 금방 눈에 띈다. 에마 109는 배낭을 뒤져 알맞은 비트를 골라 끼울 수 있는 전동 드라이버를 꺼낸다. 그런 다음 그것으로 나사를 돌려 보호판을 떼어 내고 도관 속으로 들어간다. 그녀는 엉금엉금 기어서 도관이 아래로 꺾어지는 부분에 다다른다. 이제부터는 수직 통로를 내려가야 하니 빨판이 달린 장비가 필요하다. 그녀는 배낭에서 그 장비를 꺼내어 착용한 다음 정확한 동작으로 빨판을 알루미늄 내벽에 착착 붙이면서 수직 통로를 내려간다. 이제 갈림길이다. 그녀는 두 방향을 놓고 망설인다.

다시금 나탈리아신의 말이 기억에 되살아난다. 〈우리는 너희에 앞서 다른 요원들에게 유사한 임무를 맡긴 적이 있다. 특별한 훈련을 받은 원숭이들을 보내기도 했고 우리가 프로그래밍한 대로 임무를 수행하는 로봇들을 이용하기도 했다. 그런데 둘 다 실패했다. 그들에게는 예상하지 못한 돌발 사태에 대처하는 창의적인 능력이 부족했기 때문이다. 성공의 열쇠는 바로 거기에 있다. 그때그때 처한 상황에 맞춰 즉시 대처해야 한다. 너희의 직관에 귀를 기울여야 하며, 새로운 사태를 침착하게 파악하고 유불리를 재빨리 판단하여 대응 방식을 결정해야 한다. 너희는 무슨 일이 닥치든 상황에 맞게 창의적인 해결책을 찾아낼 수 있는 완벽한 무기가 되어야 한다.〉

에마 109는 계속 나아가서 어떤 방 앞에 다다른다. 방 안에서는 군인들 몇 명이 탁자에 둘러앉아 카드놀이를 하고 있다.

여기가 아니다.

그녀는 빨판을 이용해서 수직 통로를 도로 올라갔다가 다른 쪽으로 내려간다. 드디어 관제실로 보이는 방이 나타난다. 통풍구의 쇠창살 너머로 계기판과 모니터, 그리고 갖가지 기계 장치들을 마주하고 있는 흰 가운 차림의 거인들이 보인다. 그녀는 나탈리아신의 지시를 떠올린다. 〈전산 시스템의 핵심 장비가 있는 곳을 찾아내서 거기에 폭탄을 설치해야 한다.〉 그녀는 통풍구에서 내려가 몇 개의 방을 뒤진 끝에 신이 묘사한 것과 비슷한 장소에 다다른다.

그녀는 배낭에 들어 있던 폭탄을 전산 장비로 가득 찬 붙박이장의 안쪽에 설치한다. 그녀가 익히 알고 있는 대로 그 폭탄의 파괴력은 엄청날 것이다. 그 지하 기지처럼 폐쇄된 장소에서는 더더욱 그러할 것이다.

겁을 먹으면 안 된다. 저들은 거인이지만 신들의 적이 아닌가.

그녀는 시한폭탄의 타이머를 작동시킨다.

우려했던 것에 비하면 일이 한결 수월하다는 생각이 든다. 이런 임무를 수행하는 데는 키가 작다는 게 정말 큰 도움이 된다. 동작이 느린 거인들 사이에서 마음대로 움직일 수 있으니 말이다. 에마 109는 마지막으로 한 번 더 폭탄에 눈길을 던지고 타이머의 숫자들이 바뀌는 것을 지켜본다. 이제 전속력으로 여기에서 멀어져야 한다.

176

우주선 〈림프구 13호〉는 소행성 〈테이아 4〉에 착륙했다.

미니 비행사들은 우주복 차림으로 우주선에서 나와 장비를 설치했다. 그런 다음 바닥에 구멍을 뚫고 암석 깊숙한 곳에 폭탄을 설치했다.

나는 그들의 비디오카메라를 통해서 그들의 움직임을 지켜보고 있었다. 그런데 문득 불길한 예감이 들었다.

나는 그들이 너무 들떠 있다고 생각했다.

177

에마 109는 환기 통로를 통해 잠입했던 방으로 돌아간다. 그런데 갑자기 한 가지 문제가 닥친다.

한 거인의 무릎에 올라앉아 있던 동물이 그녀를 발견하고 뛰어내린다.

그녀는 그 동물이 거인들과 다르다는 것을 즉시 알아차린다. 거인들은 느리고 둔하고 데퉁맞지만, 그 동물은 사뿐하고 민첩하다. 책에서 본 적이 있는 동물이다. 사진으로 본 것과 모습이 똑같다. 저 동물을 뭐라고 부르더라? 그래, 고양이다.

그녀는 그런 괴물을 가까이에서 본 적이 없다. 직감하건대 냉혹한 적이다.

고양이는 야옹 소리도 내지 않고 그녀에게 덤벼든다.

에마 109로서는 미처 통풍구로 숨어들 틈이 없다. 바로 그런 문제를 해결할 때 쓰려고 마취용 화살을 쏘는 쇠뇌를 가져왔건만 그것을 꺼낼 새도 없다. 나탈리아신의 목소리가 뇌리에서 맴돈다. 〈뜻밖의 난관이 닥치더라도 당황하지 말고

직감이 시키는 대로 해결책을 찾아라. 너희가 로봇이나 원숭이보다 우월한 점이 바로 거기에 있다.〉

발톱을 바짝 세운 발 하나가 그녀를 스친다.

시한폭탄의 카운트다운이 시작되었으므로 그녀는 정확하게 12분 내에 이곳을 벗어나야 한다.

고양이는 털이 부스스한 발로 다시 그녀를 공격한다. 이번에는 공격이 빗나가지 않았다. 에마 109는 뒤로 벌러덩 나자빠진다. 다행히 배낭을 메고 있어서 충격은 별로 크지 않다. 그녀는 다시 일어나 놈과 맞선다. 고양이가 이빨을 드러내며 아르렁거린다. 금방이라도 물어뜯을 기세다. 하지만 장난치기를 좋아하는 고양이의 본능 덕에 그녀는 목숨을 구한다.

고양이는 심심하던 차에 좋은 놀잇감이 생겼다 싶었는지, 에마 109를 당장 죽이려 들지는 않는다. 죽이기 전에 괴롭히면서 재미를 보자는 심산인 듯하다. 놈은 날카로운 발톱으로 에마슈의 옷에 흠집을 낸다.

에마 109는 달음박질을 친다. 놈을 따돌렸는가 했더니 다시 놈의 앞발이 날아든다. 그녀는 앞으로 고꾸라진다.

당장 무슨 수를 내야 해. 주변 환경을 이용하자. 에마 109는 속으로 그렇게 되뇐다. 옆방에서 시한폭탄의 타이머가 계속 돌아가고 있으니 더 꾸물거릴 수가 없다.

에마 109는 자신의 강점과 약점을 저울질해 본다. 그녀는 고양이보다 느리다. 그 대신 고양이에게 없는 손이 있다. 드디어 한 가지 방책이 떠오른다. 커튼을 타고 올라가는 것, 양손에 칼을 들고 그것들을 갈고리처럼 사용해서 커튼을 푹푹 찌르며 올라가자는 것이다. 그녀는 두 팔의 힘으로 커튼 꼭

대기까지 올라간다.

고양이는 즉시 발톱을 세우고 그녀를 따라 기어오른다.

꼭대기에 다다른 에마 109는 아슬아슬하게 균형을 잡으며 구리로 된 커튼 봉 위로 나아간다. 고양이는 그런 곡예에 동참할 엄두가 나지 않는지 커튼 봉에 올라앉은 채로 그녀 쪽으로 앞다리만 내젓는다. 하지만 그녀는 벌써 건너편 커튼으로 몸을 날려 칼로 커튼 천을 가르면서 도로 내려간다.

이번에는 고양이가 그녀를 뒤쫓지 않는다. 그녀가 짐작했던 대로다. 자연의 기이한 장난으로 고양이의 발톱은 올라가는 데는 쓸모가 있지만 내려가는 데는 도움이 되지 않는다. 커튼을 타고 내려갈 수 없다면 뛰어내리는 방법이 있지만, 고양이는 엄두를 내지 못한다. 너무 높은 곳에 올라앉아 있기 때문이다. 그래서 고양이는 도움을 청하기 위해 아주 큰 소리로 울어 댈 뿐이다.

에마 109는 통풍구로 들어가서 빨판을 이용해 수직 통로를 올라간다. 온몸에 땀이 흥건하고 이미 녹초가 된 상태이지만 그녀는 꾸물거릴 시간이 없다는 것을 알고 있다. 시한폭탄의 카운트다운이 한참 진행되었을 게 분명하다.

178

백과사전: 오스만 제국의 하렘

하렘은 금단 구역이나 성스러운 장소를 뜻하는 아랍어 하람에서 나온 말이다. 어원 그대로 오스만 제국 시대에 하렘은 더없이 은밀한 장소였다. 하렘은 궁궐들의 내부에 건설되어 있었고, 못이 딸린 정원이며 목욕탕이며 침소들을 갖추고 있었다. 황제의 여러 하렘에 거주하던 여자들의 수는 보통 4백 명에 달했고, 환관 수십 명이 그녀들을 감독했다.

하렘은 호화스러운 감옥이었다. 오스만 제국이 침략한 나라들, 특히 슬라브족의 나라들에서 납치되어 온 젊고 아름다운 여인들, 그리고 배를 타고 여행하다가 해적들에게 잡힌 뒤에 노예 시장에서 팔려 온 젊은 여자들이 거기에 갇혀 있었다(무슬림 여자들을 노예로 삼는 것은 금지되어 있었으므로, 튀르키예인들은 다른 종교를 믿는 여자들만 납치했다). 창살은 금빛으로 반짝이고 장식은 매우 세련되고 산해진미가 제공되기는 했지만, 하렘은 진짜 감옥이었다. 창문들이 북쪽으로 나 있어서 여자들은 해를 볼 수도 없고 시간의 흐름을 감지할 수도 없었다. 바깥 세상에서 들려오는 소리는 분수의 요란한 물소리에 묻혔다.

하렘의 기능은 황제의 대를 이어 주는 것이었다. 황제는 손수건을 던져 밤에 잠자리를 같이 할 여자를 골랐다. 그렇게 선택된 여자들은 손수건을 집어 들고 황제의 침소로 들어갔다. 하렘의 여자들을 가리키는 프랑스어 오달리스크는 〈침소의 여자〉를 뜻하는 튀르키예어 오달리크에서 나온 것이다.

낮이면 하렘의 여자들은 황제의 눈에 들기를 기대하면서 서로 경쟁을 벌였다. 황제의 총애를 얻고 그럼으로써 아들을 낳을 수 있는 기회를 얻기 위함이었다. 황제는 질병이나 사망으로 대가 끊기는 것을 우려하여 되도록 많은 아들을 얻고 싶어 했다.

황제의 총희들은 서로 아들을 먼저 낳으려고 경쟁했다. 장자가 황위를 계승하도록 되어 있었기 때문이다.

황자들은 하렘에 인접한 전각에 모여 살았다. 〈황금 새장〉이라 불리던 이 전각은 호화롭지만 감옥이나 다름없다는 점에서 작은 하렘이라 할 만했다. 보통 하렘의 여자들이 4백 명이라면 황자들은 쉰 명 정도가 있었다.

황제가 죽으면 장자가 그 뒤를 이어 황위에 올랐고, 그의 동생들과 이복동생들은 모두 죽임을 당했다. 환관들이 비단 끈으로 그들의 목을 졸라 죽이는 것이 관행이었다. 이는 황위를 찬탈하려는 기도를 사전에 봉쇄하기 위한 제도였다. 새 황제가 즉위하면, 모후로 바뀐 그의 어머니에게는 하렘의 다른 여자들과 구별되는 특권적인 지위가 부여되었다.

사정이 이러했기 때문에 황제의 총희들은 경쟁자들의 아들을 죽이기 위해, 또는 황제와 황태자를 동시에 살해하여 자기 아들을 황제로 만들기 위해 끊임없이 음모를 꾸미고 암투를 벌였다.

황자들 역시 형제들에 대한 증오와 공포 속에서 살았고, 그 때문에 편집증 환자가 되거나 완전히 미쳐 버리는 경우도 더러 있었다. 〈황금 새장〉에서 그들을 만나는 것이 허락되어 있던 어머니들은 아들들의 사기를 북돋우고 경쟁자들을 제거하는 데 필요한 칼과 독약을 제공해 주었다.

하렘과 〈황금 새장〉 내부의 경찰 노릇을 하던 환관들은 그런 폭력과 증오의 수위를 낮추기 위해 노력했다. 이 환관들은 주로 소년기에 에티오피아에서 납치되어 온 흑인들이었다. 납치자들은 소년들을 환관으로 만들기 위해 음경과 고환을 완전히 잘라 내고 그 자리에 소변을 보는 데 필요한 대롱을 달았다. 그런 거세 시술을 받은 사람들 가운데 80퍼센트는 얼마 지나지 않아 죽었다. 대개는 제대로 배출되지 않는 오줌의 독이 퍼져서 죽었다고 한다. 살아남은 사람들은 카이로의 노예 시장에서 매매되었다.

1908년 청년 튀르크당의 혁명이 일어나고 이듬해에 황제 압뒬하미트 2세가 궁궐에서 쫓겨났다. 그때 톱카피 궁전에 딸린 하렘의 문이 열리고, 15세에서 50세에 이르는 여자들 수백 명이 그 안에서 세상과 완전히 단절된 채 살고 있었다는 사실이 드러났다. 그런데 그녀들 가운데 대다수는 노예 상태에서 해방시켜 준다고 하는데도 하렘을 떠나고 싶어 하지 않았다. 바깥세상의 삶이 훨씬 괴로우리라 생각한 것이었다.

에드몽 웰스, 『상대적이며 절대적인 지식의 백과사전』 제7권

179

미니 우주 비행사들은 소행성 〈테이아 4〉의 표면에 깊은 구멍을 내고 원자 폭탄을 설치하는 데 성공했다.

이어서 그들은 우주선에 다시 올라타 원격 폭파 장치를 작동시켰다.

곧 폭발이 일어나고 주위의 모든 것이 산산이 부서졌다.

〈테이아 4〉가 해체되는 순간이었다.

우주선은 이미 이륙하여 멀어진 뒤였다. 그런데 우주 공간으로 날아간 암석 덩어리 하나가 우주선과 충돌했다. 우주선은 박살이 나고 말았다.

소행성 〈테이아 4〉의 다른 잔해들은 나의 대기권으로 진입하여 불탔다. 별똥들이 한꺼번에 떨어지면서 화려한 불꽃놀이가 펼쳐졌다.

180

동체에 페르시아어로 〈영원한 복수 2〉라는 이름이 적힌 핵탄두 미사일의 로켓 엔진이 점화된다. 곧이어 불꽃과 연기가 돌풍처럼 이는 가운데, 미사일이 발사관 위로 솟구쳐 하늘 높이 올라간다. 미리 입력된 목표 지점인 리야드를 향해 날아가는 것이다.

미사일의 고도가 점점 높아진다.

에마 109는 곧 벌어질 장면을 촬영하기 위해 배낭에서 작은 카메라를 꺼낸다. 그런 다음 렌즈를 통해 미사일을 올려다본다. 미사일은 하늘로 올라가다가 남서쪽으로 방향을 틀어 계속 나아간다. 그때 갑자기 지하 발사 기지가 폭발한다.

에마 109는 재빨리 바닥에 납작 엎드린다. 노란색과 붉은

색 빛이 번쩍이더니 사막의 한 귀퉁이가 화염에 휩싸인다. 젊은 첩보원은 다시 카메라를 들어 미사일을 확인한다. 발사 기지의 유도가 중단되자 미사일은 더 나아가기를 중단하고 공중에서 맴을 돌다가 사막으로 떨어진다.

에마 109는 안도의 한숨을 내쉬며 제풀에 소리친다.

「임무 완수!」

181

「오로르의 어법을 빌리자면, 좋은 소식 하나와 나쁜 소식 하나가 있어요.」

다른 사람들은 궁금증을 느끼며 나탈리아의 다음 말을 기다린다.

「좋은 소식은 우리 에마슈들이 8백 군데의 발사 기지를 무력화시켰다는 거예요. 한 기지에서 쏘아 올린 미사일은 사막에 도로 떨어졌고요.」

모두의 얼굴에 안도와 기쁨의 기색이 어린다.

나탈리아는 USB 플래시 드라이브 하나를 꺼낸다. 화면 하나에 불이 들어온다.

「자 바로 이것이 비행 중에 멈춰 버린 그 미사일의 영상입니다. 미국인들이 첩보 위성을 이용해서 모든 것을 촬영했어요.」

그런데 막상 영상을 보니, 그저 하얀 점 하나가 지표에서 솟아올라 빠르게 움직이다가 갑자기 정지하는 것만 보일 뿐이다.

다비드가 긴가민가하며 묻는다.

「저게 핵탄두 미사일 맞아요?」

「그래요, 〈영원한 복수 2〉가 맞아요.」

펜테실레이아가 탄식한다.

「저런 거 만들 돈을 도로나 병원이나 학교에 투자할 수도 있었으련만.」

자니코 중위가 말을 받는다.

「그들은 바보가 아니에요. 대학생들이나 교육받은 사람들이 많아지면 많아질수록 반란의 위험성이 높아질 거예요. 편하게 권력을 유지하고 싶다면 교육보다는 군대에 투자하는 게 낫죠.」

다비드가 묻는다.

「그런데 나쁜 소식은 뭔가요?」

「그게 그러니까…….」

화상 전화기가 울린다. 나탈리아가 화면을 켜자 스타니슬라스 드루앵 대통령의 얼굴이 나타난다.

「아, 나탈리아. 팀원들과 함께 있군요. 우리 둘이서만 통화할 수 있을까요?」

「이들이 있는 데서 말씀하셔도 됩니다, 대통령님. 처음부터 프로젝트를 함께 진행해 온 사람들이라서 저는 이들에게 아무것도 숨길 것이 없습니다.」

「좋아요. 당신이 알았으면 해서 하는 말인데, 나는 당신이 성공하리라고 줄곧 확신했어요.」

「감사합니다, 대통령님.」

「나탈리아, 당신도 나와 같은 생각이겠지만, 이 작전은…… 아참, 작전명이 뭐라고 했지요?」

「〈반지의 여전사들〉입니다.」

「그래, 그거였지. 아무튼 이 작전은 계속 극비에 부쳐야 해요.」

「물론입니다, 대통령님.」

「그건 그렇고, 이번 성과를 고려해서 그 팀의 연구 개발비를 당연히 늘려 주어야 한다는 생각이 들더군요.」

「사실 에마슈들에게 더 넓은 건물을 지어 주고 싶긴 합니다만.」

다비드는 나탈리아를 거드는 게 좋겠다 싶어 말을 보탠다.

「그리고 상하수도와 전기 시설도 개선했으면 합니다. 현재 에마슈들은 중세 시대와 비슷한 환경에서 살고 있습니다.」

대통령은 처음으로 팀원들의 면면을 확인한다.

「아, 대령의 친구들도 당신만큼이나 창의성이 풍부하고 의욕적인 것 같군요. 좋아요, 우리 비자금을 헐어서라도 그런 것들을 개선할 수 있도록 해주겠어요.」

그는 화면을 정면으로 바라보며 말을 잇는다.

「진지하게 한마디 더 하자면, 이번 작전이 성공한 덕에 국제 관계에 결정적인 변화가 생겼어요. 여러분 모두 아주 훌륭한 일을 해냈어요.」

나탈리아는 화면을 끈다. 그런 다음 담배를 한 모금 빨았다가 아주 천천히 연기를 뱉어낸다.

「성공이 낯설어요. 늘 실패를 각오하고 있어서 그런가 봐요. 막상 성공하고 나니까 조금 얼떨떨해요.」

「그런데 〈나쁜 소식〉이 있다고 해놓고는 아직 알려 주시지 않았어요, 대령님.」

「음…… 나쁜 소식은 없어요.」

마르탱은 그녀를 번쩍 안아서 그녀의 얼굴을 자기 얼굴 쪽으로 접근시킨다.

「고마워요, 나탈리아.」

그러고 보니 마르탱이 오늘은 머피의 법칙들이 적힌 티셔츠를 입지 않고 있다.

그가 말을 잇는다.

「이 모든 것이 당신 덕분이에요.」

나탈리아는 그와 다정하게 키스를 나눈다. 다비드는 누시아의 손을 잡고, 오로르는 펜테실레이아의 손을 잡는다.

나탈리아가 고백한다.

「이제 이런 말을 해도 되겠네요. 사실 나는 마지막 순간까지 일이 틀어질 거라고 생각했어요.」

오로르가 제안한다.

「샴페인 마실까요? 여러분이 원하신다면, 성공을 자축하는 뜻에서 저녁에 카술레를 대접하겠어요.」

나탈리아가 다시 말한다.

「먼저 이 기쁜 소식을 마이크로 랜드의 에마슈들에게 알려 주어야겠어요. 우리가 요구하는 대로 애를 많이 썼으니까 그들도 기쁨을 누릴 권리가 있어요.」

그녀의 스마트폰이 진동하기 시작한다. 그녀는 메시지를 읽는다. 갑자기 얼굴에 그늘이 진다.

「결국 나쁜 소식이 오네요. 비행접시 8백 대가 레바논 앞바다에 있는 프랑스 잠수정 〈르 비질랑〉호에 재집결하도록 되어 있었는데, 그 가운데 두 대가 오지 않았답니다. 에마 523과 에마 109에게 사고가 생긴 모양이에요. GPS 교신도 완전히 끊겼고, 음성이나 영상을 통한 연락도 두절되었답니다.」

모두의 얼굴에서 웃음기가 싹 가신다.

자니코 중위는 긴장을 누그러뜨리려 애쓴다.

「군사 작전에는 손실이 따르게 마련이에요. 20퍼센트의 손실도 그런대로 괜찮은 편인데, 우리의 손실은 그보다 훨씬 적어요.」

나탈리아는 조금 생각하다가 말끝을 단다.

「어쨌거나 우리는 대승을 거두었다고 볼 수 있어요. 나는 우리가 리야드를 구했을 뿐만 아니라 제3차 세계 대전을 막았다고 생각해요. 에마 523과 에마 109가 희생되기는 했지만, 그들의 희생은 결코 헛되지 않았어요.」

그러고는 자리에서 일어나 샴페인병을 가지러 간다.

「술과 간단한 요리와 음악을 준비할게요. 오로르, 미안하지만 카술레는 다음으로 미뤄야겠어요. 파스타를 먹는 것으로 만족하자고요. 배가 너무 고프거든요. 이제 보상과 축제의 시간을 가집시다! 우리는 멋지게 해냈어요! 우리는 인류의 어리석은 한 무리를 구해 주었어요. 이제 그들이 무엇을 하든 내가 알 바 아니에요.」

그녀는 스마트폰을 들어 무음 모드로 바꿔 놓는다. 다른 사람들도 따라 한다. 그녀는 내친김에 유선 화상 전화기의 코드도 뽑아 버린다.

「이제부터 세상이 무너지든 말든 신경 쓰지 맙시다. 우리는 세상을 구하기 위해 우리 몫을 다 했으니까.」

그녀는 샴페인병을 집어 병마개를 딴 뒤에 소리친다.

「오늘 밤에는 모두가 완전히 취하도록 마셔 봅시다!」

오로르와 다비드는 깜짝 놀라며 서로 바라본다. 규율에 얽매여 엄격한 태도로 일관해 온 나탈리아가 그런 제안을 한다는 게 신기한 것이다. 다비드가 보기엔 이 또한 인격의 역설이다. 그는 술잔을 들면서 생각한다. 만약 아버지와 어머니가 살아 계셨더라면 자기를 자랑스러워하셨으리라고.

182

소행성 〈테이아 4〉는 파괴되었다. 임무를 마치고 귀환하려던 우주선도 산산이 부서졌다. 그 뒤에 뜻하지 않은 사건이 벌어졌다.

인간들이 그 작전의 성공을 축하하고 있던 때에, 장차 우주 비행사가 되기 위해 항공 우주 연구원에서 교육을 받고 있던 미니 인간들은 동료들의 죽음에 큰 충격을 받았다. 그들이 보기에 거인들은 안전 조치에 신경을 쓰지 않고 미니 비행사들을 사지로 보냈다.

하지만 그들은 대놓고 불평을 하거나 개선을 요구하지도 않았다. 한 주동자가 그들을 이끌었다. 그는 미니 인간들의 목숨을 하찮게 여기는 거인들의 태도에 관해서 한바탕 연설을 하고, 그들에게 항공 우주 연구원에서 도망치자고 제안했다. 장차 그들 역시 우주로 보내져 그토록 비참한 최후를 맞지 않으려면 탈출하는 게 상책이라는 것이었다.

반란을 주도한 그 미니 인간의 이름은 길가메시였다. 그는 예순세 명의 동료들을 설득하는 데 성공했다. 그들은 훈련 센터에서 도망치는 것에 그치지 않고 아예 배를 타고 섬을 떠나기로 결정했다.

인간들은 축제 분위기에 흠뻑 젖어 있던 터라 아무도 그들의 탈주에 관심을 두지 않았다. 그러다가 이틀이 지나서야 그들이 사라졌음을 확인했다. 예순네 명의 미니 인간들은 이미 배를 타고 떠나 먼 땅의 해안에 도착한 뒤였다.

나는 그 뜻하지 않은 말썽에 화가 났다.

그래서 샤먼에게 메시지를 보냈지만, 샤먼은 미니 인간들이 멀리 가지 못할 거라고 대답했다. 두려움과 배고픔을 견디지 못하고 돌아오거나 맹수들에게 잡아먹히리라는 것이었다.

그러면서 샤먼은 〈충성스러운〉 미니 우주 비행사들이 아직 스무 명쯤 남아 있고, 생물학자들이 미니 인간들을 얼마든지 만들어 낼 수 있다는 점을 나에게 상기시켰다.

〈테이아 4〉의 잔재들로 이루어진 유성우는 며칠 내내 밤하늘을 화려하게 수놓았다. 나는 길가메시 일당에 대한 분노를 누그러뜨리고 미션에 성공한 것을 자축하기에 이르렀다. 내가 수천만 년, 아니 수억 년 전부터 희구해 온 일이 이루어졌으니 어찌 기쁘지 않았으랴.

나는 생명을 창조했다.

나는 생명을 진화시켰고, 그에 따라 형태와 지능이 각기 다른 무수한 종들이 출현했다.

나는 가장 우수한 종들을 선택하여 교육을 시켰다. 그러면서 멀리 여행하고 빠르게 파괴하기 위한 첨단 기술을 전수했다.

나는 그들을 감독했다. 그들이 실패할 때는 벌을 내리고 성공할 때는 상을 주었다.

183

작은 비행접시가 물결을 스치며 날아간다.

조종석에는 에마 109가 앉아 있다.

그녀는 작전 지역을 빠져나와 되도록 수면 가까이로 비행접시를 조종해 간다. 레이더에 걸리는 것을 피하기 위함이다.

그때 갑자기 무언가가 비행접시를 향해 펄쩍 뛰어오른다. 돌고래다. 소형 항공기를 날치로 혼동한 것이다. 돌고래는 주둥이로 비행접시를 잡으려고 한다. 에마 109는 반사적으로 고도를 재빨리 높인다. 하지만 돌고래의 뾰족한 주둥이가 항공기의 끄트머리를 때린다. 에마 109는 피해를 확인한다. 통신 구역이 파괴되어 GPS 수신기와 무선 음성 영상 시스템이 고장나 버렸다. 이제 자신의 위치를 알 수도 없고 프랑스 잠수함 르 비질랑호와 교신할 수도 없다. 그저 육안으로 자기가 어디에 있는지를 알아내야 한다.

다행히 바람이 불지 않고 물결이 잔잔하다. 하지만 사방을 아무리 둘러봐도 무엇 하나 눈에 띄지 않는다. 눈길이 먼 수평선에 닿도록 배 한 척, 바위섬 하나 보이지 않는다. 육지에서 멀리 떨어진 난바다 위를 정처 없이 날고 있는 것이다. 르 비질랑호에 재집결하기로 되어 있는데, 그 잠수함을 다시 찾아내기는 이미 글러 버린 듯하다.

주위 세계가 너무나 광활하다. 낭패감이 밀려온다.

전자 장비의 일부가 손상되었음에도 비행접시를 조종하는 데는 아무 문제가 없다. 그나마 다행스러운 일이다.

비행접시는 수면 위 몇십 센티미터 높이로 빠르게 나아간다. 하늘이 어두워진다. 에마 109는 전조등을 켠다. 그러자 커다란 물고기들이 비행접시 주위의 수면으로 몰려든다. 그녀는 수중 괴물이 솟아올라 비행접시를 덥석 물어 버리는 사태를 피하기 위해 고도를 조금 높이고, 조금 전에 태양을 삼켜 버린 서쪽 수평선을 향해 날아간다.

기력을 보충해야 한다는 느낌이 든다. 에마 109는 에너지 시리얼바를 먹고 나서 조종 모드를 자동으로 바꾸고 조종석에 편하게 등을 기댄다. 투명한 둥근 천장 너머로 별들이 보인다. 그녀는 긴 한숨을 내쉬고 눈을 감는다. 낮에 겪은 일들이 하나둘 눈앞을 스친다. 벙커 근처의 모래벌판에 착륙하던 장면이며 제복을 입은 거인들의 눈을 피해 관제실에 폭탄을 설치하던 일이 눈에 선하다.

커튼 봉 위까지 끈질기게 추격해 오던 무시무시한 고양이. 환기 시설을 이용한 폭발 직전의 아슬아슬한 도주. 이륙하는 미사일. 폭발하는 발사 기지. 단순한 고철 관(管)처럼 도로 떨어지는 미사일.

나는 해냈어.

그녀는 다시 비행접시에 올라타고 작전 지역을 빠져나온 일과 수면 위로 솟구치던 돌고래의 모습을 다시 떠올린다.

문득 마이크로 랜드가 그리워진다.

나의 자매들과 형제들이 있는 그곳으로 돌아가야 한다. 신들을 다시 만나야 한다. 내가 가장 좋아하는 신은 단연 마르탱이다. 그는 신들 가운데 가장 크다. 거인 중의 거인이라고나 할까…….

눈꺼풀이 점점 무거워진다.

그녀는 마이크로 랜드의 에마슈들을 생각한다. 모두가 처음으로 술을 마시고 취했던 날, 그녀는 피가 뜨거워지는 느낌과 함께 모든 것이 허용되어 있는 기분을 느꼈다. 마음껏 깔깔거리면서 한바탕 신나게 놀고 싶었다. 그래서 자매들이 모두 그랬듯이 감정과 욕구를 거리낌 없이 발산했다. 호르몬이 깨어나고 흥분이 고조되자 일부 자매들은 매력적인 남자들에게 덤벼들었다. 하지만 에마 109는 그런 자매들의 무리에 끼고 싶지 않았다.

여자 열 명에 남자가 한 명꼴이니, 선택권은 당연히 남자들에게 있었다.

모두가 취해 있던 그 몇 시간 동안, 일부 에마들은 아메데들과 성행위를 했다. 에마 109는 그 광경을 보면서 부러움을 느꼈다. 그녀는 다른 자매들도 보았다. 술을 이기지 못해서 토악질을 하는 여자들도 있었고, 까닭 없이 서로 싸우는 여자들도 있었다.

처음에 우리 세계는 조용하고 질서 정연했어. 그러다가 저수통의 물이 술로 바뀌면서 하루 사이에 혼란스럽게 변해 버렸어. 사람들이 죽자 신들이 분노했고 종교가 생겨났어. 그 뒤로 모든 게 달라졌지.

그녀는 눈을 뜨고 별들을 올려다본다.

나는 누구인가?

나는 왜 존재하는가?

우리 민족은 누구인가?

우리 도시는 왜 투명한 유리 정육면체 안에 갇혀 있는가?

에마 109는 마이크로 랜드가 안정을 되찾았던 시기를 회상한다. 저마다 자기가 중요하다고 생각하는 일을 이루어 내기 위해 애쓰던 그 시기를 그녀는 무척 좋아했다.

그 뒤에 첩보원이 되기 위한 훈련을 받았고, 비행접시 조종법을 배웠다. 그때 비행접시를 조종하면서 얼마나 큰 기쁨을 느꼈던가.

그녀는 모든 첩보원이 잠수함 르 비질랑호에 탑승하던 그 순간을 생생히 기억한다.

우리 8백 명의 첩보원들이 참가한 이 작전의 이름이 뭐였더라? 아 그래, 〈반지의 여전사들〉이었지. 다른 첩보원들은 어떻게 되었을까? 그녀들 역시 모두 성공했을까? 그거야 두고 보면 알겠지. 지금은 그저 내가 아직 살아 있다는 사실이 중요해.

눈이 다시 스르르 감긴다. 에마 109는 머리를 조금 뒤로 젖힌 채 잠에 빠져든다. 낮에 겪은 모든 장면이 머릿속에서 뒤섞인다. 그러는 동안 비행접시는 잔잔한 물결 위를 활공한다.

184

백과사전: 인류가 진화하는 방식

인류의 역사를 전체적으로 조망해 보면, 인류가 3보 전진과 2보 후퇴를 반복하면서 진화하고 있음을 알 수 있다. 인류는 문명의 더 높은 단계를 지향하며 나아가다가 어느 단계에 도달하면 갑자기 걸음을 멈추고 뒤로 돌아간다. 그런 다음 얼마간 세월이 흐른 뒤에 다시 앞으로 나아간다.

예를 들어 로마 문명은 그리스 문명을 개선하고 구체화하면서 발전해 간다. 그리스의 정치적 원리(민주주의, 공화제)와 과학(천문학, 기하학, 의술, 건축)을 계승하고, 그리스의 종교와 언어에서도 많은 것을 모방하고 차용한다.

로마 제국의 세력은 갈수록 커진다. 지중해 연안은 물론이고 스코틀랜드에서 사하라까지, 브르타뉴에서 슬라브족의 나라들까지 영토를 넓혀 간다. 또한 기술, 건축, 문학, 법학, 의학 등의 영역에서도 괄목할 만한 발전을 이룬다.

그러다가 500년경 발전이 중단되고 내리막길을 걷기 시작한다. 야만족들이 모든 국경을 위협한다. 북쪽에서는 앵글로색슨족과 픽트족과 바이킹들이, 동쪽에서는 동고트족과 서고트족과 훈족이, 남쪽에서는 사라센인들과 무어인들이 로마 제국을 잠식해 들어온다.

유럽은 다시 혼란 속으로 빠져든다. 약탈이 횡행하고 기아와 전염병이 퍼져 나가고 광신과 폭력이 제국의 질서를 대신한다.

사고방식의 진화가 끊긴 흐름을 다시 이어 가기 위해서는 그 뒤로 1천 년을 기다려야 한다. 인간성 해방의 기치를 내걸고 문화 혁신 운동을 주도한 예술가들은 그 운동이 고대 그리스 로마 문명과 연결되어 있음을 의식하고 〈르네상스〉라는 이름을 사용한다. 사실 이 시대에는 가장 혁신적인 창작자들이 그리스 역사나 로마 역사의 장면들을 즐겨 그리고, 극작가들은 고대의 신화를 되살리고, 건축가들은 잊힌 기술을 재발견한다. 의사, 본초학자, 항해가, 천문학자 등도 비슷한 작업을 벌인다. 하지만 그러기까지 1천 년의 세월이 흘렀다. 야만족들의 침략과 약탈이 없었다면, 그리고 몽매주의의 시대를 거치지 않고 진보의 흐름이 그대로 이어졌더라면 어떻게 되었을까?

장구한 세월을 두고 돌이켜 보면 인류의 역사는 그런 식으로 진보한다. 3보 전진했다가 멈추고 2보 후퇴한 뒤에 다시 3보 전진함으로써 결국 한 발짝의 진보를 이루어 낸다.

그런데 어찌 보면 뒤로 돌아가는 그 두 걸음은 피할 수 없는 것인지도 모른다. 인류 사회의 전위들은 나머지 구성원들에 비해 너무나 빨리 나아간다. 따라서 가장 뒤떨어진 구성원들과의 격차를 줄이고 인류가 함께 나아가자면 시간이 필요할 수도 있다.

에드몽 웰스, 『상대적이며 절대적인 지식의 백과사전』 제7권

에마 109는 잠에서 깨어난다. 주위를 둘러보니, 전날 밤 이후로 달라진 것이 없다. 수평선은 여전히 끝없이 펼쳐져 있고 풍광도 그대로다.

바다는 잔잔하고 하늘은 구름 한 점 없이 맑다. 비행접시는 수면 바로 위를 시속 60킬로미터로 날아가고 있다. 뒤쪽에서는 제트 엔진이 웅웅거리고 앞쪽의 전조등에는 아직 불이 켜져 있다. 아래쪽에서는 비행접시의 동그란 그림자가 수면 위로 미끄러져 간다.

에마슈 첩보원은 세계가 아마도 이제껏 상상했던 것보다 훨씬 광대하리라고 생각한다. 잠수함을 타고 올 때는 이동 거리를 가늠할 수 없었지만, 이제는 바깥세상이 얼마나 넓은지 눈으로 확인할 수 있다. 끝없이 펼쳐진 바다 위를 날고 있으니 그런 인상이 강화될 수밖에 없다.

이 비행접시는 앞으로 얼마나 더 날 수 있을까?

조종석의 아크릴 유리를 뚫고 들어오는 햇살이 따가워지기 시작한다.

연료가 바닥나면 수면에 내려앉아 노를 저어야 할 것이다. 그러면 온갖 수생 포식자들에게 공격을 당할 염려가 있다.

멀리 북서쪽에 무슨 형체가 보인다. 바다 쪽으로 뾰족하게 뻗은 육지인 듯하다. 에마 109는 얼마 남지 않은 연료를 허비할 가능성이 있음에도 그쪽으로 방향을 돌린다. 쌍안경으로 살펴보니 육지가 분명하다. 푸른 숲과 도시가 보인다. 사람을 닮은 실루엣들이 돌아다니고 있다.

거인들이다. 신들일까? 아니면 신들의 적일까?

이제 배들과 햇살이 찬란한 백사장이 보인다. 거인들이

맑은 물에서 헤엄을 치고 있다.

혼자서 오랫동안 바다 위를 날다가 그 광경을 보니 안도감
이 밀려온다.

에마 109는 착륙할 자리를 찾아 백사장 위쪽을 활공한다.
그때 갑자기 격렬한 충격이 전해지며 비행접시가 흔들린다.

비행접시가 갑자기 정지해 버린다.

에마 109는 뒤를 돌아보고 나서야 무슨 일이 벌어졌는지
알아차린다. 개 한 마리가 공중으로 펄쩍 뛰어올라서 비행접
시를 덥석 물어 버린 것이다. 개는 이제 그것을 사냥물처럼
입에 문 채로 달려간다. 에마 109는 배낭을 뒤져 무기를 찾
는다. 하지만 벌써 사태는 다음 단계로 이어진다. 개가 비행
접시를 어느 젊은 거인의 발치에 내려놓은 것이다. 거인은
몸을 숙여 내려다보더니 눈을 휘둥그렇게 뜬 채로 알아들을
수 없는 말을 지껄인다.

사실 에마 109가 착륙한 곳은 키프로스섬의 남동 해안에
있는 작은 휴양 도시 아이아 나파이므로 그 젊은이가 사용하
는 언어는 그리스어이다.

다른 아이들이 달려온다.

개는 주인 곁을 떠나지 않고 꼬리를 흔들며 멍멍 짖는다.
비행접시를 장난감 원반으로 생각하면서 어서 던져 달라고
재촉하는 것이다. 에마 109는 마음을 다잡고 조종석의 투명
한 돔을 스르륵 연다. 거인들의 반응에는 놀라움과 매혹과
공포가 뒤섞여 있다. 에마 109는 당당하게 일어서서 그 실루
엣들을 마주한다. 하지만 그들의 키가 너무 커서 눈을 맞추
기가 어렵다.

에마 109는 이런 경우를 대비해서 훈련받은 대로 말문을

연다.

「봉주르!」

그러고는 화친의 뜻으로 한 손을 펴서 앞으로 내민다.

아이들은 탄성을 내지르며 뒷걸음친다. 그러고는 그 신기한 물건과 그에 못지않게 신기한 탑승자 쪽으로 다시 조심조심 다가든다.

한 아이가 막대기로 비행접시를 건드리고 내처 에마 109를 찔러 보려고 한다. 마치 독이 있는 두꺼비를 건드리듯 동작이 신중하다. 에마슈가 막대기를 밀어내자 아이들은 일제히 뒤로 물러선다.

군중이 몰려들어 비행접시를 에워싸기 시작한다. 수영복이나 반바지를 입은 사람들이 휴대 전화를 꺼내 사진을 찍거나 동영상을 촬영한다.

「〈봉주르〉는 프랑스어예요. 나한테 맡겨 봐요. 나는 프랑스어 선생이거든요.」

군중은 즉시 길을 터준다. 자그마한 남자가 아주 자신만만한 태도로 다가든다. 주위로 사람들이 점점 빽빽하게 몰려드는 가운데, 남자는 비행접시 옆에 무릎을 꿇는다.

그는 자기에게 쏠린 시선을 의식하고 군중을 실망시키지 않으려고 애쓰면서 점잖은 프랑스어로 또박또박 묻는다.

「당신은 외계인입니까?」

그러자 에마 109는 나탈리아신의 지시를 떠올리며 대답한다.

「네.」

남자는 질문과 대답을 그리스어로 군중에게 통역해 준다. 군중은 듣자마자 경탄의 외침을 내지르며 술렁거린다. 모두가 경외감과 매혹을 느끼며 〈외계인〉이라는 말을 입에 올린다.

어떤 사람들은 〈진짜 살아 있는 외계인, 게다가 지구인과 소통하는 외계인〉을 만나는 것은 역사상 처음 있는 일이라고 벌써부터 호들갑을 떨어 댄다. 군중은 스마트폰이며 카메라를 마구 들이댄다. 몇몇 사람은 벌써 어딘가로 전화를 걸어 소식을 알린다.

몇몇 기자가 전화를 받자마자 득달같이 백사장으로 달려온다. 키프로스섬의 이 작은 휴양 도시에 온화한 기후나 고운 모래나 쪽빛 바다와 전혀 상관없는 이유로 세상의 관심이 쏠리기 시작한 것이다.

CNN에서 나온 미국 기자가 〈보물의 발견자〉로 간주되는 소년과 주위 사람들에게 돈을 준 대가로 독점 인터뷰를 따낸다. 이 기자 역시 프랑스어를 완벽하게 구사한다. 에마 109는 이해심이 많아 보이는 이 거인을 잘 이용하면 마이크로 랜드로 돌아갈 수도 있으리라 생각한다. 하지만 그러자면 매우 험난한 과정을 겪어야 하리라는 예감이 든다. 신들을 배신하거나 자신의 임무에 관해 너무 많은 정보를 주어서는 안 되기 때문에, 거인의 이해를 구하기가 쉽지 않을 듯하다.

거인들이 그녀 위로 몸을 기울여 거대한 그림자를 드리운다. 에마 109는 신중하게 행동하자고 스스로 다짐한다. 그러고는 본능적으로 머리를 매만진다. 그 와중에도 예쁘게 보이려는 마음이 든 것이다.

186

나는 작전에 성공한 것을 기뻐하느라고 섬에서 도망친 길가메시 일행에게 별로 관심을 기울이지 않았다. 내가 보기에 그들은 과학자들이 방심한 틈을 타서 실험실을 탈출해 이리저리 흩어진 실험용 생쥐들과 같았다.

나는 우주선 〈림프구 14호〉의 건조를 감독했다. 이 우주선은 이전 것보다 훨씬 크고 훨씬 빠를 뿐만 아니라, 더 많은 우주 비행사들과 더 부피가 큰 핵폭탄을 수송할 수 있었다. 따라서 〈테이아 1〉 크기의 소행성이 나에게 접근해 온다 해도 나의 우주 비행사들이 그것을 파괴할 수 있을 것이었다.

내 기억이 맞는다면, 길가메시를 비롯한 예순네 명의 탈주자들은 성공 가능성을 높이기 위해 세 그룹으로 나뉘어 세 척의 배를 타고 도망쳤다.

첫 번째 그룹은 오늘날의 중앙아메리카 해안, 더 정확하게는 멕시코 어름에 다다랐다.

두 번째 그룹은 오늘날의 말리, 그중에서도 도곤족의 땅에 해당하는 곳에 도착했다.

세 번째 그룹은 지중해를 항해하여 중동까지 갔다. 그들이 다다른 지역을 후세의 인간들은 수메르라 부르게 된다. 길가메시가 이끈 것은 바로 이 세 번째 그룹이다.

〈낙원〉에서 탈출한 그 미니 인간들은 뭍에 다다르자마자 그들의 창조주들이 엄격하게 금지했던 행위를 하기 시작했다. 자식을 만드는 것이 바로 그것이었다.

187

화면에 에마 109의 얼굴이 나타난다. 그녀의 뒤로는 비행접시가 보인다.

화면 아래쪽에는 그녀를 인터뷰하는 미국 기자의 이름과

함께 〈놀라운 미니 외계인. 키프로스 현지 생중계〉라는 자막이 나와 있고, 오른쪽에는 〈CNN 단독 인터뷰〉라는 말이 빨간 띠에 대문자로 적혀 있다.

기자는 자기에 비해 너무나 작아 보이는 여자 위로 몸을 기울이면서 다시 묻는다.

「그러니까 당신은 외계인이라는 건가요?」

「네.」

되도록 짧게 대답하자는 것이 에마 109의 전략이다. 현재로서는 그게 효과적이라고 판단한 것이다.

「당신은 어디에서 왔나요?」

에마 109는 SF 영화들을 본 적이 있는 터라 영화에 나오는 외계인들의 행동을 기억해 내고, 별에서 왔다는 뜻으로 하늘을 가리킨다. 상대방은 좋아서 어쩔 줄 모른다.

「당신의 행성을 더 정확하게 알려 줄 수 있나요?」

에마 109는 조금 망설이다가 한 곳을 분명하게 가리킨다. 그러자 놀랍게도 기자는 스마트폰의 GPS 기능을 이용해서 그곳의 별자리를 알아내고 카메라를 향해 돌아선다.

「큰곰자리인 것 같습니다. 당신은 큰곰자리에 있는 어느 별에서 왔습니까?」

「네.」

「당신네 종족의 이름은 뭔가요?」

에마 109는 〈네〉라는 대답으로 일관할 수 없음을 깨닫는다. 그래서 이제껏 비밀에 부쳐진 단어를 과감하게 내뱉는다.

「에마슈.」

「에마슈! 소리의 울림이 묘한데요. 그러면 당신의 이름은 뭔가요?」

「에마…… 에마 상뇌프.」

그러자 비행접시 주위에 모여 있는 구경꾼들은 저마다 〈에마……〉 하고 나직하게 읊조린다.

「에마 사뇌프?[26] 당신은 어떻게 프랑스어를 하게 되었나요? 배우기가 쉽지 않은 언어인데, 아주 잘하시네요. 그게 어떻게 가능하죠? 당신은 이 행성에 살지도 않으면서.」

에마 109는 대답할 말을 찾는 데 어려움을 느낀다. 기자는 그것을 알아차리고 도와줄 양으로 묻는다.

「우주 공간에 돌아다니는 전파를 포착해서 아주 빠르게 배울 수 있나 보죠?」

「네.」

「우리 행성에는 무엇 때문에 왔나요?」

에마슈는 자기 공동체로 돌아가고자 한다면 기자에게 성의를 보여야 하리라고 생각한다. 그렇다고 사실을 있는 그대로 말할 수는 없으므로, 사실에 가까운 말로 둘러댄다.

「여러분을 구하러 왔습니다.」

키프로스의 군중이 다시 술렁인다. 몇몇 사람이 프랑스어를 알아듣고 다른 사람들에게 통역해 준다.

기자는 그 대답의 중요성을 의식하고 되묻는다.

「우리를 구하러 왔다고요? 지구를 구하러 왔다는 뜻인가요?」

「네.」

그러자 몇 사람이 자발적으로 박수를 치기 시작한다. 둘

---

26 109의 프랑스어 발음 〈상뇌프〉의 콧소리를 놓쳐 〈사뇌프〉로 알아들은 것.

러서서 구경하던 사람들이 하나둘 가세하더니 이내 모두가 박수갈채를 보낸다. 마치 비행접시에 타고 있다가 개에게 생포된 그 17센티미터의 외계인이 큰곰자리의 어느 행성으로부터 인류를 구하러 오기를 오래전부터 기다려 온 사람들 같다.

기자는 남다른 연출 감각을 발휘하여 카메라맨에게 이런 저런 신호를 보낸다. 카메라맨은 열광하는 군중과 작은 외계인을 번갈아 찍고 나서 파손된 비행접시와 기자를 차례로 보여 준 다음, 다시 외계인의 얼굴을 타이트 샷으로 잡는다. 기자는 자신이 언론계의 전설 속으로 들어가고 있음을 의식하면서 진지한 표정을 짓고 카메라 쪽으로 몸을 돌린다.

「그렇습니다. 오늘 여기 키프로스섬의 아이아 나파 해변에서 역사적인 사건이 벌어졌습니다. 작은 비행접시가 착륙했고, 무엇보다 인간이 아닌 지적 생명체와 우리 사이에 초보적인 대화가 이루어졌습니다. 이는 우주에 대한 우리의 인식을 근본적으로 바꾸어 줄 만한 대사건이 아닐 수 없습니다. 키프로스 아이아 나파에서 CNN 특파원 빌 플래너건이 생중계로 전해 드리고 있습니다.」

188

백과사전: 외계 생명체가 존재할 가능성 1

드레이크 방정식

1961년, 열 명의 과학자들이 외계 생명체의 존재 가능성을 따져 보기 위해 한자리에 모였다. 훗날 무인 우주 탐사선 〈보이저〉호를 쏘아 올리는 데 기여하게 될 천문학자 칼 세이건, UC 버클리 대학 교수인 화학자 멜빈 캘빈, 그리고 전파 천문학자 프랭크 드레이크 등이 참가한 모임이었다. 프랑크 드레이크는 이 모임을 준비하면서 외계 문명의 존재 여부를 〈수학적으로〉 고찰하기 위한 방정식을 고안했다.

드레이크 방정식은 다음과 같다.

$$N = R^* \times F_p \times N_e \times F_l \times F_i \times F_c \times L$$

이 방정식을 이해하기 위해서는 N과 각각의 인수가 가리키는 바를 알아야 한다.

N은 우리 은하에 있는 교신 가능한 문명의 수이다.

R^*은 우리 은하에서 한 해에 평균적으로 생겨나는 항성의 수이다.

F_p는 그 항성들이 행성계를 가지고 있을 확률이다.

N_e는 행성계를 가진 항성마다 생명이 존재할 수 있는 환경을 갖춘 행성들의 평균 개수이다.

F_l은 생명이 존재할 수 있는 환경을 갖춘 행성들 중에서 실제로 생명이 출현하여 진화할 수 있었던 행성들의 비율이다.

F_i는 생명이 출현한 행성들 중에서 그 생명이 지능을 갖출 만큼 진화했을 가능성이 있는 행성들의 비율이다.

F_c는 위의 행성들에 사는 지능을 가진 생명체가 우주 공간에 자기들의 존재를 알리는 신호를 보낼 수 있을 만큼 고도의 기술 문명을 발전시켰을 확률이다.

L은 그런 문명들이 우리가 탐지할 수 있는 신호를 우주 공간에 방출하는 시간의 길이이다.

각 인수의 값이 얼마인가에 대해서는 연구자들에 따라서 많은 차이를 보인다. 하지만 드레이크가 1961년에 이미 알려진 값들이나 자기 나름대로 추산한 값들을 각각의 인수에 대입하여 계산한 바에 따르면, N의

값은 1천에서 1억 사이라고 한다. 이 전파 천문학자의 계산이 맞는다면, 지적인 생명체가 발전시킨 고도의 기술 문명이 우리 은하에만 1천 개에서 1억 개까지 있을 수 있다는 얘기다.

에드몽 웰스, 『상대적이며 절대적인 지식의 백과사전』 제7권

189

작고 하얀 입자들이 소용돌이에 빨려 들어간다. 입자들은 대롱을 타고 스타니슬라스 드루앵 대통령의 콧구멍에 다다른다.

그는 아직 충격에서 헤어나지 못하고 있다. 그 사건에 관해서 보고를 받은 뒤로, 줄곧 텔레비전 뉴스를 지켜보는 중이다. CNN 방송의 스튜디오에 전문가라는 자들이 잇달아 나와서 〈외계인들은 존재하고 때때로 우리 행성을 찾아온다〉는 취지의 설명을 현학적으로 늘어놓는다. 자기들은 줄곧 그렇게 주장해 왔는데 사람들이 자기들 말을 믿어 주지 않았다면서 입에 거품을 무는 자들도 있다. 아마추어들이 찍었다는 수많은 비행접시 사진들이 화면에 나타난다. 에마 109의 비행접시는 그 사진들에 나오는 것들과 매우 흡사하다.

대통령은 앞으로 몇 분 안에 중요한 결정을 내리기 위해서 정신을 집중해야 하리라는 것을 알고 있다. 하지만 지금은 그저 홀린 듯이 뉴스에 귀를 기울이고 있을 뿐이다.

말쑥한 정장에 넥타이를 맨 학자가 설명한다.

「그 작은 외계인이 나타난 것은 아주 당연한 일입니다. 우리가 외계인을 전혀 만나지 못했다는 게 오히려 이상한 일이었죠. 그런데 그 외계인의 생김새가 사람과 비슷하다는 것은

정말 뜻밖입니다.」

그러자 정장에 넥타이를 맨 다른 학자가 말을 받는다.

「다른 과학자들은 그것을 놀라운 일로 받아들일지 모르지만, 저는 우리 인간과 유사한 형태를 가진 생명체라야 고도의 기술 문명을 건설할 수 있다고 늘 주장해 왔습니다. 두 다리로 직립하고 손을 자유롭게 사용하며 눈이 앞쪽에 달린 생명체가 아니고서는 높은 수준의 기술을 보유할 수가 없다는 것이죠.」

세 번째 전문가는 그 의견에 동조하지 않는다.

「우리와 닮은 외계인을 만날 확률은 매우 낮습니다. 하지만 무엇보다 놀라운 것은 인간과 유사한 그 형태가 아니라 그 크기입니다.」

「헬드 교수님, 저는 조금 전에 키프로스에서 보내온 영상들을 보면서 외계인이 초록색 옷을 입고 있다는 사실에 깜짝 놀랐습니다. 사람들이 외계인의 모습을 머릿속에 그릴 때 바로 그런 초록색 복장을 상상하는 경우가 많았거든요. 그것을 어떻게 설명할 수 있을까요?」

「초록색은 엽록소의 색깔입니다. 식물들이 빛 에너지에 반응한 결과로 생겨나는 색깔이죠. 그 외계인의 행성에는 식물들이 있는 게 분명합니다.」

「머리카락이 길고 우리 여자들과 비슷한 머리 모양을 하고 있다는 점도 놀랍더군요. 그 점에 대해서는 어떻게 생각하시는지요?」

「머리에 모양을 내는 것은 손이 있기에 가능한 일입니다. 만약 사자들에게 손이 있다면, 그들 역시 갈기를 하나로 묶어서 말총머리를 하거나 쪽머리를 하지 않겠습니까?」

그 농담에 앵커와 초대 손님들이 웃음을 터뜨린다.

「그 외계인이 프랑스어를 하는 것은 어떻게 설명할 수 있을까요? 프랑스어는 문법과 구문이 잘 발달된 전형적인 지구인의 언어입니다. 외계인이 그런 언어를 구사한다는 것은 아무리 생각해도 이상하지 않습니까?」

「외계인 자신이 말한 대로 그들은 우리 행성의 전파를 수신하는 장비를 가지고 있을 겁니다. 어쩌다 프랑스어 텔레비전 방송을 수신하고서는 그게 지구의 유일한 언어이려니 생각하고 공부를 하지 않았을까요?」

「우리가 미지의 외계 언어를 들었다고 가정해 보십시오. 우리 역시 그 언어를 분석하여 문법과 구문을 파악하고 나면 마치 우리 언어처럼 구사할 수 있을 것입니다. 그 행성의 다른 외계인들은 바로 그 언어를 소수가 사용하는 변방의 언어로 생각하고 있다는 사실을 모르는 채로 말입니다.」

「저도 두 분의 설명에 전적으로 동의합니다. 그러고 보니 〈에마 사뇌프〉라는 이름을 프랑스의 어느 방송에서 들어 본 것 같기도 합니다.」

「그런데 앞으로 그 외계인이 무슨 일을 겪게 되리라고 보십니까?」

「제가 알기로는 곧 뉴욕의 UN 본부로 갈 것입니다. 각국 대표들 앞에서 연설을 할 모양입니다.」

「제가 보기에도 그게 외계 행성의 대표자를 맞아들이는 가장 좋은 방법인 것 같습니다.」

드루앵 대통령은 리모컨을 집어 텔레비전을 꺼버린다. 그러고는 인터폰에 대고 말한다.

「오비츠 대령을 연결해 줘요. 지금 당장.」

비서관의 대답이 날아온다.

「전화를 받지 않습니다.」

「뭐라고요? 에마슈 하나가 온 세상 사람들이 지켜보는 텔레비전 방송에 나와서 외계인 행세를 하고 있는 이 판국에 전화를 안 받다니! 정말 기가 찰 노릇이군. 베네데타는 어디에 있소? 이리 오라고 전하시오.」

머리가 희끗희끗한 초로의 여인이 들어온다. 안경을 끼고 정장을 단정하게 차려입은 모습이다. 표정에는 동요의 빛이 전혀 없다. 그녀는 이미 모든 것을 알고 있는 터라 대뜸 말문을 연다.

「어제저녁의 성공 때문일 거예요. 오비츠 대령이 그동안의 긴장을 풀기 위해 한바탕 신나게 놀 거라고 알려 줬어요.」

「세상이 온통 난리인데 이 대혼란의 장본인들은 잔치판을 벌이다니!」

그녀는 손목시계를 본다.

「그 사람들 아직 한창 자고 있을 겁니다. 오비츠 대령은 아예 모든 통신을 끊어 버린 것으로 생각됩니다.」

그녀는 안경을 밀어 올린다.

「제가 보기엔 더 긴급한 일이 있어요. 지금은 책임자들을 찾고 있을 때가 아니라 위기를 관리할 때입니다. 뉴욕행 전용기가 준비되어 있습니다.」

대통령은 놀란 눈으로 그녀를 바라본다. 그러자 그녀가 설명한다.

「사태가 돌아가는 것을 보니 신속하게 대응해야 한다는 생각이 들었습니다. 그래서 전용기를 대기시키라고 지시했습니다. 마드무아젤 사뇌프가 몇 시간 뒤에 UN에서 연설을 합니다. 그것에 맞춰서······.」

「당신도 그자를 〈마드무아젤 사뇌프〉라고 부르는 겁니까?」

대통령은 벌떡 일어나서 방 안을 서성인다. 코카인 결정이 신경을 활활 태우고 있는 터라 더더욱 흥분을 가누기 어려운 것이다.

「장관들은 사태를 어떻게 보고 있지요?」

「과학부 장관은 별일 아니라고 생각합니다. 그저 미디어들이 장난을 치는 것이기 때문에 이 모든 소동이 곧 가라앉으리라는 것입니다. 로즈웰 사건이나 여타의 UFO 사건들과 마찬가지로 이 사건도 결국 젊은 외골수들과 몇몇 광신자만 열광시키고 말 거랍니다.」

베네데타는 두꺼운 안경을 바로잡는다.

「국방부 장관은 우리가 이란의 핵기지들을 파괴했다는 사실이 드러나지 않도록 해야 한다고 강조합니다. 그 사실이 드러나면 외교 분쟁이 발생할 수도 있다는 것입니다. 그는 에마 109가 말을 너무 많이 하지 않을까 우려하고 있습니다. 그래서 요원을 보내 우리 외교에 방해가 되는 정보들을 발설하지 못하게 하자고 제안합니다.」

「에마 109를 제거하자는 겁니까?」

대통령은 그 제안을 저울질해 본다.

「그러면 모든 게 간단히 끝나기는 하겠구먼.」

「하지만 너무 늦은 게 아닌가 싶습니다. 에마 109는 엄중한 감시를 받고 있습니다.」

베네데타는 자기의 메모를 다시 읽고 자리에 앉아 말을 잇는다.

「게다가 우리 요원들이 작전을 서툴게 수행하다가 붙잡히는 경우도 생각해야 합니다. 그런 일이 벌어지면 우리는 평화를 추구하는 외계인의 살해자로 낙인이 찍힐 것입니다. 우리의 이미지에 먹칠을 하는 것이지요.」

「그럼 베네데타 당신이 보기엔 어때요?」

「이 사건이 긍정적인 효과를 가져올 수도 있다고 생각합니다. 외계인들이 프랑스어를 한다고 알려졌으니까, 우리 언어가 다시 세계적으로 유행할 수도 있습니다.」

「베네데타, 내 곁에 당신이 있어서 다행이구려. 당신이 문화부 장관보다 나아요.」

「지금 이런 말씀을 드려도 될지 모르지만, 문화부 장관은 소아 성애 혐의로 여전히 곤욕을 치르고 있습니다. 외계인의 도래가 프랑스어 사용권에 미칠 문화적 영향을 생각할 겨를이 없어요. 그저 감옥에 가지 않으려고 애를 쓰고 있을 뿐입니다.」

「정말 멍청한 작자요! 선거 때까지 조신하게 굴라고 당부했건만, 미얀마에서 14세 소년 두 명을 입양하고는 그들과 함께 사진 기자들 앞에서 포즈를 취했어요! 내가 그 얘기를 하면 그자는 자기 전임자도 똑같은 일을 했지만 아무 문제가 없었다고 항변을 해요. 누가 그런 얼간이를 천거했는지……. 그건 그렇고 다른 장관들의 반응은요?」

「여성부 장관은 외계인들이 여자를 대표로 뽑아서 몇 광년의 여행을 하게 했다는 사실에 주목하고 있습니다. 우리 행성에서는 남자들에게만 맡기는 일을 그 외계인들의 세계에서는 여자들이 하고 있다는 증거라는 것이지요.」

「아! 여성부 장관 역시 CNN의 보도를 사실로 믿고 있는 건가요?」

여자는 희끗희끗한 머리를 쓸어 올리며 대답한다.

「사실 우리 정부 내에서는 대통령님과 국방부 장관과 저 말고는 아는 사람이 없습니다.」

대통령은 널찍한 가죽 안락의자에 털썩 주저앉는다.

「빌어먹을, 운수 사납게 이 무슨 말썽이란 말인가! 일껏 성공해 놓고 일을 망치게 생겼어!」

「감히 말씀드리자면, 이 사태가 우리에게 나쁜 것만은 아 닙니다. 우선 조금 전에 말씀드린 대로 프랑스어권에 대한 긍정적인 이미지가 강화될 것입니다. 저는 나중을 생각해서 슬로건 하나를 이미 생각해 두었습니다. 〈프랑스어, 우주여 행을 위한 이상적인 언어〉가 바로 그것입니다. 뿐만 아니라 에마 109는 국가의 재정 지원을 받는 연구소에서 나왔습니다. 우리가 제공한 자금으로 만들어졌다는 것이죠. 그런 점 에서 보면 에마 109는 우리의 명령을 따라야 하는 공무원입 니다.」

대통령은 다시 일어나서 방 안을 빙빙 돈다.

「우리 말고 누가 알고 있죠?」

「대통령님의 연락을 받은 미국인들과 우리에게 비행접시 를 제공한 이스라엘 사람들이 알고 있습니다.」

「베네데타, 당신 생각을 말해 봐요. 내가 어떻게 해야 하 는지.」

여자는 잠시 뜸을 들이다가 대답한다.

「일이 자연스럽게 돌아가도록 그냥 지켜보시면서 그때그 때에 맞춰 대응하시는 게 좋겠습니다.」

「아 골치 아프군, 외계인이라니!」

그는 문득 무슨 생각이 들었는지 베네데타 쪽으로 돌아선다. 그러더니 그녀에게 다가들어 두 어깨를 잡고 진하게 입을 맞춘다.

「고마워요, 베네데타. 다행히 당신이 곁에 있어서 내가 힘을 얻는구려.」

그녀는 그가 하는 대로 가만히 있다가, 그에게 하던 말을 계속하라고 재촉한다. 그러자 그가 말을 잇는다.

「내가 당신과 결혼한 덕에 가장 훌륭한 지원군을 얻었다는 생각이 종종 들어요. 나의 장관들과 비서관들과 전문가들을 다 합쳐도 당신을 따라갈 수 없어요.」

그들은 다시 키스를 나눈다.

「제가 뉴욕에 동행하기를 바라시나요?」

「음…… 아니요. 그럴 필요는 없어요. 당신은 여기에 있는 게 더 도움이 될 거예요. 무엇보다 오비츠 대령을 만나야 하고 주요 현안들을 처리해야 해요.」

그는 다시 아내에게 키스를 하고 손에 입을 맞춘다. 그러고는 그녀가 나가는 것을 물끄러미 지켜본다.

그는 다시 책상 앞에 앉으면서 마치 액막이를 하듯 나직하게 되뇐다.

「빌어먹을, 골치 아프군, 외계인이라니!」

190

백과사전: 외계 생명체가 존재할 가능성 2

페르미의 역설

프랑크 드레이크의 방정식이 나오기 10여 년 전에 이탈리아 태생의 미국 물리학자 엔리코 페르미는 외계 생명체의 존재 가능성을 놓고 벗들과 토론하던 중에 〈만약 외계인들이 존재한다면, 그들은 모두 어디에 있는 거야?〉라는 물음을 제기했다. 훗날 〈페르미의 역설〉이라는 이름이 붙은 이 말에는 다음과 같은 문제의식이 담겨 있다. 〈우리 은하에 정말 그토록 많은 외계 문명이 존재한다면, 적어도 그 문명들 가운데 하나는 자기 존재를 드러냈을 것이다. 그런데 외계 문명이 우리와 접촉하려고 했음을 보여 주는 징후는 어디에서도 찾아볼 수 없다. 이는 외계 문명이 존재하지 않는다는 증거가 아닐까?〉

페르미와 드레이크 이후에도 여러 연구자들이 외계 문명에 관한 의견을 냈다. 그들은 단순한 믿음이나 〈구름 속에서 이상한 것을 보았다〉는 식의 인상을 넘어서 이 문제에 관한 진지한 논의를 진전시켰다.

SETI, 즉 〈외계 지적 생명체 탐사〉 프로젝트를 이끌었던 물리학자 폴 데이비스도 그들 가운데 하나다. 그는 우주 비행사 러스티 슈웨이카트의 견해를 받아들여, 외계인들은 바로 우리일 수도 있다는 가설을 내놓았다.

어쩌면 우리는 우주 공간이 아닌 우리의 세포들 속에서, 우리의 게놈 속에서 외계 생명체의 흔적을 찾아야 할지도 모른다. 그런 연구는 은하들 속을 뒤지는 것보다 훨씬 수행하기 쉬울 것이다.

에드몽 웰스, 『상대적이며 절대적인 지식의 백과사전』 제7권

호모 메타모르포시스

191

UN 사무총장 아비나시 싱은 마이크 앞으로 다가가서 선언한다.

「우주에는 이제 우리만 있는 것이 아닙니다.」

터키옥 빛깔의 사리를 입은 이 여자는 UN 본부의 대회의장에 모인 청중을 마주하고 있다.

대통령이든 왕이든 독재자든 어느 나라의 정상도 이 역사적인 사건을 놓치고 싶어 하지 않았다. 그들은 자기네가 〈그일이 벌어졌을 때 거기에 있었던 사람들〉로 기억되리라는 것을 알고 있다.

받침대에 얹힌 카메라들이 하나의 울타리를 이룬 채 연단중앙에 놓인 책상을 향해 있다.

「우리는 오래전부터 우리 행성 밖에서 메시지가 오기를 바랐고 외계 생명체의 아주 작은 흔적이라도 찾아낼 수 있기를 희망했습니다. 그러다가 지쳐서 더 이상 그런 것을 믿지 않으려던 참이었습니다. 우리는 우주 공간에 탐사선을 보내기도 했고, 별들로부터 오는 신호를 포착할 수 있지 않을까 싶어 우주 안테나를 만들기도 했습니다. 하지만 솔직히 말씀드려서 우리들 가운데 대다수는 그런 일이 결코 일어나지 않으리라 생각했습니다. 그런데…… 어제 일이 벌어졌습니다. 이른바 〈미지와의 조우〉가 현실로 나타난 것입니다.」

사무총장은 사리를 다시 여민다.

「어제, 지구의 생명체가 아닌 어떤 존재가 우리를 방문했습니다. 참으로 놀랍고 신기한 일이 아닐 수 없습니다. 저는 크나큰 감동과 뿌듯함과 충격을 동시에 느꼈습니다. 한 외계인이 생생하게 자기 모습을 드러냈습니다. 이로써 일체의 의심이 사라졌습니다. 우주에는 우리만 있는 것이 아닙니다. 그들이 존재합니다. 그들이 우리를 만나러 지구에 왔습니다. 하지만 무엇보다 놀라운 것은 그들이 잠깐 들렀다가 도로 떠나기만 하는 게 아니라는 사실입니다. 그들은…… 아니 그녀라고 하는 게 낫겠습니다. 생김새로 보아 여성인 게 분명하니까요. 아무튼 그녀는 지구에 왔을 뿐만 아니라 지구에 머물러 있습니다. 저는 그녀를 여기에 초청하는 크나큰 영광을 얻었습니다. 그녀는 지금 우리들 사이에 있습니다. 여러분, 지구의 국가 원수들과 이야기를 나누기 위해 온 최초의 외계인에게 박수를 보내 주십시오.」

모두가 일어서서 박수를 친다. 뒤쪽의 커튼이 열리고 진행 요원 한 사람이 나타난다. 남자는 쟁반을 들고 있고 쟁반 위에는 작은 형체가 놓여 있다. 그는 연탁으로 다가가서 초소형 마이크 앞에 쟁반을 내려놓는다. 카메라 한 대가 외계인의 모습을 클로즈업하여 벽면 스크린으로 보내 준다.

청중의 박수 소리가 더욱 커진다. 사무총장은 다시 마이크를 잡는다.

「친애하는 〈에마 사뇌프〉, 그게 당신의 이름이라고 하니 그렇게 부르겠습니다. 먼저 묻고 싶은 것이 있습니다. 당신은 이 순간의 중요성을 인식하고 있습니까?」

작고 가냘픈 실루엣은 초소형 마이크로 다가가서 누구나

알아들을 수 있는 소리로 대답한다.

「네.」

화면에 〈예스〉라는 자막이 나타난다.

「친애하는 마드무아젤 사뇌프, 당신이 여기에 왔다는 사실이 우리 모두를 얼마나 기쁘게 하는지 당신은 알 수 없을 것입니다. 이미 CNN을 상대로 인터뷰를 하셨지만, 이번에 당신이 마주하고 있는 분들은 세계 모든 나라의 대표들이십니다. 당신은 인터뷰를 통해 큰곰자리에 있는 어느 행성에서 우리를 구하러 왔다고 말했습니다. 그렇다면 우리 두 행성의 지도자들 사이에 외교 협정을 맺을 수 있으리라 생각할 수 있을까요?」

에마 109는 서스펜스를 높이기 위해 뜸을 들이다가 간단하게 대답한다.

「네.」

「하지만 당신은 혼자 왔습니다. 만약 우리가 협정을 맺고자 한다면 당신과 직접 맺어야 합니까? 당신은 그럴 준비가 되어 있습니까? 상호 존중과 평화를 약속하는 협정에 서명할 용의가 있습니까?」

「네.」

그러자 청중이 수군거린다. 외계인이 자신 있게 대답하고 있기는 하나 결국 〈네〉라는 말만 되풀이하고 있음을 모두가 알아차린 것이다. 사무총장은 개의치 않고 말을 잇는다.

「당신네 문명은 우리가 알지 못하는 기술을 보유하고 있습니다. 우주 공간에서 어마어마하게 먼 거리를 여행할 수 있게 해 주는 기술 말입니다. 우리가 보유한 기술 중에는 당신들이 아직 모르는 것도 있을 텐데, 우리와 기술을 공유할 의향이 있습니까?」

그때 청중석 뒤쪽에서 누가 영어로 소리친다.

「집어치워요! 이 터무니없는 연극을 당장 그만두란 말이오!」

이란 대통령 자파르다.

그는 연탁에 올라선 작은 외계인을 손가락으로 가리킨다.

「저 인물은 스스로 주장하는 존재가 아닙니다.」

그러더니 청중석을 가로질러 연단으로 올라선다. 즉시 카메라들이 그 선동자 쪽으로 돌아간다.

「여러분 모두가 속았습니다. 이 인물은 큰곰자리에서 오지 않았습니다. 평화 협정이든 기술 교류 협정이든 저들과는 어떤 조약도 맺을 수 없습니다. 저 인물은 그저 시온주의 세력의 첩자일 뿐이니까요. 저자는 우리나라에 와서 첩보 행위를 하고 우리의 산업 시설을 파괴했습니다.」

UN 사무총장이 묻는다.

「자파르 대통령님, 무슨 말씀을 하시는 겁니까?」

「제 주장을 입증해 보이겠습니다.」

그러면서 자파르 대통령은 자기 수행원에게 신호를 보낸다. 수행원은 초록색 천에 덮인 새장을 연단으로 가져온다. 자파르 대통령은 새장을 에마 109 옆에 놓더니, 천을 획 벗겨내어 내용물을 드러낸다.

카메라맨들은 일제히 줌을 당기고, 국가 원수들을 더 자세히 보려고 벌떡 일어선다. 확대된 이미지가 벌써 그들 위쪽의 중앙 화면에 나타난다.

에마 109는 깜짝 놀라서 비명을 지른다. 청중석에는 경악과 실망의 외침이 터져 나온다. 카메라맨들은 더 바싹 다가

든다. 자파르 대통령은 자신의 기습이 적중했음을 확인하고 회심의 미소를 짓는다. 그는 마이크로 다가가서 높고 또랑또랑한 목소리로 선언한다.

「이로써 진실이 만천하에 드러났습니다.」

192

길가메시를 비롯한 예순네 명의 미니 인간들은 저희가 태어난 섬에서 탈출하여 멀리 떨어진 대륙들에서 수를 불려 나갔다. 거인들이 허락하지 않아서 생식도 마음대로 할 수 없었던 시절에 대해 앙갚음이라도 하는 듯했다. 어쩌면 그들은 이미 자기들보다 열 배나 큰 창조주들과 경쟁하겠다는 생각을 하고 있었는지도 모른다.

어쨌거나 나는 그들의 수가 갈수록 불어나는 것을 느끼고 있었다. 그들은 마치 사람의 몸에 기생하는 이처럼 내 숲들의 토양을 긁어 댔다.

거인들은 남녀 한 쌍이 많아야 세 명의 자식을 낳았고 임신 기간이 90개월이나 되었다. 반면에 미니 인간들은 수태한 지 9개월만 지나면 자식을 낳았다. 그들의 키는 거인들의 10분의 1밖에 되지 않았지만, 그들의 번식력은 열 배나 강했다. 의술과 위생에 무지해서 신생아의 반이 죽을 만큼 영아 사망률이 높았음에도 한 쌍당 적어도 열 명의 자식들이 살아남았고, 그 자식들은 다시 한쌍에 열 명 꼴로 자식을 낳았다.

그들은 기술, 문화, 농업 등 모든 분야에서 지체를 보였고, 포식자들이나 기상이나 질병에 대한 공포와 불안 속에서 살고 있었다. 하지만 인구는 기하급수적으로 증가했다.

자식을 많이 낳으면 낳을수록 자식들을 교육하는 시간은

점점 줄어들었다. 그래서 그들은 섬에서 배운 삶의 규범들을 잊고 원시 상태로 되돌아갔다.

그들의 언어는 빈곤해지고 의술은 미신투성이가 되고 농업과 목축은 고된 노동에 비해 소득이 별로 없는 일로 변했다. 그들은 저희의 지능을 그저 〈당장의 생존〉을 위해서만 사용하고 있었다. 시간과 공간을 멀리 조망하는 능력은 완전히 사라졌다. 그들은 공포를 느끼면 느낄수록 더욱 공격적인 태도를 보였고, 무기와 폭력과 죽음에 집착했다. 포식자들에게 쫓기며 겁에 질려 있다가도 이웃 씨족을 만나면 득달같이 싸움을 벌이면서 그 긴장을 풀었다.

나중에는 한 씨족의 구성원들끼리, 심지어 한 가족의 구성원들끼리 서로 싸우고 죽이는 일도 벌어졌다. 그들은 공포와 시샘이라는 두 가지 감정에 사로잡힌 채 살고 있었다.

그들은 야수나 다름이 없었다.

그건 뜻하지 않은 문제였다. 당시 나는 내가 가장 좋아하는 입주자들, 즉 섬의 거인들과 우호적인 관계를 유지하며 평온한 나날을 보내고 있었다. 대륙들에 정착한 미니 인간들, 〈실험실에서 탈출한 그 못된 소인들〉에게는 전혀 중요성을 부여하지 않았다.

그건 나의 큰 실수였다.

193

새장 속에는 작은 형체가 옹크리고 있다.

에마 109는 단박에 그 형체를 알아본다.

「523!」

그녀는 힘겹게 몸을 일으킨다. 초록색 제복은 누더기나

다름없고, 금발 머리는 산발이 되어 있다.

그녀가 일어서자 손목과 발목에 사슬이 채워져 있는 게 보인다. 살갗에는 불에 덴 자국과 매를 맞은 흔적이 남아 있다. 제복이 찢어져 맨살이 드러난 어깨와 목에는 기다란 상처가 나 있다.

자파르 대통령은 마이크 앞으로 다가간다.

「우리는 이 여자를 심문해서 간첩이라는 자백을 받아 냈습니다. 이 여자는 프랑스에서 태어났고 프랑스에서 훈련을 받았습니다. 프랑스 정부의 명령에 따라 행동했으니, 모든 책임은 프랑스 정부에 있습니다. 이 여자가 프랑스어를 잘하는 것은 우연이 아니라 너무나 당연한 것입니다.」

청중이 술렁거린다.

「하지만 그게 다가 아닙니다.」

이란 대통령은 비닐 가방에서 반 토막 난 비행접시를 꺼낸다.

「이것을 보십시오. 이들이 타고 다니던 소형 항공기입니다. 〈은하를 횡단하는 비행접시〉라는 게 바로 이것입니다. 우리는 이것을 분해하다가 전자 부품들에 지구인들의 글귀가 적혀 있는 것을 보았습니다. 그게 어느 언어로 된 글귀인지 아십니까? 이번에는 프랑스어가 아니라 히브리어입니다!」

청중 사이에서 아우성이 일어난다.

「저는 여러분께 장담할 수 있습니다. 모두가 우주선으로 알고 있는 이 비행 물체는 큰곰자리에서 온 것이 아니라, 다윗의 별에서 온 것입니다. 최첨단 기술을 자랑하는 텔아비브의 공장들에서 온 거란 말입니다.」

일부 청중이 휘파람을 불며 야유를 보낸다.

「이건 우리에 대한 음모입니다! 시온주의자들이 만든 비행접시들과 프랑스인들이 양성한 간첩들이 우리의 민간 시설을 파괴하고 우리 국민을 살상하기 위해서 왔습니다. 여러 곳의 민간용 발전 시설이 파괴되었고, 수많은 직원들이 목숨을 잃었습니다. 희생자들 중에는 여자들과 아이들도 있습니다. 마드무아젤 에마 523, 내 말이 맞지요?」

금발의 에마슈는 들릴 듯 말 듯 한 목소리로 대답한다.

「네.」

아비나시 싱 사무총장은 믿을 수 없다는 표정으로 새장 속의 여자를 살펴본다. 자그마한 여자의 초록색 옷은 핏자국으로 얼룩져 있다. 고문과 학대를 당한 게 분명하다. 사무총장은 무어라 형언할 수 없는 착잡한 기분을 느낀다. 하지만 카메라맨들은 그 기이한 반전에서 무엇 하나 놓치지 않으려고 줌을 당기며 극성을 부린다.

「당신이 간첩이라는 사실을 고백하세요! 시온주의자들을 위해 우리 나라에 와서 민간 시설을 파괴하고 무고한 시민들을 살해한 게 사실이지요?」

「네.」

자파르 대통령은 만면에 미소를 짓는다. UN 본부 대회의장에서 한바탕 소동이 벌어진다.

그가 목청을 높인다.

「당연한 얘기지만, 우리는 이 사태를 좌시하지 않을 것입니다. 우리는 반박의 여지가 없는 이 테러 행위에 대해서 프랑스 정부의 손해 배상을 요구합니다.」

자파르의 맹렬한 규탄이 이어지는 동안 에마 109는 새장으로 다가가서 자매 에마슈에게 묻는다.

「523! 그들이 너한테 무슨 짓을 한 거야?」

자파르가 소리친다.

「이들을 보십시오! 이들은 공범입니다!」

에마 523이 빠르게 속삭인다.

「도망쳐! 놈들이 너한테 똑같은 짓을 하기 전에 어서 달아나.」

그러고는 등을 돌려 면도날에 베인 상처들을 보여 준다. 에마 109는 재빨리 새장 문을 열고 523을 품에 안더니, 누가 제지할 새도 없이 카펫 바닥으로 뛰어내린다. 그러고는 연단 뒤쪽을 장식하고 있는 커튼 뒤로 달아난다.

안전 요원들이 도망자들을 쫓아 우르르 몰려간다.

기자들은 그 장면을 생중계로 지켜보고 있는 수억 명의 시청자들을 위해 상황을 설명한다.

「결국 이 모든 것은 정보기관들이 국제 정치 문제를 해결하기 위해 꾸민 일인 것 같습니다.」

한 기자가 카메라를 마주하고 그렇게 말하자 다른 기자가 덧붙인다.

「위험천만한 속임수에 대중이 또다시 놀아난 꼴이 되었습니다.」

세 번째 기자는 한 술 더 뜬다.

「우리는 미지와의 조우를 기대했지만, 우리가 만난 것은 사기꾼들이었습니다. 1947년 미국 로즈웰에서 벌어진 UFO 사건과 같은 가짜 외계인 소동이 또 벌어진 것입니다. 우리는 두 번 다시 이런 이야기에 속지 않을 것입니다. 이스라엘제 비행접시를 타고 다니는 초록색 미니 인간, 아니 초록색 미니 여자들을 외계인이라고 속이는 짓거리에 다시는 놀아나지 않을 것입니다.」

한편 대회의실에 앉아 있던 프랑스 대통령은 왁자지껄한 청중석을 빠져나와 어딘가로 전화를 건다.

194

다비드는 꿈을 꾼다.

트랜스 상태에 빠져들도록 도와주는 물질을 복용하지 않았는데도 아틀란티스에 살던 자기 모습이 다시 보인다. 마지막으로 마조바 의식의 힘을 빌려 돌아갔던 시대보다 세월이 조금 더 흐른 뒤다.

은미얀을 처음 만난 뒤로 30년이 지났다. 그사이에 그들은 아들 둘에 딸 하나를 얻었다. 맏아들의 이름은 케찰코아틀, 둘째 아들의 이름은 오시리스, 딸의 이름은 이슈타르이다.

그들은 커다란 방에서 함께 저녁을 먹고 있다. 케찰코아틀이 자기의 포부를 밝힌다. 항해가들과 함께 서쪽 대륙들을 탐험하러 떠나겠다는 것이다. 오시리스와 이슈타르도 그 기회를 놓치지 않고 탐험에 나서겠다는 뜻을 알린다. 오시리스는 동쪽으로 떠나겠다 하고, 이슈타르는 동쪽으로 가다가 조금 더 북쪽으로 올라가겠다고 한다. 아슈콜라인은 자식들이 누구를 닮아서 여행을 그렇게 좋아하는지 모르겠다고 응수한다. 모두가 그 주제를 놓고 즐겁게 이야기꽃을 피운다.

케찰코아틀이 말한다.

「세상은 우리 섬보다 훨씬 넓어요. 우리는 언젠가 거대한 대륙들을 개척하지 않을 수 없게 될 거예요. 현재는 밀림과 모래밭과 해안 절벽밖에 보이지 않는 땅들이지만, 우리는 장차 그런 땅에 항구와 도로와 마을과 도시를 건설할 수 있을 겁니다.」

은미얀은 현재 공동체가 우주 개발에 진력하고 있음을 상기시킨다.

「지구는 출발점일 뿐이야. 우리는 우주선을 보내고 우주 기지를 만들고 다른 행성들에 도로와 마을과 도시를 건설하게 될 거야.」

사실 은미얀은 얼마 전부터 천문학에 깊은 관심을 갖고 연구하는 중이며, 소행성들을 발견하기 위한 새로운 천문 관측소를 이끌고 있다. 하지만 그녀는 그보다 더 큰 야심을 숨기지 않는다. 우주 항공 분야의 최신 기술을 이용하여 다른 행성을 개척하기 위한 미사일을 쏘아 올리고 싶다는 것이다.

이슈타르가 놀린다.

「아마도 우리 중에서 모험심이 가장 강한 사람은 엄마일 거예요.」

아슈콜라인이 말을 받는다.

「너희 어머니는 앞을 멀리 내다보고 있어. 언젠가 우리 문명은 필연적으로 요람과도 같은 이 행성을 떠나 우주로 진출하게 될 거야.」

「엄마가 보기엔 어때요?」

「나는 인간이 살고 있는 세계들이 아주 많을 거라고 생각해. 다른 세계에도 우리의 피라미드와 같은 통신 시설이 있을 테니까 기술이나 의술 따위를 서로 교류하는 게 가능할 거야.」

「태양계에 무수히 많은 인간들이 살고 있을까요?」

「태양계 밖에도 있지 않을까? 아마 은하 전체에 살고 있을걸.」

「하지만 다른 행성들은 너무 뜨겁거나 너무 차가워요. 아니면 너무 빠르게 돌거나 너무 느리게 돌죠.」

「아니면 인간이 전혀 살아갈 수 없는 또 다른 문제가 있거나…….」

「우리는 우리가 선택한 행성들의 자연 환경을 지구 생명체에 적합하게 변화시킬 수도 있어. 따지고 보면 거대한 광물 덩어리나 다름없는 이 행성에 생명이 나타나 번성한 것처럼 다른 행성들에도 생명이 나타날 수 있을 거야. 그런 행성들은 참으로 많아. 내 장비로 먼 우주를 관찰할 때마다 인간이 거주할 수 있을 것 같은 행성들을 발견하고 있어.」

케찰코아틀이 반박한다.

「우리는 이 행성에 있고 아직 여기에서 해야 할 일이 많아요.」

아슈콜라인은 농담으로 응수한다.

「지금 우리가 해야 할 일은 가장 작은 공동체인 가정에서 완벽한 조화를 이루며 살아가려고 노력하는 거야. 그것도 결코 쉬운 일은 아니거든.」

은미얀은 둥근 접시에 담긴 요리를 각자에게 조금씩 나눠 준다. 그들은 두부와 비슷하게 생긴 요리를 먹으면서 꿀을 살짝 발효시켜 만든 음료를 마신다.

은미얀이 다시 말문을 연다.

「샤먼을 만나러 피라미드에 갔다가 그의 도움으로 가이아와 이야기를 나눴어.」

오시리스가 묻는다.

「어머니이신 우리 행성이 무어라고 하시던가요?」

「현재의 우주 프로그램에 인근 행성들을 관찰하기 위한 프로그램을 포함시키라고 하셨어.」

「가이아에게도 〈가족애〉가 있는 것일까?」

은미얀은 진지하게 대답한다.

「가이아는 당신의 자매들이 생명의 기적을 이루어 냈는지 알고 싶어 하셔.」

이슈타르가 묻는다.

「그 점에 대해서 엄마는 어떻게 생각하세요?」

「만약 우주에 우리밖에 없다면, 만약 가이아가 생명을 품은 유일한 행성이라면, 그건 우리에게 막중한 책임이 있다는 뜻이야. 소행성 하나가 대기층을 통과하여 가이아와 충돌하고 그로 인해 가이아가 파괴된다고 상상해 봐. 그러면 모든 게 끝나는 거야. 우주 어디에도 생명을 가진 존재가 없게 되는 것이지.」

그들은 침묵을 지키며 곱씹는다. 모든 게 끝난다는 생각은 이제껏 해본 적이 없기 때문에 조금 충격을 받은 것이다.

오시리스가 짐짓 대수롭지 않다는 듯 말을 받는다.

「가이아가 무엇을 두려워하시는지는 우리도 익히 알고 있어요. 당신 스스로 우리에게 여러 번 말씀하셨으니까요.」

은미얀이 말한다.

「가이아는 이제 죽음을 두려워하시지 않아. 고독에 시달리시는 거야.」

아슈콜라인은 생물학자로서 아내를 거든다.

「어떤 생명 형태든 자기와 유사한 다른 생명 형태들을 만나려고 하지. 가이아가 원하는 것은 우리가 이미 생명을 품고 있는 행성들을 찾아내거나 죽은 행성들에게 생명을 불어 넣는 거야.」

오시리스는 농담으로 받는다.

「우리 행성이 다른 행성들과 사귀고 싶어 하는 건가요?」

그때 사이렌이 울린다. 소행성 경보다. 아슈콜라인과 은 미얀은 근무지로 복귀한다.

모든 일이 아주 빠르게 진행된다. 불과 몇 시간 만에 우주 선 〈림프구 14호〉와 거기에 탑승할 미니 우주 비행사들이 이 륙 준비를 마친다. 발사대에 우주선이 세워지고, 카운트다 운이 시작된다. 엔진이 점화되고 우주선이 이륙하여 하늘로 솟구친다. 모두가 대형 화면들을 지켜보고 있다.

아슈콜라인의 머릿속에는 자기들이 다시 성공하리라는 생각밖에 없다.

195

나는 〈림프구 14호〉의 발사를 기억한다.

우주선은 완벽하게 이륙하여 빠르게 날아간 뒤에 소행성 〈테이아 5〉의 표면에 정확하게 착륙했다. 미니 우주 비행사 들은 가장 적당한 자리에 원자 폭탄을 설치한 다음, 제때에 다시 이륙했다.

곧이어 원자 폭탄이 터지고 나를 위협하던 소행성은 산산 조각이 되어 흩어졌다. 이번에는 그 파편들 가운데 어느 하 나도 우주선에 부딪치지 않았다. 우주 비행사들은 무사히 지 구에 귀환했다.

〈림프구 14호〉는 임무를 훌륭하게 완수했다. 이는 우주의 미생물에 대한 나의 면역 체계가 완벽하게 작동하고 있음을 입증하는 쾌거였다.

나는 비로소 마음을 놓을 수 있었다.

다만 그러는 사이에 여러 대륙에서 미니 인간들이 수를 불려 갔다. 그리고 그들은 전쟁에 모든 에너지를 쏟고 있었다.

한쪽에서 활을 개발하면, 다른 쪽에서는 투석기나 창이나 독화살을 쏘는 쇠뇌로 맞섰다. 같은 미니 인간들을 학살하는 것이 그들의 주된 스포츠가 되었다.

나는 그저 기다리는 것이 상책이라고 생각했다. 그들이 갈수록 성능이 좋아지는 무기들을 가지고 서로 죽이고 있으니 제풀에 완전히 사라지리라고 기대했다. 하지만 일상적인 폭력과 높은 유아 사망률에도 미니 인간들은 너무나 많은 자식을 낳은 덕에 계속 수가 증가하고 있었다. 전쟁은 점점 더 파괴적인 양상을 보이고 있었지만, 그것만으로는 그들의 과잉 인구를 스스로 조절할 수 없는 상황이었다.

196

다비드가 양쪽 관자놀이를 꾹꾹 누르면서 누시아에게 묻는다.

「우리가 얼마 동안이나 잔 거야? 너무 많이 마셨나 봐. 내 평생 이렇게 심한 숙취는 처음 겪는 것 같아. 머릿속에서 아직도 망치가 쿵쾅거리고 있어.」

그는 어렵사리 몸을 일으켜 시트를 빠져나간다.

누시아가 대답한다.

「적어도 스물네 시간은 잤을걸. 우리가 승리를 오달지게 자축하긴 했어. 일에는 엄격하기 짝이 없는 나탈리아가 그렇게 진탕 마시는 것을 좋아한다는 게 놀라워.」

「마르탱이 에마슈들의 저수통에 보드카를 넣어도 된다고 생각한 데는 다 이유가 있었어. 그는 나탈리아의 취향을 알고 있어. 일할 때는 바짝 긴장하다가 일이 끝나면 억눌린 기분을 확 풀어 버리는 취향 말이야.」

다비드는 세면대 위로 몸을 숙이고 거울을 보면서 얼굴을 찡그린다. 거울에 비친 자기 얼굴이 낯설게 느껴지는 것이다.

「이런 쾌거를 우리만 알고 있다는 게 유감이야.」

「뭘 원하는데? 훈장이라도 받고 싶어?」

「그 정도의 보상은 당연한 거 아냐?」

누시아도 욕실로 들어온다.

그들은 함께 샤워를 한 뒤에 옷을 입고 식당으로 내려간다. 다른 사람들은 아직 일어나지 않았다. 다비드는 커피 머신을 작동시킨다. 커피가 진한 향기를 풍기며 쪼르르 흘러내린다. 그는 간밤의 꿈을 떠올린다. 꿈이 피그미들의 트랜스 의식만큼이나 믿을 만한 것일까 하는 생각이 든다.

「간밤에 거기에 가 있는 꿈을 꿨어.」

「알아. 얼마든지 그럴 수 있어.」

그때 마르탱이 내려온다. 그 역시 숙취가 남아 있는 기색이다. 그는 아침 인사 대신 입으로 작은 소리를 내며 관자놀이를 문지른다.

그는 머피의 법칙이 적힌 티셔츠를 꺼내 입었다. 이번에는 이런 문장들이 적혀 있다.

58. 어떤 조직에나 실제로 일이 어떻게 돌아가는지 아는 사람이 하나 쯤은 있게 마련이다. 그런 사람은 쫓겨나기가 십상이다.

59. 어떤 사건이 허위임을 입증하는 증거들이 아무리 많아도, 그게 사실이라고 믿는 사람은 언제나 있게 마련이다.

곧이어 파자마 차림의 펜테실레이아와 베이비 돌 차림의 오로르가 차례로 나타난다. 숙취 때문에 모두가 힘들어하는 기색이다.

누시아가 놀리듯이 말한다.

「이제 우리 대장님만 납시면 되겠군.」

말이 떨어지지가 무섭게 나탈리아가 목욕 가운 차림으로 내려온다. 그들은 쌉쌀한 맛을 음미하면서 따끈따끈한 커피를 마신다.

나탈리아가 묻는다.

「누구 뉴스 들은 사람 있어요?」

그들은 식탁에 놓인 비스킷과 와플을 먹는다.

다비드가 대답한다.

「뉴스를 듣지 않고 하루를 보내는 것은 하루 동안 금식을 하는 것과 같아요. 나쁜 소식들을 소화하느라고 속이 부대낄 염려가 없죠.」

「그래요, 정말 오랜만에 속 편하게 하루를 보냈어요.」

나탈리아가 인정하자 펜테실레이아는 철학자처럼 말을 받는다.

「마치 이 행성이 우리를 빼놓고 한 바퀴 돈 것 같아요.」

하지만 나탈리아는 벌써 리모컨을 집어 화면 쪽으로 돌린다. 그러고는 채널들을 바꿔 나가다가 뉴스가 나오자 손을 멈춘다. 커다란 건물 앞에 기자들이 빽빽하게 모여 있다. 화면 아래쪽으로 〈UN 본부 가짜 외계인 사건〉이라는 자막이 지나간다. 바로 그날 오전에 UN 본부에서 벌어진 장면이 되풀이해서 방영된다.

퐁텐블로 국립 농업 연구원의 연구자들은 너무 놀라서 입을 다물지 못한다. 나탈리아는 텔레비전 소리를 키운다.

그들은 채널을 바꿔 가며 뉴스를 보고 또 본다. 모두가 믿기지 않는다는 듯 얼떨떨한 표정을 짓고 있다.

오비츠 대령은 무음 모드로 해 놓은 자기 스마트폰의 알림용 LED가 깜빡거리고 있음을 비로소 알아차린다. 서른한 통의 전화가 와 있다. 때마침 전화가 걸려 오고 〈드루앵〉이라는 이름이 화면에 나타난다.

그녀는 벨소리가 몇 차례 울리도록 기다리다가 심호흡을 하고 전화를 받는다.

〈여보세요〉라고 말할 새도 없이 상대방의 말이 거센 파도처럼 귓속으로 쏟아져 들어온다. 그녀의 얼굴이 굳어지고 매우 난처하다는 듯 미간에 일자 주름이 잡힌다.

「……네, 대통령님…… 네…… 네…… 물론입니다, 대통령님…… 이해합니다…… 물론입니다…… 아! 완전히요? …… 하나도 남기지 말고요? ……정말 그렇게 하기를 원하십니까? ……네…… 하지만…… 네…… 외람된 말씀이지만…… 아니 제 말씀은…… 이해합니다…… 잘 알겠습니다, 분부대로 이행하겠습니다.」

대령은 전화를 끊는다. 얼굴이 창백하다. 그녀는 떨리는 손으로 물부리를 찾는다.

다비드는 누구도 듣고 싶어 하지 않는 말을 입 밖에 낸다.

「연구를 중단하랍니까?」

「그건 첫 단계 조치일 뿐이에요.」

「다음 단계는 뭔데요?」

「대통령께서는 우리 셋이서 UN에 가기를 바라십니다. 나는 프로젝트의 책임자로서, 그리고 오로르와 다비드 두 사람은 과학자로서 말입니다. 가서 우리가 벌인 일을 사실대로 설명하라는 것입니다.」

펜테실레이아가 지적한다.

「그러면 문제가 더 심각해질 텐데요.」

「프랑스 공화국 대통령의 결정이에요. 완전한 투명성을 보이며 정면 돌파를 하자는 겁니다. 우리의 작전 때문에 생겨난 피해에 대해서 이란에 배상을 하기로 이미 결정하셨답니다.」

「이란에 손해 배상을 한다고요?」

「대통령께서는 〈레인보우 워리어〉호 사건을 언급하셨습니다. 1985년에 프랑스 정보기관의 요원들이 프랑스의 핵실험을 저지하기 위해 항해하던 그린피스의 환경 감시선을 폭파했어요. 며칠 뒤에 비밀 요원들이 체포되고 신분이 드러났어요. 프랑스 정부는 사과를 하고 우리 정보기관이 야기한 피해에 대해서 배상을 할 수밖에 없었죠.」

「누구한테요?」

「그린피스뿐만 아니라 그 폭파 사건이 벌어진 나라인 뉴질랜드에도 배상을 했어요. 우리는 우리 정보기관의 실책을 보상하기 위해 뉴질랜드의 양을 수백만 마리나 사줬고, 그 뒤로 3년 동안 뉴질랜드산 양고기를 먹었죠.」

「하지만 그때하고는 달라요. 그건 핵무기 반대와 환경 보호를 목적으로 자유롭게 활동하는 단체를 상대로 한 작전이었어요. 이번에는 핵무기를 사용하려고 하는 독재 정권에 맞선 것이고요.」

「국제 외교에서 그런 차이는 고려 대상이 되지 않아요. 정보기관이 무슨 작전을 벌일 때는 완전히 성공하지 않으면 안 돼요. 다시 말하면 들키지 말아야 한다는 것이죠.」

오비츠 대령은 다시 커피 잔을 들더니 계속 담배를 피워 가며 조금씩 마신다.

「군사 작전에서 20퍼센트 정도의 손실은 감수해야 한다고 하지 않았던가요?」

「어느 정도의 손실은 감수할 수 있죠. 하지만 UN 본부에서 외계인 행세를 하다가 세계 모든 나라의 국가 원수들 앞에서 우리를 웃음거리로 만드는 첩보원은 단 한 사람도 용납될 수가 없는 겁니다.」

대령은 담배 연기를 기다란 띠 모양으로 뱉어 낸다.

「전쟁이 양상이 달라졌어요. 특공대원들 못지않게 미디어도 중요해요. 사건을 대중에게 어떤 식으로 알리느냐에 따라서 모든 게 달라질 수 있어요. 그래서 스타니슬라스 드루앵 대통령께서 우리 세 사람에게 뉴욕으로 가라고 하시는 겁니다. 그리고 그게 다가 아니에요.」

대령은 그들 모두가 익히 보아 온 대로 반쯤 피운 담배를 재떨이에 대고 짓누른다.

「우리는 에마슈들을 모조리 안락사시켜야 합니다.」

197

백과사전: 조너선 스위프트

〈진정한 천재가 이 세상에 태어났음은 바보들이 단결해서 그와 맞서는 것을 보면 알 수 있다.〉 조너선 스위프트의 이 말은 평생에 걸쳐 당대의 반동적인 세력에 맞서 싸운 이 아일랜드 출신 작가의 정신을 잘 보여 준다.

아일랜드에서 몇 해 동안 성직자로 활동한 뒤에 그는 영국으로 건너가 〈책들의 전투〉라는 제목의 짤막한 풍자문을 쓴다. 오래된 책들과 새로운 책들이 도서관에서 전투를 벌이는 이야기를 통해 영국의 신구 논쟁을 재치 있게 풍자한 이 작품은 많은 반향을 불러일으킨다.

그 뒤로 그는 동시대인들을 조롱하는 팸플릿과 풍자문과 논문을 계속 발표한다(그 때문에 앤 왕과 일부 귀족의 미움을 사기도 한다. 그 글들에는 다음과 같은 유명한 문장들이 들어 있다).

〈우리를 서로 미워하게 만드는 종교들은 지금 있는 것만으로 충분한데, 서로 사랑하게 만드는 종교는 오히려 부족하다.〉

〈자기가 잘못 생각했음을 고백하는 것은 자기가 더 합리적인 사람이 되었음을 겸허하게 입증하는 것이다.〉

〈법이란 거미줄과 비슷해서, 작은 파리들은 잡지만 말벌들은 빠져나가게 내버려 둔다.〉

조너선 스위프트는 현기증과 구토와 귀울림 증상이 계속 나타나는 질병(메니에르병)에 시달린 탓인지 말수가 적고 통 웃지 않는 것으로 유명했다. 그럼에도 그는 유머가 넘치는 작품을 만들어 냈다.

그의 유머 감각과 풍자 정신이 가장 잘 드러나 있는 작품은 1720년경부터 쓰기 시작해서 1726년에 출간한 『걸리버 여행기』이다. 이 소설은 주인공 레뮤얼 걸리버가 선의(船醫) 또는 선장으로 세계 여러 곳을 항해하다가 우연히 표착하게 된 기이한 나라들에 관한 이야기를 담고 있다. 첫 번째 여행기에서 걸리버는 난파를 겪고 표류하다가 소인들이 사는 섬 릴리퍼트에 다다른다. 이 섬의 주민들은 이웃한 섬나라 소인들과 끊임없이 전쟁을 벌인다.

두 번째 여행기에서 걸리버는 마실 물을 구하기 위해 상륙한 섬에 홀로 남게 된다. 브로브딩내그라 불리는 이 기이한 섬에는 거인들이 살고 있다. 그들에 비해서 걸리버는 너무나 작다. 거인들은 그를 서커스단의 구경거리로 삼는다. 그는 돈에 눈이 먼 주인 때문에 온 나라의 주요 도시들을 순회하며 혹사를 당한다. 그러다가 자비로운 왕비의 눈에 들어 궁궐에서 생활하기 시작한다. 왕비는 그를 살아 있는 보석처럼 아껴 준다.

세 번째 여행기에서 걸리버는 공중을 날아다니는 섬 라퓨터를 방문한다. 이 섬에는 수많은 철학자들과 과학자들이 살고 있다. 그들은 수학과 음악에 조예가 깊고 늘 사색에 몰두해 있다. 그들은 삶과 직결되지 않은 공허한 논쟁으로 세월을 허송한다. 지구의 종말 등을 놓고 제각기 다른 의견을 내어 끊임없이 논쟁을 벌이지만 그들의 불안을 해소하는 데는 도움이 되지 않는다.

마지막 여행기에서 걸리버는 〈어드벤처〉호의 선장으로 무역로를 개척하기 위한 항해에 나섰다가 선원으로 위장한 해적들에게 배를 빼앗기고 혼자서 낯선 나라의 해안에 다다른다. 이곳은 후이넘이라 불리는 말들의 나라이다. 이 말들은 사람처럼 언어를 구사하고 높은 수준의 지성을 가진 존재들이다. 이들은 인간을 〈야후〉라고 부르면서 원시적인 동물로 취급한다.

훗날 조너선 스위프트가 술회한 바에 따르면, 이 소설의 아이디어는 1720년 영국에서 벌어진 주식 대폭락에서 비롯되었다고 한다. 그는 〈남양 회사(사우스 시 컴퍼니)〉의 주식에 1천 파운드를 투자했다. 처음엔 주가가 상승해서 그 돈이 1천2백 파운드로 불어났다. 그러다가 주가가 폭락하면서 모든 소액 투자자들을 파산시켰다. 스위프트는 주가가 그렇게 폭등했다가 폭락하는 현상을 겪고 나서 한 가지 영감을 얻었다. 머나먼 섬나라들에서 주인공이 어떤 종족을 만나느냐에 따라 갑자기 거인이 되기도 하고 소인이 되기도 하는 이야기를 지어내어 영국 사회를 풍자해 보기로 한 것이다.

조너선 스위프트는 1745년 향년 78세를 일기로 더블린에서 세상을 떠났다. 그의 유산은 모두 정신 병원을 설립하는 데에 사용된다. 1757년에 문을 연 그 병원의 이름은 〈바보들을 위한 세인트패트릭 병원〉이다.

에드몽 웰스, 『상대적이며 절대적인 지식의 백과사전』 제7권

198

에마 109는 몹시 지쳐 있다. 그럼에도 에마 523을 어깨에 메고 내달린다. 뒤에서는 경찰관들이 따라온다. 작은 발자국의 냄새를 맡는 경찰견들이 그들을 이끌고 있다. 두 에마슈는 어느 건물의 모퉁이 뒤에 숨어서 추적자들의 동태를 살핀다. 그들이 다가오고 있다.

휴식을 취할 틈이 없다. 더 빠르게 달아나야 한다. 에마 109는 맨홀 뚜껑 하나에 구멍이 뚫려 있는 것을 발견한다. 에마슈들이 빠져 나갈 수 있을 만큼 구멍이 넓어 보인다.

우리가 저들과 다른 점을 십분 활용해야 해 하고 에마 109는 생각한다. 그러고는 아직 사슬에 묶여 있는 동료를 먼저 내려 보낸 뒤에 자기도 구멍으로 들어간다. 다행히 아래에 쓰레기 더미가 있어서 낙하의 충격이 완화된다. 맨홀 뚜껑 위쪽에서 개들이 짖어 댄다. 개들의 침이 구멍을 통해 끈적한 빗방울처럼 떨어진다.

맨홀 뚜껑이 위로 들리고 손전등 불빛이 눈이 부시도록 쏟아져 내린다. 거인들이 자기들의 언어로 떠들어 댄다.

에마 109는 주변 상황을 재빨리 점검한다. 오른쪽으로 집수(集水) 도랑이 지나간다. 도랑물이 악취를 풍기며 온갖 쓰레기를 휩쓸어 가고 있다. 위쪽은 갈수록 소란스러워진다.

벌써 검은 형체들이 빛의 동그라미를 막고 있다.

어서 행동에 나서야 한다.

에마 109는 더러운 물에 떠 있는 조깅화 한 짝을 발견한다. 그러자 에마 523을 안고 그리로 달려간다.

거대한 실루엣들이 다가온다. 하지만 이미 늦었다. 그들은 거대한 손을 촉수처럼 뻗어 조깅화를 잡으려고 하지만 물이 너무 빠르게 흘러간다. 물살에 휩쓸린 그 임시변통의 쪽배는 다른 쓰레기들과 함께 벌써 좁고 캄캄한 통로로 빨려 들어간다. 사위가 온통 캄캄해지고 추적자들의 목소리가 멀어진다.

이제 놈들은 우리를 잡지 못할 거야.

에마 109는 배를 대신하는 조깅화 속에 웅크린 채 자기 체온으로 다친 자매를 따뜻하게 해준다. 쓰레기 냄새와 뒤섞인 신발창의 고린내가 지독하지만, 두 에마슈는 그것조차 알아차리지 못한다.

우리는 자유의 몸이 되었다.

에마 109는 안도의 한숨을 내쉰다.

칠흑 같은 어둠 속을 나아가다 보니 알전구가 켜져 있는 터널이 나온다. 물살이 느려진다.

에마 109는 머리를 신발 밖으로 내민다. 그런데 눈앞에 쥐의 머리가 보인다. 쥐는 길이가 30센티미터나 될 만큼 커 보인다. 앞니는 군검처럼 날카롭다. 놈이 그녀들 쪽으로 펄쩍 뛰어오른다.

에마 109는 아슬아슬하게 놈을 피한다. 놈은 물방울을 튀기며 물에 떨어진다. 그 서슬에 에마슈들의 배가 기우뚱거린다.

에마 109는 몸을 일으켜 신발 주위를 둘러본다. 방금 물에 빠진 놈만큼이나 큰 쥐들이 열 마리쯤 더 보인다. 놈들이 빨간 눈과 앞니를 번득이며 헤엄쳐 온다.

그때 알전구가 꺼지더니, 간헐적으로 깜빡이기 시작한다.

우리가 저들과 다른 점을 십분 활용해야 해.

쥐와 대적할 때, 에마슈의 크기는 강점이 아니라 약점이다. 반면에 손을 사용하는 능력은 강점이다. 에마 109는 쓰레기 속에서 무기가 될 만한 것을 찾는다. 마침 금속으로 된 뜨개질바늘이 눈에 띈다. 그녀는 그것을 잡아 창처럼 휘두르며 헤엄쳐 오는 쥐들의 접근을 막는다. 놈들 가운데 한 마리가 대담하게 정면 공격을 시도한다. 그녀는 바늘 끝으로 놈의 목을 찔러 격퇴한다.

그때 전구가 다시 꺼진다. 어두운 곳에서도 앞을 잘 볼 수 있는 쥐들은 그 틈을 타서 일제히 다가든다. 다시 불이 들어온다. 뜨개질바늘을 꽉 움켜쥔 에마 109는 적들에게 둘러싸여 있다. 한 놈의 신호에 따라 쥐들이 공격을 개시한다. 전등이 다시 점멸하며 스트로보 효과를 낸다. 그 장면이 단속적으로 전개되는 것처럼 보인다. 한 놈의 발톱이 면도날처럼 공기를 가르며 그녀의 얼굴을 스친다. 다른 놈의 앞니가 그녀의 넓적다리에 박힌다. 에마 109는 뜨개질바늘을 도리깨처럼 돌려 정확한 타격을 가한다. 다행히도 나탈리아는 그녀에게 보젠도(棒禪道)라는 일본 봉술을 가르쳐 주었다.

그녀는 적들이 분명하게 눈에 들어오는 족족 놈들의 번득이는 앞니를 겨냥하고 정통으로 가격한다. 점멸하는 불빛 속에서 뜨개질바늘은 더욱 빠르게 돌아가고 놈들의 몸뚱이에서 피가 분출한다. 1분도 채 안 되는 사이에 쥐 네 마리가 시체로 변하여 물 위에 떠다닌다. 그녀는 몇 군데 가벼운 상처를 입었을 뿐이다. 싸움을 거들기 위해 달려왔던 다른 쥐들은 위험을 무릅쓰고 침입자들과 싸우는 대신 저희 종족의 시체를 먹기로 한다.

여기에 계속 있을 수는 없어. 어서 안전한 은신처를 찾아내야 해.

에마 109는 그렇게 생각하고, 물살에 휩쓸려 곧장 나아가는 조깅화 쪽배에서 주위를 둘러본다. 배를 댈 수 있는 둔덕이 눈에 띈다. 그녀는 뜨개질바늘을 이용하여 베네치아의 곤돌라 사공처럼 조깅화를 몰아간다. 뜨개질바늘로 물에 떠 있는 물건들을 누르는 방식으로 삿앗대질을 하니 배가 더욱 빨리 나아간다. 이윽고 그녀는 임시변통의 쪽배에서 뛰어내린 다음 배를 둑으로 끌어 올리고 자매를 내려 준다. 이곳은 다른 곳에 비해 습하지 않다. 때가 덕지덕지한 네온등 불빛을 받고 있기 때문이다. 이 네온등 역시 조금 전의 알전구처럼 깜빡거린다.

그녀는 술이 조금 남아 있는 술병 하나를 찾아내고 바닥에 떨어져 있는 헝겊 조각을 주워 든다. 그런 다음 헝겊을 술에 적셔 자매의 상처에 대준다. 이어서 그녀는 못 하나를 사슬 고리에 밀어 넣고 빙빙 돌리다가 지렛대를 누르듯이 힘을 꽉 주어 사슬을 끊어 버린다.

「이제 안전해. 아무런 문제 없어. 그런데 일이 어떻게 된 거야?」

에마 523은 높낮이가 없는 목소리로 대답한다.

「임무를 수행하고 나서 비행접시에 다시 타려고 했는데, 웬 거인이 비행접시를 밟아 버렸어. 자기 발밑에 무엇이 있는지도 모르는 채로 그냥 지나가다가 밟은 거야. 하는 수 없이 걸어서 그곳을 빠져나오려고 했어. 그런데 그곳이 사막 지역이라서 몸을 숨기면서 이동할 수가 없었어. 물 한 모금 마시지 못하고 녹초가 되도록 걷다가 사막에서 기절해 버렸어. 어떤 사람이 나를 발견하고 경찰서로 데려간 모양이야. 그들은 나에게 물을 주고 치료를 해주더니 감방에 가두고 고문을 했어.」

그녀는 오열을 참으며 숨을 길게 들이마신다.

「그게 얼마나 지독했는지 너는 모를 거야. 결국…… 내가 알고 있는 것을 다 말해 버렸어.」

에마 109는 그녀를 꼭 안아 준다.

「다 끝났어. 그들은 더 이상 너에게 고통을 줄 수 없어.」

「그런데 너는 무슨 일을 겪은 거야?」

「임무를 마치고 잠수함으로 귀환하던 중에 돌고래 한 마리가 내 비행접시를 공격했어. 그 바람에 통신 장비가 망가진 채로 비행하다가 키프로스섬에 상륙해서 거인들에게 잡혔어. 그래서 나탈리아신이 가르쳐준 대로 그들에게 말했지.」

에마 109는 자매의 이마로 흘러내린 머리카락을 쓸어 올린다.

「우리가 어느 나라에 와 있는 거야? 밖을 내다볼 수 없는 상자에 갇힌 채로 여행을 했더니 어디가 어딘지 도통 모르겠어.」

「나도 자세히는 모르지만, 여기는 뉴욕이라는 도시야. 마이크로 랜드에서 멀리 떨어진 곳이야. 어떤 지도에서 보니까, 마이크로 랜드가 있는 프랑스를 중심으로 이란은 동쪽에 있고 뉴욕은 서쪽에 있더라고.」

그녀는 마치 허공에 지도가 걸려 있기라도 하듯 손으로 짚어 보이는 시늉을 한다. 에마 523은 다시 통증을 느끼며 얼굴을 찡그린다.

「이제 걱정 마, 523. 내가 너를 치료해 줄 거야. 당분간 여기에 머물면서 기력을 회복하자고. 어떤 거인도 우리를 찾아내지 못할 거야.」

두 에마슈는 서로에게 기대어 몸을 웅크린다. 그러다가 마침내 에마 523이 잠들자, 에마 109는 천으로 그녀를 감싸고 스타이렌 수지 조각으로 잠자리를 만들어 그녀를 눕힌다. 그런 다음 여러 가지 물건들을 모아다가 오두막을 세운다.

쥐들이 다시 공격해 올 경우에도 대비해야 한다. 그녀는 무기로 사용할 수 있는 뾰족한 물건들을 오두막 앞에 놓아둔다. 그리고 케첩 튜브, 마른 비스킷, 사탕 등 식용이 가능해 보이는 식품들을 주어다가 오두막 한쪽에 비축한다.

거인들이 낭비를 많이 해서 다행이야 하고 그녀는 생각한다.

에마 523이 코를 골기 시작한다. 에마 109는 다시 오두막 밖으로 나간다. 낡은 네온등은 더욱 빠르게 깜박이다가 다시 안정을 찾고 더러운 물에 휩쓸려 가는 쓰레기를 환히 비춘다.

거인들은 이상해. 어떤 거인들은 우리를 돕고, 어떤 거인들은 우리를 고문해. 어떤 거인들은 신이고, 어떤 거인들은 악마야. 어쨌거나 나는 벙커를 폭파해서 거인 몇 명을 죽였어. 그건 그들 모두가 무적의 존재인 것은 아니라는 증거야.

199

뉴욕.

호텔 객실의 초인종이 울린다.

스타니슬라스 드루앵 대통령은 고개를 들고 소리친다.

「또 뭐야?」

문이 열리고 경호원이 오비츠 대령을 들여보낸다.

대통령은 인사를 주고받기도 전에 일갈한다.

「일이 엉망진창으로 돌아가고 있소!」

나탈리아는 차분하게 대답한다.

「큰 위험을 감수하지 않으면 큰 소득이 없는 법입니다. 저는 우리 프로젝트에 위험이 따른다는 사실을 숨긴 적이 없습니다.」

「불운을 탓하자는 거요? 우리는 불운도 관리해야 하오.」

그는 안락의자에 앉으라고 나탈리아에게 손짓을 보낸다.

「당신이 나를 곤경에 빠뜨렸으니, 이 곤경에서 벗어나게 하는 것도 당신 몫이오.」

「지금 당장엔 화가 나시겠지만, 이건 부수적인 현상일 뿐이라는 말씀을 드리고 싶습니다. 우리가 이루어 낸 일은 장차 엄청난 파급 효과를 가져올 것입니다. 외교적인 혼란이 빚어진 것은 사실이지만 우리 프로젝트의 성과에 비하면 그건 아무것도 아닙니다.」

그 말에 대통령은 눈썹을 치켜올린다.

「우리는 제3차 세계 대전을 일으키려는 나라의 핵 시설을 파괴했습니다. 우리는 미래에 우리의 숱한 문제들을 해결해 줄 수 있는 새로운 인류를 창조했습니다. 그게 우리의 성과입니다.」

대통령은 손바닥으로 책상을 탁 친다.

「다 부질없는 소리요. 당신이 말하는 그 〈외교적인 혼란〉을 수습하지 못하면, 나의 재선을 기대하기가 어렵소. 내 후임자는 인류의 미래에 관한 당신의 일곱 가지 비전이나 인류의 새로운 종에 관심을 가지지 않을 게 분명하오. 그는 내가 재앙이 빚어지리라는 것을 예상하지 못하고 당신의 말에 귀를 기울인 것은 무책임한 행동이었다고 말할 거요. 그리고 전에 보건부 장관을 상대로 그랬듯이 나를 기소하라고 요구할 거요.」

「신종 플루 백신을 확보해 둔 것은 그렇게 쓸모없는 조치가 아니었다는 사실이 드러나지 않았습니까?」

「내가 당신한테 일깨워 주고 싶은 게 바로 그거요. 올바르게 판단하는 것도 중요하지만 때를 잘 맞추는 것도 그에 못지않게 중요하오. 올바른 판단이 너무 이르면 그릇된 판단보다 못할 수도 있소. 이 점을 명심하시오.」

나탈리아는 숨을 길게 들이마신다. 담배를 피우고 싶지만, 그저 만년필을 만지작거리는 것으로 달랠 수밖에 없다.

「저는 설령 너무 앞서가는 것일지라도 옳은 쪽을 선택하겠습니다. 뒤늦게 틀렸음을 깨닫기보다는 그 편이 낫습니다. 역사는 어떤 식으로든 우리에게 정당한 평가를 돌려줄 것입니다. 때가 되면 진실이 드러나는 법이니까요.」

「그때가 바로 어제였소. 자파르 대통령이 공개적으로 우리를 모욕했을 때 말이오.」

「우리는 똑같은 곤경을 함께 겪고 있습니다. 함께 숙고하고 함께 헤쳐 나가야 합니다.」

「자파르가 이겼소. 내일 나는 당신의 연구에 관한 모든 정보를 그에게 알려 줄 거요. 손해 배상도 각오하고 있소. 당연히 협상을 시도하겠지만 성과를 기대할 수는 없는 상황이오. 그는 과도한 액수를 요구하고 있소. 솔직히 말해서 우리 재정 상태로 보아 받아들이기 어려운 액수요. 아 참, 그보다 고약한 것을 잊고 있었소. 그는 범인들을 잡아내라는 요구도 하고 있소. 뉴욕의 하수도로 달아난 작은 에마슈들을 우리보고 찾아내라는 거요! 우리 경찰견들을 데려다가 그들을 추적해야 할 판이오. 그 비용도 만만치 않을 거요.」

나탈리아는 태연한 표정으로 말을 받는다.

「그러니까 오늘 밤 안으로 무언가 더 합리적인 해결책을 찾아내야 한다는 말씀인가요? 제가 대통령님과 함께 여기에 머물면서 방법을 생각해 봐도 되겠습니까?」

대통령은 그녀에게 코카인을 내민다.

「고맙지만 사양하겠습니다. 저한테는 편집증이 각성제 구실을 합니다. 역사를 돌이켜 보면, 불안을 느끼지 않는 자들은 스스로 생존 가능성을 낮추는 경우가 많았습니다. 저희 조상들이 대대로 겪은 박해의 역사를 생각할 때마다 저는 정신을 바짝 차리게 됩니다. 먼저 텔레비전 뉴스를 확인할 필요가 있습니다. 지금 벌어지고 있는 일들 속에서 아이디어를 찾아내야 하니까요.」

대통령은 그 자그마한 여자의 자신감을 내심 가상하게 여기며, 더 잃을 게 없겠다 싶어서 그녀에게 리모컨을 내민다. 그런 다음 수행원을 불러 커피를 가져오게 한다. 오늘 밤이 자기의 남은 정치 인생 전부를 좌우하게 되리라는 것을 그는 알고 있다.

나탈리아는 뉴스에 관심을 기울인다. 하지만 도움이 될

만한 정보가 보이지 않는다. 앵커는 그저 〈가짜 외계인 사건〉 또는 〈자파르 대통령의 폭로〉 운운하며 전날의 사건들을 되풀이하여 보도하고는 곧바로 다음 소식으로 넘어간다. 월드컵을 둘러싼 잡음, 일본 근해에서 새로 발견한 기록적인 심해 유전을 그날 오후에 채굴하기 시작했다는 소식, 오존층에 구멍이 뚫려 기온이 상승한다는 식의 판에 박은 기상 이변 타령…….

나탈리아는 실망한 기색으로 얼굴을 찡그린다. 대통령은 어깨를 으쓱 치켜올린다.

「매일같이 똑같은 쇼를 벌이는 거요. 배우들도 똑같고 연출도 똑같소. 서스펜스 효과도 이젠 통하지 않아요. 나탈리아, 도대체 뉴스에서 뭘 기대하는 거요?」

「혹시 하느님의 손길이 보이지 않을까 해서요.」

「하느님을 믿소?」

「아닙니다. 하지만 때로는 하느님이 비신자들도 도와주시는 것 같습니다.」

대통령은 위스키를 따라 마신다.

「나탈리아, 우리가 함께 밤을 보내야 하는 상황이라서 하는 말인데…….」

「심려하지 마십시오, 대통령님. 스캔들을 찾는 데 혈안이 되어 있는 언론에 정보를 흘려서 이상한 말이 나오게 하는 짓은 절대로 하지 않겠습니다.」

대통령은 그 농담에 개의치 않고 말을 잇는다.

「그런 얘기가 아니오. 사실 그동안 내가 말은 안 했지만, 나는 당신을 높이 평가하고 있소. 당신이 현장 요원으로서 수행한 작전들도 훌륭했고, 그 뒤에 전략 전문가로서 수행한 작전들도 훌륭했소. 나는 미래를 내다보는 당신의 안목에 경탄했소. 정치권에 가장 부족한 게 뭔 줄 아시오? 바로 앞을 내다볼 줄 아는 사람들이오. 나는 마르크스의 견해에 동조하지 않지만, 그에겐 적어도 한 가지 장점이 있었소. 인류의 진화를 장기적인 관점에서 조망했다는 것이 바로 그거요. 오늘날에는 배우들이 세상을 다스리고 있소. 그들은 홍보 전문가들이 써준 연설문을 읽으며 연기를 할 뿐, 자기네 나라를 위한 총체적인 전망과 프로젝트를 가지고 있지 않소. 인류 전체를 위한 프로젝트는 생각조차 할 수 없소. 설령 그들이 앞을 내다본다고 해도 그 기간은 2년을 넘지 않소.」

「그들은 테크노크라트입니다. 학교에서 배운 것을 적용할 뿐입니다.」

「배우나 테크노크라트나 차이가 없소. 그래서 나는 당신의 제안에 응했소. 지평을 확대하자는 제안에 말이오.」

「미래를 멀리 조망하는 것은 흥미로운 일입니다.」

그는 창가로 다가가서 맨해튼의 땅바닥으로부터 석순처럼 솟아오른 마천루들을 바라본다.

「사실 조금 전에 거짓말을 했소. 나는 다음 선거에만 신경을 쓰고 있는 게 아니오. 그보다는 우리 자식들과 우리 손자들에게 일어날 일에 대해서 걱정하고 있소.」

「우리의 삶은 덧없지만, 그런 관점에서 조망하면 우리의 앞과 뒤가 함께 보이지요.」

그는 위스키를 한 잔 가득 따라서 단숨에 들이켠다. 나탈리아는 한쪽 눈썹을 치켜올리며 걱정 어린 표정을 짓는다.

「알아서 마실 테니 신경 쓰지 말아요. 실망하고 또 실망하는 것에 염증이 나서 오늘은 조금 마시고 싶소. 늘 자신을 통제하고 남들의 시선을 의식하며 전전긍긍하는 것은 정말 피곤한 일이오. 끊임없이 감시를 당하고 심판을 받으며 산다는 게 어떤 건지 상상할 수 있겠소? 무수한 자칼들이 나를 잡아먹으려고 내가 비틀거리기를 기다리고 있소. 그런 자칼들에게 둘러싸여서 산다는 게 어떤 건지 짐작할 수 있겠소? 대통령 노릇을 하기란 여간 어려운 일이 아니오. 사람들은 우리가 권력을 이용할 거라고 생각하지만 우리는 권력을 이용하지 않소. 사람들은 우리가 사익을 추구할 거라고 생각하지만, 나는 진실로 미래에 인류에게 무슨 일이 닥칠지 걱정하고 있소. 그럼에도 많은 사람들이 나를 나쁘게 생각하고 있으니, 힘이 빠질 수밖에.」

「취하신 것 같습니다, 대통령님.」

「그래요, 취하니까 기분이 좋소. 술기운에 내가 진심을 털어놓는 거요.」

나탈리아는 리모컨을 든 채로 뉴스를 계속 지켜본다. 그러다가 이따금 영상을 정지시켜 자세히 살핀다.

「생각하시는 바를 솔직하게 말씀해 주셔서 고맙습니다. 이토록 큰 심려를 끼쳐 드려서 죄송합니다. 그래도 저는 우리의 특공 작전이 필요했고 우리가 아마도 훨씬 더 심각한 재앙을 막았으리라고 생각합니다.」

그는 다시 위스키를 한 잔 가득 따른다.

나탈리아는 볼륨을 조금 높이고 세계 곳곳에서 벌어진 사건들의 영상을 살펴본다. 문득 어떤 직감이 스쳐 간다. 해결책이 이미 나타났음에도 자기가 그것을 보지 못했다는 느낌이 드는 것이다.

200

저들은 독감으로 인한 대재앙에서 회복되자마자 흡혈 기생충으로 돌아와 그악스러운 작업을 다시 시작했다.

일본 근해에서 새로 시작된 저 시추 작업은 무엇이란 말인가? 저들은 나의 소중한 검은 피를 빨아올리기 위해 점점 더 깊이 파 들어온다.

이미 심해 시추를 벌이다가 사고를 겪었음에도 저들은 아직 정신을 차리지 못했다.

하는 수 없다. 일껏 가르쳐 줘도 깨닫지 못하니, 다시 본때를 보여 주어야겠다.

201

「이 모든 게 네 잘못이야, 다비드!」

「아니, 오로르, 어째서 내 잘못이라는 거야?」

그들은 거실에 있고 주위에는 화면들이 아직 켜져 있다.

누시아와 펜테실레이아는 따로 떨어져서, 지난 사건들에 대한 더 상세한 분석 기사들이 실린 신문들을 읽는 데 몰두해 있다. 문제가 터지고 오비츠 대령이 뉴욕에 가 있는 대통령을 만나기 위해 떠난 뒤로, 퐁텐블로의 국립 농업 연구원 내부에는 팽팽한 긴장이 감돈다.

「이런 위험이 닥칠 수 있음을 예상하고, 대비책을 마련했어야 해. 보안을 유지하기 위한 대책을 강구했어야 한다고. 하다못해 첩보원들이 잡힐 경우에 대비해서 잇새에 끼워 넣는 청산가리 캡슐이라도 준비했어야 하는 것 아냐?」

「미션은 성공적으로 끝났어. 그 뒤에 약간의 문제가 생겼을 뿐이야.」

마르탱과 펜테실레이아와 누시아는 이것을 두 사람만의 사사로운 말다툼으로 간주하고 싸움에 끼어들고 싶지 않아서 자리에서 일어난다. 그러고는 고통스러운 하루를 보냈으니 이제 쉬어야겠다면서 2층으로 올라간다. 오로르는 에마 109의 얼굴과 함께 〈가짜 외계인 사건〉이라는 제목이 나타나 있는 화면을 가리킨다.

　「나탈리아는 대통령한테 호된 질책을 당하고 있을 거야.」

　「하지만 우리는 이러한 일이 벌어질 것을 예상할 수 없었어.」

　「아니, 예상했어야 했어. 나탈리아 말마따나 실패하는 자들은 변명거리를 찾고 성공하는 자들은 방법을 찾아내는 거야.」

　그는 벌떡 일어나 그녀를 마주 대한다.

　「아니, 오로르, 왜 이러는 거야? 우리는 한배를 타고 있어. 죽어도 같이 죽고 살아도 같이 살아야 해. 우리 두 사람뿐만 아니라 펜테실레이아와 누시아와 에마슈들도 똑같은 곤경에 처해 있어. 마르탱과 나탈리아도 그렇고 대통령도 마찬가지야.」

　오로르도 자리에서 일어서더니 거실에서 나가 버린다. 그러고는 연구원 건물을 나서 창고로 간다. 그녀는 문을 열고 마이크로 랜드를 보호하는 아크릴 유리에 한 손을 대고 내부를 물끄러미 바라본다. 그러다가 유리문을 열고 들어가 초미니 도시의 서쪽 변두리에 가서 앉는다.

　다비드는 그녀를 따라 들어간다.

　「좋아, 인정할게. 네 말대로 이런 일이 벌어질 것을 예상했어야 해. 에마슈 하나가 길을 잃고 키프로스의 어느 백사장

722

에 착륙했다가 아이들에게 잡혀서 외계인 행세를 하고 결국에는 모든 국가 원수들 앞에서 정체가 탄로 나는 사태를 예상했어야 한다고.」

몇몇 에마슈가 그들을 알아보고 발치에 와서 머리를 조아린다. 금빛 눈의 젊은 오로르는 그들을 찬찬히 살펴본다. 누구보다 신심이 강한 에마 666도 그들 사이에 끼어 있다.

「너무나 중요한 것이 걸려 있는 임무였어. 우리는 충분한 시간을 갖고 더욱 치밀하게 작전을 짰어야 해.」

「오로르, 미국 정보기관이 조금 전에 우리에게 알려 준 정보를 잊었어? 한시가 급해. 어서 빨리 해결책을 찾아내야 한다고.」

다른 에마슈들이 와서 머리를 조아리고 자기들을 방문한 신들에게 공물을 바친다. 그들의 경작지에서 나온 아주 작은 과일들과 채소들이 땅바닥에 줄느런히 놓인다. 오로르와 다비드는 숭배자들에게 고맙다고 말하면서 손길 닿는 대로 그것들을 집어 든다. 에마슈들은 물러가서 자기들이 하던 일을 계속한다. 곳곳에서 신축 공사가 한창이다. 마이크로 랜드의 주민들은 이제 6층이나 7층 건물도 거뜬히 지을 수 있다.

오로르가 속삭인다.

「신들이 무슨 짓을 벌일 준비를 하고 있는지 저들이 안다면…….」

「나탈리아는 아직 포기하지 않았어.」

「이 모든 게 한낱 유령 도시로 변하게 되겠지?」

오로르는 그 말을 하다가 에마슈들이 짓고 있는 유난히 높은 건물 하나를 발견한다. 무려 20층이 넘는 빌딩이다.

「빌어먹을, 우리가 무슨 짓을 한 거야! 다비드, 우리가 무슨 짓을 한 거냐고!」

그녀는 분노와 낙담을 주체하지 못하고 그에게 몸을 기댄다.

그는 조금 망설이다가 자기들만 있음을 확인하고 그녀를 꼭 안아 준다.

「우리는…… 이 실험에 부분적으로 성공했고 부분적으로 실패했어. 과학적인 진보는 모두 이런 우여곡절을 겪으면서 이루어지는 거야.」

「우리는 저들을 모두 죽이지 않으면 안 될 거야.」

눈물이 그녀의 광대뼈를 타고 주르륵 흘러내린다.

몇몇 에마슈가 그들을 관찰한다. 그것을 보고 다비드가 속삭인다.

「음…… 우리를 숭배하는 에마슈들 앞에서 약한 모습을 보이지 않는 게 좋겠어.」

그들은 아크릴 유리로 지은 테라리엄과 창고에서 빠져나와 국립 농업 연구원을 나선다. 그런 다음 그냥 발길 닿는 대로 걸어서 다비드의 어머니 무덤 앞에 다다른다. 그들은 걸음을 멈추고 무덤 위에서 계속 자라난 나무를 바라본다. 나뭇가지에 까마귀 한 마리가 앉아 있다.

그녀가 다시 말문을 연다.

「에마슈들이 수상한 낌새를 알아차리기 시작했어.」

「그건 네 상상이야. 그들이 귀를 잔뜩 기울이고 있는 건 사실이지만, 신들이 기뻐하는지 슬퍼하는지 그것만 감지할 뿐이야.」

「아냐, 그들은 우리에게 갑절이나 많은 선물을 바치고 있어. 옛날에 마야인들이 자기네 문명의 종말을 예감했던 것처럼 에마슈들은 어떤 위험이 닥치고 있음을 느끼는 거야.」

「광우병이 처음으로 발생했던 1985년에도 소들은 자기들이 곧 희생되리라는 것을 예감했을까?」

「우리 에마슈들은 병에 걸리지도 않았고, 나쁜 짓을 저지르지도 않았어.」

다비드는 대답할 말을 찾아내지 못한다. 오로르는 한숨을 내쉬며 말을 잇는다.

「내가 생각하기에 나는 좋은 신도 아니고 좋은 엄마가 되지도 못할 거야. 나는 좋은 동반자도 아닌 것 같아. 나는 사랑하는 방법을 몰라.」

그녀는 눈물을 보이지 않으려고 고개를 숙인다.

「이젠 펜테실레이아하고도 사이가 좋지 않아. 내가 행하는 모든 일이 재앙으로 귀결되고, 나를 사랑하는 사람들은 좋은 보상을 받지 못하는 것 같아.」

그러고는 다비드를 빤히 바라본다.

「나는 너를 어떤 식으로 사랑해야 하는지도 알 수 없었어.」

그는 그 말을 흘려보내고 아무 대꾸도 하지 않는다.

「카지노에서 게임을 하려면 칩이 있어야 하듯이 사랑을 하는 데도 밑천이 있어야 하는 것 같아. 그 밑천은 부모에게서 오는 거야. 부모 가운데 적어도 한쪽은 우리를 사랑해 줘야 우리가 사랑의 칩들을 가질 수 있어. 내 아버지는 나를 버렸고, 내 어머니는 자기 환상을 투사하는 대상으로 나를 이용했어. 결국 나는 칩 하나 없이 세상과 대면하게 되었어. 그래서 겉으로는 사랑의 게임을 하는 척하지만, 상대를 오래 속일 수는 없어.」

「바보 같은 소리 그만해.」

「나는 끊임없이 나 자신에게 거짓말을 해. 나에게 감정의 장애가 있다는 것을 스스로 인정하고 싶지 않은 거야.」

「나한테 무슨 말을 했는지 잊었어? 과거의 영향에서 벗어나야 한다고 했잖아.」

「어쨌거나 나를 세상에 나게 한 것은 내 부모야. 내 삶의 근원을 바꿀 수는 없어.」

다비드는 어머니 무덤 쪽으로 눈길을 돌린다.

「그렇다면 우리는 그냥 부모에게 감사하는 마음만 가지면 돼. 계속 부모의 영향을 받으며 살 수는 없어. 네가 전에 지적했던 것처럼, 우리는 부모의 꿈을 그대로 좇지 말고 우리 자신의 꿈을 펼쳐야 해.」

오로르는 대답하지 않는다.

「우리는 스스로를 재창조할 수 있어. 우리 각자의 내면에는 무언가 유구하고 심원한 것이 있어. 우리 부모의 영향보다 더 오래되고 더 뿌리 깊은 것이 있다고.」

구름 사이로 몇 줄기 빛살이 새어 나온다.

「오로르, 너랑 해보고 싶은 일이 하나 있어.」

그녀는 뜨악한 표정으로 입술을 샐쭉거린다.

「피그미들은 그것을 마조바라고 불러. 그들이 나에게 가르쳐 준 입문 의식이야.」

「그걸 왜 나랑 하고 싶다는 거야?」

「우리 사이에 더 오래된 인연이 있는지 알아보고 싶어서.」

「이미 말했듯이, 나는 환생이나 전생 따위는 믿지 않아.」

그녀는 심호흡을 하며 그 제안을 저울질하는가 싶더니 고개를 가로젓는다. 그 순간 다비드는 묘한 기분을 느낀다. 자기가 그녀를 끌어안고 입을 맞춰도 그녀가 가만히 있지 않을까 싶다. 하지만 거절당하는 것에 대한 두려움이 그런 느낌보다 강하다. 그들은 말없이 서로 바라본다. 그러다가 다비드가 이상한 낌새를 알아차린다. 그는 그녀의 재킷 주머니에 손가락을 넣어 사제복 차림의 여자 에마슈를 꺼낸다.

「이런, 너는 율법을 모르는 것이냐? 마이크로 랜드 밖으로 나오는 것은 금지되어 있어.」

「죄송합니다. 신께서 슬퍼하시는 것을 보았어요. 그래서 제가 신의 가슴에 달라붙어 있으면 저의 생명 에너지를 조금 전해 드릴 수 있으리라 생각했어요.」

202

「……그 사고의 자세한 정황을 방금 저희에게 알려 왔습니다. 모든 것은 오늘 새벽 3시에 태평양에서 발생한 리히터 규모 9.2의 지진과 함께 시작되었습니다. 이 지진에 이어 35미터 높이의 거대한 파도가 일본 혼슈의 북동부 해안을 덮쳤고, 특히 재가동에 들어간 지 얼마 되지 않은 후쿠시마의 새 원자력 발전소를 강타했습니다. 2011년 3월의 원전 사고 때 피난을 갔다가 돌아온 주민들에게 다시 큰 위험이 닥쳤습니다. 현재 새 원자력 발전소의 원자로 6기 가운데 3기의 냉각 시스템이 고장 나 있는 상황입니다. 이 사고는 국제 원자력 사고 등급의 최고 단계인 7등급으로 분류되리라고 합니다. 이는 이전에 벌어진 후쿠시마와 체르노빌의 사고만큼이나 심각한 대형 사고라는 뜻입니다. 일본 정부는 즉시 이 일대를 특별 재난 지역으로 선포했습니다. 이런 재난을 일본에서는 〈겐파쓰신사이(原發震災)〉라고 부릅니다. 통상의 지진

재해에 방사능 재해가 겹친 파국적 재난을 가리키는 말입니다.

2011년의 재난으로 2만 명 넘는 사망자가 발생한 뒤에, 누구나 피해 지역의 원자력 발전 시설이 완전히 철거되리라고 믿었습니다. 그러나 일본 정부는 원자력을 빠른 시일 내에 대체할 수 있는 다른 에너지원이 없다는 이유로 기존 시설을 수리하여 재가동하기로 결정했습니다. 그러면서 이번에는 위험 요소를 완전히 제거하겠다고 공언한 바 있습니다. 이번 사고는 일본 정부가 전혀 약속을 지키지 않았다는 사실을 입증합니다. 지난번 사고의 악몽이 채 가시기도 전에 똑같은 장소에서 똑같은 시나리오가 전개되어 똑같은 재해를 야기하고 있습니다. 그것도 하필이면 일본에서 심해 유전 개발이 막 시작된 시점에 말입니다.

일본 당국은 패배주의에 굴복하지 않으려고 안간힘을 쓰고 있습니다. 후쿠시마 원전을 운영하는 도쿄 전력 주식회사의 책임자는 〈지능을 가진〉 신세대 로봇 3대가 곧 도착하리라고 발표했습니다. 프랜시스 프리드먼 교수가 이룩한 기술적 경이라 일컬어지는 이 로봇들이 원자로 안에 들어가서 비상용 냉각 시스템을 복구할 수 있으리라는 것입니다. 현재는 이 비상용 냉각 시스템 역시 작동하지 않는 상황입니다. 그러니까 피해 지역 주민들은 오로지 이 신세대 안드로이드 로봇들의 손에, 아니 로봇들의 집게에 희망을 걸 수밖에 없습니다. 발명자 프리드먼 교수의 주장에 따르면, 이 로봇들은 〈자아〉를 의식하는 최초의 로봇들입니다. 과학으로 인한 피해를 과연 과학이 보상할 수 있을까요?

온 세계인의 시선이 이 비극의 현장에 쏠려 있습니다. 이 비극은 자칫하면 방사능 구름이 솟아오르는 대재앙으로 변할 수도 있습니다. 그 방사능 구름은 재해 지역 일대를 뒤덮는 것으로 그치지 않고 지구를 한 바퀴 돌면서 세계 곳곳에 유해한 비를 뿌릴지도 모릅니다. 기상 여건 때문에 그것이 전 세계로 퍼져 나가는 경우에 과연 무슨 일이 벌어질지 상상할 엄두가 나지 않습니다…….」

203

나탈리아 오비츠는 텔레비전 화면 앞에서 잠이 들었다. 그래서 자기가 꿈을 꿨는지 아니면 정말 그 뉴스를 들었는지 갈피를 잡지 못한다. 스타니슬라스 드루앵 대통령은 옆에서 요란하게 코를 골고 있다.

그녀는 화면으로 다가가서 볼륨을 높인다. 헬리콥터를 타고 가며 촬영한 떨리는 영상들이 나타난다. 어마어마한 해일이 일본의 한 항구 도시에 밀어닥친다. 다음 장면에서는 연회색 연기 기둥이 솟아나는 하얀 건물들이 보인다. 화면 아래쪽으로 〈후쿠시마의 악몽 재현〉이라는 자막이 지나간다.

나탈리아는 대통령을 깨운다. 대통령은 잠시 비몽사몽간을 헤매다가 벌떡 일어나서 옷매무새를 고친다. 화면에서는 국민들을 안심시키기 위한 일본 당국의 성명에 이어 침수 장면들이 펼쳐진다.

대통령은 흘러내린 머리카락을 쓸어 올리고 복장을 계속 고치면서 무심코 내뱉는다.

「끔찍하군.」

「아닙니다. 저것이 우리를 구원할 겁니다.」

204

그녀는 이제 미동도 하지 않는다.

에마 109가 아무리 흔들어 대도 에마 523은 그냥 축 늘어져 있을 뿐이다. 부상 때문에 밤새 고통을 겪다가 숨을 거둔 것이다. 에마 109는 시신을 안고 하수도를 빠져나간 다음, 신들이 가르쳐 준 대로 죽은 자매를 땅에 묻고 그녀의 이름이 적힌 팻말을 세운다. 다람쥐 몇 마리가 다가와서 그 장면을 지켜본다. 주위를 둘러보니 많은 사람들이 활기차게 움직이고 있다. 에마 109는 모르고 있지만, 그녀가 다다른 곳은 센트럴 파크의 한복판이다.

「이제 돌아갈 수 없는 다리를 건넌 거야.」

그녀는 울음을 삼키며 중얼거린다.

「523, 내가 너의 원수를 갚아 줄게.」

205

이번엔 공격이 더 정확했다.

일본 근해의 유전은 이제 금속 더미로 변했다. 저들은 이제 내 검은 피를 예전처럼 쉽게 빨아올리지 못할 것이다. 나는 내 기억을 잃고 싶지 않다.

원래 하던 이야기로 돌아가자.

미니 인간들은 여러 대륙에서 계속 수를 불려 나갔다. 섬의 거인들은 그것에 주의를 기울이지 않았다.

그건 나도 마찬가지였다.

그러던 어느 날 처음으로 사고가 터졌다.

206

그녀는 자기 이마 주위에서 맴돌던 작은 날벌레 한 마리를 손으로 내리친다.

UN 사무총장 아비나시 싱은 집무실에서 프랑스 대통령 스타니슬라스 드루앵과 면담을 나누는 중이다.

「안 돼요, 안 됩니다! 그건 기대하지 마세요!」

그녀는 상대방의 눈을 보지 않고, 책상에 떨어져 있는 날벌레에 눈을 박고 있다가 잽싼 동작으로 그것을 쓰레기통에 밀어 넣는다.

「드루앵 대통령님, 당신 때문에 우리가 아주 고약스러운 곤경에 빠졌습니다. UN이 속임수에 넘어갈 수 있다는 것을 만천하에 드러낸 꼴이죠. 당신은 우리를 웃음거리로 만들었어요.」

「그 말씀은…….」

「앞으로는 어떤 경우에도 UN에서 미확인 비행 물체나 외계인 따위를 논하는 일이 없을 겁니다. 몇 세기가 지난 뒤라면 모를까.」

「제가 일의 자초지종을 낱낱이 설명할 수 있습니다. 그저…….」

「우리는 당연히 진상 조사를 벌일 것입니다. 시간은 꽤 걸리겠지만, 프랑스 정부는 민간용 발전 시설들을 파괴하고 무고한 시민들을 희생시킨 것에 대해서 당연히 배상을 해야 할 겁니다.」

「진실은 그게 아닙니다. 우리가 파괴한 시설들은 전혀 민간용이 아니었고, 희생자들은 군인이었습니다.」

사리를 입은 사무총장은 이제 와서 그런 말을 해봐야 아무 소용이 없다는 듯 손을 내젓는다.

「진실은 별로 중요하지 않아요. 중요한 것은 여론이에요. 미디어에서 무슨 말을 하는지, 사람들이 무엇을 믿고 싶어 하는지가 중요하다고요.」

「한 가지 사실을 잊으시면 안 됩니다. 이를테면……」

「사실을 따지자는 게 아니에요. 사람들의 마음이 어디로 흐르는지 봐야 한다는 겁니다. 그들이 희생자들의 시신을 테헤란 광장에 늘어놓았다는 거 알고 계세요?」

「자파르가 거짓말을 하고 있어요. 구금되어 있던 대학생들을 처형한 뒤에 우리 작전의 희생자들로 둔갑시킨 겁니다. 우리도 우리 나름의 정보망을 가지고 있어요. 진실은……」

「또 진실 타령이십니까? 그 개념에 너무 집착하시는 것 같습니다. 이건 개인적인 견해입니다만, 나는 사람들이 진실을 말한다고 생각하지 않습니다. 저마다 어느 정도 일관된 관점을 가지고 진실의 일면만을 볼 뿐이죠. 현재로서는 대통령님이 불리합니다. 거짓말쟁이나 배후 조종자나 사기꾼으로 비치고 있으니까요. 이스라엘제 가짜 UFO를 타고 다니며 파괴 활동을 하던 초미니 인간들이 프랑스어를 합니다! 이런 마당에 무엇을 기대하시는 겁니까?」

드루앵 대통령은 이제 말할 엄두를 내지 못한다. 자기가 무슨 말을 하건 상대방이 자꾸 막아 버리기 때문이다. UN 사무총장은 형광 지구의를 돌리며 손장난을 친다.

「나와 비공식적인 면담을 하시겠다고 오셨지만, 나는 우리가 더 무슨 얘기를 할 수 있을지 모르겠습니다. 혹시 내가 지지해 주기를 바라시는 거라면, 그런 건 기대도 하지 마십시오. 그리고 프랑스 연구 팀의 실험에 관해서 말씀드리자면, 그 신장 20센티미터의 여자 괴물들은…….」

「17센티미터입니다.」

「아무튼 그 괴물들이 증식하는 것은 도저히 허용될 수 없습니다. 도망친 두 명을 잡아들이는 것은 프랑스 정부가 할 일입니다. 뉴욕 시장은 이미 위생 당국에 지시를 내렸습니다. 그에 따라 프랑스 연구자들의 그 〈창조물〉은 현재 〈생물학적 유해 요인〉으로 간주되고 있습니다. 말하자면…… 바퀴벌레나 흰개미나 세균과 동급으로 처리되고 있다는 것입니다. 그리고 이미 말씀드렸듯이, 만약 그 괴물들이 더 있다면, 모두 없애 버려야 합니다. 실험실에서 태어난 그 흉물들 가운데 단 하나도 우리 행성에 살려 두어서는 안 됩니다. 아시겠습니까, 드루앵 대통령님? 그 점에 대해서는 무슨 핑계를 대든 아무 소용이 없습니다. 즉시 실행에 옮기십시오. 안 그러면 내가 프랑스에 대한 국제적인 제재를 결의하게 할 것입니다. 프랑스가 생물학적 유해 요인을 퍼뜨리는 나라로 지탄받기를 원하십니까?」

사무총장은 프랑스가 중앙에 오도록 지구의를 멈추고 손끝으로 파리 어름을 두드린다.

「저한테 시간을 좀…….」

「시간을 좀 달라고요? 부질없는 일입니다. 어쨌거나 그건 내가 개인적으로 결정한 일이 아닙니다. 나는 국제 연합을 대표해서, 다시 말해 모든 나라를 대표해서 말하고 있습니다. 이미 많은 나라의 정상들과 의견을 나눴습니다. 내가 보기엔 그들 모두가 괴물들을 없애는 것에 동의하고 있습니다. 아무도 대통령님을 지지하지 않을 것입니다. 이제 면담을 끝내야겠습니다. 일본의 후쿠시마 원자력 발전소가 폭발하기

733

직전이라서 우리 나름대로 대책을 강구해야 합니다.」

사무총장은 지구의를 다시 돌린다.

「바로 그 위기와 관련된 말씀입니다. 사무총장님께서 〈실험실에서 태어난 괴물〉이라고 부르시는 우리 에마슈들은 인류에게 해를 끼치기는커녕 매우 유익한 면모를 보일 수 있습니다.」

지구의는 그녀의 손길에 따라 계속 삐걱거리며 돌아간다.

「지금 무슨 말씀을 하시는 거죠?」

「조금 전에 소식을 들었습니다. 프리드먼 교수의 신세대 로봇들을 후쿠시마에 보냈는데, 이 로봇들이 현장에 적응하지 못해서 쓸모가 없게 되었다고 하더군요.」

「그게 대통령님과 무슨 상관인가요?」

「내가 보기에 우리 에마슈들은 해낼 수 있을 겁니다.」

사무총장은 지구의를 돌리던 손길을 거둔다.

「이런 점은 생각하지 않으세요? 그곳의 방사선 준위는 모든 생명체에 치명적입니다.」

「퐁텐블로의 에마슈들은 특별한 유전자 변형을 거쳐 태어났습니다. 보통 사람들보다 방사선에 대한 저항력이 훨씬 강합니다.」

아비나시 싱은 믿기지 않는다는 표정으로 그를 바라본다.

「그 작은 첩보원들을 방사선이 누출된 원자력 발전소로 보내겠다는 겁니까?」

「사무총장님 말씀대로라면 그들은 어차피 죽을 목숨입니다. 그냥 죽이기보다는 인류에게 봉사할 기회를 주는 게 낫지 않겠습니까? 게다가 에마슈들은 프리드먼의 로봇들과 달리 수가 많습니다. 우리는 두세 명이 아니라 하나의 작은 부대를 파견할 수 있습니다. 우리 요원들은 현장의 상황에 맞는 효과적인 대응책을 찾아낼 것입니다. 그들은 지능이 아주 높고 문제 해결 능력이 탁월합니다.」

UN 사무총장은 서류 하나를 뒤적이다가 반대의 뜻이 담긴 목구멍 소리를 낸다.

「자파르가 결코 받아들이지 않을 겁니다. 그리고 나는 자기가 한 말을 지키지 않는 사람이라는 비난을 면치 못할 겁니다. 사실 한 시간 전에는 자파르가 이 집무실의 그 자리에 앉아 있었고, 나는 당신을 굴복시키겠다고 이미 약속했습니다. 만약 내가 당신의 제안을 받아들이면, 그는 〈서방 편에 섰다〉고 나를 비난할 것입니다. 다수의 나라가 나의 결정을 일종의 모욕으로 받아들일 것이고, 나의 중립성을 놓고 논란이 벌어질 것입니다. 당연한 얘기지만 나도 당신처럼 재선을 염두에 두지 않을 수 없습니다.」

그는 상대가 자기 눈을 똑바로 보도록 정면으로 다가든다.

「지금은 그것에 신경을 쓰지 마시고, 일본 총리가 사무총장님의 결정을 놓고 나중에 무슨 말을 할 것인가에 대해서만 생각하십시오. UN 사무총장이 겪게 될 위기보다는 후쿠시마의 위기가 훨씬 심각합니다. 지금 이 시간에도 사람들이 방사선에 노출되어 죽어 가고 있습니다. 만약 원자로가 폭발한다면 수천, 수만의 사람들이 똑같은 운명을 겪게 될 것입니다. 폭발의 여파는 〈친서방〉과 〈반서방〉을 떠나서 지구 전역에 미칠 수도 있습니다.」

아비나시 싱은 다시 지구의로 손을 뻗어 천천히 돌린다.

「싱 총장님, 무엇을 두려워하시는 겁니까?」

「솔직히 말해서 어제 사건 이후로 수많은 전화를 받았습니다. 모두가 한목소리로 프랑스에 제재를 가해야 한다고 말했습니다. 이스라엘에 대해서도 마찬가지입니다.」

「그런 일은 전에도 있지 않았나요?」

「있었죠. 하지만 나는 비겁한 사람이라는 소리를 듣고 싶지 않습니다.」

「재난에 빠진 일본인들에 대한 구조를 시도하는 대신 우리에게 벌을 내리시겠다는 겁니까?」

사무총장은 잠시 생각에 잠겨 있다가, 단호한 목소리로 대답한다.

「당신 때문에 내 체면이 망가졌어요.」

「당장의 비난을 염려하시기보다 후대에 총장님이 어떤 평가를 받으실지 생각해 보십시오. 위기가 한창 고조되어 있는 상황에서는 앞을 내다보기가 쉽지 않습니다. 다수를 만족시키려 하다 보면, 그저 가장 과격한 자들에게 휘둘리기가 십상입니다. 후쿠시마에 파견된 에마슈들이 임무를 성공적으로 완수한다고 상상해 보십시오. 따지고 보면 우리 에마슈들은 이란에서 성공을 거뒀고, 임무를 완수할 능력이 있음을 입증했습니다. 에마슈들을 파견할 수 있게 해주십시오. 아무도 성공을 믿지 않겠지만 그들에게 임무를 맡기는 게 마지막 기회일지도 모릅니다. 당신은 그 마지막 기회를 놓치지 않고 과감한 작전을 시도했던 UN 사무총장으로 기억될 것입니다.」

아비나시 싱은 빙빙 돌아가는 지구의를 물끄러미 바라본다.

「그러다가 또 웃음거리가 되지 말라는 법이 없어요. 나는 초미니 인간이 외계인 행세를 하도록 방조하고 그들 한 무리

736

가 원자로의 폭발을 막을 수 있으리라고 믿었던 순진한 사무총장으로 기억될지도 모릅니다. 게다가 이란을 지지하는 모든 나라들이 나에게서 등을 돌릴 염려가 있어요. 러시아와 중국을 비롯해서 그런 나라들이 생각보다 많아요.」

「그저 다수를 만족시키는 것만 바라신다면, 총장님은 컴퓨터 프로그램보다 나을 게 없습니다.」

그 말에 사무총장이 벌떡 일어선다.

「당신이 어떻게 나한테 그런 말을 하십니까?」

「사태가 긴급하니 그런 말까지 하지 않을 수가 없습니다. 당신을 진정한 지도자로 만드는 것은 장기적인 비전을 가지고 용감한 결정을 내리는 당신의 능력입니다.」

사무총장은 무어라 받아칠까 망설이다가 화를 누그러뜨리며 대답한다.

「드루앵 대통령님, 생각해 볼 테니 하루만 시간을 주십시오.」

「우리는 시간이 없습니다. 폭발의 위험성이 시시각각으로 높아지고 있습니다.」

드루앵 대통령은 상황이 역전되었음을 알아차린다.

「좋습니다, 대기실에서 잠시 기다려 주십시오.」

아비나시 싱은 외투를 걸치고 1번 애비뉴로 내려가 채식주의자를 위한 샌드위치와 레모네이드를 산다. 그런 다음 자기가 중요한 결정을 내릴 때마다 도움을 주는 사람을 만나러 간다. 유명한 점쟁이이자 영매인 안젤리나가 바로 그 사람이다.

그녀는 인터폰을 누른다.

「나야, 아비나시. 급한 일이야.」

「지금 손님이 와 계신데 어쩌죠?」

「초특급 비상사태야.」

문이 열린다. 그녀는 자기 때문에 쫓겨난 것을 불만스러워 하는 남자와 마주치자, 상대가 알아보지 못하도록 얼굴을 가린다.

안젤리나는 아주 오래된 점술을 행한다. 백조의 내장을 보면서 미래의 징후를 읽어 내는 점술이다. 그녀는 새장에서 백조 한 마리를 잡아내어 사무총장 앞에서 목을 자른다. 그러고는 목 잘린 백조가 아직 바르르 떨고 있는 사이에 배를 갈라 내장을 드러내고 빛을 비추어 돋보기로 살핀다. 두 여자의 발 위로 피가 뚝뚝 떨어진다.

207

백과사전: 피의 백작 부인

인류 역사를 피로 얼룩지게 한 살인마들 가운데 바토리 에르제베트 백작 부인이 있다.

그녀는 1560년 헝가리에서 태어났다. 그녀의 집안은 트란실바니아 공국을 통치하던 유서 깊고 세도가 당당한 가문이었다. 그녀의 가까운 친척들 중에는 트란실바니아 공 바토리 지그몬드와 폴란드 왕, 그리고 몇 명의 주교와 추기경까지 있었다.

그녀의 생애와 범죄 사실을 기록한 문서들에 나와 있는 것을 보면, 그녀는 매우 아름답고 애교가 많고 거동이 우아한 여자였으며, 색정이 매우 강하여 아주 젊을 때부터 남녀를 가리지 않고 숱한 사람들과 성적인 교제를 했다고 한다.

그녀는 15세에 헝가리의 귀족인 나다슈디 페렌츠 백작과 결혼했다. 신성 로마 제국의 황제인 합스부르크가의 막시밀리안 2세가 그들의 결혼식에 친히 참석했다.

남편이 오스만 제국을 상대로 한 전쟁을 지휘하기 위해 떠났을 때, 에르제베트는 남편이 결혼 선물로 준 체이테 성에 정착했다. 이 성은 성벽이 두껍고 지하 깊숙한 곳에 방들이 나 있는 요새형 성관이었다.

어느 날 그녀는 애인과 함께 인근 마을을 산책하다가 한 노파와 마주쳤다. 그녀는 노파의 쪼글쪼글한 주름을 보며 흉측하다고 놀렸다. 노파는 그 말을 듣고 〈마님도 언젠가는 쇤네와 비슷해질 테니 두고 보세요〉하고 대답했다. 그때부터 에르제베트는 늙는 것에 대한 공포에 사로잡히게 되었다. 어느 날 아침, 그녀는 자기 머리를 매만지던 하녀가 실수로 머리카락을 뽑자 하녀의 뺨을 때리고 코뼈를 부러뜨렸다. 그 서슬에 에르제베트의 손에 피가 묻었다. 전설에 따르면, 백작 부인은 하녀의 피가 묻었던 자리에 변화가 생겼음을 알아차렸다고 한다. 그 부위의 살결이 더 뽀얘지고 부드러워진 것으로 여겼다는 것이다. 그 점을 신기하게 생각한 에르제베트는 대야에 그 하녀의 피를 받아 얼굴을 씻었다. 그러고는 즉시 얼굴이 젊어지는 기분을 느꼈다.

그때부터 에르제베트는 하녀들의 피를 뽑기 시작했고, 얼마 뒤에는 한 패의 하인들에게 젊은 처녀들을 납치해서 성으로 데려오는 임무를 맡겼다. 그녀에게는 사디즘의 성향이 있었다(그녀의 남편은 그것을 우려하기는커녕 〈심심할 때 하는 놀이〉로 여기면서 일소에 부쳤다). 그녀는 그런 성향을 충족시키기 위해 성 안에 고문실을 마련해 놓고 하인들의 도움을 받아 젊은 여자들에게 고통을 가한 뒤에 피를 뽑았다.

그녀는 처녀들을 깨물어 상처를 내고 거기에서 직접 피를 빨기도 했고(훗날 브램 스토커는 아마도 이 전설에서 영감을 얻어 『드라큘라』라는 소설을 썼을 것이다), 급기야는 그녀들의 피로 가득 채운 수조에서 목욕을 하기까지 했다.

성에서는 종종 새된 비명 소리가 새어 나왔다. 인근 수도원의 수도사들이 참다못해 탄원을 할 정도였다. 황제는 그런 불평에 전혀 관심을 기울이지 않았다. 탄원은 이내 없었던 일로 되어 버렸다. 피해자들의 부모들조차 감히 증언에 나서려 하지 않았다.

바토리 에르제베트 백작 부인은 황제가 자기를 비호하고 있다는 사실에 기고만장하여 자기의 범죄 행각을 굳이 숨기려 하지도 않았다. 먼 곳으로 여행을 갈 때는 무료함을 달래기 위해 마차 안에 고문실을 설치하는 대담성을 보이기까지 했다.

그런데 그녀는 귀족 처녀들의 피가 시골 처녀들의 피보다 노화를 막는 데 더 효과적이라고 생각했고, 결국 그 때문에 몰락의 길을 걷게 되었다. 피해자들의 부모들이 단결하기 시작했고, 그녀는 서서히 지지자들을 잃어 가다가 마침내 1610년 8월에 체포되었다. 성 안을 수색하러 들어간 수사관들은 몸에서 피가 반쯤 빠져나간 듯한 몰골로 작은 독방에 갇혀 있는 여자들과 땅속에 묻혀 있는 시신들을 찾아냈다. 그들은 바토리 에르제베트가 6백 명 넘는 피해자들의 이름과 그들에게 가했던 가혹 행위들을 기록해 놓은 장부도 발견했다.

재판이 열렸다. 그녀를 도와서 범죄에 가담했던 자들은 그녀가 10여 년에 걸쳐서 행한 짓들을 낱낱이 고백했다(황제와 가까운 다른 귀족들 중에도 그 잔인한 피의 잔치에 동참한 자들이 더러 있었고, 그래서 그녀는 더더욱 자기가 벌을 받지 않으리라 생각했던 듯하다). 공범들은 모두 화형에 처해졌다. 하지만 그녀는 귀족 출신이라는 이유로 화형을 면하고 자기 성에 유폐되는 형벌을 받았다.

3년이 지나자 성문 밖에서 배식구를 통해 넣어 주는 음식을 가지러 오는 사람이 아무도 없었다. 그래서 사람들은 그녀가 죽었다고 생각했다.

에드몽 웰스, 『상대적이며 절대적인 지식의 백과사전』제7권

208

후쿠시마 제1 원자력 발전소에서 흰 구름이 피어오른다. 멀리서 보면 그것이 하나의 식물처럼 보이기도 한다. 마치 은색 양배추가 잎을 벌리고 있는 듯한 모습이다.

다비드는 불안을 느낀다.

독감이 푸른 말을 탄 기사라면, 원전 사고는 흰 말을 탄 기사가 아닐까?

그들은 구조 작전에 필요한 에마슈의 수가 스물네 명이라고 판단했다. 오비츠 대령은 고난도 훈련에서 가장 높은 점수를 받은 요원들을 선발했다.

그 에마슈들이 수송차에서 내린다. 다비드 옆에 있는 일본 기술자가 침착한 표정으로 말문을 열자 통역이 말을 옮겨 준다.

「고바야시 소장이 말하기를, 현장의 온도가 높아져서 임무 수행 중에 폭발이 일어날 수도 있음을 미리 알려 주어야 한답니다. 또한 프리드먼의 로봇들은 너무 약해서 건물의 파편들을 헤치며 나아갈 수 없었다고 합니다. 고바야시 소장이 남자 에마슈들은 없느냐고 묻습니다. 여자보다는 남자가 더 믿을 만하지 않으냐고요…….」

다비드가 대답한다.

「모든 게 잘되어 가고 있어요. 우리가 상황을 통제해 나갈 겁니다.」

그러고는 이 임무에 동행한 오로르 쪽으로 몸을 기울이며 속삭인다.

「우리 에마슈들이 잘 버텨 주겠지?」

오로르는 불안한 속내를 감추지 못한다.

「모르겠어. 에마슈들의 DNA에는 펜테실레이아의 유전자도 들어 있어. 아마존들이 핵폐기물의 방사선을 견디고 살아남은 것은 사실이지만, 그들이 더 높은 준위의 방사선에도 저항할 수 있는지는 모르겠어.」

그들은 에마슈들이 방호 장비를 착용하도록 도와준다. 주위에서는 카메라 기자들이 그들의 움직임을 낱낱이 영상에 담고 있다.

「내가 아는 것은 에마슈들이 우리를 신으로 여기고 있기 때문에 우리가 저기로 가라고 하면 가리라는 거야. 에마슈들은 성공하기 위해 최선을 다할 거야. 그리고 프리드먼의 로봇들과는 달리 작전지의 상태를 예측할 수 없다고 해서 머뭇거리지는 않을 거야.」

「어쨌거나 다른 방법이 없어. 에마슈들이 실패하면, 우리는 이들을 모조리 안락사시켜야 해.」

오로르가 그렇게 상기시키자, 다비드는 눈을 들어 멀리에 있는 원자력 발전소를 바라본다. 6기의 원자로들 가운데 3기가 손상되어 벌써 수증기를 구름처럼 피워 올리고 있다. 그 3기 중에서도 가운데에 있는 것이 현재로선 가장 위험하다. 언제 폭발할지 모르는 상황이라 당장 들어가서 필요한 조치를 취해야 한다. 온도가 계속 올라가고 있으니 일분일초가 급하다.

「우리가 지옥을 만들어 놓고 이들에게 거기로 가라고 하는 꼴이야.」

오로르가 나직하게 중얼거리자 다비드는 고개를 끄덕이며 대답한다.

「인류를 위한 이들의 노고를 사람들이 제대로 알아주기나 할까?」

　다행히도 오비츠 대령은 오래전부터 에마슈들이 원자력 문제와 관련된 임무에 투입될 것을 예상하고 그들의 크기에 맞는 방사선 방호복을 제작하게 했다. 에마슈들은 방호 장비 뿐만 아니라 고주파 통신 장비를 갖추고 있어서 이것을 통해 영상을 촬영할 수도 있고 수행할 작업에 관한 지시를 받을 수도 있다.

　스물네 명의 에마슈들은 방호복을 제대로 사용했는지 서로 점검해 준다. 그런 다음 한 줄로 늘어서서 폭발 직전의 원자로를 향해 나아간다.

　다비드와 오로르와 오비츠 대령은 이 임무를 위해 특별한 장비가 설치된 지휘 차량 안으로 들어간다. 도쿄 전력의 고바야시 소장과 그의 통역, 일본 정부의 책임자, 그리고 일본의 카메라맨 세 명도 그들을 따라 들어간다. 그들 앞에는 화면들과 제어판들과 마이크들이 놓여 있다.

　에마슈들은 진흙탕을 지나 계속 나아간다. 그들 주위에는 해일이 휩쓸고 간 자취가 낭자하다. 금속판과 콘크리트로 된 바닥 여기저기에 철제 빔이며 굵은 파이프의 잔해들이 흩어져 있다. 그들의 온도계는 온도가 엄청나게 높아지고 있음을 알려 준다. 노심에서 방출된 알파선, 베타선, 감마선, 엑스선의 영향으로 그들의 가이거 계수기가 따닥거리기 시작한다. 증기가 낮게 깔리면서 바닥을 덮어 버리자 그들은 앞을 보며 나아가기 위해 손전등을 켜지 않을 수 없다.

　그들은 곧 원자로 3호기의 입구를 찾아낸다. 이 3호기는 전기 출력이 1,100MWe에 달하는 가장 강력한 원자로다. 불에 그을린 커다란 알림판에는 미소를 머금은 기술자의 얼굴이 담겨 있다. 안으로 더 들어가기 전에 헬멧과 가운을 착용해야 한다는 것을 알려 주는 그림이다. 〈과학과 기술의 걸작인 이 경이로운 장소에 오신 것을 환영합니다〉라는 뜻의 일본어 문장도 보인다.

드루앵 대통령의 제안에 따라 에마슈들의 작은 헬멧에는 카메라가 부착되어 있고, 이 카메라들에 찍힌 영상은 근처에 대기하고 있는 열 대의 방송차로 직접 전송된다. 그러면 방송차에 모여 있는 전 세계의 기자들은 이 영상을 각자의 텔레비전 채널로 중계한다. 그리하여 수억 명의 시청자들이 에마슈들의 활약상을 생중계로 지켜보고 있다.

통역이 소장의 말을 프랑스인들에게 전한다.

「고바야시 소장이 요원들에게 곧장 나아가도록 명령하랍니다.」

에마슈들은 한 줄로 늘어서서 원자로 내부로 들어간다. 그때 갑자기 사람의 실루엣들이 그들을 막아선다. 시청자들은 소스라치게 놀란다.

자세히 보니 사람들이 아니라 프리드먼의 로봇들이다. 출입구 하나가 무너져 내린 콘크리트 기둥에 막혀 있고 로봇들은 그 앞에서 통과를 시도하고 있다. 하지만 그들의 키가 보통 사람과 비슷해서 작은 틈새로 빠져 들어갈 수가 없다. 그래서 마치 장터의 구경거리 노릇을 하는 자동인형들처럼 똑같은 동작을 부질없이 되풀이하고 있다.

다비드는 그 모습을 보고 다른 사람들을 향해 말한다.

「로봇 공학의 산물보다 생명 공학의 산물이 우월하다는 것을 아직도 의심하는 사람이 있다면, 바로 저 장면을 보라고 해야겠군요. 저거야말로 생생한 증거예요.」

744

「저 로봇들은 자유 의지와 자아의식을 지니고 있는 줄 알았는데.」

나탈리아가 의아해하자 다비드가 말끝을 단다.

「방사선 때문에 내부에 교란이 생겼는지도 모르죠.」

그러자 오로르가 말을 받는다.

「아니면 저들의 사고방식이나 성향 때문일 수도 있어요. 결국 저들은 훌륭한 전투원이 되도록 프로그래밍되었을 게 분명해요. 프리드먼 박사는 유성의 로봇들을 발명해야 하지 않을까 싶어요. 어떤 로봇들은 남성의 정신을 갖게 하고 어떤 로봇들은 여성의 정신을 갖게 해야 한다는 것이죠. 서로 다른 사고방식이 어우러져야 서로를 보완할 수 있어요.」

나탈리아는 그 독특한 발상에 마음이 끌린다. 하지만 지금은 그런 것에 마음을 쓸 계제가 아니다.

소장의 말이 점점 빨라진다. 통역이 프랑스어로 설명한다.

「에마슈들에게 저 문을 통과하도록 지시하랍니다. 그다음에는 왼쪽 두 번째 통로로 들어서서 곧장 가야 한답니다.」

다비드는 마이크 위로 몸을 기울여 에마 393에게 소장의 지시를 전달한다. 에마 393은 이 파견대의 대장이라서 당연히 선두를 맡고 있다. 에마슈들의 카메라에 비치는 원자로 내부의 모습은 갈수록 위태위태해 보인다. 벽들이 쩍쩍 갈라지고 무너져 내리면서 약간 뒤틀린 금속 골재들이 드러난다.

도쿄 전력의 소장은 에마슈들을 폭발할 위험성이 높은 원자로의 중심으로 이끈다. 가이거 계수기는 갈수록 심하게 따닥거리고 방사선의 양을 나타내는 바늘은 이제 빨간색 띠 안에 들어와 있다. 온도는 이미 아주 높이 올라가 있는 상황이다. 하지만 에마슈들은 방호복을 입은 채 땀을 뻘뻘 흘리면서도 계속 나아간다. 이윽고 그들은 감압실 문 앞에 다다른다.

소장이 지시를 내린다. 그 문을 통과한 뒤에 냉각수를 격납 용기에 주입할 수 있게 하는 밸브를 돌려야 한다는 것이다.

그때 오로르가 지적한다.

「하지만 가이거 계수기의 바늘이 벌써 10시버트를 가리키고 있어요! 방사선의 양이 0.25시버트만 넘어도 인체에 영향이 나타난다는데, 무려 10시버트나 돼요.」

오로르는 등골에 전율이 스치는 것을 느낀다.

통역이 빠르게 말을 전한다.

「이제 저 문을 통과해야 한답니다. 자칫하면 한꺼번에 죽을 염려가 있으므로 반드시 한 명씩 들어가랍니다.」

다비드는 그 지시를 더 조심스러운 말로 전달한다. 에마 393이 먼저 조금 열려 있는 문을 통과한다. 그녀는 자기의 가이거 계수기를 들여다본다. 바늘이 빨간 띠의 끄트머리를 때리고 있다. 그녀는 감압실을 지나 소장이 지시한 대로 냉각수를 조절하는 밸브로 다가간다. 그런 다음 쇠막대를 지렛대로 사용하여 강철 핸들을 조금 돌린다. 그녀가 다시 지렛대에 힘을 주자 핸들이 조금 더 돌아간다.

고바야시 소장의 입에서 승리의 환호가 터져 나온다.

에마 393은 죽을힘을 다해 지렛대를 누른다. 하지만 방사선 수치가 너무 높은 데다가 한참이나 무리하게 힘을 쓴 뒤라서 갑자기 픽 쓰러져 버린다. 단말마의 경련이 일어나면서 헬멧에 고정된 카메라가 바르르 떨린다. 그 카메라에는 그저 천장이 비칠 뿐이다.

일본인은 즉시 열띤 어조로 통역에게 지시를 쏟아 낸다. 통역은 그것을 간단하게 요약해서 전해 준다.

「즉시 다른 요원을 보내랍니다.」

다비드와 오로르는 미동도 하지 않는다. 그러자 나탈리아가 나서서 새로 선두를 맡은 에마슈와 연결된 마이크를 통해 명령을 내린다.

「다음 에마!」

격하게 치밀어 오르는 감정을 제대로 다스리지 못해 그녀의 목소리가 떨린다.

두 번째 에마슈가 문을 통과하여 자매의 시신으로 다가간다. 그런 다음 시신에 불빛을 비추고 그 모습을 촬영한다. 투명한 헬멧 아래로 반쯤 타버린 에마 393의 얼굴이 보인다. 두 번째 에마슈는 잠시 얼떨떨해하다가 다시 정신을 차리고 쇠막대를 집어 든다. 그러고는 그것을 지렛대로 사용하여 에마 393이 시작한 일을 이어 간다.

다시 핸들이 조금 더 돌아간다.

일본인 소장과 그 장면을 지켜보는 기자들이며 시청자들 모두가 가슴을 졸인다. 하지만 에마슈는 기력을 완전히 소진한 뒤에 자매의 시신 위에 널브러진다.

소장은 일본어로 욕설을 내뱉는다. 그러나 나탈리아는 이미 그런 상황을 예상했다는 듯 마이크에 대고 태연하게 명령한다.

「다음 에마!」

또 다른 에마가 감압실로 들어가더니 시신들을 뛰어넘고 쇠막대를 집어 든다. 그런 다음 밸브의 핸들에 쇠막대를 끼우고 힘껏 누른다. 핸들이 다시 몇 밀리미터 돌아간다.

그렇게 한 시간이 지났다. 에마슈 23명이 교대로 달려들어 핸들을 돌렸지만, 도쿄 전력의 소장은 아직 밸브가 충분히 열리지 않아서 냉각수가 주입되지 않는다고 알려 온다.

이제 남은 에마슈는 단 한 명, 에마 651뿐이다. 그녀마저 실패하면 원자로의 폭발을 막을 수 없다. 지휘 차량에 타고 있는 사람들 모두가 그것을 알고 있다. 그래서 다들 입을 꼭 다문 채 조마조마한 마음으로 숨을 죽인다. 고바야시 소장은 이제 지시를 내리지 않는다. 그저 땀을 흘리며 발작적으로 눈을 깜박일 뿐이다.

그들의 마지막 희망인 에마 651이 앞으로 나아간다. 이맛등이 그녀의 앞을 비추고 카메라가 돌아간다. 냉각수 밸브의 핸들 앞에 23구의 시신이 쌓여 있다.

에마 651은 자매들이 섰던 자리에 버티고 서서 지렛대를 움직이기 시작한다. 핸들이 다시 몇 밀리미터 더 돌아간다.

도쿄 전력의 지휘 차량에서는 모두가 극도의 불안을 느끼며 그 장면을 지켜본다. 그녀가 핸들을 돌리지 못하면, 원자로 내부에 있는 연료봉의 온도가 계속 상승할 것이고 급기야는 핵반응과 폭발로 이어질 것이다. 또 그 폭발은 다른 원자로들에 충격을 가할 것이고, 그렇게 되면 이전의 재난들보다 훨씬 파괴적인 대재앙이 벌어질 것이다.

다비드는 속으로 중얼거린다.

「에마 651, 제발…… 성공해야 해.」

에마슈는 다시 지렛대를 눌러 몇 밀리미터를 더 돌린다. 하지만 방사선의 효과를 느끼기 시작하는지, 카메라에 찍힌 손들이 마구 떨린다.

그러다가 다시 숨을 가누는가 싶더니 손을 미끄러뜨리며

털썩 무너져 내린다. 그들은 그녀가 다시 일어서기를 기다린다. 원자로 내부에는 이제 무엇 하나 움직이는 것이 없다.

나탈리아가 나직하게 중얼거린다.

「그래도 시도는 했으니까 됐어.」

모두가 기적을 바라면서 화면을 뚫어져라 바라본다. 일본인 소장은 무어라고 소리를 지르며 눈에 칼을 세우고 프랑스인들을 노려본다. 부질없는 희망을 품게 한 그들이 원망스럽다는 투다. 방송차 안에서는 기자들이 점점 더 신랄한 논평을 쏟아 낸다. 화면에 보이는 것은 에마 651의 카메라에 비친 천장의 모습뿐이다. 사람들은 하나둘 화면에서 눈길을 거둔다.

최초의 움직임을 가장 먼저 포착한 사람은 나탈리아다. 에마슈들의 이마에 고정된 카메라 한 대가 움직인 것이다. 바로 에마 651의 카메라다.

에마 651은 가까스로 몸을 일으키더니, 해내야 한다는 일념으로 마지막 남은 힘을 모아 다시 임무에 도전한다. 숨결은 점점 더 거칠어지고 헬멧에는 김이 잔뜩 서린다. 그렇게 사력을 다해 악착스럽게 지렛대를 눌러 대니 비록 몇 밀리미터에 불과할지언정 핸들이 다시 돌아간다. 그러더니 갑자기 지렛대가 앞쪽으로 쑥 내려가면서 밸브의 핸들이 온전히 한 바퀴를 돈다.

도쿄 전력의 소장은 환호성을 내지른다.

에마 651은 기진맥진하여 다시 쓰러진다.

고바야시는 통제 화면을 들여다보며 말을 쏟아 낸다. 통역이 그의 말을 옮겨 준다.

「드디어 냉각수가 격납 용기에 주입되기 시작했고, 이제껏 계속 올라가던 온도가 다시 내려가고 있답니다.」

그 놀라운 성공을 지켜보던 사람들 사이로 안도와 찬탄이 번져 간다.

나탈리아의 스마트폰이 울리고 화면에 〈드루앵〉이라는 이름이 뜬다.

대통령 역시 이 사건을 생중계로 지켜보았을 것이고, 그녀를 치하하거나 신뢰를 재확인하기 위해 전화를 했으리라. 나탈리아는 그것을 알면서도 전화를 받지 않는다. 그저 죽어 가는 에마 651의 마지막 경련 때문에 이마의 카메라가 흔들리는 것을 묵묵히 지켜볼 뿐이다. 그녀는 턱을 앙다문다. 진한 슬픔과 함께 자부심이 솟아난다. 그녀는 군인이기 때문에 자기들과 아무런 상관이 없는 대의를 위해 목숨을 바친 병사들에 대해서 각별한 긍지를 느낄 수밖에 없다.

그녀는 스마트폰이 계속 울리는 것에 아랑곳하지 않고 마치 자기 자신에게 말하듯 중얼거린다.

「임무 완수.」

209

나는 그 영상들을 보았다.

신체의 크기를 줄여서 위험에 대처하는 것은 8천 년 전에 거인들이 사용한 방법인데, 저들이 그런 해결책을 다시 찾아낸 것이다. 사실 인간의 크기가 줄어드는 것은 바람직한 일일 수도 있다. 인간들은 나의 모든 표면을 침범해서 갖가지 문제를 일으킨다. 그들의 크기가 줄어들면 내게는 그들이 훨씬 덜 성가실 것이다. 크기가 10분의 1로 줄어들면, 그만큼 천연자원과 식량의 소비도 감소할 것이고, 수명도 짧아질 것이다. 요컨대 나를 침해하는 일이 현격하게 줄어들 것이다.

이제 저 초소형 인간들이 등장함으로써 어떤 사태가 벌어지는지 지켜봐야겠다. 저들은 자기들이 만들어 낸 초소형 인간들을 에마슈라고 부른다. 이상한 이름이다.

에마슈들을 보니 지금으로부터 8천 년 전에 벌어진 일들이 생각난다.

거인들은 미니 인간을 만들어 문제를 해결했지만, 그 해결책은 더 고약한 문제를 낳았다. 미니 인간들은 은혜를 원수로 갚았다. 그들은 저희를 창조한 주인들을 배신했다.

210

「…… 이제 엘리제궁에 나가 있는 저희 기자를 연결하겠습니다. 조르주, 드루앙 대통령의 기자회견이 곧 시작됩니까?」

「네, 뤼시엔. 곧바로 시작되니까 직접 들어 보시죠.」

대통령은 연단에 올라서서 말문을 연다.

「여러분, 안녕하십니까? 먼저 수많은 사람들의 목숨을 구해 준 에마 651에게 감사하고 싶습니다. 우리 모두가 생중계를 통해 지켜보았듯이, 우리의 실험실에서 만들어진 스물네 명의 작은 병사들이 재앙을 막는 데 성공했습니다. 만약 그들이 재앙을 막지 못했다면 인류가 이루 헤아릴 수 없는 막대한 피해를 입었을 것입니다. 우리는 그 창조물들을 초소형 인간Micro-Humains의 머리글자를 따서 에마슈라고 부릅니다. 우리 에마슈들은 자기들의 목숨을 바치겠다는 각오로 폭발 직전의 원자로에 들어가서 최악의 사태를 막아 냈습니다. 그들 가운데 아무도 거기에서 다시 빠져나오지 못했습니다. 이로써 그들은 인류에 유해하기는커녕 사람들의 목숨을 구해 줄 수 있다는 사실을 입증했습니다. 그뿐 아니라 이 에마슈들은 방사선에 저항할 수 있다는 것을 보여 줌으로써 핵무기에 대한 인간의 저항력에 관한 연구에 길을 열어 주었습니다. 이런 사정을 감안하여 저는 그동안 극비리에 에마슈들을 만들어 온 연구 기관을 빠른 시일 내에 민영화하기로 결정했습니다. 우리는 가칭 〈피그미 프로덕션〉이라는 일종의 용역 회사를 설립할 것이고, 앞으로는 이 회사를 통해서 에마슈들을 파견하여 세계 곳곳에서 벌어지는 극한의 사태들을 해결해 나갈 것입니다. 사람이나 개는 물론이고 로봇조차 효과적으로 대응할 수 없는 극단적인 상황이 벌어졌을 때 우리 에마슈들의 도움을 요청하면 어디든지 보내 주겠다는 것입니다. 저는 오늘 아침에 벌써 칠레 대통령에게서 연락을 받았습니다. 아시다시피 칠레의 산호세 지역에 있는 광산에서 갱도 붕괴 사고가 발생하여, 광부들이 수백 미터 깊이의 갱도에 갇혀 있습니다. 칠레 대통령은 그들에 대한 구조를 시도하기 위해 에마슈 열 명을 파견해 달라고 요청했습니다. 이제 우리는 〈피그미 프로덕션〉을 통해서 역사적으로 전 세계의 구조대 역할을 해온 프랑스의 위상을 되찾을 수 있을 것입니다. 저는 이미 세계 모든 나라의 정상들에게서 치하의 말을 들었고, 칠레 정부의 요청과 유사한 구조 요청들을 많이 받았습니다. 이제껏 비밀로 간직해 온 우리의 이 혁신적인 연구 덕분에 프랑스의 국격이 다른 어느 때보다 높아졌습니다. 이 연구는 우리 과학자들의 진취성과 대담성을 웅변하고 있습니다. 이제 기자 여러분들의 질문을 받겠습니다.」

「온 세계의 국가 원수들이 치하를 했다고 말씀하셨습니다만, 이란의 자파르 대통령은 어떤 반응을 보이고 있는지 궁금합니다. 이란 사람들은 자기네 원자력 발전 시설을 파괴한 것에 대해서 여전히 배상을 요구하고 있지 않습니까? 그들이 요구하는 배상액은 어마어마한 금액입니다. 게다가 제가 알기로 그들은 에마슈들을 모조리 제거하라고 요구하고 있습니다. 그들은 에마슈들을 프랑스 첨단 기술의 산물로 여기지 않고 〈살상을 전문으로 하는 간첩〉으로 보고 있습니다.」

「현재로서는 어떤 배상도 고려하지 않고 있습니다. 그 문제를 놓고 아비나시 싱 UN 사무총장과 이야기를 나눴고, 아주 중요한 증거들을 UN에 제공했습니다. 그 증거들은 이란 정부가 민간용 발전 시설이라고 주장하는 것들이 실제로는 군사 시설이었다는 것을 입증할 뿐만 아니라, 이란인들이 핵탄두 미사일을 사용하려 했다는 사실을 분명하게 보여 주고 있습니다.」

「그들이 무슨 목적으로 핵미사일을 사용하려 했나요? 이스라엘을 공격하기 위해서입니까?」

「아닙니다. 리야드를 파괴하기 위해서입니다.」

「리야드요?」

기자들이 술렁인다.

「네, 제가 분명 리야드라고 말했습니다. 시아파 순례자들이 수니파 군인들에게 학살당한 사건들, 이라크와 파키스탄과 이집트 등지에서 시아파 모스크들이 불탔던 사건들을 생각해 보십시오. 이란 사람들은 그런 만행을 응징하는 차원에서 〈영원한 복수〉라는 이름의 미사일을 개발했습니다. 첫 번째 미사일은 이집트 독감의 대유행 때문에 발사되지 않았지만, 그들은 그 프로젝트를 더욱 진척시킨 뒤에 시아파 무슬림의 최대 종교 행사인 아슈라 때에 맞춰 〈영원한 복수〉 2호

「를 쏘아 올리려고 만반의 준비를 갖췄습니다.」

「정말 증거가 있으십니까?」

「조만간 공개할 수 있으리라고 봅니다.」

다른 기자가 손을 든다.

「그러니까 〈리야드에 대한 핵미사일 공격〉을 막은 것도 에마슈들 덕분이라는 말씀인가요?」

「그렇습니다. 그 작전의 정확한 명칭은 〈반지의 여전사들〉이었습니다. 현재로서는 더 자세한 말씀을 드릴 수가 없습니다. 하지만 곧 어느 누구도 반박할 수 없는 증거 문서들을 제공해서 제 주장이 사실임을 입증하겠습니다. 당연한 얘기지만 우리는 이란 정부의 배상 요구에 응할 생각이 전혀 없습니다.」

기자들이 다시 수군거린다. 카메라맨들은 줌을 당겨 대통령을 클로즈업한다.

「대통령님! 우리나라의 한 연구 기관이 에마슈를 개발했다는 사실을 공표하셨는데, 그 기관이 어디에 소속되어 있는지 알고 싶습니다. 군부 혹은 국립 과학 연구원에 소속된 부서입니까?」

「아닙니다. 비밀리에 활동하는 독립 기관입니다. 우리에게는 일체의 정치적 간섭에서 벗어나 있는 연구 기관들이 여러 개 있습니다. 장기적인 전망을 가지고 첨단적인 연구를 진행하는 기관들입니다. 하지만 우리는 필요하다고 판단되는 경우에 한해서 연구 성과들을 발표합니다. 이제 에마슈들이 널리 알려진 상황이라서, 저는 그 연구 기관에 훨씬 더 많은 자율성을 부여하기로 결정했습니다. 앞서 말씀드렸듯이, 그 기관은 이제 〈피그미 프로덕션〉으로 바뀝니다. 회사 주식의 49퍼센트는 정부가 소유하고, 나머지 51퍼센트는 민간 투자자들에게 팔 것입니다. 우리가 일부 은행이나 공기업을 민영화했을 때와 비슷한 방식입니다.」

「대통령님! 구체적이고 실제적인 것을 한 가지 여쭙겠습니다. 에마슈들을 개발한 프랑스 과학자들의 이름을 알려 주실 수 있습니까?」

「현재로서는 그들이 익명을 유지하고 싶어 합니다. 그러나 이것만은 분명히 알아 두셨으면 합니다. 에마슈들은 오랜 투자와 복잡한 유전 공학적 연구의 산물입니다. 결연한 의지를 가진 연구팀의 엄청난 노력이 없었다면 결코 이런 결과에 도달할 수 없었을 것입니다.」

기자들이 여기저기에서 손을 든다. 대통령은 아무나 한 사람을 가리킨다.

「일각에서는 이 에마슈 사건이 대통령님의 재선을 위한 기발한 전략이라고 말합니다. 사실 최근의 상황을 보면 대통령님의 지지도는 바닥에 떨어져 있었고, 실업 대책은 완전히 실패한 것으로 드러난 데다가 국제 무역 수지도 계속 악화되고 있었습니다. 여러 모로 대통령님이 곤경에 처해 있는 시점에서 갑자기 이 사건이 터졌습니다.」

「근거 없는 비방입니다. 아마도 야당의 일각에서 나온 말일 것입니다. 그게 바로 우리 나라의 고질입니다. 무슨 일을 하든 비판을 받기 때문에 끊임없이 자신의 정당성을 주장해야 합니다.」

「그렇다 해도 임기 만료를 앞두고 있는 시점에서 선거를 전혀 고려하지 않았다고 장담하실 수 있습니까? 현재 대통령님의 지지율은 23퍼센트이고 야당 후보의 지지율은 36퍼센트입니다.」

드루앵 대통령은 한 손을 내밀어 술렁이는 청중을 진정시킨다.

「저는 이렇게 생각합니다. 통치란 인기에 영합하는 것이 아니라 우리 자녀들의 미래를 내다보는 것입니다.」

기자들은 그 말을 받아 적는다.

「모름지기 훌륭한 대통령은 전위적인 발상들을 옹호하기 위해 위험을 무릅쓸 줄 아는 사람입니다. 전위적인 발상들이 처음부터 인정을 받기는 어렵습니다. 처음에 배척을 당하다가, 훨씬 나중에 가서야 자명한 것으로 받아들여지기가 일쑤입니다.」

211

그녀는 태블릿 PC의 버튼을 눌러 텔레비전 기능을 정지시킨다.

뉴욕 센트럴 파크에서 멀지 않은 어느 곳, 미로처럼 복잡한 하수도의 한구석, 보행자들과 자동차들이 바쁘게 오가는 지표에서 15미터쯤 아래로 내려간 곳에서, 에마 109 역시 후쿠시마 원전 사건과 드루앵 대통령의 기자회견을 지켜보았다.

그녀는 이제 막 꾸미기 시작한 둥지를 살펴본다. 한쪽에는 송곳이나 활 같은 무기들이 놓여 있다. 쥐 떼의 공격에서 스스로를 지키기 위해 마련한 것들이다. 다른 쪽에는 스마트폰과 태블릿 PC를 비롯한 몇 가지 전자 제품들이 놓여 있다. 그녀는 이것들을 작은 전지들이 들어 있는 배터리 팩에 연결해서 사용한다.

그녀는 나탈리아신의 가르침을 기억해 낸다. 〈먼저 정보를 구하고 충분히 생각한 뒤에 행동하라.〉

정보도 구할 만큼 구했고 생각도 할 만큼 했으니, 이제 행동할 때다. 그녀는 세상을 변화시키기 위해 행동에 나서기로 결심한다.

벌써 한 가지 구체적인 계획이 머릿속에 떠오른다.

제1부 끝

감사의 말

많은 분들이 이 소설을 쓰는 데 도움을 주었다.

크리스틴 빌라노바 조세는 어느 날 함께 점심을 먹다가 짤막한 이야기를 통해 나에게 난생 인류에 관한 아이디어를 주었다. 그녀는 임신한 여자 친구 얘기를 들려주었다. 그 여자 친구가 말하기를 태아를 알에 담아서 냉장고에 보관했다가 자기의 직업적인 이력을 고려하여 더 적합한 시기에 분만을 했으면 좋겠다고 하더란다.

모니크 파랑 바캉은 내 전생들에 관한 소상하고도 흥미로운 이야기를 들려줌으로써 내 상상력을 자극했고, 필리프 루는 자기 최면의 의식을 통해 나로 하여금 전생들을 순회하는 기분을 느끼게 해주었다.

코트디부아르 한복판에 있는 람토 생태학 기지의 바울레 부족은 내가 마냥개미에 관한 르포를 쓰던 때인 1983년에 나를 환대해 주었다. 그들에 관한 추억은 아프리카 밀림에서 전개되는 이야기들을 쓰는 데에 여전히 도움이 된다.

생물학자 제라르 암잘라그는 장바티스트 라마르크와 파울 카메러의 저서들을 알게 해주었다. 뿐만 아니라 그는 수컷 없이도 번식할 수 있도록 변이를 일으키는 도마뱀붙이의 암컷들에 관한 경이로운 이야기를 들려주기도 했다.

멜라니 라주아니와 세바스티앵 테스케는 참을성이 많은 독자들이다. 그들은 내가 2년에 걸쳐서 쓴 이 소설의 모든 버전(각기 다른 플롯을 가진 스물한 개의 버전)을 읽고 건설적인 의견을 들려주었다. 그들은 〈상대적이며 절대적인 지식의 백과사전〉의 온라인 사이트인 www.esra.com에서 만나 올해 결혼했다.

나의 공식 웹사이트 www.bernardwerber.com의 웹마스터인 실뱅 팀시트 역시 이 소설의 여러 버전을 읽고 현대 생태학에 관한 특별한 시선을 내게 제공했다.

이자벨 스메는 응용 심리학의 몇 가지 주제를 나에게 가르쳐주었다.

프랜시스 프리드먼은 인공 지능과 필립 K. 딕을 새롭게 발견하도록 도와주었다.

역사학자 프랑크 페랑은 몇 가지 일화를 통해 〈상대적이며 절대적인 지식의 백과사전〉 가운데 역사와 관련된 항목들을 작성하는 데 도움을 주었다.

2012년 3월 파리 도서전에서 만난 익명의 여성 독자는 나에게 성냥개비 세 개로 네모를 만드는 수수께끼를 냈다(이 수수께끼의 정답은 제2부에서 밝혀질 것이다).

나의 첫 소설 『개미』가 출간된 지 20년이 되었다. 20년……. 그 뒤로 나와 동행해 온 독자들에게 감사한다. 내가 이 소설을 『개미』 3부작과 연결시킨 것(특히 웰스 가문을 되살리고 〈상대적이며 절대적인 지식의 백과사전〉과 〈소형화, 여성화, 긴밀한 연대〉의 원리를 다시 채용한 것)은 그들을 위해서이기도 하다.

리샤르 뒤쿠세, 뮈게트 미엘 비비앙, 렌 실베르, 프레데리크 살드만 박사에게도 감사의 뜻을 전한다.

로랑 아부안과 질 말랑송과 스테파니 자니코에게도 감사한다. 그들과의 대화는 이 소설의 몇몇 일화에 영감을 주었다.

이 소설을 쓰는 동안에 들었던 음악

도어스: 앨범「더 베리 베스트 오브 더 도어스」
안토닌 드보르자크: 교향곡 9번「신세계 교향곡」
펠릭스 멘델스존: 교향곡 4번
브람스: 교향곡 3번
클린트 만셀: 영화「천 년을 흐르는 사랑」의 OST
마이크 올드필드: 앨범「옴마돈」
뮤즈: 앨범「더 리지스턴스」
데이브 포터: 텔레비전 드라마「브레이킹 배드」의 OST
한스 치머: 영화「인셉션」의 OST
피터 게이브리얼: 앨범「뉴 블러드」
아이언 메이든: 앨범「파워슬레이브」

옮긴이 **이세욱** 1962년에 태어나 서울대학교 불어교육과를 졸업하였으며, 현재 전문 번역가로 활동하고 있다. 옮긴 책으로 베르나르 베르베르의 『개미』, 『웃음』, 『신』(공역), 『인간』, 『나무』, 『상대적이며 절대적인 지식의 백과사전』(공역), 『뇌』, 『타나토노트』, 『아버지들의 아버지』, 『천사들의 제국』, 『여행의 책』, 움베르토 에코의 『프라하의 묘지』, 『로아나 여왕의 신비한 불꽃』, 『세상의 바보들에게 웃으면서 화내는 방법』, 『세상 사람들에게 보내는 편지』(카를로 마리아 마르티니 공저), 장클로드 카리에르의 『바야돌리드 논쟁』, 미셸 우엘벡의 『소립자』, 미셸 투르니에의 『황금 구슬』, 카롤린 봉그랑의 『밑줄 긋는 남자』, 브램 스토커의 『드라큘라』, 파트리크 모디아노의 『우리 아빠는 엉뚱해』, 장자크 상페의 『속 깊은 이성 친구』, 에리크 오르세나의 『오래오래』, 『두 해 여름』, 마르셀 에메의 『벽으로 드나드는 남자』, 장크리스토프 그랑제의 『늑대의 제국』, 『검은 선』, 『미세레레』, 드니 게즈의 『머리털자리』 등이 있다.

제3인류 1

발행일	2013년 10월 21일	초판(제1권)	1쇄
	2022년 8월 25일	초판(제1권)	65쇄
	2013년 10월 21일	초판(제2권)	1쇄
	2022년 11월 10일	초판(제2권)	45쇄
	2023년 11월 15일	신판	1쇄

지은이 **베르나르 베르베르**
옮긴이 **이세욱**
발행인 **홍예빈·홍유진**
발행처 **주식회사 열린책들**

경기도 파주시 문발로 253 파주출판도시
전화 **031-955-4000** 팩스 **031-955-4004**
www.openbooks.co.kr